Der Assassine

Das Buch

Der Orientalist Thomas Talmarani führt das oberflächliche Leben eines Schickeria-Lieblings, bis vor seiner Haustür in München ein Mord passiert. Talmarani gilt als Spezialist für islamische Bruderschaften, deren Geschichte bis zu den Assassinen des legendären Alten vom Berge zurückreicht, aber was hat Assem i-Audi von ihm gewollt? Hat die Tat etwas mit einer Bank in Lugano zu tun, die der Familie Talmarani gehört und die sich auf Ölgeschäfte spezialisiert hat? Und warum interessieren sich plötzlich die Geheimdienste verschiedener Länder für ihn? Thomas Talmarani macht sich auf die Suche, doch wohin seine Reise ihn auch führt, überall wird er erwartet. Er verfängt sich in einem Netz von falschen Freunden und schönen Frauen. Auf abenteuerlichen Umwegen, die ihn quer durch den Libanon bis nach Syrien führen, trifft Talmarani schließlich in einem Derwischkloster im alten Assassinenrevier auf einen geheimnisvollen alten Mann, der ihm eine lange gehütetes Geheimnis verrät.

Der Autor

Gerhard Herm, 1931 geboren, veröffentlichte mehrere Sachbücher, von denen einige Bestseller wurden (*Die Phönizier, Die Kelten, Die Diadochen*). Außerdem schrieb er Hör- und Fernsehspiele und Romane, u.a. *Sturm am Goldenen Horn, Die Königin des Dionysos, Wer den Bären umarmt* und seinen historischen Roman *Octavia, die Römerin*.

Gerhard Herm

Der Assassine

Roman

List Taschenbuch Verlag

List Taschenbuch Verlag 2000
Der List Taschenbuch Verlag ist ein Unternehmen der
Econ Ullstein List Verlag GmbH & Co. KG, München

Lektorat: Krista Maria Schädlich
Umschlagkonzept: HildenDesign, München – Stefan Hilden
Umschlaggestaltung: DYADEsign, Düsseldorf
Titelabbildung: Mauritius
Druck und Bindearbeiten: Clausen & Bosse, Leck
Printed in Germany
ISBN 3-612-65046-7

Für Christina

»Ich verstehe nicht, was Sie meinen Adnan. Die Assassinen waren auf ihre Weise sehr fortschrittliche Leute; sogar human könnte man sie nennen. Statt Heere in Marsch zu setzen, sandten sie einen einzigen Mann aus, der dann einen einzigen Mann ermordete. Wenn ihr Opfer der Richtige gewesen war, hatten sie einen Krieg verhindert, bei dem unzählige Menschen ums Leben gekommen wären.«

Kütschük Said im Dezember 1952 zu Adnan Yilman, Redakteur der türkischen Zeitung »Vatan«.

»Zu dem, was ich damals Herrn Yilman gesagt habe, stehe ich noch immer. Daß heute niemand mehr versteht, was die Assassinen und ihresgleichen wirklich gewollt haben, ist eine andere Sache. Jene waren auch Mystiker, ihre heutigen Imitatoren sind nichts weiter als halbverrückte Killer.«

Kütschük Said im Februar 1954 zu einem Reporter der ägyptischen Presseagentur MENA, dem vermutlich letzten Journalisten, der ihn noch lebend angetroffen hat.

I Unter einem von Föhn blankgefegten Himmel erfüllte München seinen wichtigsten Programmauftrag: es leuchtete. Daß Thomas Talmarani davon wenig bemerkte, hatte nur am Rande mit dem etwas schlierigen Fenster des Taxis zu tun, durch das er auf die Häuser am Altstadtring blickte. Aus Talmaranis Welt drohte der Boden herauszubrechen.

In weniger als zwei Stunden hatten ihn zwei harmlos aussehende Polizeibeamte seiner bisherigen Identität beraubt. Als Talmarani ihr Büro betrat, war er noch ein unbescholtener Bewohner dieser Stadt gewesen, als er es wieder verließ, mußte er sich praktisch als Mitschuldiger an einem Mordkomplott betrachten. Der nur wenige Schritte vor seiner Wohnung aufgefundene Tote war ihm zwar nie im Leben begegnet, trotzdem konnte er nicht einmal vor sich selbst ableugnen, daß man den Mann seinetwegen umgebracht hatte. Und das wiederum hieß: die beiden Beamten verdächtigten ihn zu Recht – wenn auch auf Grund von Tatsachen, die ihnen überhaupt nicht bekannt sein konnten.

Eben diese Erkenntnis war es nun, die alle vom Frühsommer entfesselten Farben in trübe Schlieren zerfließen ließ. Der Umstand, daß sein Taxifahrer gegen den landesüblichen Autowaschzwang resistent zu sein schien, hatte wirklich nur am Rande damit zu tun.

Von den beiden Polizisten, die ihn in ihrem Büro erwartet hatten, stellte sich der ältere als Hauptkommissar Hinterstöger, der jüngere als Kriminalhauptmeister Böschke vor. Beide trugen billige Konfektionsanzüge, Hinterstöger mit Krawatte. Der Kommissar hatte einen leichten Bierbauch und Hängebacken. Sein Untergebener hingegen machte einen ausgesprochen sportlichen Eindruck.

Skifahren im Winter, dachte Talmarani, im Sommer vielleicht Tennis. Oder spielten Leute dieser Einkommensklasse nicht eher Fußball? In Talmaranis Club jedenfalls gab es keine Polizisten, allenfalls Staatsanwälte.

Beide Beamte gaben sich zunächst jovial bis an die Grenze der Anbiederung, der ältere etwas mehr. Da sei er ja, der Herr Doktor, nett, daß er es so schnell habe einrichten können. Man wolle auch nicht allzuviel von seiner Zeit in Anspruch nehmen. Es handle sich um reine Routine.

»Oder vielleicht auch nicht,« warf Böschke ein.

»Kein Grund zur Aufregung«, versicherte indessen Hinterstöger, »überhaupt kein Grund zur Aufregung.«

Talmarani, obwohl er sich wie immer in einer ungewohnten Situation etwas gehemmt fühlte, bemerkte, daß er während dieser widersprüchlichen Erklärungen ganz ungehemmt gemustert wurde. Flinke Blicke tasteten ihn ab und schätzten ihn ein: seinen Maßanzug aus leichtem Mohair, sein vielleicht etwas übermodisches Hemd samt der Seidenkrawatte, seine goldene Longines Flagship, seine handgemachten Schuhe und natürlich auch sein Gesicht. Schwarze Locken, braune Augen, schmale Nase. Itaker, dachten die beiden, reich, verwöhnt, hat sich nie die Hände schmutzig gemacht, und die Weiber laufen ihm nach. Sie dachten es, gaben aber nichts dergleichen bekannt.

Er wisse ja, weshalb man ihn hergebeten habe, sagte Hinterstöger.

»Nicht so richtig«, erwiderte Talmarani. »Mir wurde nur gesagt, es handle sich um den Unfall, der gestern in der Länd passiert ist.«

»Genau«, rief der Hauptkommissar. »In der Länd, keine

hundert Meter von Ihrer Wohnung. Sie haben das also mitgekriegt?«

»Nur akustisch, Herr Hauptkommissar.«

»Wieso akustisch?« Irritiert legte der Polizist den Kopf zur Seite, rief sich dann aber selbst zur Ordnung. »Ah so, Sie meinen …«

»Ja, ich habe die Sirene des Notarztwagens gehört und gleich darauf eine zweite. Sehen konnte ich nichts.«

»Wo waren Sie zu der Zeit?« wollte Böschke wissen.

»Am Frühstückstisch«, sagte Talmarani, obwohl das nicht stimmte. Er hatte noch im Morgenmantel auf der Fensterbank gesessen und sich die Sonne ins Gesicht scheinen lassen. Aber mußte er das die beiden wissen lassen?

»Neugierig geworden sind Sie nicht?« Das war wieder der Kommissar.

Talmarani schüttelte den Kopf. »Unfälle sind doch nichts Ungewöhnliches in einer Großstadt wie München.«

Hinterstöger gab es zu. »Aber inzwischen wissen Sie, was passiert ist?«

»Meine Vermieterin hat es mir erzählt.«

»Ihre …«, Böschke konsultierte ein Blatt Papier. »Frau Terstegen?«

Talmarani nickte.

»Und was hat sie Ihnen erzählt?«

»Nichts Genaues. Ein Mann sei irgendwie umgekommen, vermutlich überfahren worden.«

Erst nachdem er das gesagt hatte, wunderte sich Talmarani darüber, daß Böschke Mathildes Nachnamen kannte. Die beiden schienen sich unerwartet gründlich über ihn informiert zu haben. Da er jedoch zu dieser Zeit noch keineswegs ahnen konnte, was weiterhin geschehen würde, verdrängte er sein Erstaunen.

»Neugierig scheinen Sie wirklich nicht zu sein«, konstatierte Hinterstöger. »Hundert Meter von Ihrer Wohnung …« Er schüttelte den Kopf, und das wirkte leise mißbilligend. Überhaupt schien der Ton, in dem beide mit ihm sprachen, von da an etwas kühler zu werden.

Talmarani überlegte, was er für einen Eindruck machen würde, wenn er nun selbst ein paar Fragen stellte, doch da ergriff Böschke ein auf dem Tisch liegendes Kuvert, zog etliche großformatige Fotos heraus und breitete sie vor Talmarani aus. Die ihm am nächsten liegenden zeigten den Kopf eines offensichtlich toten, aus mehreren Blickwinkeln aufgenommenen Mannes, die übrigen unterschiedliche Teile seines nackten Körpers.

»Das ist er«, erklärte Hinterstöger.

»Der Tote?«

»Der Mann, der praktisch vor Ihrer Haustür ums Leben kam.«

Talmaranis Magen zog sich zusammen, ein Anzeichen, das er kannte. Warum legten die beiden so großen Wert darauf, daß der Unfall so dicht bei seiner Wohnung geschehen war? Eben in hundert Meter Entfernung, nun schon auf ihrer Schwelle. Es schien nur noch eine Frage der Zeit zu sein, bis sie ihm die Leiche in den Hausflur legten. Erneut fragte er sich, ob es angebracht sein könnte, Hinterstöger zu korrigieren, doch abermals kam er nicht dazu.

»Sehen Sie ihn an!«

»Bitte.« Talmarani zuckte mit den Achseln.

»Kennen Sie den Mann?«

Die Fotos zeigten ein hageres, etwas eingefallenes Gesicht: tiefliegende, geschlossene Augen, borstiges, kurzgeschorenes Haar, hohle Wangen, Zweitagebart, energisch wirkendes Kinn, schmale Lippen. Beherrschend war jedoch die scharfe, leicht gebogene Nase mit ihrem schmalen Rücken. Im übrigen sah man dem Mann selbst jetzt noch an, daß er überwiegend im Freien gelebt haben mußte. Man hätte ihn für einen Tiroler Bergbauern halten können oder, das mutete wahrscheinlicher an, für jedermann aus einer weit südlicheren Gegend als der Alpenregion. Grieche, dachte Talmarani, Türke, Syrer. Seinen nächsten Eindruck wollte er sofort wieder wegschieben, aber das gelang bereits nicht mehr. Der Tote kam ihm bekannt vor. Bekannt? Vertraut wäre das bessere Wort gewesen. Ein Tuch locker um seinen Kopf geschlungen hätte ihn kenntlicher gemacht. Die ganze Erscheinung dann vor einem ausgebleichten Himmel, das Kinn vielleicht auf einen Stab gestützt, der Blick in die Ferne gerichtet. Seine Hände? Ein anderes Foto zeigte die Hände: schlanke Finger mit Schrunden, Knöchel stark hervortretend, die Haut ausgedörrt. Ja, das paßte, paßte zu Gesicht, Stab, Kinn, Zweitagebart, den Falten um die Augen und zu dem ausgebleichten Himmel. Welche Luft hätte hinzukommen müssen, Harzduft, Thymianduft, Schafsgeruch. Später würde der Himmel eine leicht grünliche Färbung annehmen oder, wie es manchmal vorkam, das jenseits der Berge gelegene Mittelmeer spiegeln.

Hinterstöger und Böschke ließen keinen Blick von ihm.

»Ja?« fragte schließlich der Ältere von beiden.

Stumm schüttelte Talmarani den Kopf.

»Aber …«

»Was aber?«

»Irgendwie haben Sie gerade gedacht.«

»Ich habe nur versucht, ihn irgendwo unterzubringen.«

»Und?«

»Nichts.«

»Dazu haben Sie ziemlich lange gebraucht.«

»Wollten Sie das nicht?«

»Was?«

»Daß ich überlege, ob er mir schon einmal über den Weg gelaufen ist.«

»Die meisten Leute«, erklärte Böschke, »brauchen maximal zwanzig Sekunden, um zu wissen, ob sie jemand kennen oder nicht.«

»Und wie lange habe ich gebraucht?«

»Länger.«

Obwohl Talmarani wußte, daß es einen schlechten Eindruck machte, zuckte er abermals die Schultern. »Ich kenne den Mann nicht. Er ist mir nie begegnet.«

Einen Moment lang blickten die Polizisten sich an, dann zog Hinterstöger ein anderes der Bilder heran und hielt es Talmarani hin. Er sah den oberen Teil eines nackten Rückens mit einer nicht sonderlich großen Wunde unter dem linken Schulterblatt.

»Daran ist der Mann gestorben. Er wurde nicht überfahren, sondern erstochen. Als man ihn vor das Auto stieß, war er schon so gut wie tot.«

Talmarani hatte das Gefühl, sein Magen sei nur noch ein Klumpen aus hartem Stein.

»Erstochen«, echote er.

Hinterstöger und Böschke nickten wie zwei Spielzeugchinesen. »Von hinten direkt ins Herz.« Wer von ihnen das gesagt hatte, bekam Talmarani überhaupt nicht mit, möglicherweise waren es beide gewesen.

»Eine Frau, die aus dem Laden am unteren Ende der Straße kam, sah gerade noch jemanden um die Ecke biegen und verschwinden. Der Autofahrer hat nicht einmal das bemerkt. Daß unser Mann erstochen worden war, stellten erst die Sanitäter von der Rettung fest.« Auch das hätten beide Beamte unisono gesagt haben können.

»Ja, aber ...«, murmelte Talmarani.

»Was das alles mit Ihnen zu tun hat?«

Er nickte.

Hinterstöger hob seine ziemlich umfangreiche Hinterbacke auf den Schreibtisch. »Das will ich Ihnen sagen, Herr Doktor. Kurz bevor der Mann umgebracht wurde, hat er sich nach Ihnen erkundigt. In dem Eckladen am Ende der Länd.«

»Nach mir?«

»Zuerst lediglich nach Ihrer Adresse. Die Verkäuferin konnte ihn nur schwer verstehen. Aber dann hat er Ihren Namen genannt. Und sie sagte, ja, der Herr Talmarani, der wohnt, gleich da oben, wo die Länd in die Steinsdorfer Straße mündet. Das wieder muß der Mann verstanden haben, denn er sagte ›Thank you‹. Die Verkäuferin scheint Sie zu kennen.«

Scheint Sie zu kennen! Alle Verkäuferinnen in dem kleinen Supermarkt kannten Thomas Talmarani, die Geschäftsführerin, die immer Wanderschuhe trug, Gerda mit ihrer unvorteilhaften Stahlbrille, Gundel mit der dröhnenden Lache. Sie kannten ihn, weil er sich stets bemühte, nett zu sein, weil er die Kaufsumme immer um mindestens fünf Mark nach oben abrundete und weil er manchmal einfach vergessen hatte, wo der Parmaschinken oder die Eier waren und sie ihm dann helfen mußten. Mehr als ein paar Kleinigkeiten kaufte er ohnehin nicht bei ihnen; er ging nur hin, wenn seine Zugehfrau, die ihm den Kühlschrank auffüllte, etwas vergessen hatte. Sie wiederum besorgte alles, was er brauchte, auf dem Viktualienmarkt oder in der Delikatessenabteilung von Dallmayr, die Gewürze bei einem Türken in der Bahnhofsgegend.

Aus den Mienen der beiden Polizisten war jegliches Wohlwollen gewichen.

»Was sagen Sie dazu?« wollte Hinterstöger wissen.

»Daß er nach mir gefragt hat?«

»Ja.«

»Ich kenne ihn trotzdem nicht. Wie heißt er überhaupt?«

»Das«, erklärte Böschke, »wollten wir eigentlich von Ihnen erfahren. Er hatte nämlich außer einem Hundertmarkschein nichts in den Taschen. Keinen Ausweis, keinen Paß, keinen Führerschein. Nichts.«

Erneut und abermals gegen seinen Willen hob Talmarani die Achseln, um sie wieder fallen zu lassen.

»Sorry«, sagte er hilflos.

»Aber merkwürdig finden Sie es schon?«

»Was?«

»Na hören Sie mal! Ein Mann, der offensichtlich nicht von hier ist, der kaum Englisch kann, Deutsch sowieso nicht, der keine Papiere hat, so jemand sucht nach Ihnen und wird erstochen, als er gerade herausgefunden hat, wo Sie wohnen.«

»Keine hundert Meter von Ihrer Wohnungstür«, ergänzte Hinterstöger. »Aber vor allem: wieso hatte er keine Papiere? Er muß ja irgendwie ins Land gekommen sein. Schwarz über die Grenze? Glauben wir nicht. Sein Hemd war pieksauber, seine Unterwäsche auch, seine Schuhe geputzt, sein Anzug unzerknittert. Irgendwo in München muß er ein Zimmer gehabt haben. Nur, warum läßt er dort seine Papiere zurück, bevor er loszieht, um Sie zu suchen?«

Ich weiß es nicht, wollte Talmarani sagen. Doch Hinterstöger ließ sich nicht unterbrechen. »Sie, Herr Doktor, ausgerechnet Sie.«

»Was heißt, ausgerechnet mich?«

Der Polizist schien Talmaranis Frage bewußt provoziert zu haben, denn seine Antwort kam wie aus der Pistole. »Thomas Talmarani, Schweizer Staatsbürger. Beruf: Journalist. Geboren 1955 in Beirut. Hatten Sie schon einen Schweizer Paß, als Sie in Beirut geboren wurden?«

Die Falle, dachte Talmarani, jetzt schnappt sie zu. Er wußte nicht einmal genau, warum er das dachte.

»Mein Vater war Deutscher.«

»Talmarani klingt aber ...«

»Talmarani ist der Name meiner Mutter.«

»Warum heißen Sie dann so?«

»Nach dem Tod meines Vaters wollte die Familie, daß ich ihren Namen annehme.«

»Und die Talmaranis sind Schweizer?«

»Ja.«

»Geborene Schweizer?«

»Nein. Ursprünglich ...«

»Was?«

»Sie stammen aus dem Libanon.«

»Also naturalisiert?«

»Ja.«

»Seit wann?«

»Seit ich denken kann.«

»Leben die Talmaranis in der Schweiz? Wenn ja, wo?«

»Lugano.«

»Als was?«

»Sie betreiben eine Bank.«

»Und warum wohnen Sie in München?«

»Ich habe hier studiert. Bin hängengeblieben. München gefällt mir besser als Lugano.«

Mit diesem letzten Satz hoffte Talmarani einen Punkt gut gemacht zu haben. Alle Münchner hören es gerne, daß einem ihre Stadt gefällt und werden mürrisch, wenn das nicht der Fall ist. Böschke indes ließ nur eine Art Knurren hören.

»Was studiert?« wollte Hinterstöger wissen.

Da Talmarani plötzlich begriff, daß er mit jeder weiteren Antwort Gefahr lief, die beiden noch mißtrauischer zu machen, sagte er nicht »Orientalistik«, sondern wählte den unverfänglicheren Oberbegriff »Philologie«, darauf bauend, daß Hinterstöger nicht versuchen würde, ins Detail zu gehen. Damit wenigstens hatte er Glück.

Der beleibte Polizist nickte und schien im Geist einen Punkt abzuhaken. Aber nun übernahm Böschke.

»Journalist also. Welche Zeitung? Oder Funk? Habe ich Sie nicht mal bei einer Talkshow gesehen?«

»Das kann sein«, bestätigte Talmarani, abermals in der Hoffnung, seine Lage verbessert zu haben. Leute, die an Talkshows teilnahmen, gehörten schließlich zur Prominenz.

Böschke blieb unbeeindruckt. »Und sonst?«

»Was und sonst?«

»Von Talkshows kann man nicht leben.«

Könnte man schon, wollte Talmarani erwidern, unterließ es jedoch und sagte statt dessen: »Ich arbeite überwiegend für Fachzeitschriften.«

»Welcher Art?«

Es begann wieder eng zu werden. »Politik«, erklärte er vorsichtig und betete diesmal sogar darum, daß Böschke sich damit zufrieden geben würde. Sein Gebet wurde nicht erhört.

»Was für Politik? Deutsche?«

Talmarani schüttelte den Kopf. »Natürlich nicht. Weltpolitik.«

»Davon verstehen Sie was?«

»Meine Auftraggeber glauben es.«

Böschke schien das Pulver ausgegangen zu sein. In Wirklichkeit gab er nur den Stab an seinen Vorgesetzten weiter. Hinterstöger stellte genau die Frage, die Talmarani gefürchtet hatte: »Ihr Spezialgebiet ist der Nahe Osten, oder?«

»Wie kommen Sie darauf, Herr Hauptkommissar?«

»Beirut«, sagte Hinterstöger. Nur dieses Wort.

Danach trat eine Pause ein.

Blödsinnigerweise nützte Talmarani die Unterbrechung lediglich, um sich zu fragen, ob er das Büro der beiden später würde beschreiben können, im Lenbach-Palast, im P1, im Turbo, bei Bess oder wo die Clique sich gerade zu treffen beliebte. Die Antwort, das wußte er jetzt schon, lautete: nein. Er sah die nüchternen Rüsterholzmöbel, die rauchbraunen Gardinen vor dem großen Sprossenfenster, den Doppelschreibtisch mit den zwei Telefonapparaten, das Waschbecken samt den danebenhängenden blaugrauen Handtüchern, er hatte den leicht miefigen Geruch des Raumes, durchmischt vom Duft eines ziemlich penetranten Rasierwassers, in der Nase. Sein Wahrnehmungsvermögen funktionierte besser denn je, trotzdem stand fest, daß alles, was er vor Augen hatte, aus seinem Gedächtnis gelöscht sein würde, sobald er wieder draußen auf der Straße stand. Und natürlich wußte Talmarani, warum das so war: Er wünschte einfach, daß nicht wahr sein solle, was mit ihm geschah, daß er beim Lesen eines Krimis einfach die Position dessen eingenommen hatte, der gerade verhört wurde – so etwas passierte ihm häufig.

Hinterstöger war an einen Tisch beim Fenster getreten und winkte ihn zu sich heran. Auf der Tischplatte lagen ein zusammengefalteter, hellgrauer Anzug mit Kreidestreifenmuster, ein weißes Hemd, etwas Unterwäsche, daneben stand ein Paar brauner Halbschuhe.

»Das sind seine Sachen.«

»Ja und?« fragte Talmarani.

Hinterstöger hob das Jackett des Anzugs hoch und befahl: »Riechen Sie!«

Gehorsam näherte Talmarani seine Nase dem grauen Tuch. Er begriff sofort, worauf sein Peiniger anspielte. Das Bild, das er kurz zuvor von dem Toten gewonnen hatte, veränderte sich von einem Augenblick auf den anderen. Kein locker gewickelter Turban mehr, kein ausgeglühter Himmel. Weder Kräuterduft noch Schafsgeruch. Dafür … ja …?

Böschke, der ebenfalls herangetreten war, enthob ihn der Antwort.

»Basar«, sagte er.

Es war keine schlechte Mutmaßung. Die Jacke verströmte den beizenden Geruch von Orienttabak, versetzt mit einem Hauch von Patschuliöl und Mottenpulver. Basar hätte zutreffen können, ebenso jedoch Kaffeehaus. Nicht deutsches Café, nicht italienisches – bei dem einen hätte der Duft von Vanille, beim anderen der von Espresso hinzukommen müssen – nein, griechisches Kafénion, türkisches Gazinosu, mit einem Wort: mediterraner Clubraum für Männer mit Zuckerstücken auf den Untertassen der Teegläser und mit unendlich viel Zeit. Trotzdem konnte Basar als Überbegriff ebenfalls hingehen.

Talmarani beschloß, von nun an so wenig wie möglich von sich zu geben, und nichts davon freiwillig.

»Riecht ungewöhnlich«, konstatierte er.

»Basar«, wiederholte Böschke. Hinterstöger wurde ungeduldig.

»Kommen Sie, Herr Doktor. Sie wissen, was ich meine.«

»Nämlich?« Voll höflicher Erwartung neigte Talmarani den Kopf zur Seite. Im selben Moment fiel sein Blick auf die Schuhe und zugleich auf die danebenliegende Bernsteinkette, die er bis jetzt noch nicht gesehen hatte.

»Der Mann kam aus Ihrer Gegend.«

Schweiz oder Beirut? hätte Talmarani fast gefragt, fand aber nicht den Mut dazu und machte statt dessen einen halben Rückzieher. »Wenn Sie Beirut meinen, Herr Hauptkommissar, ich war schon lange nicht mehr dort.«

»Wann zuletzt?« Auch diese Frage hatte er provoziert.

»Kurz vor Ausbruch des Bürgerkrieges.«

»Geht's ein bißchen genauer?«

»Im April 82.«

»Was haben Sie da gemacht – in Beirut?«

»Verwandte besucht.«

»Sie haben also noch Verwandte im Libanon?«

»Gewiß.«

»Und der Tote, der vor Ihrer Wohnung umgebracht wurde, ist keiner davon?«

Talmarani glaubte eine dünne Chance zu erkennen. Sich

zum Lächeln zwingend, sagte er: »Die Talmaranis sind keine Familie im europäischen Sinn, Herr Hinterstöger. Sie sind ein Clan von mehreren hundert Mitgliedern. Es ist unmöglich, alle davon zu kennen, schon gar nicht diejenigen, die sich nur deshalb Talmarani nennen, weil sie dem Clan nahestehen.«

Böschke befand: »Das müssen Sie schon näher erklären.«

»Auf dem Gut des Vaters meiner Mutter«, erklärte er, »gab es zum Beispiel Leute, die schon in der dritten oder vierten Generation für unsere Familien arbeiteten. Und von denen sagte jeder, wenn man ihn fragte, zu wem er gehöre, er sei ein Talmarani. Das wieder hätte im Zweifel auch mein Großvater bestätigt, ohne den Mann deswegen aber als Blutsverwandten anzuerkennen. Bei solchen Dingen ist man in meiner früheren Heimat ziemlich großzügig.«

Daran, so schien es, hatten die beiden Beamten zunächst einmal zu kauen. Wahrscheinlich wären sie noch mehr beeindruckt gewesen, wenn Talmarani hinzugefügt hätte, daß nicht wenige dieser Clanmitglieder früher einmal Sklaven gewesen waren. Aber das wollte er ihnen lieber doch nicht auf die Nase binden.

Hinterstöger war der erste, der wieder Worte fand. »Wenn das so ist«, sagte er nachdenklich, »dann besteht trotz allem die Möglichkeit, daß der Tote ein Verwandter von Ihnen war – obwohl sie ihn nicht kannten.«

Talmarani bestätigte es.

»Und daß er Sie vielleicht aufsuchen wollte, um, sagen wir, etwas von Ihnen zu erbitten.«

»Was«, sagte Talmarani, »natürlich voraussetzen würde, daß er von irgend jemandem erfahren hatte, wo ich lebe.«

»Wäre das denkbar?«

»Zumindest nicht undenkbar.«

»Wer könnte das gewesen sein – der Informant, meine ich?«

Talmarani hob die Hände. »Da muß ich passen.«

»Und Sie haben auch keine Möglichkeit, es herauszufinden. Vielleicht über Ihre Schweizer Verwandten?«

Hinterstögers frühere Freundlichkeit war auf einmal zurückgekehrt. Der Knoten in Talmaranis Magengegend begann sich zu lösen.

»Ich könnte es versuchen.«

»Na bitte«, knurrte Böschke. »Warum nicht gleich so.«

»Was meinen Sie?«

»Auf den Gedanken, daß der Mann vielleicht zu Ihrem Clan gehört, hätten Sie doch früher kommen können.« Der rangniedrigere Polizist mißtraute ihm noch immer.

»Damit«, erwiderte Talmarani zuvorkommend, »haben Sie wohl recht.« Er wollte jetzt nur noch raus aus diesem Zimmer. Der Sommer, der sich jenseits der etwas trüben Fensterscheiben ankündigte, mutete auf einmal ungeheuer verlockend an.

»Wir können Ihnen ja«, bot Hinterstöger an, »Abzüge der Bilder mitgeben.«

»Oder sie selber nach Lugano faxen«, schlug Böschke vor.

Talmarani, der nun überhaupt keine Lust mehr hatte, sich noch länger mit der ganzen Geschichte zu befassen, erklärte, ihm sei beides recht, fügte aber hinzu, es wäre möglicherweise besser, wenn er seine beiden Onkel telefonisch auf die Anfrage vorbereitete. Ihrer Bereitwilligkeit, sich der Angelegenheit anzunehmen, könne das nur förderlich sein. Um seinen Einwand zu untermauern, setzte er ein schiefes Lächeln auf. »Bankiers geben sich nur ungern mit solchen Dingen ab, wissen Sie.«

Die beiden wußten es offenbar, denn sie nickten abermals wie zwei Spielzeugchinesen – womit die Szene eigentlich hätte beendet sein können. Ausgerechnet in diesem günstigen Moment erlag Talmarani jedoch der unseligsten seiner Neigungen: Er wollte, daß die beiden ihn in angenehmer Erinnerung behielten. Er wollte Eifer und Interesse an den Tag legen, er wollte eine gute Note bekommen. Auf die Bernsteinkette deutend, sagte er: »So leer scheinen seine Taschen doch nicht gewesen sein. Einen Gebetskranz wenigstens hatte der Mann bei sich.« Während er das vorbrachte, sah Talmarani auch die Schuhe genauer an. Er hätte es nicht tun sollen, die vorhergehende Bemerkung wäre ebenfalls besser unterblieben. Hinterstöger nämlich erwiderte: »Die Kette haben wir nicht in seinen Taschen gefunden. Er trug sie um den Hals.«

Und Böschke, nach einem der Fotos greifend: »Schauen Sie, von dem Rosenkranz ist sogar ein weißer Ring zurückgeblieben. Er scheint ihn nie abgelegt zu haben.«

Beide Mitteilungen hatte er ebenfalls selbst provoziert, sein Versuch, beflissen zu sein, erwies sich als Bumerang. Und natürlich traf ihn der Schlag – wo auch sonst? – im Magen. Talmarani mußte sogar zusammengezuckt sein. Den beiden Polizisten konnte es nicht entgangen sein.

Hinterstöger wollte etwas sagen, sagte aber nichts. Böschke zog ein Schneuztuch aus der Tasche und betrachtete es, als sei ihm entfallen, wozu so etwas überhaupt diene. Jeder von ihnen dachte nach, und jeder schien zu wissen, was im Kopf des anderen vorging. Talmarani hoffte, daß ihm nicht schlecht werden würde.

Schließlich sprach der Hauptkommissar doch. Etwas schleppend fragte er: »Haben Sie die Absicht, in nächster Zeit zu verreisen, Herr Doktor?«

Bedrückt schüttelte Talmarani den Kopf.

»Tja«, auch das kam in völlig gleichgültigem Ton heraus, »tja dann. Dann können wir eigentlich Schluß machen. Oder?« Er sah Böschke an. Der gab keine Antwort.

»Sie brauchen mich nicht mehr?«

»Nein. Danke, daß Sie gekommen sind. Schönen Tag noch.« Eine geradezu überhöfliche Verabschiedung.

»Schönen Tag«, murmelte Talmarani, die Hand nach der Türklinke ausstreckend. Er wußte, daß das nicht alles gewesen sein konnte. Sein Fauxpas mußte einfach Folgen haben. Gleich darauf trafen ihn Böschkes Abschiedsworte wie ein Schuß in den Rücken. »Die Fotos bringen wir vorbei. Heute abend, so gegen sechs Uhr. Paßt das?«

Talmarani nickte erneut. Er hatte es schließlich kommen sehen.

Die Welt außerhalb des Taxis präsentierte sich als Rollbild in pointilistischer Manier: viel Gelb, wenig Grün, Verkehrsampeln, wenn sie auf Rot sprangen, glichen zersplitternden Sonnen. Dazu kam der Geruch nach kaltem Zigarettenrauch, den Talmarani beim Einsteigen nicht bemerkt hatte und der ihn nun belästigte. Als der Fahrer vom Altstadtring auf die Maximilianstraße einbog und Anstalt machte, in Richtung Isar weiterzufahren, sagte er: »Lassen Sie mich hier raus«, zog den zuoberst liegenden Schein aus seiner Geldklammer und reichte ihn nach vorn. »Stimmt so.« Er wußte, daß es bei weitem zuviel war, aber es gehörte nun einmal zu seinen Angewohnheiten, immer zuviel zu geben. Der mißbilligende oder enttäuschte Blick selbst eines Taxifahrers hätte Talmarani den halben Tag verdorben. Wenn die Polizei nach mir fahnden würde, dachte er, hätten sie binnen kürzester Frist meine Spur gefunden. Jemanden, der für zehn Minuten Fahrt fünfzig Mark bezahlt, merkt sich jeder. Auch dieser Mietkutscher würde ihn lange nicht vergessen. Als der Mann erkannte, daß sein Gast sich keineswegs im Geldbeutel vertan hatte, griff er sogar nach hinten und drückte die Tür für ihn auf.

Draußen war wirklich Sommer, Sommer in der Stadt. Für fast alle in der Clique gab es nichts Schöneres als Sommer in München – sagten sie zumindest, um es wieder zu vergessen, wenn die Zeit für den Starnberger See gekommen war, oder fürs Skifahren, oder der Fasching oder das herbstliche Nieselwetter, das die Partysaison auf Hochtouren brachte. Nicht daß es während aller anderen Jahreszeiten keine Parties gegeben hätte, sie machten lediglich mehr Spaß, wenn man über matschiges Laub in die Bar, das Restaurant, die Galerie, das große Vestibül mit dem Marmorfußboden, das Theaterfoyer, die Modewerkstatt geschlittert war, drinnen im dampfenden Gewühl den Mantel abgab, Wangenküsse austauschte, das erste Glas Sekt entgegennahm und erzählen konnte, welchen Eiertanz zwischen den allgegenwärtigen Hundehaufen man wieder einmal hinter sich gebracht hatte. Das Leben war Fun, das Leben war kurz, Hundescheiße machte es noch einen Hauch abenteuerlicher. Talmarani kam sich verlassen vor.

Am unteren Ende der Straße breitete das Maximilianeum, Sitz des bayerischen Parlaments, seine Säulengalerie aus, als wolle es die Münchner in den Pferch der Stadt zurückdrängen. »Irrenhaus aus Tausend-und-einer-Nacht«, das war einmal ihre Bezeichnung dafür gewesen. Wer den Witz aufgebracht hatte, wußte Talmarani nicht mehr, Haynau wahrscheinlich, der gab sich gerne als Zyniker. Andererseits: eine so schlechte Beschreibung des wie eine Opernkulisse wirkenden Baus auf dem Hochufer der Isar war es ja wirklich nicht, was zugleich hieß, daß sie kaum von Haynau stammen konnte, der pflegte seine Pointen zu klauen.

Unschlüssig bei der Fußgängerunterführung vor der Regierung von Oberbayern stehend fragte sich Talmarani, wieso er jetzt gerade auf Haynau komme. Etwa weil er der einzige in der Clique war, der sich für alles interessierte, was Talmarani schrieb? Oder weil er Bess kaum je erwähnte, ohne hinzuzufügen: »Als sie noch mit mir zusammen war.« Jetzt war Bess mit Talmarani zusammen – was immer das genau bedeuten mochte. In der Clique gab es keine echten Paare. Man trat eine Zeitlang gemeinsam auf, verlor sich wieder, traf trotzdem noch jeden zweiten Tag aufeinander und beschwor gelegentlich alte Erinnerungen, wobei sogar Wehmut ins Spiel kommen konnte. Mit Bess und Talmarani war es fürs erste noch nicht soweit. Sie mochte seine Wohnung, er fühlte sich in der ihren eher unwohl. Das führte dazu, daß Bess manchmal bis zu zehn Tage hintereinander unter dem Dach der Majorswitwe Mathilde Terstegen verbrachte, und zwar durchaus mit deren Billigung. Bess, sagte Mathilde, sei die erste seiner Freundinnen, der man den guten Stall ansehe. Sogar die vorübergehend unverkäuflichen Bilder, mit denen sie seine Zimmer ausschmückte, erkannte Mathilde Terstegen als Kunst an. Daß Bess Talmaranis Wohnung in Wirklichkeit als Ersatzdepot der Galerie »Tesoro di blu« benutzte, wäre dieser Expertin für Stall, Stil und gute Manieren nie in den Sinn gekommen.

Da das »Roma« auf der anderen Straßenseite schon Tische herausgestellt hatte, beschloß Talmarani, etwas zu trinken. Warum dachte er an Bess?

Von dem Mann, der unweit seiner Wohnung erstochen worden war, hätte er ihr so wenig erzählen können wie Haynau, der nie zu arbeiten schien und dennoch immer gut bei Kasse war, oder Joschi, der ständig vom TV-Sender Sowieso zur Konkurrenz wechselte, oder Pucks, den das Werbegeschäft um so mehr anödete, je besser es lief, oder Annette, die gerade darunter litt, daß ihre Affäre mit einem verheirateten Stadtrat publik geworden war, oder gar Krollow, dessen Agentur für Sänger der sogenannten Volksmusik boomte wie noch nie. Jeder dieser sechs hätte Rechtsanwälte oder andere Experten genannt, mit denen sie ihn in Verbindung bringen konnten, hätte vielleicht auch angeboten, seine Beziehung zu irgendwelchen einflußreichen Leuten für Talmarani spielen zu lassen. Nur eines hätten sie, außer Haynau natürlich, nicht getan: ihn angehört, sich für seine Probleme wirklich interessiert. Von Schwierigkeiten solcher Art – mit denen, die Annette hatte, war es anders – wollten sie nichts wissen, derartige Dinge ließ man erledigen. Abgesehen davon jedoch: würde man Talmarani überhaupt zutrauen, daß er Probleme hatte? Ihm doch nicht, dem guten, als harmlos geltenden Talma. Dem freigiebigen Talma, dem braunäugigen, schwarzlockigen Märchenprinzen mit dem soliden Schweizer Hintergrund, diesem Jungen aus Seide und Samt. Für die Clique mußte Talma einfach bleiben, was er von Anfang an gewesen war. Seine Rolle lag fest, wie die der anderen auch. Sie zu wechseln galt als unstatthaft, denn es hätte die ganze Clique durcheinandergebracht, und eben das wollte die Clique keineswegs, sie hätte es nicht ertragen, möglicherweise nicht einmal überlebt. Allen gelegentlichen Schaukämpfen und scheinbaren Rivalitäten zum Trotz brauchte die Clique vor allem eines: Harmonie. Ihre Mitglieder waren darauf angewiesen, sich in entspannter Atmosphäre von den Zwängen der Gewöhnlichkeit erholen zu können. Ihre Vertrautheit miteinander durfte nicht hinterfragt werden. Die Welt sollte vor den Toren bleiben, hinter denen sie sich jeweils versammelte. Trotzdem – Talmarani hatte auf einem jener Plastiksessel Platz genommen, deren internationales Einheitsdesign die Globalisierung wenigstens des Möbelmarktes zu symbolisieren schien – trotzdem überlegte er, wie er das, was ihm gerade widerfahren war, Pucks, Joschi, Bess oder allen zusammen im Fall des Falles eben doch nahebringen könnte. Es war eine müßige Überlegung.

Sollte etwa er, der Paradiesvogel aus den Zedernwäldern des Libanons, der leichtfüßige Traumtänzer mit scheinbar unerschöpflichem Bankkonto, der durch Anmut, gute Erziehung und noch bessere Manieren unangreifbare Halborientale, zugeben, daß zwei gewöhnliche Polizisten ihn binnen kürzester Frist praktisch skelettiert und auf das zurückgestutzt hatten, was er in ihren und den Augen aller gewöhnlichen Menschen war: wohlhabender Nichtstuer ohne wirklichen Beruf; Produkt höchst seltsamer Verbindungen – deutscher Vater, aber er trägt den Namen seiner libanesischen Mutter –; Angehöriger einer Bankiersfamilie, die ihn offenbar von ihren eigentlichen Geschäften fernhielt? Sollte Talmarani also selbst die Tarnkappe abnehmen und sich Haynau, Annette, sogar Bess in seiner wahren Erscheinung präsentieren: weder schillernd noch unangreifbar, weder angehaucht von der überlegenen Weisheit des Morgenlandes noch in der Lage, die Realität so souverän zu mißachten, wie sie es ihm unterstellten? Oder sollte er gar andeuten, weshalb ihn beim Anblick der unscheinbaren Bernsteinkette dieser Schlag in die Magengrube getroffen hatte? Wie denn bloß? Mit welchen Worten ihnen erklären, daß und weshalb er schon immer erwartet, gehofft, gefürchtet hatte, ein Mann mit Gebetskranz um den Hals würde sich irgendwann bei ihm melden und Forderungen an ihn richten oder eine Bitte, vielleicht auch ein Hilfsgesuch, das Forderung und Bitte zusammenfaßte? Wie das erklären? Hatte er denn bis heute auch nur einigermaßen sicher sein können, daß diejenigen, die den Mann schicken würden, überhaupt von ihm wußten, ja daß sie überhaupt noch existierten? Erst hier an dem Kaffeehaustisch, auf einem an zwei Seiten vom Verkehr umtosten Platz in München, wurde Talmarani klar, wie sehr er insgeheim davon überzeugt gewesen war, alles, was er über die Bruderschaft wußte, deren Oberhäupter sich durch den als Halskette getragenen Rosenkranz auswiesen, sei bereits derart vom Staub der Zeit bedeckt, daß ihm keine reale Bedeutung mehr zukomme. Er hatte es geglaubt, hatte sich dafür getadelt, daß er es glaubte, und dann wieder gelitten, wenn er zu der Überzeugung gelangt war, er beziehe sein Wissen wirklich nur aus moderndem Papier. Nun jedoch, seit weniger als einer Stunde, stand zumindest fest, daß die Zeit des Zweifels vorbei war. Es gab sie noch, die Bruderschaften, und sie wußten, daß es ihn gab. Die vielen Stunden, in denen er sich mit dem Vater seines Vaters beschäftigt hatte, schienen somit keineswegs vertan zu sein, denn schließlich mußte es ja ein Bindeglied zwischen ihm und denjenigen geben, die einen voll initiierten Mitbruder auf den langen Weg nach München geschickt hatten. Dieses Bindeglied aber konnte in der Tat nur Talmaranis Großvater sein.

Konnte? Mußte. Es gab keine andere Erklärung.

Diese erste sinnvolle Schlußfolgerung seit dem Verlassen des Polizeipräsidiums hätte eigentlich wie ein weiterer Schlag gegen Talmaranis empfindlichstes Organ, den Magen, wirken müssen, statt dessen beruhigte sie ihn. Als Böschke die Bernsteinkette mit dem hellen Ring um den Hals der Leiche in Verbindung gebracht hatte, war er vor Schreck innerlich zusammengezuckt. Jetzt auf einmal konnte er wieder klar denken. Jetzt vermochte er seine Lage auch einzuschätzen. Einen Vorteil hatte er vor den Polizisten: Sie ahnten nicht einmal, in welcher Beziehung der Tote zu ihm stand, und er konnte sie genausowenig darüber aufklären wie die Clique. Auf welche Weise denn? Indem er ihnen Vorträge über muslimische Orden hielt? Indem er ihnen zu verdeutlichen suchte, welche Bedeutung solchen Bruderschaften im Orient zukam? Zurückgehen bis zu Hasan-i Sabah, dem Alten vom Berge, der im elften Jahrhundert, oder Hadjdji Bektasch, der im dreizehnten gelebt hatte? Eine Geschichte erläutern, die zu begreifen wahre Berge an Wissen über den Islam voraussetzte? Es wäre in der Tat sinnlos gewesen. Und deshalb – darin bestand sein zweiter Vorteil – würde er sich bei ihrem nächsten Gespräch, am Abend, wenn sie zu ihm nach Hause kamen, gar nicht mehr sonderlich viel Mühe geben müssen, den Ahnungslosen zu spielen. Ehrlichen Gewissens konnte er vielmehr Hinterstöger und Böschke sagen, er wisse wirklich nicht, was ihnen dienlich sei. Bitte sehr, der Mann mochte tatsächlich auf dem Weg zu ihm gewesen sein, aber weshalb und woher er kam? Sorry, meine Herrn. Vielleicht doch ein entfernter Verwandter? Nun, das sei möglicherweise noch die plausibelste Vermutung, aber dazu wußte man in Lugano vielleicht wirklich mehr.

Lugano! Talmarani machte sich eine mentale Notiz. Er mußte das Maidli anrufen und ihm anheimstellen, welchen seiner Onkel es informieren wolle, den allzeit mißtrauischen Hamid oder den eher sanguinischen Jakub. Wahrscheinlich doch am besten Jakub. Oder auch keinen von beiden. Das Maidli würde schon die richtige Entscheidung treffen, auf das Maidli war Verlaß. Die Erinnerung an Doktor Verena Röthlisberger, wie das Maidli mit bürgerlichem Namen hieß, empfand Talmarani als unerwartet wohltuend.

Auf einmal konnte er sich nun sogar vorstellen, daß es vielleicht doch eine Möglichkeit gab, der Clique von seiner Folterstunde im Polizeipräsidium zu erzählen. Warum auch nicht? Eine so schlechte Figur hatte er schließlich gar nicht abgegeben, zuletzt war er den beiden Polizisten sogar ein gutes Stück voraus gewesen.

Der Schuh zum Beispiel! Sowohl Hinterstöger als auch Böschke hätten doch sehen müssen, daß sein Träger mit Schuhen nicht vertraut gewesen war. Immer wieder mußte er versucht haben, in dieses solide Stück Schusterarbeit hineinzuschlüpfen wie in einen Pantoffel, die dünnen Rillen am hinteren Teil des Schaftes wiesen geradezu überdeutlich darauf hin. Fünfmal am Tag, jeweils zur vorgeschriebenen Gebetszeit, hatte der Unbekannte alle rituellen Waschungen vollzogen, auch die der Füße, und später einfach vergessen, daß er keine Schlappen, sondern europäische Schuhe trug – womit auch einwandfrei erwiesen war, woher er kam. Hatten die beiden Kriminalbeamten das wirklich nicht erkannt? Ihm war es geradezu ins Auge gesprungen.

Ja wirklich, fand Talmarani, das wenigstens könnte doch eine hübsche Geschichte abgeben und ihn auch noch ganz gut aussehen lassen. Der Gedanke verflog, wie er gekommen war. Es wäre schäbig gewesen, den Toten gewissermaßen vorzuführen, einen Mann immerhin, der nach ihm gespürt hatte, wie ein Hirte nach seinem verirrten Schaf. Vielleicht war er sogar zum ersten Mal in seinem Leben geflogen, vielleicht überhaupt zum ersten Mal in Westeuropa gewesen. Und dann? Verloren, untergegangen, zu Tode gekommen in ungewohnten Kleidern, in einer ihm unbekannten Welt. Mit solchen Geschichten versuchte man nicht, sich aufzuspielen.

Talmaranis nächste Überlegung mutete wieder erschreckend an. Wie arm mußten sie dran sein, wenn sich in ihrem ganzen Kreis kein anderer Bote gefunden hatte als nur ein Mann von derart geringer Erfahrung im Umgang mit europäischen Gewohnheiten. Gab es denn niemand unter ihnen, der die einfache Kunst des zeitgemäßen Reisens beherrschte, der einigermaßen sprachgewandt war? Diesen bäuerlichen Menschen hatten sie losschicken müssen, diesen frommen Muslim, der selbst in völlig fremder Umgebung keinen Tag lang darauf verzichten wollte, seine religiösen Pflichten zu erfüllen, und der außerdem nicht einmal auf den Gedanken gekommen war, sich telefonisch bei ihm zu melden – schließlich sprach Talmarani doch Arabisch, was ihnen, wenn sie von ihm wußten, bekannt gewesen sein dürfte. Oder sollten sie geglaubt haben, es sei unabdingbar, daß ihr Abgesandter ihn persönlich aufsuchte? War das, was er übermitteln sollte, etwa zu wichtig gewesen, als daß man es einem Brief oder dem Telefon hätte anvertrauen dürfen? Wichtig genug, um das Leben dessen, der die Botschaft kannte, zu gefährden? Fest stand, der Bote war umgebracht worden. Was hätte dann ihm, seinem Adressaten gedroht, wenn der Kontakt zustande gekommen wäre?

Talmaranis flüchtige Euphorie verwehte wie Zigarettenrauch. Obwohl die Sonne sogar den Metalltisch, an dem er saß, aufgeheizt hatte, überflog ihn ein Frösteln.

Telefon, dachte er, das Maidli! Er mußte es erreichen, bevor die Polizisten bei ihm anklopften. Die Chef-Juristin der Talmarani-Bank pflegte gegen sechs aus dem Büro zu gehen, zu Hause in Vico-Morcote war sie dann erst eine Stunde später zu erreichen. Jetzt ging es auf fünf zu. Seine Geldklammer zückend, rief Talmarani nach dem Keller.

Mathilde Terstegen hatte ihren Mann zu einer Zeit verloren, die für Talmarani in nebelhafter Ferne lag. Wer damals einen Starfighter haben wollte, pflegte der herzensrohe Haynau zu sagen, der mußte sich nur ein größeres Grundstück kaufen, früher oder später lag so ein Vogel vor seiner Tür. Für Mathilde wäre das natürlich die reine Blasphemie gewesen. Zügig und gewissenhaft hatte sie den toten Major Hans-Joachim Terstegen zum jeweils angemessenen Zeitpunkt in den jeweils nächsthöheren Offiziersrang versetzt, um ihn erst fünfzehn Jahre nach seinem Absturz als General zu entlassen – aus der Bundeswehr und aus ihrem Herzen. Da indes diese fiktiven Beförderungen keineswegs mit ebenso regelmäßigen Erhöhungen von Mathildes realen Witwenbezügen einhergingen, hatte sie sich außerdem gezwungen gesehen, die größere von zwei ererbten Wohnungen in dem alten Haus an der Steinsdorfstraße zu vermieten und sich selbst mit der kleineren, weit weniger repräsentativen, zu bescheiden.

Als Talmarani auf der zweiten Etage den Fahrstuhl verließ, kam Mathilde gerade aus der Wohnung – nicht ihrer Wohnung, sondern der seinen. Auf dem Arm trug sie Rochus, ein zu hysterischem Kläffen neigendes winziges Tier, dem man gerade noch ansah, daß es zur Gattung der Hunde gehörte. Und natürlich zeigte Mathilde keine Spur von Unrechtsbewußtsein. Fast immer, wenn Talmarani nicht da war, nahm sie sich die Freiheit, seine fünf Zimmer zu inspizieren, was nicht selten dazu führte, daß er aufgefordert wurde, den Klempner, den Elektriker oder sonst einen Handwerker zu rufen. Der Klempner oder Elektriker pflegte anschließend auch in Mathildes Wohnung eine Kleinigkeit zu reparieren, dafür aber nur eine Rechnung zu stellen und sie Talmarani zu schicken. Es war, fand dieser, zu ertragen. Mathilde besaß auch ihre guten Seiten.

Wie immer, wenn sie einander begegneten, streifte Talmarani ein prüfender Blick: Paßte die Krawatte zum Anzug? War seine Gesichtsfarbe gesund? Mußte er zum Friseur? Talmarani war lediglich ein bißchen verschwitzt.

»Fräulein Sandhoff hat angerufen«, verkündete die selbsternannte Generalswitwe. »Sie weiß nicht, ob sie vorher noch hereinschauen kann.« Fräulein Sandhoff war Bess.

Talmarani begriff nicht gleich. »Vorher?«

»Vor diesem Fest auf der Praterinsel. Fräulein Sandhoff meint, vielleicht könne man es sogar im Freien begehen.«

Jetzt war er wieder à jour: Bess hatte für einen ihrer Künstler ein Atelier ergattert und wollte es einweihen. Solche Anlässe galten für die Clique als Pflichttermin. Wenn Pucks eine Präsentation präsentierte, Krollow ein Ski-As vorstellte, das zu seiner Stimme gefunden hatte, war das genauso.

»Hat sonst noch jemand angerufen?« fragte Talmarani.

»Nicht, während ich mich in Ihrer Wohnung aufhielt«, erwiderte Mathilde mit schöner Aufrichtigkeit. Es mußte keineswegs heißen, daß sie darauf verzichtet hatte, von seinem Apparat aus ein bißchen in der Welt herumzutelefonieren.

Mit einem Nicken wollte Talmarani an ihr vorbei, aber Mathildes Blick hielt ihn fest. »Ist Ihnen nicht wohl, Thomas?«

»Wie kommen Sie darauf?«

Mathildes Auges verengten sich. »Sie sehen aus, als sei jemand über Ihr Grab gelaufen.«

Gut beobachtet, dachte Talmarani, versuchte aber zu lächeln.

»Seien Sie unbesorgt. Mir geht es bestens.«

Die Majorswitwe blieb mißtrauisch. »Sie wissen ja, wenn Sie mit jemand sprechen müssen – meine Tür steht jederzeit für Sie offen.«

»Aber ja«, sagte er, »aber ja doch. Wenn Sie mich jetzt bitte ...« Ostentativ blickte Talmarani auf die Uhr. Immer noch unüberzeugt räumte Mathilde den Platz vor seiner Tür.

Wie stets zu dieser Tageszeit ließ der Büroschlußverkehrslärm die schalldichten Scheiben in den zur Isar hin gelegenen

Zimmern von Talmaranis Wohnung leicht erzittern. Wenn ein besonders schwerer Lastwagen unten vorbeifuhr, klirrten sogar die Kronleuchter. Talmarani ging in seinen Arbeitsraum, befragte mit der einen Hand den Computer nach etwaiger E-Mail und zog mit der anderen das Telefon zu sich heran. Bevor er noch den Hörer abgenommen hatte, erschien jedoch auf dem Bildschirm die Mitteilung »Message received 16:42 MEZ«, dazu die drei knappen Sätze: »Erwarte dringend Deinen Anruf. Nicht im Büro, in Vico. Bin seit vier Uhr zu Hause. M.« Dann: »No further messages.« Talmarani fiel gegen die Rückenlehne seines Bürosessels. An Gedankenübertragung glaubte er nicht.

M hieß natürlich Maidli, hieß also Doktor Verena Röthlisberger, hieß rundliches, von einer Brille mit übergroßen Gläsern beherrschtes, durch zwei strenge Haarbahnen auf schmal getrimmtes Gesicht, hieß überhaupt viel bewußte Korrektur an der äußeren Erscheinung, vor allem lange, lose hängende Jacken und schwarze Strümpfe. Maidli war keineswegs füllig, seine Kurven kamen lediglich etwas überdeutlich zur Geltung. Das galt in erster Linie für Wangen, Busen und Hüften, aber auch für die Waden. Als üppige Erscheinung jedoch wollte das Maidli schon deshalb nicht eingestuft werden, weil es einen sehr seriösen Beruf ausübte – üppig war unseriös.

Wenn also nicht Gedankenübertragung, was dann? Reiner Zufall vielleicht? Talmarani glaubte auch an solche Zufälle nicht, schon gar nicht an einem Tag wie diesem.

Von dem Moment an, da es am anderen Ende zu klingeln begann, sah er bereits, was in Vico-Morcote geschah, sah Maidlis erstaunlich nüchtern eingerichtete Wohnung, das blanke Arvenholzparkett, die weißgetünchten, mit nur wenigen Bildern behängten Wände. Dann sah er das Maidli selbst in unkorrigierter Erscheinung aus der Küche kommen: mit eher hüftbetonenden als hüftreduzierenden Jeans, im ärmellosen T-Shirt, das Haar zum Knoten aufgesteckt – wenn es um diese Zeit zu Hause war, dann kochte es auch, das Maidli.

Die über den Luganer See, die Alpen und einen Teil der oberbayerischen Schotterebene hinweg an sein Ohr dringende Stimme war jene der Frau Doktor Röthlisberger. Als Amtsperson pflegte das Maidli mit Paris lupenreines Französisch zu sprechen, mit London Oxbridge-Englisch, mit Deutschland beinahe einwandfreies Hochdeutsch.

Nachdem Talmarani seinen Namen genannt hatte, kam allerdings doch ein Maidli-Seufzer über den Gotthard geflogen. »'s Büebli. Endlich. Wo bisch denn g'si die ganz Ziet?«

»Ich bin eben nach Hause gekommen und habe deine Message gefunden. Ist etwas passiert?«

Die Chefjuristin der Talmarani-Bank unterdrückte offenbar einen weiteren Seufzer und kehrte dann zum Geschäftston zurück.

»Passiert ist vielleicht der falsche Ausdruck, Thomas. In der Bank gehen lediglich ein paar Dinge vor, die mir Sorgen machen. Und sie haben alle mit dir zu tun.«

»Klingt geheimnisvoll«, konstatierte Talmarani.

»Ist es auch, Thomas, ist es auch. Paß auf, ich erzähl's der Reihe nach. Zweimal in der vorigen, einmal in dieser Woche komme ich unangemeldet ins Chefbüro, und das Gespräch zwischen Hamid und Jakub bricht jedesmal schlagartig ab. Das kam mir so ungewöhnlich vor, daß ich die Vorzimmerdamen ein bißchen ausgefragt habe. Du weißt, ich kann das ganz gut.«

Und ob sie das konnte!

»Willst du wissen, was dabei herauskam? Hamid und Jakub sprechen in letzter Zeit ziemlich oft von dir oder über dich. Und manchmal geraten sie dabei in Streit. Wie findest du das?«

»Auf alle Fälle merkwürdig«, gab Talmarani zu. Für seine beiden Onkel war er nicht gerade die wichtigste Person der Welt. »Und weiter?«

»Zweitens«, sagte Frau Dr. Röthlisberger, »war gestern deine Mutter in der Bank, und sie haben, laut Vorzimmer, wieder über dich gesprochen. Teilweise sogar sehr laut.«

»In welcher Sprache?«

»Arabisch natürlich. Die Mädchen hörten nur deinen Namen heraus.«

Das, fand Talmarani, war in der Tat merkwürdig. Seine Mutter, obwohl mit einem Viertel an der Bank beteiligt, interessierte sich so gut wie überhaupt nicht fürs Geschäft.

»Das ist aber noch nicht alles«, sagte er. »Oder?«

»Nein, Thomas, das Wichtigste kommt erst. Erinnerst du dich an Llewellyn?«

»Aber sicher. Einmal habe ich ihn in Lugano getroffen, zwei- oder dreimal war er bei mir in München.«

»Wann zuletzt?«

»Vor zehn Tagen etwa.«

»Was wollte er von dir?«

»Expertisen, wie er es nannte. Er stellte Fragen zu bestimmten Punkten, in denen schiitische Vorstellungen und sunnitische auseinandergehen, beziehungsweise übereinstimmen.«

»Hast du sie beantwortet?«

»Natürlich. Warum hätte ich es nicht tun sollen? Außerdem habe ich ihm ein paar von meinen älteren Arbeiten in die Hand gedrückt, die sich darauf beziehen. Er hat sie kommentarlos eingesteckt. Danach sind wir essen gegangen, später in einen Nachtclub. Llewellyn hat in dieser Hinsicht einen ziemlich ordinären Geschmack. Was ist mit ihm?«

Am Nordufer des Luganer Sees zog Frau Doktor Röthlisberger hörbar Luft durch die Nase. »Er kam heute morgen in die Bank und ging direkt ins Chefzimmer. Gegen eins ließen sie sich etwas zu essen bringen. Als ich um vier aus dem Haus ging, saßen sie noch immer zusammen. Dein Name soll wieder mehrmals gefallen sein. Und vor allem haben die drei wie verrückt in der Welt herumtelefoniert.« Frau Doktor Röthlisberger legte eine kurze Pause ein. Dann fragte sie: »Hast du gewußt, daß Llewellyn Arabisch kann?«

»Llewellyn! Arabisch?« Talmarani hätte fast geschrien.

»Sagen die Mädchen. Was hältst du davon?«

Nun mußte er eine Pause einlegen. Llewellyn, dieser aufgeschwemmte Brite – Waliser, um genau zu sein – mit den spitzen Eckzähnen, den spitz zugefeilten Fingernägeln, den extrem spitzen Schuhkappen, der konnte Arabisch! Und ihn hatte er um Informationen angegangen, die jedem besseren

Islam-Lexikon zu entnehmen gewesen wären. »Vollmond mit Tigerlächeln«, hatte Bess gesagt, nachdem sie Llewellyn begegnet war.

»Bist du noch dran?« fragte die zweite Frau in Talmaranis Leben – die dritte eigentlich, wenn man Mathilde dazunahm.

»Ja, natürlich.«

»Und?«

»Im Moment bin ich einfach baff.«

»Aber du gibst zu, daß es ein Grund war, dich anzurufen?«

»Und ob, Maidli, und ob.«

»Willst du etwas unternehmen?«

»Was sollte ich denn unternehmen?«

»Herkommen zum Beispiel«, beschied ihn Frau Doktor Röthlisberger.

»Wozu?«

»Das ergibt sich vielleicht.«

»Gute Idee«, sagte Talmarani und dachte: Ausgezeichnete Idee sogar. Aber das lag daran, daß er in Wirklichkeit doch mit dem Maidli sprach, jener Frau also, die ihm – da war er neunzehn gewesen und sie fünfundzwanzig – auf den Kopf zugesagt hatte, seine Kenntnis des weiblichen Geschlechts tendiere gegen null, ein Zustand, dem abzuhelfen sie sich, aus quasi pädagogischen Gründen und weil er ein nett's Büebli sei, bereitfinden könne. So war es dann auch geschehen, und die erste Lektion hätte gründlicher kaum ausfallen können. Verena Röthlisberger, auch damals schon Doktor, aber bei der Talmarani-Bank noch in Ausbildung, erledigte jede Aufgabe mit geradezu hingebungsvoller Tüchtigkeit. Was daraus folgen würde, war schon bei diesem ersten Mal sowohl ihm als auch ihr vollkommen klar gewesen, und so wurde es dann – nicht nur, wenn Talmarani in Lugano war, zuweilen bekam das Maidli große Lust, den Gotthard und einen Teil der oberbayerischen Schotterebene zu überqueren.

»Wann?« fragte das Maidli.

»Bald«, sagte sein ehemaliger Schüler.

Der letzte Maidli-Seufzer kam über die Alpen geflogen. Der Frau Doktor Röthlisberger hingegen diente das Telefon ausschließlich zur Informationsübermittlung. »Gut«, sagte sie und legte auf.

Talmarani dachte noch über das, was er erfahren hatte, nach, als die Turmuhr der Markuskirche sechsmal schlug. Keine zwei Minuten danach klingelte es an seiner Wohnungstür. Pünktlich waren sie ja, die Herren Hinterstöger und Böschke.

Drei oder vier Stunden später stand Talmarani am Fenster seines Wohnzimmers und blickte auf die Isar hinab. Am südlichen Ende der Praterinsel glommen ein paar bunte Lichter durch die Dunkelheit; Bess schien ihre Ateliereinweihungsparty tatsächlich ins Freie verlegt zu haben. Sein Fehlen mußte sie inzwischen bemerkt haben, ob es sie ärgerte, war eine andere Frage. Auch die Mitinhaberin der Galerie »Tesoro di blu« gehörte zu den Frauen, die sich bei der Erfüllung einer einmal angepackten Aufgabe von Kleinigkeiten nicht stören ließen. Als blau-schwarzer Wirbel tanzte sie also von Besuchergrüppchen zu Besuchergrüppchen, Kunstkritiker mit Künstlern, Leute von Einfluß mit Leuten von Einfluß bekannt machend, Serviererinnen dirigierend, diesem die Wangen hinhaltend, jenen freundlich unterhakend, dort ein Angebot abgebend, hier eines entgegennehmend, in jeder Situation die lebende Verkörperung ihrer Firma: tiefblau das Kleid, schwarz die stets sorgfältig getönte Mähne.

Was die Gäste anbetraf, so kannte Talmarani sie alle, selbst die, die ihm noch nie begegnet waren: Yuppies, in ihren gestreiften Hemden mit weißen Kragen wie männliche Krankenschwestern wirkend und jederzeit bereit, per Handy ein bißchen Telefonsex mit Investmentberatern, Scheidungsanwälten oder dem persönlichen Kontaktmann in der Staatskanzlei zu betreiben; Fernsehleute, von denen einige den Ledersessel hinterm Schreibtisch nicht erdient, sondern ererbt hatten; Jungunternehmer, für die das gleiche galt; Schauspielerinnen, die seit ihren Kindertagen vor der Kamera standen und das reale Leben für einen schlechtbesetzten Film hielten; potentielle Selbstmordkandidaten, die nicht davon lassen konnten, ihren Lebensekel in Worte zu fassen und ständig nach einem Verleger suchten, der sie gewinnbringend vermarkten würde.

O ja, er kannte wirklich jeden und jede aus dieser selbsternannten Elite, so wie sie auch ihn erkannnt hätten, wenn er dort gewesen wäre; man hatte die Aura des Zugehörigseins, oder man hatte sie eben nicht, er hatte sie – dank der Clique. Letzten Endes diente ihr kleiner Zirkel nur dem Erlernen all jener Verhaltensweisen, die man kennen mußte, um in dem größeren Kreis, der auch eine Clique war, mit Anstand zu bestehen. Aber wer, wenn Talmarani es genau bedachte, beherrschte diese überlebensnotwendigen Regeln am besten von allen Cliquenmitgliedern? Kein anderer als Hubertus Theophil Graf Haynau.

Am Fenster seines Arbeitszimmers stehend und zur Praterinsel hinabblickend, dachte Talmarani: Eigentlich war es von allen Ereignissen dieses Tages das am wenigsten überraschende, daß anstelle der Herren Hinterstöger und Böschke der gute, alte Haynau am Türstock lehnte und mir das Kuvert mit den Fotografien hinhält. Haynau in seiner üblichen, etwas ludenhaft wirkenden Aufmachung: schwarzes Hemd, hellgelbe Krawatte, den Trenchcoat lässig über die Schulter geworfen und verschwörerisch grinsend, wie immer. Haynau! Er hätte es schon lange ahnen müssen.

Daß Talmaranis Münchner Jahre sich überdies im Anblick einer Insel noch einmal zu verdichten schienen, paßte ebenfalls ganz gut ins Bild: hier er, da drüben das von Wasser umflossene Stück Land, auf dem die berühmten Schönen und die weniger berühmten, die Reichen und jene, die erst reich werden wollten, sich zusammen- und aneinanderdrängten, nichts sehnlicher wünschend, als daß man von ihnen auf gebührende Weise Notiz nehme – am besten durch namentliche Erwähnung in einer Klatschkolumne. Zwischen ihm und jenen anderen lag der Fluß, und es gab keinen Grund mehr, ihn zu überqueren.

Talmarani zog den Vorhang zu. Die Diskette mit der Markierung S.1 steckte bereits im Computer.

II Als Said zum erstenmal ins Gefängnis kam, dürfte er kaum älter als fünfzehn gewesen sein. Trotzdem plagte ihn nur eine eher zweitrangige Sorge: Unter dem Fußboden seiner Kammer im Yildiz-Palast waren knapp siebenhundert Pfund verborgen, der Ertrag mehrerer Geschäftstransaktionen mit dem Handelsministerium. Nun fragte er sich, was mit dem Geld wohl geschehen würde, wenn der Sultan beschlossen haben sollte, ihn nicht wieder in seine Familie aufzunehmen – und vorausgesetzt natürlich, die drei Bündel Banknoten plus eine Handvoll Medjidjeh-Taler wurden überhaupt je entdeckt.

Die Vorstellung, das Geld bliebe vielleicht ewig in seinem Versteck, bereitete Said fast körperliches Unbehagen. Er hatte bei seinen Geschäften allerhand riskiert, war auch mehrmals hereingelegt worden, kannte aber mittlerweile alle wichtigen Leute in allen wichtigen Ministerien gut genug, um zu wissen, wie sie behandelt werden mußten, und vor allem, wie hoch ihr Preis war. Das wiederum hieß, er stand gerade erst am Anfang einer vielversprechenden Laufbahn, und die knapp siebenhundert Pfund waren nichts weiter als ein anständiges Startkapital. Die Zeit, in der er Handel mit Kupfer betrieben hatte, ging ohnehin zu Ende. Der Markt für Buntmetall versprach zwar nach wie vor sichere Renditen, bot aber keine größere Chancen mehr. Jeder, der nicht auf den Kopf gefallen war, wußte, daß die Zukunft dem kaukasischen Erdöl gehörte.

Die Arafelians etwa hatten vor kaum mehr als fünf Jahren noch Schrott verhökert, inzwischen vertraten sie den großen Alexander Mantachow und besaßen eine Villa im Botschafterviertel, wo sich reiche Armenier besonders gern ansiedelten, weil sie dort vor Verfolgungen sicherer sein konnten als in den anderen Stadtteilen. Er aber, Said, war mit Kristaphor Arafelian befreundet und durfte darauf bauen, daß er mit dessen Familie ins Geschäft kommen würde. Nur dafür hatte er die knapp siebenhundert Pfund beiseite gelegt. Jetzt würden sie möglicherweise unter dem Fußboden seiner Schlafkammer vermodern. Diese Vorstellung schmerzte ihn in der Tat weit mehr als alles, was ihm sonst widerfahren war.

Angst hingegen empfand Said nach seiner dritten Nacht im Gefängnistrakt der Selimiye-Kaserne kaum noch. Seine Zelle enthielt eine Wollmatratze, auf der er schlafen, einen Klapptisch, an dem er sitzen konnte, einen verschließbaren Kübel für seinen Notdurft und sogar ein Stück Sackleinen, das als Gebetsteppich gedacht war. Vor allem jedoch, das schien Said ein besonders günstiges Zeichen zu sein, behandelten die Wärter ihn anständig, was sicherlich nicht nur daran lag, daß er sie aus seiner Notreserve reichlich mit Bakschisch versorgte. Die Kerle schienen durchaus zu wissen, wer er war, oder hatten vielleicht sogar Befehl, ihn keineswegs als gewöhnlichen Gefangenen anzusehen. Auch sein Essen kam ersichtlich nicht aus der Gefängnisküche.

Die Frage, weshalb man ihn von der Straße weg verhaftet und in die Selimiye eingeliefert hatte, stellte sich Said nach dieser dritten Nacht ebenfalls nicht mehr, es wäre ohnehin sinnlos gewesen. Baba Hamid, und nur er konnte seine Festnahme befohlen haben, war launischer als das Aprilwetter, mißtrauischer als ein Geldwechsler und so verletzlich wie eine frisch gehäutete Schlange. Es gab tausend Gründe, die ihn zu seinem jähen Entschluß veranlaßt haben mochten: eine kleine Geste der Unehrerbietigkeit; ein falsches Wort zur falschen Zeit; der Verdacht, Said habe ihn in einem jener Momente beobachtet, in denen er nichts war als die verkörperte Angst vor den Menschen, dem Schicksal, der Zukunft, der Welt insgesamt – in solchen Momenten nämlich pflegte Abdul Hamid II., Oberhaupt des Osmanischen Reiches, vor Entsetzen haltlos zu zittern. Und man sagte, viele Zeugen solcher Anfälle hätten für ihre Beobachtung mit dem Leben bezahlt. Da sich Said jedoch nicht vorzustellen vermochte, daß Baba Hamid ihn als jemanden ansah, vor dem er sein wahres Wesen verstecken mußte, verlor die Vermutung, man bestrafe ihn, weil er ein Geheimnis kannte, das der Welt verborgen bleiben mußte, allmählich an Überzeugungskraft.

Für den Versuch hingegen, sein väterlicher Mentor habe ihn einfach warnen wollen, gab es durchaus einige Gründe. Vielleicht war Baba Hamid ja über seine Geschäfte mit den Ministern aufgeklärt worden. Vielleicht kränkte es ihn, daß Said versuchte, ein eigenes Leben zu führen. Oder, das mutete doch am wahrscheinlichsten an, die Botschaft, die dem Ziehsohn übermittelt werden sollte, hieß einfach: Laß ab von Leuten wie den Arafelians, halte dich überhaupt von den Armeniern fern. In Baba Hamids Augen waren alle Angehörigen dieses Volkes potentielle Hochverräter, besonders jedoch die Arafelians. Arbeitete ihr ganzer Clan nicht mit dem Russen Mantachow zusammen? Und machte sie nicht schon diese Verbindung zu direkten Konkurrenten des Sultans? Seit einigen Jahren hatte auch das Osmanische Reich sein eigenes Öl. In den mesopotamischen Vilajets Mossul und Bagdad waren ergiebige Quellen entdeckt worden. Dieser Schatz aus der Wüste sollte nun Baba Hamids ewig leere Kassen füllen. Das schwarze Gold, wie es bereits genannt wurde, galt ihm als eine Gottesgabe. Es würde seinen Staat von der beschämenden Bevormundung durch die europäischen Großmächte befreien, unter der er seit Jahren litt. Doch zur Verwirklichung dieses Vorhabens brauchte der Sultan auch Leute, die so geschäftstüchtig waren wie eben die Arafelians, nur daß sie keine Armenier sein durften. Nichts plagte ihn sosehr wie sein geradezu krankhaftes Mißtrauen gegenüber allen Menschen, keineswegs nur den Armeniern. Und es dürfte ihm sogar bewußt gewesen sein, daß gerade darin seine größte Schwäche bestand.

Sollte Baba Hamid seinen Ziehsohn also nur ins Gefängnis geworfen haben, damit er über solche Dinge nachdenke? Lautete die Botschaft dann in Wirklichkeit: Hilf mir bei diesem schwierigsten aller anstehenden Geschäfte? Berate mich, zeige Wege, Mittel, Möglichkeiten auf. Warne mich vor Gefahren und vor schlechten Menschen. Du bist Said, du führst meine Journale und kennst also alle Sorgen deines Sultans. Gerade dir müßte doch bekannt sein, daß ich fürchte, am Ölgeschäft ebenso zu scheitern wie schon an so vielen anderen Unternehmungen. Diese Menge gieriger Menschen um mich herum: Deutsche, Russen, Briten, Franzosen! Alle versuchen, mir meine letzten Kronjuwelen wegzunehmen: die Kontrolle über den Schiffsverkehr zwischen Schwarzem Meer und Mittelmeer, die wenigen Vasallenstaaten, die mir noch geblieben sind, meine Armee, meine Flotte. Selbst nach der Herrschaft über Anatolien, dieser Brücke zwischen Europa und Asien, greifen sie schon, schneiden am Körper meines Staates herum wie Metzger an einem toten Organismus. Jeder will das beste Stück davon ergattern. Wann werden sie versuchen, uns selbst das Herz aus der noch atmenden Brust zu reißen? Und längst sind ihre Augen ja auch auf die mesopotamischen Ölquellen gefallen, längst suchen sie nach Mitteln, sie mir zu stehlen. Warum machst du, Said, dich da zum Handlanger eines russischen Großspekulanten, hinter dem wiederum die verfluchten Armenier stehen? Wäre es nicht deine Pflicht, Baba Hamid zu helfen: ihn einweihen in ihre Ränke, ihm raten, wie sie abzuwehren seien, ihn lehren, wie sie selber denken?

Je länger Said diesen Überlegungen nachhing, desto sicherer war er, endlich auf der richtigen Spur zu sein. Baba Hamid mußte in der Tat erfahren haben, wie er sich in das Kupfergeschäft eingeschaltet hatte, fand vielleicht sogar – Liebhaber von Hintertreppenmanövern, der er war – Gefallen an seiner Art zu taktieren und wenn nicht Gefallen, dann doch ein gewisses Vergnügen am Geschäftssinn seines Ziehsohns.

Nun aber wünschte er, dessen schlaues Köpfchen selbst in Dienst zu nehmen, wie es ihm ja auch zustand. Nun rief er Said an seine Seite.

Das Gittermuster, das die Sonne auf den Boden der Gefängniszelle zeichnete, wanderte von links nach rechts. Said verfolgte die unendlich langsame Bewegung, ohne richtig wahrzunehmen, daß er es tat. Der Vorgang hypnotisierte ihn geradezu, trug aber gleichzeitig dazu bei, daß sich die Leere in seinem Kopf mit Überlegungen füllte, deren eine aus der anderen hervorging und die sich alle, so schien es ihm wenigstens, folgerichtig aneinanderreihten. Warum, dachte er, sich in der Tat an diese Russen und Armenier hängen, die das Land und einen großen Teil der übrigen Welt mit kaukasischem Öl überschwemmen? Über keinem einzigen Dorf Abchasiens, Mingreliens, Tschetscheniens wehte mehr die türkische Fahne. Anders stand es hingegen mit dem Land am Euphrat und Tigris, das gehörte noch zum Reich von Baba Hamid, hier konnte er seinen Willen noch durchsetzen. Lag es da wirklich nicht nahe, sich lieber für das Geschäft mit dem dort gefundenen Öl zu interessieren, als am kaukasischen mitverdienen zu wollen?

Natürlich, soviel war Said bekannt, hatten sich auch um die mesopotamischen Quellen schon Gruppen mächtiger Interessenten geschart, doch keine davon war so stark wie die Alexander Mantachows, der schwedischen Gebrüder Nobel oder der französischen Rothschilds, die alle im Kaukasus operierten. Und vor allem, das wußte er ebenfalls, hatte noch niemand Mittel und Wege gefunden, das Öl aus der Wüste preisgünstig auf die Märkte zu schaffen. Boten sich deshalb in Mesopotamien nicht bedeutend größere Möglichkeiten für jemanden wie ihn, der einen Sinn für Geschäfte hatte, und für Baba Hamid, dem das Land samt seinen Bodenschätzen immerhin gehörte? Und mußte er aus allen diesen Gründen seinen Ziehvater nicht tatsächlich auf eben solche Chancen hinweisen?

Als das Gittermuster sich über die rechte Zellenwand emporschob, um endlich mit den Schatten an deren oberem

Ende zu verschmelzen, saß Said noch immer mit gekreuzten Beinen auf dem Boden, völlig in sich versunken, taub gegenüber allen Geräuschen aus der Tiefe der riesenhaften Selimiye-Kaserne, aber Gefühlen ausgeliefert, die er noch nie empfunden hatte.

Ja, er würde seine Beziehungen zu den Arafelians abbrechen. (Oder vielleicht doch nicht ganz abbrechen, um wenigstens über ihre weiteren Operationen informiert zu bleiben?) Auf alle Fälle würde er indes nach Wegen suchen, die es Baba Hamid ermöglichten, den letzten großen Schatz, über den er noch verfügte, auf die günstigste Weise umzumünzen. In was? Nun ja, vor allem wohl in Geld. Aber sicherlich würde noch mehr hinzukommen: Macht, Ansehen, Einfluß.

An dieser Stelle begannen Saids Gedanken sich zu verwirren. Von Geld verstand er ziemlich viel. Aber, was war Macht? Was war Einfluß? Mit solchen Fragen hatte er sich noch nie beschäftigt. Er würde, dachte er, Schemsi fragen müssen. Schemsi machte zwar auf die meisten Menschen den Eindruck eines weltfremden Gelehrten. Das täuschte indessen, hinter seiner frommen Maske lauerten Schlauheit, Gerissenheit, sogar Tücke. Er war sehr klug, dieser Bektaschi-Mönch, und kam auf seine Weise fast immer zu höchst einleuchtenden Schlüssen.

Wußte Schemsi überhaupt, daß er im Gefängnistrakt der Selimiye saß? Natürlich mußte er es wissen. Aber wenn das so war, warum holte er ihn dann nicht heraus? Said glühte bereits vor Tatendrang. Er sah den Weg, den er beschreiten mußte, deutlich vor sich und wollte keine Stunde länger untätig in dieser Zelle sitzen.

Thomas Talmarani ließ die Cursor-Taste los, mit der er dem Wust von Notizen und Anmerkungen auf dem Computerschirm bis zu der Stelle gefolgt war, an der Said seine baldige Befreiung aus dem Gefängnis durch den Bektaschi-Mönch Ak Schems ed-Din ankündigte, und lehnte sich zurück. Dieser Teil von Saids Geschichte gehörte zu seinen Lieblingsstücken. Immer wieder, wenn er ihn überlas oder vielmehr aus den vorhandenen Bruchstücken für sich selbst zusammensetzte, dachte er das gleiche: Ein fünfzehnjähriges Bürschchen traut sich zu, den Herrn des Osmanischen Reiches an die Hand zu nehmen und auf den richtigen Weg zu führen. Aber so mußte Said sein ganzes Leben lang gewesen sein: berstend vor Selbstvertrauen, berauscht von seinen eigenen Fähigkeiten, doch nicht selten auch zu Selbstüberschätzung neigend.

Und ausgerechnet jener Said war sein, Talmaranis, Großvater gewesen. Niemand, der ihn, den Enkel kannte, würde das glauben.

Dieser letzten Überlegung kam derzeit allerdings keine Bedeutung zu. Talmarani dachte vielmehr: Wenn ich das hier Haynau gezeigt hätte, wäre er völlig ausgerastet. Irgendwann im Verlauf ihres Gesprächs nämlich hatte der Nachfahr eines eher berüchtigten als berühmten kaiserlich österreichischen Generals gesagt: »Vielleicht bist du ja einfach deshalb in diese beschissene Situation hineingeraten, weil eure Familienbank vor allem im Ölgeschäft tätig ist.«

Haynaus Bemerkung war im Kern richtig gewesen. Hamid und Jakub galten als Spezialisten für die Finanzierung von Explorations- und Förderfirmen. Daran, daß auch Haynaus Schlußfolgerung zutraf, mochte Talmarani jedoch nicht glauben. Assem i-Audi war ersichtlich niemand gewesen, der mit Öl oder Erdgas zu tun hatte. Andererseits freilich ... die um den Hals getragene Bernsteinkette wies ihn eindeutig als hochrangigen Bektaschi-Mönch aus. Und die Bektaschis interessierten sich keineswegs nur für die Lehre des Propheten oder deren Auslegung.

Assem i-Audi – so lautete der Name des in der Länd zu Tode gekommen Mannes.

»Wir haben ihn«, sagte Haynau, »von dem Moment an, wo er in Wien aus dem Zug stieg, rund um die Uhr observiert. Zuvor sind die Ungarn an ihm dran gewesen. Er ist von einem Gastarbeiterzug immer in den nächsten umgestiegen. War teuflisch schwer, ihn nicht aus den Augen zu verlieren. In

München nahm er dann ein Pensionszimmer gleich beim Hauptbahnhof.«

»Aber?« fragte Talmarani.

Irritiert blickte Haynau ihn an. »Was meinst du?«

»Irgendwann muß er euch doch entkommen sein.«

»Nein, ist er eigentlich nicht. Wir waren ihm auf den Fersen, bis er diesen Supermarkt in der Länd betrat. Und da ahnten wir auch schon, wo er hinwollte.«

»Was ging denn dann schief?«

Haynau stieß sich von dem Bücherbord ab, an dem er in einer seiner unnachahmlich prätentiösen Haltungen gelehnt hatte, rechte Schulter abgestützt, die Füße an den Fesseln gekreuzt. »Unser Mann kam einfach nicht auf den Gedanken, daß er selbst die ganze Zeit unter Beobachtung gestanden haben könnte. Als er dann sah, wie der Mörder auf Assem zutrat, war es schon zu spät. Es ging ja alles so unglaublich schnell: Assem wurde scheinbar angerempelt, stolperte und fiel vor das Auto. Den Rest mußten wir ohnehin der Polizei überlassen – notgedrungen, wie du weißt.«

Talmarani wußte nur, daß Leute wie Haynau allerlei Vollmachten hatten, aber keine polizeilichen. Trotzdem nickte er. »Und wie ging's von da an weiter?«

»Du meinst, ab wann wir wieder übernommen haben?«

»Ja.«

»Dieser Hinterstöger, oder der andere ...«

»Böschke.«

»Wenn du es sagst. Einer von ihnen war jedenfalls klug genug, zu kapieren, daß diese Sache einen Tick zu groß für sie ist. So kamen wir wieder dran.«

So also, dachte Talmarani, so einfach. Oder vielleicht doch nicht ganz so einfach? Er wußte indes, daß es sinnlos gewesen wäre, Haynau zu fragen, wie sein Apparat mit dem Apparat der Herren Hinterstöger und Böschke zusammenarbeitete, ob diesseits der Legalität oder jenseits davon.

»Assems Papiere habt ihr also in dieser Pension gefunden?«

»Einen libanesischen Paß, ja. Aber wir wußten schon vorher, wie er hieß. Sagt dir übrigens der Name etwas?«

Talmarani schüttelte den Kopf. Schon als Haynau sich mit den Fotos von Assem ausgewiesen hatte, war ihm bewußt geworden, daß er keineswegs aufatmen konnte, weil ein Freund an die Stelle der Herren Hinterstöger und Böschke getreten war. Der blaublütige Zyniker mochte ihn zwar durchaus schätzen. Aber galt das auch jetzt noch, da sie unter völlig neuen Umständen aufeinandertrafen? Haynau war sicherlich ein Profi, in welchen Dingen auch immer, vertrat jedoch Interessen, die sich mit den seinen wahrscheinlich kaum deckten. Er hingegen befand sich seit heute morgen eigentlich im freien Fall. Jeglicher Orientierung beraubt stürzte er aus seinem alten Leben in so etwas wie einen dunklen Schlund hinein. Und da nicht abzusehen war, wo der Sturz enden würde, blieb Vorsicht gegenüber jedermann das erste und oberste Gebot.

Den Namen Assem i-Audi hatte Talmarani fürs erste einfach gespeichert. Er meinte jedoch schon deshalb ihn in irgendeiner seiner Aufzeichnungen finden zu können, weil die Audis ein ähnlich großer syrisch-libanesischer Clan waren wie die Talmaranis und weil es aus diesem Grund zwischen beiden irgendwelche Beziehungen geben mußte, vermutlich sogar verwandtschaftliche. Heiratspolitik gehörte nun einmal zur Familienpolitik wie das Wasser zum Brunnen.

Da Haynau seit seiner letzten Frage stumm geblieben war und nun unschlüssig auf dem blauen Mittelfeld des Kirmans stand, um den alle Sitzmöbel in Mathildes ehemaligem Salon herumgruppiert waren, gewann Talmarani den Eindruck, er fühle sich nicht sonderlich wohl in seiner Haut. Wie auch? Dem »Dienst«, wie der Graf seinen Arbeitgeber bezeichnete, oder vielleicht auch ihm selber, war irgend etwas aus dem Ruder gelaufen. Und wenn sie Assem tatsächlich schon von Ungarn an observiert hatten, mußte sogar ein ziemlich aufwendiges Unternehmen mißlungen sein.

Was, wollte Talmarani fragen, hättet ihr eigentlich gemacht, wenn Assem nicht ermordet worden wäre, bevor er mich gefunden hatte? Ihn abgefangen und ausgequetscht? Mich irgendwo hinzitiert und auch ausgequetscht? Beide

Möglichkeiten sind vertan. Assem ist tot. Ich habe keine Ahnung, was er mir übermitteln wollte. Trotzdem bin ich jetzt der, an den ihr euch halten müßt. Um diese Option wahrnehmen zu können, hast du, Haynau, sogar deine Maske fallen lassen; das deutet darauf hin, daß der »Dienst« auf dem letzten Loch pfeift.

Zusammengenommen riefen diese Überlegungen bei Talmarani ein Gefühl hervor, das an Schadenfreude grenzte. Da er jedoch so war, wie er eben war, schluckte er alle Bemerkungen, die ihm auf der Zunge lagen, runter und fragte stattdessen: »Kognak, Hubi?«

Haynau schrak auf. »Wie? Ja, gerne.«

Talmarani trat an seinen Barschrank. »Wo die Gläser sind, weißt du sicher.«

Sein Gast wußte es in der Tat. Wahrscheinlich hatte er sich schon viel öfter in Talmaranis Wohnung aufgehalten, als dieser ahnte. Auch Bess war ja oft hier, wenn er sich auf Reisen befand. Und Bess – nun ja, er hatte sie schließlich von Haynau übernommen. Den Impuls, diesen Gedanken weiterzuspinnen, unterdrückte er wie zuvor seine Fragen. Bess tanzte da unten auf der Praterinsel.

Der Kognak brachte Haynau sein früheres Selbst zurück. »Bist du wirklich nie drauf gekommen?«

Talmarani schüttelte den Kopf. »Du weißt, was über dich getuschelt wird und daß Joschi mal gesagt hat, für die Arbeit in Pullach sei selbst ein Graf Haynau nicht dekadent genug. Aber du hast nur gelacht, und so dachte ich, sie machten wirklich Witze. Abgesehen davon hätte es mich nicht gekratzt, wenn du tatsächlich als Spion enttarnt worden wärst. Schließlich bin ich niemand, den man ausspionieren könnte.«

Haynau erstarrte mitten in der Bewegung des Trinkens. Langsam stellte er dann sein Glas ab, kam zu Talmarani herüber, nahm dessen Kopf in beide Hände und küßte ihn feierlich auf die Stirn. Danach ging er zur Bücherwand hinüber, fuhr mit der Hand über einige Buchrücken und fragte im Ton eines Vaters, der zu seinem etwas begriffsstutzigen Sohn spricht: »Was ist das hier, Talma-Baby?«

Verwirrt blickte Talmarani ihn an. Haynau lachte.

Einige der Bücher herausnehmend las er ihre Titel vor. »Aufbau, Absichten und Wirkungsmöglichkeiten der muslimischen Orden«, von Thomas Talmarani. »Die religiösen Quellen des politischen Terrorismus«, Autor: Thomas Talmarani. »Die Assassinen und ihre Imitatoren. Eine Chronik der Gewalt«, Verfasser: Thomas Talmarani. Haynau stellte die Bücher wieder zurück. »Liest du dein eigenes Zeug nicht, Talma oder schreibst du in Trance? Wonach wirst du denn in all den Talkshows gefragt, zu denen man dich einlädt? Die berühmten Assassinen, sicher, solche Geschichten hören die Leute immer wieder gern. Der Alte vom Berge, seine Haschischesser, die Dolche, die man gewissen Machthabern aufs Kopfkissen legte und ihnen später in den Rücken stieß, wenn sie die erste Botschaft nicht verstanden hatten. Auch hübsche Geschichten. Aber dann fangen deine Interviewer an, dir Brücken zu bauen: von den Assassinen zur Hamas oder zur Hisb Allah, vom Mittelalter in die Gegenwart. Und was tut unser Talma? Gehorsam, ja geradezu beflissen, geht er auf alle Fragen ein. Gewiß, mein Herr, die Methoden der frühen islamischen Terroristen sind mit denen der heutigen Terroristen grundsätzlich vergleichbar. Aber sicher, verehrte Dame, es gibt eine bis ins elfte Jahrhundert zurückreichende, bis heute ungebrochene Tradition des religiös fundierten politischen Terrorismus. Doch, doch, Sie sehen das völlig richtig, Doktor Blabbermaul, Ähnlichkeiten zwischen den Rechtfertigungstheorien der Terroristen von einst und denen unserer Tage sind ohne weiteres nachweisbar. Hältst du das etwa für Esoterik? Oder für Spekulationen im wertfreien Raum? Meinst du, deine Zuhörer halten dich für einen Märchenerzähler? Das kann nicht dein Ernst sein, Talma-Baby. So blöd ist nicht mal die beknackte alte Schachtel von nebenan oder das Superarschloch Krollow. So blöd ist überhaupt kein Mensch.«

Die letzten Sätze seiner Rede hatte Haynau fast herausgeschrien. Seine Frustration schien in Wut umgeschlagen zu sein. Talmarani fragte sich: In Wut auf wen? Etwa auf mich?

Oder doch eher auf sich selbst? Natürlich wußte er genau, was der Graf meinte. Die Fernsehleute, die ihn einluden, bedienten sich seiner als eine Art lebendes Lexikon, mit dessen Hilfe Querverbindungen zwischen historischen Begebenheiten und heutigen Ereignissen herzustellen waren. Sie warfen ihm Stichworte hin, er lieferte Fakten. Aber nichts, was er vortrug, war erfunden, an den Haaren herbeigezogen oder verdreht. Jede seiner Aussagen hätte er guten Gewissens auch vor einem akademischen Gremium machen können. Und wenn er einmal spekulierte, etwa auf die Ähnlichkeiten zwischen der Ermordung eines Emirs von Homs im zwölften und jener eines ägyptischen Politikers im zwanzigsten Jahrhundert hinwies, dann doch nur, weil sie geradezu ins Auge sprangen, weil Motiv, Tathintergrund und politische Absicht beim einen Fall sich mit Motiv, Tathintergrund und Absicht beim anderen fast vollkommen zur Deckung bringen ließen.

Dies alles bedenkend verspürte Talmarani nun einen Anflug von Ärger. Hielt Haynau ihn denn für vertrottelt?

Der Graf schien sich wieder etwas gefangen zu haben. Als er weitersprach, klang seine Stimme neutral.

»Es kann ja sein«, sagte er, »daß du die verkörperte Harmlosigkeit bist und daß man dir das zugute halten muß. Aber daß dir nicht bewußt ist, wie sehr du manchmal mit dem Feuer spielst, das halte ich für ausgeschlossen. Und ich bin keineswegs der einzige, der das glaubt.«

»Wer denn noch?« wollte Talmarani wissen.

Die Antwort kam wie aus der Pistole. »Llewellyn.«

»Der?«

»Genau der. Und ich sage dir: Er versteht etwas von der Materie, in der du herumwühlst. Wie dir erinnerlich sein wird, habe ich ihn zu dieser intimen Diskussionsveranstaltung in Bad Wiessee mitgebracht, auf der du die These vertreten hast, eine ganz bestimmte Bruderschaft, ich weiß jetzt nicht mehr genau, welche, sei im Nahen Osten noch heute so einflußreich wie vor ein paar hundert Jahren und stehe hinter einer ganzen Reihe von anderen Organisationen, die nun wirklich immer wieder einmal aktiv werden. Du hast das mit so vielen Hinweisen untermauert, daß Llewellyn hinterher richtiggehend elektrisiert war. Er sagte zu mir: Wenn man das so betrachtet wie Ihr Freund, dann werden einem eine Menge Dinge klar, die man vorher nicht verstehen konnte. Außerdem hat er behauptet, du müßtest Zugang zu einigen Quellen haben, an die andere nicht herankämen.«

Quatsch, wollte Talmarani sagen, aber Haynau hob die Hand.

»Llewellyn redet nicht nur dumm herum. Er weiß meistens ziemlich genau, worauf er abhebt.«

»Nämlich? Auf was?«

»Zum Beispiel auf die Deutsch-Ottomanische Handelsgesellschaft von 1908.«

Mit dieser Antwort hatte Talmarani nun wirklich nicht gerechnet. Die Deutsch-Ottomanische Handelsgesellschaft, gegründet in Konstantinopel, später nach Bagdad, dann nach Beirut umgesiedelt, firmierte seit Ende des Zweiten Weltkriegs als Talmarani-Bank, derzeitiger Sitz: Lugano.

»Du weißt«, fragte Haynau, »daß Llewellyn deinen Schweizer Onkeln mehrmals auf die Pelle gerückt ist?«

Talmarani, dem ein weiteres Licht aufging, sagte: »Ja.«

»Er wollte von ihnen wissen, was mit dem Archiv der Deutsch-Ottomanischen geschehen sei. Und er hat sogar eine beträchtliche Summe dafür geboten.«

»Dann weiß er auch, daß Hamid und Jakub das Archiv der Universität Istanbul gestiftet haben. Dort kann es jedermann einsehen.«

Haynau nickte. »Das hat er natürlich getan.«

»Und? Hat Llewellyn gefunden, was er suchte?«

»Eben nicht. Die Bosporus-Universität besitzt das Archiv tatsächlich. Nur, lieber Talma: es ist nicht vollständig. Nach Llewellyns Ansicht müßte die Deutsch-Ottomanische auch bestimmte Papiere aus dem Familienbesitz eines der drei letzten türkischen Sultane besessen haben. Von denen sind jedoch nur noch belanglose Reste vorhanden. Weißt du zufällig, wo die übrigen abgeblieben sind?«

»Wie sollte ich?«

»Wie solltest du nicht? Du bist der einzige Orientalist in der Familie Talmarani. Llewellyn sagt, deine Onkel hätten die meisten dieser Papiere nicht einmal lesen können, weil sie in einer veralteten Form des Türkischen abgefaßt sind, das heute nur noch Spezialisten verstehen. Wer also sollte ihnen gesagt haben, daß da Dinge drinstehen, die für die Wissenschaft von Bedeutung sein könnten?«

»Ach deshalb«, murmelte Talmarani.

»Was deshalb?«

»Deshalb meint Llewellyn, ich hätte bessere Informationen über gewisse Dinge als einige Kollegen.«

»Er glaubt, du hättest die fehlenden Papiere an dich gebracht. Und offenbar sind davon auch noch andere Leute überzeugt.«

»Leute«, fragte Talmarani zurück, »die einen Mann wie Assem nach mir ausschicken? Oder Leute, die Assem dann umbringen lassen? Was nun eigentlich?«

»Jedenfalls kommen wir dem Kern der Dinge langsam näher«, erklärte Haynau.

Darin stimmte Talmarani mit ihm überein, aber das gedachte er ebenfalls nicht preiszugeben.

Llewellyn also! Bess war er unheimlich gewesen, das Maidli mochte ihn nicht, Mathilde fand sein Rasierwasser unerträglich, ihm selbst ging er auf die Nerven. Nun wurde auch klar, warum der Waliser nach dieser ersten Begegnung immer wieder in München aufgetaucht war und an ihm herumgeschnuppert hatte wie ein Hund. Haynau mußte Llewellyn auf ihn gehetzt haben. Und Haynau wiederum …? Wer hatte die intime Diskussionsrunde im Hotel Lederer am See damals zusammengebracht? Wer hatte ihn, Talmarani, dazu eingeladen? Hingefahren war er jedenfalls mit Haynau, der später auch die Zimmerrechnung beglich. Aber die Veranstalter? Irgendein Kreis für irgend etwas. Die Teilnehmer: Männer mittleren Alters, die es gewöhnt zu sein schienen, sich in Nobelherbergen aufzuhalten, nicht alle davon Deutsche. Vor Augen stand ihm nur noch einer davon, ein eher untersetzter Typ mit sandfarbenem Haar. Als Talmarani erläutert hatte, daß die Gruppierungen, von denen die Rede war und über die er natürlich ausgefragt wurde, eigentlich die liberale Seite im Islam verkörperten, nämlich dessen mystische Ausformungen, war dieser Mann aufgesprungen und hatte erklärt, das sei der größte Blödsinn, mit dem er je konfrontiert worden sei, ohne seine Kritik jedoch zu begründen. Danach war er einfach aus dem Raum gestürmt. An Llewellyn hingegen konnte er sich in diesem Zusammenhang überhaupt nicht erinnern, noch daran, daß der Waliser in die Diskussion eingegriffen hätte.

»Llewellyn«, sagte er laut. »Ein Kollege von dir?«

»Ein unangenehmer«, gab Haynau zu. »Aber in gewissen Bereichen sind wir auf die Zusammenarbeit mit ihm angewiesen. In seinem speziellen Fach ist er Spitze.«

Talmarani nickte. Wenn Llewellyn von der Deutsch-Ottomanischen wußte, mußte er zumindest gut informiert sein. Auch sie hatte sich schon in erster Linie mit Erdöl befaßt.

»Wer«, fragte er, »war der Typ, der damals einfach davonrannte, nachdem ich gesagt hatte, die meisten Geheimgesellschaften seien gegründet worden, um Abweichler von der geltenden Lehre vor Verfolgung durch die orthodoxe Geistlichkeit zu schützen?«

Haynau knurrte. »Rechne es dir aus, Talma. Wem kann es nicht gefallen, daß du Parallelen aufstellst zwischen irgendeinem alten Derwischorden und, sagen wir, der Muslimbruderschaft von heute und dann auch noch behauptest, dabei müsse es sich keineswegs immer um Vereinigungen fanatischer Verschwörer handeln. Im Gegenteil, mit dem Fundamentalismus hätten sie meist gar nichts im Sinn.«

»Ein Israeli?«

»Getroffen.«

»Und auch ein Kollege von dir?«

Der Graf ließ die Augenbrauen hochschnellen. »Ich sage ja, langsam kommen wir der Sache näher.«

»Du hast mich also damals in Bad Wiessee regelrecht – wie soll ich sagen – vorgeführt?«

»Vorgestellt, Talma, vorgestellt. Man wollte dich kennenlernen. Also habe ich den Herrn diesen kleinen Gefallen getan.«

»Und jetzt bin ich ihnen bekannt.«

»Von Angesicht zu Angesicht. Wer du bist, wußten die meisten schon vorher. Und deine Bücher haben sie auch gelesen.«

Freier Fall! dachte Talmarani. Er sauste noch immer in die Tiefe, und der Schlund unter seinen Füßen schien überhaupt kein Ende zu nehmen. Aber dieser Zustand mutete bereits nicht mehr unangenehm an. Er war mit einer Art Klarsichtigkeit verbunden, die ihn seine Umgebung, sein bisheriges Leben völlig anders erscheinen ließ als zu der Zeit, da er geglaubt hatte, noch auf festem Boden zu stehen – was, wie er inzwischen ahnte, auch nur eine Illusion gewesen zu sein schien. Er sah Haynau, der, wieder am Bücherbord lehnend, trotz seiner Ludenaufmachung keineswegs gefährlich wirkte, eher verunsichert. Er sah sich selbst, ein harmloser Privatmann, seinen privaten Neigungen nachgehend, in Wirklichkeit jedoch aus dem Dunkel heraus von ungezählten Augen beobachtet. Verbunden war dieser neue Zustand überdies mit dem Gefühl, schwerelos zu sein, aber das gehörte wohl dazu: Wer stürzte, wer in die Tiefe fiel, hatte auch kein Gewicht. Das würde er erst beim Aufprall wiederfinden. Weshalb also das Ende des Sturzes herbeiwünschen?

Unzusammenhängende Erinnerungsfetzen streiften Talmarani wie milde Nebelstreifen. Während seiner Schulzeit in Beirut waren die Assassinen für Leon und ihn – was aus Leon wohl geworden sein mochte? – das gleiche gewesen wie für Haynau wahrscheinlich Indianer und Cowboys. Sie hatten sich mit den Fedayyin des Alten vom Berge ebenso identifiziert wie er mit Winnetou und seinen Apatschen, hatten raffinierte Mordanschläge ausgeheckt und in Gedanken vollstreckt. Und wozu hatte das bei ihm geführt? Er beschäftigte sich noch immer mit geheimen Bruderschaften, Derwischorden, Vereinigungen esoterischer und weniger esoterischer Mystikervereinigungen, galt sogar, wie ihm eben bescheinigt worden war, als ausgewiesener Spezialist für derartige Themen. Wohingegen Haynau möglicherweise nur deshalb

Geheimdienstler geworden war, weil er seinen kindlichen Hang zum Cowboy- und Indianer-Spiel einfach nie abgelegt hatte. Der Gedanke amüsierte Talmarani.

Eine andere Erinnerung: Hatte Bess nicht behauptet, Haynau habe sich vor allem deshalb an sie herangemacht, um in die Clique aufgenommen zu werden, und sofort jegliches Interesse an ihr verloren, als er dann dazugehörte? Natürlich war Bess damals gekränkt gewesen. Und vielleicht hatte sie sich ja nur an Haynau rächen wollen, indem sie ihn fallenließ und in seine, Talmaranis, Arme sank. Und vielleicht war Haynau das sogar zupaß gekommen. Wahrlich, der schwarze Schlund, durch den er schwerelos stürzte, zog immer größere Teile seines früheren Lebens mit hinab. Talmarani streifte die Überlegung, ob das nicht sogar eine mystische Erfahrung sein könnte, doch dann begnügte er sich mit der vergleichsweise banalen Erkenntnis, daß es ihm eben nicht gegeben sei, Frauen zu erobern, meistens eroberten sie vielmehr ihn.

Während ihm dies alles durch den Kopf ging, sprach Talmarani mit Haynau, zumindest hörte er sich selber reden.

Gerade sagte er zum Beispiel: »Wenn Llewellyn von einem der drei letzten türkischen Sultane spricht, meint er wahrscheinlich Abdul Hamid II., der 1909 gestürzt wurde. Nach ihm kamen noch zwei andere, aber die waren nur Marionetten der Jungtürken. Und mit dem altertümlichen Türkisch meint er die osmanische Hofsprache, ein Gemisch aus arabischen, persischen, griechischen, natürlich auch türkischen Wörtern. Es wurde mit arabischen Lettern geschrieben und ist in der Tat nur schwer zu entschlüsseln.«

Haynau stürzte sich auf diesen Informationsbrocken wie ein Geier.

»Aber du kannst das Zeug lesen?«

»Mit Hilfe von Wörterbüchern, ja.«

»Und hast du es gelesen? Die Papiere aus dem Archiv der Deutsch-Ottomanischen?«

»Meine Onkel baten mich, das Zeug durchzusehen, bevor sie es der Universität schenkten. Es stehen aber nur Dinge drin, die für Wirtschaftshistoriker interessant sind: Informationen zu allerlei Geschäften mit Eisenbahnen, der Bagdad-Bahn etwa, oder mit Schiffen, Weizen, Petroleum, Phosphat, Waffen. Gelegentlich tauchen Namen wie Krupp, Mannesmann, Schneider-Creusot oder Vickers auf. Das ist alles, was ich gefunden habe.«

»Warum meint Llewellyn dann, das Archiv sei gefleddert worden, bevor deine Onkel es weggaben?«

»Es wurde gefleddert, aber nicht von Hamid und Jakub, und schon gar nicht von mir. Das könnte bereits geschehen sein, als die Deutsch-Ottomanische noch in Konstantinopel ansässig war. Und wahrscheinlich ist Llewellyn ohnehin nur irgendeinem Gerücht aufgesessen.«

»Was für einem Gerücht?«

Auch in seinen eigenen Ohren hörte Talmarani sich an wie ein Lehrer, der widerwillig einen längst bekannten Stoff vorkaut. »Abdul Hamid hat viele seiner Privatgeschäfte über die Deutsch-Ottomanische abgewickelt. Bevor die Jungtürken ihn dann nach Saloniki abschoben, soll er, heißt es, der Bank auch seine privaten Aufzeichnungen anvertraut haben, vor allem die sogenannten ›Tschurnals‹, eine Zusammenfassung von vertraulichen Nachrichten aus allen Teilen des osmanischen Reiches und dem Rest der Welt. Aber die wurden später nirgendwo gefunden. Ich nehme an, das ist es, was Llewellyn vermißt.«

Haynau, der seine lässige Haltung längst aufgegeben hatte, trat auf Talmarani zu und stieß ihm den Zeigefinger der rechten Hand beinahe ins Gesicht. »Na klar muß es das sein, wonach er gesucht hat. Was denn sonst?« Das Gesicht über der schreiend gelben Krawatte hatte einen verkniffenen Zug angenommen.

»Ja und?« Talmarani drehte seine Handflächen nach oben. »Die ›Tschurnals‹ sind eben nicht mehr da – vorausgesetzt, sie waren überhaupt jemals in dem Archiv.«

»Verdammt«, rief Haynau, »Llewellyn ist doch kein Idiot. Wenn er sagt, sie müßten dagewesen sein, dann hat er Gründe dafür.«

»Wie eine Reihe anderer Herren offenbar auch«, bemerkte Talmarani milde. Zugleich sagte er, allerdings nicht zu Haynau: »Langsam komme ich dir auf die Sprünge, Said« – und beschloß schon in diesem Moment, sich an seinen Computer zu setzen, sobald der Graf ihn verlassen haben würde.

Der schien nachzudenken. »Tschurnals«, sagte er schließlich, »ist das ein allgemein bekannter Begriff?«

»Für Kenner der Materie, ja. Journale sagt kein Mensch.«

Ein paar weitere Sekunden starrte Haynau seine Fußspitzen an. Dann fragte er: »Kann ich mal für kleine Jungs?«

Ohne auf Antwort zu warten, wandte er sich ab, noch im Gehen sein Handy aus der Sakkotasche fischend und somit gar kein Hehl daraus machend, daß er zwar telefonieren wollte, aber nicht von Talmaranis Apparat aus. Wahrscheinlich weil er verwanzt ist, dachte dieser und fand es in seinem Zustand eher belustigend als bedrohlich.

Der Verkehr auf der Steinsdorfstraße war längst nicht mehr so dicht wie noch vor zwei Stunden. Wenn die Fenster aufgewesen wären, hätte man das Rauschen des Wehrs am Kabelsteg gehört und vielleicht, von der Praterinsel her, Fetzen von Musik. So herrschte jedoch in dem hohen Eckraum fast vollkommene Stille. Und alles, was Talmarani draußen sehen konnte, war die angestrahlte Turmkuppel des Müller'schen Volksbades am gegenüberliegenden Isarufer. Der Klotz des dahinter aufsteigenden Konzerthauses am Gasteig hingegen verschmolz bereits mit der Dämmerung.

Aus Talmaranis Badezimmer war ebenfalls nichts zu hören. Kein Wunder, es lag am Ende eines langen, leicht gekrümmten Korridors und ging nicht zur Straßenseite, sondern auf einen verwinkelten Hinterhof hinaus, der bei richtiger Beleuchtung, einem späten Herbstmorgen zum Beispiel, so tat, als liege er keineswegs im Münchner Stadtteil Lehel, sondern am Montmartre. Die Mühe, wenigstens auf den Knopf der Klosettspülung zu drücken, machte Haynau sich voraussehbarerweise nicht.

In der Zeit seiner Abwesenheit hatte Talmarani ein paar Fragen einzufangen versucht, die wie Mücken durch seinen

Kopf schwirrten. Eine davon lautete: Hast du etwa das Archiv der Deutsch-Ottomanischen geplündert, als der gestürzte Baba Hamid hilflos und einflußlos in Saloniki saß, lieber Said? Die nächste, die sich daraus ergab: Wenn ja, warum? Um den Jungtürken jeglichen Einblick in seine privaten Geschäfte zu verwehren? Um die Tschurnals, die ja allerlei brisante Informationen enthalten haben müssen, in Sicherheit zu bringen? Oder vielleicht, um diese Informationen für dich und deine Geschäfte zu nützen? Sicher ist, daß dir nach dem Tod des Sultans die Deutsch-Ottomanische praktisch gehörte. Du hast deine Anteile ja meinem Vater vererbt, der dann die Familie meiner Mutter mit ins Geschäft nahm. Aber dann dachte Talmarani: Selbst wenn es so gewesen sein sollte, wen interessiert das heute noch? Die mesopotamischen Ölquellen fielen nach dem Ersten Weltkrieg in englische und holländische Hände. Die Arafelians und natürlich ihr Landsmann Gulbenkian, der berühmte »Mister 5%«, hatten ihnen den Weg nach Bagdad, Kirkuk und Mossul geebnet. Einige der Firmen, die damals am persischen Golf tonangebend waren, gibt es jedoch mittlerweile gar nicht mehr. Anglo-Persian, Burmah-Oil, zur Zeit meines Vaters noch mächtig und einflußreich, sind untergegangen. Also wirklich, weshalb sollte Llewellyn sich für irgendwelche Hintergründe ihrer damaligen Aktivitäten interessieren? Es macht einfach keinen Sinn.

Kurz bevor Haynau zurückkehrte, ging ihm noch ein besonders abenteuerlicher Gedanke durch den Kopf: Was, wenn sein, Talmaranis, eigenes Material über den Ziehsohn des Sultans zum Teil aus dem gefledderten Archiv stammte? Dann wäre sein Vater derjenige gewesen, der die interessantesten Papiere hatte verschwinden lassen, denn das, was er in Händen hielt, stammte überwiegend aus dem Besitz von Eduard Lionel Phelbs, dem späteren Ehemann seiner Mutter Umm Talmarani.

»Tschurnals«, verkündete Haynau, die Tür hinter sich zudrückend, »ist ein Begriff, mit dem einige unserer Leute etwas anfangen können.«

»Na bitte«, sagte Talmarani. »Und was weiter? Ihr glaubt

doch nicht etwa, daß man die Tschurnals noch aufspüren kann?«

»Das vielleicht nicht.«

»Aber?«

»Rekonstruieren. Wenigstens teilweise.«

»Wie denn das?«

»Durch lange, intensive Gespräche.«

»Etwa mit mir?«

Haynau gab keine Antwort.

»Und wer führt diese Gespräche? Llewellyn?«

»Glaube ich kaum«, sagte Haynau.

»Wer dann?«

»Keine Ahnung. Ich soll dich nur fragen, ob du zu einer Zusammenarbeit bereit bist.«

Vergiß es, wollte Talmarani erwidern, gab aber, wie fast immer seinem ersten Impuls nicht nach. Statt dessen fragte er:»Weshalb sollte ich?«

Haynau trat auf ihn zu und ergriff seine Oberarme. »Ein Mann ist deinetwegen ermordet worden, Talma.« Das schmale, etwas verlebte Gesicht des Grafen war dicht vor dem seinen. Er konnte den Kognak in seinem Atem riechen und dachte zum zweitenmal an diesem Tag: Jetzt ist die Falle zugeschnappt. Dieser Hundesohn wußte ganz genau, wie und wo man einen Thomas Talmarani packen mußte, schließlich hatte er ihn lange genug studiert.

Statt dem einen Satz noch einen weiteren hinzuzufügen, ließ Haynau sein Opfer wieder los und sagte: »Hast du vorhin nicht auch Geschäfte mit Petroleum erwähnt, als von den Papieren in eurem Archiv die Rede war?«

Talmarani bestätigte es.

»Vielleicht ergibt ja das eine Spur. Deine Familie ist doch immer noch im Ölgeschäft tätig.«

»Ja und?«

»Llewellyn und Öl paßt auch ganz gut zusammen.«

»Weil der Brite ist?«

Haynau nickte. »Könnte doch sein, daß du auf einem Ölteppich in diese beschissene Situation hineingeschlittert bist.«

Die Überlegung mutete wenig einleuchtend an. Trotzdem beschloß Talmarani nun endgültig, sich gleich nach Haynaus Verschwinden an den Computer zu setzen.

Der hingegen schien seine eigenen Worte schon wieder vergessen zu haben, denn er fragte. »Könnte ich noch einen Schluck haben?«

Wortlos reichte Talmarani ihm die Kognakflasche.

Im Zimmer begann es dunkel zu werden, und da keiner von ihnen auf den Gedanken kam, eine Lampe einzuschalten, verloren Sessel, Tisch, Bücherborde und Barschrank allmählich ihre Konturen.

»Komische Situation«, murmelte Haynau. »Findest du nicht auch?«

»Bekannte Situation«, erwiderte Talmarani. »Der Elefant in der Dunkelheit.«

»Wovon redest du?«

»Dschellal ed-Din Rumi. Türkischer Mystiker. Dreizehntes Jahrhundert. Begründer des Ordens der Tanzenden Derwische.«

»Was war mit ihm?«

»Er hat die Geschichte vom Elefanten im Dunkel erzählt. Sie könnte für Leute wie dich ganz lehrreich sein. Hör zu! Ein Hindu sperrte einen Elefanten in einen lichtlosen Raum und fordert vier Männer auf, ihn zu betasten. Der erste gerät an den Rüssel und sagt: ›Dieses Tier ist wie ein Wasserschlauch.‹ Der zweite berührt das Ohr und meint, nein, es gleiche eher einem Fächer. Der dritte greift nach einem Fuß, und sagt: ›Diese Kreatur hat die Form einer Säule.‹ Der vierte schließlich streicht ihm über den Rücken und erklärt: ›Das ist ein lebender Thron.‹ Was lernen wir daraus, Hubi?«

Ratlos schüttelte Haynau den Kopf.

»Die vier wären sich schnell einig geworden, wenn sie ein Licht gehabt hätten. Liegt doch auf der Hand, oder?«

»Das ist alles?«

»Braucht es mehr? Ich halte die Geschichte für eine ganz hübsche Beschreibung deines Berufs.«

Jetzt schien der Groschen gefallen sein, Haynau lachte.

»Da hast du nicht unrecht. Aber das soll sie wohl nicht sein.«

»Nein«, sagte Talmarani. »An Geheimdienste dürfte Dschellal ed-Din in der Tat nicht gedacht haben. Er hatte wichtigere Dinge im Kopf.«

Diesmal begriff Haynau schneller. »Du willst mich loshaben?«

»Ja, Hubi. Lüfte deinen Hintern und verschwinde.«

»Aber ...?«

Obwohl Talmarani Grobheiten verabscheute, sagte er: »Raus!«

Dschellal ed-Din Rumi hatte sagen wollen: Wer nicht zur Erkenntnis fähig ist, wird immer im Dunkeln herumstolpern und nie die Wahrheit finden. Talmarani verspürte das dringende Bedürfnis, die Aufzeichnungen über Saids Gefängnisaufenthalt und seine Befreiung durch Ak Schems ed-Din nun endlich zu überlesen. Er hatte das Gefühl, irgendwo in dieser Geschichte könne sich ein Hinweis auf das finden, was Llewellyn und Konsorten wirklich interessierte. Said hatte in seiner Zelle über Erdöl nachgedacht, ein fünfzehnjähriger Junge. Aber was waren die Motive des Bektaschi-Mönchs, den er Schemsi nannte?

Auf weichen Sohlen schlenderte Ak Schems ed-Din durch den Korridor, der sonst von den Schritten harter Soldatenstiefel widerhallte. Er trug die weiße Ordensmütze, deren vier Falten Recht, Gehorsam, Erkenntnis und Wahrheit symbolisierten. Sein sehniger Hals wurde von der Bernsteinkette umschlossen. Als Talmaranis Vater ihn kennengelernt hatte, war Schemsis Gesicht ein einziges Geflecht aus Runzeln gewesen. Damals, als er Said aus dem Gefängnis holte, dürfte sich seine Haut noch glatt über die stark hervortretenden Wangenknochen gespannt haben. Den Wärter, der ihn begleitete, winkte Schemsi beiseite, kaum daß er die Zellentür aufgeschlossen hatte.

Said wollte seinem Besucher entgegenstürzen, besann sich aber im letzten Moment und küßte seine Hand, um sie dann an die Stirn zu führen, zumindest nahm Talmarani das an.

Wie Schemsi darauf reagierte, wußte er natürlich nicht. Der junge Mann jedenfalls wurde aufgefordert, ihm nach draußen zu folgen. Für Said schien es die natürlichste Sache der Welt zu sein. Schon auf der Fahrt den Bosporus hinauf und zum europäischen Ufer hinüber sprudelte dann alles aus ihm heraus, was während der letzten Tage durch seinen Kopf gegangen war. Schemsi, kein Mann von vielen Worten, hörte zunächst einfach zu. Erst später wollte er wissen, was Erdöl überhaupt so wertvoll mache. Said erklärte ihm, daß es der Kraftstoff der Zukunft sei, daß es bereits die Kohle abzulösen beginne und der Menschheit ungeahnt große neue Möglichkeiten erschließen werde. Welche Art von Möglichkeiten, fragte der Bektaschi. Schnellere und größere Schiffe, sagte Said, Maschinen, die besser seien als alle bisherigen, mit Ölderivaten wie Benzin würden Autos angetrieben, je mehr Öl also auf den Markt käme, desto mehr Autos könnten gebaut werden. Mit anderen Worten: das Öl sei flüssiges Gold, wer es besitze, werde reicher als König Salomo. Das schien Schemsi fürs erste zu genügen, denn von da an bis zum Tor des Yildiz-Palastes sprach er kein Wort mehr.

Den Offizier der Wache, der ihnen dort entgegentrat, winkte Schemsi ebenso beiseite wie zuvor den Gefängniswärter. Und damit hatten sie einen anderen Planeten betreten. Nichts verband den Yildiz-Palast mit der Außenwelt. Eine Mauer schirmte ihn gegen sie ab. Pfade und Straßen wanden sich zwischen lichten Baumgruppen hindurch. Aus dem allgegenwärtigen Grün schimmerten helle Mauern, Fenster blinkten auf, Gärten voll blühender Blumen öffneten sich vor den beiden, Bäche rauschten zu Tal, in künstlichen Wasserbecken spiegelte sich der Himmel, und zunächst war es noch geisterhaft still. Doch dann tauchten die ersten Palastbediensteten auf, zuerst Gärtner, dann livrierte Lakaien, dann ganze Horden von Lakaien, die Tabletts trugen oder hochrädrige Servierwagen schoben. Der Yildiz war kein Palast, sondern eine kleine Stadt aus Palästen, bewohnt von mehreren tausend Menschen, und alle wollten zu jeder Tageszeit mit Essen, mit Kaffee, mit Wasser versorgt werden.

Schemsi schien zu wissen, wo der Sultan sie erwartete. Zielstrebig ging er, vorbei am Jale Köskü, dem Palast der Tautropfen, auf eine von Bäumen überschattete Terrasse zu, die an ein Gartencafé erinnerte. Es sollte in der Tat eine Konditorei sein. Auf sorgfältig geharktem Kies standen Marmortische und Stühle mit verschnörkelten gußeisernen Lehnen. Kellner schritten zwischen ihnen herum und taten so, als bedienten sie eine Menge von Gästen. Es gab jedoch nur einen einzigen Gast, und der benahm sich wie jemand, der eben in einem öffentlichen Pastahane sitzt. Als sie sich der Terrasse näherten, zog er gerade seine Geldbörse aus der Tasche, öffnete sie umständlich, klaubte ein paar Münzen heraus und schob sie dem Kellner hin. Der wollte Wechselgeld zurückgeben, wurde aber davon abgehalten: Danke, es stimme so. Eine knappe Verbeugung andeutend zog der Kellner sich zurück.

Es muß, dachte Talmarani, eine wahrhaft gespenstische Pantomime gewesen sein: Abdul Hamid II., Herr des immer noch von Bosnien bis an den Rand des Kaukasus und von der Schwarzmeerküste bis an den Persischen Golf reichenden osmanischen Imperiums, saß in einer Gartencafé-Kulisse und benahm sich, als sei er eben mal über die Straße geschlendert, um einen Mokka zu trinken, wie jeder Bürger Konstantinopels es tun konnte, wenn ihn die Lust dazu überkam. Indes: Abdul Hamid konnte es eben nicht, denn er hatte sich selbst hinter den Mauern des Yildiz-Palastes eingesperrt. Nur einmal pro Woche wagte es der Sultan, sein festungsähnliches Refugium zu verlassen, um in der nächstgelegenen Moschee zu beten.

Said hingegen schien sich nicht zu wundern. Er traf sich mit seinem Ziehvater häufig in einem der über den Palastpark verstreuten Gartencafés oder Konditoreien. Für ihn war es ganz normal, die illusionäre Freiheit Baba Hamids zu teilen.

Als der Sultan sie bemerkte und den Kopf hob, erschrak er indessen doch. Schmal und eingefallen war sein von der gebogenen Nase beherrschtes Gesicht schon immer gewesen, aber nun wirkte es kränklich. In den von mächtigen Brauen überwölbten Augen stand fiebriger Glanz. Die aus dem Barthaar herausragende Unterlippe verlieh dem Mund einen halb schmollenden, halb ratlosen Ausdruck. Sie schien nach Antworten auf viele Fragen zu lechzen oder nach heilendem, vom Himmel herabtropfendem Manna. Darüber hinaus wirkte Baba Hamid in dem leeren Café unendlich einsam.

Seine Stimme klang brüchig: »Said«, sagte er, »ich habe dich lange nicht gesehen.«

»Er war«, erklärte Schemsi, »ein paar Tage lang nicht in der Stadt.«

»Oh«, in Hamids Stimme schwang Erstaunen mit. »Geschäfte?«

»Geschäfte«, bestätigte ungerührt der Bektaschi.

Said selbst wunderte sich auch über diesen Wortwechsel nicht im mindesten. Niemals hätte der Sultan zugegeben, daß er wußte, was wirklich mit ihm geschehen war, und das gehörte sich auch so. Ein Herrscher und Padischah äußerte gelegentlich einen halb privaten Wunsch, und derjenige, der ihn vernahm, hörte aus seinen Worten heraus, ob ihn die Art, wie er erfüllt worden war, hinterher noch interessieren würde oder nicht. Er hätte also auch erkannt, ob die paar hingeworfenen Worte als Todesurteil aufgefaßt werden mußten oder ob nur eine Rüge erteilt werden sollte.

»Und?« fragte Baba Hamid.

Diesmal antwortete Said. »Ich habe zu erkennen versucht, was der Padischah von mir erwartet.«

»Hast du es erkannt?«

Die Antwort darauf gab wieder Ak Schems ed-Din, und nur ihretwegen hatte sich Talmarani bis zu dieser Stelle seiner Unterlagen durchgearbeitet. Der Bektaschi nämlich sagte: »Said weiß, daß das Öl in Mesopotamien ein Teil des Ganzen ist, aber den Elefanten sieht er so wenig wie du, Padischah, oder ich. Noch ist es dunkel.«

Der auf dem Caféstuhl sitzende Baba Hamid sank ein wenig in sich zusammen, was ihn alt und noch hinfälliger als zuvor erscheinen ließ. »Noch immer«, murmelte er.

Schemsi nickte. Als er wieder sprach, schwang in seiner Stimme ein kalter, beinahe drohender Ton mit. »Möglicherweise wird es schon zu spät sein, wenn endlich Licht in den Raum fällt.«

»Warum?«

»Statt des Elefanten könnten wir ein Ungeheuer erblicken, das uns vernichten will.«

Auch Said spürte bei diesen Worten einen eisigen Hauch im Gesicht. Ähnlich schien es Baba Hamid zu gehen.

Dann fügte Schemsi noch hinzu: »Und wir sind für einen Kampf mit dem Ungeheuer nicht gerüstet.«

In Talmaranis Aufzeichnungen stand hinter diesem Satz eine seiner eigenen Anmerkungen: »Ist mit Kampf Dschihnad gemeint?«

Die Szene im Palastpark-Café hatte er aus den wenigen frühen Tagebuchnotizen Saids rekonstruiert und dessen Handschrift, eine nahezu schmuckbandartige Aneinanderreihung arabischer Lettern, war in der Regel makellos. Nur diese eine Stelle ließ sich kaum entziffern. Talmarani meinte den Schrecken zu spüren, der auch seinen noch jugendlichen Großvater überfallen hatte, als er sie zu Papier brachte.

Immerhin, dachte er, hat mich meine Erinnerung nicht im Stich gelassen. Said ist erfüllt von großen Plänen, das mesopotamische Öl betreffend, als er aus dem Gefängnis kommt. Schemsi muß, während beide den Bosporus überquerten, aus seinen sprudelnden Worten über die Energie der Zukunft und die an sie geknüpften Hoffnungen jedoch eine völlig andere Botschaft herausgehört haben als jene, die der junge Mann ihm vermitteln wollte – verständlicherweise: Von Wirtschaft und Technik verstand der Bektaschi wahrscheinlich so gut wie nichts. Er dachte in völlig anderen Bezügen als Said. Fragte sich allerdings, in welchen.

Talmarani konnte fürs erste nur konstatieren, daß Öl und Schemsis Überzeugungen zwei verschiedene Teile des unsichtbaren Elefanten bildeten. Und das mußte es sein, was Llewellyn vielleicht wirklich interessierte. Vorausgesetzt natürlich, er war auf seinem Gebiet tatsächlich so gut, wie Haynau glaubte. Talmarani jedenfalls würde den Teufel tun und ihn aufklären.

Was der Waliser vermutlich auch nicht wußte: Saids kurzer Gefängnisaufenthalt fiel in das Jahr 1908. Und einige Wochen nach seiner Entlassung war die Deutsch-Ottomanische Handelsgesellschaft gegründet worden, ein Unternehmen, an dem schon der Fünfzehnjährige Anteile hielt. Gekauft wovon? Seinem im Kupfergeschäft verdienten Startkapital? Geliehenem Geld? Oder diente er dem Sultan nur als Strohmann?

Als Talmarani vom Computerschirm aufblickte, begann der Himmel hinter dem Stein- und Glasklotz der Philharmonie am Gasteig bereits hell zu werden.

III

Den ersten Kolbenschlägen hatte die schwere Tür des »Pera Palace Hotel« noch widerstanden. Daß sie irgendwann in den nächsten Minuten nachgeben würde, war dennoch abzusehen. Schon spritzten Glassplitter auf die Rosenmuster des unter dem Kronleuchter liegenden Teppichs. Niemand in der mit farbigem Marmor ausgekleideten Halle machte sich noch Illusionen über den weiteren Fortgang der Dinge. Das Gebrüll der marodierenden Soldaten hatte einen gefährlich hysterischen Ton angenommen.

Staudacher, der zwischen Said und Abd ur-Rahmin saß, stemmte sich aus seinem Sessel, blieb breitbeinig vor ihnen stehen und zog dann langsam eine großkalibrige Pistole aus der Innentasche seines Gehrocks. Als er die Waffe durchlud, fuhren die Köpfe einiger nahe dem Eingang der Bar aneinandergedrängter Gäste zu ihm herum. Mit schriller Stimme fragte Abd ur-Rahmin: »Was wollen Sie tun, Staudacher-Effendim?«

»Meistens«, erwiderte der Deutsche, »genügt es, wenn man den Anführer eines solchen Haufens niederschießt. Der Rest läuft dann einfach auseinander.«

Wie alles, was Staudacher von sich gab, hatten auch diese beiden Sätze geklungen, als lese er eine Gebrauchsanweisung vor. Es mochte daran liegen, daß er zwar ganz gut Türkisch verstand, aber noch wenig Übung im Sprechen hatte.

Die Fechterpositur, die er eingenommen hatte: Schmalseite des Körpers dem Hoteleingang zugewandt, der rechte Arm mit der Waffe lose hängend, ließ zugleich erkennen, daß er im Umgang mit Pistolen ausgebildet war. Entweder, dachte Said, ist er Offizier gewesen, oder er gehört noch immer der Armee an. Das letztere mutete wahrscheinlicher an. Offiziell leitete Staudacher die unter deutsche Verwaltung gestellte Handelskammer. In Wirklichkeit betrieb er jedoch das gleiche Geschäft wie alle anderen Ausländer, die sich in Konstantinopel breitmachten, ob sie Engländer waren, die den Zoll kontrollierten, Franzosen, die das Finanzministerium übernommen, oder Italiener, die den Polizeiapparat an sich gebracht hatten. Jeder von ihnen versuchte Konzessionen für Erzabbau, für die Errichtung von Bahnlinien oder für Ölförderung an sich raffen. Staudacher bildete da keine Ausnahme. Im übrigen war er jener Mann, der das Wort »Deutsch« im Firmennamen Deutsch-Ottomanische Handelsgesellschaft rechtfertigte, er hielt einen Anteil an dem Unternehmen, allerdings nur nominell. Hinter ihm stand ein Konsortium von Interessenten der verschiedensten Couleur: Bankiers, Industrielle, Reeder, Exportkaufleute. In deren Namen kaufte Staudacher alles, was er an Beteiligungen bekommen konnte, wobei ihn vorzugsweise mesopotamische Ölgesellschaften interessierten. Und bis jetzt hatten sich weder der Deutsche mit der Bürstenfrisur noch seine Hintermänner beklagen können. Zu den Gesellschaftern der Deutsch-Ottomanischen gehörte unter anderem Abd ur-Rahmin, ein Sohn des Sultans. Wenn Staudacher also Konzessionen, Kuxe oder Aktien haben wollte, bekam er sie meist, denn im Auftrag Abdul Hamids verkauften Said und der Prinz, was sie nur losschlagen konnten. Dem Herrn des osmanischen Reiches war deutlich genug signalisiert worden, daß die Tage seiner Souveränität zu Ende gingen. Sogar mit der Entthronung des Sultans mußte schon gerechnet werden. Und was sollte aus ihm werden, wenn die aufrührerischen Militärs des Komitees »Einheit und Fortschritt« beschließen würden, einen all seiner Einkünfte beraubten Padischah auch noch ins Exil zu schicken?

Es stand in der Tat nicht gut um Baba Hamid, seine Sorgen wuchsen mit jedem Tag, seine Angst vor den Menschen und der Welt war größer denn je. Aber noch gab es auch Untertanen, die für ihn kämpften und sich auflehnten gegen die zunehmende Übermacht der Fremden im Osmanischen Reich.

Vor allem die Soldaten der anatolischen Regimenter hatten es satt, von Offizieren geschunden zu werden, die britischer als die Briten, preußischer als die Preußen sein wollten, die ihnen keine Zeit mehr ließen für die vorgeschriebenen Gebete und Waschungen, die offen den Koran, den Propheten und vor allem ihren Padischah, den Kalifen und Beherrscher aller Gläubigen verspotteten.

Verschreckt und vor Schrecken stumm hatten sie vernommen, daß Abdul Hamid von Kommandeuren der in Saloniki stationierten Armeekorps gezwungen worden war, seine wichtigsten Privilegien an eine Versammlung abzutreten, die sich Parlament nannte. Mürrisch hatten sie mit angesehen, wie der Sultan den Palast verließ, um eine Verfassung zu verkünden, deren Sinn sich keinem von ihnen erschloß. Ihre Verbitterung hatte noch weiter zugenommen, als er, gedrängt von meuternden Offizieren, den amtierenden Großwesir entließ, aber sie war nicht unmittelbar in Unruhe umgeschlagen. Was hätte es denn genützt, gegen das Schicksal anzukämpfen? Die meisten Bewohner der Hauptstadt glaubten, ein neues, ein besseres Zeitalter für das Osmanische Reich dämmere herauf. Sie waren wie berauscht von den Parolen des Komitees in Saloniki. Sie glaubten an Fortschritt und die Einheit aller Völker, aller Religionen zwischen Mekka und Monastir. Den Sultan und Padischah aber verhöhnten die wohlhabenderen unter den Stambulis genau so, wie die Offiziere es taten. Sie bezeichneten ihn als Unterdrücker und Ausbeuter, als Repräsentanten des finstersten Mittelalters. Wirklich, was hätte ein einfacher Anatolier gegen diese Effendis und ihre uniformierten Hintermänner unternehmen können?

Aber dann schlug sie doch, die Stunde der Glaubenstreuen. Man sah ja, was wirklich geschah im scheinbar reformierten Reich – gerade das, was Baba Hamid schon immer befürchtet hatte. Am lebendigen Leib des Staates wurde herumgeschnitten, seine Schätze wurden verschleudert, alle wichtigen Institutionen an Franzosen, Deutsche, Briten, Italiener abgetreten. Auf die Dauer konnte das niemandem verborgen bleiben, der Augen hatte zu sehen. Und so gab es auf einmal eben Männer, die diese Mißstände anprangerten.

Fromme Männer waren es, Angehörige nahezu aller Bruderschaften, von der der Mevlevi, bei den Fremden als Tanzende Derwische bekannt, bis zu der der Bektaschi, die sich schon immer besonders um die Soldaten gekümmert hatten. Sie mischten sich nun unter das verunsicherte Volk, luden zu Versammlungen in den Koranschulen und sagten, was gesagt werden mußte: Bedroht sei die althergebrachte Ordnung, in Gefahr das von Muhammed geschaffene Gesetz und seine ganze Lehre. »Wer einem anderen Weg als dem der Gläubigen folgt, den lassen wir verfolgen und in der Hölle brennen«, das hatte der Prophet verkündet, das verkündeten nun die Mönche, die Muftis und Imame.

Aus der Schar derjenigen, die von Versammlung zu Versammlung huschten, den Rednern Zettel mit Parolen in die Hände drückten, degradierte Offiziere und unzufriedene Würdenträger um sich scharten, ragte vor allem Ak Schems ed-Din heraus. Noch nie hatte Said seinen heimlichen Schutzpatron so angespannt erlebt wie in diesen Tagen, noch nie so glühend vor heiliger Wut, aber auch noch nie so vergrämt und besorgt. Insgeheim schien der Bektaschi selbst nicht zu glauben, daß seine Freunde und er die Feinde des Glaubens noch einmal zurückdrängen könnten. Trotzdem verwendete er seine ganze Kraft darauf.

Vor wenigen Tagen erst hatte er Said von einem neugegründeten Bund erzählt, der den Namen Islamische Bruderschaft tragen und allen Glaubenskämpfern Rückhalt bieten würde. Im selben Atemzug hatte er den jungen Mann jedoch schroff zurückgewiesen, als dieser bat, in den Bund aufgenommen zu werden. Offenbar wollte Schemsi nicht, daß Said in seine Umtriebe verwickelt werde. Baba Hamids Ziehsohn sollte sich um Baba Hamid kümmern, um seine Wünsche, sein Wohlergehen und seine Geschäfte, denn davon verstehe er mehr als von Koran und Scharia. Während der Bektaschi für den Sultan eintrat, sorgte er sich zugleich um dessen künftiges Schicksal. Schemsi hatte vorausgesehen, daß sie gegen ein Ungeheuer würden kämpfen müssen, aber dafür nicht gerüstet seien. Von dieser Befürchtung vermochte er sich nicht zu befreien – was Said zuweilen erstaunte.

Der Bektaschi und seine Mitkämpfer schienen ja durchaus erfolgreich zu sein. Als ein Journalist, der sich für ihre Sache schlug, von Offizieren niedergeschossen wurde, kam es zu einem ersten Aufstand der Unzufriedenen. Parolen skandierend wie »Tod dem Komitee« und »Lang lebe der Padischah« zogen Tausende Menschen durch die Straßen von Pera, und kein Polizist wagte es, gegen sie vorzugehen. Tags darauf waren alle wichtigen Plätze des neueren Stadtteils von Soldaten der Taksim-Kaserne, die ihre Vorgesetzten erschlagen hatten, abgeriegelt und besetzt. Über der Galata-Brücke wehte die Schwarze Fahne, das Symbol des Dschihad. Von überall her war das Knattern von Schüssen zu hören. Ganz Konstantinopel, auch die Altstadt, so hieß es, sei bereits in den Händen der gegen die Verfassung und das Komitee kämpfenden Soldaten. Wollte Schemsi das denn nicht zur Kenntnis nehmen?

Staudacher, so schien es, regte sich über die Unruhen nicht sonderlich auf. Am Tag nach dem Taksim-Aufstand hatte er Said an das einzige Telefon im Yildiz-Palast rufen lassen und ihn gefragt, ob sie sich trotz der Unruhen im »Pera Palace» treffen wollten. Said hatte erwidert, er komme mit Abd ur-Rahmin, das sei Schutz genug, sowohl für ihn selbst als auch für Staudacher. Kein Soldat werde auf einen Sohn des Sultans oder dessen Gäste schießen. Staudachers Antwort war eine Art respektvolles Knurren gewesen: »Mut scheinen Sie ja zu haben, junger Mann. Um mich machen Sie sich bitte keine Sorgen.«

Auch Said hätte sich in der Tat keine Sorgen machen müssen. Wann immer ihre mit dem Siegel des Sultans geschmückte Kutsche auf eine Barrikade stieß, traten die Männer, die sie besetzt hielten, respektvoll zur Seite, räumten Balken oder Steine aus dem Weg und nahmen Hab-Acht-Stellung an. Said fiel auf, daß alle ohne Ausnahme den Fes trugen; er sah nicht eine einzige der von den neuerungssüchtigen Offizieren eingeführten Pickelhauben. Als sie auf den Taksim-Platz einbogen, erklangen sogar Hochrufe, und einige Unteroffiziere präsentierten ihre den Offizieren abgenommenen Säbel. Die Gittertore der Englischen Botschaft, an der sie vorbeifuhren, waren geschlossen.

Menschenleer lag die zum »Pera Palace« hinabführende Straße im Staub der Dämmerung. Nur hinter den Fenstern des Grandhotels brannte Licht. Es war das einzige erleuchtete Gebäude weit und breit. Vor seiner Tür standen einige Männer im Frack, sie wirkten auf geradezu arrogante Weise entspannt und selbstsicher. Ihre lässigen Posen schienen anzudeuten, daß nichts, was um sie herum vorging, für ihresgleichen von Bedeutung war. Zwischen dem Hotel und der restlichen Stadt schien eine unsichtbare Grenze zu verlaufen, die niemand ohne ihre Genehmigung überschreiten würde. Das Pflaster der Meschrutiyet-Caddesi mochte noch zu Konstantinopel gehören, für die Stufen zum Hoteleingang galt das bereits nicht mehr, da begann Europa.

Said befiel beim Anblick dieser Szene ein leichtes Unbehagen. Es verstärkte sich noch, als Petros Bogosaki, der Hoteldirektor, herausgestürzt kam, den Kutschenschlag aufriß und in einer tiefen Verbeugung verharrte. Aus dem geöffneten Portal drang leichte Musik; das hauseigene Sextett spielte zum Five o' clock. In der ansonsten völlig unbelebten Straße wirkte diese Zurschaustellung von Desinteresse an der über Konstantinopel lastenden Spannung wie eine Provokation. Glaubten Bogosaki und seine Gäste denn, das »Pera Palace« könne wie ein Dampfer jederzeit Leinen losmachen und davonfahren, wenn es ringsumher doch unbehaglich werden sollte?

Auch Hans Jakob Staudacher zeigte keine Spur von Nervosität. Das Menschengewimmel in der restlos überfüllten Halle wie ein Schiffsbug durchpflügend, trat er ihnen entgegen, beugte sich aus Baumeshöhe, wie es Said erschien, zu dem zierlichen Abd ur-Rahmin herab und reichte ihm die Hand. Sein Monokel verschleuderte kleine Blitze, das Licht des Kronleuchters verlieh seiner Bürstenfrisur die Farbe von erntereifem Weizen. Staudacher war eine sehr eindrucksvolle Erscheinung, was ihm auch bewußt zu sein schien. Said hatte sich von Anfang an schon deshalb gut mit dem Deutschen verstanden, weil dieser ihn sein jugendliches Alter und seine Unerfahrenheit in einigen geschäftlichen Angelegenheiten nie spüren ließ. Wenn er trotzdem bei bestimmten Vertragsformeln unsicher wurde, belehrte ihn Staudacher wie ein geduldiger Lehrer.

So war es auch an diesem Abend. Während Abd ur-Rahmin, scheu in den Sessel gedrückt, ihrer Unterhaltung zuhörte, ohne viel davon zu verstehen, besprachen sie eine jener Transaktionen, die jeden Parteigänger Schemsis in Weißglut hätte versetzen müssen. Said, als Beauftragter des Sultans, wandelte mit Hilfe Staudachers öffentlichen Besitz – es ging auch diesmal um Ölkonzessionen – in privaten Besitz um. Er verkaufte an Staudachers Hintermänner. Diese zahlten bei der Deutsch-Ottomanischen ein. Zu deren Inhabern wiederum gehörte Staudacher. Ob er über das hinaus, was ihm solcherart an Tantiemen zufloß, von seinen Auftraggebern noch zusätzlich honoriert wurde, wußte Said nicht. Staudachers Vermögen hätte sich auch ohne etwaige Erfolgsprämien aufs Schönste vermehrt. Seit etlichen Wochen war er Besitzer eines alten Holzhauses am europäischen Ufer des Bosporus. Staudacher hatte beschlossen, sich in Konstantinopel niederzulassen. Er liebte, sagte er, die Stadt, ihre Kultur, ihre Bewohner und deren Küche, war aber gleichwohl der Überzeugung, das Osmanische Reich müsse von Grund auf neu geordnet und modernisiert werden – am besten natürlich mit deutscher Hilfe.

Daß es auf der Meschrutiyet-Straße dann doch unruhig zu werden begann, bemerkten sie erst nach dem Essen. Staudacher hatte vorgeschlagen, in der Halle noch einen Drink zu nehmen – für ihn Kognak, für Said und Abd ur-Rahmin Tee

–, und sie hatten gerade Platz genommen, als einige der befrackten Herrn, die vor dem Eingang auf ihre Damen warteten, hereinkamen und mit Bogosaki zu tuscheln begannen. Der schnauzbärtige Grieche eilte daraufhin hinaus. Etwas blaß kehrte er zurück, dann wurde die Tür geschlossen. Zwei kräftig gebaute Hoteldiener bauten sich davor auf. Die Musiker, die eben hatten Schluß machen wollen, bekamen Order, ihre Instrumente nochmals auszupacken. Sie entschieden sich für die »Barcarole« aus »Hoffmanns Erzählungen«, einem Lieblingsstück des Sultans, brachen jedoch bereits nach den ersten Takten wieder ab.

Es war der Moment, in dem alle, Gäste wie Kellner, zu ahnen begannen, daß das »Pera Palace« doch keine sichere Insel in dieser aufgewühlten Stadt Konstantinopel sei, auch kein Schiff, mit dem man einfach davonfuhr.

Der von draußen hereindringende Lärm glich zunächst einem dumpfen Grummeln, untermalt von schlurrenden, scharrenden Schritten. Eine unsichtbare Menge schob sich heran, ein tausendköpfiges Monstrum stieß bedrohliche Laute aus. Dann wurden unverständliche Schreie laut und verdichteten sich zu skandierten Parolen.

»Sieht so aus«, sagte Staudacher, »als hätten die Burschen einen Schnapsladen geplündert.«

Said spürte, wie sich seine Kopfhaut zusammenzog. Abd ur-Rahmin vergrub sich noch tiefer im Sessel und starrte mit den großen, dunklen Augen, die bezeugten, daß er ein Sohn Abdul Hamids war, ängstlich in das gleißende Licht des riesigen Kronleuchters.

Staudachers Vermutung traf wahrscheinlich zu. Einen Moment lang wurde es still auf der Straße. Dann rüttelten ein paar Männer an der Hoteltür. Als sie nicht nachgab, löste sich aus Hunderten von Kehlen ein Schrei der Enttäuschung. Wenig später setzten die Kolbenschläge ein, Glas splitterte. In aller Seelenruhe zog Staudacher seine großkalibrige Pistole aus der Tasche, lud sie durch und nahm eine Positur wie auf dem Schießstand ein. Gäste, Kellner, Hoteldirektor – alle starrten ihn an, als glaubten sie, er sei verrückt geworden.

Auch Said hätte später keineswegs beschreiben können, was er wahrnahm oder was in ihm vorging. Er sah nur, daß die Tür aufbrach und ein uniformierter Mann mit den Rangabzeichen eines Bimbaschi, aber ersichtlich weder Oberst noch Offizier überhaupt, in die Halle hereingestolpert kam. Haartracht und Bart wiesen ihn deutlicher aus als die Epauletten: Auf dem kahlrasierten Schädel thronte der Fes, sein Schnurrbart reichte bis zu den Kinnladen. Diese Einzelheiten prägten sich Said erstaunlicherweise ein.

Aus den Augen des Mannes sprach eher Verwirrung als Haß oder Wut. Es mochte daran liegen, daß er auf den ihm gebotenen Anblick einfach nicht vorbereitet war: die ornamentalen Marmormuster, die flachen arabischen Steinbögen zwischen den zweifarbigen Säulen, die schimmernden Teppiche, das sprühende Licht und natürlich die inmitten von zierlichen Rokokosesseln zusammengedrängten, gewählt gekleideten Europäer. So wie sie erstarrt waren, erstarrte auch der falsche Bimbaschi. In den Gesichtern, die hinter ihm auftauchten, malte sich die gleiche Verwirrung wie in dem seinen. Dann fiel der Blick des Eindringlings auf Staudacher.

Der hatte den Arm emporgereckt, seine Pistole zielte gegen die Decke. Das Monokel verlieh ihm einen ebenso höhnischen wie triumphierenden Gesichtsausdruck. Als könne er seinen Augen nicht trauen, beugte der Bimbaschi sich vor. In diesem Moment drückte Staudacher ab. Der Schuß schien den ganzen Raum zu erschüttern. Mörtelsplitter regneten herab. Die Kristalltränen des Kronleuchters klirrten. Staudacher hatte den Arm gesenkt. Die Mündung seiner Waffe war kaum mehr als einen Meter vom Gesicht des Bimbaschi entfernt.

»Jetzt«, sagte der stoppelköpfige Einglasträger in seinem sorgfältig akzentuierten Türkisch, »habe ich noch sieben Patronen im Magazin. Ich zähle bis drei. Dann seid ihr draußen.«

Die nach dem ersten Schuß eingetretene Stille lag wie ein Sargdeckel über dem Raum. Niemand wagte etwas zu sagen. Alle, auch der Mann mit Fes und Osmanenschnurrbart, samt jenen, die hinter ihm standen, hielten den Atem an.

Staudacher begann zu zählen: »Birr, iki ...«

Zum »ütsch« kam er nicht mehr. Wie aus dem Boden gewachsen, stand plötzlich eine Gestalt im grauen Kaftan zwischen ihm und den Eindringlingen. Niemand, zumindest nicht Said, hatte sie kommen sehen, dennoch war der Mann da: sein Gesicht eine vor Zorn verzerrte Maske, sein Kopf von der vierfaltigen Mütze bedeckt, sein Hals mit der Bernsteinkette geschmückt. In Schemsis Gürtel steckte eine goldene Doppelaxt. Auf sie konzentrierten sich alle Blicke. Die Doppelaxt wies ihren Träger als den aus, der er war: Baba der Bektaschiyya, hoher Würdenträger jenes Ordens, dessen Angehörige einst die Janitscharen des Sultans erzogen, gedrillt und auf die Schlachtfelder begleitet hatten.

Staudachers Pistole sank herab. Der falsche Bimbaschi wandte ratlos den Kopf nach allen Seiten, schien etwas sagen oder rufen zu wollen, gab dann jedoch ein Handzeichen und langsam, wie in Trance, die Augen auf das blitzende Beil in Schemsis Gürtel gerichtet, begannen seine Leute sich zurückzuziehen. Ak Schems ed-Din blieb reglos stehen, bis alle verschwunden waren. Dann wandte er sich dem Deutschen zu, in den Augen noch immer eisige Wut.

»Tun Sie so etwas nie wieder, Staudacher.« Er streckte die Hand aus. »Ihre Waffe!«

»Wozu der ganze Aufruhr?« fragte dieser ungerührt. »Das nützt doch nichts mehr, Effendim. Und Sie wissen es.«

Verständnislos starrte Ak Schems ed-Din ihn an. »Was soll ich wissen, Staudacher?«

»Saloniki hat mobil gemacht. Nach Westen hin ist Stambul bereits abgeriegelt. Wenn die Marine mitspielt, liegen morgen ein paar Kreuzer im unteren Bosporus und richten ihre Geschütze auf den Yildiz-Palast.«

Staudacher hatte so laut gesprochen, daß alle im Raum ihn verstehen konnten. Aus der Ecke, in der sich immer noch die Frackträger zusammendrängten, kam ein einzelnes »Bravo«. Der Bektaschi fuhr zu dem Mann herum. Bevor er etwas sagen konnte, legte Staudacher ihm jedoch eine Hand auf die Schulter. »Sinnlos, Effendim. Kümmern Sie sich lieber um Seine

Majestät. Er wird Sie brauchen.« Dann beugte er sich herab und flüsterte etwas in sein Ohr.

Said konnte sehen, wie das Gesicht des Mönches, der ihm immer als die verkörperte Furchtlosigkeit erschienen war, grau wurde. Staudacher winkte Said zu sich heran. »Bringen Sie Ihren Freund weg von hier.« Er näherte den Mund auch seinem Ohr. »Und gehen Sie davon aus, daß die Offiziere vom Komitee wahrscheinlich ein großes Interesse für Geschäfte Seiner Majestät an den Tag legen werden. Das gleiche habe ich gerade Ak Schems ed-Din gesagt.«

Sich wieder aufrichtend, rief er: »Bogosaki! Wie wär's mit einer Lage Schampus auf Kosten des Hauses?«

In dem Durcheinander, das daraufhin ausbrach, drängte Said den Bektaschi und Abd ur-Rahmin zum Hinterausgang. Staudachers Warnung hatte ihn getroffen wie ein Schlag gegen den Kehlkopf. Alles, was er während der letzten Wochen zustande gebracht hatte, drohte mit einem Schlag weggefegt zu werden.

Manchmal erinnerte sich Said an seine eigene Geburt. Dieser jähe Einbruch von flirrendem Licht, der Flug über einen blitzenden Zaun von Bajonetten hinweg, der sanfte Luftzug an seinem Gesicht, dann Sturz, weicher Aufprall und über ihm diese vor Schreck geweiteten, dunklen Augen, von denen er noch nicht wußte, daß sie Baba Hamid gehörten. Auch den Schrei hörte er, das Aufbrüllen Hunderter von Stimmen, danach die vor Entsetzen bebende Stille, und schließlich, endlose Sekunden später, sah er in den starren Augen tränenfeuchten Schimmer. Eine andere Sonne ging auf und strahlte ihn an. Kratzende Haare strichen über Saids Gesicht. Wahrscheinlich hatte er sich gegen die borstige Liebkosung gewehrt, sicher geschrien, vielleicht geweint, auf keinen Fall begriffen, daß er seinem Vater begegnet war.

Im Harem konnten sie endlos über dieses Ereignis reden. Die Frauen schmückten ihre Erzählungen mit immer neuen Einzelheiten aus und legten dabei derart viel Phantasie an den Tag, daß Said sich nach Belieben hätte ausmalen können, wie er nun wirklich in sein Leben geflogen war: nicht nur über die Bajonette, sondern auch über eine der Platanen hinweg, die den Straßenrand säumten? Wäre er nicht beinahe neben die Kutsche gefallen und so vielleicht, noch während dieser luftigen Geburt, ums Leben gekommen? Aber nein, er war ja in ein ganzes Bündel von Lumpen eingepackt gewesen. Steckkissen? Teppiche vielleicht? Eine Tragtasche? Mit solchen Fragen begannen die Spekulationen über seine Mutter, die Frau, die ihn dem Sultan zugeworfen hatte. Sie mußte arm gewesen sein, denn sonst hätte sie ihr Kind nicht auf diese Weise weggegeben. Sah Said aber aus wie der Sohn einer Zigeunerin, einer Bäuerin, einer Bettlerin? Er doch nicht mit seinem feingeschnittenen Gesicht, den hübschen Locken, den ins Grünliche spielenden Augen. Hatte er überhaupt – ab hier begannen die Frauen ihre Stimmen zu senken – nicht den einen oder anderen Zug mit Baba Hamid gemein? Die in gleicher Linie von der Stirn abfallende Nase, das eigensinnige Kinn? Schließlich hieß es damals noch von Baba Hamid, er verlasse gelegentlich den Yildiz-Palast, um sich verkleidet unters Volks zu mischen. Auf der Suche nach Liebesabenteuern außerhalb des Harems? Die flüsternden Stimmen nahmen einen verschwörerischen Ton an – und verstummten. Zu ausgiebig durfte man über solche intimen Fragen nun doch nicht spekulieren. Im Harem hatten alle Wände Ohren.

Said selbst war der Geschichten über seinen Eintritt in die Welt mit der Zeit etwas müde geworden. Im Alter von sieben Jahren wußte er ohnehin schon, was sich damals wirklich ereignet hatte und kannte auch den Ort des Geschehens: das Straßenstück zwischen dem Dolmabaktsche-Palast und dem Tscheragan-Palast, beide am Bosporus gelegen. Vom Freitagsgebet in der Selim Pascha-Moschee zurückkommend, war Abdul Hamid, wie immer in scharfem Trab, so daß die zu Fuß gehenden Hofwürdenträger hinter ihm herhecheln mußten, dem Yildiz entgegengefahren. Und natürlich hatten entlang dieses Wegstücks zwei Doppelreihen der albanischen Garde mit aufgepflanztem Bajonett Posten bezogen. Abdul Hamid fürchtete nichts so sehr wie sein eigenes Volk.

Als es dann passierte, als das Bündel über die Köpfe und Waffen der Soldaten hinwegflog und auch schon abzusehen war, wo es vermutlich aufschlug, nämlich genau in der Kutsche des Sultans, hatte keiner der Umstehenden daran gezweifelt, daß sie als nächstes den Knall einer Detonation hören würden und Abdul Hamid samt Fahrzeug vor ihren Augen zerfetzt werden würde. Auch der Sultan selbst war überzeugt gewesen, seine letzte Stunde sei gekommen, daher das starre Entsetzen in seinen Augen. Aber daher eben auch die überwältigende Erleichterung, ja das Gefühl, im Angesicht des Todes eine Wiedergeburt zu erleben, als er sah, daß man keine Bombe gegen ihn geschleudert, sondern ihm ein Kind in die Arme geworfen hatte. Und daher die Sonne, die für Said in seinen fast nachtschwarzen Augen aufzugehen schien. War dieses quäkende Geschöpf nicht ein Hinweis darauf, daß Gott noch immer seine Hand über den Beherrscher aller Gläubigen hielt?

Schon von da an hatte das Kind, aus dem dann ein so frühreifer Junge werden sollte, einen Platz in Baba Hamids Herzen. Said war ein Symbol des Glücks, Zeichen der unausschöpflichen Gnade Allahs. Und der Haremlik, der private Teil des kaiserlichen Haushalts, wurde sein Zuhause. Dessen Bewohnerinnen gewöhnten es sich an, ihn Kütschük Said, den kleinen Herrn, zu nennen, woran sich über Jahre hin nichts änderte.

Für Said bedeutete der Harem zunächst Geruch, Geräusch und huschende Schatten an der Wand. Er wuchs auf mit dem Duft von Rosenöl, Moschus, Reseda, Maiglöckchen, knoblauchtriefendem Pilaw, scharf angeröstetem Fleisch, Kaffee, übersüßen Kuchen, Marzipan, Schokolade, aber auch von Katzen, Kampfer und Eukalyptus, alles unterlegt mit einem Dunst aus Körpersekreten, der die Atmosphäre unterdrückter Sexualität heraufbeschwor. Er liebte die Geräusche, die den verwinkelten, verschachtelten Bau erfüllten, das Rascheln von Kleidern, das Klacken hochhackiger Schuhe auf blankem Parkett, die Rufe unzähliger Kuckucksuhren, das nie endende Geplapper, Geflüster, Gekichere, das Krächzen der Papageien, das Plärren der Grammophone, ja sogar das schrille Gelächter der Haremseunuchen und die harten, keifenden Stimmen der älteren Frauen.

Des Sultans Odalisken ersetzten ihm Schwestern, Tanten, Kusinen; statt einer Mutter besaß er deren viele, statt zwei Großmüttern über ein Dutzend.

In einer seiner frühen Erinnerungen sah er sich nackt zwischen den gespreizten Schenkeln einer ebenfalls nackten Frau stehen, die, zusammen mit anderen, ein Warmwasserbecken des Hamams besetzt hielt. Aus der hohlen Hand goß sie Wasser über seinen Kopf, eine andere Frau zog ihn zu sich heran und schwenkte seinen Körper in der milchig-trüben Flut, eine dritte hob ihn auf ihren Schoß, seinen Kopf zwischen zwei mächtigen Brüsten bergend. Durch die in die Kuppel des Baderaums eingelassenen Glaskugeln stachen grünliche Lichtpfeile herab, durchstießen den wallenden Dampf und umgaben die schweißbedeckten Frauenleiber mit einer unterseeisch anmutenden Aura. Feen, Meerjungfrauen, Huris aus dem Paradies hätten diese Wesen sein können. Er wurde von ihnen gewaschen, abgerubbelt, mit Duftwässern eingerieben, mit öligen Substanzen gesalbt. Und alle waren weich, warm, strahlten Trost und Geborgenheit aus – bis dann der Tag kam, an dem sein kleines Glied zum ersten Mal erigierte. Sie lachten zwar, die Frauen, behandelten ihn aber fortan anders als früher. Ins Schwitzbad für Männer mußte er trotzdem noch lange nicht gehen. Der Harem blieb weiterhin seine Familie.

Allmählich lernte er dann die Frauen voneinander zu unterscheiden. Es gab die sehr, sehr alten Damen, die schon dem Harem früherer Sultane angehört hatten und durch ausgefeilte Intrigen die anderen in Furcht und Abhängigkeit hielten. Es gab die hochmütigen, von allen beneideten, argwöhnisch betuschelten Kadinen, denen es beschieden war, das Bett des Sultans regelmäßig zu teilen. Und es gab jene unzähligen anderen, die darauf warteten, daß sein Blick überhaupt je auf sie falle.

Von ihnen waren die meisten überwiegend jung, unerfahren im Umgang mit den heimlichen Herrscherinnen des Frauenhauses wie auch mit den Eunuchen. Sie litten noch an dem

Leben, das sie führen mußten, hatten Heimweh und zeigten sich dankbar, wenn sie von ihren Heimatdörfern erzählen konnten. Bosnierinnen waren unter ihnen, Mazedonierinnen, Griechinnen, doch die weitaus meisten stammten aus den östlichen Provinzen, kamen vom Oberlauf des Euphrat, den Ufern des Van-Sees, der Gegend um Malatya oder Erzurum. Erst an der Vielfalt dieser Geschöpfe lernte Said ermessen, wie riesengroß das Reich seines Ziehvaters war und wie reich an Schönheiten.

Abdul Hamid bevorzugte schlanke, zierliche Körper, helle Haut und kleine Brüste; keine seiner Bettgefährtinnen sollte größer sein als er selbst. Wenn Said einen Raum betrat, in dem die jungen Frauen beieinandersaßen, bemüht, die endlose Zeit des Wartens auf den einen entscheidenden Moment in ihrem Leben mit Tratschen, Naschen, Teetrinken, Klavierklimpern, vor allem aber mit dem Abspielen von Strauß- oder Offenbachmelodien auf dem Grammophon zu vertreiben, dann glaubte er manchmal, einen Blumengarten zu betreten. In weiten, bauschigen Röcken von europäischem Schnitt, hockten sie auf dem Boden, zwitscherten mit hellen Kinderstimmen und lachten lauthals über die harmlosesten Scherze. Für Said war es das Paradies – bis er dann auch noch begriff, daß es ein verbotenes Paradies war.

Schemsi, der ihn ab Beginn seines fünften Lebensjahres zu beaufsichtigen begann, fand Said eines Tages, am Brunnenbecken im Innenhof des Harems sitzend, Rosenblätter auf das Wasser streuend.

Er sah ihm eine Zeitlang zu. Plötzlich legte sich dann eine harte Hand auf Saids noch magere Schulter. An wen er denke. Erschreckt fuhr der Junge zu ihm herum. – Wer? – Said sagte es ihm. Das Mädchen hieß Mihri und kam aus einem Dorf an der Schwarzmeerküste. Es hatte braune Haare, mandelförmige Augen und exakt die Größe, die Abdul Hamid bei seinen Gespielinnen schätzte. – Ob er wisse, wie der Sultan Frauen aus dem Harem bestrafe, die sich mit einem anderen Mann einließen? – Said wußte es. So liebevoll Baba Hamid mit den weiblichen Angehörigen des privaten kaiserlichen

Haushalts auch umgehen mochte – er konnte sehr zärtlich sein, weil er Zärtlichkeit brauchte –, so strikt hielt er an den von seinen Vorfahren eingeführten Regeln fest. Wer den Sultan hinterging, wurde ertränkt. – Ob Said wolle, daß diese Mihri im Bosporus ende? Stumm schüttelte Said den Kopf. Es war das Ende seiner Zeit im Harem.

Von da an nahm der Bektaschi ihn unter seine Fittiche. Er bezog einen kargen Raum in Schemsis Palastquartier. Er wurde gedrillt wie ein Kadett. Zweimal die Woche kam ein Französischlehrer, zweimal einer für Deutsch und Englisch, dreimal der für Arabisch. Dazu Mathematik, Geschichte des Hauses Osman, Schönschrift, Geographie. Schemsi schien gewußt zu haben, daß Said für alle diese Fächer einen guten Kopf und eine gute Hand hatte, Fremdsprachen lernte er geradezu spielend. Der Preis für seine schulischen Leistungen war Freiheit. Er durfte den Palast verlassen, und er durfte auch Geschäfte machen, erst kleine, dann immer gewagtere. Der Bektaschi beobachtete ihn dabei mit einem gewissen Wohlwollen.

Endlich kam der Tag, an dem er zu Baba Hamid gerufen und beauftragt wurde, einen langen Bericht aus dem Hedschas zu übersetzen. Als seine Reinschrift vorlag, mußte er auf den Koran schwören, alles, was er durch die Arbeit erfahren habe, geheimzuhalten. Von da an war Said Baba Hamids Geheimsekretär, zugleich aber des Sultans Auge und Ohr in der riesigen Stadt Konstantinopel. Was immer er dort aufschnappte, was er hörte oder sah, sein Ziehvater wollte es erfahren. Der »Gefangene des Yildiz«, wie ihn ausländische Blätter gelegentlich nannten, war von geradezu unersättlicher Neugier. Und Said begriff rasch, auf welche Weise man zu interessanten Informationen kam.

Er lernte Kristaphor Arafelian kennen, er wurde auf die neue Dampfyacht Alexander Mantachows eingeladen, er verkehrte in den hohen, düsteren Räumen der Villen im Fanar-Viertel am Goldenen Horn, deren griechische Besitzer noch immer davon träumten, Stambul wieder in das goldene Byzanz von einst umzuwandeln und über der Hagia Sophia das Kreuz zu errichten. Kristaphor war es auch, der ihn in das Kupfergeschäft einführte und ihm beibrachte, wie man die Kontrakte aushandelte: ein Teil minderwertiges, ein Teil besseres und ein Teil hochwertiges Metall mit heimlicher Zustimmung des Abnehmers gemischt, der Preis für die Gesamtmenge war jener des letzten Drittels, die Differenz zwischen wahrem und behauptetem Wert war der Gewinn – der allerdings mit den Paschas des Ministeriums nach einem bestimmten Schlüssel geteilt werden mußte.

Saids wichtigster Vorteil bei derartigen Geschäften bestand darin, daß die Paschas und ihre Sekretäre natürlich wußten, wer er war: Niemand wollte sich ein Mitglied des kaiserlichen Haushalts unnötig zum Feind machen (und vielleicht – wer wußte das schon? – war Said ja nur ein Strohmann des Sultans.) Daß Baba Hamid zwischen öffentlichem Eigentum und seiner Zivilliste nicht immer säuberlich unterschied, galt als unbestritten.)

Aus demselben Grund war Said auch für die Arafelians, die Griechen und selbst den mächtigen Alexander Mantachow interessant. Wer dem Sultan bestimmte Informationen zukommen lassen wollte, tat gut daran, sie seinem Ziehsohn anzuvertrauen. Caloust Gulbenkian etwa, den Said ebenfalls kannte, hatte ein Vermögen damit gemacht, daß er Abdul Hamid über die in Mesopotamien entdeckten Ölvorräte unterrichtete und ihm nahelegte, die ergiebigsten Felder in seine Privatschatulle zu übernehmen. Von dieser Transaktion wiederum profitierte mittlerweile die »Deutsch-Ottomanische Handelsgesellschaft von 1908«. Sie verkaufte den dank Gulbenkian erworbenen Besitz des Sultans peu à peu an alle möglichen Interessenten, in erster Linie jedoch an die Hintermänner des Hans Jakob Staudacher – die ebenfalls Anteile an der Deutsch-Ottomanischen hielten.

Auf der Fahrt von »Pera Palace« über den Taksim zum Dolmabaktsche Palast und weiter über die Küstenstraße zum seeseitigen Eingang des Yildiz sprachen weder Schemsi noch Abd ur-Rahmin oder Said. Allen saß noch der Schreck in den Knochen, der sie bei Staudachers brutaler Ankündigung durchfahren hatte. Daß schlimme Zeiten auf sie zukommen würden, war jedem der drei bewußt gewesen. Damit, daß die Offiziere des Komitees entschlossen sein könnten, den Sultan mit militärischer Gewalt zu stürzen, hatte allerdings keiner von ihnen gerechnet. Aber genau dies schien der Deutsche angedeutet zu haben. Konnte man einen Padischah und Beherrscher aller Gläubigen denn überhaupt vom Thron stoßen? Nun ja, den Herren in Saloniki war es immerhin zuzutrauen. Sie gehörten samt und sonders einer Geheimloge der Freimaurer an, das wußten doch alle.

Kurz nachdem sie den riesenhaften, schwarz und stumm vor ihnen aufragenden Komplex von Dolmabaktsche passiert hatten und sich der Stätte von Saids wundersamer Geburt näherten, beschlich alle das Gefühl, daß Staudacher in der Tat die Wahrheit gesagt haben könnte.

In der schmalen Straße kam ihnen eine gespenstisch anmutende Prozession entgegen. Auf den Ladeflächen hochrädriger Karren saßen, zwischen zusammengerollten Schlafmatten, aufgetürmtem Hausrat, Käfigen voll Hühnern, vermummte Frauen, die ihre Kinder an sich drückten. Männer in Pluderhosen spornten die Zugtiere an, halbwüchsige Jungen zerrten Ziegen und Kühe hinter sich her oder versuchten, kleine Schafherden zusammenzuhalten. Und all das spielte sich in geradezu unnatürlicher Stille ab. Außer dem Quietschen der Räder war so gut wie kein Geräusch zu hören: stumm die Menschen, eingeschüchtert, wie es schien, sogar die Tiere. Hunde trabten mit eingezogenen Schwänzen neben der Kolonne her, Viehtreiber und Wagenführer hielten die Köpfe gesenkt. Man hätte glauben können, den Flüchtlingen sei bewußt, daß sie etwas Ungehöriges, wenn nicht sogar Verbotenes taten, Flüchtlinge aber waren sie. Die Bauern aus den Dörfern um den Palast mußten erfahren haben, daß Baba Hamids Residenz beschossen werden könne. Auf welche Weise? Durch wen? Wahrscheinlich hatte das Komitee, dem ja nichts an einem Blutbad unter der Bevölkerung liegen konnte, sie warnen lassen. Oder den Bauernburschen, die bei den Streitkräften standen, war etwas vom Vorhaben der Offiziere bekanntgeworden, und sie hatten ihre Familien unterrichtet.

Als der Flüchtlingszug ihre Kutsche von der Straße abzudrängen drohte, stieg Schemsi aus und forderte Said wie den Prinzen auf, mit ihm zu Fuß weiterzugehen, so kämen sie schneller zum Palast. Das erwies sich als richtig. Wenn die Leute die Doppelaxt in seinem Gürtel sahen oder Abd ur-Rahmin erkannten, senkten sie die Köpfe noch mehr und wichen zur Seite. Keiner wollte sich eingestehen, daß er Baba Hamid im Stich ließ. Sie verehrten ihn ja, den Padischah, aber für ihn sterben wollten sie nicht.

Das Gesicht des Bektaschi glich in dem ungewissen Licht einer geschnitzten Maske, was in dem Prinzen vorging, konnte Said nur vermuten. Er selbst jedenfalls überlegte bereits fieberhaft, was getan werden mußte, wenn sie im Palast angekommen waren. Den riesigen Schatzkeller des Yildiz hatte Said bisher nur zwei- oder dreimal betreten. Er wußte jedoch, daß Säcke voll Goldmünzen darin lagerten, daß Abdul Hamid einige der größten Diamanten der Welt besaß, dazu ganze Haufen faustgroßer, ungeschliffener Smaragde und Rubine – all das war jetzt nicht mehr wert als Sand und Kieselsteine. Das wahre Vermögen seines Ziehvaters lag in eisenbeschlagenen, mit mehreren Schlössern gesicherten Kisten: Bündel von Wertpapieren, Stapel von Aktien, Obligationen, Pfandbriefen. Auch davon würde nur ein Teil zu retten sein, der wichtigste wenigstens. Noch jetzt, in dieser Nacht, mußte er aus dem Palast geschafft und in das Gebäude am Atmeydan gebracht werden, in dem sich sowohl Staudachers Büroräume als auch die der Deutsch-Ottomanischen befanden. Vor ausländischen Institutionen hatten die Herren des Komitees einen höllischen Respekt, besonders diejenigen, die auf Freundschaft mit Deutschland setzten, also die Mehrzahl von ihnen.

Aber in erster Linie, dachte Said, müssen die Unterlagen verschwinden, die Baba Hamids Ölgeschäfte dokumentieren, diese Beschreibungen kunstvoller Transaktionen zur Verwandlung von öffentlichem in privates Eigentum.

Kaum, daß sie das Wachgebäude des Südtors erreicht hatten, stand er denn auch schon am einzigen Telefon, das es im Palast gab und sprach mit Staudacher. Er sagte: »Hören Sie zu!«, um dann eine Reihe von Anordnungen zu diktieren, die der Deutsche zunächst widerwillig, dann mit wachsendem Respekt zur Kenntnis nahm. Erst nach dem Ende ihres Gesprächs wurde Said bewußt, daß er seinen Partner wie einen Befehlsempfänger behandelt und daß dieser es hingenommen hatte. Das von Said bestellte Fahrzeug, eine schnelle Dampfpinasse, würde binnen der nächsten drei Stunden am Bootssteg des Yildiz festmachen und alles, was dort bereitlag, an Bord nehmen. Nun galt es nur noch Baba Hamid davon zu überzeugen, daß er sich von einem Teil seines Vermögens und seinen geheimen Unterlagen trennen mußte.

Der Sultan erwartete sie im größten Salon des Haremliks. Umgeben von einigen der älteren Frauen und seinen vier Kadinen, aber auch einer Schar jener jüngeren Mädchen, die nun wohl nie mehr in sein Bett gerufen werden würden, saß er auf einer Ottomane, formell gekleidet wie immer, die Zigarette im Mundwinkel. Auf dem Teller des Grammophons drehte sich eine Platte, der trichterförmige Lautsprecher verströmte Melodien aus der »Schönen Helena« von Offenbach. Die schweren Samtportieren vor den Fenstern waren zugezogen. Kerzenlicht sprühte über die aneinandergedrängten Frauen hin und entlockte ihren Diamantbroschen, Diamantagraffen, Diamantringen kleine Lichtreflexe. Und noch hing dieser Duft von weiblichen Körpern, gemischt mit allen anderen Haremsgerüchen, in der Luft; der von Minze und Kampfer schien etwas hervorzustechen.

Krankenhaus, dachte Said, Hospital, Sterbezimmer. Immerhin, die Frauen schienen zu wissen, worauf es in dieser Situation vor allem ankam: Was sie an Schmuck besaßen, das trugen sie auf dem Leib.

»Ich habe«, sagte Abdul Hamid, »Befehl gegeben, hundert Hammel zu schlachten. Meine Soldaten sollen gut bewirtet werden, wenn sie mich besuchen kommen.« Etwas unsicher senkte er die Stimme. »Sie bekommen doch sicher nicht jeden Tag Hammel zu essen, oder?«

Said wollte etwas erwidern, aber der Bektaschi hob die Hand. Auf dem Weg vom Südtor zum Harem hatten sie sich über das, was zu tun sei, geeinigt. Schemsi war der Ansicht, er könne ihre Pläne dem Sultan gegenüber mit größerer Autorität vertreten als dessen Ziehsohn.

Stumm, aber nach jedem Satz Schemsis ein wenig mehr in sich zusammensinkend, hörte der Sultan zu. Als das letzte Wort gesprochen war, hob er ihnen ein Gesicht entgegen, in dem nur noch die nachtschwarzen Augen zu leben schienen. Keine Sonne mehr, die darin aufzugehen scheint, dachte Said, allerdings auch kein darüber gebreiteter Tränenschleier. Abdul Hamid wußte, was die Stunde geschlagen hatte. Aus seiner Westentasche zog er einen goldenen Schlüssel. Der paßte zum Schloß einer Schatulle, die eine Namensliste barg. Wenn der Hausherr des Yildiz seine Schatzgewölbe aufsuchen wollte, mußten nacheinander sechzehn Männer gerufen werden, von denen alle einen Schlüssel am Leib trugen und deren keiner vom anderen wußte. Jeder kam einzeln zu einer bestimmten Tür, wandte sich ab, wenn der Sultan sie öffnete und verschwand, worauf der nächste erschien. Den Schlüssel für die innerste Kammer besaß Abdul Hamid selbst. Auf genau die gleiche Weise wurde das Gewölbe später wieder verschlossen. Abdul Hamid war ein ungemein mißtrauischer Mann.

Da diesmal die Zeit jedoch drängte und der kaiserliche Tresor ohnehin zum letzten Mal mit Genehmigung seines Besitzers geöffnet werden würde, riefen Schemsi und Said alle Schlüsselbewahrer auf einmal zusammen, ließen sich die verschiedenen Türen zeigen, drangen in das unterirdische Gelaß ein und entschieden dort, was zum Bootssteg geschafft werden, was zurückbleiben sollte. An die Edelsteine verschwendete keiner von ihnen auch nur einen Blick. Sollten doch die Herren vom Komitee später glauben, sie hätten den wahren Schatz des Sultans gefunden.

Über dem Bosporus lag noch das gleiche diffuse Licht, das

den Flüchtlingszug, der ihnen vor etwas mehr als zwei Stunden begegnet war, so schemenhaft hatte erscheinen lassen. Schemenhaft wirkte auch die Pinasse mit Staudacher an Bord, als sie sich vor ihren Augen materialisierte. Obwohl es in diesem vielbefahrenen Gewässer nicht ungefährlich war, hatte der Deutsche keine Positionslichter setzen lassen. Über dem senkrecht stehenden Kessel des Fahrzeugs wehte eine dünne Dampffahne. Staudacher trug noch den Gehrock, den er im »Pera Palace« angehabt hatte. In dessen Innentasche, dachte Said, steckt vermutlich die mittlerweile wieder nachgeladene Pistole.

»Ist das alles?« fragte der Deutsche, auf die drei Truhen deutend, die von den Schlüsselbewahrern herangeschafft worden waren.

»Das Wichtigste«, erwiderte Said. »Alle zweitrangigen Unterlagen werden unter Aufsicht von Schemsi verbrannt.«

Staudacher stieß sein übliches Knurren aus. »Aber hoffentlich nicht die Tschurnals.«

Verwundert darüber, daß der Deutsche von diesen geheimen Aufzeichnungen überhaupt wußte, sagte Said: »Natürlich nicht.«

»Sind sie da drin?«

»Auf alle Fälle sind sie in Sicherheit.«

Es war doch besser gewesen, die Tschurnals nicht zu den Wertpapieren zu legen, sondern sie Schemsi anzuvertrauen. Das Haus der Bektaschi in den Hügeln über Üsküdar auf dem asiatischen Ufer würden auch die Herren vom Komitee kaum zu durchsuchen wagen. Der Deutsche hätte es nicht einmal gefunden.

Staudacher knurrte abermals, diesmal befriedigt.

Eine weitere Stunde später hatten sie Baba Hamids Vermögen in den Räumen der Deutsch-Ottomanischen untergebracht. Auf dem Rückweg zum Yildiz mußte Said erkennen, daß auch die Marine, oder zumindest ein Teil davon, zu den Herren aus Saloniki übergegangen war. Mächtige Bugwellen vor sich herschiebend, kamen zwei von Torpedobooten flankierte Kreuzer den Bosporus herab, ihre Geschütze waren nach Steuerbord geschwenkt. Wo sie Anker werfen würden, ließ sich jetzt schon absehen: nicht weit von dem Bootssteg entfernt, an dem die Pinasse Said wieder absetzte. Die Kriegsschiffe hatten über die Toppen geflaggt, dem Sultan war von seinen eigenen Streitkräften der Krieg erklärt worden.

Auf den Hügeln von Üsküdar lag bereits ein schmaler Lichtstreifen.

Noch lebte der Harem, noch waren die verschachtelten Räume, die schmalen Korridore von Wispern, Murmeln, Gewänderrascheln, dem Geräusch klackender oder sanft trappelnder Schritte erfüllt. Im großen Innenhof rauschte der Brunnen. Papageien krächzten, gefangene Singvögel erprobten ihre Stimmen, nur die Grammophone schwiegen. Auf einer Treppe hockten weiße und schwarze Eunuchen zusammen. In ihrer alttürkischen Tracht, Pluderhosen, bestickte Jacken und Turbane, waren sie Said noch nie so grotesk vorgekommen. Es mochte daran liegen, daß sie für ihn bereits der Vergangenheit angehörten. Einige der durchweg bartlosen Männer kannte er, andere nicht. Drei oder vier hatten ihn gelegentlich zu kujonieren versucht, den meisten galt er jedoch als besonderer Schutzbefohlener des Sultans und als dessen lebendes Maskottchen, weshalb sie ihn lieber in Ruhe ließen. Nun waren die Haremswächter über Nacht an das Ufer einer Zeit gespült worden, die ihnen kein Daseinsrecht mehr zubilligen würde. Verlorener als sie konnte wahrhaft niemand sein, und das war ihnen zutiefst bewußt.

Obwohl Said schon lange kein Zutrittsrecht zum Harem mehr besaß, machte keiner der stumm vor sich hinstarrenden Gestalten Miene, ihn aufzuhalten. Er eilte an den bekannten Türen vorbei und zögerte erst, als er vor der des Salons stand, in dem sich Baba Hamid zuletzt aufgehalten hatte. Auch hinter ihr war es still: keine Offenbachmelodien mehr, keine Frauenstimmen. Dann hörte er doch jemand reden.

»Nein«, sagte Schemsi, »es ist weder lästerlich noch eine Anmaßung, wenn man sagt, ›ich bin Gott‹, es ist vielmehr ein Ausdruck äußerster Bescheidenheit. Wer sagt, ›ich bin ein

Sklave Gottes‹ erkennt zwei Existenzen an, die eigene und jene Gottes. Wer aber sagt, ›ich bin Gott‹, hat sich selber ausgelöscht und bekennt, daß es keine andere Existenz gibt als Gottes Existenz.«

Diesen Worten folgte eine lange Stille. Dann hörte Said Abdul Hamids Stimme: »Ich bin Gott?«

»Nicht fragen, Padischah«, erwiderte der Bektaschi, »sagen. Sagen, ›ich bin Gott‹.«

Der Sultan schien verwirrt den Kopf zu schütteln, denn Schemsi wiederholte: »Sagen, ›ich bin Gott‹.«

Diesmal, und wieder nach einer längeren Pause, kam Abdul Hamid der Aufforderung nach. »Ich bin Gott.« Seine Stimme klang fester als beim ersten Mal.

Der Bektaschi erklärte: »Wenn du wissen wirst, daß du es sein kannst, wirst du nichts anderes mehr sein wollen.«

Baba Hamid seufzte. »Ob mir die Zeit dafür bleibt?«

»Zeit«, sagte Schemsi, »gibt es nicht, zumindest nicht für den, der sein Ziel sieht. Du siehst es jetzt.«

Said hatte noch die Hand auf der Türklinke liegen, als eine gewaltige Explosion das Gebäude erschütterte. Heulend flogen mehrere Granaten über die Dächer des Yildiz hinweg. Dann folgten die nächsten Explosionen. Irgendwo im Park hatten die Geschosse eingeschlagen.

Völlig ungerührt fragte Schemsi in die darauf folgende Stille hinein: »Siehst du das Ziel, Padischah?«

Was Abdul Hamid erwiderte, konnte Said nicht mehr verstehen, denn im Harem brach die Hölle los. Alles, was eine Stimme hatte, schrie: Frauen, Hunde, Katzen, am lautesten die Papageien. Aber der Salve des auf dem Bosporus liegenden Kreuzers folgte keine zweite mehr. Das Komitee hatte bereits mit der ersten gesiegt.

Als Talmarani den Computer ausschaltete, war der Verkehr auf der Steinsdorfstraße schon wieder so lebhaft, daß die Scheiben seiner Wohnzimmerfenster leise klirrten. Er wußte nicht mehr genau, aus welchem Grund er sich gerade an diesem Teil von Saids Aufzeichnungen festgebissen hatte, es hatte sich einfach so ergeben. Außerdem gehörten sie zum längsten zusammenhängenden Stück von dessen eigener Hand. Der junge Mann mußte es niedergeschrieben haben, als er zum zweitenmal im Gefängnis saß, nicht mehr auf eine Anordnung Abdul Hamids hin, der lebte bereits als Exilant in Saloniki, sondern auf Befehl der Herren des Komitees. Die wiederum waren von Hans Jakob Staudacher dazu veranlaßt worden.

Saids Bericht über seine letzten Tage im Yildiz glich im Original einer Seidenstickerei: fast mikroskopisch kleine arabische Buchstaben auf dünnem, inzwischen natürlich völlig vergilbtem Papier. In den Computer hatte Talmarani nur Fotokopien davon eingescannt. Die Urschrift bewahrte das Maidli auf – allerdings nicht im Tresor der Bank, für die es arbeitete.

Einen Moment lang verspürte Talmarani die Versuchung, trotz der fortgeschrittenen Zeit noch weiterzulesen, es hätte sicherlich seine gefühlsmäßige Verbindung zu Said wieder belebt und ihm möglicherweise auch geholfen, einen Orientierungspunkt zu finden, an dem er sich in seiner derzeitigen Lage ausrichten konnte. Um so mehr wäre dies vielleicht sogar der Fall gewesen, als der nächste Teil des in der Haft geschriebenen Berichtes eine Art Liebesgeschichte war. Was hieß da eine Art Liebesgeschichte? Said hatte die Dame seines Herzens regelrecht entführt und dabei eine Reihe von Abenteuern erlebt, die ihn mit etlichen bis dahin unbekannten Seiten der Realität konfrontierten. Europäische Mädchen waren viel zimperlicher als die meist aus primitiven Bauerndörfern stammenden Haremsgeschöpfe, mit denen er sich auskannte. Ganz besonders hatte das für Dorothea Staudacher gegolten – eine Erinnerung, die Talmarani zum Schmunzeln brachte. Wasserklosetts in einem türkischen Eisenbahnwagen! Wer rechnete schon damit. Trotzdem beschloß er, den Computer ausgeschaltet zu lassen.

Es ging auf halb acht. Erstaunlicherweise war Talmarani nicht müde, verspürte aber Hunger. Und Haynau würde garantiert binnen der nächsten dreißig Minuten anrufen oder vor der Tür stehen.

Ohne länger nachzudenken, griff Talmarani zum Telefon, rief den Aero-Club Neubiberg an und bestellte eine Maschine plus Pilot. Nachdem dies erledigt war, gab er die Nummer vom Maidli ein, um dessen Anrufbeantworter mitzuteilen – das Maidli selbst war um diese Zeit bereits im Büro –, wann er in Agno-Lugano landen würde. Einen Moment lang überlegte Talmarani noch, ob er die wichtigsten seiner Disketten bereits jetzt auf Maidlis Privatcomputer überspielen sollte, entschied dann jedoch, damit bis nach dem Frühstück zu warten. Sein Flieger würde nicht vor Mittag startklar sein, Zeit genug, diese Arbeit dann zu erledigen.

Unter der Dusche flog ihn ein Hauch von Verwunderung an. Ich verhalte mich, dachte er, als ob mir völlig klar sei, was getan werden müsse, dabei befinde ich mich noch immer im freien Fall. Sollte es irgendwo im Inneren dieses sattsam bekannten Talmarani einen zweiten Talmarani geben, der es gewohnt ist, auf Situationen wie die meine völlig klar und entschlossen zu reagieren? Vor dem Spiegel überprüfte er, ob, falls dies so sein sollte, sich davon etwas in seinem Gesicht ablesen lasse. Er sah jedoch nur den guten Talma, den harmlosen, liebenswerten Talma aus dem Glas schauen und angelte seufzend nach seinem Rasierpinsel.

Als er die Wohnungstür hinter sich zuzog, klingelte im Arbeitszimmer das Telefon. Ohne darauf zu reagieren, zupfte Talmarani die Krawatte zurecht und betrat den Aufzug. Haynau kannte seine Gewohnheiten, er würde ihn binnen kürzester Frist aufgespürt haben.

Die Welt vor dem Haus wurde noch immer vom Föhn regiert. Mit der Selbstverliebtheit einer älteren, sowohl gut geratenen wie auch gut erhaltenen Dame fuhr München fort, Thomas Mann zu rechtfertigen, indem es leuchtete. Als Talmarani, den kürzeren Weg durch die Gassen des Lehel vermeidend – er hätte sonst die Stelle passieren müssen, an der Assem i-Audi zu Tode gekommen war –, entlang der Isar auf die Maximilianstraße zuschritt, kam ihm nicht einmal der Gedanke, er könne beschattet werden. Erst beim Betreten des Hotels »Vier Jahreszeiten« geriet er in Versuchung, sich doch einmal vorsichtig umzudrehen. Aber da kam schon der diensttuende Türsteher herbeigestürzt, bereit, einen als ungemein großzügig bekannten Gast zu seinem gewohnten Tisch im Frühstücksraum zu begleiten.

Talmarani – er hatte wirklich Hunger – saß noch bei seiner zweiten Portion warmer Fleischpasteten, als Haynau, diesmal im offenen Hemd mit Seidenschal, durch die Tür kam.

Noch im Begriff, sich zu setzen, sagte er, und es klang wie eine Erfolgsmeldung: »Ich habe mich mit Budapest in Verbindung gesetzt. Sie erwarten uns heute abend.«

»Dich vielleicht«, gab Talmarani zurück. »Ich habe die nächsten zwei Tage in der Schweiz zu tun.«

Haynau schnappte nach Luft, unterließ es jedoch, seinem Ärger nachzugeben. Statt dessen blickte er Talmarani an, als träfen sie einander zum ersten Mal. In seinem Gesicht malte sich Erstaunen. Es hätte von einem Hauch Respekt unterfüttert sein können.

IV

Einen verrückten Moment lang hatte Talmarani geglaubt, er könne den Kontakt mit der Messerspitze, die sich knapp unterhalb der letzten Rippe in seinem Rücken bohrte, einfach als neue Erfahrung abtun. Doch dann gewann er den Eindruck, der Mann, der ihn mit dem linken, unter seinen Achselhöhlen hindurchgeschlungenen Arm gegen die Wand drückte, meine es wahrscheinlich ernst. Die Messerspitze schmerzte noch nicht, aber gleich würde sie durch seine Jacke hindurch in die Haut dringen.

»Keine Bewegung«, befahl Djamiévic, verringerte den Druck der Linken und strich ihm damit über Rücken, Bauch und Hüften.

Talmarani sagte: »Sie nehmen doch nicht an, daß ich bewaffnet bin.«

»Nicht mit Kanone«, erwiderte der Bosnier, »mit Tonbandgerät.«

Seine Hand fiel von Talmarani ab, das Messer wurde zurückgezogen.

»Sie sind sauber. Können umdrehen.« Über das knochige, von zwei stahlblauen Augen beherrschte Gesicht flog ein entschuldigendes Grinsen. »War notwenig. Verzeihen Sie. Man kann diesen Leuten von Információs nicht trauen.«

»Aber mir trauen Sie?«

Djamiévic zuckte mit den Achseln. »Wir werden sehen.«

Er sprach ein stockendes Deutsch, das jedoch von Satz zu Satz besser wurde, so, als gewöhne er sich wieder an halb vergessene Wörter und den Umgang damit.

Die offenstehende Tür der kleinen Lehmhütte war mit grauem Licht ausgefüllt. Der unordentliche Schopf eines bereits grünenden Pflaumenbaums verdeckte die Silhouette der ungarischen Stadt Kecskemét.

Die Straße von Budapest nach Kecskemét war schnurgerade gewesen und schien ziemlich neu zu sein. Ein paar Kilometer außerhalb der ungarischen Hauptstadt hatte Szabo Maut zahlen müssen. Danach waren sie durch eine bretterebene, von Pappelhainen oder Windschutzhecken nur spärlich gegliederte Landschaft geschnurrt. Die wenigen Raststationen am Wegrand sahen aus, als seien ihre Bauelemente in Amerika gekauft und hier zusammengenagelt worden: Über hellgelben Wänden leuchteten giftig rote, vom mattgrauen Himmel mit Verachtung gestrafte Mansardendächer.

Szabo, den Haynau als »mein ungarischer Kollege« vorgestellt hatte, benutzte die Hände vor allem, um zweierlei zu tun: Entweder zündete er gerade eine neue Zigarette an, oder er untermalte mit nervösen Gesten seine am Flughafen begonnene, im »Budapest Hilton« fortgesetzte, aber noch immer nicht abgeschlossene Vorlesung über Ungarn und den Rest der Welt. Alles, was der kahlköpfige, schnurrbärtige Vertreter von Információs Hivatal, dem magyarischen Geheimdienst, von sich gab, klang auf etwas gönnerhafte Weise belehrend, zugleich aber resigniert: Man würde ihn ja doch nicht verstehen.

War es nicht so, daß sowohl vor dem Ersten wie auch dem Zweiten Weltkrieg, vor dem Kalten Krieg wie nach dessen Ende die Ungarn wieder und wieder vor den Folgen gewarnt hatten? Und war es nicht ferner so, daß die Welt sie damals wie heute einfach überhörte? Auf ein Minimum reduziert das einstmals mächtige Land. Im Stich gelassen seine Bewohner, als sie das Joch des Kommunismus abzuschütteln versuchten. Vom Osten gedemütigt, vom Westen mit Nichtbeachtung bestraft. Dabei dieser Heldenmut, dieses edelmütige Aufbegehren, dieser bedingungslose Kampf für die Werte des Abendlandes! Und was bitte sehr ist der Dank dafür?

Ein Ministerpräsident mit deutschem Namen macht seine Landsleute zu Sklaven des Internationalen Währungsfonds. Dabei stammte die Familie Albrecht Dürers aus dem Land der Magyaren. Haben Sie das überhaupt gewußt? Deutschlands bedeutendster Maler kein Deutscher, sondern ein Ungar! Oder die heilige Elisabeth, ja, die von der Wartburg, auch sie eine Ungarin. War Ihnen das bekannt, bitte sehr? Aber wenn ungarische Schnapsbrenner dann versuchen, den besten Magenbitter der Welt nach Deutschland zu exportieren, was geschieht? Ein Herr Underberg sagt, nix da, und macht einfach die Grenzen dicht. Was tut angesichts dieser Brüskierung Gyula Horn, der Ministerpräsident? Nichts tut er, überhaupt nichts. Na ja, wahrscheinlich von Herrn Underberg bestochen, und Alkoholiker obendrein. Haben Sie das gewußt, bitte sehr? Natürlich nicht. Wer kennt schon Ungarn? Seine Ärzte, seine Kultur, seine Orchester? Die besten Musiker Europas! Und hat, »geben Sie es zu, Haynau!«, das IH nicht präzise vorausgesagt, was am Balkan geschehen wird? Haben wir nicht gewarnt vor den muslimischen Fanatikern, die sich da einmischen werden? Geheimbünde, Sekten, Untergrundorganisationen. Wer, wenn nicht ein Ungar, sollte über diese Verrückten Bescheid wissen? Was einst die Russen waren, sind nun die Islamisten. Der Türke, auch wenn er sich eine europäische Maske vorbindet, ist die Speerspitze des neuen Arabersturms. Seine Fünfte Kolonne wühlt schon lange in Sarajevo, in Mostar, in Pristina.

»Ja, ja, Haynau, Sie zucken die Schulter. Aber das haben Ihre Leute auch schon früher getan. Und wer hat recht bekommen? Wer hat prophezeit, daß erste Sendboten dieser Verschwörer schon bald bei uns auftauchen werden? Wer hat sie gerochen und anschleichen sehen? Erst vor einer Woche, als ich bei Ihnen anrief und von diesem, na, Sie wissen schon, erzählt habe, erst da fingen Sie an, mich ernst zu nehmen. Nicht ernst genug jedoch, wie sich inzwischen erwiesen hat. Und das, glauben Sie mir, wird Folgen haben. Ernsthafte Folgen, wir vom IH sehen es kommen. Wir haben auch schon alles andere kommen sehen. Warum hört man nicht auf uns?«

Unter Verzicht auf einen neuerlichen Blick in die leidvolle ungarische Geschichte schien Szabo endlich den Namen Assem i-Audi aussprechen zu wollen. Noch ehe er dazu kam, zwang ihn jedoch der dichter werdende Verkehr, beide Hände aufs Steuerrad zu legen, womit auch sein Redefluß versiegte. Eine von Traktoren umlagerte Tankstelle zeigte an, daß sie sich Kecskemét näherten.

Talmarani, der es schon lange aufgegeben hatte, dem Endlosvortrag des Geheimdienstlers zu folgen, blickte aus dem Fenster. Er war nicht zum erstenmal in Ungarn und deshalb daran gewöhnt, die Saga vom kleinen, heldenhaften, die ganze Welt befruchtenden und doch ewig verkannten Pußtavolk über sich ergehen zu lasen. Auch den ebenso belehrenden wie leise weinerlichen Ton, in dem sie gewöhnlich vorgetragen wurde, kannte er zur Genüge. Sogar in Kecskemét war er schon gewesen, eingeladen und, gemeinsam mit anderen Journalisten, fürstlich bewirtet von einem Münchner Medienzaren, der die Stadt für den Nabel der Welt hielt, weil sie die Ehre genoß, sein Geburtsort zu sein.

Wenn Szabo, dachte er, ein Musterbeispiel für die Mitarbeiter von Információs Hivatal ist, kann es mit diesem »Dienst« nicht weit her sein. An konkreten Informationen hatte er ihnen bis jetzt noch so gut wie nichts geboten. Talmarani wußte lediglich, daß sie nach Kecskemét fuhren, weil dort ein Bosnier lebte, der von Assem kurz nach seinem Grenzübertritt bei Szeged aufgesucht worden war; er mußte also über Serbien angereist sein.

Die Serben, sagte Szabo, nachdem der erste Stau überstanden war und er seine Hände wieder benutzen konnte, die Serben, es klang, als ob er gleich ausspucken würde, die Serben: unzuverlässig, undurchschaubar, hinterhältig, eine Räuberbande. Schon der Erste Weltkrieg, man wisse ja! Und es werde noch schlimmer kommen, viel, viel schlimmer sogar. Das, was die Burschen bis jetzt angerichtet hätten, sei nur ein Anfang, die Folgen würden fürchterlich.

Endlich erfuhren sie dann wenigstens, daß der Bosnier Djamiévic hieß und daß er sich weigere, nach Budapest zu kommen. Verständlicherweise, fand Szabo. Diese barfüßigen Bauern würden in einer Großstadt doch unweigerlich von Panik befallen. Außerdem könne man ihnen dort viel besser auflauern. Djamiévics Leben hänge vermutlich bereits am seidenen Faden, nur deshalb sei er ja nach Kecskemét geflüchtet. Enden werde der Mann aber trotzdem, wie sie alle enden: Kugel in den Rücken oder eine Handgranate in seine Werkstatt geworfen, denn natürlich habe »das Büro« Djamiévic schon lange angeworben, was »die andere Seite« früher oder später herausbekommen dürfte. Sein Geld verdiene er mit dem Ausbessern von Kupfergefäßen.

An dieser Stelle seines Monologs wollte Szabo sich mit der Handkante über die Gurgel fahren, mußte aber statt dessen das Lenkrad herumreißen. Sie passierten Kecskeméts erste Verkehrsampel, und er hatte das Rotlicht mißachtet. Ein riesiger Lastwagen hupte ihnen wütend nach.

Die Stadt war noch so, wie Talmarani sie in Erinnerung hatte. Einstöckige schmale Häuser, ockergelb oder grün getüncht, säumten die Straße. Blechtore in Kutschenbreite schlossen kleine Innenhöfe ab. Dazwischen Plattenbauten aus sozialistischen Zeiten samt etlichen neueren in den Neonfarben des Kapitalismus. Eigentlich erwartete man, Gänseherden zu sehen, die von Hütejungen in den Stall getrieben wurden. Nichts hätte indes illusionärer sein können, man atmete Dieselgestank und Benzindunst.

Als sie sich dem Stadtzentrum näherten, wurde die Luft etwas besser. Unter einer gigantischen, von keinem Berg, von keiner Talwand verstellten Himmelskuppel beanspruchte Kecskemét ungeheuer viel Raum für Plätze und Grünanlagen. Nadelspitze Kirchturmkappen über schüchternen barocken Auswölbungen bohrten sich zaghaft in das gewölbte Grau. Ein üppig verziertes Theater versprühte Wiener Ringstraßen-Flair, das Rathaus dräute in düsterem Historismus. Bei seinem ersten Besuch war Talmarani von der Stadt recht angetan gewesen. Sie gefiel ihm auch jetzt.

Aber war er hierher gekommen, um Erinnerungen aufzufrischen?

Noch in Szabos Budapester Büro, einem hohen, düsteren Raum über einer Pizzeria, die wiederum am Fuße der Burg lag, hatte der Geheimdienstler bekanntgegeben, daß der Bosnier nur Talmarani zu sehen wünsche. Käme ein zweiter Mann mit, werde er nicht einmal den Mund aufmachen. Haynaus prompten Vorschlag, Talmarani mit einem Minitonbandgerät auszustatten, hatte dieser ebenso prompt zurückgewiesen – zu seinem Glück, wie sich fünf Stunden später herausstellen sollte.

Das Geräusch, mit dem die Messerklinge wieder an den Griff zurückschnappte, verschaffte Talmarani einen mittleren Kick.

»Hätten Sie denn ...?« wollte er wissen.

»Was?« fragte Djamiévic zurück.

»Ernst gemacht – mit dem Messer?«

Der Bosnier lachte. »Bin ich verrückt? Wir wären lediglich zu dem Café am Stadtplatz zurückgefahren, und ich hätte mich verabschiedet. Unsereins steht auch schon so mit einem Fuß jenseits der Grenze.«

»Und ausgewiesen werden wollen Sie nicht«

»Sowenig, wie ich ins Gefängnis will.«

Djamiévics Deutsch wurde in der Tat von Minute zu Minute besser. Noch vor dem an das Kasino eines feudalen Regiments gemahnenden Kaffeehaus hatte er praktisch nur im Infinitiv geredet, jetzt brachte er schon lange, ordentlich gegliederte Sätze zustande. Talmaranis Vermutung, eine etwas angerostete Maschinerie komme allmählich wieder auf Touren, schien zutreffend gewesen zu sein.

Als könne er Gedanken lesen, sagte Djamiévic: »Ich war einmal jugoslawischer Konsulatsbeamter in Wien.«

»Und von woher sind Sie?« fragte Talmarani.

»Visegrad.« Djamiévic seufzte. »Eine schöne Stadt.«

»Ich habe davon gehört. Die berühmte Brücke über die Drina.«

In den blauen, das ganze Gesicht beherrschenden Augen

leuchtete etwas wie Dankbarkeit auf. »Elf Bogen. Dazu das unsichtbare Grab von Scheich Turcheni gleich oberhalb der Brücke. Wenn die Ungläubigen wieder einmal heranrücken, sagt man, wird er auferstehen und sie zurücktreiben.«

»Eine Sage?«

»Leider.« Djamiévic seufzte erneut, um sich dann einen Ruck zu geben. »Ich vernachlässige meine Pflichten. Kaffee oder Barack?«

»Kaffee bitte«, sagte Talmarani.

Der Bosnier zog Streichhölzer aus der Tasche und entzündete einen kleinen auf der Fensterbank stehenden Petroleumkocher. Die Messingkanne mit dem waagerecht abstehenden Griff war offenbar schon beschickt, denn er setzte sie einfach auf den winzigen Herd.

Talmarani blickte sich zum ersten Mal um. Er nahm einen kahlen, nur mit Tisch und zwei Stühlen möblierten Raum wahr: getünchte Lehmmauern, zwei winzige Fenster, offener Dachstuhl, auf den dünnen Sparren gebündeltes Schilf. Es roch nach Holzrauch und feuchter Erde. Die Tür stand immer noch offen. Genau über dem vordersten der sechs oder acht Pflaumenbäume ragte die schlanke Spitze eines der Kecskeméter Kirchtürme empor. Die Stadt war vielleicht drei Kilometer entfernt. Von Szabos blauem Fiat weit und breit keine Spur. Djamiévic hatte den Geheimdienstmann auf ziemlich einfache Weise abgehängt.

Vor dem Café war er auf einem einspännigen, gummibereiften Bauernwagen vorgefahren. Er trug eine schlabbrige Jogginghose mit den drei Adidas-Streifen, eine verschlissene Lederjacke und an den Füßen lederne Opanken, Spitzen nach oben gewölbt, hinten niedergetreten. »Moscheenschleicher«, hatte Talmarani gedacht, einen Ausdruck benutzend, der von seinem Schulfreund Leon aufgebracht worden war. Schon dieses kleine Detail versetzte ihm einen unerwarteten Stich. Sollte sich so etwas wie Heimweh in ihm gerührt haben? Natürlich erinnerte es ihn auch an die Schuhe Assem i-Audis – dem Djamiévic übrigens von ferne glich: das gleiche bartstopplige Kinn, die gleiche lederne Gesichtshaut. Anders als jene des

Arabers war Djamiévics Nase allerdings breitrückig und gerade. Und schließlich diese Augen! Auf Anhieb ließ sich nicht sagen, ob sie stahlgrau oder stahlblau waren. So oder so erinnerten sie an überfrorene Bergseen.

Die Mühe, vom Bock seines Karrens zu steigen, hatte der Bosnier sich erspart. Mit einem flüchtigen Peitschendippen grüßte er zu ihnen herüber und wies dann auf den Sitzplatz an seiner Seite. »Der Herr aus München bitte aufsteigen.«

Szabo rief etwas auf ungarisch, aber Djamiévic schüttelte nur den Kopf. »Aufsteigen bitte sehr!«

Achselzuckend ging Talmarani zu ihm hin, streckte eine Hand aus und wurde auf das Brett gezogen, das auch Djamiévic als Sitz diente. Der schnalzte mit der Peitsche, das Pferd, ein magerer Fuchs, setzte sich gehorsam in Bewegung. In gemächlichem Schritt überquerten sie den parkähnlichen Platz, um an dessen Rand in eine schnurgerade Allee einzubiegen. Da Djamiévic keine Anstalten machte, etwas zu sagen, begnügte Talmarani sich damit, den kleinen Beutel unter der Schweifrübe des Pferdes zu betrachten. Offensichtlich diente er als Sammelbehälter für etwa abfallende Roßäpfel, ob zum Schutz der Straße oder zum Speichern kostbaren Düngers, blieb Talmarani verschlossen. Auf jeden Fall, fand er, war es eine sinnreiche Einrichtung.

Als sie am Ende der Allee in eine von überwiegend gelb- oder grüngetünchten Häusern gesäumte Straße einbogen, bemerkte Talmarani zum erstenmal den blauen Fiat Szabos. In einem Abstand, den er offenbar für sicher hielt, versuchte der IH-Mann, sie zu verfolgen. Ob Djamiévic ihn ebenfalls wahrnahm, ließ sich weder seiner Miene noch seinem Verhalten entnehmen. Gut zehn Minuten später wurde das anders.

Zu ihrer Rechten öffnete sich ein schmaler, ungepflasterter Fahrweg, nichts weiter eigentlich als zwei Fahrrillen im sandigen Boden. Mit einem jähen Ruck am Zügel lenkte Djamiévic das Pferd in die enge Gasse hinein, und kaum war dies geschehen, ließ er die Peitsche knallen. Der Fuchs verfiel in einen schlanken Trab, wurde schnell und schneller und steigerte sein Tempo noch mehr, als die Gasse plötzlich ins freie

Feld mündete. Gleich darauf begann er derart wild zu galoppieren, daß Talmarani sich mit beiden Händen an seinem Sitzbrett festhalten mußte, um nicht aus dem heftig bockenden Wagen geschleudert zu werden. Szabos Fiat, soviel stand fest, konnte ihnen auf diesem Gelände nicht folgen. Binnen kurzem war denn auch nichts mehr von ihm zu sehen; Büsche, Baumgruppen und Windschutzhecken verbargen sie vor den Verfolgern und diese vor ihnen. Zum ersten Mal zeigte sich eine Regung in Djamiévics verschlossenem Gesicht: Grinsend entblößte er zwei Reihen tabakbrauner Zähne.

»Wo fahren wir eigentlich hin?« fragte Talmarani.

Sein Fahrer wies mit der Peitsche nach vorn. »Tanya.«

Was eine Tanya war, wußte Talmarani. Nochmals zehn Minuten später tauchte sie vor ihnen auf: Zwei weißgekalkte, von Pflaumenbäumen umgebene, schilfgedeckte Lehmhäuschen, das Wohngebäude und die Sommerküche, beide vom Galgen des obligaten Ziehbrunnens überragt. Die kleine Oase atmete friedliche Abgeschiedenheit. Jetzt noch Hirtenflöten, dachte Talmarani.

Statt dessen erfuhr er, wie sich eine Messerspitze am Rücken anfühlt. Sie hatten das größere Haus der Tanya kaum betreten, als seine Nase auch schon gegen die feuchte Wand gepreßt wurde und leichten Modergeruch atmete. Mit der behenden Leichtigkeit eines Tänzers war Djamiévic über ihn hergefallen. Und erst nachdem alles vorüber war, gab er auch die erste längere Satzfolge von sich. »Sie sind sauber. Können umdrehen.«

Der Kaffee immerhin war ausgezeichnet: stark, sämig und süß. Talmarani wurde wieder von diesem Stich getroffen. Es mußte doch so etwas wie Heimweh sein. Das Land seiner Jugend schien ihn stärker im Griff zu haben, als er bisher geglaubt hatte.

Über die Ränder der winzigen Mokkaschalen hinweg blickten sie einander an.

»Woher«, fragte Djamiévic in nun flüssigem Deutsch, »woher soll ich eigentlich wissen, ob Sie der sind, den ein gewisser Besucher von mir gemeint hat?«

»Hat er nicht meinen Namen erwähnt?«

»Doch.«

»Dann müßte mein Paß mich eigentlich legitimieren.«

»Paß!« Eine schlenkernde Handbewegung wischte den Vorschlag vom Tisch. »Was meinen Sie, wieviel falsche Pässe ich in meinem Leben gesehen habe. In Wien konnte ich sie überprüfen lassen, hier kann ich es nicht.« Er grinste. »Das IH hat eine ausgezeichnete Fälscherwerkstatt.«

»Ach daher weht der Wind«, sagte Talmarani.

Djamiévic nickte.

»Sie sollen aber ein ... Vertrauensmann des IH sein.«

»Nannte er es so?«

»Szabo?«

»Wer sonst?«

Diesmal lachte der Bosnier. »Sie haben mich gekauft, wie? Zwischenträger, Doppelagent. Oder?«

»Es stimmt also nicht?«

»Natürlich stimmt es.«

»Aber?«

»Ich habe keine Aufenthaltsgenehmigung für Ungarn. Da braucht man Rückendeckung.«

»Verstehe«, murmelte Talmarani.

Zweifelnd wiegte Djamiévic den Kopf. »Noch einen Kaffee?«

»Gern.«

Eine Weile saßen sie sich wieder schweigend gegenüber. Es war so still, daß man hören konnte, wie das Pferd vor der Tür Gras rupfte.

»Also«, sagte der Bosnier endlich. »Wie kommen wir weiter?«

»Haben Sie ein Stück Papier? Ich möchte etwas für Sie aufzeichnen.«

Djamiévic schüttelte den Kopf. »Zeichnen Sie es auf den Tisch, den kann man wieder abwaschen.« Er zog einen Zimmermannsblei aus der Tasche und reichte ihn seinem Gegenüber. »Hier, bitte sehr.«

Den kurzen Stummel ergreifend, sagte Talmarani: »Ein guter Zeichner bin ich nicht, es wird also ein bißchen laienhaft ausfallen.«

Die Idee, sich mit einem Strichmännchen auszuweisen, war ihm gekommen, während sie Kaffee tranken.

Aufmerksam verfolgte Djamiévic seine ungelenken Bemühungen.

»Wie«, wollte der vor sich hin kritzelnde Talmarani wissen, »haben Sie sich mit Assem eigentlich verständigt? Deutsch konnte er meines Wissens nicht, und sein Englisch soll auch äußerst rudimentär gewesen sein.«

»Es war schwer«, gab der Bosnier zu. »Ich kann ein paar Brocken Arabisch, aber ...«

»Koranschule?«

»Ja.«

Klarer Fall, dachte Talmarani. Sich im Arabisch des Korans über Themen des Zwanzigsten Jahrhunderts zu unterhalten glich etwa dem Versuch, in Italien auf lateinisch Spaghetti zu bestellen.

»Funktioniert zu haben scheint es trotzdem. Oder?«

»Wir verstanden uns«, erklärte Djamiévic, »und das war ausschlaggebend.«

Talmarani stand auf. »Wenn Sie sich auf meinen Stuhl setzen, erkennen Sie vielleicht den Sinn meiner Zeichnung.«

Er hatte ein Männchen gemalt, das auf dem runden Kopf eine Kappe mit vier Strichen trug, und jeden einzelnen davon schriftlich gekennzeichnet. Über dem ersten stand »Recht«, über dem zweiten »Gehorsam«, die beiden anderen hießen »Erkenntnis« und »Wahrheit«. Um den dünnen Hals trug das Männchen eine aus Punkten zusammengefügte Kette. In seinem Gürtel steckte ein Doppelbeil.

Aufmerksam musterte Djamiévic das krakelige Gebilde. Dann hob er den Kopf.

»Sie sind Doktor.«

»Ja. Und?«

»So etwas kann man lernen.«

»Sicher«, gab Talmarani zu. »Alles, was ich weiß, kann

man lernen. Und das meiste davon habe ich nur gelernt. Sie trauen mir also immer noch nicht?«

Djamiévic überlegte. »Weshalb«, fragte er schließlich, »wollte Assem Sie eigentlich aufsuchen?«

»Ich weiß es nicht. Er hat mich ja nicht erreicht.«

»Szabo sagt, er wurde ermordet?«

»Praktisch vor meiner Haustür.«

Verzagt schüttelte der Bosnier den Kopf. »Sie haben Assem verfolgt. Von Anfang an. Ich habe es ihm gesagt.«

»Wer hat ihn verfolgt?«

»Männer, die sehr geschickt waren. Man konnte sie nicht richtig wahrnehmen. Ich habe sie trotzdem gespürt.« Er blickte zu Talmarani auf. »Mit der Zeit kann man das.«

»Assem hat aber nicht auf Sie gehört?«

Abermals schüttelte Djamiévic den Kopf, er wirkte noch verzagter als beim ersten Mal. »Ich habe ihn gebeten, zurückzukehren und mich nach München zu schicken. Im Gegensatz zu ihm kann ich Deutsch.«

»Und?«

»Er wollte nicht.« Mit einem Ruck stand der Bosnier auf. »Haben Sie nicht darüber nachgedacht, was er gewollt haben könnte?«

»Doch, natürlich.«

»Also was?«

»Es muß«, sagte Talmarani nachdenklich, »mit meinem Großvater zu tun gehabt haben.«

»Ihrem Großvater?«

»Ja. Mein Großvater hat irgendwann die deutsche Staatsbürgerschaft angenommen und sich Phelbs genannt. Vorher war er als Kütschük Said bekannt.«

»Kütschük ...« Mit halboffenem Mund starrte Djamiévic ihn an. »Sie sind ...« Auch dieser Satz blieb unvollendet.

»Ist Ihnen der Name bekannt?«

»Bekannt?« Talmaranis Gegenüber schrie beinahe. »Wie sollte er mir nicht bekannt sein? Wir alle kennen ihn.«

»Wer ist ›wir‹?«

Statt zu antworten, zog Talmaranis Gastgeber eine weiße

Kappe aus der Tasche und stülpte sie sich über den Kopf. In den Augen, die jetzt eindeutig eisblau waren, stand ein Ausdruck, den sein Gegenüber nicht zu deuten vermochte. Es könnte jedoch eine Mischung aus Wut, Drohung und Triumph gewesen sein. Daß die Kappe vier Falten hatte, wunderte Talmarani eigentlich nur am Rande.

Djamiévic nahm die Kopfbedeckung wieder ab und steckte sie zurück. Etwas in sich zusammensinkend erklärte er: »Natürlich weiß ich, wer Kütschük Said war. Allerdings nennen wir ihn anders.«

»Und wie?«

»Das«, lautete die Antwort, »hätte Ihnen Assem vielleicht gesagt. Ich werde es sicherlich nicht tun.«

Unerwartet für Talmarani schlug er daraufhin die Hände vors Gesicht und murmelte: »Großer Gott.«

Das vor der Hütte grasende Pferd schien sich nach seinem Stall zu sehnen, denn es kam herangetrottet und streckte den Kopf durch die offene Tür.

Talmarani dachte: Das zweite Mal in nur zwei Tagen! Der Name Kütschük Said wird ausgesprochen, und etwas wie Entsetzen breitet sich aus. Zuletzt war das in Lugano geschehen.

Das Bett des Maidli hätte Talmarani durchaus zu dem Gefühl verhelfen können, sein Sturz ins Ungewisse sei auf wunderbar sanfte Weise abgebremst worden. Mit ihrer eigenen Üppigkeit mochte Frau Doktor Verena Röthlisberger nicht einverstanden sein, ihre Nächte wollte sie deswegen keineswegs auf harten Matratzen und unter härenen Decken verbringen.

Wie immer, wenn Talmarani sie in den schneeigen Kissenbergen liegen sah, bedauerte er, daß der Begriff »junonisch« als Ausdruck höchster Wertschätzung für einen weiblichen Körper aus der Mode gekommen war. Was sollten harte Hüftknochen, flache Bäuche, muskulöse Schenkel, wenn man statt dessen so viele weiche Rundungen, gehüllt in rosige, samtweiche Haut, berühren und streicheln konnte: Hügel und Täler, Mulden und Schluchten, Kraushaar und Seidenhaar, eine ganze Landschaft, um sich darin zu verlieren oder darin unterzugehen. Aber das lag inzwischen schon hinter ihnen.

Er war am frühen Nachmittag angekommen, sie hatten den späten Nachmittag zur Nacht machen müssen. Nun drehte sich im Turm der über den See emporragenden Kirche von Vico-Morcote das Rad, mit dem die Glocken herumgeschleudert wurden. Jede davon schien ihre Schläge von sich zu werfen, wenn sie an einer der Luken vorbeiwirbelte. Wozu die Gläubigen gerufen werden sollten, wußte Talmarani nicht. Sicher war nur: das harte lombardische Geläut kündigte den Abend an. Er würde Maidli also wecken müssen. Jakub, der ältere seiner beiden Onkel, wollte ihn sprechen. Als Treffpunkt hatten sie ein Hotel am See ausgemacht.

Zunächst protestierte das Maidli noch heftig gegen seine Versuche, es aus dem Schlaf zu reißen. Voraussehbarer Weise gewann jedoch Frau Doktor Röthlisberger binnen kürzester Frist die Oberhand. Emporfahrend und ihre winzige Armbanduhr konsultierend, erklärte sie streng: »In zehn Minuten müssen wir los. Du solltest dich vorher noch rasieren.« Undenkbar, die wieder in Funktion getretene Chefjuristin der Talmarani-Bank ein letztes Mal zu küssen, bevor man aus dem Bett stieg.

Kurz darauf, als sie über die Hangstraße von Vico-Morcote zur Uferpromenade hinabfuhren, faßte Frau Doktor Röthlisberger noch einmal zusammen. Es hätte das Diktat eines Schriftsatzes sein können: säuberlich numerierte Paragraphen samt Unterabschnitten, im Referatston vorgetragen. Unausgesprochen blieb dabei, daß es die Hauptaufgabe der Talmarani-Chefjuristin war, Verträge der Bank auf ihre Vereinbarkeit mit den schweizerischen Gesetzen hin zu überprüfen. Von dem, was Hamid und Jakub mit ihren Partnern mündlich oder in gesonderten Protokollen vereinbarten, erfuhr sie hingegen bei weitem nicht alles.

Zunächst wurde Talmarani mitgeteilt, daß seine beiden Onkel ihre Aktivitäten im Raum östlich der Adria seit dem letzten Golfkrieg stark zurückgeschraubt hätten. Der Lage in Kuweit schien keine der Firmen, mit denen sie zusammenarbeiteten, so recht zu trauen. Im übrigen träten die großen amerikanischen Gesellschaften dort derart massiv auf, daß kleinere Unternehmen nur noch ein Winkeldasein fristen könnten, was ja wohl der Zweck des Angriffs gegen den Irak gewesen sei. Ausgebaut hingegen hätte die Talmarani-Bank ihre Aktivitäten in Balkan-Staaten wie Rumänien oder Mazedonien, wodurch sie unter anderem zum Mitbesitzer einer Fernseh-Station in Skopje geworden sei.

»Mach dir trotzdem keine Hoffnung, von denen zu einer Talkshow eingeladen zu werden«, sagte das Maidli, während es zurückschaltete, um die nächste Kehre zu nehmen. »Die nudeln nur MTV-Clips ab und erzählen den Leuten zwischendurch, daß es aufwärts gehe mit der Wirtschaft.«

So ungefähr, erwiderte Talmarani, stellte er sich Fernsehen in Mazedonien ohnehin vor. Und für seine Onkel erfülle der Sender ja doch nur die Aufgabe einer PR-Agentur.

Frau Doktor Röthlisberger lobte ihn für diese kluge Lagebeurteilung und fuhr dann fort: »Natürlich müssen sich die beiden fühlen wie Beinamputierte. Die Levante war ja von Anfang an das eigentliche Revier der Bank. Dort kennen Jakub und Hamid sich aus, dort ist ihre Familie verwurzelt, dort liegt auch ihr wichtigstes Kapital: dieses ganze Beziehungsgeflecht zwischen Leuten, die Einfluß haben, Einfluß nehmen können, Macht ausüben, Politik mitbestimmen und zu dem sie selbst gehören. In Oklahoma, Kanada, Venezuela mögen deine Onkel durchaus einen guten Namen haben, aber schon wenn einer von ihnen im Petroleum-Club von Houston lunchen will, braucht er als Türöffner jemanden, der für ihn bürgt.«

»Mit anderen Worten«, sagte Talmarani, »in Beirut sind sie Könige, in Houston ein paar schmutzige Levantiner.«

»Nicht gerade schmutzige Levantiner«, korrigierte Frau Doktor Röthlisberger, »aber niemand, deren Telefonnummer in wichtigen Notizbüchern steht.«

Sie hatten das Seeufer erreicht und näherten sich einer Ansammlung von Villen, die überwiegend von Deutschen gebaut worden waren, als es noch für unabdingbar galt, Geld nicht nur zu haben, sondern es auch in der Schweiz zu wissen. Hinter üppigem Blattwerk schimmerten Fassaden in allen Stilrichtungen einer vormaligen Moderne. Jetzt dösten Pudel an den Rändern zum Teil noch nierenförmiger Swimmingpools, und ältere Herren strebten mit steifen Schritten dem nächsten Ufercafé entgegen, um den Sonnenuntergang bei einem Glas Evian-Wasser zu genießen. Jüngere Vermögensbesitzer bevorzugten längst schon Florida.

»Heißt das«, wollte Talmarani wissen, »die Geschäfte laufen nicht so besonders?«

Das Maidli tätschelte sein Knie. »Falls du Angst um deinen Anteil an den Gewinnen haben solltest, so kann ich dich beruhigen. Die Wertpapierdepots der Bank waren nie üppiger gespickt. Doch das ist es ja gerade.«

»Was ist es ja gerade?«

»Zuviel Geld, das nicht anständig arbeitet. Weltweit niedrige Zinsen. Der Aktienmarkt zwar auf vollen Touren, aber die ganz großen Gewinne macht man auch dort nicht. Eine auf das Ölgeschäft spezialisierte Bank nennt das Flaute.«

Talmarani glaubte zu verstehen. »Jakub und Hamid wollen also wieder in ihr altes Geschirr.«

»Sie wollen dahin zurück, wo sie hingehören. Und sie wollen das tun, was sie am besten können: Bohrfirmen finanzieren, sich vom Pipeline-Geschäft ein Stück abschneiden.«

»Wo genau? Irak, Golfstaaten? Doch nicht etwa Afghanistan?«

»Die allgemeine Richtung stimmt«, bestätigte Frau Doktor Röthlisberger. »Daß sie an Afghanistan denken, glaube ich allerdings nicht. Da sitzt auch schon die amerikanische Konkurrenz. Aber Namen wie Aserbaidshan, Turkmenistan, Tschetschenien scheinen ihre Trommelfelle ziemlich zu kitzeln.«

»Oi, oi, oi«, machte Talmarani, wobei ihm ein Licht aufging.»Das könnte spannend werden. Und ein bißchen groß für die beiden.«

Seine Fahrerin nickte. »Natürlich brauchen sie Partner.«

»Nichtamerikanische Partner, nehme ich an.«

»Du näherst dich der Zielgeraden.«

»Franzosen, Deutsche, Italiener?«
»Zehn Schritte zurück.«
»Also Briten.«
»Zielgerade erreicht.«
»Llewellyn.«
»Das Publikum beginnt zu klatschen.«
»O Gott«, stöhnte Talmarani, »dieser Widerling.«
»Ich habe dich vor ihm gewarnt.«
»Leider zu spät.«

Sie hatten das »Olivella au Lac«, Jakubs bevorzugten Platz für informelle Gespräche, erreicht. Gewissenhaft den Rückspiegel konsultierend, steuerte das Maidli den Parkplatz an und blickte sich dann suchend um. »Dein Onkel ist noch nicht da. Wahrscheinlich bleibt uns gerade die Zeit für einen Apéro.«

Die erfreulich nüchterne Bar des »Olivella« war so gut wie leer. Der Barkeeper, der die »Dottoressa« natürlich kannte, brachte unaufgefordert einen Campari-Soda und erkundigte sich nach Talmaranis Wünschen. Dieser entschied sich für Glenmorange ohne Eis und Wasser, er hatte das Gefühl, etwas Stärkendes zu benötigen.

»Vielleicht«, sagte das Maidli, nachdem auch Talmaranis Drink auf dem Tisch stand, »war es ein Fehler, deinen Besuch anzukündigen. Aber ...«

Talmarani winkte ab. »Jakub und Hamid hätten es ja doch erfahren. Hat einer von beiden angedeutet, was sie von mir wissen wollen?«

»Mir gegenüber doch nicht. Jakub murmelte etwas von Familienangelegenheiten. Warum hast du es übrigens abgelehnt, ihn in der Bank zu treffen?«

Gute Frage, dachte Talmarani, gab dann aber die Antwort, die er selbst für die zutreffendste hielt. »Eine Art Unabhängigkeitserklärung. Ich muß mich langsam ein bißchen abnabeln von den beiden.«

Hinter den übergroßen Brillengläsern auf der anderen Tischseite glomm Anerkennung auf. »Bravo, Büebli, bravo.«

»Außerdem will ich nichts von ihm, wohl aber er etwas von mir.«

»Kleiner Test, wie weit du gehen kannst, ohne ihn gegen dich aufzubringen?«

»Kleiner Test, um herauszufinden, wie wichtig ihm das ist, was er erfahren will.«

»Und worauf tippst du?«

An sein Gespräch mit Haynau denkend, erwiderte Talmarani: »Llewellyn ist hinter den Tschurnals her. Also wird auch Jakub nach ihnen fragen – vermute ich wenigstens.«

»Worauf du jedoch nur sagen kannst: es gibt sie nicht mehr.«

»Ehrlicherweise müßte ich das wohl.«

»Aber?« Ein mit scharlachroter Flüssigkeit gefülltes Glas verharrte erwartungsvoll vor blaßrot geschminkten Lippen.

»Vielleicht«, sagte Talmarani und lauschte erstaunt seiner eigenen Antwort nach, »vielleicht sollte ich eben das nicht tun.«

»Die Unwahrheit sagen?«

»Die Wahrheit etwas verschleiern.«

»Aus welchem Grund?«

»Anhaltspunkte, Maidli, Anhaltspunkte. Ich bin in eine völlig undurchschaubare Geschichte hineingeraten. Ich brauche so viele Anhaltspunkte, wie ich nur kriegen kann, um herauszufinden, was da eigentlich gespielt wird. Soll ich also die wenigen guten Karten, die ich habe, auf den Tisch legen, nur weil Jakub mein Onkel ist? Sagt er mir denn, was er in der Hand hat?«

Ohne getrunken zu haben, setzte das Maidli sein Glas auf den Tisch und nahm dann auch noch die Brille ab. Aber noch bevor es etwas sagen konnte, fuhr draußen Jakubs grauer Jaguar vor.

In der Kecskeméter Tanya sitzend und auf Djamiévic wartend, der hinausgegangen war, um das streunende Pferd festzubinden, versuchte Talmarani sich das Gespräch mit seinem Onkel wieder ins Gedächtnis zu rufen. Wann und nach welchen vorausgeschickten Scheinargumenten war er, wie vermutet, erst auf die Tschurnals und dann auf Said zu sprechen gekommen? Natürlich: bei der Vorspeise noch die mehr oder weniger rituellen Fragen nach Wohlergehen, Arbeitsplänen, Freundinnen. Schon als der Fisch aufgetragen wurde – Jakub wich nie von der hergebrachten bürgerlichen Speisenfolge ab –, war jedoch zunächst einmal der Name Llewellyn gefallen. Dieser Brite erwähne ihn gelegentlich. Habe er denn viel mit ihm zu tun?

Talmarani sagte, was er zu sagen für geboten hielt: ein Mann, der ihn gelegentlich um Informationen angehe.

Informationen welcher Art?

Dazu gab Talmarani die gleiche Auskunft, die er auch dem Maidli am Telefon gegeben hatte. Von dem Treffen am Tegernsee sagte er nichts.

Jakub, ein massiger, untersetzter Mann mit kahlem Kugelkopf und großen, fleischigen Händen, träufelte Zitronensaft über sein Saiblingsfilet.

»Weißt du eigentlich, was für ein Geschäft er betreibt?«

»Hat er euch das denn nicht gesagt?«

»Er wurde von einem Bekannnten in London bei uns eingeführt.«

»Mich sprach Llewellyn auf eine Talkshow hin an, die kurz zuvor gelaufen war. Zwei oder drei Tage später stand er dann einfach vor meiner Tür.« Talmarani nötigte sich ein Lächeln ab. »Ich führe ein ziemlich offenes Haus in München.«

Unter buschigen Augenbrauen stach ein prüfender Blick hervor. Jakub mochte etwas bäuerisch wirken, hinters Licht führen konnte man ihn nicht so leicht. Der Blick senkte sich wieder auf den Teller.

»Hat er dich einmal nach den Dokumenten gefragt, die wir seinerzeit der Bosporus-Universität gestiftet haben?«

»Nein.«

»Trotzdem scheint er darüber Bescheid zu wissen.«

»Oh«, machte Talmarani und fragte dann: »Was interessiert ihn daran?«

Etwas Reis auf die Gabel schiebend, erwiderte Jakub: »Das wollte ich eigentlich dich fragen. Du hast diese Papiere ja geprüft. Hamid und ich hingegen kennen sie überhaupt nicht.«

»Altes Zeug«, sagte Talmarani. »Unterlagen über längst gelaufene Geschäfte.«

Mit dieser Auskunft schien Jabuk sich überraschenderweise zufriedenzugeben, denn er blieb längere Zeit stumm. Genaugenommen fiel sogar während des ganzen Fischganges kein weiteres Wort mehr – was nun im Rückblick merkwürdiger anmutete als zu der Zeit, da sie schweigend gegessen hatten. Irgend etwas mußte im Kugelkopf seines Onkels doch vorgegangen sein. Wahrscheinlich, dachte Talmarani schließlich, überlegte Jabuk, ob es angebracht sei, das zu sagen, was er am Ende dann doch sagte. Es dürfte ihm also nur um die Formulierung gegangen sein. Wie sich nach dem Fisch erweisen sollte, hatte er die Frageform gewählt.

»Ist es denkbar, daß einige dieser Dokumente Verweise auf andere Dokumente enthalten?«

»Verweise auf andere Dokumente?« echote Talmarani.

»Ist es möglich?« beharrte Jakub.

»Ich habe nichts dergleichen bemerkt.«

»Vielleicht verschlüsselt?«

»Oder mit unsichtbarer Tinte.« Talmarani lachte.

Völlig ungerührt fragte sein Onkel jedoch zurück: »Warum nicht mit unsichtbarer Tinte?«

»Wie kommst du denn auf so was?«

Jakubs Antwort war eine erste Auskunft: »Mr. Llewellyn hält alles mögliche für möglich.«

Mr. Llewellyn, wollte sein Neffe erwidern, ist schließlich ein Geheimdienstmann. Glücklicherweise unterdrückte er die Antwort jedoch in letzter Sekunde.

Jakub winkte dem Sommelier und deutete auf sein Rotweinglas. Sie hatten beide Entrecôte bordelais bestellt. Während der Weinkellner seinen zeremoniellen Pflichten nachkam, wettete Talmarani mit sich selbst, daß das nächste Stichwort nun endlich »Tschurnals« lauten würde. Die Begründung für diesen Verdacht lieferte sein Gehirn ein wenig später nach: Andere Dokumente! Was sonst als die Tschurnals konnte Llewellyn damit gemeint haben? Es schien sogar Sinn zu machen.

Zunächst einmal verlor er jedoch seine Wette, denn Jakub

fragte: »Unterlagen zu alten Geschäften, sagst du? Auch Verträge?«

»Soweit ich mich erinnere: ja.«

»Zwischen wem und wem?«

»Einerseits natürlich der Bank, die damals noch …«

Jakub winkte ab und warf einen raschen Blick durchs Lokal. Den Namen »Deutsch-Ottomanische Handelsgesellschaft« schien er nicht hören zu wollen oder wollte nicht, daß er gehört werde.

»Und andererseits?«

Entschuldigend hob Talmarani die Hände. »Es ist Jahre her, daß ich die Papiere zuletzt gesehen habe. Aber schon damals haben mir die meisten Firmennamen nichts gesagt.«

»Natürlich«, murmelte sein Onkel. Es hieß: Natürlich hat er von Wirtschaft keine Ahnung.

Das Entrecôte kam, das Maidli ging. Talmarani sah seinen Wagen draußen auf die Straße biegen. Sobald das Essen im »Olivella« überstanden war, wollten sie sich in einer Weinstube unter den Arkaden am See treffen.

Jakub bohrte weiter. »Sind dir noch irgendwelche Unterschriften in Erinnerung? Seitens der Bank?«

»Überwiegend die meines Vaters.«

»Eduard Lionel Phelbs.« Das hatte etwas abschätzig geklungen.

»Wie hätte er sonst unterschreiben sollen?«

»Sehr kosmopolitisch«, knurrte Jakub. »Halb englisch, halb deutsch.« Auf Talmaranis Frage ging er nicht ein. Wäre es aber geschehen, dachte dieser jetzt in der Kecskeméter Tanya, hätte auch der Name Kütschük Said schon früher fallen können. Statt dessen hielt Jakub die Zeit für gekommen, den Neffen zu fragen, wann er seine Mutter zuletzt gesehen habe. Dessen Antwort nahm er ohne größeres Interesse zur Kenntnis. Umm Talmarani, das wußten beide, hielt sich seit gestern bei Freunden in Kalifornien auf.

Gleich darauf, in einem Zusammenhang, an den Talmarani sich nicht mehr erinnern konnte, fiel es dann doch, das Wort »Tschurnals«.

Llewellyn habe es erwähnt. Ob der Name dem cher neveu ein Begriff sei.

Richtig getippt, sagte Talmarani zu sich selbst und antwortete so beiläufig wie möglich: »Natürlich. Abdul Hamids geheime Aufzeichnungen.«

»Was weiß man über sie?«

»Wenig.«

»Was heißt das?« Jakub, der ein sehr schneller Esser war, schob seine leere Platte von sich weg. »Mr. Llewellyn scheint da besser informiert zu sein.«

»Ah ja?« Auch Talmarani legte Messer und Gabel beiseite. »Das klingt nicht uninteressant. Willst du mich einweihen?«

Wieder rang der kugelköpfige Banker um eine passende Formulierung, entschied sich aber dann für die nächste klare Auskunft.

»Sie sollen vor etlichen Jahren, zu Gorbatschows Zeit, in Tschetschenien Aufmerksamkeit erregt haben.«

»In Tschetschenien?« Unwillkürlich hatte Talmarani sich vorgebeugt.

»Und Aserbaidshan.«

»Etwa im Zusammenhang mit Öl?«

»Wie kommst du darauf?«

»Ich lese Zeitungen, und ich weiß, wie ihr euer Geld verdient.«

»Auch dein Geld«, korrigierte sein Onkel. Es klang, als wolle er Beistand einfordern.

Talmarani beschloß, darauf einzugehen. »Wie kann ich dir also helfen?«

»Lies die alten Verträge noch einmal durch, und achte auf verschiedene der laufenden Numerierungen, die Llewellyn angekreuzt hat.«

»Ich soll nach Istanbul?«

»Unsinn«, erwiderte Jakub, und zwar so laut, daß einige Gäste die Köpfe nach ihnen umwandten. »Wir haben uns längst Fotokopien davon besorgt. Ich habe sie mitgebracht. Draußen in meinem Wagen.«

»Die Numerierungen«, murmelte Talmarani, begreifend, daß er eine richtige Spur gefunden hatte. Llewellyn vermutete, daß diese Numerierungen auf andere Unterlagen hinwiesen, wobei er an die Tschurnals dachte. Es war in der Tat keine unkluge Spekulation.

»Du kannst die Kopien mit nach München nehmen«, sagte Jakub, »und dich dort in Ruhe damit befassen. Außerdem«, er senkte die Stimme, »außerdem solltest du die Unterschriften prüfen. Phelbs muß nicht immer Eduard Lionel Phelbs bedeuten. Auch dein Großvater hieß ja schon so. Vorname: Hans Jakob.«

»Ist das wichtig?«

»Entscheidend, Thomas, entscheidend. In diesen Kaukasusländern scheint dein Großvater auch noch unter anderen Namen bekannt gewesen zu sein.«

»Seinem früheren«, sagte Talmarani. »Phelbs nannte er sich ja erst, nachdem ein gewisser Hans Jakob Staudacher ihm die deutsche Staatsbürgerschaft besorgt und die Familie seiner Frau ihn quasi adoptiert hatte.«

Mit zusammengezogenen Brauen starrte Jakub über den Tisch. »Das weißt du?«

»Natürlich«, gab Talmarani zurück. »Schließlich war er mein Großvater.«

»Und von wem weißt du das?«

»Von meinem Vater.«

»Der starb, als du fünf Jahre alt warst.«

»Dann geht es eben aus seinen hinterlassenen Papieren hervor.«

In Jakubs Augen trat ein Ausdruck, den Talmarani an seinem Onkel noch nie wahrgenommen hatte. Zwei Pistolenmündungen schienen plötzlich auf ihn gerichtet zu sein.

»Du hast Papiere von deinem Vater? Wer hat sie dir übergeben?«

»Das deutsche Konsulat in Beirut. Aus Anlaß meiner Volljährigkeit.«

»Weshalb ...?«

»... weißt du nichts davon?«

»Ja.«

»Es war ein rein privater Nachlaß: Briefe, Tagebuchnotizen, sonstige Aufzeichnungen.« Talmarani hob die Hand. »Keine Geschäftsunterlagen.«

Ohne sich um die Gäste zu kümmern, die schon wieder zu ihnen herüberblickten, zischte Jakub: »Ich will sie sehen.«

»Gerne«, sagte Talmarani. »Aber du wirst enttäuscht sein.« In Gedanken fügte er hinzu: Zumal du jenen Teil der Papiere nicht zu Gesicht bekommst, den das Maidli für mich aufbewahrt.

Um Fassung ringend, sagte Jakub: »Gut.« Einen Schluck Rotwein später folgte die Frage: »Willst du wissen, was diese Tschurnals damals in Tschetschenien bewirkt haben?«

»Natürlich will ich das.«

»Eine Art Aufstand haben sie bewirkt. Mr. Llewellyn sagt, die Russen hätten große Mühe gehabt, ihn niedergeschlagen. Aber nichts davon sei nach außen gedrungen.«

»Einen Aufstand im Zusammenhang mit Erdölförderung?«

Jakubs Atem ging wieder ruhig, aber in seinen Augen stand noch immer dieser drohende Ausdruck. »Nein«, sagte er. »Es war ein Aufstand islamischer Fundamentalisten.« Der Satz hing noch in der Luft, da kam die entscheidende Frage. »Wie lautet der frühere Name deines Großvaters?«

»Er wurde ...« antwortete Talmarani und verfluchte sich dabei.

»Ja?«

»Er wurde Kütschük Said genannt.«

Und da geschah es dann. Während Djamiévic auf denselben Namen reagiert hatte, als sei er vom Blitz getroffen worden, schien sein Onkel vorübergehend vergessen zu haben, warum er in diesem Lokal saß, ja, wo er sich überhaupt befand. Mit den Augen einen imaginären Punkt hinter Talmaranis Kopf fixierend, die Hände auf dem Tisch abgelegt, als würden sie nie mehr benötigt werden, verharrte Jakub in einer Pose, die alles mögliche auszudrücken schien, von Erstaunen über Verwirrung bis zu plötzlicher Erkenntnis. Der Erkenntnis wessen? Talmarani erfuhr es nicht, denn der

Jakub, der endlich mühsam wieder zu sich kam, war ein anderer als jener, mit dem er sich bis vor wenigen Minuten noch unterhalten hatte. Ein paar ohne jedes Interesse gestellte Fragen sollten verbergen, daß er mit seinen Gedanken ganz woanders war. Unter einem geradezu lächerlichen Vorwand – »noch im Club verabredet« – räumte er dann das Terrain, ohne die fotokopierten Verträge, die Talmarani prüfen sollte, noch einmal zu erwähnen. Jakubs Abgang glich einer Flucht.

Noch als er durch die Tür schoß, beschloß Talmarani, sich einen Mietwagen zu nehmen und vor Tagesanbruch nach Mailand aufzubrechen. Ein Flug nach Budapest würde dort schon zu bekommen sein. In der Tat hatte es dann weder mit Ticket noch mit Hotelreservierung irgendwelche Schwierigkeiten gegeben. Am Morgen nach seiner Ankunft war auch Haynau aufgetaucht und mit ihm zu Szabos Büro über der Pizzeria am Fuß der Burg gegangen. Nochmals zwei Stunden später waren sie in Richtung Kecskemét losgefahren, um Djamiévic zu treffen.

Der Bosnier trat durch die Tür der Tanya. Seinen Gast etwas unschlüssig anblickend, sagte er nach einer Weile: »Ich habe nachgedacht.«

»Worüber?« wollte Talmarani wissen.

»Es wäre vermutlich doch nicht in Assems Sinn, Ihnen zu verschweigen, was ich weiß.«

Erwartungsvoll stand Talmarani auf. Djamiévic hingegen setzte sich, griff nach der auf dem Tisch stehenden Barackflasche, hob sie an die Lippen und nahm einen großen Schluck. Dann fügte er hinzu: »Vorausgesetzt, Sie sind tatsächlich sein Enkel.«

Der Duft des Pflaumenschnapses hatte sich im ganzen Raum verbreitet.

»Beweisen kann ich es nicht«, sagte Talmarani. »Aber das wissen Sie ja.«

Djamiévic winkte ab. »Ich habe auch beschlossen, Ihnen einfach zu trauen.«

»Danke.« Talmarani neigte den Kopf.

In nicht allzu weiter Entfernung pfiff eine Lokomotive. Der Bosnier blickte flüchtig auf seine Armbanduhr. Er schien immer noch mit sich zu kämpfen. Schließlich mußte er doch eine endgültige Entscheidung getroffen haben. Um sie zu verkünden, stand er wieder auf. Es wurde eine beinahe feierlich klingende Erklärung.

»Der Mann«, sagte er, »den Sie, Herr Talmarani, Kütschük Said nennen, gehörte zu uns.« Während er sprach, hatte die Lokomotive zum zweitenmal gepfiffen.

»Zur Bektaschiyya?«

Djamiévic nickte.

»Sind Sie da sicher?«

»Absolut.«

Talmarani lauschte der Antwort nach. Sein Großvater, dieser mit Erdöl gesalbte Geschäftemacher und Spekulant, selbst ein Bektaschi? Es klang abenteuerlich. Daß Said dem Orden eng verbunden gewesen war, hatte er zwar stets für zumindest nicht unwahrscheinlich gehalten. Zweifel waren jedoch selbst daran geblieben. Zuviel von dem, was er über ihn wußte, harmonisierte einfach nicht damit. In der Zeit, da die Deutsch-Ottomanische Handelsgesellschaft in Beirut residierte, war der damalige Hans Jakob Phelbs ein Lebemann mit eigener Yacht und Zweitwohnsitz in Monte Carlo gewesen. Rolls-Royce-Limousinen, vertrauter Umgang mit anderen Millionären, oder dem König von Ägypten, hatten seinen Lebensstil gekennzeichnet. Die mystischen Übungen in den Bektaschi-Klöstern hingegen, der Eid auf geheime Glaubensartikel, die Pflicht, diesen Glauben notfalls mit dem eigenen Leben zu verteidigen, gut, darüber war er sicherlich informiert gewesen. Aber hatte ihn das zu einem praktizierenden Ordensmitglied gemacht?

Talmarani schien den Kopf geschüttelt zu haben, denn Djamiévic hob fragend eine Augenbraue. »Sie glauben mir nicht?«

»Ich versuche es ja.«

»Aber?«

»Was Sie da sagen, widerspricht allem, was ich über meinen Großvater weiß. Vielleicht reden wir doch von zwei verschiedenen Männern, die zufällig Kütschük Said hießen.«

Djamiévic hob beide Hände. Es war eine abwehrende Geste. »Nicht, wenn Sie der sind, der Sie zu sein behaupten. Und …«

»Ja?«

»Und der, den Assem besuchen wollte.«

Überrascht blickte Talmarani ihn an. »Hat Assem also doch angedeutet, daß ich Saids Enkel bin?«

Nun war Djamiévic verwirrt. »Als Sie es mir sagten, glaubte ich einfach begriffen zu haben, daß es das war, weshalb er so dringend mit Ihnen zusammentreffen wollte. Aber Sie wissen ja, mein Arabisch …«

Talmarani nickte. Zugleich schoß ihm ein Gedanke durch den Kopf.

»Sie verwechseln Said auch nicht zufällig mit jemandem, der ihm früher einmal sehr nahestand?«

»Wen meinen Sie?«

»Einen Baba des Bektaschi-Ordens, namens Ak Schems ed-Din. Er muß so etwas wie Kütschük Saids geistlicher Mentor gewesen sein.«

Von der nun vollkommenen Stille, die den kleinen Raum erfüllte, schienen Talmaranis Worte verschluckt worden zu sein. Dieser Eindruck hielt indes nicht lange vor. Gleich darauf geschah es – geschah zum dritten Mal in nur zwei Tagen.

Als Talmarani in Lugano von Kütschük Said gesprochen hatte, war sein Onkel in eine Art Stupor gefallen. Als er den Namen knapp vierundzwanzig Stunden später Djamiévic gegenüber erwähnte, hatte dieser sekundenlang kein einziges Wort mehr herausbringen können. Jetzt, da der Name Ak Schems ed-Din zwischen ihnen stand, wirkte der Bektaschi aus Visegrad in Bosnien, als habe ihn ein noch härterer Schlag getroffen.

»Aber …«, flüsterte er, »aber …« Um dann, genau wie fünfzehn Minuten früher, plötzlich aufzuschreien. »Aber das ist ja der Name, unter dem wir Kütschük Said kennen. Kütschük Said und Ak Schems ed-Din sind ein und dieselbe Person.«

Wieder schlug Djamiévic daraufhin beide Hände vors Gesicht.

Die Lokomotive pfiff zum drittenmal.

Während er seine erste Flasche Wein trank, hatte Talmarani allerlei Stichworte auf die herumliegenden Servietten gekritzelt, einige wieder durchgestrichen, andere hinzugefügt. Es war ein Versuch gewesen, seine immer noch vibrierenden Nerven unter Kontrolle zu bekommen. Nur deshalb trank er auch.

Auf einem der mit den Hotel-Insignien bedruckten Papiere stand: Alte Verträge (Unterschrift von Hans Jakob Phelbs, vulgo Said) – deren Numerierung – Tschurnals? Weisen fehlende Vertragsnummern auf fehlende Verträge hin? Aufschlüsse darüber in Tschurnals? Falls ja, wie kann Llewellyn davon wissen?

Warum, dachte er dann, hat Jakub mich bloß so plump zu belügen versucht? Hamid und er empfangen doch einen Burschen wie Llewellyn nicht in ihrem Allerheiligsten und palavern stundenlang mit ihm herum, ohne zu wissen, wer er ist, wer seine Hintermänner sind und was er von ihnen will. Maidli hat gesagt, sie hätten aufeinander eingeschrien. Das klingt sogar, als stünde Llewellyn auf ziemlich vertrautem Fuß mit den beiden. Und mir sagt Jakub, ein englischer Bekannter hätte ihn »eingeführt«!

Auch auf diese Überlegungen konnte er sich indes nicht richtig konzentrieren. Es lag daran, daß ihn in Wirklichkeit immer noch etwas ganz anderes beschäftigte.

Talmarani saß im sogenannten »Faust-Keller« des »Budapest Hilton«, einem engen Gelaß unter den Fundamenten des Hotels. Regale für Weinflaschen verbargen alle vier Wände. Aus unsichtbaren Lautsprechern klang klassische Musik: Bach, Vivaldi, Mozart, Beethoven. Vor dem Eingang langweilte sich ein einsamer Kellner, der außer ihm niemand zu bedienen hatte.

Was Talmarani umtrieb, war Djamiévics letzte Aussage, Kütschük Said und Ak Schems ed-Din seien ein und dieselbe

Person gewesen. Das hatte verwirrend geklungen, um nicht zu sagen, verrückt, mutete aber auf einmal gar nicht mehr so unwahrscheinlich an. Aus Said war zunächst einmal Hans Jakob Phelbs geworden, das hatte Talmarani gewußt. Warum also, sagte er sich nun, sollte ein Mann, der schon einmal die Identität gewechselt hatte, es nicht noch ein zweites Mal tun? Und warum dann nicht auch dem Bektaschi-Orden beitreten? Das war zumindest denkbar. Aber bei diesem Anlaß ausgerechnet den Namen seines ehemaligen Mentors annehmen? Das schien etwas völlig anderes zu sein. Wenn es jedoch ebenfalls zutraf, wie mochte dieser Übertritt von einer Existenz in eine andere vor sich gegangen sein? Hatte Schemsi seinen Schützling adoptiert? War dem Ehemann von Dorothea Phelbs, geborene Staudacher, vielleicht eine Art Damaskus-Erlebnis widerfahren, worauf er seinem bis dahin geführten Leben abschwor, um Mönch zu werden?

Und wenn dies tatsächlich so gewesen sein sollte – anders konnte Talmarani es sich ohnehin nicht vorstellen –, war es mit dem Einverständnis seiner sicherlich sehr verwöhnten Frau geschehen, einer Christin überdies? Oder hatte Dorothea zu der Zeit, da es geschah, bereits nicht mehr gelebt? Was wäre die dritte Möglichkeit gewesen?

Um seinen hektisch arbeitenden inneren Computer etwas zu drosseln, bestellte Talmarani die nächste Flasche Wein. Solange er noch auf sie wartete, fuhr die Denkmaschine fort, ihn mit weiteren Überlegungen zu behelligen.

Wann war Said eigentlich gestorben? Niemand schien es genau zu wissen. Das letzte Lebenszeichen seines Großvaters stammte aus dem Jahr 1954. Ein ägyptischer Reporter hatte »den bekannten Entrepreneur Hans Jakob Phelbs« interviewt, wenn auch nicht zu wirtschaftlichen Fragen. Leon, mit dem er damals noch in Kontakt stand, hatte den Artikel viele Jahre später per Zufall entdeckt und ihn nach München geschickt. Bis dahin war Talmarani überzeugt gewesen, der Vater seines Vaters sei schon lange vor 1954 gestorben. Hamid, Jakub und seine Mutter schienen dies ebenfalls zu glauben. Wußten sie es denn nicht besser? Der ägyptische

Journalist hatte mit Said über den islamischen Untergrund gesprochen. Etwa deshalb, weil er ihn für einen Kenner dieser Materie hielt? Wenn ja, konnte man dies nicht als Indiz dafür nehmen, daß er eines Tages wirklich aus seinem Bankierdasein ausgebrochen war und sich der Bektaschiyya verschrieben hatte. In diesem Fall mußte sein Grabstein in der Nähe irgendeines abgelegenen Mönchsklosters stehen: schmale, turbanbekrönte Sandsteintafel, darauf in arabischen Lettern der Name Ak Schems ed-Din.

Talmarani zog eine weitere Serviette heran und notierte: Pressematerial über Said, wo gespeichert? Datei abfragen! Hamid, Jakub, Mutter vielleicht auf Saids Tod ansprechen?

Nach einigem Überlegen strich er die letzte Zeile wieder durch. Warum, zum Teufel, hatte er sich nie für das Sterbedatum und die Begräbnisstätte seines Großvaters interessiert? Er fand nur eine Erklärung dafür: In der Familie Talmarani war so gut wie nie über Said gesprochen worden. Auch das kam ihm auf einmal merkwürdig vor. Der Mitbegründer der Deutsch-Ottomanischen Handelsgesellschaft und somit der heutigen Talmarani-Bank schien für seine Erben nichts weiter als eine Art Hausgespenst zu sein. Gab es etwa Gründe, sich seiner zu schämen? Betrachteten Jakub und Hamid ihn als ein im Keller verscharrtes Skelett, das man besser im Dunklen ließ? Wenn ja, warum? Würden seine, Talmaranis, gesammelten Unterlagen darüber Auskunft geben?

Der Kellner goß den Probeschluck ein und wartete, bis Talmarani gekostet hatte. Aus den verborgenen Lautsprechern klang Tschaikowskys »Serenade für Streicher«. Die Kerzen auf dem Tisch knabberten an dem über dem Raum lastenden Halbdunkel herum, wurden aber nicht mit ihm fertig.

Für Talmarani stand zunächst nur eines fest: Er mußte alles, was er an Papieren besaß, vor allem die aus dem Nachlaß seines Vaters, noch einmal gründlich durchforsten. Bis jetzt hatten sie ihm vorwiegend als Materialfundus für seine eigenen Arbeiten gedient. Der Versuch, seinem Großvater ein Gesicht und eine nachvollziehbare Biographie zu geben, war kaum mehr als ein angenehmer Zeitvertreib an verregneten Tagen gewesen. Derlei Spielereien konnte er fortan vergessen. Frühestens seit Assems Ermordung, spätestens seit der Begegnung mit Djamiévic kam dem, was er über Said wußte, eine völlig neue Bedeutung zu, und die mußte ausgelotet werden. Es würde Mühe kosten, das zu tun. Aber einmal, dachte Talmarani, wozu hat man sich ein Leben lang mit Urkundenforschung befaßt. Und zum anderen: Es gab ja auch noch eine gewisse Doktor Verena Röthlisberger, deren juristisch geschulter Verstand keineswegs zu verachten war.

Wie jeder Gedanke an das Maidli trug auch dieser zu seiner Beruhigung bei. Etwas entspannter als zuvor lehnte Talmarani sich zurück. Es hätte zu keinem besseren Zeitpunkt geschehen können.

Unsicheren Schrittes polterte ein zweiter Gast über die hölzerne Treppe, auf der man erst hinab, dann wieder nach oben steigen mußte, um den »Faust-Keller« zu erreichen. Gleich darauf zeichnete sich unter der Tür des Lokals eine vertraute Silhouette ab.

»Talma«, rief Hubertus Theophil Graf Haynau, »na endlich! Wenn mir der Concierge am Telefon nicht gesagt hätten, daß du schon längst wieder im Hotel bist, würde ich jetzt noch die Pußta nach dir durchstreifen.«

Keineswegs unglücklich ob dieser Störung, wies Talmarani auf den Stuhl neben seinem: »Gib nicht so fürchterlich an, Hubi! Djamiévic wird euch doch sicherlich erzählt haben, daß ich mit dem Zug zurückgefahren bin.«

»Hat er. Aber warum, zum Henker ...?«

»Ich hörte eine Lokomotive pfeifen und bat ihn, mich zur nächsten Haltestelle zu bringen. Deinen Freund Szabo hätte ich nicht noch einmal drei Stunden lang ertragen.«

»Ziemlich unhöflich, wenn du mich fragst«, klagte der Geheimdienstler. »Schließlich sind wir Szabos Gäste.«

»Du vielleicht«, beschied ihn Talmarani. »Ich zahle selber.«

Da Haynau ziemlich erschöpft wirkte, reichte er ihm sein Glas.

»Trink einen Schluck, und sei friedlich.«

Der akzeptierte das Angebot, um sich dann seufzend niederzulassen. »Nun erzähle wenigstens! Was hat Djamiévic gesagt?«

»Er hat bestätigt, daß Assem bei ihm war. Sehr viel mehr konnte ich nicht aus ihm herausbringen.«

»Was Assem in München vorhatte ...«

»... wußte er nicht.«

»Weshalb wollte er dich dann sehen?«

»Er dachte, ich wüßte vielleicht etwas über ihn.«

»Und deswegen lockt er uns nach Kecskemét?«

»Wir haben uns locken lassen, Hubi.«

Haynaus Faust krachte auf den Tisch. »Wenn das Szabo erfährt.«

»Vor dem scheint er sich nicht gerade zu fürchten. Und auch eure Tricks kennt er offenbar. Ich wurde ziemlich gründlich gefilzt, ehe er den Mund aufmachte.«

Das immerhin schien Haynau zu beeindrucken. »Also nicht der Bauer, für den Szabo ihn hält?«

»Nichts weniger als ein Bauer.«

»Dann hast du doch etwas erfahren?«

Gut kombiniert, dachte Talmarani. Laut sagte er: »Nichts, was auf Anhieb Sinn ergäbe.«

»Aber?«

»Nur in einem bestimmten Zusammenhang könnte es möglicherweise Sinn machen. Djamiévic brachte mich auf ein paar Ideen, die bei mir gewisse Assoziationen ausgelöst haben. Dir würden sie allerdings wenig nützen – im Augenblick wenigstens.«

Argwöhnisch blickte Haynau ihn an. »Willst du mir etwas verheimlichen?«

Talmarani tätschelte seine Hand. »Wie käme ich dazu, Hubi. Ich möchte dir nur unnötige Arbeit ersparen.«

»Und das ist die Wahrheit?«

Es war zumindest eine Art von Wahrheit. Selbst wenn Talmarani den Grafen über Djamiévic aufgeklärt hätte, wäre dieser kaum wesentlich gescheiter gewesen als zuvor. Wie sollte man auch jemandem wie ihm einen Menschen nahebringen, der von Kind auf in zwei verschiedenen Welten gelebt hatte.

Nach außen hin Bürger des Staates Jugoslawien, den es mittlerweile nicht mehr gab, in Wirklichkeit aber Mitglied einer Gesellschaft in der Gesellschaft, von der nur die etwas wußten, die ihr angehörten. Und das hatte bereits für die meisten seiner Vorfahren gegolten. Als bekennende Bogomilen waren sie erklärte Gegner der orthodoxen Kirche gewesen, straff organisiert, gehorsam nur den Oberen ihrer geheimen Sekte. Später, als die Türken den Balkan überrannten, hatte dann einer aus der Familie den von »Cami«, die Moschee, abgeleiteten Namen Djamiévic angenommen und war Muslim geworden, ohne seine wahre Überzeugung deswegen jedoch aufzugeben. Das wiederum hatte ihn in die Arme der Bektaschiyya geführt, eine Gemeinschaft, die viele islamische Glaubensgrundsätze anzweifelte, selbst im Untergrund wirkte, zugleich aber den Sultanen ergeben diente, weil diese ihre Angehörigen nach eigener Façon selig werden ließen.

Das aber gehörte ebenfalls zum Hintergrund des Lebens von Djamiévic. Der Mann, der Talmarani mit dem Messer bedroht hatte, stammte aus einem Universum, von dem Haynau sich nicht die geringste Vorstellung hätte machen können. Er lebte zwei Leben auf einmal: das eine als normaler Staatsbeamter, das andere im Dämmerlicht seines persönlichen Glaubens, und nur dieses zweite Leben galt ihm als real. Eine andere Art von Existenz aber kannte er nicht einmal.

Nachdem im Zweiten Weltkrieg die Deutschen über Jugoslawien hergefallen waren, hatte Djamiévics Vater gegen sie gekämpft: Schulter an Schulter mit Titos Partisanen, in Wirklichkeit jedoch ein Verteidiger seiner eigenen Doppelwelt. Und als Jugoslawien dann vom Bürgerkrieg zerrissen wurde, hatte für Djamiévic junior nichts nähergelegen, als den Widerstand der bosnischen Muslime gegen Serben und Kroaten zu organisieren. Es hatte ihm sozusagen im Blut gelegen. Kämpfen, sich auflehnen, aus dem Dunkel heraus operieren war für seinesgleichen so natürlich wie atmen und essen. Auch Niederlagen gehörten zu den normalen Gegebenheiten eines so verstandenen Daseins. Nach Abschluß des Vertrags von

Dayton hatte Djamiévic seine Heimat dann verlassen und in Ungarn untertauchen müssen.

Warum? An dieser Stelle ihres Gesprächs war er zunächst ziemlich wortkarg geworden, hatte dann aber widerstrebend zugegeben, daß man ihm vorwarf, »Afghanen« ins Land geholt zu haben, Glaubenskämpfer aus allen möglichen islamischen Ländern. Mit Hilfe der Bekatschiyya? Djamiévic hatte weder bejaht noch verneint, als Talmarani ihm diese Frage stellte. Seine eigentliche Botschaft lautete ohnehin: Es gibt ein über der ganzen muslimischen Welt liegendes dünnes Netz, bestehend aus Männern, denen ererbte Instinkte, überkommene Überzeugungen vorschreiben, die Welt hinter der Welt, in der sie aufgewachsen sind, gegen eine Übermacht von Feinden zu verteidigen. Dieser losen Organisation wiederum, das hielt Talmarani für den Kern von Djamiévics Botschaft (obwohl es unausgesprochen geblieben war), hatte auch Assem angehört, was zugleich hieß: er sei möglicherweise nach München gegangen, um den als Publizisten nicht ganz einflußlosen Enkel von Kütschük Said oder eben von Ak Schems ed-Din für ihre Sache zu interessieren. Und nur deswegen war er auch ermordet worden.

Talmarani sah noch immer den auf dem Bock seines Wagens sitzenden Bosnier, eine unendlich einsam wirkende Gestalt unter der riesigen Kuppel des ungarischen Steppenhimmels. Als der Zug schneller wurde, schien ihre Verlorenheit noch zuzunehmen, bis sie endlich ganz aus seinem Blick verschwand, jedoch keineswegs aus seinem Gedächtnis. Aber wie auch anders? Schließlich hatte er stets geahnt, daß es sie gab, diese Bruderschaften, diese Orden, Bünde, Hüter einer verborgenen Welt. Nun war er wenigstens an der Grenze zwischen Okzident und Orient ihrem äußersten Vorposten begegnet. Doch dessen wurde er sich ebenfalls erst jetzt bewußt, da Haynau ihm gegenübersaß und Fragen stellte. Wirklich, wie hätte er ihm antworten können?

Der Graf beugte sich vor. »Was willst du als nächstes tun? Und sag bloß nicht, du hättest keine Pläne. Ich sehe dir an, daß du irgendwas ausheckst.«

»Gewonnen, Hubi«, erwiderte Talmarani. »Ich habe tatsächlich etwas vor. Aber dazu brauche ich eure Hilfe.«

»Laß hören.«

»Bring mich mit Llewellyn zusammen.«

»Mit Llewellyn? Warum auf einmal?«

»Er scheint tatsächlich mehr über die Tschurnals zu wissen, als ich es bisher für möglich hielt.«

»Das hast du aber nicht von Djamiévic erfahren.«

»Nein. Das hat mein Onkel Jakub angedeutet. Von Djamiévic habe ich dafür etwas ganz anderes gehört.«

»Nämlich?«

»Assem besaß zwar einen libanesischen Paß, war aber Jordanier.«

»Ja und? Was hilft uns das?«

»Liegt doch auf der Hand, Hubi. Ich gehe nach Amman und versuche, mehr über ihn zu erfahren. Hat euer Laden da unten vielleicht eine Anlaufstelle für irrende Amateuragenten?«

In ihr Schweigen hinein erklang der »Erste Ungarische Tanz«. Szabo hätte möglicherweise gefragt, ob sie nicht wüßten, daß die Ururgroßmutter von Johannes Brahms aus Hodmezö Vásarhely oder Kiskunfélegyháza gestammt habe.

V

Der Chamsin befördert einmal pro Jahr ägyptische Hitze nach Norden und lädt sie über den Ländern des Fruchtbaren Halbmonds ab. Chamsin heißt »fünfzig«, weil er angeblich fünfzig Tage anhält. Indes darf bezweifelt werden, daß es jemals einen Betroffenen gab, der imstande war, seine Dauer genau zu messen, denn vom Aufkommen des Südwindes bis zu seinem Abflauen vergeht, egal wie lange, stets eine kleine Ewigkeit.

Wenn der Chamsin weht, glättet sich das Meer, bis es flach wie körniges Eisenblech vor den Küsten Israels, des Libanons und Syriens liegt. Die reicheren Bewohner Beiruts flüchten sich ins Gebirge, wo dann abends die Lichter ihrer Sommerhäuser als matte Flecken die Dunkelheit punktieren. In den Suks von Damaskus verlangsamt sich der Umsatz derart, daß mancher kapitalschwache Händler den Bankrott oder eine Flucht über die Grenze ins Auge fassen muß. In Amman aber, dem alten Philadelphia, das schon den römischen Kaisern als Verbannungsort für mißliebige Offiziere diente, erstirbt in der Mittagszeit jedes öffentliche oder private Leben.

Die Stadt ist unter einer turmhohen Schicht aus wabernder Luft begraben. Alles, was atmet, hat sich in die spärliche Kühle der Häuser zurückgezogen, und die Muaddins, die beim Höchststand der Sonne den Schatten des Brunnenhauses verlassen müssen, um auf der anderen Seite des Moscheehofes ihre Aufforderung zum Gebet ins Mikrofon zu singen, finden es schwer, an der Weisheit des Propheten nicht wenigstens ein kleines bißchen zu zweifeln.

Talmarani, der, alle Warnungen des Hotelpersonals mißachtend, in den späten Vormittagsstunden zum Rathaus aufgebrochen war, um sich in der Einwohnerregistratur über die Größe des hiesigen Audi-Clans zu informieren, schlich durch die menschenleere Kashimi Street, von Zweifeln am eigenen Verstand geplagt. Schon nach wenigen Schritten war sein ganzes Hemd klatschnaß gewesen. Dazu kam feiner Staub, der ihm die Nasenflügel und die Mundhöhle verkleisterte. Er fragte sich, was ihn nach einer schlaflosen Nacht bewogen hatte, das Hotel zu verlassen und ins Freie zu gehen. Schließlich wußte er seit Kindertagen, wie der Chamsin sich auf den menschlichen Kreislauf auswirken kann. Und daß man Behördengänge in arabischen Ländern am besten von einheimischen Fachleuten erledigen ließ, war ihm ebenfalls bekannt. Eine Bakschisch in die richtige Hand gedrückt, und binnen kurzem hätte er die komplette Liste aller Audis samt Adressen auf dem Tisch gehabt. Aber nein, selbst hatte er losziehen müssen, um jene paar Angaben zu erlangen, die er brauchte. Es konnte nur daran liegen, daß er irgendwann auf der Reise von München nach Amman zu der Überzeugung gekommen war, es sei ohnehin ein vollkommen absurdes Unternehmen, auf das er sich da eingelassen habe. Inzwischen hatte er gelegentlich sogar Mühe, sich zu erinnern, weshalb er überhaupt in Amman sei.

Freier Fall, das war vor kurzem noch eine gültige Zustandsbeschreibung gewesen. Er stürzte, er sauste ins Bodenlose. Aus welchem Grund eigentlich? Ein Toter vor seiner Haustür, sollte das der Anlaß gewesen sein? Er hätte Assem doch mühelos verleugnen können. Und was das Entsetzen in Djamiévics Gesicht anging, nachdem die beiden Namen gefallen waren – als Erlebnis, das geeignet schien, seine ganze Existenz auf den Kopf zu stellen, vermochte er es nun ebenfalls nicht mehr zu akzeptieren. Onkel Jakubs vage Andeutungen? Hubi Haynaus halbgare Informationen? Was gingen die Geschäfte der beiden ihn überhaupt an? Er war Thomas Talmarani, ein mit seinem Leben völlig einverstandener Mann, der durchaus auch in der Lage gewesen wäre, alles, was ihn nicht direkt betraf, mühelos an sich abperlen zu lassen. Und wovon bitteschön mußte er sich eigentlich betroffen fühlen? Etwa von seinen Informationen über islamische Orden? Die hatte er doch nur aus reiner Wißbegier zusammengetragen. Von dem, was er über den eigenen Großvater wußte, dessen abenteuerlichen Eintritt ins Leben, seine Verstrickungen in eine Reihe ziemlich dubioser Unternehmungen? Schön, er war der Enkel Kütschük Saids, aber Kütschük Said gehörte längst der Vergangenheit, um nicht zu sagen, der Historie an. Schon aus diesem Grund bestand eigentlich kein Anlaß, ihn mit anderen Augen zu betrachten als – sagen wir – Abdul Hamid, Caloust Gulbenkian oder König Faruk von Ägypten. Alle von der Bühne abgetreten und somit bestenfalls Objekte eines rein akademischen Interesses. Warum in Gottes Namen stolperte er also wirklich durch diese wie mit heißem Aspik zugeschaufelte Stadt?

Natürlich wußte Talmarani ziemlich genau, weshalb derartige Fragen ihn plötzlich quälten. Es lag daran, daß er sie bisher einfach nicht an sich herangelassen hatte. Blauäugig, mit einer Nonchalance, die ihn im Rückblick erkünstelt anmutete, war er in diese ganze Affäre hineingeschlittert. Ein bißchen Angeberei, eine Spur von leichtfertiger Abenteuerlust, die kindliche Überzeugung, ein Sesam-öffne-dich zu besitzen, alles das hatte ihn leichtsinnig werden lassen. Eigentlich nur zu klar, daß es ihm irgendwann bewußt werden würde. Und dann? Der bis dahin vermiedene Schock natürlich, was sonst. Wann war er von ihm getroffen worden?

In München, sagte er sich, ja, schon in München. Nur so war es zu erklären, daß er diese blödsinnige Flugroute gewählt hatte. Warum, wenn man nach Amman wollte, nicht den direktesten Weg über Wien oder Athen wählen? Statt dessen war er erst nach Istanbul und von dort zwei Tage später nach Damaskus geflogen, wo er sich ein Feuerzeug in Form einer Pistole kaufte, nach einem Abendessen im Drehrestaurant des

»Cham Palace« beschloß, wieder umzukehren, dann, angesichts der Zöllner auf dem Flughafen, das pistolenförmige Feuerzeug in einen Abfallkübel warf und doch die Maschine nach Amman bestieg. Daß er tatsächlich die Reise abbrechen und von Damaskus wieder zurückfliegen würde, hatte er nicht einmal geglaubt, als er den Entschluß dazu faßte. Schon die vertrauten Gerüche im überdachten Basar, das Stimmengewirr, die arabische Musik, der erste Biß in ein Kubbeh-Klößchen – Weizenschrot, Hackfleisch und Walnußkerne – hätten ihn davon abgehalten. Dem Schock wirkte etwas wie ein Sog entgegen, oder – ja eben – der nicht mehr aufzuhaltende Sturz. Er fiel, fiel auch jetzt noch beim Gang durch die menschenleere Straße, unter dem Druck der zentnerschweren ägyptischen Luft, stechendes Licht in den Augen, Schleimhäute vom Staub gekitzelt. Der Sturz würde tiefer sein, als er befürchtet hatte.

Auf einmal wurde Talmarani klar, daß er nicht mehr die leiseste Ahnung hatte, wo er sich befand. Es gab nur noch glutatmende Häuserfronten, an denen er entlangschlich, herabgelassene Rolläden, verschlossene Türen. Vom »Philadelphia Hotel« zum Rathaus hätte es eigentlich nur ein Katzensprung sein dürfen. Aber nun war er schon über eine halbe Stunde unterwegs, ohne das Ziel erreicht zu haben. Seltsamerweise mutete ihn dieser Zustand vertraut an.

War er nicht schon unzählige Male durch diese tote Stadt geirrt? Er war der letzte Mensch, der noch darin lebte. Jedes Haus stand für ihn offen, alles, was darin war, gehörte ihm. Er konnte nehmen, was er begehrte, wußte aber zugleich, daß so etwas nicht in Frage kam. Ja, es war vertraut, es gehörte zu der altbekannten Prüfung. Ein Witz, daß er das nicht sofort begriffen hatte. Nun wußte er es wieder. Talmarani hätte fast gelacht.

Gleich würde der Examinator in die Hände klatschen, das Licht würde angehen und er vor dem grünbespannten Tisch stehen, hinter dem das Komitee saß. Man würde ihm die Ergebnisse mitteilen oder ihn wissen lassen, wie es weiterging und was er als nächstes zu tun habe. Hatte er das Komitee zu fürchten? Er doch nicht, der mit Magna cum laude zum Doktor promovierte Thomas Talmarani. Wenn er nur beim Vortrag nicht zu hastig redete oder über Gebühr gefallen wollte, würde alles gut sein. Man würde nicken, ihn anlächeln, das Licht wieder löschen. Weiter würde nichts geschehen, das stand fest. Trotzdem hatte Talmarani Angst. Eingehüllt in wabernde Luft schleppte er sich dahin. Er hörte weder sein Keuchen, noch spürte er den Schmerz in der Herzgrube. Die Sonne war ein Fleck aus Messing, eingeschmolzen in die Bleikuppel des Himmels. Die Stille dröhnte.

Auch das »Philadelphia«, zu dem sein Weg ihn zurückgeführt hatte, erkannte er nicht, noch sah er die beiden Soldaten, die steif und aufrecht wie Gliederpuppen auf den Vordersitzen eines Jeeps saßen. Erst als sie ausstiegen und auf ihn zukamen, wurde er ihrer gewahr, notierte weiße Koppel, an denen weiße Pistolentaschen hingen, wunderte sich jedoch kein bißchen, als sie in mäßigem Englisch erklärten, er sei verhaftet.

Talmarani nickte nur, ein idiotisches Lächeln auf den Lippen, dem Hitzschlag näher, als er ahnte. Die Prüfung schien wirklich noch nicht beendet zu sein. Das hätte er sich denken können.

»Jetzt schläft er«, sagte jemand, dessen Stimme Talmarani bekannt vorkam.

»Er scheint zäher zu sein, als man glauben möchte«, fügte ein anderer hinzu.

Zäh, dachte Talmarani, das hat mir noch niemand von mir gesagt. Aber vielleicht bin ich es ja. Immer interessant, etwas Neues über sich selbst zu erfahren.

In dem milchigen Grau, durch das er schwamm, leuchteten regelmäßig wie Morsesignale rote Pünktchen auf. Zigaretten, dachte er, zwei Leute, die ganz geruhsam rauchen. Von dem, was als nächstes gesagt wurde, verstand er nur zwei Worte: »Ähnlichkeit« und »verblüffend«. Verblüffende Ähnlichkeit? Wessen, mit wem? Ihm hatte nie jemand nachgesagt, er gleiche einem anderen. Aber wenn schon die Stunde der Wahrheit geschlagen haben sollte, war vielleicht auch dies eine neue Nachricht über das unbekannte Wesen Thomas Talmarani.

Dann wurde ihm klar, weshalb ihm beide Stimmen bekannt vorkamen. Es lag einfach daran, daß die Zigarettenraucher arabisch sprachen. Sie benutzten einen Dialekt, in dem die Vokale noch stärker gegen den Gaumen gepreßt wurden als bei dem, den er einst gebraucht hatte. Etwas bäuerisch, dachte er, kein verschliffenes Großstadtarabisch. Wo sprach man so? Sein Kopf verweigerte die Antwort. Auch die Lider vermochte Talmarani nur mit Mühe anzuheben. Immerhin erkannte er, bevor sie wieder zufielen, vor einem hellen Viereck die Profile zweier Köpfe, adlernasig der eine, der andere…?

Sein Versuch, die Augen zu öffnen, hatte Talmarani überfordert.

»Geben wir ihm noch drei oder vier Stunden«, sagte einer der Zigarettenraucher. Stuhlbeine schurrten über den Boden. Eine Tür wurde geöffnet. Ein Luftzug streifte Talmaranis Gesicht. Die Tür fiel zu. Es war wieder still.

Leon kam auf ihn zu, er trug noch Basketball-Dress, ein Trikot mit halblangen Ärmeln und dem Aufdruck »Ecole des Frères«. Seine zu einer Bürste geschnittenen Haare waren schweißverklebt. Leon sagte: »Tut mir leid, Tom, sie haben dich aus der Mannschaft geschmissen.« Auf dem peinlich sauber gefegten Schulhof lastete drückende Mittagshitze. Aus einem der Klassenzimmer drangen leiernde Knabenstimmen. Strafstunde, dachte Talmarani. Irgendwelche Schüler hatten sich beim Gottesdienst verspätet und waren zum Auswendiglernen eines Kapitels aus der Bibel verdonnert worden. Das trugen sie nun, auf den Knien liegend vor, natürlich in französischer Sprache.

Talmarani hatte geahnt, daß man ihn aus dem Basketball-Team werfen würde, er war für diesen Sport einfach nicht groß genug. Trotzden ärgerte es ihn. Leon sagte: »Mach dir nichts draus. Wir spielen morgen gegen die Maroniten, und die werden uns so oder so den Arsch versohlen.«

Mit »Maroniten« meinte er die Mannschaft von Talmaranis alter Schule, einem Institut, das auch von Muslimen und Drusen besucht wurde. Jakub und Hamid hatten ihn dort abgemeldet und bei den »Frères« eingeschrieben. Nach ihrem Willen sollte er sich an die Sprache und Kultur seiner neuen Heimat gewöhnen. Die Familie plante damals, nach Genf umzusiedeln. Als sie sich später für Lugano entschied, mußte Tom, wie ihn jedermann nannte, sein Deutsch wieder auffrischen und noch Italienisch dazulernen. Mit Leon, einem der zehn oder zwölf Nichtkatholiken an der Schule, sprach er arabisch. Ebenso mit Abuna Emilien, seinem maronitischen Religionslehrer, oder seinen Freunden aus der alten Schule.

Wenn Talmarani Mustafa besuchte, der vier Jahre lang eine Bank mit ihm geteilt hatte, mußte er beim Betreten des Hauses »Männerbesuch« rufen, worauf alle Frauen sofort verschwanden. Später bekam er wenigstens die Hände von ihnen zu sehen, es geschah immer dann, wenn sie durch einen Vorhangschlitz Tabletts mit Kaffee, Wasser und honigsüßem Baklava herausreichten. Jakub und Hamid hatten nichts dagegen, daß er sich mit sunnitischen Muslimen, wie eben Mustafa, traf, wohl aber waren sie gegen seine schiitischen Freunde. Das allerdings hielt Talmarani nicht davon ab, auch Amir und Sultan in ihr gemeinsames Lieblingskino an der Hamra einzuladen und mit ihnen über die Reize von Jane Fonda oder Brigitte Bardot zu diskutieren. Als er dann, weil es nicht länger zu vermeiden gewesen war, in einen Teil seiner Rechte als Mitbesitzer der Talmarani-Bank eingesetzt wurde, führte er die beiden samt Leon auch ins »St. Georges«, wo sie unter halbnackten Badeschönheiten auf dem Bootssteg saßen und Gin Fizz tranken, oder er setzte sich mit den dreien an die Bar vor dem Unterwasserbecken des »Phoenicia-Hotel«; es war amüsant, die Bikini-Mädchen zu beobachten, die, von Luftblasen umgeben, in das blaue Wasser hinabstießen, um sich beim Auftauchen so um die eigene Achse zu drehen, daß alles, was an ihnen bemerkenswert war, auch bemerkt werden konnte.

Leon sagte: »Was ist eigentlich so schlimm daran, daß ich dich manchmal noch Phelbs nenne?«

»Was soll schlimm daran sein?« fragte Talmarani zurück.

»Riesenbaby hat mich gestern angeschnauzt, weil ich dich ihm gegenüber als Phelbs bezeichnet habe. Er sagte, du heißt jetzt Talmarani, und das solle ich mir gefälligst merken.« Riesenbaby war der Rektor der »Ecole des Frères«.

»Vergiß es«, erwiderte Talmarani, wobei er sich sagte, daß seine Mutter wahrscheinlich wieder einmal bei Riesenbaby vorstellig geworden war, weil einige seiner Mitschüler ihn eben immer noch Phelbs nannten. Sie wollte, daß dieser Name vergessen werde. Auch daß man ihn in der Schule Tom rief, gefiel ihr nicht, aber daran würde sich kaum etwas ändern lassen.

»Kommst du zu dem Spiel?« fragte Leon.

»Wenn ihr die Cheerleaders noch hättet, würde ich kommen«, sagte Talmarani. »Aber so?«

»Beschwer dich bei Riesenbaby«, sagte Leon. »Er hielt die Mädels für zu aufreizend.« Dann fügte er ein Wort hinzu, das man vornehm mit Kamelliebhaber hätte übersetzen können, es war jedoch weit drastischer. Vielleicht mochte Riesenbaby Arabisch deshalb nicht, weil es für Zustände oder Vorgänge aus dem zwischengeschlechtlichen Bereich eine ganze Reihe ungemein drastischer Ausdrücke bereithielt. Dabei stammte Riesenbaby aus Tripolis und keineswegs, wie man gelegentlich hätte glauben können, aus einem der besseren Pariser Faubourgs.

Während er ihm noch einmal zuwinkte, wurde Leon von der schlierigen Luft, die über dem Schulhof lag, einfach verschluckt. Bei ihrem letzten Zusammentreffen hatte er eine grün-gelb-braun gefleckte PLO-Mütze getragen, nicht weil Leon selbst ein Mitglied von Arafats Truppe gewesen wäre; es galt damals einfach als schick, solche Mützen zu tragen. Wann das gewesen war? Anfang der siebziger Jahre vielleicht. Das »Phoenicia« hatte nämlich noch im alten Glanz gestrahlt. Oder doch schon ausgebrannt? Talmarani wußte es nicht mehr.

Er wußte auch nicht, ob die geisterhaften Stimmen an seinem Ohr aus der Vergangenheit herüberdrangen oder ob er sie wirklich hörte. Ein erster, noch weit entfernter Lautsprecher hatte das »Allahu akbar« der Morgenstille anvertraut, ein zweiter, näherer war eingefallen, im beinahe gleichen Zeitabstand dann ein dritter, vierter, fünfter, etliche laut, andere kaum zu vernehmen, aber die Stimmen aller vereinigten sich zu einem getragenen, feierlichen Kanon, verkündeten, beten sei besser als schlafen, priesen die Größe Gottes und den Ruhm seines Propheten.

Draußen, am Rande der Wüste, stieg zu dieser Zeit die Sonne empor, ein nackter, roter Ball, dem noch nicht anzumerken war, daß er binnen kurzem das ganze Land mit glühender Hitze übergießen würde. Weißes Licht wanderte in abrupten Wellen über die Hügel und lockte die Nomaden vor ihre schwarzen Zelte, wo sie auf ausgebreiteten Gebetsteppichen jene demütig-strammen Bewegungen vollzogen, die Mohammed ihnen vor eineinhalbtausend Jahren zur Preisung Allahs vorgeschrieben hatte.

So wie sie sich zusammengefunden hatten, trat eine Stimme nach der anderen dann wieder aus dem Chor zurück und verstummte, bis schließlich die letzte, die auch die fernste war, gleich einem Hauch erlosch. Und nicht aus der Vergangenheit hatten sie sich gemeldet. In Beirut wäre wegen des morgendlichen Verkehrslärms gerade eine einzige zu vernehmen gewesen. Talmarani befand sich also keineswegs in Beirut, konnte aber auch nicht weit davon entfernt sein. Jedenfalls benutzte man dort, wo es ihn hinverschlagen hatte, noch immer jene Duftwässer, die in der Regel Namen wie »Rêve d'Orient« oder »La Secrète de l'Orient« getragen hatten und deren hervorstechende Note der Duft frischer Zitronen gewesen war. Man mußte ihm, während er schlief, die Stirn damit gekühlt haben.

Sehr fürsorglich, dachte er und mußte über seinen Aufenthaltsort nicht länger rätseln.

Der Raum, in dem er sich befand, war eine winzige Zelle: weiße Wände, weiße Decke, Bretterfußboden, winziges Fenster, nackter Holztisch plus drei olivgrüne Feldstühle. Links von seinem Bett hing ein Bild König Husseins, natürlich mit

Beduinenkopftuch. Zugedeckt war er mit einer ebenfalls olivgrünen Wolldecke, das Kissen unter seinem Kopf roch nach einem strengen Waschpulver. Dann sah er auch noch den Mann, der rechts von seiner Liegestatt auf einem Hocker saß. Er trug eine etwas verschlissene Drillichuniform mit Korporalswinkeln auf dem Ärmel und war unübersehbar bewaffnet.

Aus schmalen Augenschlitzen lächelte der Pistolenträger ihn an, murmelte etwas, das wie »Good morning, Sir« klang, um dann sofort wieder ins Arabische zu verfallen. »Haben Sie gut geschlafen?«

Talmarani nickte.

Sein Wächter brachte eine Leinwandtasche zum Vorschein. Er entnahm ihr alle Utensilien, die man zum Rasieren braucht, band Talmarani einen Fetzen Frotteestoff um den Hals, schlug Schaum und begann ihn mit kreisenden Pinselstrichen einzuseifen, ein Friseur, der sein Handwerk ganz offensichtlich gelernt hatte. Zum Schluß rieb er ihn nochmals mit einem der zitronenduftenden Wässerchen ab. Es wirkte erfrischend, verlieh Talmarani aber vor allem das Gefühl, wieder einigermaßen sauber zu sein. Die Mühe, den Mann zu fragen, wo sie seien, machte er sich gar nicht erst. Man würde es ihn früher oder später wissen lassen. Er stürzte noch immer und würde wahrscheinlich noch öfter an irgendeinem seltsamen Ort zu sich kommen, ohne die leiseste Ahnung, wie er dahin gekommen war. Eine Art von Gelassenheit hatte sich Talmaranis bemächtigt. In seinem Kopf herrschte angenehme Leere.

Die Tür ging auf, ein zweiter uniformierter Wächter servierte Frühstück. Es gab Yoghurt, Tee, Pittahbrot und Ziegenkäse.

Minuten oder vielleicht auch Stunden später – durchaus möglich, daß Talmarani zwischendurch noch einmal geschlafen hatte – war alles wieder so, wie es sein mußte: nach längerem Sturz die Prüfung. Kein grünbespannter Tisch indessen, sondern zwei Männer auf den unbequemen Klappstühlen, beide in dunkles Khaki gekleidet, beide mit Achselklappen, die auf einen höheren militärischen Rang hinwiesen. Der eine schmalgesichtig mit leicht gebogener Nase und Oberlippenbart, der andere wirkte dank einer schweren Hornbrille etwas eulenhaft. Beide Zigaretten im Mundwinkel. Mit Talmarani sprachen sie arabisch, ohne lange gefragt zu haben, ob er die Sprache verstehe. Sein Schweizer Paß lag vor ihnen auf dem Tisch. Natürlich war es ein Verhör. Talmarani fühlte sich auf einmal gekränkt.

Die Kissen zurechtzupfend, die sie ihm hinter den Rücken geschoben hatten, machte er eine wegwerfende Geste. »Was soll das alles, meine Herrn? Natürlich habe ich ein Touristenvisum. Es war schließlich am leichtesten zu bekommen. Aber schon der Umstand, daß ich hier sitze, läßt doch deutlich genug erkennen, daß Sie mich nicht für einen Touristen halten. Wozu also das Katz- und Mausspiel? Daß ich ein Spion bin oder die Absicht habe, König Hussein umzubringen, werden Sie ja wohl kaum annehmen. Oder?«

Als Talmarani dies sagte, wußte er bereits, daß der eine der beiden Uniformträger Oberst war und Ibrahim Chalid hieß, sein Begleiter, der mit der Hornbrille, den Namen Idris Senoussi führte und den Rang eines Hauptmanns bekleidete. Sie hatten sich ihm ganz offiziell vorgestellt, ihn sogar als zeitweiligen Gast der jordanischen Armee begrüßt und die Umstände bedauert, unter denen sie zusammengetroffen seien. Des weiteren hatten sie ihm mitgeteilt, daß er einen leichten Hitzschlag erlitten habe, der aber keine Nachwirkungen hinterlassen werde. So etwas geschehe häufiger, wenn der Organismus mit einer rapiden Klimaumstellung nicht gleich zurechtkomme. Und dann auch noch Chamsin! Er wisse ja wohl, was Chamsin bedeute. Talmarani hatte erwidert, er wisse es in der Tat und dann, diesem Impuls nachgebend, beschlossen, sich nicht länger für dumm verkaufen zu lassen.

»Nun fragen Sie schon«, verlangte er. »Weshalb bin ich nach Amman gekommen?«

»Den Oberst schien sein Ausbruch zu amüsieren, denn er gestattete sich ein leichtes Lächeln. Hauptmann Senoussi erklärte: »Warum fragen, wenn Sie bereit sind, von sich aus zu sprechen. Bitte, Sie haben das Wort.«

Talmarani begriff, daß er sich blamiert hatte. Man spielte

nicht mit Leuten, die ihr Polizeihandwerk beherrschten. Chalid wiederum erfaßte seine Lage.

»Sie haben sich«, sagte er, »im Hotel nach dem Weg zum Rathaus erkundigt. Setzen wir also hier an. Was wollten Sie dort?«

Notgedrungen verabschiedete Talmarani sich von seinem kindischen Versuch, das Heft in die Hand zu bekommen. »Ich wollte ein paar Erkundigungen einziehen.«

»Über jordanische Staatsbürger?«

»Ja.«

»Dürften wir um die Namen bitten.«

»Angehörige eines Mannes namens Assem i-Audi«, gab Talmarani zu.

Seine Inquisitoren zeigten nicht das geringste Erstaunen.

In beinahe schnurrendem Ton fragte Senoussi: »Weshalb vermuten Sie jemanden, der so heißt, in Jordanien?« Chalid setzte hinzu: »Für einen gebürtigen Beiruti wie Sie hätte es doch nähergelegen, nach Angehörigen einer so prominenten libanesischen Familie im Libanon zu suchen.« Senoussi fuhr fort: »Äußerstenfalls noch in der Gegend von Homs.« Chalid ergänzte: »Oder in Metn, vielleicht auch Schdoura.«

Es war ein sanfter, dennoch beißender Verweis gewesen. Im Beiruter Stadtteil am Berg Metn hausten Talmaranis nicht nach Westeuropa ausgewanderte Verwandte, in Schdoura lag eines ihrer größten Güter. Chalid und Senoussi wußten bestens über ihn Bescheid. Talmaranis Achselzucken war ein endgültiges Kapitulationsangebot, was die beiden auch so verstanden.

»Arrak oder Tee?« fragte Chalid.

Obwohl es wahrscheinlich klüger gewesen wäre, um Tee zu bitten, entschied Talmarani sich für Arrak. Der Oberst klatschte in die Hände, worauf der uniformierte Friseur erschien und die entsprechende Anordnung entgegennahm.

Irgendwo in der Tiefe des Gebäudes dudelte ein Radio. Vor dem kleinen Fenster staute sich gelblich angehauchte Luft, der man ansah, daß sie bereits wieder mit Hitze aufgeladen wurde. In dem kleinen Raum selbst war es erstaunlich kühl.

Eiskalt hingegen war der Arrak. Chalid hatte gewartet, bis das milchige Getränk auf dem Tisch stand. Sobald der Soldat im Drillich wieder gegangen war, öffnete er seine am Tischbein lehnende Aktenmappe, zog ein großformatiges Foto heraus und reichte es Talmarani.

»Wissen Sie, wer das ist?«

Das Bild zeigte einen verschmitzt in die Kamera grinsenden Mann mit buschigem Schnurrbart und leicht schräg gestellten Augen. Er mußte weit über sechzig Jahre alt sein und wirkte bauernschlau, aber zugleich gutmütig. Dem Haarschnitt nach hätte er Soldat sein können. Talmarani kannte ihn nicht, das sagte er auch. Die beiden Offiziere wechselten einen raschen Blick, worauf Senoussi ihm die Fotografie wieder abnahm.

»Sollte ich ihn kennen?«

»Allerdings«, erwiderte Chalid. »Es ist der libanesische Staatsbürger Assem i-Audi.«

»Der ...?«

Chalid nickte. Senoussi klopfte auf dem Daumennagel eine Zigarette zurecht. »Sollte man Ihnen etwa jemand anderen als Assem i-Audi vorgestellt haben?«

Darauf nickte Talmarani.

»Wo?«

»In München.«

»Einen Mann, der angab, Assem i-Audi zu sein?«

»Nein.«

»Sondern?«

An Talmaranis um die Bettkante geklammerten Händen traten weiß die Knöchel hervor. »Herrgott«, murmelte er, »Sie ...«

»Was?«

»Sie wissen das doch wahrscheinlich.«

»Was wir wissen, ist eine Sache. Was Sie wissen, eine andere, und zwar die entscheidende.« Senoussis Stimme klang sachlich, beinahe geschäftsmäßig. Chalid saß schweigend an seiner Seite.

»Der Mann ...«, stammelte Talmarani.

»Den Sie in München trafen?«

»Ja. Oder vielmehr, nein.«

»Also nicht trafen?«

Talmarani ließ die Bettkante los und sank auf sein Kissen zurück.

»Ich habe nur ein Foto von ihm gesehen. Das Foto einer Leiche.«

»Na bitte«, murmelte Chalid und reichte ihm abermals das Glas mit dem Arrak.

Prüfung, dachte Talmarani. Sturz, was auch immer. Er mußte sich zwingen, das Glas nicht mit einem Zug zu leeren.

Senoussi zündete seine zurechtgeklopfte Zigarette an und fragte wie ein geduldiger Lehrer: »Was haben wir jetzt eigentlich erfahren?«

Sag es doch einfach, flehte Talmarani die weißgekalkte Zimmerdecke an, sag es doch! Der Hauptmann tat ihm den Gefallen.

»Daß Sie in München das Foto einer Leiche zu sehen bekamen und daß man Ihnen sagte, der Tote heiße Assem i-Audi, deckt sich mit unseren – sagen wir, Informationen. Lautet allerdings die nächste Frage: Wer hat Ihnen das Foto gezeigt? Und von wem stammt die dazugehörende Auskunft?«

»Polizei«, flüsterte Talmarani. »Man fand seinen Paß.«

»Woraus wir schließen müssen«, erklärte nun Chalid, »daß der unbekannte Tote den Paß eines anderen bei sich trug, denn der echte Assem i-Audi, libanesischer Staatsbürger, aber seit längerem in Amman lebend, hat Jordanien in diesem Jahr noch nicht verlassen.«

Talmarani stemmte sich empor. »Dann ist er hier?«

»Gewiß.«

»Und ich kann ihn sehen?«

Chalid nickte. »Sehen ja.«

»Was heißt das?«

»Es heißt, ansehen.«

»Seine Leiche«, ergänzte Senoussi. »Auch der wahre Assem i-Audi wurde ermordet.«

Später, sehr viel später erst, war Talmarani in der Lage, die erste Hälfte des Gesprächs mit dem Oberst und dem Hauptmann noch einmal vor sich ablaufen zu lassen. Und da erst wurde ihm klar, was er erfahren hatte: Die beiden wußten über die Geschehnisse in München genau Bescheid. Das wiederum hieß: Ihre Verbindungen mußten entweder bis ins Büro von Hinterstöber und Böschke reichen – was er allerdings für unwahrscheinlich hielt –, oder sie hatten eigene Leute an der Isar sitzen – auch das mutete nicht sehr glaubhaft an – oder ...? Hubi Haynau? Sollte er in Kontakt mit ihnen stehen?

Bis zuletzt hatte der Graf versucht, ihm die Reise nach Amman auszureden. Doch als Talmarani stur blieb, hatte er, auf etwas verkniffene Weise, wie es im Rückblick aussah, gesagt: »Dann versuch einfach dein Glück«, ohne aber weitere Hilfe zu offerieren, etwa eine Anlaufstelle bei der deutschen Botschaft, dem Generalkonsulat oder anderen Adressen, die Auslandsvertretern seines »Dienstes« sonst noch als Deckung dienen mochten. Mußte somit auch Haynau von der Liste gestrichen werden. Um welchen allerletzten Namen übrig zu lassen?

Es gab nur einen: Llewellyn. Der war Brite, Jordanien eine britische Schöpfung, von abziehenden Kolonialoffizieren mit nicht mehr als sechs oder sieben Strichen auf die Landkarte gesetzt und weiterhin als Bestandteil des ehemaligen Empires behandelt. Wer, wenn nicht Llewellyn, sollte deshalb hier unten die Fäden ziehen? Wahrscheinlich gab es sogar eine Absprache zwischen seiner Organisation und jener Haynaus: Dies ist unser Revier, haltet euch gefälligst da raus. Oder den Deutschen war ohnehin klar, daß sie in Jordanien bestenfalls die zweite Geige neben ihrem NATO-Verbündeten spielten. Ja, Chalid und Senoussi konnten nur von Llewellyn informiert worden sein.

Als Talmarani diesen Überlegungen nachhing, saß er längst wieder in seinem Hotelzimmer und blickte auf die von Scheinwerfern angestrahlten Säulen des römischen Amphitheaters. Vor etwa einer Stunde hatten die Lautsprecher der Minarette ihre Aufforderung zum letzten Gebet vor Sonnenuntergang hinausgesandt. Das Polster aus warmer ägyptischer Luft lag noch immer über den terrassenförmig ansteigenden Häusern Ammans. Daß der Chamsin leichter zu ertragen war als am hellen Tag, beruhte auf einer optischen Täuschung: Die Dunkelheit suggeriert selbst dann den Anschein von Kühle, wenn sie sich in Wirklichkeit wie eine schweißfeuchte Binde über die Augen legt. Abgesehen davon verfügte das »Philadelphia« über eine gut funktionierende Klimaanlage.

Im Schneidersitz auf seinem Bett hockend, versuchte Talmarani sich selbst zur Ordnung zu rufen. War es denn wichtig zu wissen, wer Chalid und Senoussi über ihn aufgeklärt hatte? Er besaß nicht die geringste Möglichkeit, es herauszufinden, und würde die Wahrheit wahrscheinlich nie erfahren. Wichtig hingegen war, sich mit dem vertraut zu machen, was er mittlerweile wußte: Assem i-Audi, der echte Assem i-Audi, bis vor kurzem noch ein in Amman nicht unbekannter Mann, bei Verwandten lebend, die er finanziell unterstützte, wofür sie ihn als geehrtes Familienmitglied behandelten und mit allem versorgten, was ein älterer Herr benötigt, um sich wohlzufühlen. Dann, vor zwei Wochen, in einem Vorort mit durchschnittener Kehle aufgefunden.

Die beiden Offiziere hatten ihn nicht zu der Leiche begleitet. Das überließen sie dem uniformierten Friseur.

Talmarani folgte ihm durch einen halbdunklen Korridor, in dem der Geruch von Leder und Schweiß mit jedem zurückgelegten Schritt dichter wurde. Über eine ausgetretene Steintreppe stiegen sie in noch tiefere Dunkelheit hinab. Eine trübe Lampe wurde eingeschaltet, die hoch über ihren Köpfen von der Decke baumelte.

»Hier«, sagte sein Begleiter und machte sich an den Riegeln einer schweren Kühlhaustür zu schaffen. Gemeinsam betraten sie den von beißender Kälte erfüllten Raum. Neonröhren erwachten sirrend zum Leben. Ihr Licht war der Örtlichkeit angemessen: hart, mitleidlos, noch kälter als die Luft.

Der Tote lag auf einem von insgesamt sechs Metalltischen. Aus der Plane, die ihn bedeckte, ragten nackte Füße. Der Soldat blickte Talmarani warnend an und zog dann den Oberteil der Plane weg. Es war in der Tat ein Anblick, der starke Nerven erforderte. Bis zur Mitte der Brust herab war Assems Gewand ein einziger Blutfleck. Man hatte ihm den Hals vom linken bis zum rechten Ohr glatt durchgeschnitten.

Mit Schritten, zu denen er sich zwingen mußte, trat Talmarani näher an den Schragen heran. Er sah ein schmales, eingefallenes Altmännergesicht, eine große, scharfgebogene Nase, einen grauen, gepflegten Schnurrbart. In seinen jüngeren Jahren mußte Assem gut ausgesehen haben, verwegen, lustig, vielleicht ein wenig verschlagen. Und von ferne erinnerte er sogar an den angeblichen Assem, der in München umgekommen war.

Talmarani versuchte, die Gefühle, die der Tote in ihm auslöste, zu benennen. Aber da waren keine Gefühle, weder Entsetzen noch Trauer oder Erstaunen – einfach nichts: Leere im Kopf. Sogar sein Magen schien jede Reaktion verweigern zu wollen. Dann verspürte er etwas wie Verwunderung, aber die galt ihm selbst.

Vorsichtig breitete er das Tuch wieder über den Leichnam und wandte sich ab. Der Soldat öffnete die Kühlhaustür, um sie hinter ihnen zu schließen. In der Tiefe des Gewölbes fielen Wassertropfen von der Decke, es klang, als messe eine unsichtbare Uhr noch nachträglich die verstrichene Zeit der Toten.

Nach ihrer Rückkehr in den kleinen Raum mit Bett, Tisch und dem Porträt König Husseins war das Verhör weitergegangen – diesmal bei leichtem Vorteil für Talmarani: Er hatte dem Tod, oder zumindest einem Toten, ins Auge geblickt, die beiden Offiziere hingegen hatten sich vor dem Besuch in der Leichenkammer gedrückt.

Auf einem der Klappstühle Platz nehmend, sagte Talmarani: »Ich habe also den echten Assem i-Audi gesehen. Er ist tot, wie der andere Mann in München. Weshalb wurde ich hierhergebracht?«

Chalid hob das Arrakglas. »Sachtak, as-Sayed.« Prosit, mein Herr, das hatte förmlich geklungen. Talmarani rührte sein Glas nicht an, was unhöflich war.

»Liegt es nicht auf der Hand?« fragte Senoussi.

Talmarani beschloß, stur zu bleiben. »Erklären Sie es mir doch einfach, Herr Hauptmann.«

»Ein Mordopfer in München, eines in Amman. Ein vorgeblicher Assem i-Audi, der wahre Assem i-Audi. Dann kommt jemand angereist, der ganz offensichtlich in beide Fälle verwickelt ist. Da müssen wir doch neugierig werden.« Senoussi legte den Kopf zur Seite. »Oder finden Sie nicht?«

»Wieso bin ich in beide Fälle verwickelt?«

»Wieso wären Sie sonst in Amman?«

»Würde es Sie nicht beunruhigen, wenn vor Ihrer Haustür jemand umgebracht wird, den Sie zwar nicht kennen, der aber auf dem Weg zu Ihnen war?«

»Sicher. Ob ich aber deshalb losfahren würde, um der Sache auf den Grund zu gehen, ist damit nicht gesagt. Ein Privatmann wendet sich in solchen Fällen an die zuständige Behörde.«

»Welche wäre dies in meinem Fall gewesen?«

Die beiden Offiziere tauschten ein amüsiertes Lächeln. Senoussi gab schließlich die Antwort: »Das herauszufinden, hätte jeder Privatmann einem Amt überlassen, in Ihrem Fall der Münchner Polizei. Es sei denn ...«

»Ja?«

»Er traut der Polizei nicht. Oder er fürchtet sie.«

»Fürchten?« Talmarani überlegte. »Warum sollte ich die Polizei fürchten?« Dann kam ihm ein anderer Gedanke. »Sie streichen immer wieder meinen Status als Privatmann heraus. Bezweifeln Sie, daß ich aus anderen als rein privaten Gründen hierher gekommen bin?«

Senoussi schüttelte den Kopf. »Nein, eigentlich nicht.«

»Sondern?«

»Wir bezweifeln keineswegs, daß Sie sich für einen Privatmann halten, sind aber leider nicht in der Lage, das ebenfalls zu tun.«

Nun war Talmarani verblüfft. »Sie sprechen in Rätseln.«

»Wirklich?«

»Wenn ich es Ihnen doch sage.« Er griff nun doch nach dem Glas.

Chalid zog den mit dem Schweizer Kreuz versehenen Paß heran, ohne ihn jedoch aufzuschlagen. »Es hat mit Ihrem Herrn Vater zu tun, mit Eduard Lionel Phelbs, dessen Namen Sie seltsamerweise nicht führen.«

»Warum das so ist, kann ich Ihnen erklären.«

Der Oberst winkte ab. »Überflüssig. Ihre Onkel, beide kinderlos, wollten den Namen Talmarani nicht aussterben lassen. Fragt sich dann allerdings, weshalb sie nicht darauf bestehen, daß ihr Neffe in der Bank arbeitet, um das Geschäft eines Tages fortführen zu können.«

»Meine Onkel wissen, daß ich andere Interessen habe.«

»Wie großzügig von ihnen«, sagte Chalid. Senoussi fügte hinzu:

»Merkwürdig könnte man es trotzdem finden. Zwei Bankinhaber möchten zwar, daß ihr Familienname erhalten bleibt, legen aber keinen Wert darauf, daß ihr Unternehmen in der Familie bleibt.«

»Hingegen«, das war wieder der Oberst, »ist es ihnen wichtig, daß der Name Phelbs in allen einschlägigen Registern gelöscht wird. Welchen Grund könnte es dafür wohl geben?«

Wortlos breitete Talmarani die Hände aus.

»Haben Sie sich diese Frage nie gestellt?«

»Eigentlich nicht. Ich habe meinen Vater kaum gekannt. Er ist für mich eine praktisch unbekannte Größe.«

In der Tiefe des Gebäudes dudelte immer noch das Radio. Die aus verschliffenen Viertel- und Achteltönen zusammengefügte Melodie schien wie ein Band aus dem Lautsprecher zu hängen. Der Text war eine endlose Variation des Anrufs »Ya Habibi«, o Liebling. Chalid und Senoussi kämpften offenbar mit der Versuchung, die Köpfe zusammenzustecken und einander etwas zuzuraunen. Am Ende begnügte der Oberst sich damit, seinen Kopf nur zu schütteln. Dann zog er abermals eine Fotografie aus seiner Mappe und legte sie vor Talmarani auf den Tisch. Es mußte eine ziemlich alte Aufnahme sein, an den Rändern bereits etwas vergilbt. Talmarani sah zwei vor einem altmodischen Auto stehende, in die Sonne blinzelnde Männer. Den kleineren erkannte er sofort, es war Assem i-Audi im Alter von vielleicht zwanzig Jahren, der größere sagte ihm nichts – auf den ersten Blick zumindest. Genauer hinsehend, wurde er unsicher.

»Nun?« fragte Senoussi nach einer Weile.

Der Oberst sagte: »Eigentlich müßte es so sein, als ob Sie in einen Spiegel blickten.«

Es war eine Bemerkung von der Art gewesen, die Talmarani fürchtete, denn sie traf ihn im Magen. Er begriff, wagte sich selbst nicht zu glauben und wußte doch, daß er recht hatte.

»Ja«, erklärte Senoussi, »der Mann neben Assem i-Audi ist Ihr Vater. Assem war so etwas wie das Faktotum, der Diener, Leibwächter, Chauffeur von Eduard Lionel Phelbs. Verstehen Sie nun, weshalb wir uns darüber wundern, daß wenige Tage nach seiner Ermordung der Sohn dieses Eduard Lionel Phelbs in Amman auftaucht und sich für die Familie Audi interessiert?«

»Ein Sohn«, fuhr Chalid fort, »der seinem Vater sogar so sehr ähnelt, daß wir ihn schon per Vergleich hätten identifizieren können.«

Als diese Worte heraus waren, hatte Talmarani das Gefühl, er sitze einem guten, alten Freund gegenüber. Und dieses Gefühl schien merkwürdigerweise erwidert zu werden – wovon er allerdings jetzt, in seinem Hotelzimmer sitzend, nicht mehr so ganz überzeugt war.

Nach Chalids Eröffnung hatten die beiden Offiziere ihn jedenfalls anders behandelt als zuvor. Er schien für sie kein Delinquent mehr zu sein, sondern jemand, mit dem man wie von gleich zu gleich verkehrte. Begonnen hatte der Umschwung mit dem Umzug von der kleinen Verhörzelle in einen Raum, den sie als Kasino bezeichneten: keine sonderlich luxuriöse Lokalität, aber man saß an weißgedeckten Tischen unter Deckenventilatoren, die vermutlich noch aus den Tagen der britischen Kolonialherrschaft stammten.

Ordonnanzen in makellos sauberen Kellnerjacken servierten eine akzeptable Mezze: kleine Schälchen mit kleinen Appetitanregern, deren Menge allerdings ausgereicht hätte, um mehr als nur drei Männer völlig satt zu bekommen.

Daß Talmarani Wein angeboten wurde, hätte ihn, nachdem er schon mit Arrak traktiert worden war, vielleicht mißtrauisch machen sollen. Die Kraft dazu brachte er jedoch einfach nicht auf. Wenigstens vorübergehend wollte er sich nur wohl fühlen können. Chalid und Senoussi kamen diesem Bedürfnis entgegen. Aus ihrem Verhalten sprach sogar eine Art Anteilnahme: Es mußte schlimm sein, vom eigenen Vater so wenig zu wissen, daß man ihn nicht einmal auf einer Fotografie erkennt. Besaß er denn wirklich keine einzige Aufnahme von Eduard Lionel Phelbs?

Nein, sagte er, aber das sei ihm nie verwunderlich erschienen. Man habe wohl in früheren Zeiten nicht bei jeder möglichen Gelegenheit eine Kamera aus der Tasche gezogen und losgeknipst.

Frühere Zeiten? Der Hauptmann wiegte den Kopf. Sein Vater sei 1960 ums Leben gekommen. Aber nun ja, die Welt sei damals tatsächlich noch nicht so japanisiert gewesen wie heute. Und zumal hier bei uns.

Das, fand auch der Oberst, könne man als Erklärung gelten lassen. Es klang indessen, als akzeptiere er selbst sie nicht so ganz. Und seine Mutter? Auch sie besitzt kein Foto ihres Mannes?

Talmarani dachte nach. Ja, doch eines der üblichen Bilder, wie sie bei Trauungen aufgenommen würden. Aber alles sehr steif und unpersönlich. Er habe es als Kind einmal gesehen.

Und später nie danach gefragt?

Bedrückt schüttelte Talmarani den Kopf. Er besitze ja auch so gut wie keine persönliche Erinnerung an seinen Vater.

Das fanden die beiden ebenfalls bedauerlich. Etwas später kam Senoussi noch einmal auf die Hochzeit zwischen Umm Talmarani und Eduard Lionel Phelbs zurück. Es müsse wohl ein in erster Linie geschäftliches Arrangement gewesen sein. Prominente libanesische Familie übernimmt eine Bank, die damals als »Ottoman Trading« firmierte – verständlicherweise: Der Name Deutsch oder German hätte so kurz nach dem Krieg wohl keine positiven Assoziationen erweckt, wohingegen »Ottoman« solide Vergangenheit suggerierte. Und dann, ja, kurz nach der Hochzeit, die Umwandlung des Unternehmens in »Talmarani-Bank«, schließlich die Eröffnung einer Niederlassung in Lugano.

Dieses Thema schien auch Chalid interessant zu finden, denn er ließ sich in ein paar vagen Anmerkungen darüber aus, um jedoch sofort das Thema zu wechseln, als Talmarani sagte, er könne kaum etwas dazu beitragen.

Noch später, die in immer neuen Schüben servierten Mezze-Schälchen bedeckten schon den ganzen Tisch, fragte Talmarani, was eigentlich über die Ermordung Assems bekannt sei.

»Nichts«, erwiderte Chalid. »Er wurde so gefunden, wie Sie ihn gesehen haben. Neben der Leiche lag ein Dolch, sonst keine weiteren Spuren.«

»Fingerabdrücke?«

Der Oberst hob die Schultern. »Mengenweise Fingerabdrücke, aber keine Möglichkeit, sie zu identifizieren. Wir tippen auf streunende Beduinen.«

»Raubmord«, ergänzte Senoussi. »Assem war nicht unbegütert.«

»Könnte es jemand auf seinen Paß abgesehen haben?«

»Reisepässe sind hierzulande so wertvoll, daß man sie kaum je mit sich herumträgt. Und aus Assems Wohnung ist nichts entwendet worden.«

»Wie kam der Paß dann in die Hände des Mannes, der in München ermordet wurde?«

Die beiden blickten ihn an, als hätte er eine unerwartet kluge Bemerkung gemacht.

»Das«, sagte Senoussi dann langsam, »ist in der Tat eine entscheidende Frage. Die andere lautet: Was hat Assem dort gesucht, wo er gefunden wurde? Seine Verwandten konnten es sich nicht erklären. Bei dieser Hitze einen so abgelegenen Vorort aufsuchen. Wozu? Der Jüngste war er schließlich auch nicht mehr.«

»Vielleicht wollte er sich mit jemandem treffen.«

»Sie meinen: mit dem, der ihn dann umgebracht hat?«

»Ist es auszuschließen?«

Ebenso langsam wie zuvor erwiderte Senoussi: »Auszuschließen ist gar nichts.«

»Aber?«

»Wir glauben es nicht.«

An dieser Stelle, dachte Talmarani nun, eine gute Stunde nach dem Ende des Gesprächs, hätte ich eigentlich fragen müssen, warum sie das nicht glauben oder ob sie mir vielleicht etwas verheimlichen. Er hatte es jedoch unterlassen und statt dessen gebeten, ihm ein paar Auskünfte über Assem zu geben, worauf die beiden wieder einen dieser Blicke austauschten und sich stumm darüber zu einigen schienen, wer von ihnen was sagen solle. Wie immer war die Aufgabe, als erster den Mund aufzumachen, Senoussi zugefallen.

Assem, hatte Talmarani von ihm erfahren, sei auf dem Höhepunkt der libanesischen Wirren nach Amman gekommen, um für einige Zeit, vielleicht auch für immer, beim jordanischen Zweig seines Clans zu leben. Er habe von einer internationalen Bank regelmäßig Geld überwiesen bekommen und ein zurückhaltendes Leben geführt: Cafébesuche, Plaudereien mit Basarhändlern, hin und wieder habe er Gäste aus seiner alten Heimat empfangen und in irgendeine Garküche ausgeführt, im übrigen sei er ein geschickter Mechaniker gewesen, konnte mit Autos umgehen, sogar Uhren reparieren. Und manchmal wurde er zur Jagd mitgenommen, ein Mann, der es verstand, sich Freunde zu machen.

»Und der von Ihnen überwacht wurde«, sagte Talmarani. »Sonst wüßten Sie nicht soviel über ihn.«

Anerkennend neigte Senoussi den Kopf. Chalid lächelte. »Natürlich haben wir ihn im Auge behalten. Jordanien ist ein von vielen Seiten bedrängter Staat. Wir können Ausländer, die sich bei uns niederlassen, nicht völlig unbeobachtet lassen.«

»Nur deshalb?« fragte Talmarani.

»Nein.« Der Oberst lächelte noch immer. »Er war schließlich auch ein enger Vertrauter Ihres Vaters.«

»Und Ihr Vater ...« sagte Senoussi, ohne den Satz zu vollenden.

Sowie dessen Vater, dachte Talmarani. Wahrscheinlich sahen die beiden ihm sogar an, daß er es dachte. Sie mochten ihm einige Momente lang wie gute, alte Freunde erschienen sein, in Wirklichkeit waren sie zwei Katzen, die mit einer Maus spielten. Genau das schien auch die Botschaft zu sein, die sie ihm übermitteln wollten, denn anders konnte er sich ihr neuerlich aufblühendes Wohlwollen nicht erklären. Er hatte begriffen. Sie wußten, daß er begriffen hatte.

Ob er nicht müde sei, wollte Chalid auf einmal wissen, schließlich liege ein anstrengender Tag hinter ihm.

Wie auf Kommando fühlte Talmarani sich müde.

Könne er denn ins Hotel zurück?

Aber natürlich könne er ins Hotel zurück. Und selbstverständlich würden sie ihn persönlich hinfahren. Ihre Unterhaltung lasse sich ja auch morgen fortsetzen.

»Unter erfreulicheren Umständen«, ergänzte Senoussi.

Vor lauter Zuneigung hätte der bebrille Hauptmann ihn beinahe aufgefressen.

Fragen, dachte Talmarani. Was muß ich morgen fragen? Irgend etwas an der Geschichte von Assems Tod stimmte nicht. Es hatte beinahe wegwerfend geklungen, als Senoussi sagte, einen Raubmord halte er für ausgeschlossen. Warum war er so sicher? Wenn gültige Pässe in Jordanien für manche Leute so wertvoll waren, daß Paßbesitzer lieber nicht mit ihren Papieren spazierengingen, mutete es auch denkbar an, daß eines Passes wegen gemordet wurde. Oder etwa nicht? Es war genau jene Frage, die er an der betreffenden Stelle des Gesprächs im Kasino hätte stellen müssen, wenn er drauf gekommen wäre. Jetzt, da sie ihm durch den Kopf ging, war er noch sicherer als zuvor, daß der Hauptmann ihn keineswegs nur abgespeist, sondern vielmehr etwas zurückgehalten hatte? Aber was?

Da er den gleichen Fehler beim nächsten Treffen nicht noch einmal machen wollte, griff Talmarani zu dem vom Hotel freundlicherweise bereitgelegten Notizblock und schrieb die Frage auf. Eine nächste überfiel ihn gewissermaßen aus dem Hinterhalt. Die beiden Offiziere hatten das Gespräch – oder Verhör, wie immer man es nennen wollte – von Anfang an auf einen ganz bestimmten Punkt hingesteuert und dann eine Pointe serviert. Die Pointe lautete: Assem war das Faktotum seines Vaters gewesen. Dessen Bild wiederum hatten sie ihm beinahe triumphierend präsentiert und hinzugefügt, er, Thomas Talmarani, gleiche Eduard Lionel Phelbs wie ein Ei dem anderen. Ergo war das die Pointe in der Pointe gewesen: Sie interessierten sich für Assem, weil er dem Geschäftsführer der »Ottoman Trading« gedient hatte. Hieß das nicht, sie interessierten sich in Wirklichkeit für den längst verstorbenen Eduard Lionel Phelbs selbst? Jetzt noch, nach so vielen Jahren? Immerhin, da sie auch der Umstand beschäftigte, daß Jakub und Hamid dem Sohn ihrer Schwester zwar den eigenen Familiennamen zugewiesen hatten, ihn aber nicht zu einer Bankierslaufbahn zwangen, mutete es so unwahrscheinlich gar nicht an. Man hätte ja daraus schließen können, Jakub und Hamid wollten sich von Eduard Lionel Phelbs auf doppelte Weise distanzieren. Einmal, indem sie seinen Namen tilgten, zum anderen, indem sie seinen Sohn von ihren Geschäften fernhielten.

Ungereimt, dachte Talmarani. Aber was war nicht ungereimt an dieser Geschichte? Und was wäre geschehen, fragte er sich ferner, wenn ich, als wir von meinem Vater sprachen, auch noch dessen Vater erwähnt hätte? Wären sie in stummes Entsetzen verfallen, wie Jakub und Djamiévic? Oder hätten sie es mit ihrer überlegenen Insider-Miene zur Kenntnis genommen? Sollte er also den Namen Kütschük Said morgen erwähnen? In Anbetracht seiner offenbar gewordenen Unfähigkeit, Verhörspezialisten mit ihren eigenen Waffen zu schlagen, war es vielleicht keine so gute Idee. Trotzdem notierte er auch sie.

Ein weiterer Einfall zeichnete sich undeutlich in seinem Kopf ab, er bekam ihn jedoch nicht in den Griff.

Es ging auf elf Uhr zu, und er war tatsächlich müde, hatte auch zuviel Arrak und danach noch diesen übersüßen Roséwein getrunken. Wann wollten Chalid und Senoussi morgen ins Hotel kommen? Es war ihm entfallen. Wie auch immer, er würde schlafen, so lange es ging.

Talmarani war sogar so müde, daß er seine abendliche Toilette auf das Notwendigste beschränkte und sich zu Bett legte.

Gegen Morgen sprach er noch einmal mit Leon. Der Schulfreund erkundigte sich nach der Gesundheit seines Vaters. Er sehe so krank aus. Noch im Traum, dachte Talmarani, was für ein Unsinn! Leon kann meinen Vater sowenig gekannt haben wie ich, schließlich sind wir beide gleich alt.

Beim Erwachen mußte er sich dann erstaunlicherweise keine Sekunde lang fragen, wo es ihn hinverschlagen hatte. Er wußte es sofort und erkannte auch mit einem Blick auf den weißglühenden Himmel, daß draußen nach wie vor der Chamsin regierte.

Und noch etwas wußte er, wußte es so sicher, daß er darauf hätte schwören können.

Nicht der Unbekannte, den man in München erstochen hatte, war ausgeschickt worden, um ihn zu finden. Diese Aufgabe hatte ursprünglich Assem i-Audi übernehmen sollen, der echte Assem, das Faktotum seines Vaters, ein Mann, der als geborener Beiruti sicherlich nicht nur seine Muttersprache beherrschte, ja vielleicht sogar ein bißchen Deutsch radebrechen konnte und deshalb gewiß auch in der Lage gewesen wäre, auf dem ganz normalen Weg von Amman nach München zu gelangen: unauffälliger Reisender unter anderen Reisenden. Vor Talmaranis Wohnungstür hätte er sich dann zu erkennen gegeben, und damit hätten sie sofort eine tragfähige Basis für jegliche Art von weiteren Gesprächen gehabt. Aber dann war der echte Assem i-Audi ermordet worden, worauf jener andere, der ihn eigentlich nur auf den Weg schicken sollte, seinen Paß an sich genommen und die Reise selbst angetreten hatte. Es war eine Notlösung gewesen, und zwar im zutreffendsten Sinne des Wortes: Lösung aus Not geboren – und notwendigerweise mißlungen.

Die Folgerung, die sich daraus ergab, traf Talmarani erst, nachdem der die Geschichte vom wahren und falschen Assem ganz zu Ende gedacht hatte. Sie war brutal genug: zwei Männer seinetwegen umgebracht.

Und draußen weht der Chamsin! Er wußte nicht, warum ihn dieser Gedanke befiel. Oder vielmehr: er wußte es doch. Es war eine Erinnerung aus fernsten Kindertagen. Die Hausangestellten der Familie Talmarani hatten den ägyptischen Wind für einen Vorreiter aller möglichen nachfolgenden Schrecken gehalten und sich mit Amuletten, Beschwörungen, Gebeten gegen sie zu wappnen gesucht.

Die Erinnerung wegwischend, griff Talmarani zum Telefon, ließ sich mit der Flughafenauskunft verbinden und fragte, wann die nächste Maschine nach Beirut gehe. Das Mädchen am anderen Ende bot ihm zwei Termine an, einen am frühen Nachmittag, den anderen eineinhalb Stunden später. Auf beiden Maschinen seien noch Plätze frei. Talmarani entschied sich für die frühere.

»Ihren Namen bitte«, sagte das Mädchen.

»Thomas Talmarani, Philadelphia Hotel.«

»Einen Augenblick, bleiben Sie am Apparat.«

Die Verbindung schien unterbrochen zu sein. Es knackte. Es summte. Irgendwo lachte jemand. Talmarani wollte gerade auflegen, um neu zu wählen, als sich eine Männerstimme meldete.

»Mr. Talmarani?«

»Ja.«

»Mr. Talmarani, ich bedauere außerordentlich, aber auf der Vierzehn-Uhr-zwanzig-Maschine nach Beirut ist kein Platz mehr frei.«

»Dann reservieren Sie mir einen auf der nächsten.«

»Bedauere, Sir.«

»Was heißt das?«

»Ebenfalls ausgebucht, Sir.«

Das habe ich eben doch noch anders gehört, wollte Talmarani sagen. Er unterließ es und fragte statt dessen: »Wie ist es mit einem Flug nach Larnaca?«

»Bedauere, Sir.«

»Wollen Sie etwa sagen ...?«

Der Sprecher zeigte eine Spur Ungeduld. »Alle ausfliegenden Maschinen sind restlos besetzt.«

»Ach«, machte Talmarani. Seine Ironie war verschwendet.

»Kann ich noch etwas für Sie tun, Sir? Vielleicht Warteliste?«

Talmarani legte auf. So war das also! Mit einer Anweisung an die Flughafenleitung hatten Chalid und Senoussi ihn schlichtweg festgesetzt.

Den Hörer noch in der Hand spielte er mit dem Gedanken, das Büro einer der europäischen Fluggesellschaften anzurufen, gab sich aber nach kurzem Überlegen keine Chance. Wenn die beiden ihn hier behalten wollten, behielten sie ihn hier. Gewiß, es gab noch eine Bahnlinie in Richtung Akaba, es gab die Busse nach Damaskus, ist gab Taxis, deren Fahrer jeden Passagier mit Handkuß zu jeder beliebigen Grenze gebracht hätten. Und dann? Wenn Chalid und Senoussi den Flughafen für ihn gesperrt hatten, würden sie seinen Namen und seine Paßnummer auch an jeden Zollposten übermittelt haben.

Talmarani griff sich an den Kopf. Seinen Paß besaßen sie ja auch noch.

Ein paar Minuten später klingelte das Telefon. Zwei Herren, sagte der Concierge, erwarteten ihn an der Rezeption.

VI

Es war so, wie der Concierge gesagt hatte: In der Halle warteten die Herren. Talmarani mußte zweimal hinschauen, um sie zu erkennen, denn beide trugen Zivil. Chalid hatte sich für zerknittertes Leinen entschieden, Senoussi für einen karierten Blazer zu beigen Hosen. Das Outfit schien sie nicht nur äußerlich verändert zu haben; die verkleideten Offiziere wirkten kälter, distanzierter, gefährlicher als in Uniform. Nachdem sie sich in Bewegung gesetzt hatten, glaubte Talmarani zu erkennen, woran das lag.

Von irgendeinem Mitglied der weiland Rote-Armee-Fraktion stammte die Behauptung, wer eine Knarre trage, gehe anders als unbewaffnete Menschen. Die Pistole im Hosenbund oder unter der Achsel werde zum Zentrum seiner Persönlichkeit, ob es ihm bewußt sei oder nicht. Talmarani hatte dies stets für die Aussage eines mit seiner abenteuerlichen Vergangenheit kokettierenden Terroristen gehalten; nun glaubte er dem Mann. Chalid und Senoussi bewegten sich wie Marionetten. Das am Körper verborgene Machtmittel machte sie zu Funktionsträgern eben dieser Macht und raubte ihnen einen Teil ihrer früheren Unbefangenheit. Wo sie die Waffen trugen, ob im Gürtel oder in irgendeinem weiter oben angebrachten Halfter, hätte Talmarani deswegen jedoch keineswegs sagen können. Er begriff lediglich, daß ein Element der Bedrohung ins Spiel gekommen war.

Auch der Concierge schien das zu spüren. Seine Augen spiegelten leichten Abscheu, der freilich nicht den beiden Offizieren galt, sondern Talmarani. Gäste, die bewaffnete Männer anlockten, waren in keinem Hotel, das etwas auf sich hielt, willkommen.

Aber das wiederum wußte ebensogut Chalid und nahm Rücksicht auf den Ruf seines Schutzbefohlenen. So laut, daß er am Empfang verstanden wurde, fragte er, ob Talmarani schon gefrühstückt habe. Als dieser verneinte, lud er ihn ein, ihr Gast zu sein. Draußen warte ein Wagen.

Zwei Minuten später fuhren sie über die Kashimi Street in Richtung Stadtzentrum, bogen in die King Faisal Street ein, hielten vor einem schmalen Haus zwischen zwei Geschäften mit überbordenden Auslagen und saßen gleich darauf in einem engen, schattigen Hof, der sich mit drei herausgestellten Tischchen als Freiluftcafé innerhalb des Basars auswies. Daß sie die einzigen Gäste waren, hätte sowohl Zufall als auch Arrangement sein können.

Auf Chalids Händeklatschen hin erschien der Wirt. Talmarani sagte, er wolle nur Tee und zwei oder drei süße Kubbeh-Taschen, falls es das gebe. Es gab Kubbeh-Taschen, der Wirt schlug eine Füllung aus Nüssen, Mandeln und Rosinen vor. Sein Angebot sagte auch den beiden Offizieren zu. Vom Chamsin war zwischen den kahlen Kalksteinmauern noch nichts zu spüren. Obwohl Talmarani beschlossen hatte, sich einfach in seine Lage zu fügen, war er doch derjenige, der das Gespräch eröffnete, und zwar mit der Frage, ob es schon neue Erkenntnisse im Mordfall Assem i-Audi gebe.

Chalid sah ihn an, als wisse er momentan überhaupt nicht, von wem die Rede sei. Dann schüttelte er den Kopf.

»Auch keine neue Theorie?«

»Keine«, erwiderte der Oberst. Er hatte völlig desinteressiert geklungen.

»Aber ich habe eine«, sagte Talmarani, worauf beide einander anblickten. Wie früher schon endete ihr stummer Gedankenaustausch auch diesmal damit, daß Senoussi die Initiative übernahm. »Lassen Sie hören!«

So knapp wie möglich skizzierte Talmarani seine im Schlaf gewonnene Einsicht: Der echte Assem, jener Mann, dem eigentlich die Aufgabe zugekommen wäre, ihn in München aufzusuchen, der falsche, nur auf den Tod des anderen reagierend.

»Klingt sinnvoll«, murmelte Senoussi, nachdem er seinen Vorgesetzten noch einmal wortlos konsultiert hatte. »Wie kommen Sie darauf?«

Talmarani hob die Hände. »Intuition, Herr Hauptmann.«

»Nur das?«

»Was sonst?«

»Intuitionen pflegen unbewußte Schlüsse aus bekannten Tatsachen zu sein.«

»Alles, was ich über die beiden Todesfälle weiß, ist auch Ihnen bekannt.«

Senoussi schüttelte den Kopf. »Das mutet jetzt, nachdem Sie uns mit Ihrer Theorie bekannt gemacht haben, noch unwahrscheinlicher an als früher.«

»Dennoch ist es so, wie ich sage.«

»Mit anderen Worten: Sie sind ein besserer Polizist als wir beide?«

»Nennen Sie es Anfängerglück.« Talmarani schenkte ihm ein Lächeln.

»Auch Anfänger brauchen Anhaltspunkte.«

»Genügt es nicht, daß irgend etwas Sie umtreibt und Ihre Überlegungen beeinflußt? Unbewußt, um Sie zu zitieren?«

»Das brächte uns auf die Frage, was Sie umgetrieben hat.«

»Gegenfrage, Herr Hauptmann: Können Sie es nicht erraten?«

Senoussi hatte begriffen »Ach das ...«

»Ja«, bestätigte Talmarani. »Bis gestern wußte ich von der Beziehung zwischen Assem und meinem Vater noch nichts. Nun weiß ich es, und das könnte sich auf mein Bewußtsein ausgewirkt haben. Oder mein Unterbewußtsein, was immer Sie vorziehen.«

Senoussis Augen verengten sich. Ehe er erwidern konnte, legte Chalid die Hand auf seinen Arm. »Wenn wir annehmen, es sei so gewesen«, sagte er, »dann ließe sich daraus eine weitere Vermutung ableiten.«

»Nämlich?«

»Ermordet wurde zuerst der ehemalige Vertraute Ihres Vaters, dann derjenige, der ihn zu dessen Sohn schicken wollte. Für beide Fälle gibt es also einen gemeinsamen Bezugspunkt, eben Ihren Herrn Vater, den vor Jahren ums Leben gekommenen Eduard Lionel Phelbs.«

Talmarani nickte. »Und weiter?«

»Nehmen wir nun an, schon der Tod Ihres Vaters sei, vorsichtig formuliert, jemandem zupaß gekommen. Was ergibt sich daraus?«

Talmarani setzte sein Teeglas ab. »Wollen Sie etwa sagen ...?«

»Was?«

»Auch beim Tod meines Vaters sei nicht alles mit rechten Dingen zugegangen?«

Chalids Antwort enthielt einen Unterton von Grausamkeit. »Entsprechende Gerüchte gab es in der Tat.«

»Aber ...«

»Kein aber, Herr Talmarani. Wir können diese Gerüchte weder bestätigen noch widerlegen. Sein Flugzeug stürzte ja nicht in Jordanien, sondern im Libanon ab.«

»Weshalb bringen Sie das Thema dann überhaupt auf?«

»Sind Sie nicht daran interessiert, noch mehr über Ihren Vater zu erfahren?«

»Doch schon ...«

»Na also.« Das hatte wie ein Peitschenhieb gewirkt. In dem kleinen Hof war es auf einmal unnatürlich still. Selbst der Verkehrslärm von der King Faisal Street schien verebbt zu sein. Völlig unversehens waren sie auf ein ganz anderes Feld geraten als jenes, das Talmarani mit seiner Eröffnungsfrage hatte betreten wollen. Um wieder das Heft in die Hand zu bekommen, fragte er: »Warum haben Sie mich eigentlich daran gehindert, Amman zu verlassen?«

»Haben wir das?« schnauzte der offenbar noch immer verärgerte Senoussi.

»Aber natürlich haben Sie das.«

Chalid machte eine besänftigende Bewegung. »Wenn wir sie festgehalten haben, dann nur zu Ihrem Besten.«

Talmarani wurde ärgerlich. »Ach ja? Wovor wollten Sie mich denn beschützen?«

»Ich war gerade dabei, es Ihnen zu erklären. Leider haben Sie mich unterbrochen.«

»Dann fahren Sie jetzt fort.«

»Bitte. Ihr Vater, habe ich auszuführen versucht, sei möglicherweise keinem völlig unprovozierten Unfall zum Opfer gefallen. Zwar, sagte ich weiter, sei das nur ein Gerücht, und wir könnten es weder bestätigen noch widerlegen. Angesichts der Tatsache jedoch, daß nun auch sein ehemaliger Diener und kurz darauf der Mann, der dessen Paß an sich nahm, brutal ermordet wurden, drängt sich doch die Vermutung auf, zwischen allen drei Vorfällen bestehe tatsächlich ein Zusammenhang. Oder, um ganz präzise zu sein: Irgendwelche Leute, die möglicherweise schon am Ableben Ihres Vaters interessiert waren, könnten, aus ähnlichen Motiven, auch den Tod des echten wie des falschen Assem i-Audi herbeigeführt haben. Billigen Sie dem wenigstens einen Hauch von Logik zu?«

Talmarani hatte das Gefühl, von einem kalten Hauch gestreift zu werden. »Sie meinen also …?«

»Genau das meine ich. Der vermutlich letzte lebende Mensch, der noch mit dem toten Eduard Lionel Phelbs in Verbindung gebracht werden kann, sind Sie, sein Sohn. Es wäre deshalb zumindest nicht unvorstellbar …«

»… daß ich ebenfalls auf der Liste der Killer stehe?«

Unter dem Schnurrbart Chalids spielte ein befriedigtes Lächeln.

»Ist das etwa der Grund dafür, daß Sie meinen Versuch, Amman zu verlassen, vereitelt haben?«

»Erraten«, sagte der Oberst.

»Wie fürsorglich«, höhnte Talmarani. »Klingt fast so, als sei ich Ihnen ans Herz gewachsen.«

Daraufhin lächelte auch Senoussi.»In gewisser Weise sind Sie das tatsächlich.«

»Wegen meines Vaters?«

»Unter anderem wegen Ihres Herrn Vaters.«

»Er war«, fügte Chalid an, »ein ungemein interessanter Mann.«

»Für wen?«

Die beiden tauschten ihren gewohnten Blick aus, konnten sich diesmal aber nicht einigen. Die Antwort kam simultan: »Für das Königreich Jordanien.«

Das einst zum Osmanischen Reich gehörte, vollendete Talmarani in Gedanken und sprach nun doch aus, was zu sagen er sich verboten hatte: »Womit wir bei meinem Großvater angelangt wären.«

Die Wirkung, die er damit erzielte, war enttäuschend. Chalid neigte nur zustimmend den Kopf.

Einen etwas befriedigteren Eindruck hingegen machte Senoussi. Als er sich zurücklehnte, klaffte sein Blazer auf, was Talmarani zu der Erkenntnis verhalf, daß er die Waffe im Schulterhalfter trug. Gleich darauf kam der Wirt herangeschlurft. Ob sie noch einen Wunsch hätten. Talmarani verlangte Arrak. Damit schien alles wieder so zu sein wie am Ende ihres Gespräches im Kasino: Beide Offiziere lächelten ihn an, als hätte er ihr Herz im Sturm erobert. Nachdem das Getränk auf dem Tisch stand, hoben sie die Gläser.

Die Kühle in dem engen Hinterhof begann sich zu verflüchtigen. Der weißglühende Chamsinhimmel schien auf sie herabzusinken. Talmarani hatte den Eindruck, eine Luke werde langsam geschlossen. Zum Glück litt er nicht an Klaustrophobie. Oder vielleicht doch?

Sich vorbeugend, fragte er: »Und was haben Sie nun mit mir vor?«

Die eben erst zustande gekommene gute Stimmung verflog mit einem Schlag.

»Gespräche«, knurrte Senoussi.

»Informationsaustausch«, präzisierte Chalid. »Wir fragen, Sie antworten. Sie fragen, wir antworten. Guter Wille vorausgesetzt, kann das für beide Seiten sehr aufschlußreich werden.«

»Doch leider«, ergänzte der auf Stichworte spezialisierte Hauptmann, »müssen wir damit noch ein bißchen warten.«

Verunsichert blickte Talmarani ihn an. »Was soll das nun wieder heißen?«

Der Oberst seufzte. »Die Umstände haben sich geändert.«

»Welche Umstände? Und wie?«

Diesmal gab es überhaupt keinen Blickaustausch. Chalid nickte einfach seinem bebrillten Untergebenen zu, worauf der ein Stück Papier aus seiner Jackentasche zog und vor Talmarani auf den Tisch legte. Es war eine maschinengeschriebene Notiz in englischer Sprache. Der Text lautete: »Anschlag auf SecuSpot, Vaduz, Liechtenstein polizeilich bestätigt. Sachschaden gering, Personenschaden null. Ermittlungen bis jetzt ergebnislos. Behörden rechnen mit Bekennerschreiben. Quellen unsicher.« Datum und Absender fehlten.

»Von heute«, erklärte Senoussi.

Chalid fragte: »Ist Ihnen der Name SecuSpot ein Begriff?«

Wortlos schüttelte Talmarani den Kopf.

»Sollte er aber. Die Firma ist auf den Namen ihrer Onkel ins Register eingetragen.«

»Womit auch Sie zu den Eigentümern gehören«, ergänzte der Hauptmann.

»Liechtenstein«, sagte Talmarani wegwerfend. »Die meisten europäischen Banken unterhalten dort irgendwelche Tochterfirmen – aus bekannten Gründen.«

»Die, von der wir reden, ist, nun ja, etwas umstritten.«

»Weshalb?«

»Sie soll«, erwiderte Chalid, »in Wirklichkeit dem Regierungschef eines unserer Nachbarstaaten gehören.«

»Einem Herrn«, fügte wiederum Senoussi hinzu, »der weltweit ziemlich unbeliebt ist.«

Das Rätsel zu lösen, war nicht sonderlich schwer. »Sie meinen Saddam Hussein?«

»Sagt man«, bestätigte der Hauptmann. »SecuSpot spekuliert angeblich für ihn auf dem Ölmarkt. Wie es heißt, sehr erfolgreich.«

Das klang in der Tat nach Jakub und Hamid. Aber sollten

sie dumm genug sein, ihren guten Namen einer solchen Verbindung wegen aufs Spiel zu setzen? Talmarani fragte es einfach.

Statt zu antworten, zuckte Senoussi mit den Achseln. »Ein Mann in Schwierigkeiten muß vorteilhafte Bedingungen bieten. Saddam ist in Schwierigkeiten. Wenn er aus seinen, von den UN erlaubten Ölexporten das Maximum herausholen will, braucht er diskrete Helfer. Daß ihre Onkel sehr diskret sein können, haben sie schon mehrmals bewiesen.«

»Sie glauben also, an diesen Gerüchten sei etwas dran?«

Diesmal erwiderte Chalid. »Im Moment glauben wir lediglich, daß jemand, der Saddams Helfershelfer bei gewissen, nicht einmal illegalen Geschäften stören will, kaum auf die Idee käme, deren Briefkastenfirma in Vaduz mit einem Sprengsatz anzugreifen.«

»Es könnte ja als Warnung gedacht gewesen sein.«

»Aber nicht als Warnung vor weiteren Geschäften mit dem Irak.«

»Sondern?«

»Als Aufforderung, sich anderen Wünschen nicht länger zu verschließen.«

»Oder als Botschaft«, ergänzte, getreu seiner Rolle, Idris Senoussi. »Die wiederum könnte lauten: Wir wissen Bescheid über euch. Banker, über die man Bescheid weiß, sind immer gefährdete Banker.«

»Und was«, wollte Talmarani wissen, »hat sich wegen dieser Geschichte zwischen uns geändert?«

Zum zweiten Mal, seit sie in dem Basarcafé saßen, seufzte Ibrahim Chalid auf. »Man möchte Sie anderswo sprechen. Und leider sind wir nicht in der Lage, uns diesem Wunsch zu verschließen. Tja«, ein weiterer Seufzer, »es heißt Abschied nehmen, lieber Freund«, er sagte tatsächlich »lieber Freund«, »Sie werden sich nach Beirut begeben müssen. Der letzte Dienst, den wir Ihnen erweisen können, besteht darin, Sie auf den Weg zu bringen.«

Senoussi seufzte nun ebenfalls. »Es bleibt uns nicht einmal mehr viel Zeit.« Er blickte auf seine Uhr. »Wir haben Ihnen einen Platz in der Vierzehn-Uhr-zwanzig-Maschine reservieren lassen.«

Vor seinem Abflug bekam Talmarani wenigstens noch den König zu sehen.

Wie sich herausstellte, war es auf der King Faisal Street deswegen plötzlich so still gewesen, weil Polizisten die aus den Basarläden quellenden Menschen zurückgedrängt und sie auf den Besuch ihres Herrschers vorbereitet hatten. Als Talmarani mit den beiden Offizieren das Café verließ, rollte der königliche Konvoi gerade vorbei; er war nicht sonderlich eindrucksvoll. Zwei Motorradfahrer bahnten einer Mercedes-Limousine den Weg. Hinter der rückwärtigen Scheibe des Wagens erkannte man Hussein, sah die unter dem Schnurrbart entblößten kräftigen Zähne und den spärlich bewachsenen, runden Kopf. Hin und wieder hob der König die Hand zu einem angedeuteten Winken, schien aber gleichzeitig dem neben ihm sitzenden Mann zuzuhören, der gelegentlich ein Blatt Papier emporhielt. Chalid und Senoussi nahmen Haltung an, der Hauptmann unterdrückte sogar in letzter Sekunde den Reflex, die Hand zu einem militärischen Gruß emporzureißen.

Binnen weniger als einer Minute war dann alles vorbei. Die am Straßenrand stehenden Menschen hatten weder Hochrufe ausgebracht noch andere Stimmungen geäußert. Die Mehrzahl war bemüht gewesen, möglichst viel von dem zu erkennen, was in der Staatskarosse vor sich ging. Hinter einem mit zwei Soldaten besetzten Jeep, der den Konvoi abschloß, schlugen sofort wieder Lärm und Trubel zusammen. Man hatte den König gesehen, es gab ihn noch, er schien sich guter Gesundheit zu erfreuen. Das genügte offenbar.

Bei Talmarani hatte der kurze Vorgang die Erinnerung an einen vorübergehend vergessenen Zustand wachgerufen. Auf einmal war ihm wieder bewußt, daß er sich noch immer im freien Fall befand. Eben noch in Gespräche über den Anschlag auf ein Unternehmen seiner Familie verstrickt, dann unvermittelt von Amman nach Beirut umdirigiert, nun, bereits auf dem Weg dorthin, einem Mann begegnet, der schon in der Biographie Kütschük Saids eine Rolle gespielt haben dürfte, wenn auch nur als vorausgeworfener Schatten seiner selbst: Hussein, Herr des haschemitischen Königreichs Jordanien, direkter Abkömmling Muhammeds, Nachfahre ungezählter Scherifen von Mekka, Großenkel jenes anderen Hussein, dessen ältesten Sohn ein gewisser T.E. Lawrence zum König von Arabien hatte machen wollen, um ihn dann jedoch in den von europäischen Kolonialmächten aufgestellten Fallen allein zu lassen, während die Krone, nach denen beide gegriffen hatten, einer Beduinenfamilie namens Saud zufiel. Abdallah, dem Großvater des kleinwüchsigen, mit diesem tapferen Lächeln ausgestatteten Königs, der eben an ihnen vorbeigefahren war, mußte Kütschük Said noch begegnet sein, ebenso dessen älterem Bruder Faisal, denn beide hatten zu seiner Zeit in Konstantinopel gelebt, von Abdul Hamid, ihrem Sultan, mit Mißtrauen beäugt und später tatsächlich zu Verrätern am Osmanischen Reich geworden. Aber damit hatte ja auch ihr Weg ins Chaos begonnen: Faisal I. durch die Franzosen, Verbündete seiner britischen Partner, aus dem eroberten Syrien verdrängt und in den Irak abgeschoben; Faisal II. in Bagdad von Putschisten erschossen; Abdallah mit dem am Kartentisch entworfenen Emirat Transjordanien abgespeist, dann zum Herrn auch noch Ostpalästinas aufgestiegen und somit Israels gefährlichster Gegner geworden, schließlich in der Al Aksa-Moschee von Jerusalem ermordet.

All das war, verkörpert von zwei Motorrädern und einer eher unauffälligen Limousine, binnen kürzester Frist an Talmaranis äußeren und inneren Augen vorbeigezogen. Dazu noch, gespiegelt von einem König, das Bild seines längst verstorbenen Großvaters. Wenn das nicht Mathildes Ausspruch rechtfertigte: jemanden über sein eigenes Grab gehen hören! Leute, die wußten, wer Kütschük Said gewesen war, wurden schließlich noch immer ermordet. Talmarani zweifelte längst nicht mehr daran, daß sowohl der echte wie der falsche Assem aus eben diesem Grund ihr Leben eingebüßt hatten. Aber mußte nicht auch König Hussein wissen, wer Kütschük Said gewesen war?

Der Gedanke glich einem das Dunkel spaltenden Blitz. Abdallah, Husseins Großvater, dürfte in den Tschurnals nicht gerade selten erwähnt worden sein, denn nur wenige seiner Vasallen hatte Abdul Hamid so scharf überwachen lassen wie ihn und Faisal. Waren es also solche Zusammenhänge, die Llewellyns Interesse an den Geheimaufzeichnungen des Sultans begründeten? Wenn ja, wie paßte dann Jakub ins Bild, der von Kütschük Said wohl gehört, aber nicht einmal geahnt hatte, daß er mit Talmaranis Großvater identisch war? Und wie der Anschlag gegen sein liechtensteinisches Unternehmen? Man habe ihm etwas signalisieren wollen, vermutete Senoussi. Oder drohte man ihm? Wer drohte? Etwa die gleichen Leute, die Chalid und Senoussi veranlaßt hatten, ihn, Thomas Talmarani, umgehend nach Beirut zu verfrachten?

Sturz, dachte er, was für eine alberne Metapher! Ich stürze doch längst nicht mehr, ich werde herumgeschoben, weitergereicht, von einer Falle in die andere gelockt. Man manipuliert mich, ohne ein Hehl daraus zu machen, und es gibt nichts, was ich dagegen tun könnte.

Auf dem kurzen Weg zurück zum Hotel mußte Talmarani auf seine Begleiter einen ziemlich verbissenen Eindruck gemacht haben, denn sie tauschten, als er am Empfang seine Rechnung entgegennahm, besorgte Blickte miteinander aus. Dazu kam ein unerwarteter Hauch von Verlegenheit. Senoussi hatte Miene gemacht, die Rechnung an sich zu nehmen, aber keinen Widerstand geleistet, als Talmarani nach ihr griff. Offenbar vertrug es sich nicht mit ihrem Ehrgefühl, einen als Gast begrüßten Besucher selbst bezahlen zu lassen. Aber – je nun – das besagten ihre Blicke auch, Jordanien war ein armes Land, die Behörden mußten sparen, und Talmarani war doch ein sehr wohlhabender Mann.

Ganz allerdings wollten sie den Makel der Ungastlichkeit dann doch nicht auf sich sitzen lassen. An der Treppe des Flugzeuges – beide hatten ihn bis aufs Rollfeld begleitet – zog Chalid ein Kuvert aus der Tasche und hielt es Talmarani hin.

»Instruktionen?« wollte dieser wissen. »Abschiedsgeschenken«, murmelte abgewandten Blicks der Oberst.

Als der Pilot erklärte, man befinde sich im Landeanflug auf Beirut, riß Talmarani den Umschlag endlich auf. Er enthielt die Fotografie eines Mannes, den er bis jetzt nur einmal gesehen hatte – auf dieser anderen Fotografie. Talmarani besaß endlich ein Bild seines Vaters.

Die Wahrheit näherte sich auf leisen Sohlen und schlug dann unerwartet zu.

Einem Impuls nachgebend, tat Talmarani beim Verlassen des Flughafengebäudes etwas, was er offenbar immer getan hatte, wenn er in Beirut angekommen war: Er suchte nach seiner mit einer Kette an der vordersten Gürtelschlaufe befestigten Taschenuhr, vermutlich in der zur Gewohnheit gewordenen Absicht, sie auf libanesische Ortszeit umzustellen.

Die Uhr war klein, flach, mit einem Sprungdeckel, das Zifferblatt von einem breiten Goldrand umgeben, die Ziffern römisch. Auf der Innenseite des Deckels standen seine Initialen, nicht T.J.T. indessen (das J für Jakub), sondern T.J.P., also P für Phelbs, darunter das Datum seines ersten Schultags. Seit damals hatte sie immer zu ihm gehört. Nun fand er die Uhr nicht mehr. Es kam einem Schock gleich. War er nicht eben, zum weiß Gott wievielten Mal, in seine Geburtsstadt zurückgekehrt? Befand er sich überhaupt in Beirut?

Es dauerte Minuten, bis Talmarani wieder wußte, daß er die alte Taschenuhr längst gegen eine goldene Longines Flagship ausgetauscht hatte. Vor wie vielen Jahren eigentlich? Und warum? Ach ja, seine Mutter hatte sie ihm geschenkt. Wo konnte die Taschenuhr hingeraten sein? Besaß er sie überhaupt noch?

Diese Fragen beschäftigten ihn derart, daß er gar nicht richtig mitbekam, wie er in das Taxi geraten war, dessen Fahrer derart zielstrebig auf die Stadt zuraste, als sei ihm bekannt, wohin es überhaupt gehen solle. Wahrscheinlich, dachte Talmarani, herrschen in Beirut noch immer die alten Bräuche: Man schnappt sich sein Taxi nicht, man wird von dessen

Chauffeur geschnappt. Und es mußte keineswegs ein Taxi sein, das einen dann abschleppte. Wenigstens hatte er einen relativ neuen Peugeot erwischt.

Die Außenviertel der Stadt schienen sich nicht sonderlich verändert zu haben. Etwas dichter das Grün, hinter dem die Palästinenserlager verborgen waren. Ruinen an beiden Seiten der Straße hatte es schon immer gegeben, früher waren es halbfertige Häuser gewesen, jetzt mochten es zerschossene Häuser sein. Talmarani war derart mit der lächerlichen Erinnerung an diese alte Uhr beschäftigt, daß er von der Außenwelt kaum etwas mitbekam.

Schließlich, da näherten sie sich schon der Innenstadt, klopfte ihm eben doch die Wahrheit auf die Schulter. Sie lautete: Beirut mag sich stark oder weniger stark verändert haben, sicher ist, daß du dich verändert hast. Selbst wenn die Stadt noch so sein sollte, wie du sie kennst, für dich ist sie nicht mehr dieselbe. Es war eine banale, von zwei Uhren provozierte Erkenntnis, der alten und der neuen. Weh tat sie trotzdem.

Als sie durch eine von mehrgeschossigen, mit Planen verhüllten Neubauten gesäumte Straßenschlucht fuhren, die Talmaranis Schätzung nach auf die Place des Martyrs zuführte, fragte er seinen Fahrer zum ersten Mal, wohin die Reise eigentlich gehe.

Der Mann, von dem Talmarani bis dahin nur einen verstrubbelten Hinterkopf gesehen hatte, zeigte kurz sein Profil und murmelte: »Bristol.«

Das hätte eigentlich beruhigend wirken müssen. Das »Bristol« war ein Hotel von der guten, alten Sorte, über die Hamra zu erreichen. Schön zu hören, daß es das »Bristol« noch gab. Talmarani war jedoch sicher, den Namen überhaupt nicht genannt zu haben. Im selben Moment fiel der Groschen.

Er war keineswegs von einem besonders ellenbogenstarken Taxifahrer beschlagnahmt, sondern erwartet und unter Kuratel gestellt worden. Der Mann am Lenkrad hatte im Auftrag gehandelt. Im Auftrag wessen? Überflüssige Frage.

Ihm auf die Schulter tippend, sagte Talmarani: »Ich will nicht ins ›Bristol‹. Bringen Sie mich zum ›Al-Andalus‹.«

Als der Fahrer vor Schreck so hastig auf die Bremse trat, daß sie fast ins Schleudern geraten wären, fügte er hinzu: »Es genügt völlig, daß Ihre Auftraggeber wissen, wo ich abgestiegen bin. Folgen Sie mir einfach bis zur Rezeption und notieren meine Zimmernummer. Mehr ist nicht nötig.«

Das »Andalus« war Talmarani, kurz bevor er den Namen nannte, überhaupt erst in den Sinn gekommen. Es war ein zur Corniche hin gelegenes kleines, aber feines Haus, das nur Insider kannten. Hoffentlich existierte es noch. Es schien noch zu existieren. Der Fahrer überlegte einen Moment und bog bei der nächsten Kreuzung scharf nach links ab. Talmarani beglückwünschte sich zu seiner Reaktion, war aber froh, den Weg dorthin nicht selbst suchen zu müssen. Nahezu alle Orientierungspunkte, an die er sich noch erinnerte, wurden von riesigen Plakaten verdeckt, Entwürfen einer künftigen Allerweltsstadt namens Beirut, oder Konterfeis des syrischen Präsidenten Hafis Assad und seines längst ums Leben gekommenen Sohnes Basil. Das gleiche Riesenposter hatte ihn auch schon am Flughafen begrüßt.

Keine zehn Minuten später bezog Talmarani ein geräumiges Zimmer mit Fenstern vom Boden zur Decke und Blick aufs Meer. Das »Andalus« stammte aus einer Zeit, in der man noch ohne Klimaanlagen auszukommen wußte. Schon Kütschük Said könnte es gekannt haben. Dem Concierge wiederum mußte der Name Talmarani ein Begriff gewesen sein, die überrascht hochschnellende Augenbraue, mit der er ihn zur Kenntnis genommen hatte, deutete darauf hin. Talmaranis Fahrer aber war tatsächlich neben ihm stehen geblieben, bis er die Zimmernummer hatte lesen können, um dann grußlos zu verschwinden. Sie wußten also, wo er sich aufhielt. Sie würden ihn finden. Im Augenblick hätte es Talmarani nicht gleichgültiger sein können, wann und unter welchen Umständen das geschah.

Was ihm immer noch abging, war seine alte Taschenuhr.

Ohne sie kam er sich vor wie der Mann, der seinen Schatten verloren hatte.

Nachdem alle Anzüge im Schrank hingen, ließ Talmarani sich mit dem Concierge verbinden. Ja, wurde ihm mitgeteilt, das »Al-Sakhra« gebe es noch, ob er wünsche, daß man ihm einen Platz reserviere. Talmarani wünschte es, verzichtete aber auf ein Taxi. Vom »Andalus« bis zu den Taubengrotten war es nicht übermäßig weit.

Das glucksende Lachen Llewellyns – es erinnerte an Blasen, die in einer fetten Brühe emporstiegen und an der Oberfläche zerplatzten – traf Talmarani dann von hinten, als der Kellner gerade die Seezunge zerlegte. Gerochen hatte er ihn schon ein paar Sekunden früher. Der Bursche benutzte wirklich ein abscheuliches Rasierwasser. Llewellyns Begrüßung hätte banaler kaum ausfallen können: »Wo trifft man Beirutis, die längere Zeit nicht mehr zu Hause waren? Natürlich in einem Lokal mit Blick auf die Taubengrotten. Sie müssen schon den alten Phöniziern als Landmark gedient haben.«

»Wahrscheinlich auch Ihrem famosen Herrn Nelson«, sagte Talmarani, ohne sich umzuwenden. »Wollen Sie mir Geschichtsunterricht erteilen, Llewellyn?«

Der Waliser lachte erneut. »Wie käme ich dazu, Talmarani?« Ohne zu fragen, ob es auch gestattet sei, nahm er Platz.

Llewellyn schien aus mindestens zwei verschiedenen Persönlichkeiten zu bestehen; das war Talmarani bei ihren früheren Begegnungen noch nicht aufgefallen. Aus München kannte er nur die massige, meist in grauen Flanell gehüllte Erscheinung mit dem runden Rotweintrinkergesicht und der dichten Matte aus sandfarbenem Haar. Gesprochen hatte Llewellyn fast immer in einem betont neutralen Ton, der vergessen machen sollte, daß er überwiegend Fragen stellte. Seinen Dialekt vermochte Talmarani schon deshalb nicht einzuordnen, weil er allenfalls reines Cockney von Oxbridge-English hätte unterscheiden können; Llewellyn sprach jedoch weder das eine noch das andere. Auffällig war allein seine manchmal etwas blumige Sprache und der Umstand, daß er bei längeren Sätzen in eine Art Singsang verfiel. Nun ja, das mochte zu seinem keltischen Erbe gehören. Wo hieß man schon Llewellyn, wenn nicht in Wales.

Den anderen Llewellyn mußte als erste Bess gesehen haben. Wenn er lächelte, kamen in der Tat zwei Eckzähne zur Geltung, die an ein Raubtiergebiß erinnerten: Das rötliche Mondgesicht wurde dann von einem Tigergrinsen gespalten. Im übrigen gehörte Llewellyn zu den Menschen, denen es nichts ausmacht, Hemd und Krawatte großzügig mit Soße zu bekleckern und zum Fisch Rotwein zu trinken – was freilich auch für seine Kennerschaft hätte sprechen können: Die libanesischen Weißen erreichen nur selten Spitzenqualität.

Als sie den Hauptgang hinter sich hatten, war der Llewellyn, den Talmarani kannte, längst hinter den anderen, von Bess entdeckten zurückgetreten. Die aufblitzenden Eckzähne akzentuierten jeden dritten oder vierten seiner Sätze wie ein optisches Ausrufezeichen. Und er sprach nahezu pausenlos, dozierte, erzählte, sang, um zwischendurch immer wieder eine tückische Frage abzuschießen. Zunächst erzählte er Talmarani jedoch dessen eigene Geschichte; sie war ihm vertraut bis ins letzte Detail.

»Da werden also«, sagte er, »lauter Köder für Sie ausgelegt, und es sind allemal Leichen. Die erste vor Ihrer Haustür, die nächste in Amman. Ob dieser Bosnier in Ungarn Ihren Besuch lange überlebt, kann angesichts der beiden Toten auch niemand garantieren, schon gar nicht unser vom demnächst bevorstehenden Weltuntergang überzeugter Freund Szabo. Wer also fischt nach Ihnen, und wer will andererseits die Fischer stören? Daß hier zwei verschiedene Gruppen gegeneinander agieren, sieht ein Holzkopf mit Glasaugen. Die eine möchte Sie an Land ziehen, der anderen ist daran nicht das mindeste gelegen. Welche ist die stärkere? Auch keine Frage für aufgeklärte Geister: Jene, die zuschlagen kann, wenn es ihr in den Kram paßt. Stimmen Sie mir soweit zu?«

Llewellyn wendete ein Stück Ziegenbries in der Koriandersoße und steckte es in den Mund, ohne deswegen seinen Redefluß zu unterbrechen.

Kauend fuhr er fort: »Entscheidend ist jedoch die Frage, warum die Gruppe der Petrijünger daran interessiert ist, einen Herrn Talmarani zu kaschen. Sind Sie ein so besonders kostbarer Fisch? Haben Sie den weggeworfenen Ring des Polykrates verschluckt? Kann man aus Ihrer Leber ein Lebenselixier bereiten? Ich möchte Ihnen nicht zu nahe treten, Talmarani, aber von allem dem dürfte doch keine Rede sein. Also: warum werden Ihretwegen Leute umgebracht?«

»Und warum«, schoß Talmarani zurück, »hatte ich das Vergnügen, schon in München Ihre Bekanntschaft zu machen? Weil ich so gescheit über islamische Orden reden kann? Das mag Hubi Haynau glauben. Mir werden Sie es sicherlich nicht einreden wollen. Schließlich steht alles, was ich weiß, in meinen Büchern.«

Mit gerunzelter Stirn blickte Llewellyn ihn an. »Interessant«, sagte er schließlich, »ist nicht so sehr, was Sie wissen. Darin stimme ich mit Ihnen überein. Interessant könnte hingegen sein, was Sie sind.«

»Sie meinen: wer ich bin, denn sicherlich kommen wir doch jetzt auf Kütschük Said zu sprechen.«

Die Antwort des Walisers überraschte Talmarani. »Kütschük Said? Nein, ich glaube, das wird noch nicht nötig sein. Fürs erste genügt es, wenn wir uns fragen: Wer war Ihr Vater? Aber vor allem: Warum tragen Sie nicht seinen Namen?«

Llewellyn winkte dem Kellner und bestellte eine zweite Flasche Château Musar. Den Kopf leicht zur Seite neigend, fuhr er dann fort: »Haben Sie sich das nie gefragt?«

»Wieso hätte ich es tun sollen? Meine beiden Onkel sind kinderlos. Diese Erklärung hat mir immer genügt.«

»Wirklich?«

An das Gespräch mit Chalid und Senoussi denkend, wurde Talmarani unsicher, versuchte aber, es sich nicht anmerken zu lassen. »Haben Sie eine bessere Erklärung?«

Statt zu antworten, stellte Llewellyn seine nächste Frage: »Die Meldung aus Vaduz hat man Ihnen gezeigt?«

»Ihretwegen wurde ich schließlich hierher verfrachtet.«

»Auch das haben Sie einfach geschluckt?«

»Was blieb mir übrig? Im übrigen: Stimmt es denn nicht?«

»Was gehen Sie die Geschäfte Ihrer Onkel an?«

»Offenbar bringt mich irgend jemand damit in Verbindung.«

»Wer sollte das sein?«

Talmarani wollte auffahren, aber Llewellyn hob abwehrend die Hand.

»Sie scheinen über Ihre Lage nicht mit dem gebotenen Ernst nachzugrübeln, mein Guter. Nach zwei Toten an Ihrem Weg glauben Sie immer noch, völlig unbeschwert durchs Leben schlendern zu können. Das könnte auf mangelnde kombinatorische Fähigkeiten schließen lassen, wenn nicht auf Unlust am Denken schlechthin. Zählen Sie doch einfach ein paar bekannte Größen zusammen: Ihre Onkel werden bedroht, man signalisiert den beiden, daß sie in Schwierigkeiten geraten oder gebracht werden könnten. Weshalb? Weil ihre Bank Geschäfte mit Saddam macht? Das tun andere Banken auch, es gilt nicht einmal als besonders verwerflich, nur als clever. Folglich hat diese Warnung noch etwas anderes zu bedeuten. Aber was?«

Wieder legte Llewellyn den Kopf zur Seite und blickte Talmarani erwartungsvoll an. Der blieb stumm.

»Bedenken Sie den Zeitpunkt, mein Guter! Ihre Onkel haben sich lange vor Beginn des Bürgerkrieges aus Beirut verabschiedet. Jetzt wollen sie zurück, weil sich im Ölgeschäft neue Perspektiven auftun. Und da bekommen sie einen Schuß vor den Bug. Drohung, habe ich gesagt. Oder nur Warnung? Oder vielleicht die Aufforderung, einen Eintrittspreis zu bezahlen? Zugleich interessiert man sich für Sie, einen Wissenschaftler, der vom Ölgeschäft null Ahnung hat. Wie paßt das zusammen?«

Llewellyn nahm dem einschenkenden Kellner die Flasche aus der Hand, um sich selbst zu bedienen. Das gab Talmarani, den der oberlehrerhafte Ton des Walisers zu ärgern begann,die Chance, endlich eine Gegenfrage zu stellen. »Muß es überhaupt zusammenpassen?«

Die Frage bewirkte, daß Llewellyn die Speisekarte auf seinem Hemd um einen Rotweinfleck vergrößerte. »Ist das Ihr Ernst?«

»Im Moment, ja.«

»Zwei Tote auf Ihrem Weg hierher. Leute, die sie offensichtlich beobachten. Ein Sprengsatz im Briefkasten der Vaduzer Briefkastenfirma. Alles binnen weniger als zehn Tagen. Und das soll nicht zusammenpassen? Sie wissen, daß die Talmarani-Bank mich gebeten hat, einen Blick in ihre alten Unterlagen zu werfen, jene Papiere, die Ihre Onkel vor einiger Zeit der Bosporus-Universität vermachten?«

Talmarani wäre fast emporgeschnellt. »Jakub und Hamid haben sich an Sie gewandt?«

»Aber ja.«

»Nicht umgekehrt?«

»Haben die Herren das behauptet?«

»So direkt nicht. Haynau sagte, Sie interessierten sich für die Tschurnals. Und da …«

»… dachten Sie, ich hätte mich an die beiden gewandt?« Llewellyn brach in ein schütterndes Lachen aus. »Oho, die Tschurnals! Wer interessiert sich nicht für die Tschurnals. Eine ganze Reihe von Leuten hätten sie liebend gern in der Hand. Ich auch, zugegeben, aber …« Mit einer Handbewegung wischte er das Thema weg. »Aber davon sprechen wir nicht.«

»Sondern?«

»Punkt vier«, sagte Llewellyn. »Wie hängt alles, was ich eben aufgezählt habe, nun wirklich zusammen – vor allem mit Ihrer geschätzten Person? Soll ich es Ihnen sagen?«

Talmarani hielt es für unter seiner Würde, auch nur zu nicken.

»Das missing link zwischen zwei Leichen«, erklärte der Waliser, »einer per Bombe übermittelten Warnung und der provozierten Reise eines gewissen Münchner Privatgelehrten über Ungarn, Istanbul, Damaskus, Amman nach Beirut ist niemand anderer als Ihr Vater plus die Tatsache, daß man seinem Sohn nicht erlaubt, den Namen Phelbs zu führen. Ja, daß man alles tut, diesen Namen der Vergessenheit zu überantworten.«

Ein Zeigefinger mit spitz zugefeiltem Nagel fuhr ihm beinahe ins Gesicht. »Oder tut man das nicht?«

Meine Taschenuhr, dachte Talmarani, ohne auf die Frage einzugehen.

Llewellyn schien Schweigen für eine bejahende Antwort zu nehmen.

»Na, sehen Sie, mein Guter. Da haben wir das fehlende Verbindungsstück, und die ganze Geschichte macht plötzlich einigermaßen Sinn. Ihre Herren Onkel haben mich nämlich deswegen konsultiert, weil ich das Vergnügen hatte, Ihren Herrn Vater noch zu kennen – was jedoch keineswegs heißt, wir seien Freunde gewesen.«

»Etwa Feinde?«

Llewellyn verpaßte auch der Tischdecke noch einen Rotweinfleck.

»Nicht direkt. Ich wußte lediglich, daß er die Tschurnals besaß oder Teile davon. Und ich wollte sie ihm abnehmen, abjagen, abkaufen. Meinen Auftraggebern wäre alles recht gewesen. Nur ...«

»Nur?«

»Er rückte sie nicht heraus. Ein Fehler, dachte ich damals. Heute weiß ich, daß er gar keine andere Wahl hatte.«

Draußen über dem Meer nahm der Himmel die Farbe des Weines an, mit dem Llewellyn so verschwenderisch umging, es war ein helles, beinahe duftiges Rot. Talmarani beschlich das Gefühl, allmählich aus einer Welt verdrängt zu werden, in der Sonnenuntergänge als etwas ganz Normales galten. Dabei war der Tag noch lange nicht zu Ende – was er sich, auf Grund seiner Erinnerungen an Llewellyns Besuche in München, eigentlich hätte denken können.

Zunächst hatte Talmarani noch geglaubt, er kenne das Lokal, das war jedoch ein Irrtum. Cafés wie dieses hatte es in der alten Basta zu Dutzenden gegeben, und er mußte wohl in einigen davon gewesen sein. Jetzt gab es die Basta nicht mehr, sie lag in Trümmern, aber solche Lokale existierten offenbar noch immer: gleich hinter dem Eingang der mit Stühlen und Tischen vollgestellte, von Arrak-Trinkern und Wasserpfeifenrauchern belebte, kahle Raum; an dessen einer Seite die nach unten führende, stets etwas verschmuddelte Marmortreppe; endlich das halbdunkle Gewölbe mit den um eine leere Fläche gruppierten Sesseln oder Sitzkissen; alle besetzt. Dimitrios indessen sorgte dafür, daß ein Kellner drei davon räumte, daß er zwei Taburetts vor Sie hinrückte und diese mit einer Whiskyflasche im Eiskübel, Behältern voll geschnittener Karotten, Pistazienmandeln, Pinienkernen sowie mit Gläsern bestückte. Tatsächlich also Bauchtanz. Und das an seinem ersten Abend in Beirut. Talmarani kam sich vor wie ein Tourist.

»La Sultana«, verkündete Dimitrios, »ist absolut einmalig. Sie werden sehen.«

Wer Dimitrios war, wußte Talmarani nicht genau. Er hatte sie an Llewellyns Wagen erwartet und sich zunächst wie ein gewöhnlicher Chauffeur verhalten, ein kleiner, etwas gelbgesichtiger Mann in makellos weißem Leinenanzug, Goldkettchen um den Hals, nach Lavendel duftend. Aus seiner Unterhaltung mit Llewellyn war dann jedoch hervorgegangen, daß er in einer Art von kollegialem Verhältnis zu ihm stand. Zwar hatte der Waliser Anweisungen gegeben, doch hatte sie der Levantiner – in Talmaranis Augen war Dimitrios ein klassischer Vertreter dieses Landstrichs – nicht so geflissentlich zur Kenntnis genommen, wie das bei einem Fahrer der Fall gewesen wäre. Ausgeführt hatte er sie dennoch, zunächst eben die Fahrt von den Taubengrotten in ein noch unzerstörtes Viertel nahe dem Hafen.

Dem Gast Llewellyns begegnete Dimitrios mit einer Kumpelhaftigkeit, in die sich immer dann ein Hauch von Herablassung mischte, wenn er Antworten gab, die ihn als Kenner der Szene auswiesen.

Noch während der Fahrt hatte Llewellyn, vom Englischen in sein überkorrektes Schulbuchdeutsch wechselnd, gesagt: »Wenn Sie ein bißchen nett zu ihm sind, haben Sie in Dimitrios einen zuverlässigen Freund. Und wenn Sie ihm ab und zu ein kleines Geschenk machen, öffnet er in Beirut so gut wie jede Tür für Sie. In seinem Beruf ist er fast unschlagbar.«

»Seinem Beruf?«

Llewellyn lachte. »Ein fliegender Händler von allem, was auf dem offenen Markt nicht zu bekommen ist. Seine Loyalität gilt immer nur dem, der ihn gerade bezahlt.« Dann war er wieder zum Englischen übergegangen: »Wehe Ihnen, Dimitrios, wenn diese Sultana nichts taugt. Ich bin ein Aficionado des Bauchtanzes, und Mr. Talmarani ist es auch.«

Llewellyns Behauptung war einerseits zutreffend, andererseits wieder nicht. Wenn Talmarani an Bauchtanz dachte, fielen ihm Mädchen wie Besma, Djana oder Leyla ein, makellos schlanke Geschöpfe mit bestenfalls apfelgroßen Brüsten, gekleidet in Bluejeans und T-Shirts, alle Angehörige der von Riesenbaby verbotenen Cheerleadergruppe und alle leidenschaftliche Bauchtänzerinnen. Ihrer Neigung hatten sie meist im Bus nachgegeben, auf dem Weg zu irgendeinem Auswärtsspiel: Schal um die Hüften gewunden, die Hände hoch über dem Kopf gefaltet, dann, auf dem engen Mittelgang des rumpelnden Fahrzeugs, dieses Beckenkreisen, das um so aufreizender wirkte, je schneller es wurde, und das ihre männlichen Zuschauer fast in den Wahnsinn trieb: Imitation des Liebesaktes, gehüllt in reinste Unschuld.

La Sultana hingegen schien sich eher für die Priesterin eines geheimen Kultes zu halten. Ihre Erscheinung atmete feierlichen Ernst, Sie selbst wollte offenbar als Künstlerin ernst genommen werden, womit, wie Talmarani bald feststellen konnte, nur eine gewisse Fallhöhe markiert wurde.

Mit beinahe ehrfürchtigem Schweigen war sie begrüßt worden. Dann leuchtete über ihrem Kopf ein Punktstrahler auf. Dann fingen die Trommeln an, zugleich die Doppelklarinette. Näselnde Klangfolgen setzten den üppigen Körper in eine schlangenartig träge Bewegung. Rötliche Pailletten auf Sultanas Büstenhalter verschossen rötliche Lichtpfeile. Der tief unter dem Nabel gegürtete, geschlitzte Rock begann zu schwingen, hennarote Haare peitschten durch die Luft, der unverschleierte Nabel rollte. Die Zuschauer fingen an, rhythmisch zu klatschen. Wie immer man die Darbietung beurteilen wollte, La Sultana hatte ihr Handwerk gelernt. Auch sie versetzte das männliche Publikum in qualvolle Raserei, ließ den Anspruch auf Kunst und Ritual vorübergehend fallen, war sekundenlang eine Kobra, stieß mit Kopf und Händen nach denen, die ihr zunächst saßen, war scheinbar im Begriff, sich auf sie zu stürzen, und verharrte doch auf der winzigen, von ihren Sohlen bedeckten Fläche, ohne sie auch nur um Haaresbreite zu verlassen, um schließlich zu erstarren.

Mit dem üblichen Crescendo brach die Musik ab. Der Punktstrahler erlosch. Als es wieder hell wurde, war La Sultana verschwunden, Talmarani konnte sie als Könnerin einstufen, ohne Besma, Djana, Leyla deswegen die Treue brechen zu müssen.

»Ihr Vater«, sagte Llewellyn in das aufbrandende Stimmengewirr hinein, »war übrigens auch ein Bauchtanz-Aficionado. Wenn ich mich recht erinnere, gehörte er zu den Fans von Tania Carioca und später von Fari Farina. Beiden hätte La Sultana nicht einmal den Büstenhalter zuhaken dürfen.«

»Was?« rief Dimitrios. »Was sagen Sie da? La Sultana ist zehnmal besser als alle, die es jemals gab.«

»Quatsch«, brummte Llewellyn. »Haben Sie gesehen, wie dieser fette Vogel mit dem Hintern arbeitet, das ist der reine Kitsch.«

»La Sultana hat einen anderen Stil. Libanesischen Stil, nicht ägyptisch.«

Mit einer Handbewegung tat Llewellyn den Einwand ab. »Sie haben ja keine Ahnung von Bauchtanz, Dimitrios. Es gibt keinen libanesischen Stil, es gibt nur den ägyptischen.«

Talmarani bemerkte, daß die Männer, mit denen sie praktisch Knie an Knie saßen, den Streit der beiden verfolgten. Einige grinsten in sich hinein, andere schienen im Begriff, sich einzumischen – voraussehbarerweise auf seiten von Dimitrios. Wollte Llewellyn in dieser verräucherten Höhle eine allgemeine Diskussion über Bauchtanz vom Zaun brechen?

Mit ausholender Geste erklärte der Waliser: »Wenn Bauchtanz Kunst ist, und ich halte ihn für eine Kunst, dann lebt er vom Weglassen, nicht vom Hinzufügen. Diese Sultana ist eine reine Touristennutte. Schmeißt den Arsch durch die Gegend, daß einem beinahe übel wird.«

Da La Sultana eben dies nicht getan hatte, fragte Talmarani sich erneut, worauf Llewellyn eigentlich abzielte. Ein Mann, der ihnen gegenübersaß, vom Aussehen her klassischer Basari mit sanftem Wohlstandsbauch unter der geknöpften Wollweste, schien das gleiche zu denken. Bevor er jedoch etwas sagen konnte, wandte sich der Waliser ihm zu.

»Fari Farina ist Ihnen doch sicherlich ein Begriff, as-Sayed. Oder nicht?«

Verblüfft über Llewellyns sauberes Arabisch, zuckte der Basari zurück. »Ja, gewiß, aber sie muß ...«

»Ist sie«, rief Llewellyn, »ist sie. Verehrt von Königen, gestorben im Elend. Bettler haben sie zu Grabe getragen.«

Es gab kein Augenpaar mehr im Raum, das nicht auf ihn gerichtet gewesen wäre. Selbst der Kellner, der eben mit einem Tablett voll Gläsern hereinkam, blieb stehen und starrte den schwergebauten Ausländer mit dem rötlichen Gesicht an. Llewellyns Stimme sank zu einem theatralischen Flüstern herab.

»Ich, meine Freunde, habe die Farina noch gekannt. Und ich habe sie bewundert.« Es klang, als ob er gleich anfangen würde zu schluchzen. Dimitrios betrachtete ihn aus mißtrauisch zusammengekniffenen Augen.

Unter der Decke des niedrigen Raumes hingen dicke Schwaden von Zigarettenrauch. Talmarani wurde sich auf einmal eines Dunstes aus Schweißgeruch, Knoblauch und Patschuliöl bewußt. Überraschend stieß Llewellyn ihn an und sagte, immer noch in diesem Bühnenflüstern: »Ihr Vater, mein Guter, hat sie verehrt. Jawohl, er hat Fari Farina verehrt. Wußten Sie das?«

Unwillkürlich in dieselbe Stimmlage verfallend, erwiderte Talmarani: »Nein, natürlich ...«

»Sehen Sie«, dröhnte der Waliser, »sehen Sie. Was ist Ihnen überhaupt von Ihrem Vater bekannt?«

Damit war auch Talmarani in den Mittelpunkt einer Versammlung ihm völlig unbekannter Menschen gerückt.

Gesichter aus allen Winkeln des Raumes, von dem schummerigen Licht nur teilweise aus dem Dunkel herausmodelliert, hatten sich ihm zugewendet.

»Trinken Sie!« befahl Dimitrios und drückte Talmarani ein beinahe randvoll mit Whisky gefülltes Glas in die Hand.

Im selben Moment erloschen alle Lampen, der Punktstrahler warf wieder seinen kreisrunden Lichtfleck auf die freie Fläche inmitten der Sitze. Offenbar war noch ein zweiter Auftritt von La Sultana vorgesehen. Bevor sie erschien, griff jedoch Llewellyn nach Talmaranis Arm und sagte: »Etwas frische Luft wird uns guttun.«

Talmarani fühlte sich emporgezogen und zur Tür geführt. Rechts hielt ihn Dimitrios, links Llewellyn fest. Überrascht von der unerwarteten Aufforderung zu trinken, hatte er fast das halbe Glas geleert.

In der von einem üblen Gestank erfüllten Dunkelheit schien Llewellyns Stimme besonders weit zu tragen. Obwohl er über ihnen auf einer kleinen Erhebung stand, konnte Talmarani jedes seiner Worte klar verstehen.

»Hier«, sagte der Waliser, auf das Meer hinausdeutend, »hier ungefähr ist die Maschine Ihres Vaters damals abgestürzt. Es war ein kleiner Zweisitzer, den er selbst steuerte, weshalb später auch von Selbstmord gemunkelt wurde. Fachleute jedenfalls behaupteten, das Flugzeug sei mit Sicherheit nicht für einen Unfall präpariert worden, weder Rumpf, Tragflächen noch Motor oder Instrumente. Der Tank war für einen längeren Flug gefüllt. Als Ziel der Reise hatte Ihr Vater Nikosia angegeben, er wurde dort aber von niemandem erwartet. Die letzte Person, die ihn noch lebend sah, dürfte Fari Farina gewesen sein. Nach seinem Tod ging es ziemlich rasch bergab mit ihr.«

Llewellyn kam wieder herab. Mit den Füßen stieß er Plastiktüten, Pappkartons, Blechbüchsen beiseite und wich vorsichtig den vielen Löchern voll brauner, öliger Brühe aus, der das schwache Mondlicht matte Reflexe abnötigte. Sie standen auf der größten Müllkippe, die Talmarani je gesehen hatte, einem Gebirge aus Abfall, an dessen Sockel die Wellen des Mittelmeers nagten. Ein einsamer Bulldozer kurvte seitab durch die Nacht. Dimitrios rauchte eine Zigarette nach der anderen, wohingegen Llewellyn gegen den die Luft verpestenden Gestank unempfindlich zu sein schien.

»Selbstmord«, erklärte er neben Talmarani tretend, »ist auch deshalb nicht auszuschließen, weil es mit der Bank Ihres Vaters, damals gerade ›Ottoman Trading‹ genannt, rapide bergab ging. Fünf Jahre zuvor hatte er sie gerade noch einmal vor dem Bankrott bewahren können. Ich muß Ihnen wohl nicht sagen, mit wessen Hilfe. Oder?«

Er mußte es nicht. Etwas mehr als zehn Jahre vor seinem Tod hatte Eduard Lionel Phelbs die ungemein wohlhabende Familie Talmarani in sein Geschäft hereingenommen und Umm Talmarani geheiratet.

»Was meinen Sie«, fuhr Llewellyn fort, »wie erschrocken der Vater Ihrer Mutter war, als er nach dem Tod seines Schwiegersohns die Bilanzen der ›Ottoman Trading‹ zu Gesicht bekam. Dabei hatte die Bank einmal in dem Ruf gestanden, eine eigene Gelddruckpresse zu besitzen. Es gab nahezu kein einziges ertragreiches Förderunternehmen zwischen Mossul und Kuweit, an dem sie nicht auf irgendeine Weise beteiligt gewesen wäre. Selbst ›Royal Dutch‹ und ›Burmah Oil‹ glaubten, ohne die Dienste der ›Ottoman Trading‹ nicht auskommen zu können. Ihr Vater und dessen Vater hatten ein Netz von Kontakten aufgebaut, das in die fernsten Winkel Arabiens reichte. Und dann auf einmal …«

In einer dramatischen Geste warf Llewellyn beide Hände empor.

»Von einem Tag auf den anderen Geschäft im Eimer, Ruf und Kredit ruiniert. Ihr Vater mußte lavieren, kaschieren, neue Kapitalgeber suchen. Eine Zeitlang ging das ja noch. Irgendwann war auch damit Schluß. Als die Farina in sein Leben trat, dürfte Eduard Lionel Phelbs bereits ein geschlagener Mann gewesen sein. Und nach seinem Tod mußten die Talmaranis ganz von vorne anfangen. Zwar sind Ihre Onkel ausgesprochen tüchtige Leute. Das Standing der ›Ottoman

Trading‹ oder gar der ›Deutsch Ottomanischen‹ hat die › Talmarani Bank‹ jedoch bis heute nicht wieder erreicht.«

Llewellyn legte eine Hand auf Talmaranis Schulter. »So, mein Guter, jetzt dürfen Sie fragen, warum man sich in Lugano plötzlich für die Tschurnals interessiert.«

Talmarani wandte ihm nur stumm das Gesicht zu.

»Weil«, erklärte Llewellyn, »den Herren Jakub und Hamid Talmarani der Verdacht kam, aus den Tschurnals könnte hervorgehen, warum die ›Ottoman Trading‹ damals so unerwartet abgestürzt ist. Um das herauszufinden, haben Ihre Onkel schließlich mich geholt. Ich habe ein bißchen in allerlei Quellen herumgestochert, bin auf Sie gestoßen worden und erfuhr, auch andere Leute seien an Ihnen interessiert, so sehr in der Tat, daß einige von ihnen Boten nach dem Sohn von Eduard Lionel aussenden, andere hingegen verhindern wollen, daß diese Boten ihn erreichen. Trotzdem ist er, wie eine über Bande gespielte Billardkugel, nach Beirut gelangt. Was also will man von Ihnen? Und vor allem: Wer? Das ist die Frage, die wir zu klären haben.«

In dem über Talmarani gebeugten Mondgesicht leuchtete das Tigergrinsen auf. »Obwohl ich mich ein bißchen in Ihre Geschicke eingemischt habe, ist mir die Antwort auf keine einzige dieser Fragen bekannt. Sie mögen es glauben oder auch nicht.«

Er deutete auf Dimitrios. »Unser Freund hier hat wenigstens eine Theorie zum Fall Thomas Talmarani entwickelt. Ich überlasse es ihm, sie auch vorzutragen.«

Der Levantiner warf seine Zigarette weg und erklärte nüchtern: »Man braucht eine Ziege, um den Löwen anzulocken.«

»Von Löwenjagd«, sagte Talmarani, »verstehe ich wenig. Gehe ich dennoch richtig in der Annahme, daß Sie in mir so etwas wie einen lebenden Köder sehen?«

Dimitrios nickte.

»Aber wer ist dann der Fallensteller und wer der Löwe?«

Die Antwort gab Llewellyn: »Das muß die Praxis erweisen. Falls die Theorie unseres Freundes richtig sein sollte, wird das auch geschehen.«

Angekommen, dachte Talmarani, Ende des freien Falls. Und wo gelandet? Auf einer Müllkippe.

»Fahren wir«, sagte er.

»Zum Hotel?«

»Mit einem kleinen Umweg über den Flughafen. Die Reisebüros in der Stadt dürften ja schon geschlossen haben.«

Dimitrios rührte sich nicht vom Fleck. Statt seiner sprach wieder Llewellyn: »Wollen Sie, daß man nochmals Boten nach Ihnen ausschickt, die dann umgebracht werden?«

Das hatte unerwartet sanft geklungen.

VII Obwohl Talmarani gebeten hatte, ihn nicht vor zehn Uhr zu wecken, klingelte der Apparat an seinem Bett, als die Palme vor dem Zimmer gerade erst mit den Spitzen ihrer Wedel ins Licht tauchte. Etwas betreten sagte der Telefonist, er bitte um Entschuldigung, aber die Dame habe sich einfach nicht abweisen lassen, vielleicht sei es ja wirklich so wichtig, wie sie behaupte.

»Die Dame«, rief Talmarani, »doch, doch, das ist völlig in Ordnung, stellen Sie bitte durch!«

Es war indes keineswegs, wie er erwartet hatte, das Maidli. Die Stimme kannte Talmarani überhaupt nicht. Sie klang etwas atemlos, schwankte zwischen Alt und Diskant, gehörte aber eindeutig einer noch relativ jungen Frau. Ob er Doktor Thomas Talmarani sei, wollte, auf englisch und jedes Wort sorgfältig akzentuierend, die Anruferin wissen. Talmarani bestätigte es. Mit wem er das Vergnügen habe.

Oh, wie unhöflich von ihr, sie sei Miß Nadia Kiron und rufe im Auftrag von Professor Stephen Warren an. Mr. Talmarani erinnere sich doch gewiß an Professor Warren.

Mr. Talmarani erinnerte sich leider nicht. In der Stimme schwang plötzlich ein Hauch von Unwillen mit. Stephen Warren, der Verfasser von »The Islamic Mystics«, an den müsse er sich doch erinnern. Mr. Talmarani und der Prof hätten schließlich eine längere Korrespondenz miteinander geführt. Ihr selbst habe der Prof seine Briefe an ihn diktiert.

Talmarani erinnerte sich nun doch. Warren, Dozent an der American University von Beirut, war über einen seiner Artikel in der »Oriental Review« des Lobes voll gewesen und hatte ihm mit der selben Post das Buch über die islamischen Mystiker geschickt, woraus sich in der Tat ein längerer Briefwechsel ergab. Das sagte er auch.

Die Anruferin atmete hörbar auf. Dann sei er ja wirklich der richtige Mr. Talmarani und der Prof habe sich nicht grundlos gefreut, als er von seiner Anwesenheit in Beirut erfuhr.

»Von meiner Anwesenheit in Beirut?« fragte Talmarani. »Wer hat ihn denn darüber informiert?«

Belustigt gluckste sie. Ob er denn nicht wisse, daß einige Beiruter Blätter jeden prominenten Gast der Stadt mit Namensnennung begrüßten.

Talmarani hatte es nicht gewußt, was Miß Nadia Kiron allerdings nur noch am Rande interessierte. Natürlich, rief sie, bestehe der Prof darauf, den Kollegen zu sehen, und zwar so bald wie möglich. Wann Mr. Talmarani etwas Zeit für ihn erübrigen könne. Und überhaupt, weshalb wohne er im Hotel, wenn seine Freunde ihm doch mit Vergnügen ihr Haus zur Verfügung stellen würden.

Allmählich glaubte Talmarani, sich ein Bild von der Anruferin machen zu können. Ihre Stimme klang wie die von Besma, Djana, Leyla: Aus der Beimischung von etwas Diskant glaubte man ihre Mütter heraushören zu können, Frauen, die sich ziemlich schrill äußern mußten, wenn sie überhaupt gehört werden wollten. Jeans also, dachte er, T-Shirt, schlanker Körper mit einem winzigen Ansatz von Bauch hinter der Gürtelschnalle, bräunliche Stirn unter gerundetem Haaransatz und Rehaugen. Am Beginn eines Tages, der wieder heiß zu werden versprach, mutete diese Vorstellung geradezu erfrischend an.

Aber gern, sagte er deshalb. Jederzeit, vielleicht schon heute, im Augenblick habe er noch nicht viel vor.

Die imaginierte Verkörperung der drei bauchtanzenden Cheerleader jubelte beinahe. Der Prof werde sich freuen. Ja, ihm passe es jederzeit. Schließlich einigten sie sich auf den frühen Abend, wenn die größte Hitze vorüber sei. Als Adresse gab Miß Kiron eine Straße im Stadtteil Jounieh an. Ob Mr. Talmarani abgeholt werden wolle. »Nicht nötig«, sagte er, »ich nehme mir ein Taxi.«

Beim Zurücklegen des Hörers fiel Talmaranis Blick dann auf die gegen die Nachttischlampe gelehnte Fotografie seines Vaters. Obwohl Chalid recht gehabt hatte, als er sagte, Eduard Lionel Phelbs und Sohn seien einander geradezu verblüffend ähnlich, war der Mann, der ihm aus dem Bild entgegenblickte, noch immer ein Fremder. Gewiß, schmale Nase und Locken hier wie dort, das Haar des Vaters von grauen Strähnen durchzogen. Die Augen? Nicht braun, wie die seinen, sondern hell, sehr hell sogar, vermutlich blau oder grau. Im übrigen schien Leon aus gutem Grund gefragt zu haben, ob Eduard Lionel krank sei. Der Mann auf dem Foto machte tatsächlich keinen sonderlich gesunden Eindruck, zumindest wirkte er besorgt, bedrückt und abgehetzt. Um seine Mundwinkel hatten sich scharfe Magenfalten eingegraben. Hinter den Jochbeinen hatten sich Schatten eingenistet. Die Augen lagen in tiefen Höhlen. Bei seinem Tod war Eduard Lionel Phelbs noch nicht ganz Fünfzig gewesen, das Bild zeigte indessen einen um mindestens zehn Jahre älteren Mann. Sein Jackett wies auf die unmittelbare Nachkriegszeit hin, die überbreiten Revers ließen Talmarani an amerikanische Gangsterfilme denken. Wann also war die Aufnahme gemacht worden? Bestimmt nicht zu der Zeit, da es der »Ottoman Trading« noch gutging, eher danach, denn dieser Mann hatte eindeutig Probleme.

Verdammt, dachte Talmarani auf einmal, Leon konnte doch gar nicht gewußt haben, daß es meinem Vater schlechtging. Wie kommt es dann, daß ich mir einbilde, er hätte mich nach seiner Gesundheit gefragt? Sind da etwa halb vergessene Gesprächsfetzen durch mein Gehirn gegeistert, Erinnerungen an irgendwelche Unterhaltungen zwischen Jakub, Hamid und Mutter?

Obwohl dies die einzig mögliche Erklärung zu sein schien,

befriedigte sie ihn nicht. Tröstlicher wäre es gewesen, wenn er sich hätte einreden können, in seinem Innern existiere noch ein Rest von gefühlsmäßiger Bindung an den unbekannten, toten Mann. Aber konnte er das?

Immerhin, zum ersten Mal, seit er das Bild besaß, hatte sich bei seinem Anblick wenigstens etwas geregt, mochte es Mitleid sein, Trauer, oder auch nur das Bewußtsein, vor langer Zeit einen schweren Verlust erlitten zu haben. Und das immerhin war wie ein Hauch von Trost.

In die etwas zusammengekniffenen Augen blickend, deren Farbe das Schwarzweiß-Bild nicht preisgab, sagte er: »Und dann auch noch diese Fari Farina, die Llewellyn zufolge deine Geliebte war und mit der es bergab gegangen sein soll, als du tot warst! In den Papieren, die du mir hinterlassen hast, taucht ihr Name nicht ein einziges Mal auf. Was ist es also gewesen, die große heimliche Leidenschaft oder nur eine schmutzige, kleine Affäre, von der niemand etwas erfahren durfte? Herrgott! Kaum hat man dich ein bißchen kennengelernt, schon gibst du nichts als Rätsel auf.«

Um weiteren irrationalen Aufwallungen dieser Art vorzubeugen, legte Talmarani das Foto mit der Bildseite nach unten auf den Tisch. Auch an alle übrigen von Llewellyn gemachten Andeutungen wollte er jetzt nicht denken. Die Erinnerung an den so überraschend angenehmen Tagesbeginn begann sich ohnehin schon wieder zu verflüchtigen.

Er stieg aus dem Bett, duschte und bestellte ein Frühstück aufs Zimmer. Um das Maidli in Vico anzurufen, war es bereits zu spät. Nach seiner Rückkehr von dem Ausflug mit Llewellyn hatte er ihr die Bitte aufs Band gesprochen, sie solle sich unter irgendeinem Vorwand die Fotokopien der in Istanbul archivierten Verträge besorgen und auf die Merkmale hin durchsehen, die Jakub ihm im »Olivella« genannt hatte. Er würde gegen Abend wieder anrufen. Dann hatte er noch die Nummer des Faxgerätes in seinem Zimmer genannt. Da die Verbindung in die Schweiz so erstaunlich mühelos zustande gekommen war, begannen Talmaranis Zweifel am libanesischen Fernmeldewesen zu schwinden. Obwohl man beim

Anblick des lianenartigen Kabelgewirrs, das manche Hauswände in der Innenstadt völlig überwucherte, geglaubt hätte, es sei nicht einmal möglich, auch nur von einem Haus zum anderen zu telefonieren, schienen die Techniker, die unentwegt darin herumwühlten, zu wissen, was sie taten. Aber, nun ja, man befand sich in Beirut, und hier war schon immer alles möglich gewesen, selbst das Unmögliche. Was die Apparate nicht leisteten, wurde durch hochentwickelte Improvisationskunst ausgeglichen.

Nach dem Frühstück ging Talmarani nach unten, um ein paar praktische Probleme zu lösen. Weiter reichende Pläne begannen sich in seinem Kopf erst zu entwickeln. Am Empfangstresen erwartete ihn dann das nächste erfreuliche Erlebnis dieses Tages.

Während Talmarani den Concierge fragte, ob er Schecks annehme oder Kreditkarten bevorzuge, fiel sein Blick auf dessen Namensschild.

Überrascht unterbrach er sich und sagte: »Sie heißen Bogosaki.«

»Gewiß, M'sieur. Georges Bogosaki, wie es hier steht.«

»Verwandt mit Petros Bogosaki?«

Der Concierge schnappte nach Luft.

»Vormals ›Pera Palace‹, Konstantinopel?«

Schon damit war das Fundament einer neuen Freundschaft gelegt. Georges Bogosaki stammte tatsächlich in direkter Linie von Petros Bogosaki ab, dem Besitzer jenes Hotels, in dem Said und Staudacher einst den Ansturm der rebellierenden Soldateska überlebten. Daß ihn jemand auf diesen legendären Vorfahren ansprach, versetzte den Concierge in ein fast kindliches Entzücken. Talmarani hatte nicht nur sein Herz erobert, sondern auch sein eigenes Finanzierungsproblem gelöst, denn selbstverständlich würde Georges Bogosaki seine Schecks nicht nur annehmen, »Talmarani-Bank, Lugano, mit der Unterschrift von Monsieur Talmarani, ich bitte Sie«, sondern etwaige weitere Schecks auch mit Freuden für ihn einlösen, natürlich zum jeweils günstigsten Wechselkurs, »dafür verbürge ich mich, M'sieur«. Und noch mehr würde er sich freuen, wenn M'sieur ihm einmal das Vergnügen machen könne, sein Gast zu sein. Es gebe da, unweit der Hamra, ein hervorragendes kleines Speiselokal, momentan ein Geheimtip, aber vermutlich nicht mehr lange, »beste französische Küche, M'sieur, Sie werden sehen.«

Soviel zu Beirut, dachte Talmarani, und soviel zu ein bißchen Geschichtskenntnis. Er genoß diese Überlegung noch, als Dimitrios hereinkam. Wie schon am Abend zuvor war der Levantiner auch diesmal in Weiß gekleidet und roch nach Lavendel. Um Lippen und Augen spielte ein sonniges Lächeln. Als Talmarani fragte, ob er den Besuch Llewellyns ankündige, schüttelte Dimitrios den Kopf. Nein, Mr. Llewellyn sei ihm heute noch nicht zu Gesicht gekommen, der Wein und der Whisky von gestern abend machten ihm wohl etwas zu schaffen. Was aber seinen eigenen Besuch angehe, so erfolge er aus rein mitmenschlichen Gründen, möglicherweise könne er ja bei irgendeinem Vorhaben von Nutzen sein. Wie zum Beispiel stünde Mr. Talmarani zu der Idee, sich einen kleinen Eye Opener zu genehmigen.

Mr. Talmarani fand die Idee geradezu hervorragend. Sie setzten sich also in den schattigen Innenhof des »Andalus« und bestellten etwas mit viel Zitrone und wenig Gin. Als die Drinks vor ihnen standen, fragte Dimitrios, ob Mr. Talmarani schon Pläne für den heutigen Tag habe.

Mr. Talmarani hatte. »Ich muß«, sagte er, »ein paar Einkäufe machen, Dinge, die ich in der Eile nicht mitnehmen konnte.«

»Was zum Beispiel?«

»Ein einigermaßen leistungsfähiges Notebook.«

Dimitrios' Reaktion war wenig überraschend. Seine Augenbrauen schossen einen Millimeter, höchstens zwei, in die Höhe, gleich darauf hatte er sich wieder unter Kontrolle. »Das sollte kein großes Problem sein.«

»Können Sie mir ein einschlägiges Geschäft empfehlen?«

Mit großzügiger Gebärde winkte der Levantiner ab. »Nicht nötig, Mr. Talmarani. Sie nennen mir Ihre bevorzugte Marke, und in weniger als einer halben Stunde wird man Ihnen ein paar Geräte zur Auswahl vorlegen. Wozu wegen einer solchen Kleinigkeit das Hotel verlassen?«

Umgehend holte Dimitrios ein Handy aus der Tasche, stand auf und trat ein paar Schritte beiseite. Noch im Weggehen begann er zu sprechen, dann offenbar zu feilschen.

Belustigt sah Talmarani ihm zu. Auch das war Beirut, war ebenso zeitgemäß wie zeitlos. Man ermunterte irgendeinen Bewohner der Stadt zu irgendwelchen Geschäften, und schon trat er in Aktion. Vor zweieinhalbtausend Jahren wäre es vielleicht um Purpurstoffe gegangen, später um Teppiche oder Damaszenerklingen, dann – was kam noch in Frage? Eigentlich alles: Waffen, Edelsteine, Rauschgifte, Währungen jeder Sorte, gefälschte Papiere, echte Papiere. Jetzt waren es eben High-Tech-Geräte. Ausgerechnet er, ein Mitglied des Talmarani-Clans, hätte dafür kein Verständnis aufbringen sollen? Wie hatten denn seine Vorfahren mütterlicherseits angefangen? Mit Leder, Wolle, Stoffen, Obst. Allmählich waren Immobilien hinzugekommen, eine Küstenreederei, eine Hochseereederei, schließlich Öl, am Ende dann die Bank, die heruntergewirtschaftet war und wieder emporgebracht werden mußte. Die Bank! Hatte mit ihrer Übernahme nicht alles begonnen, auch die Geschichte, in der er jetzt selbst steckte?

Bevor sie ins Geldgeschäft einstiegen, waren die Talmaranis ehrbare Kaufleute gewesen – zumal im Vergleich mit seinem Großvater, dem frühreifen, gewitzten Kütschük Said, der Abdul Hamid geholfen hatte, öffentlichen Besitz in Privatbesitz umzuwandeln, um nach dem Tod des Sultans alleiniger Nutznießer dieses im Grunde gestohlenen Vermögens zu werden. Als die Bank dann den Talmaranis gehörte, mußten sie in ein für ihresgleichen völlig ungewohntes Fahrwasser geraten sein.

Der unvermutete Gedankensprung stürzte Talmarani in leichte Verwirrung. Gestohlenes, zumindest nicht völlig legal erworbenes Vermögen, konnte man das so sagen? Aber es schien sich ja wieder in Wohlgefallen aufgelöst zu haben. Das entwendete Gut war, Llewellyn zufolge, wenigstens teilweise verlorengegangen. Auf welche Weise nur? Zurückgefordert vielleicht? Wenn ja, von wem?

Der Faden riß endgültig ab. Dennoch wußte Talmarani, daß er auf etwas Wichtiges gestoßen war und daß der Anruf beim Maidli zu seinen besseren Einfällen gehört hatte. Er mußte die Papiere haben, mußte selbst nachprüfen, ob Llewellyns Verdacht zutraf, sie enthielten eine weiterführende Spur. Weiterführend wohin? Der Waliser meinte, zu den Tschurnals. Doch das hieß: Weiterführend ebenso zu seinem Vater, der die Tschurnals ja besessen haben sollte und für den sich auch Chalid und Senoussi interessierten. Um so viele ineinandergeknäuelte Stränge zu entwirren, brauchte Talmarani allerdings mehr Material als nur die Fotokopien aus Istanbul – ein Gedanke, der ihm offenbar schon gestern vor dem Einschlafen gekommen war, denn wie anders wäre er sonst auch noch auf die Idee gekommen, ein Notebook zu erwerben. Er hatte wohl beabsichtigt, ein paar seiner Disketten hierher überspielen zu lassen.

Wie schon öfter seit dem Beginn dieser Reise wunderte sich Talmarani über das, was ohne eigenes Zutun in seinem Kopf vorging. Man hätte glauben können, das menschliche Gehirn funktioniere nicht anders als ein Computer. Es wurde mit gewissen Befehlen gefüttert und fing sofort an, selbständig zu arbeiten.

Er hob den Kopf und sah einen lächelnden Dimitrios auf sich herabblicken. »Unangenehme Gedanken oder schöne Träume?«

Das Lächeln erwidernd fragte Talmarani zurück: »Wovon sollte ich träumen?«

»Von der fernen Geliebten vielleicht?«

»Interessieren Sie sich für mein Privatleben?«

»Ich interessiere mich für alles, was Thomas Talmarani betrifft.«

»Ah ja. Und weshalb?«

Mit einer geschmeidigen Bewegung ließ der Levantiner sich nieder.

»Es gehört gewissermaßen zu meinem Auftrag.«

»Mich auszuhorchen oder mich zu überwachen?«

»Oh«, das gerade erst erloschene Lächeln wurde wieder

angeknipst, »viele Augen sind auf Sie gerichtet, Mr. Talmarani.«

Viele Augen? Hatte nicht schon Haynau eine ähnliche Wendung gebraucht? »Man wollte dich kennenlernen. Also habe ich den Herrn diesen kleinen Gefallen getan.« Zu den Herren hatte Llewellyn gehört. Dimitrios war ein Mitarbeiter von Llewellyn.

Talmarani sagte: »Erzählen Sie mir doch ein bißchen was über sich, Mr. Dimitrios. Was treiben Sie so? Was ist Ihr Beruf?«

»Beruf?« Der Levantiner schien amüsiert zu sein. »Ich mache vieles. Kleine Geschäfte, größere Geschäfte, niemals gefährliche Geschäfte. Meistens bittet man mich nur, Augen und Ohren offenzuhalten. Aber zuweilen stelle ich auch Verbindungen her oder kümmere mich ein wenig um Leute, an denen andere Leute interessiert sind.«

»Wie mich zum Beispiel?«

Dimitrios nickte.

»Wer, außer Llewellyn, hat noch Interesse an mir?«

»Das«, erwiderte Dimitrios und wurde wieder ernst, »ist die Frage, um die es geht: Wer?«

»Vermutungen?«

Die Antwort bestand aus der ältesten Geste des Orients: Schultern und Ellenbogen leicht angehoben, Handflächen nach oben gedreht. »Eine Flut von Vermutungen. Viele, sehr viele Leute schließen aus gewissen Begebenheiten, daß in absehbarer Zeit irgend etwas Wichtiges geschehen wird oder schon angefangen hat zu geschehen. Und damit bringt man Sie in Verbindung.«

Talmarani seufzte. »Dimitrios, die Sphinx von Beirut. Könnten Sie vielleicht einige dieser Interessenten bei Namen nennen?«

Die Antwort kam wie aus der Pistole geschossen: »Jene Herren zum Beispiel, die Sie in Amman festzuhalten versuchten.«

»Also der jordanische Geheimdienst, wenn ich nicht irre. Wer sonst noch?«

»Es gibt viele Geheimdienste. Und in dieser Stadt treten sie sich gegenseitig auf die Füße.«

»Aber doch nicht meinetwegen.«

Dimitrios wurde von einem Lachanfall gepackt. »Wegen Ihnen? Doch ja, das könnte durchaus der Fall sein.« Er wischte sich die Augen. »Ich bitte um Entschuldigung, Mr. Talmarani, aber das, was Sie gerade gesagt haben, klang so ... so ... entrüstet, so verletzt, so ...« Weitere Vergleiche schienen ihm nicht einzufallen.

»Trotzdem ist mir unverständlich, was daran komisch sein soll«, sagte Talmarani. »Gestern abend haben Sie mich als die Ziege bezeichnet, die den Löwen anlocken soll. Könnten Sie vielleicht das ein bißchen näher ausführen?«

Mit einem Schlag war auch Dimitrios wieder völlig ernst. »Es ist so«, erklärte er, »die Ziege wurde an einen Ort gebracht, der in der Nähe der Löwenhöhle liegt. Dort läßt man das Tier frei herumirren. Aus der Dunkelheit aber wird es von unzähligen Jägern beobachtet. Alle warten auf das, was geschehen wird. Und wenn der Löwe auftaucht: Bumm! Jeder versucht, ihn als erster zu erwischen. Oder vielleicht...?« Er dachte nach. »Ja, vielleicht stürzen sich auch alle zusammen auf ihn. Oder? Ebenso ist es vorstellbar, daß etliche den Löwen fangen wollen, andere versuchen werden, gerade das zu verhindern. Wirklich, Mr. Talmarani, eine ganze Reihe von Dingen kann geschehen, es gibt fast unendlich viele Kombinationsmöglichkeiten, glauben Sie mir.«

Wenn Dimitrios das alles nicht so grüblerisch herausgebracht hätte, wäre Talmarani in Versuchung geraten, ihn für einen sich aufplusternden Wichtigtuer zu halten. Offensichtlich hatte der zierliche, weißgekleidete Mann jedoch nichts weniger im Sinn gehabt, als sein Gegenüber mit einer Gruselstory zu verängstigen.

So fragte Talmarani schließlich: »Wie kommen Sie überhaupt auf diese Ziege-Löwe-Geschichte?«

»Ganz einfach, Mr. Talmarani: weil schon ein Tier versucht hat, sich dem Köder zu nähern. Der Löwe war es nicht. Trotzdem wurde das Tier getötet und ein zweites wegen ihm. Jetzt warten die Jäger darauf, daß derjenige aus dem Gebüsch tritt, auf den sie es wirklich abgesehen haben.« Sich selbst unterbrechend, nickte Dimitrios nachdrücklich mit dem Kopf. »Ja, ich glaube, so kann man es sehen.« Völlig unvermittelt setzte er dann hinzu, und es klang, als ob ein Kind getröstet werden sollte: »Aber sehen Sie doch, wenn alles so abläuft, wie ich gesagt habe, dann ist nicht die Ziege gefährdet, sondern nur der Löwe. Der Ziege selbst will niemand etwas zuleide tun.«

In Dimitrios' Jackentasche begann das Handy zu piepen. Er hob es ans Ohr, lauschte und sagte drei oder viermal: »Ayu'a«. Dann wandte er sich an Talmarani. »Der Mann mit den Notebooks wird gleich hier sein.«

Dimitrios, so schien es, begegnete dem Leben mit einer Art von Gelassenheit, die an Abgebrühtheit grenzte und auch eine Spur von Fatalismus zu enthalten schien. Gleichwohl war er stets vollkommen bei der jeweils betriebenen Sache: engagiert, interessiert, neugierig, dabei überaus höflich. Mit Auskünften über sich selbst ging er ziemlich sparsam um. Talmarani erfuhr lediglich, daß er, was freilich ohnehin zu vermuten gewesen war, aus einer griechischen Familie stammte und – dafür sprach auch sein amerikanisch eingefärbtes Englisch – mehr von der Welt kannte als allein die Levante. Arabisch hingegen beherrschte er nur unvollkommen. Wo Dimitrios die Zeit des Bürgerkriegs verbracht hatte, war nicht aus ihm herauszubringen, in Beirut jedenfalls, soviel stand fest, auf keinen Fall. Kommentare zur allgemeinen Lage, zu Israel etwa oder den syrischen Besatzungstruppen im Libanon, gab er auch nicht ab, es mochte aus Gründen der Tarnung geschehen oder, das hielt Talmarani für wahrscheinlicher, aus schierer Gleichgültigkeit. Politik war für ihn eine Konstellation bestimmter Mächte, in deren Kraftfeld man nun einmal existieren mußte. Die verschiedenen Mächte wiederum verkörperten für Dimitrios weder Ideale noch Ideologien oder sonstige Konzepte, sondern nur Interessen – zumindest hätte man das seinen knappen Äußerungen entnehmen können, denn ausgefeilte Erklärungen gab er keineswegs von sich. Da aber der kleine, noch in der stärksten Hitze nichts als kühlen Lavendelduft verströmende Mann wirklich so überaus höflich war, verzichtete der von Natur aus ebenfalls höfliche Talmarani darauf, ihn mit Fragen zu behelligen – auch mit der nach seinem Verhältnis zu Llewellyn. Den höchsten Preis der Höflichkeit, die Lüge einzufordern, hätte er für mehr als nur unhöflich gehalten.

Im übrigen gefiel es Talmarani, daß Dimitrios mit Geld ebenso nachlässig umging wie er selbst, zumindest wenn es sich um kleinere Ausgaben handelte. Beim Geschäft mit dem Notebook-Verkäufer hingegen hatte das nicht gegolten. Da war es ums Prinzip gegangen, um die Ehre und den Nachweis, in der Kunst des Handelns kein Anfänger zu sein: Einerseits galt es, sich nicht übervorteilen zu lassen, andererseits mußte der Partner doch vor allzu großem Gesichtsverlust bewahrt werden, man wollte ja weiterhin Geschäfte miteinander tätigen. Talmarani, der diese Kunst keineswegs beherrschte, hatte das kleine Ritual mit Vergnügen beobachtet und seinen Ausgang nicht zu bedauern gehabt: So günstig wie hier wäre er in Deutschland nie zu einem nagelneuen Notebook gekommen; das Ding beherrschte Funktionen, für die er überhaupt keinen Gebrauch haben würde.

Nach Abschluß des Handels hatte Dimitrios ihm trotz der aufkommenden Hitze etwas von seiner Stadt gezeigt – die der Talmaranis war es in der Tat so gut wie nicht mehr. Oder vielleicht doch? Vielleicht wenigstens ein bißchen?

Den ersten Eindruck bestätigten natürlich die zerschossenen Häuser, die neuen, halbfertigen Straßenunterführungen oder Straßenübergänge, die riesigen stauberfüllten Bauplätze, deren Lärm allen anderen Geräuschen als Generalbaß unterlegt war, die überall herumlungernden syrischen Soldaten, die Reste ehemaliger Verkehrssperren, aber ebenso die völlig neue Skyline entlang der Corniche.

Nachdem er sich an derlei ungewohnte Eindrücke gewöhnt hatte, glaubte Talmarani indessen, einzelne Züge des alten Gesichts von Beirut dennoch wiederzuerkennen, ja sogar das

Herz der Stadt schlagen zu hören. Abgerissen, zerschlagen, weggeräumt und neugebaut hatte man hier ja schon immer, laut und hektisch war es westlich wie östlich des alten Zentrums schon von jeher zugegangen, und die gelassen am Straßenrand hockenden Tricktrackspieler hatte es ebenfalls schon zu seiner Zeit gegeben. Nun saßen sie eben zwischen Sandhaufen und gestapelten Bausteinen, so selbstvergessen wie damals schon, so uninteressiert an ihrer Umgebung, daß man hätte glauben können, sie seien es, die in Wirklichkeit Beirut verkörperten.

Noch mehr fühlte Talmarani sich dann wieder zu Hause, als sie in die Straßen um die Hamra eintauchten. Hier pulsten die alten Schlagadern des städtischen Lebens noch immer, nur lebhafter, heftiger als einst; der Takt, dem sie gehorchten, mutete unorientalisch nervös an: gutgekleidete Männer, elegant gekleidete Frauen; Armani, Versace, Hermés; Mercedes, Jaguar, Porsche; das schlenderte, flanierte, hastete, hupte, prahlte, strahlte, leuchtete in allen denkbaren Bonbonfarben, hing lässig auf Ledermetallstühlen und telefonierte im Gehen, Stehen, Sitzen, Fahren; das Handy schien den Beirutis zu einem neuen lebenswichtigen Organ geworden zu sein, dem lebenswichtigsten überhaupt. Kommunizieren war eine Form der Existenz, wer nicht kommunizierte, existierte auch nicht.

Doch ja, dachte Talmarani, das ist noch mein Beirut, es trägt nur ein neues Make-up, verdeckt damit aber keine Runzeln, sondern Wunden. War das nicht immer so gewesen in dieser überaus lebhaften Stadt? Seit dem Ende des letzten Weltkriegs ein Face-lifting nach dem anderen, zuerst die Anpassung an Amerika, nun die an Hongkong, Singapur, Kuala Lumpur: kalte Utopie des globalisierten Marktes. Alle Städte, die so alt sind wie Beirut, müßten eigentlich den Phönix im Wappen haben, dachte er. Und dieser Einfall wiederum versöhnte ihn derart mit sich selbst, daß er Dimitrios spontan zu einem Whisky in die nächstgelegene Bar einladen wollte. Vergebliches Unterfangen. Sein Begleiter hatte gerade selbst beschlossen, ihm einen Drink zu spendieren, allerdings nicht in dieser Bar, sondern in der auf der anderen Straßenseite. Ihr Inhaber: ein Freund. Dimitrios mußte über Legionen von Freunden verfügen. Sein Betriebskapital, dachte Talmarani.

Wie sich dann erwies, war der Freund hinter dem Tresen auch ein Freund von Talmarani, zumindest nach dem Münchner Schickeria-Verständnis. Der junge Mann hatte sein Handwerk in einer Bar gelernt, die auch von der Clique frequentiert worden war. Er kannte also Joschi, Haynau, Annette, Bess und begann natürlich zu fragen, Erinnerungen hervorzukramen, zu tratschen. Mitten im Gespräch fiel ihnen dann ein, daß Dimitrios ja kein Deutsch konnte, doch der winkte gelassen ab, als sie ins Englische wechselten. Zwei, vielleicht auch zweieinhalb Stunden später besaß Talmarani eine Liste mit den Adressen der besten Nachtlokale in Beirut, samt den Namen von deren Besitzern. Außerdem war er berechtigt, sich bei ihnen als Freund von Michel auszuweisen. Dimitrios hatte diese ganze Zeit mit stummem Nachdenken verbracht.

Als sie wieder im Taxi saßen, sagte er: »Haben Sie eigentlich einmal daran gedacht, Ihren Onkel Camille zu besuchen?«

Unangenehm berührt, weil er auf den Ansturm der Realität noch eine Weile hätte warten können, fragte Talmarani zurück: »Was wissen Sie von Camille?« Sich noch dümmer zu äußern, wäre kaum möglich gewesen.

Camille, Halbbruder von Jakub, Hamid und seiner Mutter, war das eigentliche Oberhaupt des Talmarani-Clans, dazu Abgeordneter mit einem praktisch erblichen Sitz im libanesischen Parlament. Das mußte natürlich auch Dimitrios bekannt sein. Der verzichtete jedoch darauf, es anzudeuten, und bemerkte statt dessen: »Ihr Onkel ist ein einflußreicher Mann, das könnte doch für Sie von Nutzen sein.«

»Stimmt«, gab Talmarani zu.

»Also?«

»Irgendwann werde ich ihn sicherlich aufsuchen.«

»Warum nicht gleich?«

»Erst muß ich herausfinden, wo er sich aufhält, am Metn oder in Schdoura.«

»Das kann ich für Sie erledigen.«

Talmarani schüttelte den Kopf. »Wozu die Umstände? Ein Telefonanruf, und ich weiß Bescheid.«

In Wirklichkeit war ihm der Gedanke unangenehm. Mit Camille verband ihn noch weniger als mit Hamid und Jakub. Tatsächlich hatte er den Clan-Chef seit Jahren nicht mehr gesehen und auch nichts von ihm gehört. Es war ihm sogar unbekannt, in welcher Beziehung er zur Bank stand oder was seine beiden anderen Onkel von ihm hielten. Talmaranis Gedächtnis speicherte nur das Bild eines stets formell gekleideten, bärtigen Mannes, der, von irgendwelchen Mitarbeitern umschwirrt, durch sein weitläufiges Haus am Abhang des Metn oberhalb von Beirut schritt oder in Schdoura steife Gespräche mit steifen Würdenträgern führte, von denen einige ihm beim Abschied die Hand zu küssen pflegten. An Gespräche mit Camille konnte Talmarani sich überhaupt nicht erinnern. Das alles verschwieg er jedoch Dimitrios. Daß dessen Vorschlag sinnvoll war, ließ sich hingegen keineswegs leugnen.

Um das Thema dennoch vom Tisch zu bekommen, fragte er: »Ist Ihnen jemals der Name Stephen Warren zu Ohren gekommen?«

Eine Spur zu ruckartig fuhr der Kopf des Levantiners herum. »Dieser Professor von der American University?«

»Genau der.«

»Weshalb fragen Sie?«

»Wir sind Fachkollegen. Ich habe die Absicht, ihn zu besuchen.«

»Wann?« wollte Dimitrios wissen.

»Heute noch. So gegen Abend. Er ließ mich darum bitten.«

Dimitrios dachte nach. »Ich kann Sie«, sagte er dann, »zu Warren hinausfahren. Er wohnt doch in Jounieh, oder?«

»Ja. Aber wozu wollen Sie sich...«

In dem gelblichen, schmalen Gesicht wurde wieder dieses rasche Lächeln angeknipst. »Es ist keine Mühe, Mr. Talmarani. Und Jounieh hat sich noch mehr verändert als die übrige Stadt, seit Sie nicht mehr hier waren. Ich glaube nicht einmal, daß es schon ordentliche Straßenverzeichnisse von diesem Viertel gibt.«

Da es ein gutes Argument war, gab Talmarani sich geschlagen.

»Gut«, sagte er, »danke. Sagen wir um fünf Uhr?«

Das Taxi hielt vor dem Eingang des »Andalus«.

»Um fünf«, bestätigte Dimitrios, winkte unwillig ab, als Talmarani bezahlen wollte und tippte dem Fahrer auf die Schulter.

In der Halle kam ihm sein neuer Freund Bogosaki entgegen. »Sie haben Post erhalten, Mr. Talmarani, per Fax. Als Ihr Gerät ansprang, habe ich mir erlaubt, hinaufzugehen und die Blätter einzusammeln, damit sie nicht in falsche Hände geraten. Unsere Maschinen spucken das Papier einfach auf den Boden.« Er hielt ihm einen braunen Umschlag hin.

Talmarani nahm das Kuvert dankend entgegen, bestellte Kaffee auf sein Zimmer und betrat den Aufzug. Beim Hinauffahren fragte er sich, woher Dimitrios den Namen Warren wohl kenne und auch noch seine Adresse wußte. Aber, nun ja, der Levantiner war, was Beirut anbetraf, ein Lexikon auf zwei Beinen. Außerdem mochte Warren ja zu den prominenteren Bewohnern der Stadt gehören.

Die Fax-Botschaft stammte vom Maidli.

Das Maidli hatte gute Arbeit geleistet. Auf dem obersten Blatt stand in runder Schönschreibschrift: »Nachricht von gestern nacht erhalten. Die Fotokopien zu bekommen war nicht schwer. Ich habe Jakubs Sekretärin angeboten, sie an Deine Münchner Adresse zu schicken. Vorher habe ich ein bißchen darin geblättert. Lesen kann ich das Zeug natürlich nicht, aber arabische Zahlen sind arabische Zahlen. Das muß schon Llewellyn geholfen haben, denn er scheint tatsächlich etwas gefunden zu haben. Diese Verträge wurden alle numerisch geordnet, wie es früher wohl üblich war. Schon wenn man ein Dutzend davon vergleicht, wird klar, daß die ganze Reihe Lücken aufweist. Sucht man weiter, so tritt das noch deutlicher hervor. Bestimmte Kontrakte sind einfach verschwunden. Kommt noch hinzu, daß einige der Papiere kleine, hinzugekritzelte Notizen aufweisen, die Zwischensaldi oder Hinweise auf eine Gesamtbilanz sein könnten. Vergleiche nun sie miteinander, und du könntest auf den Verdacht kommen, die abhanden gekommenen Unterlagen wiesen zumindest teilweise auf Transaktionen hin, die zu Geldabflüssen führten. Und zumindest in einem Fall muß der Abfluß 60 000 englische Pfund betragen haben. Das war Anfang der fünfziger Jahre noch eine horrende Summe. Wenn Du es ganz genau wissen willst, faxe ich Dir auch die restlichen Papiere zu, das wäre aber ein ganz schöner Stapel. Besser vielleicht, ich versuche mich selbst an einer Gesamtaufstellung und schicke die – falls Du es für geboten hältst – per Nachtkurier. Lass also von Dir hören und sei vorsichtig. Telefonisch bin ich in Vico erst wieder übermorgen zu erreichen. Muß vorher noch nach Zürich. M. Übrigens: Dein Vater hat die ›Deutsch-Ottomanische‹ respektive ›Ottoman Trading‹ wie eine bessere Geldwechselstube betrieben. So könnte man heute keine Bank mehr führen. Dein Großvater war da auch nicht besser, aber wenigstens sind die von ihm gezeichneten Papiere – die Unterschriften der beiden unterscheiden sich deutlich voneinander – ab einer gewissen Zeit lückenlos vorhanden.«

Nachdem er den knappen Text zweimal gelesen hatte, legte Talmarani ihn beiseite. Was das Kuvert sonst noch enthielt, kannte er, es waren die von ihm selbst aussortierten Verträge, alle in fast kalligraphischer Schrift abgefaßt, alle in osmanischer Kanzleisprache gehalten, die kaum ein Mensch mehr verstand. Sogar für jene aus den fünfziger Jahren galt das noch. Hatte sein Vater dieses Idiom also beherrscht? Hatte er Mitarbeiter gehabt, die ebenfalls damit umgehen konnten? Es mußte wohl so gewesen sein und mutete auch einleuchtend an. Banken legten Wert auf Geheimhaltung, warum deshalb nicht Osmanisch als einen Code benutzen, mit dem man selbst keine große Mühe hatte? Während seines früheren Umgangs mit den Dokumenten war Talmarani dieser Gedanke gar nicht gekommen. Nun drängte er sich geradezu auf.

Er lehnte das Bild von Eduard Lionel wieder gegen die Nachttischlampe und erwies ihm eine kleine Reverenz. Respekt, Herr Vater, Sie scheinen ein ziemlich durchtriebener Bursche gewesen zu sein. Oder hat Ihnen diese Tricks etwa Ihr Herr Vater beigebracht? Am Ende jedenfalls scheinen sie Ihnen auch nicht mehr geholfen zu haben. Die gelegentlich eingestreuten Passivsaldi erklärten ja möglicherweise, warum es der »Ottoman Trading« auf einmal so schlecht ging. Oder sollten Sie vielleicht erpreßt worden sein? Haben Sie gar Schweigegeld gezahlt? In einem Fall sogar 60 000 Pfund Sterling auf einmal?

Dieser plötzlich aufgetauchte Einfall mutete erschreckend an. Wofür legte man solche Summen an? Doch sicherlich nicht für ein kleines Geheimnis wie das mutmaßliche Verhältnis Eduard Lionels mit Fari Farina. Erzwungene Zahlungen in derartiger Höhe deuteten eher auf Affären von ganz anderen Dimensionen hin – wenn sie denn erzwungen worden sein sollten. Ein Verbrechen vielleicht? Auch dieses Verbrechen müßte geradezu ungeheuerlich gewesen sein. Den Verdacht auf Unterschlagung, Betrug, selbst Mord hätte man sicherlich mit geringeren Beträgen aus der Welt schaffen können. Und Eduard Lionel schien ja nicht nur einmal gezahlt zu haben. Aber was dann? Attentat? Umsturzversuch? Hochverrat? Schon eher möglich. Immerhin war Eduard Lionels Aktionsfeld der Nahe Osten gewesen.

Während er diesen Fragen nachging, ärgerte sich Talmarani bereits über den ironischen Ton, in dem er eben noch mit dem Bild seines Vaters gesprochen hatte. Es deutete wohl darauf hin, daß ihn das unerwartete Wiederauftauchen des Toten weit mehr verstörte, als er es sich eingestehen wollte. Dazu kam noch, daß Eduard Lionel in dem Maße wieder lebendig zu werden schien, in dem seine karge Biographie mit neuen, völlig unbekannten Details angereichert wurde, Details, die ihn überdies als einen etwas zwielichtigen Charakter auswiesen. Vor ein paar Tagen, dachte Talmarani, hast du sozusagen noch gar keinen Vater gehabt, und zack – wird dir ein mutmaßlicher Selbstmörder, Bankrotteur und vielleicht sogar Verbrecher serviert. Wenn einen das nicht vom Hocker hauen soll!

Er zwang sich, auch diese Abschweifungen zu kappen, legte das Foto wieder mit der Bildseite nach unten auf den Tisch und griff zum Telefon, um sich bei Maidlis Anrufbeantworter für die gefaxte Auskunft zu bedanken. Des weiteren bat Talmarani um die vorgeschlagene Gesamtaufstellung und fragte außerdem, ob es möglich sei, die fehlenden Verträge in eine Reihenfolge zu bringen. Er mußte wissen, wann die Bank angefangen hatte, Geld zu verlieren. Wenn er auch nur nachgewiesen bekam, in welchem Monat welchen Jahres die geheimnisvollen Geldabflüsse einst stattfanden, würde es ihm möglicherweise gelingen, an den entsprechenden Daten bestimmte Ereignisse festzumachen und so vielleicht ein Motiv für die Transaktionen seines Vaters zu erkennen. Dazu wiederum mußte er allerdings auch sein eigenes Archiv anzapfen können. Talmaranis letzte Bitte an das Maidli lautete deshalb, die dafür notwendigen Dateien auszudrucken und sie nach Beirut zu faxen.

Als das erledigt war, hatte er das Gefühl, ein hartes Stück Arbeit geleistet zu haben.

Gleich darauf wurde ihm signalisiert, daß der Chamsin noch keineswegs abgeflaut sei. Palmwedel hämmerten gegen sein Fenster. Das ägyptische Speditionsunternehmen arbeitete nicht mehr mit Wind-, sondern mit Sturmgeschwindigkeit. Und das Meer, das vorhin noch ausgesehen hatte, als werde es von der lastenden Hitze platt gedrückt, warf lange, gekrümmte Schaumlinien gegen die Küste.

»Das ist doch nicht der Weg nach Jounieh«, sagte Talmarani.

Dimitrios schaltete den Motor ab und zog die Handbremse an.

»Doch, diese Müllkippe gehört bereits zu Jounieh. Eine Erinnerung an den Bürgerkrieg. Der Abfall konnte damals nicht weggeschafft werden. Jetzt verpestet er das Wasser, die Luft und den Boden. Als die Maschine Ihres Vaters hier abgestürzt ist, war das noch ein idyllisches Stück Küstenlandschaft.«

Daran glaubte auch Talmarani sich erinnern zu können, obwohl es angesichts der durch die Luft gewirbelten Plastiksäcke, Papierfetzen und Pappschachteln nicht ganz leicht war, das Bild von damals heraufzubeschwören. Der Chamsin hatte sich wie ein Geier auf das Gebirge aus Unrat gestürzt und wühlte mit unsichtbaren Krallen aus heißer Luft darin herum.

»Und wozu dieser Zwischenstopp?«

Dimitrios erwiderte: »Ich habe seit heute mittag unentwegt nachgedacht und dann auch ein bißchen herumtelefoniert. Es war notwendig, Mr. Talmarani.«

»Weshalb?«

»Weil ich mir nicht nur über Ihre, sondern auch über meine Situation klarwerden muß. Llewellyn zahlt zwar gut, aber über seine Ziele läßt er mich im Dunkeln. Das wird mir langsam unheimlich. Da habe ich eben nachgedacht und meine Fühler ausgestreckt. Auch für Sie.«

Wie aufmerksam von Ihnen, wollte Talmarani sagen, unterließ es jedoch. Der kleine Levantiner wirkte ernst, beinahe bedrückt. So klang auch seine Stimme.

»Ihr Vater«, fuhr er fort, »war nach meinen Informationen ein protestantischer Christ. Das ist doch richtig?«

»Ist es.«

»Also müßte er auf dem alten englischen Friedhof von Beirut begraben sein, wie nahezu alle Protestanten, die hier zu Tode kommen. Aber dort liegt er nicht. Dort liegt nur eine Dorothea Phelbs, geborene Staudacher, gestorben 1949. Sonst niemand dieses Namens.«

»Das ist meine Großmutter«, sagte Talmarani.

»Sie haben aber nicht gewußt, daß sie hier begraben ist?«

»Nein.« Ein Hauch von Betroffenheit rührte ihn an.

»Sehen Sie! Schon wieder so eine Merkwürdigkeit. Ihr Vater abgestürzt, angeblich willentlich und wissentlich, aber nirgendwo begraben, obwohl man seine Maschine samt der

Leiche geborgen haben soll. Ihre Großmutter sehr wohl hier begraben, aber Ihnen, dem Enkel, ist das unbekannt. Kommen wir als nächstes zu Ihrem Großvater, dem nicht unberühmten Unternehmer und Lebemann Hans Jakob Phelbs, vormals als Kütschük Said bekannt. Wo ist er beigesetzt worden? Darüber scheint niemand etwas zu wissen, außer Llewellyn.«

»Hat er das gesagt?«

»Im Gegenteil, Mr. Talmarani.«

»Was heißt im Gegenteil?«

Dimitrios gewährte ihm ein dünnes Grinsen. »Hat Llewellyn jemals Ihnen gegenüber den Namen Ihres Großvaters erwähnt?«

»Nein. Ich habe es ihm gegenüber getan.«

»Wie hat er darauf reagiert?«

»Überhaupt nicht. Er wischte das Thema vom Tisch.«

»Und das hat Sie nicht stutzig gemacht?«

»Warum hätte ich stutzig werden sollen?«

»Nun ja«, erwiderte Dimitrios, »Sie konnten natürlich nicht wissen, daß er mit mir durchaus über den älteren Herrn Phelbs gesprochen hat, und zwar bei der Einweisung in meine derzeitige Aufgabe. Er erklärte ausführlich, wer Sie seien und was Sie für ihn interessant mache, nämlich Ihr Vater und dessen Vater. Auffällig war, daß er dabei immer den Namen Kütschük Said benutzte und nie Hans Jakob Phelbs sagte, obwohl das eigentlich nähergelegen hätte, denn dieser Name stand ja wohl in seinen Papieren.«

»Vermutlich ja. Aber was schließen Sie daraus?«

»Ich schließe daraus, daß Llewellyn sich für Ihren Großvater mindestens ebensosehr interessiert wir für Ihren Vater. Nur: das eine gibt er zu, das andere nicht. Das macht mich einigermaßen mißtrauisch.«

»Zugegeben«, sagte Talmarani, »etwas merkwürdig mutet es schon an. Aber warum macht es Sie mißtrauisch?«

»Warum es mich mißtrauisch macht?« Mit einer Heftigkeit, die Talmarani bisher noch nicht an ihm kennengelernt hatte, schmetterte Dimitrios beide Fäuste auf die Abdeckung des Armaturenbretts. »In meinem Job kann man überhaupt nicht mißtrauisch genug sein. Und wenn jemand mich für eine reichlich diffizile Arbeit anheuert, mir aber etwas Entscheidendes vorenthält, dann werde ich nicht nur sehr mißtrauisch, dann werde ich auch böse. Kein Profi kann sich so etwas gefallen lassen, denn es gefährdet ebenso ihn selbst wie auch seinen Ruf. Ich lebe aber von meinem Ruf, Mr. Talmarani.« Etwas gemäßigter setzte Dimitrios hinzu: »Und glauben Sie mir, ich habe einen Ruf zu verlieren.«

Die Plastikplane, die senkrecht wie ein Segel ohne Mast durch die Luft trieb, hatte Talmarani schon eine ganze Weile beobachtet. Als sie, nach einer überraschenden Drehung um die eigene Achse, unerwartet gegen ihre Windschutzscheibe klatschte und dort hängenblieb, erschrak er trotzdem. Dimitrios hingegen schien den Vorfall nicht einmal bemerkt zu haben.

»Noch schlimmer ist es«, sagte er »daß Llewellyn mich offenbar für dumm hält. Denken Sie an die Geschichte, über die wir heute mittag gesprochen: die Ziege und der Löwe.«

»Diesen Vergleich haben Sie doch erfunden.«

»Habe ich. Aber warum fordert mich Llewellyn hier an dieser Müllkippe auf, Ihnen gegenüber davon zu sprechen? Logischer wäre es gewesen, mir zu verbieten, daß ich das tue.«

»Im Moment«, gestand Talmarani, »kann ich Ihnen nicht ganz folgen.«

Der Levantiner hatte es überhört. Er sprach ohnehin mehr zu sich selbst als zu seinem Fahrgast. »Mein Vergleich mußte Sie doch verunsichern. Wenn Llewellyn also will, daß Sie sich ein bißchen erschrecken, warum sorgt er nicht selbst dafür, sondern überläßt es mir? Ganz einfach, Mr. Talmarani, weil – aber das wurde mir auch erst heute klar, als ich nachdachte – weil es ein altes erprobtes Rollenspiel ist, das jeder gute Polizist kennt. Wenn zwei zusammenarbeiten, übernimmt einer den Part des Bösen, der andere den des Gutwilligen, des Menschenfreundlichen. Der Böse versucht den Delinquenten einzuschüchtern, der Gute stellt sich auf seine Seite. Vielleicht haben Sie das ja selbst schon erlebt.«

Im Gedenken an die Herren Böschke und Hinterstöger nickte Talmarani. Dimitrios ließ sich auch dadurch nicht unterbrechen. »Schön«, sagte er, »weshalb den alten Trick nicht ein weiteres Mal anwenden: Llewellyn ihr Bedränger, ich Ihr Freund? Aber zum ersten: Darüber hätte er sich vorher mit mir einigen müssen. Und zum zweiten: Wenn ich schon dabei mitmache, in welcher Absicht? Worauf soll ich hinarbeiten? Auch das hat er mir verschwiegen.«

»Und was schließen Sie daraus?«

»Llewellyn spielt mit Ihnen. Wenn er sich etwas davon verspricht – okay. Aber er spielt auch mit mir, und das kann ich mir nicht nur nicht gefallen lassen, das macht auch keinen Sinn.«

Ein weiterer Plastikfetzen kam auf sie zugewirbelt, wurde aber kurz vor dem Kühler des Autos hochgerissen und segelte über das Dach hinweg. Als nächstes drohte ihnen der Angriff einer Windhose, die als Gebilde aus Dreck und allerlei schmutzigen Fetzen quer über das Gelände raste.

»Heute mittag«, sagte Talmarani, »hatte ich noch den Eindruck, Sie wüßten, was im Gange ist. Jäger, die im Dunkeln lauern, warten auf ein ganz bestimmtes Ereignis. Das ungefähr sind Ihre Worte gewesen. Was haben Sie damit gemeint?«

»Nicht mehr als das, was ich sagte: Die Jäger haben sich versammelt, die Ziege ist herbeigeschafft worden.«

»Mehr nicht?«

»Ist das nicht genug? Jetzt hat sich auch noch Stephen Warren bei Ihnen gemeldet.«

»Ja und?«

Dimitrios dachte nach. Dann fragte er: »Was wissen Sie über den Herrn?«

»Was ich Ihnen schon gesagt habe: Er lehrt an der American University.«

»Falsch. Er hat dort gelehrt, aber das ist lange her.«

»Was macht er dann jetzt?«

»Er soll im Ruhestand leben.«

»Soll?«

»Seine alte Universität zahlt ihm bestimmt keine Pension.

Dort mußte er gehen, weil in den siebziger Jahren verdächtig viele von ihm ausgebildete Studenten in den Untergrund abtauchten und einige bei irgendwelchen Anschlägen ums Leben kamen. Ob als PLO-Kämpfer, Hisb Allah-Schwarzhemden oder Mitglieder einer dritten, vierten, fünften Organisation, weiß ich nicht. Eine Zeitlang soll Warren dann noch an der Université du Liban gelehrt haben, aber das ist auch nur ein Gerücht. Ich war damals außer Landes.«

»Sie meinen also, er ist nicht nur aus kollegialen Gründen an meinem Besuch interessiert?«

Dimitrios wandte sich zu Talmarani und blickte ihm direkt in die Augen. »Ich meine nur: Sie sollten keinen, der hier mit Ihnen zusammentrifft, für das nehmen, was er zu sein vorgibt. Keinen.«

»Gilt das auch für Sie?« Diesen Einwurf hatte Talmarani sich nicht verkneifen können.

Der Levantiner blieb ungerührt. »Ich mache aus dem, was ich tue, kein Hehl. Über mich und meine Arbeit habe ich Ihnen bereits mehr gesagt als Llewellyn über seine Absichten oder, nehme ich wenigstens an, die Herren in Amman über die ihren. Meine Spezialität ist das Beschaffen von Informationen innerhalb eines Reviers, das ich überblicken kann. Davon lebe ich. Und meine Dienste kosten nicht wenig. Aber, ob Sie es glauben oder nicht, auch in diesem Gewerbe muß man Grundsätze haben. Und einer davon lautet: Laß dich nie für etwas benutzen, mit dem du nicht einverstanden sein kannst. Genau das droht mir jetzt – durch Llewellyn.«

»Und dagegen suchen Sie sich abzusichern?«

»Richtig.« Dimitrios lächelte.

»Indem Sie mir gegenüber ein paar Karten aufdecken?«

»Unter anderem.«

»Was käme noch in Frage?«

»Wir schließen einen kleinen Pakt.«

»Welchen Inhalts?«

»Ich werde Ihnen gegenüber so offen sein, wie ich kann. Sie schenken mir ein bißchen Vertrauen. Mehr verspreche ich nicht, mehr erwarte ich nicht.«

»Wäre es da nicht einfacher, ich engagiere Sie gleich?«

Dimitrios' Lächeln breitete sich über sein ganzes Gesicht aus.

»Das wäre es in der Tat, und ich hätte nicht das geringste dagegen einzuwenden. Nur: es ist unmöglich. Ich stehe bei Llewellyn unter Vertrag, und Verträge müssen gerade in meinem Gewerbe eisern eingehalten werden.«

»Hintergehen Sie Llewellyn denn nicht schon jetzt?«

Amüsiert legte der Levantiner den Kopf zur Seite. »Sie meinen, durch unsere kleine Unterhaltung hier auf der Müllkippe? Aber nicht doch, Mr. Talmarani. Meine Aufgabe lautet: Sie für mich einzunehmen, und eben das versuche ich ja seit heute morgen zu tun.«

Aus dem Lächeln war ein fröhliches, etwas freches Grinsen geworden, das Talmarani ansteckend fand.

Im nächsten Moment erwischte sie die Windhose. Eine gelblich-braune Wolke raubte ihnen minutenlang die Sicht. Der penetrante Müllgestank drang auch ins Wageninnere, obwohl die Scheiben geschlossen waren. Hustend löste Dimitrios die Handbremse, schaltete den Motor an und legte den Gang ein.

Stephen Warren stand auf den Stufen der geschwungenen Treppe, die ins Erdgeschoß seines Hauses herabführte. Er trug eine Djellabiya aus weißem, goldgestreiftem Stoff. Die Arme hatte er weit ausgebreitet. Seine sonore Stimme erfüllte den ganzen Raum.

»Komm! Komm! Wer du auch seist, komm!
Ungläubiger, Heider oder Götzendiener: Komm!
Unser Haus ist kein Haus der Verzweiflung.
Drum seist du auch hundertmal meineidig: Komm!«

Einen emphatischeren Empfang hatte Talmarani noch nie erlebt und auch kaum je eine Erscheinung gesehen, die der Stephen Warrens glich. Das wallende ägyptische Gewand mit den weiten Ärmeln verlieh ihr eine Art von priesterlicher Würde. Das schmale, faltige, von weißem Haupt- und Barthaar gerahmte Gesicht hätte jedem King-Lear-Darsteller zur Ehre gereicht. Und dazu noch dieser feierliche Vortrag des wohl bekanntesten Gedichtes von Dschellal ed-Din Rumi – in Talmaranis eigener Übertragung; Warren hatte deutsch gesprochen, wenn auch mit starkem amerikanischem Akzent.

Noch ehe Talmarani sich von diesem ersten Eindruck erholt hatte, lag sein Kopf an einer breiten Brust, wurden seine Schultern von starken Armen umklammert, streiften stachelige Küsse seine beiden Wangen.

»Endlich«, sagte Warren, schob Talmarani ein wenig von sich weg, ohne ihn jedoch loszulassen und durchforschte mit blitzblauen Augen sein Gesicht. Es war, als begrüße er einen nach langer Abwesenheit ins Haus seiner Väter zurückgekehrten, bereits verloren geglaubten Sohn. Talmarani selbst hatte noch keine Gelegenheit bekommen, etwas zu sagen. Warrens Begrüßung glich halb und halb auch einem Überfall.

Das Haus, in dem er sich befand, lag an einer schmalen Stichstraße, hinter einer von Bougainvilleas überwucherten Mauer. Als er geläutet hatte, war ein in dem Bau hinter der Mauer aufgehängter Scheinwerfer angegangen, dessen Lichtkegel ihn von Kopf bis Fuß erfaßte. Fast eine Minute lang tat sich dann gar nichts.

»Überwachungskamera«, hatte der aus dem offenen Autofenster lehnende Dimitrios vermutet.

Als das Gartentor surrend aufsprang, war der Levantiner weggefahren. Talmarani wußte indessen, wo sein dritter an diesem Tag gewonnener Freund – nach Bogosaki und Barkeeper Michel – zu erreichen sein würde. Wenn er schon in Jounieh sei, hatte Dimitrios gesagt, wolle er auch das »Casino du Liban« besuchen. In Talmaranis Tasche steckte ein Handy aus seinem kleinen Vorrat an Mobiltelefonen.

Das Haus selbst hatte sich dann als weißer, massiv wirkender Steinbau mit grünen Fensterläden erwiesen. Als Talmarani darauf zuschritt, waren in den Büschen links und rechts des Weges noch eine Reihe weiterer Lampen angesprungen. Die Tür hatte jemand geöffnet, den er nicht wahrnehmen konnte. Gleich darauf hatte er zu Füßen dieser schimmernden Gestalt mit dem weiß gerahmten Schauspielergesicht gestanden, und die Gestalt hatte Dschellal ed-Dins Gedicht rezitiert.

Sich aus der bärenhaften Umarmung lösend, konstatierte Talmarani, daß ihm kaum je ein besser aussehender Mann vor Augen gekommen war. In seinen jüngeren Jahren hätte Warren für jedes Fotomagazin posieren können. Mittlerweile näherte er sich wohl der Mitte des siebten Lebensjahrzehnts.

»Endlich«, tönte die sonore Stimme ein weiteres Mal. »Sie wissen nicht, wie ich mich freue, Ihnen zu begegnen, mein lieber Talmarani. Seit dem Erscheinen dieser zauberhaften kleinen Betrachtung über Dschellals aus dem Geist einer heiteren Libertinage geborene Gedicht in der »Oriental Review« stehen alle Ihre Bücher in meiner Bibliothek. Ja«, er lachte, »auf Deutsch. Ich bilde mir ein, die Sprache dieses Landes einigermaßen zu beherrschen. Dennoch«, ein zeremoniöses Neigen des Hauptes, »fühle ich mich in meiner eigenen besser zu Hause. So if you don't mind ...« Warren sprach auf englisch weiter.

»Ein bißchen bedauerlich«, sagte er, »daß Sie sich von meinem speziellen Fachgebiet wieder ab- und diesen eher politischen Themen zugewandt haben. Wer sich mit derartiger Einfühlsamkeit dem größten aller orientalischen Mystiker zu nähern vermag, sollte diese Gabe nicht völlig vernachlässigen. Es gibt so wenige unter euch jüngeren Leuten, denen sie verliehen wurde. Aber, nicht wahr, es ist ja noch keineswegs aller Tage Abend, und vielleicht kann ich ja dazu beitragen, daß Sie sich wieder auf dieses besondere Talent besinnen.«

Während er diesen Monolog hielt, hatte Warren Talmarani durch die Halle des Hauses in einen größeren Raum geführt, dessen Wände auf drei Seiten hinter deckenhohen Bücherborden verborgen lagen, die vierte bestand aus vier, auf eine Terrasse hinausführenden Fenstertüren. Warren klatschte in die Hände, worauf hinter ihnen jemand hereintrat. Talmarani vermutete, es sei der Hausgeist, von dem er eingelassen worden war. Aber dann vernahm er die etwas aufgerauhte Stimme, aus der er am Morgen noch eine Beimischung von Diskant herauszuhören geglaubt hatte. Das mußte jedoch an der Hörmuschel des Telefons gelegen haben.

Nadia Kiron trug weder T-Shirt noch Jeans, sondern eines dieser modischen Tops, die nicht nur den Nabel, sondern auch viel Haut darum herum freilassen, dazu türkisfarbene Hosen mit einer Goldkette als Gürtel. Ihr Haaransatz war zwar so gerundet, wie Talmarani sich das vorgestellt hatte, das Haar selbst jedoch keineswegs schwarz oder dunkelbraun, vielmehr schimmerte es in dem goldroten Ton, um den sich derzeit alle jungen Frauen in Beirut zu bemühen schienen. Immerhin, die Augen waren rehbraun, und dieser winzige Bauchansatz, den schon Besma, Djana, Leyla zur Schau getragen hatten, fehlte ebenfalls nicht.

Nadia Kiron hielt ein Silbertablett mit Gläsern und einer Sherry-Karaffe in Händen. Sie hatte Talmarani mit seinem Namen begrüßt, setzte daraufhin das Tablett ab, reichte ihm die Hand und musterte sein Gesicht ebenso aufmerksam wie zuvor schon Warren. Der stand daneben und beobachtete die beiden mit schräggeneigtem Kopf. Sein Redestrom war versiegt.

»Er ist es wirklich«, sagte Nadia. Sie ließ die ergriffene Hand los, nahm eine auf dem Couchtisch liegende Fotografie und hielt sie neben Talmaranis Gesicht.

An Warren gewandt, wiederholte sie dann: »Ja, er ist es wirklich. Du hast ihn sofort erkannt.«

Ein ebenfalls auf dem Couchtisch deponiertes Buch ergreifend, dessen Rückseite mit dem Porträt Talmaranis geschmückt war, und dieses emporhaltend, wiederholte Nadia auch ihren letzten Satz noch einmal. »Du hast ihn sofort erkannt. Er gleicht seinem Vater wie ein jüngerer Bruder dem älteren.«

»Die Fotografie«, sagte Warren, »hätte ich dazu gar nicht gebraucht. Lionels Gesicht steht mir deutlich genug vor Augen.«

Seit er das Haus betreten hatte, war Talmarani noch kein einziges Mal zu Wort gekommen.

VIII

Während der vielleicht anderthalb Stunden, die dem Anruf von Dimitrios vorausgingen, hatte Talmarani nicht so recht gewußt, wie er sich fühlen sollte. Er war vereinnahmt worden, in Besitz genommen, hätte sich ebensogut als Gast wie als Beutestück betrachten können. Nadia servierte erst Sherry, später herberen Wein. Warren zeigte ihm seine Bücher, seine Sammlung arabischer Krummdolche und Pferdeschabracken. Beim Reden kam er von einem Thema aufs andere, was ebenso verwirrend wie ermüdend wirkte. Zuweilen gewann Talmarani den Eindruck, der hochgewachsene Mann in dem prunkvollen Gewand wisse noch nicht genau, was er mit ihm anfangen wollte. Dann wieder glaubte er, auf ein ganz bestimmtes Ziel hingesteuert zu werden, obwohl sich weit und breit keines ausmachen ließ. Nadia fragte schließlich, ob man sich nicht in den Garten setzen wolle. Warren nannte es eine gute Idee. Talmarani empfand den Vorschlag fast als Erlösung.

Zu der Zeit, da Dimitrios dann anrief, saßen sie schon ziemlich lange auf der von Bäumen überragten Terrasse im Freien. Warren hatte ein Thema gefunden, und Talmarani war bereits etliche Male zu Wort gekommen. Er selbst hätte das Thema auf keinen Fall von sich aus angeschnitten, aber nachdem es nun einmal zur Sprache gekommen war, wunderte er sich nicht länger über die Wahl des Amerikaners.

Wenn Warren schon seinen Vater gekannt hatte, mußte er wohl auch von dessen Vater gehört haben. Was sollte daran so ungewöhnlich sein? Darauf, daß er einem wahren Experten in Sachen Kütschük Said gegenübersaß, war Talmarani allerdings doch nicht gefaßt gewesen.

So sagte Warren etwa: »Nein, nein, lieber Tom, du mußt dir das völlig anders vorstellen. Diese alten Yalis, von denen heute kaum noch einer existiert, waren, von außen betrachtet, ziemlich groteske Holzhäuser, manche sogar mit Kuppeln, aber im Inneren, o im Inneren, da waren sie ungefähr das, was Byron anzudeuten versuchte, als er schrieb: ›Jede Bosporus-Villa gleicht einem farb'gen Schild / und neu gestrichen einem Bühnenbild.‹ Ich sage, ›ungefähr‹ wirkten sie so, weil mich dieser für Byron etwas schwache Vergleich eigentlich immer gestört hat. Warum waren ihm nicht Worte wie ›feenhaft‹ aus der Feder geflossen? Warum fühlte er sich nicht an die Behausung von Nymphen erinnert? Angesichts seines üblichen Vokabulars hätte man so etwas durchaus erwarten können, und zutreffender wäre es allemal gewesen. Diese Yalis standen auf ihren hohen Sockeln direkt am Wasser. Sie müssen also von einem flirrenden, grün-goldenen Licht erfüllt gewesen sein, das nicht nur durch die Fenster hereindrang, sondern auch durch unzählige Ritzen in der Holzwand. Aus eben solchem Licht trat deinem Großvater die damals sechszehnjährige Dorothea Staudacher entgegen, während er auf ihren Vater wartete, der das Haus gekauft hatte. Es dürfte für die beiden ein wahrhaft verzauberter Moment gewesen sein. Said erblickte ein Geschöpf, das ihm engelhaft erschienen sein muß, sie sah diesen unverschämt gut aussehenden Bengel, dessen Geschichte – Jugend im Harem, Sekretär des Sultans, Partner von Hans Jakob Staudacher – ihr bekannt gewesen sein dürfte. Und schon damit, in diesem einen sinnverwirrenden Augenblick, als Pan auf seiner Flöte spielte und die Wellen des Bosporus träge gegen die Ufer schwappten, war es um die beiden geschehen. Der Bann war über sie verhängt und konnte nie mehr gebrochen werden. Glaube mir, Tom, es muß einfach so gewesen sein, ich habe die Geschichte unzählige Male aus dem Mund meines Freundes Lionel gehört, und der hatte sie schließlich von Said selbst. Alles Weitere, auch die Burleske, die darauf folgte, ergab sich aus der Magie des Anfangs. Vor allem eben«, Warren lachte behaglich auf, »diese kleinen Pannen in der Eisenbahn, nachdem die beiden von Haidarpascha aus einfach losgefahren waren, in den wilden Osten hinein, auf der Suche nach – sagen wir: Glück, Erfüllung, oder auch nur nach sich selbst. Doch damit genug von dem, was mir bekannt ist. Ich habe dich unterbrochen, und das war unverzeihlich genug.«

»Außerdem war es unvermeidlich«, sagte Nadia. »Der Prof läßt nie jemanden ausreden und weiß immer alles besser. Man muß sich einfach daran gewöhnen.«

»Kusch«, machte Warren. »Keine Intimitäten aus dem Privatleben eines alten Mannes.«

Nadia legte eine Hand auf seinen Arm. »Tom hätte es früher oder später doch mitbekommen, Stepho.«

Talmarani war schon lange aufgefallen, daß die junge Frau mit der rauhen Stimme zwei Bezeichnungen für Warren hatte: Prof, wenn sie über, Stepho, wenn sie mit ihm sprach. Die vertrauliche Anrede versetzte Talmarani jedesmal einen kleinen Stich, aber er rief sich jedesmal zur Ordnung. Was ging es ihn schließlich an, in welchem Verhältnis die beiden zueinander standen.

»Erzähle du nun weiter«, sagte Warren. »Ich bin über diese Zugfahrt einigermaßen informiert, aber Nadia kennt die Details noch nicht.«

»Sollten Sie das nicht lieber selbst tun?« fragte Talmarani. »Als Erzähler bin ich Ihnen hoffnungslos unterlegen.«

»Nein«, rief Nadia. »Ich möchte es von Ihnen hören, Tom.«

Gehorsam nahm Talmarani daraufhin den Faden wieder auf. In der Hoffnung, binnen kurzem erneut unterbrochen zu werden, reihte er jedoch die ihm bekannten Einzelheiten weit nüchterner aneinander, als es nötig gewesen wäre. Er schilderte, wie Dorothea und Said durch den riesigen Bahnhof von Haidarpascha am asiatischen Ufer des Marmarameers irrten, wie sie schließlich einfach den nächstbesten Zug bestiegen und dabei in einen Waggon dritter Klasse gerieten, also unter einfaches Landvolk. Knie an Knie saßen die beiden mit kleinen Händlern zusammen, beurlaubten Soldaten, Bauern, die Hühner in Käfigen bei sich hatten, und verschleierten anatolischen Matronen. Des weiteren berichtete Talmarani, daß Said und Dorothea von diesen Menschen erst bestaunt, dann mit getrockneten Würsten, harten Eiern, eingelegten Gurken, Käse und sogar mit heißer, in einen ausgehöhlten Brotlaib gefüllter, nach Knoblauch duftender Fleischsuppe geradezu gemästet wurden und daß Dorothea endlich, von der Suche nach dem Toilettenabteil, mit schreckgeweiteten Augen zurückkam, worauf Said nichts anderes übrigblieb, als eine der Frauen zu bitten, sie möge dem Mädchen zeigen, wie man sich auf zwei Trittsteine über ein einfaches Loch im Fußboden hockt und hinterher mit dem bereitstehenden Wasser säubert.

Diese Stelle hatte ihm in München stets Lacher eingebracht. Aber als er jetzt soweit gekommen war, kicherte lediglich Nadia. Talmarani nahm einen Schluck Wein, drückte sich gegen die Lehne seines Sessels und sagte: »So oder so ähnlich ging es dann eben weiter, bis sie sich, nach einem Tag und einer Nacht, entschlossen, an der nächstbesten Station einfach auszusteigen.«

Vom Chamsin war in dem Garten hinter Warrens Haus so gut wie nichts zu merken. Im Schein mehrerer Windlichter saßen sie um einen gußeisernen Tisch herum. Die Luft kühlte langsam ab.

Über Warrens Verhältnis zu seinem Vater wußte Talmarani noch immer nicht mehr, als daß sie einander gekannt hatten, ein Faktum, das sein Gastgeber behandelte, als ob es allgemein bekannt sei. Da Talmarani unfähig war, einen Fremden mit Fragen zu behelligen, nahm er es einfach hin, ebenso wie den Umstand, daß der redselige, besserwisserische Amerikaner ihn mit Vornamen anredete, als kennten sie einander seit Jahren.

Nachdem er noch beschrieben hatte, wie Dorothea und

Said sich im kalten Morgenlicht an einer weitab von jeder Stadt gelegenen Bahnstation frierend, müde, mit vom Kohlenstaub verschmutzten Gesichtern wiederfanden, war endlich der ersehnte Moment gekommen, in dem Warren die Geduld verlor.

»Sie hatten gefunden, was sie suchten«, erklärte er brüsk. »Über den fernen Bergen ging die Sonne auf, die Welt war gerade eben für sie geschaffen worden, und außer ihnen gab es darin nichts und niemanden – auch das einer dieser magischen Augenblicke, die keiner von ihnen je vergessen sollte. Der Rest ist eigentlich gar nicht mehr so wichtig: nach der Burleske im Zug das Schäferspiel unter anatolischen Vorzeichen und dann der bittere Schluß.«

Ohne sich noch ein weiteres Mal unterbrechen zu lassen, erzählte Warren die Geschichte so zu Ende, als ob er ebenfalls sein Interesse an ihr verloren hätte und rasch damit fertig werden wollte.

Dorothea und Said fanden jemanden, er sie in seinem Wagen zur nächsten Stadt mitnahm, einer kleinen, grünen Oase inmitten lehmgelber Hügel. Noch ehe ihr Fuhrwerk dort angelangt war, wurde es jedoch von einem Mann zu Pferde gestoppt, der ihnen entgegenkam, weil der Bahnhofsvorsteher per Diensttelefon die Ankunft zweier seltsamer Fremder gemeldet hatte; es handelte sich um den Schuldirektor des Ortes. Von da an waren sie dessen Gäste – bis zur Ankunft in der Stadt. Dort wartete bereits der Chef des örtlichen Krankenhauses, um seinerseits Anspruch auf die beiden zu erheben. Dies wiederum führte zu einem lautstarken Streit zwischen dem Arzt und dem Lehrer. Nachdem sie schließlich doch ein vorläufiges Übereinkommen erzielt hatten, war Saids und Dorotheas künftige Zeit bereits aufgeteilt: bei dem ersten Würdenträger würden sie frühstücken, bei dem zweiten zu Abend essen, über die Stunden dazwischen mußte noch genauer verfügt werden. Es kam nicht dazu. Schon eilte im Uniformrock der Reformzeit ein dritter städtischer Würdenträger herbei, nämlich jener, dem der Anruf vom Bahnhof gegolten hatte, des Vorstehers Vorgesetzter. Auch er machte sein Recht, sein übergeordnetes Recht sogar, an den Fremden geltend, was eine neuerliche Auseinandersetzung zur Folge hatte. Dorothea und Said wären vor Müdigkeit schon beinahe umgefallen. Schließlich stand dann wenigstens fest, daß sie, der Hygiene wegen, im kleinen Krankenhaus des Ortes nächtigen würden – womit es jedoch ebenfalls noch nicht getan war. Ein Gendarm tauchte auf und erklärte, die fremden Gäste seien verhaftet. Weswegen? Nun, selbstverständlich stünde es allein seinem Auftraggeber, dem Wali, zu, die beiden während ihres gesamten Aufenthaltes im Ort zu bewirten und zu beherbergen. Das daraufhin ausbrechende Gezeter dauerte noch länger als alle vorausgegangenen Streitereien zusammen; es endete im Konak des Bezirksvorstehers. Dort endlich wurde eine mehrheitsfähige Regelung gefunden. Nahezu jede Stunde, die Dorothea und Said sich im Städtchen aufzuhalten gedachten, sollte einem der vier Honoratioren gehören, vom ersten Frühstück über das zweite Frühstück bis zum Abendessen. Freistunden sah ihr künftiger Tagesplan nicht vor. Dorothea und Said schliefen bereits im Stehen.

Warren sagte: »So hatten die beiden sich ihren Ausflug in die weite Welt vermutlich kaum vorgestellt, aber war nicht auch das ein vollkommenes Märchen? Die Gastfreundschaft einer ganzen Stadt ausgeschüttet über zwei verwirrten Menschenkindern. Es mußte ihnen doch erscheinen, als begrüßten wohlgesinnte Geister den Eintritt in ein gemeinsames Leben. Wie und wo sie ihren Bund dann körperlich besiegelten, denn darauf dürfte ihr Sinn ja von Anfang an gerichtet gewesen sein – ihre Sinne, sollte ich wohl eher sagen. Wo also, wie oder ob überhaupt, darüber scheint dein Großvater, lieber Tom, stets eisern geschwiegen zu haben, wohingegen Dorothea sich später mit Nachdruck dagegen verwahrte, auf ihre Intaktheit hin untersucht zu werden. Es muß einen harten Kopf gehabt haben, dieses Mädchen, selbst Hans Jakob Staudacher war ihm nicht gewachsen – womit wir auch schon beim bitteren Ende der kleinen Geschichte wären. Nach so und so vielen Tagen köstlichen Schwelgens in anatolischer

Fremdenliebe, nach Festen, zu denen der Wali die besten Musiker der ganzen Gegend herbeirief, nach dem heimlichen Bad im Quell eines Gebirgsbaches – war das etwa die langersehnte Gelegenheit? Nehmen wir es einfach an, um der ganzen Geschichte auch noch einen poetisch-bukolischen Hauch zu verleihen – nach dem kurzen, aber gewiß als endlos empfundenen Aufenthalt im Paradies also, ein plötzlich vollkommen anderer Wali, kein überschwenglicher Gastgeber mehr, sondern die strenge Amtsperson. Hans Jakob Staudacher im fernen Konstantinopel war seiner entlaufenen Tochter und ihrem Galan auf die Spur bekommen. Den herrschenden Jungtürken engstens verbunden, beorderte er die Ausreißer mit polizeilicher Gewalt zurück und ließ Said, kaum daß er die Hauptstadt erreicht hatte, in der ihm bereits vertrauten Selimiye festsetzen. Ein, wie sich erweisen sollte, höchst unkluger Zug.« Abermals lachte Warren auf. »Dorothea machte ihrem Vater die Hölle heiß. In der ›Deutsch-Ottomanischen‹ lief ohne Said bereits nichts mehr, wie es laufen sollte. Aus diesem Debakel konnte sich Staudacher nur mit Hilfe seines aus England stammenden Schwiegervaters John Lionel Phelbs befreien. Der nahm Said quasi an Sohnes Statt an, überzeugte den Schwiegersohn von seinen Qualitäten und ebnete ihm den Weg zur späteren Ehe mit Dorothea. Womit«, Warren wandte sich an Talmarani, »sozusagen auch der Grundstein für deine physische Existenz gelegt war, lieber Tom. Ist dir das eigentlich jemals bewußt geworden?«

»Ich habe es mir gelegentlich bewußtzumachen versucht«, erwiderte Talmarani. Zugleich dachte er: Aber wieder ins Gedächtnis gerufen hast du es mir, Stephen Warren. Weshalb? Aus Wichtigtuerei? Oder aus welchem anderen Grund?

»Wann«, wollte Nadia wissen, »haben Said und Dorothea eigentlich geheiratet?«

Die Antwort gab Warren. »1910. Ein Jahr nachdem Staudacher bei einem Manöverunfall ums Leben gekommen war.«

Diesem knappen Satz folgte die erste längere Schweigeperiode, seit Talmarani ins Haus gekommen war. Warren schien dem nachzulauschen, was er eben gesagt hatte. Nadia lehnte sich in den Schatten zurück. Das zuckende Licht der Kerzen tanzte über jenen Teil ihres Körpers, der sichtbar geblieben war, die türkisfarbene Hose, das freigelassene Stück Haut um den Nabel herum. Wenn er den Kopf in den Nacken legte, konnte Talmarani die beleuchtete Gondel der zur riesigen Marienstatue von Jounieh hinaufführenden Seilbahn sehen. Und wieder einmal wurde er sich der Absurdität seiner eigenen Lage bewußt.

Nichts von dem, was ihm während der vergangenen, vielleicht anderthalb Stunden widerfahren war, mutete völlig real an, weder der theatralische Empfang im Treppenhaus noch das fiebrige Gerede dieses Laiendarstellers in der weiß-goldenen Djellabiya oder die katzenhafte Distanz, mit der Nadia sowohl ihn selbst wie auch Warren beobachtete. Über dem Verhältnis zwischen ihr und dem »Prof« lag ohnehin eine Aura der Künstlichkeit. Zwar nannte sie ihn Stepho, ließ aber nie erkennen, ob es aus nur freundschaftlichen oder intimen Gründen geschah. Eher aus nicht-intimen, glaubte Talmarani mittlerweile erkannt zu haben, zwischen beiden stand etwas wie eine gläserne Wand, auf deren Existenz das Mädchen mit spöttischen oder belustigten Bemerkungen gelegentlich hinzuweisen schien.

Im übrigen war auch nicht zu übersehen, daß Warren sich geradezu zwanghaft in Szene setzen mußte. Sobald er, wie jetzt gerade, für längere Zeit den Mund hielt, fiel die pompöse Würde, in die er sich zu hüllen suchte, auf der Stelle von ihm ab. Er erinnerte dann an einen Theaterkönig, dem seine Krone abhanden gekommen war.

Talmarani fiel die Bemerkung von Dimitrios ein, viele von Warrens ehemaligen Studenten seien im Untergrund verschwunden. Es erschien ihm nicht unwahrscheinlich. Ein Verführer junger Leute mochte der Amerikaner tatsächlich einmal gewesen sein: wortgewandt, wortgewaltig, um Beifall buhlend und stets bemüht, Menschen für sich einzunehmen oder sie an sich zu binden. Indes, dachte Talmarani, die Zeit, in der ihm das mühelos gelungen war, gehörte der Vergangenheit an. Seinen Stab hatte der einstige Zauberer längst verloren. Prospero war entthront, ohne das jedoch wahrhaben zu wollen. Nadia hingegen hatte es offenbar erkannt.

Seiner Gewohnheit entsprechend versuchte Talmarani diesen letzten Eindruck noch einmal zu überdenken. Da piepste das Handy aus Dimitrios' kleinem Vorrat.

Alle drei schraken zusammen, auch Talmarani selbst. Er war es nicht gewohnt, ein solches Gerät mit sich herumzutragen.

»Ist das im Haus gewesen?« fragte Warren.

Auf Talmarani deutend, schüttelte Nadia den Kopf. Der machte eine entschuldigende Geste, stand auf, trat ein paar Schritte beiseite und nahm das Minitelefon aus der Tasche. Am anderen Ende war Dimitrios. Seine Stimme klang belegt.

»Können Sie sprechen?«

»Was gibt's?« fragte Talmarani.

»Llewellyn weiß, wo Sie stecken.«

»Von Ihnen?«

»Von wem sonst? Ich mußte es ihm sagen.«

»Ja und?«

»Er fuhr fast aus der Haut. Hat mich angeschrien, ob ich verrückt sei, so etwas zuzulassen.«

»Warum denn?«

»Keine Ahnung. Jedenfalls mußte ich sofort in Ihr Hotel kommen. Er wollte Sie dort besuchen.«

»Sind Sie jetzt auch im Andalus?«

»Eben angekommen. Llewellyn telefoniert noch. Ich fürchte, er wird binnen kurzem vor Warrens Tür stehen.«

»Warum fürchten?«

»Sagte ich doch: Er ist geladen. Ich habe ihn noch nie in einem derartigen Zustand erlebt. Machen Sie sich auf das Schlimmste gefaßt.«

»Ich zittere schon«, sagte Talmarani.

Dimitrios' Stimme sank zu einem rauhen Flüstern herab. »Sie kennen Llewellyn nicht so, wie ich ihn kenne. Auf jeden Fall wollte ich vor ihm gewarnt haben.«

»Danke, Dimitrios.«

Die Verbindung brach ab. Talmarani ließ das Gerät auf Empfang und steckte es zurück in die Tasche.

»Gute Nachrichten oder schlechte?« wollte Nadia wissen.

Warren hatte sich aufgerichtet. Der Ausdruck in seinem Gesicht deutete auf mehr als bloße Neugierde hin. In den zusammengekniffenen Augen glaubte Talmarani sogar etwas wie Mißtrauen zu erkennen.

»Wie man's nimmt«, sagte er. »Ein Freund hat mich angerufen.«

»Ein Freund«, echote der Amerikaner. »Aus Beirut?« Die Frage hatte nun eindeutig mißtrauisch geklungen.

Talmarani nickte. »Er wollte mich warnen.«

»Wovor?«

»Innerhalb der nächsten vierzig Minuten wird jemand vor Ihrer Tür stehen, der den seltenen Namen Llewellyn trägt.«

Talmaranis Auskunft schien in einen Tümpel aus purem Entsetzen gefallen zu sein. Warren starrte Nadia an, die junge Frau blickte über seinen Kopf hinweg in die Dunkelheit. Schließlich war sie es, die den Mund öffnete. Über ihre Lippen kam jedoch nur ein lang hingehauchter Seufzer: »Llewellyn.«

»Llewellyn«, bestätigte Talmarani. »Sein Vornamen ist mir leider unbekannt.«

»Llewellyn?« brüllte Warren. »Dieser gottverdammte Hurensohn. Dieser Sack voll dampfender ...?«

»Schsch«, machte Nadia. »Wo bleiben deine Manieren, Stepho?« Sie griff nach einem der Weingläser und drehte es zwischen ihren schmalen Fingern hin und her. Schließlich sagte sie: »Er muß es schneller erfahren haben, als wir dachten.« Und nach einer weiteren Pause: »Jetzt wird dir nichts anderes übrigbleiben, als auch Tom aufzuklären. Aber bitte, knapp und präzise. Keine Abschweifungen, keine unnötigen Arabesken.«

Erstaunlicherweise befolgte Warren ihre Anweisung. Eben deswegen freilich glich das, was er sagte, einem Keulenschlag: Eduard Lionel Phelbs war keineswegs mit dem Flugzeug abgestürzt, ja nicht einmal in der Maschine gewesen, deren Pilot über der Küste Schwierigkeiten bekam. Freunde von Eduard Lionel hatten den Unfall lediglich benutzt, um sein Verschwinden zu vertuschen. Gestorben war Eduard Lionel im syrischen Hama – etwa drei Wochen vor dem Erscheinen und der Ermordung des angeblichen Assem i-Audi auf der Münchner Länd. »Nach allem, was wir wissen«, sagte Warren, »starb dein Vater im Bett.«

Sein weiterer Bericht beanspruchte nicht einmal die ganze Zeit bis zum Auftauchen Llewellyns unter der Überwachungskamera am Gartentor.

Talmarani glaubte seine eigenen Gedanken zu sehen. Träge kamen sie auf ihn zugekrochen, Schnecken mit ausgefahrenen, witternden Fühlern, bereit, sich jederzeit in ihr Haus zurückzuziehen, aber dennoch auf ein ganz bestimmtes Ziel fixiert. Dieses Ziel allerdings war nichts weiter als ein großes, schwarzes Loch. Jedes Tier, jeder Gedanke versuchte noch, sich an dessen Rand festzuhalten, hineingezogen wurden sie trotzdem, so wie er selbst nach seinem Gespräch mit Haynau in ein Loch gefallen war. Immerhin: nun wußte er wenigstens, wer ihm diese bodenlose Grube bereitet hatte, wußte, warum er nicht Phelbs heißen durfte, ja nicht einmal an seine Herkunft erinnert werden sollte. Der Name Phelbs hatte ausgestrichen, jede Verbindung zwischen ihm und der Bank hatte geleugnet werden müssen. Phelbs bedeutete mehr als Mißkredit, Phelbs bedeutete Gefahr für alle, die sich an die geltenden Regeln hielten, Phelbs bedeutete Mord, Tod, Attentat, Verschwörung, Dolch von hinten, Höllenmaschine, doch ebenso Ruhm und Anerkennung, allerdings in dieser Welt jenseits der Welt, die auch Djamiévic verkörperte.

Hama war ein Name, den man ganz gut als ein Synonym für diese andere Welt akzeptieren konnte. Hama, am Nahr-el-Asi, dem Orontes des Altertums, gelegen, erfüllt vom Knarren seiner ungezählten Wasserräder, mittlerweile zum Teil zerstört, weil es als Hort der Unzufriedenen, der Rebellen, der Gotteskämpfer gegolten hatte und deshalb von syrischen Truppen zusammengeschossen worden war. Hama, Zentrum der Muslimbrüder, früher ein Stützpunkt der für den Glauben mordenden Mönche des Alten vom Berge. Ja doch, in das von Warren gezeichnete flüchtige Bild paßte Hama als Mosaikstein ganz gut hinein. Und ebenso paßte es, daß Eduard Lionel Phelbs, genannt »der Assassine«, der mordende Mönch, gerade dort gestorben war.

Immerhin: Assassine wenigstens, nicht Bankrotteur oder Liebhaber einer Bauchtänzerin. Man mochte darüber denken, wie man wollte: Assassine, das hatte etwas. Trotzdem hing das eine mit dem anderen zusammen.

Der Bank war es gutgegangen, solange der Vater von Eduard Lionel Verbindungen in alle Winkel des Orients, zu den arabischen Küstenscheichtümern ebenso wie zu den Spitzen der ägyptischen Regierung unterhielt. Sie hatte alles besorgt oder vermittelt, woran den großen Ölfirmen gelegen war: Explorationslizenzen, Bohrgenehmigungen, Anteile an Ölfeldern, und sie hatte klotzig daran verdient. Bergab gegangen war es dann von dem Moment an, da Kütschük Said die Bank nicht mehr selber leitete. Weshalb? Statt in rentable hatte die damalige »Ottoman Trading« in unrentable Unternehmungen investiert. Unternehmungen welcher Art? An dieser Stelle war Warren schmallippig geworden. Genau schien er es selbst nicht zu wissen. Es gab jedoch Gerüchte. Solche Gerüchte stempelten Eduard Lionel zum Finanzier einer Reihe von Bewegungen ab, die von den meisten Regierungen in den Ländern des Fruchtbaren Halbmonds nicht gerne gesehen wurden, was sie jedoch keineswegs davon abhielt, sich ihrer gelegentlich zu bedienen – meist freilich nur so lange, bis ihre eigene Macht auf sicheren Fundamenten stand.

Vertraute Töne eigentlich für Thomas Talmarani. War er nicht zu diesem Thema, Untergrundbewegungen, Sekten, Geheimgesellschaften von unzähligen Talk-Show-Moderatoren wieder und wieder befragt worden. Er hatte sogar Bücher geschrieben über dieses im dunkeln existierende Netz, das die Politik im Nahen Osten stärker beeinflußte als alles, was in Regierungspalästen entschieden wurde. Nur: es war eine

Sache, derlei Informationen, Gerüchte, Wissensfetzen im Schein einer Schreibtischlampe zusammenzufügen und dabei jene Schauer zu verspüren, die Begriffe wie »der Alte vom Berge«, die »Assassinen«, die »Bektaschi, Drusen, Alawiten« bei jedem mit etwas Phantasie begabten Analytiker auslösen mußten. Eine andere Sache war es jedoch, den gedankenbeladenen Schnecken zuzusehen, die all das nun wieder heranschleppten und in einen völlig anderen Lichtkegel schoben: Sein eigener, ihm bis vor kurzem so gut wie unbekannter Vater war Mitglied dieser verborgenen, untergründigen Bewegung gewesen, und, wie es schien, sogar ein prominentes. Fäden hatte er geknüpft zwischen Oberwelt und Unterwelt, Aufstände hatte er finanziert, Attentate, Morde. Aus eigenem Antrieb?

Nicht aus eigenem Antrieb, behauptete Warren, zumindest nicht am Anfang. Eduard Lionel war gezwungen worden, erpreßt, bedroht. Es hatte ihn Nerven, Lebenskraft, Gesundheit gekostet, zuletzt die Herrschaft über seine Bank, die er den Talmaranis überlassen mußte, um wenigstens einen Teil des eigenen Erbes für seinen Sohn zu retten. Am Ende war ihm dann auch die Familie entglitten. Die Schwäger und deren Schwester hatten sich gezwungen gesehen, Eduard Lionel abzuschreiben wie einen faulen Wechsel. Darüber mochte ihn eine Zeitlang die Gesellschaft der überaus attraktiven Fari Farina hinweggetröstet haben, aber auch diesem Verhältnis war kein Bestand beschieden gewesen. Eduard Lionel hatte selbst in den von ihm finanzierten Untergrund abtauchen müssen. In zu vielen Hauptstädten zwischen Ankara und Kairo war er zur persona non grata mit dem Beinamen »der Assassine« geworden. Letzter Aufenthaltsort, das syrische Hama, wo er als halber Gefangener, wenngleich noch immer unantastbar, den Rest seines Lebens verbrachte.

Hama, ja, es paßte wirklich ins Bild. Teile des Audi-Clans waren im benachbarten Homs ansässig. Die uralte Stadt selbst glich einer Energiezentrale, bündelte geistige Kräfte und strahlte sie aus: Geheimnisse, Visionen, ein schwarzer Gral.

Ein schwarzer Gral? Hatte Warren das gesagt? Es mußte wohl so sein, denn in Talmaranis Begriffsvokabular kam diese Metapher nicht vor. Außerdem hatte der Amerikaner ihn auch diesmal großmütig von seinen Literaturkenntnissen profitieren lassen.

»Geist ist der Atem, der mich durchweht / Und mein der Gedanke, der die Posaune des Letzten Gerichtes zum Tönen bringt.« Al-Hallaj also, Mönch, Dichter, Mystiker, Rebell, 922 in Bagdad auf offenem Markt enthauptet. »Glaube mir, Tom, dieser Geist hat auch deinen Vater angerührt. Nur wenn du das weißt, kannst du ihn verstehen. Wir werden darüber noch ausführlich miteinander reden müssen.«

Ein paar Minuten später dann die Torklingel und in dem kleinen über der Haustür angebrachten Monitor die bildfüllende Gestalt Llewellyns. Talmarani, seinen langsam kriechenden Gedanken ausgeliefert, hatte keine Notiz von ihm genommen.

Jetzt standen die beiden in dem mit Büchern ausgekleideten Wohnraum und schrien aufeinander ein wie zwei Marktweiber. Ja, wirklich wie zwei Marktweiber, sie schrien eigentlich nicht, sie kreischten.

Nadia saß bewegungslos auf ihrem Gartenstuhl und fixierte Talmarani mit einem Blick, dessen Ausdruck er nicht zu deuten vermochte.

Als es drinnen im Haus plötzlich still wurde, schreckten beide auf. Wer zuletzt etwas gesagt hatte, Warren oder Llewellyn, hätte Talmarani nicht angeben können. Als nächster jedenfalls sprach wieder der Waliser, nicht laut indessen, auch nicht schrill, sondern derart zischend, daß Talmarani nur mit Mühe den Reflex unterdrückte, sich imaginäre Speicheltröpfchen vom Gesicht zu wischen. Llewellyns Worte waren dennoch klar zu verstehen.

»Du elende Matrosenhure«, sagte er, »ich habe dich schon oft davor gewarnt, in meinem Revier zu wildern. Wenn du mir noch einmal unter die Augen kommst, breche ich dir sämtliche Knochen. Und jetzt mach den Weg frei, aber pronto.«

Warrens Antwort blieb unverständlich. Doch folgte ihr ein Schlag und das Geräusch von brechendem Holz.

Talmarani wollte aufspringen. Mit einer Geste hielt Nadia ihn davon ab. Drinnen, das war deutlich zu hören, versuchte ein schwergebauter Mann wieder auf die Füße zu kommen, was ihm offenbar Mühe bereitete, denn er keuchte und gab merkwürdige Geräusche von sich. Als er endlich zu stehen schien – sehen konnte Talmarani von seinem Sitzplatz aus nichts –, erklang abermals eine Stimme, es war die Warrens.

»Raus«, sagte er, »raus mit dir, du stinkender Haufen Unrat. Ich dachte immer, ihr blutlosen Gimletsäufer könntet wenigstens anständig verlieren.«

»Verlieren«, schrie Llewellyn, und es klang wirklich, als hätte er eins auf die Nase bekommen, »weißt du überhaupt, mit wem du dich anlegst?«

Etwas schrill lachte Warren auf. »Ich nehme an, du wirst es mir gleich schriftlich geben.«

»Worauf du dich verlassen kannst.« Dieser Satz kam bereits aus der Eingangshalle. Llewellyn schien sich zu entfernen. Tatsächlich wurde kurz darauf eine Tür geöffnet und wieder zugeschlagen.

»Was war das denn?« fragte Talmarani.

Nadia fuhr sich mit der Hand durch ihr goldrot getöntes Haar. »Es hätte schlimmer kommen können, Tom. Sowohl Stepho als auch Llewellyn halten sich für den wiedergeborenen Lawrence von Arabien. Das führt notwendigerweise zu Streitereien. Geschlagen freilich haben Sie sich noch nie.«

Im selben Moment trat Warren durch die offenstehende Glastür auf die Terrasse heraus. Das unruhige Licht der mit Glas ummantelten Kerzen zuckte über seine Prunk-Djellabiya, sein weißes Haar und spiegelte sich in den hellen Augen. Die Knöchel der rechten Hand massierend, blieb er stehen und sagte mit leicht verwunderter Stimme: »Matrosenhure war ein bißchen stark, findet ihr nicht? Aber, na ja, dafür habe ich es ihm auch gegeben. Scheint noch 'ne ganze Menge Saft in diesem Knochen zu stecken. Oder, Nadia?«

Das Mädchen trat zu ihm hin und legte eine Hand auf seine Schulter. »Sicher, Stepho, sicher. Ich habe dir immer gesagt, daß du noch lange nicht zum alten Eisen gehörst.«

»Wirklich?« Er sah Nadia an, als könne er ihr nicht glauben.

»Wirklich«, versicherte sie.

»Schön zu hören«, seufzte Warren. »Ich könnte noch eine ganze Menge solcher Behauptungen vertragen.«

»Daß du der Löwe bist, dessen Brüllen die Berge erzittern läßt?«

»Daß meine Büchse noch scharf geladen und mein Säbel noch nicht in der Scheide festgerostet ist.«

Nadia kniff ihn in die Seite. »Überlasse die Zweideutigkeiten deinem walisischen Freund. Der Grobian ist er, du bist der Ästhet.« Sie löste sich von ihm und kam zum Tisch zurück.

Über Warrens Gesicht flog ein Ausdruck der Besorgnis. »Wie, glaubst du, wird er reagieren?«

»Llewellyn?«

»Ja.«

»Viel Kredit hat er wohl nirgendwo mehr.«

»Aber noch drei oder vier Asse im Ärmel. Du solltest das ehemalige Empire nicht unterschätzen. Außerdem hört man, daß er in Geld geradezu schwimmt. Das läßt auf gute Verbindungen schließen.«

»So schlecht«, sagte Nadia, »sind deine nun auch nicht, Stepho.«

In einer seiner theatralischen Gesten reckte Warren beide Arme in die Höhe. »Nur leider ist dabei so viel Untreue im Spiel. Untreue, Hurerei und Geldgier. ›Der Seel' Begierden sind ihnen zu gering / sie streiten lieber, um der Zwietracht Frucht zu ernten‹.«

Al-Mutanabbi diesmal, dachte Talmarani. Dieser Warren mußte die gesamte arabische Klassik im Kopf haben. Der Gedanke, daß er ebenfalls beschlagen genug war, um alle Zitate dem richtigen Autor zuordnen zu können, kam ihm überhaupt nicht. Ein Gefühl der Verlorenheit beschlich ihn, hervorgerufen durch den Umstand, daß Nadia und Warren seine Anwesenheit völlig vergessen zu haben schienen. Gerade überlegte er, ob es angebracht sei, sie um die Bestellung eines Taxis zu bitten, da bewirkte sein heimlicher Notruf, daß sich das Mädchen ihm zuwandte und Warren auf dem Stuhl neben seinem Platz nahm.

»Es muß wie ein Schlag in die Magengrube gewesen sein«, sagte der immer noch seine Handknöchel massierende Amerikaner. »Oder, Tom?«

»So ähnlich«, gab Talmarani zu, erleichtert, daß er wieder ins Gespräch gezogen wurde. »Mein Vater ist mir in den vergangenen zwei Tagen bedrohlich nahegerückt.«

»Wieso ›bedrohlich‹?« fragte Nadia.

»Vorvorgestern noch völlig unbekannt. Dann mit dem Flugzeug abgestürzt und als Bankrotteur gebrandmarkt. Dann zum Nachfolger des Alten vom Berge erhoben und ein zweites Mal gestorben. Wie soll man das sonst nennen, wenn nicht bedrohlich?«

Warren nickte. »Bißchen viel auf einmal, das gebe ich zu. Aber du trägst es mit Haltung.«

»Schockwirkung vermutlich. Wahrscheinlich werde ich erst ein paar Nächte später schweißnaß aus dem Schlaf fahren. Dabei haben Sie bis jetzt nur eine grobe Skizze geliefert. Die grauenhaften Einzelheiten stehen mir wahrscheinlich noch bevor.«

»Einzelheiten ja, alle, die mir bekannt sind. Aber grauenhaft?«

Warren schüttelte den Kopf. »Das ist nur eine Frage des Standpunktes. Um einen Mann zu verstehen, muß man seine Beweggründe kennen. Oder die Sache, für die er eintritt.«

»Die Sache? Mein Vater hatte sich einer Sache verschrieben?«

»Glaubst du, er habe sein altes Leben nur abgestreift, weil es ihm lästig geworden war, in einer Bank zu sitzen und Geldsummen hin und her zu schieben?«

»Offenbar hat er bei diesem Geschäft ja versagt und ist deshalb …«

»Tom!« rief Warren. »Das darfst du nicht einmal denken.«
»Was soll ich denn sonst denken?«
»Daß er genau wußte, was er tat und warum.«
»Die Sache also?«
»Die Sache.«
»Nämlich welche?«
Warrens Antwort war wieder ein Zitat, und abermals stammte es von Al-Mutanabbi. »Nur eig'ne Herrschaft begründet eines Mannes Wert / Solange in Arabien Fremde herrschen, leben Araber verkehrt.«
Talmarani stöhnte auf. »Ein Spruch aus dem zehnten Jahrhundert!«
»Aber heute nicht weniger aktuell als damals.«
»Wovon sprechen Sie? Von Israel?« fragte Talmarani heftig.
»Ach Israel!« Warren wischte den Einwand weg. »Vor tausend Jahren gab es Israel noch nicht, und heute würde Al-Mutanabbi in den Israelis nur die Nachfahren des Moses sehen. Kein Mensch spricht von Israel.«
»Sondern?«
»Von eigener Herrschaft. Rechtmäßiger, eigener Herrschaft.«
Nadia hob ihr gefülltes Weinglas in den Schein der Windlichter.
»Ich sagte es ja: der wiedergeborene Lawrence von Arabien.« Dann prostete sie Warren zu. »Sachtak, T.E.! Oder sollte ich dich Peter O'Toole nennen? Als Lawrence hättest du ihn glatt an die Wand gespielt.«
Es war die richtige Bemerkung im richtigen Augenblick. Reuevoll senkte Warren den Kopf, um ihn sofort wieder zu heben. »Nur noch eines, Nadia, bevor der Gedanke an grauenvolle Einzelheiten unserem Freund den Schlaf raubt.«
»Aus humanitären Gründen stattgegeben«, sagte das Mädchen. »Aber kurz bitte, die Nacht ist schon sehr weit fortgeschritten.«
»Sehr kurz«, versicherte Warren, »ein Zitat nur. Es lautet: ›Die Assassinen waren auf ihre Weise sehr fortschrittliche

Leute; sogar human könnte man sie nennen. Statt Heere in Marsch zu setzen, sandten sie einen einzigen Mann aus, der dann einen einzigen Mann ermordete. Wenn ihr Opfer der Richtige gewesen war, hatten sie einen Krieg verhindert, bei dem unzählige Menschen ums Leben gekommen wären.‹ Ende des Zitats.«

»Von wem?« fragte Talmarani.

»Von deinem Großvater, Tom. Bruchstück aus einem Interview, das er 1952 der türkischen Zeitung ›Vatan‹ gab, einem sehr westlich orientierten Blatt. Heute existiert es nicht mehr. Was hältst du davon?«

»Könnte beinahe von mir selbst sein«, erwiderte Talmarani und schüttelte verwundert den Kopf.

Warren schlug ihm auf die Schulter. »Na siehst du, mein Junge. Ich habe ja gesagt, wir müssen noch ausführlich miteinander reden.«

»Und damit Schluß«, verfügte Nadia. »Die Sitzung ist geschlossen.«

»Würden Sie mir ein Taxi rufen«, bat Talmarani.

»Nicht nötig, Tom. Ich habe das Gästezimmer herrichten lassen. Ihr Hotel weiß bereits, daß Sie heute bei uns übernachten.«

Gegen Morgen hörte Talmarani wieder einen Muaddin, und zwar so deutlich, daß er sich fragte, ob es denn im vorwiegend christlichen Jounieh überhaupt Moscheen gebe. Doch vielleicht war es ja nur ein günstiger Wind, der die Worte von jenseits der ehemaligen, die Konfessionen teilenden Grenzlinie zu ihm herüberwehte, oder – auch das schien denkbar – sie kamen aus einem Lautsprecher, der zum Zweck der Propaganda besonders stark ausgelegt worden war. Abgesehen davon hatte Talmarani diesen Gebetsruf noch nie zuvor gehört. Er begann mit einer dreimal wiederholten Preisung der Vollkommenheit Gottes, »des ewig Seienden.« Darauf folgte eine Variation desselben Themas von geradezu eherner Wucht.

»Gepriesen sei die Vollkommenheit des Ersehnten, des

Lebendigen, des Einzigen, des Erhabenen, die Vollkommenheit Gottes sei gepriesen. Ich preise die Vollkommenheit des Einen, des Einzigen, dessen, der neben sich keinen anderen duldet, weder männlich noch weiblich, noch jemand, der Ihm gleich ist, noch jemand, der sich gegen Ihn auflehnt, noch einen, der gesandt wurde, noch einen, der Ihm ähnlich ist oder der aus Ihm entsprang. Gottes Vollkommenheit sei gepriesen.«

Für sich selbst fügte Talmarani hinzu: Gepriesen werde vor allem seine einzigartige Stellung im Universum. Oder hätte man sagen müssen, auch das Universum sei ihm weder ähnlich noch gar ebenbürtig? So oder so hatte der Gebetsruf einer Gesetzesverkündigung geglichen. Und es gab kein zweites Gesetz von ähnlicher Bedeutung, hatte nie eines gegeben, noch würde je eines erlassen werden vom Anbeginn der Zeit bis in alle Ewigkeit. Sela. So war es.

Eine bessere Schlußbemerkung zu dem, was ihm Nadia erzählt hatte, wäre im übrigen gar nicht denkbar gewesen. Wenn Talmarani die Augen schloß, sah er sie in zweifacher Erscheinung: Zu Beginn ihres Gespräches eine junge Frau, die sich mit untergeschlagenen Beinen, Arme um die Knie geschlungen, in ihren Gartenstuhl kuschelte. Gegen Ende, als sich hinter dem verblassenden Dunkelblau der Nacht schon wieder der weißgraue Chamsinhimmel zeigte, saß sie lockerer da, hatte sich dafür aber in ein Umschlagtuch gehüllt, das kaum mehr als ihr Gesicht freiließ und sie wie eine ältere Dame von hoher Lebenserfahrung erscheinen ließ. Um diese Zeit hatte Talmarani längst begriffen, daß sie in der Tat von sehr vielen Dingen sehr viel verstand, nicht nur von Stephen Warren, aber natürlich wußte sie über ihn besonders gut Bescheid.

»Wir haben es unter uns die maladie anglaise genannt«, erklärte sie zum Beispiel, »die englische Krankheit. An diesem Baptistenkolleg, das sich American University nannte, trat sie geradezu epidemisch auf.«

»Wer ist ›wir‹?« unterbrach Talmarani.

»Stephos Studenten, männliche wie weibliche, die Eingeborenen eben, die mit den Vorzügen der westlichen Zivilisation vertraut gemacht werden sollten. Meistens trafen wir uns in ›Faisals Snackbar‹ und lästerten über unsere Lehrer.«

»Fasials Snackbar« kannte auch Talmarani noch. Das Lokal war im Vorkriegs-Beirut eine Institution gewesen, Treffpunkt von Schülern, angehenden Akademikern und natürlich auch den Talent Scouts der verschiedensten politischen Gruppierungen, die hier ihren intellektuellen Nachwuchs zu rekrutieren suchten, damals vor allem Nasseristen.

»Maladie anglaise«, sagte er, »ich ahne, was damit gemeint ist. Eine gute Bezeichnung übrigens.«

»Nicht wahr?« Nadia lächelte. »Junger Amerikaner oder junger Brite kommt in den rätselhaften Orient und will sich von ihm verschlingen lassen. Meist ist er auch noch von T.E. Lawrence besessen und mutiert deshalb binnen kürzester Frist zum arabischen Superpatrioten. Auf weißem Roß in wallende weiße Gewänder gehüllt, sieht er sich an der Spitze eines Beduinenheeres in eroberte Städte einziehen und auf ihren Türmen die Fahne mit dem Halbmond hissen. Danach wird er die Herrschaft einem einheimischen Fürsten übergeben und im Schatten seines Thrones den neugegründeten Staat regieren, nach streng muslimischen Regeln natürlich, aber auf demokratischer Basis. Ein edler Traum, zugegeben, aber in erster Linie reine Knabenphantasie. Wer von der maladie befallen ist, wird nie erwachsen. Aber das wollen die Kranken ja gar nicht. Sie tragen kurze Hosen, solange sie leben.«

»Gilt das auch für Warren?«

Nachdenklich senkte Nadia den Kopf. Über dem im Schatten liegenden Garten lastete eine geradezu drückende Stille. Kein Geräusch weit und breit, weder Vogelgesang noch Autolärm. Warren, der noch eine Zeitlang in den oberen Räumen herumgepoltert und zuletzt vom Balkon herab gefragt hatte, ob sie nicht endlich hereinkommen wollten, mußte schon vor geraumer Zeit zu Bett gegangen sein.

Zum ersten Mal, seit er sich im Haus des Amerikaners aufhielt, fühlte Talmarani sich einigermaßen frei und unbeschwert. Was er über seinen Vater erfahren hatte, war glücklich verdrängt – fürs erste wenigstens.

»Ahnen Sie es denn nicht?« fragte Nadia endlich.

»Was?«

»Wir sprachen von Knaben. Stepho war einer, ist einer geblieben und hat stets die Gesellschaft von anderen Knaben gesucht. Jungen Männern, gutaussehenden Männern, phantasiebegabten, begeisterungsfähigen, Führung und Anleitung suchenden Jünglingen, die bereit sind, sich von Worten berauschen zu lassen, und Worte meist schon für Taten halten. Solche Anwärter auf Heldentod oder Martyrium müssen doch auch Ihnen begegnet sein.« Sie lächelte wieder, diesmal spöttischer als zuvor. »Oder sollten Sie selbst zu dieser besonderen Spezies gehören?«

»Besondere Spezies?« fragte Talmarani zurück. »Wo wäre sie weniger besonders als hierzulande?«

»Touché«, sagte Nadia. »Ich muß also bei der Beschreibung von Stepho und seiner Gefolgschaft nicht deutlicher werden?«

»Müssen Sie nicht, nein.«

Sie seufzte. »Was mir auch lieber ist. Danke.«

»Nichts zu danken. Wie sind eigentlich Sie an Stephen Warren geraten?«

»Er hat mich nach dem Tod meiner Eltern gewissermaßen adoptiert.«

Die dazu gehörenden weiteren Angaben gab Nadia in Stichworten: Vater und Mutter aus Haifa in den Libanon geflohen, dort zu einem gewissen Wohlstand gekommen, dann in den Artillerieüberfall auf das »Summerland Hotel« geraten. Sie selbst habe damals für Warren gearbeitet, in welcher Position erfuhr Talmarani nicht.

»Und jetzt?« wollte Talmarani wissen.

»Das sehen Sie doch, Tom. Ich bemühe mich vorwiegend, ihn vor Dummheiten zu bewahren.«

»Dummheiten welcher Art?«

»Kombinieren Sie ein bißchen! Der Typ von Mann, den ich beschrieben habe, wird von allem, was sich im Halbdunkel abspielt, geradezu magisch angezogen. Geheimdienste oder Untergrundorganisationen brauchen ihn nicht anzuwerben, er stürzt sich geradezu in ihre Arme. Und wenn er dann noch über Kenntnisse verfügt, allerlei Sprachen spricht, intelligent ist und selbst diese gewisse Agentenmentalität besitzt – was alles auf Stepho zutrifft –, dann kann er in solchen Kreisen durchaus Karriere machen. Das gilt vor allem in den hiesigen Breiten. Aber wem sage ich das, Sie sind ja von hier.«

Da Talmarani tatsächlich schon früher das Gefühl befallen hatte, Nadia rechne auch ihn zu der Art von Männern, die Warren um sich zu scharen pflegte, erwiderte er vorsichtshalber: »Ich war zu lange von Beirut weg, um mich in solchen Dingen auszukennen.«

»Aus Ihren Büchern könnte man auf das Gegenteil schließen, sagt Stepho.«

»Das täuscht. Meine Bücher sind das Produkt rein akademischer Studien: angelesene Kenntnisse plus Spekulation.« Um wieder auf den Gegenstand seines Interesses zu kommen, setzte er hinzu: »Aus der Überwachungsanlage von Mr. Warrens Haus könnte man schließen, daß er sich bedroht fühlt.«

»Sie meinen: Ist er im gleichen Geschäft wie Llewellyn?«

»Über den weiß ich zwar auch nicht viel, aber ja, das wollte ich wissen.«

Wieder dachte Nadia lange nach, bevor sie antwortete. Als es dann geschah, umschlang sie ihre Schultern mit beiden Armen und vermied es, beim Sprechen Talmarani anzublicken. »Er ist«, sagte sie in die Dunkelheit hinein, »viel unterwegs, trifft sich an den unterschiedlichsten Orten mit den unterschiedlichsten Leuten, hat Zugang zu vielen Stellen, staatlichen, privaten, inländischen, ausländischen, hohen Ämtern, undurchsichtigen Ämtern und verfügt über ein gutes Einkommen. Jemand, mit dem ich einmal sprach, nannte ihn einen Dinosaurier, womit er meinte: Agenten von der alten Art, Einzelkämpfer, die im Dienst ihrer Dienste allerlei gefährliche Aktionen durchziehen, gebe es, von Ausnahmen abgesehen, so gut wie nicht mehr. Geheime Informationen würden heute von großen Beamtenapparaten und mit rein technischen Mitteln zusammengetragen: Abhören des internationalen Sprechfunkverkehrs, Satelliten, die aus dem Weltraum ein Autonummernschild identifizieren können und dergleichen. Stepho hingegen stamme noch aus der Kreidezeit, das mache ihn zu einem Ein-Mann-Geheimdienst und zu einem Spezialisten, der es sich leisten könne, seine Leistungen quasi auf dem freien Markt anzubieten, und zwar für viel Geld.« Nadia richtete ihre Augen wieder auf Talmarani und schloß: »Zumindest glaubte ich, diesen Jemand so verstanden zu haben.«

»Das klingt, als ob Sie Vorbehalte hätten«, sagte dieser.

»Mein Gesprächspartner«, erwiderte sie, »kannte Stepho nur von außen – sozusagen.«

»Aber Sie kennen auch sein Inneres?«

Da Nadia ihre Schultern noch enger umschlang, wartete Talmarani die Antwort nicht ab, sondern fragte, ob sie vielleicht ins Haus gehen sollten. Das Mädchen schüttelte jedoch den Kopf. »Die Nacht ist so angenehm nach fünf Tagen Chamsin. Und manchmal singen um diese Zeit die Nachtigallen.«

»Dann erlauben Sie wenigstens, daß ich Ihnen eine Jacke oder eine Decke hole.«

»Das«, murmelte sie dankbar, »wäre schön. Drinnen auf der Couch liegt ein Umschlagtuch, wenn Sie …«

Talmarani stand schon auf den Füßen. Bei seiner Rückkehr glaubte er tatsächlich, in der Ferne das Schluchzen des Lieblingsvogels aller orientalischen Dichter zu hören. Nadia nahm ihm das Tuch aus der Hand und legte es um. Da Talmarani sah, daß sie dennoch die Beine unter den Körper zog, eine Haltung, die ihr allmählich unbequem werden mußte, zog er seine Jacke aus, bat sie die Füße auszustrecken, und wickelte diese damit ein. Als er sich wieder aufrichtete, blickte das Mädchen mit schräg geneigtem Kopf zu ihm empor. »Ich beginne, Ihre Freundinnen um Sie zu beneiden, Tom.«

»Warum gebrauchen Sie die Mehrzahl?« fragte er. »Meinen Sie, ich hielte mir einen Harem?«

»Vielleicht nicht. Aber die Frauen müssen Ihnen doch nachlaufen.«

»Geht so«, sagte er, weil ihm nichts Besseres eingefallen war.

Nadia lachte und griff nach ihrem Weinglas. Da es leer war, schenkte Talmarani nach. Inzwischen sangen schon drei Nachtigallen; es klang wie ein Austausch melodiöser Zärtlichkeiten und erinnerte ihn überraschenderweise an Kütschük Saids Bericht über seine anatolische Reise mit Dorothea Staudacher. Die beiden haben auch am Fuß eines Bülbül-Dag gesessen, wie jeder dritte Hügel in der Türkei hieß, und hatten dem »süßen Gesang« des Nachtvogels gelauscht.

Auf Warren, aber damit auch auf Llewellyn, kamen sie erst später wieder zu sprechen. Nadia war jetzt die weise Frau im Umschlagtuch, was ihren Worten eine überraschende Ernsthaftigkeit verlieh.

Um Stepho richtig beurteilen zu können, sagte sie, müsse man immer im Auge behalten, daß er im Grund seines Wesens ein heilloser Romantiker sei, ein Träumer, ein, nun ja, ein Opfer eben der maladie anglaise und ein verhinderter Held.

»Ein Spinner?« wagte Talmarani zu fragen. Aber so negativ wollte Nadia es nicht formuliert wissen. Er brauche nun einmal diesen Hauch von großer Oper, von Mantel-und-Degen, diese T.E. Lawrence-Posen mit dem dazu gehörenden, stoisch gelebten Weltschmerz. Llewellyn hingegen ...

»Ja?« sagte Talmarani. »Llewellyn?«

Nadia begann wieder vorsichtiger zu formulieren. »Irgendwie Stephos Bruder im Geiste, das schon, aber vulgärer als er, gröber, listiger, gerissener, undurchschaubarer, kein Menschenfänger, sondern einer, der Menschen zu manipulieren versucht. Und natürlich«, wie um ihrer Aussage Nachdruck zu verleihen, nickte sie mehrmals mit dem Kopf, »natürlich ein hundertprozentiger Profi, der sein Handwerk in den alten Tagen von Grund auf gelernt hat.«

»Aber jetzt auch ein sozusagen freier Unternehmer?«

»Ob Stepho irgendwann einmal einer Organisation angehört hat, sagen wir der CIA oder einem ähnlichen Dienst, das weiß ich nicht. Llewellyn hingegen kommt eindeutig aus dem Spionagegewerbe und hat noch Verbindung zu, was weiß ich, dem M.I.6 vielleicht. Auf jeden Fall kann er an viel mehr Fäden ziehen als Stepho und auch noch Druck oder Macht ausüben.«

»Sagt wer?«

»Stepho.«

»Könnte stimmen«, erklärte Talmarani. »Ich jedenfalls kenne einen deutschen Geheimdienstler, der ihn praktisch als Kollegen betrachtet. Und ich weiß, daß er sich für alles interessiert, was mit Öl zu tun hat.«

Darauf sagte Nadia: »Könnte stimmen«, um anschließend wieder für längere Zeit zu verstummen. Aus dem Nachtigall-Trio war längst schon ein Sextett oder vielleicht auch ein Oktett geworden; da irgendwelche Hauswände oder vielleicht die Dunkelheit selbst ihren Gesang reflektierten, konnte man es nicht so genau sagen. Talmarani hätte noch viele Fragen gehabt, verspürte aber keine Lust mehr, sie auch zu stellen. Die Nacht, da hatte Nadia recht, war wirklich angenehm. Ihm gewährte sie das Gefühl, auf eine abgeschiedene Oase, fern vom Lärm der Welt, geraten zu sein, und er verhehlte sich keineswegs, daß dieser Eindruck auch davon herrührte, daß ihm dieses Mädchen gegenübersaß. Nadia war nicht nur hübsch, sie war dazu noch klug und versuchte ganz offensichtlich, ihm zu helfen, ohne Warren zu desavouieren. Darauf deutete schon die Art und Weise hin, auf die sie zu erklären versucht hatte, wie Llewellyns Beschimpfung »elende Matrosenhure« zu verstehen sei.

Völlig unvermittelt fragte sie: »Würden Sie mir morgen früh einen kleinen Gefallen tun, Tom?«

»Natürlich, gern. Welchen?«

»Ich möchte wieder einmal nach Anaya hinauf.«

»Zur Gruft des heiligen Charbel?«

»Ja. Es wäre nett, wenn Sie mich begleiten könnten. Und bevor Sie weiterfragen: Ich komme zwar aus einer christlichen Familie, wurde aber von meinem Vater als Marxistin erzogen, wovon nichts weiter übriggeblieben ist als eine gewisse Abneigung gegen alle Kirchen.«

»Trotzdem…?«

»Ja, trotzdem. Es ist ein Stück Aberglaube, das ich mir, sagen wir: leiste.« Und abermals völlig unvermittelt fügte sie hinzu: »Wissen Sie, was meiner Ansicht nach die eigentliche Ursache der maladie anglaise ist?«

Talmarani schüttelte den Kopf.

»Gott. Dieser einzigartige, in makelloser Vollkommenheit schimmernde muslimische Gott, den die Imame verherrlichen und die Dichter besingen. Stepho, der das auch gar nicht leugnet, ist ihm insgeheim verfallen und wahrscheinlich, auf seine Art, sogar der Schmutzfink Llewellyn. Hier im Orient dreht sich im Grunde alles um Gott, schon von jeher, und das wird auch weiterhin so sein, bis in die fernste Zukunft.«

Kurz nach dieser merkwürdigen und für Talmarani rätselhaften Erklärung – rätselhaft, weil sie aus dem Mund Nadias kam – hatten sie die Gartenterrasse verlasen und waren schlafen gegangen.

Nun, drei oder vier Stunden später, beim Gesang des Muaddins, wurde Talmarani gerade daran wieder erinnert und glaubte plötzlich zu wissen, daß sie ihm einen ganz bestimmten Fingerzeig hatte geben wollen.

Den Gedanken wieder beiseite schiebend, fragte er sich, was seine nächsten Schritte sein müßten. Zurück ins Hotel, um nachzusehen, ob schon Nachricht von Maidli gekommen war? Aber nein, das Maidli hielt sich ja noch in Zürich auf. Was dann? Vielleicht Dimitrios anrufen? Der würde sich wahrscheinlich selbst melden. Dann fiel ihm ein, daß er Nadia versprochen hatte, sie nach Anaya zu begleiten.

Er stieg aus dem Bett und trat ans Fenster, um nachzusehen, was der Chamsin mache. Von seinem Zimmer aus, blickte man auf die völlig leere Straße. Schräg gegenüber, vom Blätterdach einer Platane halb verborgen, parkte ein einsames Auto. Talmarani wollte sich schon wieder abwenden, blickte dann aber noch einmal genauer hin. Und kein Zweifel, es war der hellgelbe Mercedes, in dem Dimitrios ihn gestern hergefahren hatte. Hinter der Windschutzscheibe ließ sich eine zusammengesunkene Gestalt in hellem Anzug ausmachen.

IX

Ob er den Krak schon kenne? Blöde Frage, dachte Talmarani. Natürlich kannte er dieses Monstrum von einer Kreuzritterburg, das hätte Dimitrios sich eigentlich denken können. Jeder Absolvent einer Beiruter christlichen Schule war mindestens einmal in seiner Jugend dort hingeschleppt worden, um sich stundenlange Vorträge über tapfere Mönche im Kettenhemd anzuhören, die vor Hunderten von Jahren auf den Ausläufern des Libanongebirges einen Vorposten des Abendlandes gegen die Muslime verteidigt hatten. Und hinterher hatten alle Ausflugsteilnehmer – natürlich – einen Aufsatz darüber schreiben müssen.

Dimitrios indessen wollte offenbar nur sagen, sie befänden sich vermutlich auf dem Weg zum Krak des Chevaliers und nicht auf dem nach Hama. Das mochte sogar stimmen. Der letzte Ort, den sie passiert hatten, war Tell Kalakh gewesen, eben darauf fuhren sie jetzt wieder zu. Sein Chauffeur, der nur den beiden vorausfahrenden Wagen folgte, mußte, wie diese auch, irgendwo auf der Straße, die über Homs nach Hama führte, wieder gewendet haben. Wann? Wahrscheinlich, als Talmarani vorübergehend die Augen zugefallen waren. Aber warum hatte Dimitrios gewendet?

Noch blödere Frage! Der Levantiner wußte sowenig wie Talmarani, wo sie hinfuhren. Bis jetzt hatte die ganze Fahrt ohnehin einer wilden Zick-Zack-Tour geglichen. Auch Warren und Llewellyn, in den beiden vorderen Wagen, kannten vermutlich das eigentliche Ziel der Reise nicht. Der eine oder andere von ihnen hielt gelegentlich in irgendwelchen Orten an, stieg aus, verschwand, kam kurz darauf zurück, und weiter ging die Fahrt. Von Tripoli bis zur syrischen Grenze hatte ihr kleiner Konvoi strikten Nord-Kurs gehalten. Später waren sie nach Osten abgebogen. Nun steuerten sie wieder Richtung Westen. Der Geländewagen mit den beiden syrischen Offizieren, der dem gelben Mercedes von Dimitrios folgte, machte alle diese Richtungswechsel getreulich mit. Die anderen Syrer, je einer neben Llewellyn und Warren, schienen das Ziel der Reise ebenfalls nicht zu kennen. Daß es tatsächlich der Krak sein könnte, mutete also, im Augenblick zumindest, keineswegs unwahrscheinlich an. Genau allerdings würden sie erst Bescheid wissen, wenn ihre Konvoispitze abermals die Richtung wechselte und bei Kalakh in die Berge hinein abbog.

Seit sie Beirut verlassen hatten, waren schon mehr als fünf Stunden verstrichen. Der heftig nagelnde Motor von Dimitrios' Auto machte das Fahren nicht gerade zum Vergnügen. Wenn er die Fenster herunterkurbelte, drangen Dieselgestank und Staub ins Wageninnere, wenn er sie wieder schloß, wurde es unerträglich heiß. Immerhin, die Landschaft war wenigstens abwechslungsreich: Schneekappen auf fernen Gipfeln; schwarz-rote, steile Felsabhänge; bereits abgeblühte Apfelbäume inmitten von saftig grünen Wiesen; dazu die an startbereite Raketen gemahnenden Minaretts. Mit der Zeit indes bekam man von der vorbeiziehenden Naturkulisse kaum mehr etwas mit. Man litt nur noch auf den beinahe glühenden Plastikbezügen der Sitze und an seinem naßgeschwitzten, an der Haut klebenden Hemd.

Was am meisten zu Talmaranis Unbehagen beitrug, war ein nagendes Gefühl in der Magengrube, das ihn zum ersten Mal nach der Nacht unter Warrens Dach befallen hatte und für das er keinen Namen fand. Es glich weder dem bereits vertrauten Zustand des freien Falls, noch konnte es dem halb und halb erwarteten Schock wegen der jüngsten Nachricht über den Tod seines Vaters zugeschrieben werden. Eher bewirkte dieses Gefühl, daß Talmarani sich nach der mit dem freien Fall einhergehenden Leere in seinem Kopf zurücksehnte, dieser im Rückblick fast angenehm anmutenden Schwerelosigkeit. Da es aber außerdem so etwas wie eine bedrohlich schwirrende Baßsaite zum Tönen brachte, versuchte er gar nicht erst, ihm auf den Grund zu gehen, sondern bemühte sich eher, es zu ignorieren – was natürlich auch nicht so recht funktionierte. Sein Verstand, der sich noch nie völlig hatte abschalten lassen, sagte nun einmal: In die Geschichte, von der du bis vor kurzem noch angenommen hattest, sie betreffe dich allenfalls am Rande, du könntest sie dir, im Vorbeischlendern gewissermaßen, aneignen, um danach zu wissen, was es mit zwei Morden und deinem geheimnisumwitterten Großvater auf sich gehabt habe, in diese Geschichte, mein Lieber, bist du schon vor geraumer Zeit selbst eingetreten. Und die Zeit, in der du in der Lage warst, das abzuleugnen oder zu verdrängen, diese Zeit, Talma-Baby, ist ebenfalls verstrichen. Spätestens von dem Moment an, in dem dir die Wahrheit über Eduard Lionels Vor- und Ableben übermittelt worden war, konntest du unmöglich weiterhin so tun, als habe sich dein Leben nicht von Grund auf geändert.

Der nette Bursche, dem die Frauen so gern übers Haar streichen, oder der seinen Hobbies lebende Swinger mit der goldenen Schweizer Scheckkarte bist du längst nicht mehr, soviel steht fest. Was statt dessen aus dir geworden ist oder irgendwann aus dir werden könnte, dürfte allerdings die nächste, ebenso heikle, wie interessante Frage sein. Versuche aber trotzdem nicht, dir deswegen eine nette kleine Identitätskrise anzulachen. Wozu das führt, hast du in der Clique oft genug erlebt. Bemühe dich lieber, zu ergründen, ob Thomas Jakub Talmarani, geborener Phelbs, das Endprodukt zweier reichlich dubioser Biographien, vielleicht doch etwas von einem Kütschük Said oder einem Eduard Lionel Phelbs in sich hat. Das könnte der Wahrheitsfindung noch am ehesten dienlich sein. Oder sollte man einfach sagen: Tu etwas für das Geld, das die beiden dir hinterlassen haben?

Wenn sein Verstand soweit gekommen war, brach Talmarani diesen inneren Dialog meist gewaltsam ab – was freilich ebenfalls nichts half, seine Gedanken wurden dann einfach in eine andere Richtung gedrängt oder traten sich gegenseitig auf die Füße.

Das hatte auch mit der Hitze zu tun, mit den Geräuschen, die Dimitrios' Diesel von sich gab, mit dem entnervenden Gekurve über Schotterstraßen und tausendfach geflickte Asphaltdecken, vorbei an Dörfern, deren Häuser sich unter der Last des weißglühenden Himmels zu ducken schienen oder ihm betongrau und von Palisaden aus rostfarbenen Armiereisen gekrönt zu trotzen suchten.

Auf der rechten Straßenseite huschte ein Wegweiser vorbei: noch zehn Kilometer bis Tell Kalakh. Es schien wirklich zum Krak des Chevaliers zu gehen. Talmarani fielen schon wieder die Augen zu.

Der heilige Charbel, dessen Gruft er zwei Tage zuvor besucht hatte, mußte als Jüngling gestorben sein, denn sein Bild zeigte einen faltenlosen Mann mit fromm nach oben gewandtem Blick und rosiger Haut. Hinter dem Gitter, das ihn vor Zudringlichkeiten schützen sollte, lagen Geldscheine aus aller Welt. Libanesische Pfunde, Dollars, sogar ein paar D-Mark-Noten glaubte Talmarani zu erkennen. Die Luft in dem engen Gelaß war angenehm kühl gewesen, aber von Weihrauch geschwängert.

Nadia hatte sich kaum mehr als ein paar Minuten vor dem Totenschrein aufgehalten, um dann wieder hinauszugehen. Seit die junge Frau Dimitrios kannte und dieser sie, war mit Händen zu greifen gewesen, daß die beiden dringend ein paar Worte miteinander wechseln wollten.

Beim Frühstück, zu dem sie den völlig übernächtigten Levantiner ins Haus gebeten hatte, war dazu keine Gelegenheit gewesen, und später, auf der Fahrt von Jounieh nach Anaya in Dimitrios' Mercedes, auch nicht. Nadia hatte ihm den Weg erklären und, da er schon bereit gewesen war, sie zu fahren, höfliche Konversation machen müssen. Den Verdacht, daß sowohl die Frau als auch der Mann im völlig verknitterten weißen Anzug am liebsten in eine Sprache ausgewichen wären, die er nicht verstand, war Talmarani schon in Warrens Haus gekommen. Da sie sich aber auf Englisch oder Arabisch angewiesen sahen, blieb ihnen diese Möglichkeit verschlossen.

Nun saßen beide auf einem Stein vor dem Klosterladen und redeten endlich, während Talmarani noch in der Gruft des bei Christen wie Muslimen gleichermaßen beliebten Heiligen herumtrödelte und an die vergangene Nacht dachte.

Hatte Nadia nicht irgendwann während ihres Gesprächs auf der Terrasse darauf verzichtet, ihm gegenüber von Warren als Prof zu sprechen? Und ließ das nicht darauf schließen, daß er in ihren Augen vom Fremdling zu einem Bekannten avanciert war, vor dem man keine gekünstelten Posen mehr einnehmen mußte? Er würde das sicherlich noch herausfinden. Bis jetzt hatte auch er noch keine Möglichkeit gehabt, ungestört mit ihr zu reden.

Am Morgen war Talmarani erst einmal vor die Tür gegangen, um Dimitrios zu fragen, ob er wirklich die ganze Nacht in seinem Wagen vor Warrens Tür zugebracht habe, was dieser etwas verlegen bejahte.

Dann hatte Nadia den Levantiner ins Haus gebeten, obwohl sie von Talmarani wußte, für wen er arbeitete. Wenig später waren sie dann in dessen Mercedes nach Anaya aufgebrochen, denn Warren schien mit seinem Wagen weggefahren zu sein, und Nadia besaß kein eigenes Auto. Während der Fahrt aber hatten sich alle gegenseitig blockiert. Erst hier oben war dann wenigstens für Nadia und Dimitrios die Chance gekommen, ohne Zuhörer ein paar Worte zu wechseln.

Nachdem er nicht länger vorspiegeln konnte, sich für den heiligen Charbel zu interessieren, verließ auch Talmarani die dämmerige Gruft und schlenderte zum Klosterladen hinüber. Ein paar Minuten lang tat er noch so, als interessierten ihn die dort feilgebotenen Devotionalien, dann ging er auf Nadia und Dimitrios zu. Beide blickten ihm mit einem Ausdruck entgegen, der erkennen ließ, daß niemand anderer als er ihr Gesprächsthema gewesen war.

»Um was geht's?« fragte Talmarani, als er sich neben der Frau auf dem Stein niederließ.

»Ihr Freund«, erwiderte Nadia, »hat gerade eine hübsche Theorie entwickelt und sie zugleich über Bord geworfen. Wir sprachen von Ihnen.«

»Von einer Ziege namens Thomas Talmarani?«

»Genau.«

»Und warum gilt dieser Vergleich nicht mehr?«

»Weil der Löwe schon tot ist«, sagte Dimitrios.

»Weil ...?« Talmarani brauchte ein paar Sekunden, bis er begriffen hatte. »Sie meinen, mein Vater war derjenige, den ich aus der Deckung locken sollte?«

»Wer sonst?« fragte Dimitrios zurück.

»Unlogisch«, erklärte Talmarani.

»Das«, fügte Nadia hinzu, »meine ich auch.«

Diesmal kam der Levantiner nicht gleich mit. »Warum unlogisch?«

»Weil, laut Mr. Warren, mein Vater schon tot war, als ich durch den falschen Assem i-Audi in die ganze Affäre hineingezerrt werden sollte.«

»Das müssen zu diesem Zeitpunkt weder Llewellyn noch die Jordanier gewußt haben.«

»Aber diejenigen, die Assem losschickten, zuerst den richtigen, dann den falschen, dürften es gewußt haben, und somit auch jene, die beide umbringen ließen. Überhaupt«, Talmarani wandte sich an Nadia, »wer hat Mr. Warren eigentlich über den Tod meines Vaters informiert?«

Das Mädchen hob die Hände, um sie wieder sinken zu lassen. »Gewährsleute. Ich habe Ihnen doch gesagt, daß er über gute Verbindungen verfügt. Bessere offenbar als Llewellyn.«

»Der wußte es auch schon, als er uns gestern nacht besuchte.«

»Muß es aber später erfahren haben als Stepho.«

»Wußte er es eigentlich, als Sie mich anriefen, Dimitrios?«

Der Levantiner nickte. »Ja. Allerdings noch nicht sehr lange. Gerade, daß Mr. Warren ihm um eine Nasenlänge voraus gewesen war, hat ihn ja so wütend gemacht.«

»Wo ist Llewellyn übrigens jetzt?«

»Keine Ahnung. Nachdem wir in meinem Wagen zu seiner Wohnung zurückgefahren waren, gab er mir den Auftrag, Mr. Warrens Haus zu überwachen. Er sagte, ich solle gar nicht erst versuchen, es unauffällig zu tun.«

»Hat Mr. Warren Sie gesehen, als er heute morgen wegfuhr?«

»Der war so in Eile, daß er nicht einmal einen Elefanten vor seiner Tür bemerkt hätte.«

»Und wo er hingefahren ist, weiß auch niemand. Oder, Nadia?«

Das Mädchen wechselte einen schnellen Blick mit Dimitrios. Der sagte: »Darüber wollten wir gerade reden, als Sie aus der Kapelle kamen.«

»Heißt das, Sie könnten sich denken, wo er ist?«

Auf diese Frage bekam Talmarani lange keine Antwort. Dimitrios, der zwar zerknittert wirkte, aber immer noch nach Lavendel duftete, starrte mit gerunzelter Stirn auf seine Füße. Nadia hielt ihr Gesicht in die wirren Schattenmuster der Terebinthe, unter der alle drei saßen. Es sah aus, als habe sie eine Maske aufgesetzt.

»Nun?« sagte Talmarani schließlich und wunderte sich über die forsche Art, in der er auf einmal Fragen stellte.

»Meiner Ansicht nach gibt es nur eine Möglichkeit. Ich weiß aber nicht, ob Miß Kiron ebenso denkt.«

Diesmal war es Dimitrios, der Nadia anblickte. Seinen fragenden Ausdruck erwidernd, holte sie nach kurzem Zögern einen Lippenstift aus der Tasche und malte ein Schriftzeichen auf ihre Handfläche.

Talmarani spürte einen Hauch von Belustigung. In »Some Like It Hot« hatte Tony Curtis eine herumliegende Muschel aufgehoben, als Marilyn Monroe wissen wollte, woher sein angeblicher Reichtum stamme, und Marilyn hatte sofort »Shell« gedacht. Jetzt las Talmarani jenes arabische Zeichen, das sich dem westlichen Besucher des Nahen Ostens als erstes einprägt, weil es, zusammen mit der Muschel, an sämtlichen Shell-Tankstellen zwischen Kairo und Kuweit prangt, ein dekorativer Bogen mit kleinem Doppelhaken und zwei Pünktchen darüber. Nur steht es am verkehrten Ende des Firmennamens, weil Arabisch von rechts nach links geschrieben wird.

Shell indessen schien Nadia nicht gemeint zu haben, denn neben das eine Sh zeichnete sie ein zweites, ohne dabei den Blick von Dimitrios zu lassen. Der begriff offenbar. Unter einem abgrundtiefen Seufzer hob sich seine schmale Brust. »Also doch«, sagte er. »Genau das glaube ich auch.«

»Was?« fragte der allmählich ungeduldig werdende Talmarani.

»Schafik Scharif«, erwiderten beide gemeinsam.

»Wer ist das nun wieder?«

»Geld«, murmelte Dimitrios, »Öl, Einfluß, Macht.«

»Saudi«, ergänzte Nadia, die sich sichtlich auch nicht wohl fühlte.

»Und wenn bei Schafik«, fuhr der Levantiner fort, »dann beide.«

»Was beide?«

»Dann ist nicht nur Warren bei ihm, sondern auch Llewellyn.«

»Dann«, das war Nadia, »hat Schafik gepfiffen, und sie kamen angetrabt.«

»Oder beide wollten dem Pfiff zuvorkommen.«

»Auch möglich«, gab das Mädchen zu. »Aber Schafik ist es. Ich habe mir gleich gedacht, daß Sie ebenfalls dieser Meinung sind, Mr. Dimitrios.«

»Und was bedeutet nun das?« wollte Talmarani wissen.

»Vielleicht«, sagte Dimitrios, »war Eduard Lionel Phelbs wirklich nicht der Löwe, auf den alle warten. Vielleicht ist doch ein völlig anderer gemeint. Aber, um des Himmels willen, wer?«

Talmarani hing diesem Gespräch noch nach, als Dimitrios plötzlich derart hart auf die Bremse trat, daß er nach vorne geschleudert wurde. Die beiden Wagen vor ihnen hatten genauso abrupt gestoppt. Dann setzten sie zurück, was den Levantiner und die Wagen hinter ihnen zwang, es ebenfalls zu tun.

»Wo sind wir?« fragte Talmarani.

»In Kalakh. Sie scheinen die Abzweigung zum Krak übersehen zu haben.«

»Was die wohl in diesem alten Gemäuer wollen.«

»Wenn ich es wüßte, würde ich es Ihnen sagen.«

Talmarani hatte Dimitrios noch nie in ähnlich mürrischer Stimmung erlebt. Sie mochte aber daher rühren, daß er schon seit dem frühen Vormittag am Steuer saß. Und für Strapazen war der zierliche Mann nun wirklich nicht geschaffen. Während der zurückliegenden zwei Tage hatte Talmarani ihn ziemlich gründlich kennengelernt. Bis auf das eine Mal, da er sich ungestört mit Bogosaki unterhalten konnte, war Dimitrios ständig an seiner Seite gewesen.

Bei ihrer Rückkehr ins Hotel hatte der Concierge ihm abermals ein Kuvert mit Faxpost von Maidli überreicht und hinzugefügt, sein Anruf in Lugano werde dringend erwartet. Die Dame von der Bank habe ihn bereits zweimal zu erreichen versucht. Da es aber mittlerweile in der Schweiz Mittag geworden war, das Maidli also in seiner Stammbeize bei gemischtem Salat mit Yoghurtdressing saß, beschloß er, das Telefonat noch hinauszuschieben und ließ sich statt dessen von Bogosaki zu einem Café pousse einladen. Dimitrios hatte sich verabschiedet, um die Kleidung zu wechseln.

Im Innenhof sitzend, erklärte Talmarani seinem neuen Freund, weshalb ihm der ehemalige Besitzer des »Pera Palace« ein Begriff sei, ohne dabei aber den Namen Kütschük Said zu erwähnen. Mit verhaltener Rührung hörte dessen Nachfahr ihm zu, seufzte ein paarmal tief und erzählte dann seinerseits, wie es gekommen war, daß die Familie Bogosaki ihr Juwel am Bosporus verloren hatte. Natürlich war es eine etwas geschönte Geschichte von türkischem Griechenhaß und böser Verfolgung. In Wahrheit mußte Petros Bogosaki, soviel war Talmarani bekannt, in allerlei dubiose Geschäfte verstrickt gewesen sein und auch für die Athener Regierung spioniert haben. Immerhin, Bogosaki der Jüngere besaß einen Sinn für Anekdoten und steckte voll kleiner hübscher Histörchen.

Als er gerade von Ernest Hemingway erzählte, der in der wirren Zeit nach dem Ersten Weltkrieg auch im »Pera Palace« gewohnt hatte und durch seine Alkoholexzesse ziemlich aufgefallen war, kam Talmarani eine Idee. Er fragte, ob Bogosaki noch Kontakte in Istanbul habe. Der nickte. »Natürlich M'sieur. Ich kenne die Concierges fast aller großen Hotels zwischen Beirut und Rom. Kann ich Ihnen auf irgendeine Weise behilflich sein?«

»Vielleicht«, erwiderte Talmarani. »Es könnte allerdings einigen Aufwand erfordern.«

»Lassen Sie hören, M'sieur!« Bogosaki war sichtlich darauf aus, ihm gefällig zu sein.

Talmarani sagte, es müsse bis in die frühen fünfziger Jahre hinein eine türkische Zeitung namens »Vatan« gegeben haben.

Der Concierge nickte abermals. »›Vatan‹, Vaterland, das ist durchaus möglich. Sie interessieren sich für dieses Blatt?«

»Eigentlich nur für ein Interview, das 1952 erschien. Ich weiß lediglich, daß es mit einem Mann namens Hans Jakob Phelbs geführt wurde und daß darin das Thema Terrorismus angesprochen wurde. Mehr ist mir nicht bekannt.«

»Und dieses Interview möchten Sie haben?«

»Falls es noch irgendwo zu finden ist, ja.«

Bogosaki hatte ein Notizbuch gezückt und schrieb sich alle genannten Angaben auf: Vatan, 1952, Hans Jakob Phelbs, Terrorismus.

»Es wird vermutlich nicht einfach sein«, sagte Talmarani entschuldigend.

»Für einen guten Concierge«, erklärte der Concierge, »ist fast nichts zu schwierig. Ich werde noch heute in Istanbul anrufen.«

»Die Kosten übernehme natürlich ich.«

Bogosaki hob beide Hände. »Noch bin ich in Ihrer Schuld, M'sieur. Wenn es allerdings zu viel Aufwand erfordern sollte, werde ich mich wieder an Sie wenden.«

Sie beschlossen, das gleiche noch einmal zu trinken, den Kaffee allerdings wegzulassen und sich auf den Kognak zu beschränken. Danach ging Talmarani in sein Zimmer und rief das Maidli an. Es war eben ins Büro zurückgekehrt und noch ein wenig atemlos. Aber das gab sich, nachdem sie die ersten Worte gewechselt hatten.

»Danke für das Fax«, sagte Talmarani. »Ich habe es vor ein paar Minuten bekommen. Ein Glück, daß meine wichtigsten Disketten bei dir deponiert sind.«

Das Maidli hatte im Moment keinen Sinn für derlei Banalitäten.

»Hier ist die Hölle los«, erklärte es. »Hast du jemals den Namen SecuSpot gehört?«

»Du wirst lachen, ja.«

»Du hast!« Das Maidli konnte es nicht fassen.

»Ich weiß sogar, was in Vaduz passiert ist.«

Am anderen Ende herrschte vorübergehend Stille.

»Wie haben Jakub und Hamid es aufgenommen?« fragte Talmarani vorsichtig.

»Sie sind völlig kopflos. Sie wissen nicht, was sie davon halten sollen. Und noch verrückter macht es die beiden, daß du unauffindbar bist.«

»Haben Sie denn in diesem Zusammenhang nach mir gefragt?«

»Ja.«

»Dann«, erklärte Talmarani, »wissen die beiden mehr, als sie zugeben.«

»Thomas?« Die Stimme der Frau Doktor Röthlisberger klang auf einmal ebenfalls sehr vorsichtig.

»Ja?«

»Kannst du sprechen?«

»Ich schon. Die Frage ist: Kannst du?«

»Ruf mich lieber heute abend in Vico an.«

»Einverstanden.«

»Thomas?«

»Ja?«

»Geht es dir gut?«

»Ich lerne laufend die interessantesten Leute kennen.«

»Wie schön«, sagte das Maidli. »Bis heute abend dann. Und Thomas ...«

»Sei vorsichtig.«

»Keine Sorge.«

Talmarani legte auf.

Jetzt, im Auto von Dimitrios sitzend, das in eine menschenleer wirkende, hügelige Landschaft hineinfuhr, dachte er: Verdammt, den Anruf in Vico habe ich glatt vergessen.

Nadia und Dimitrios hatten am fraglichen Abend beschlossen, ihn durch fast alle Nachtlokale von Beirut zu zerren.

Obwohl Talmarani der Ansicht war, aus dem Disco-Alter herauszusein, hatte er sich von der Clique doch hin und wieder zu einem Trip in das Amüsierviertel am Münchner Ostbahnhof überreden lassen, wo die Nächte damit hingebracht wurden, daß man im Stroboskop-Gewitter zu zweihundertachtzig Beats pro Minute eine Art von schweißtreibenden Lockerungsübungen betrieb. In Beirut hätte es solchen Gruppenzwangs gar nicht erst bedurft, die ganze Stadt unterlag einer Art von Disco-Zwang. Alle, die das Handy wie einen Marschallsstab mit sich herumtrugen, tauchten abends in die Saunaatmosphäre ihrer jeweiligen Lieblingslokale: Funk, Techno, Jazz, dazu der aus orientalischer Musik und Beat oder Rock oder Blues zusammengemixte Levante-Pop, nichts, was es nicht gegeben hätte. Und auch hier war das Handy immer dabei. Aus guten Gründen, man brauchte es.

Sie standen in der Warteschlange unter der Leuchtreklame des »Hard Rock Café«, als Dimitrios sein Minitelefon zum ersten Mal ans Ohr hob und Sätze von sich gab, die wie Losungsworte klangen. Gleich darauf kam ein Mann in roter Affenjacke, der sie durch den Seiteneingang ins Innere führte. Talmaranis Hemd war unter den Achseln schon naß, als sie sich zu ihrem Tisch durchgekämpft hatten. Von da an gab es kaum noch etwas, was ihn sonderlich überrascht hätte. Alles mutete vertraut an: die wiegenden, sich biegenden Körper; die Sprüche des DJ; die hopsenden Animateure; die schwingenden Arme der Tanzenden; die schreienden Gäste, denen trotz höchsten Stimmaufwands das Wort von den Lippen gerissen wurde.

Nadia, diesmal in einem noch knapperen Top und türkisfarbenen Leggins, mußte ihre Knie zwischen die seinen schieben, um bequem sitzen zu können. Dimitrios hatte ein aufgeschlagenes Notizbuch vor sich liegen und telefonierte mit den Inhabern anderer Tische oder mit jemandem, der am Tresen saß. Er schien jeden zweiten oder dritten hier zu kennen, ausschließlich Männer. Da die Getränke unaufgefordert vor sie hingestellt worden waren, tranken sie eben Bier.

Als Talmarani mit Nadia tanzte, wischten ihre Haare über sein Gesicht. Als Dimitrios sie nach einer Macarena an den Tisch zurückbrachte, standen beiden Schweißperlen auf der Stirn. Von Reden konnte keine Rede sein. Nach knapp einer Stunde fuhren sie schon wieder in einen anderen Stadtteil.

Talmarani hatte zu dieser Zeit längst die Orientierung verloren. Er ahnte nur, daß sie die Corniche verließen und auf die Innenstadt zuhielten. Dimitrios' Wagen schien durch Tunnel zu rollen, die in die Dunkelheit hineingeschlagen, aber nur spärlich beleuchtet waren. Und jeder davon diente ausschließlich der Verbindung zwischen einem Lokal und dem nächsten, was wie eine sinnlose Einrichtung anmutete, denn keines unterschied sich wesentlich vom anderen. Hier wie dort gab es Bier, hämmerte die Musik, zuckten männliche und weibliche Körper in bläulichem oder rötlichem Schummerlicht. Von den Mädchen sahen einige aus wie Besma, Djana, Leyla, andere hätten ebensogut Münchner Nachtschattengewächse sein können. Das gleiche galt für die Männer: schwere Bauerngesichter, schmale Falkenprofile, blonde Stoppelköpfe, alles kam vor. Einmal glaubte Talmarani im Gewühl seinen Schulfreund Leon zu erkennen, es war eine Täuschung. Als er beim Tanzen an Nadia gedrängt wurde, beschlossen beide, es dabei zu lassen, und schoben sich von da an, schweißnasse Hand auf schweißnasser Hüfte, durch die Menge. Dimitrios saß an ihrem Tisch und blies den Rauch seiner Zigarette in die Sprechmuschel des Handys. Seine Stirn war gerunzelt, er wirkte wie ein hart arbeitender Manager. Das blieb auch so im dritten Lokal, im vierten, im fünften. Nur wenn sie durch dieses Tunnellabyrinth fuhren, das alle miteinander verband, benutzte er seine Hände zum Lenken des Wagens.

Jetzt, im Rückblick, kam es Talmarani so vor, als hätten sie während dieser ganzen nächtlichen Irrfahrt kein Wort miteinander gewechselt. Weder sprach er noch Nadia noch der Levantiner. Zwei Männer und eine Frau kreuzten stumm durch die Dunkelheit, stiegen aus, tranken Bier, wiegten sich wie Ähren in einem Feld voll anderer Ähren, kehrten zum Tisch zurück, tranken noch ein Glas und tanzten wieder. Sie hatten sich einfach nichts zu sagen gehabt. Es mutete ihn nicht einmal merkwürdig an – im Rückblick wenigstens, also jetzt, da er auch wußte, was im letzten der insgesamt mindestens sechs Lokale geschehen war, dem angenehmsten von allen. Seinen Namen hatte er vergessen.

In Erinnerung geblieben waren ihm lediglich Flaschenregale an den Wänden, Bilder einer Stadt, die Jerusalem hätte sein können, über dem Tresen der gerahmte Spruch »War is over«, ansonsten eng zusammengestellte, vollbesetzte Tische, kein Raum zum Tanzen, aber getanzt wurde dennoch. Einige der Gäste stiegen dazu auf die Tische, andere begnügten sich mit den winzigen Flächen zwischen Stuhl und Tisch. Als sie eintrafen, herrschte eine aus Hektik und Übermut gemischte Stimmung, deren Vibrationen auf der Haut zu spüren waren. Talmarani meinte sich vorstellen zu können, daß man so vor kurzem noch in den Luftschutzkellern der Stadt gefeiert habe, zwischen einem Feuerüberfall und dem nächsten: Noch war man am Leben, noch hielten Mauern und Dach, draußen drohten Gefahr und Tod, hinaus wollte niemand, jeder hielt sich am anderen fest. Jenseits der Berge mußte bereits die Sonne aufgehen.

Als sie zum ersten Mal tanzten, hielt Talmarani plötzlich

Nadias Brust in der Hand. Es hatte sich so ergeben, die Hand war von der Hüfte einfach nach oben geglitten. In den Augen der jungen Frau war nichts zu lesen, weder Erstaunen noch Protest. Er blickte ihr ins Gesicht, sie blickte ihn an. Ihre Körper fuhren fort, sich im Takt der Musik zu wiegen. Talmarani wollte die Hand wieder zurückziehen. Bevor es dazu kam, legte Nadia jedoch über dem Top die ihre auf seine und hielt sie minutenlang fest. Erst als sie losließ, gab auch er den kleinen, festen Busen frei. Den Tanz unterbrachen sie selbst dabei nicht. Gleich darauf wechselte die Musik: statt hämmerndem Beat die Stimme von Umm Kalsum, dem »Stern des Orients«. Im ganzen Raum wurde es mit einem Schlag still. Aus spiegelndem Wasser schien eine Fontäne aufzusteigen, zuerst zögernd, als ob sie jederzeit wieder in sich zusammenfallen könne, dann Halbton um Halbton sicherer werdend, sich weiter emporwölbend und endlich Kaskaden verströmend, die an Vogelgesang erinnert hätten, wenn sie nicht von etwas wie einer tieferen in der hellen Stimme grundiert worden wären. Bei diesem Duett einer Frau mit sich selbst schien es dann bleiben zu wollen. Man sah, was man hörte: nicht nur das spielende Wasser, sondern Arabesken, die auf einem dunklen Himmel zurückblieben, wenn die Sängerin von einer Ebene zur anderen wechselte. Sie hielten sich auch noch, als die Fontäne wieder zu sinken begann, und schienen sogar lange nachzuleuchten, als das Lied zu Ende gegangen war.

Der erste Laut, der die jäh eingetretene Stille störte, war ein heftiges Schluchzen. Ob es von einer Frau stammte oder einem Mann, hätte Talmarani nicht sagen können. Nur langsam und zögernd setzten dann wieder Gespräche ein, klirrten Gläser, scharrten Schuhe über den Boden.

Nadia hatte den Kopf leicht zurückgelegt, als lausche sie der verklungenen Musik nach. Schließlich sagte sie: »Als Umm starb, habe ich tagelang geweint.«

Talmarani zog ihren Stuhl zurück, damit sie sich setzen könne, aber Dimitrios schüttelte den Kopf. »Die Nacht ist vorüber«, erklärte er. »Wir werden erwartet.«

Während der ganzen Zeit, die seither verstrichen war – ein Tag und eine weitere Nacht –, hatte Talmarani es strikt vermieden, an den Abend in diesem letzten Lokal zurückzudenken. Auch der Erinnerung an Nadia selbst war er ausgewichen und hätte sich vermutlich weiterhin so verhalten, wenn es noch möglich gewesen wäre. Spätestens seit Tell Kalakh schien ihm jedoch die Kontrolle über seine Gedanken abhanden gekommen zu sein. Es mochte an der zunehmenden Ermattung liegen, der er sich kaum noch erwehren konnte. Es mochte auch mit Dimitrios zu tun haben, dessen Mürrischkeit ansteckend wirkte. Oder hatte sich das Verhältnis zwischen ihm und dem Levantiner nicht schon früher geändert?

Etwa nach seinem Tanz mit Nadia? Sie waren ja kaum zwei Meter von ihm entfernt gewesen, als er seine Hand unter das sparsame ihren Oberkörper verhüllende Stück Kleidung schob. Dann hatte er sie also beobachtet. Selbst bei seiner scheinbar konzentrierten Telefoniererei mußte er es einfach gesehen haben. Aber danach? Nichts, keine Reaktion, schon gar kein Kommentar. Lediglich, kaum daß das Lied der Kalsum verklungen war, seine knappe Mitteilung: »Wir werden erwartet.«

Und Nadia mußte gewußt haben, von wem er sprach. Talmarani fiel jetzt wieder ein, daß ihre Augen sich jäh geweitet hatten. Ebenso schien es ihm nun, als hätte sie während der ganzen Fahrt zum »Andalus« seine Hand nicht deshalb so heftig umklammert, weil sie ihm nahe sein wollte, sondern weil sie ahnte, was ihm bevorstand. Er aber mit ihr auf der Rückbank des Mercedes sitzend, wie ein Schuljunge nach seiner ersten Knutscherei, über sich selbst verwundert, weil er noch nie einer Frau nach so kurzer Bekanntschaft an den Busen gefaßt hatte, und von allen dreien der Ahnungsloseste.

Im Hotel hatte Dimitrios gefragt, ob er Nadia ein Taxi nach Jounieh besorgen solle oder ob sie hier auf ihre Rückkehr warten wolle. Nadia war zunächst noch unschlüssig gewesen, worauf Talmarani sich vom Nachtportier seinen Schlüssel besorgt und sie auf sein Zimmer gebracht hatte.

Anschließend dann die Fahrt zum Yachthafen an der Corniche und dem turmartigen Bau, der ihn mindestens zwanzig Stockwerke hoch überragte. Was dort, auf der obersten Etage geschah, mutete selbst jetzt, im Rückblick, noch so an, als habe Talmarani es nicht selbst erlebt, sondern nur auf einer Kino-Leinwand gesehen.

Das vor ihnen hochklappende Tor hätte zu einer Tiefgarage gehören können, öffnete ihnen aber nur den Weg in eine Kammer, die gerade groß genug für zwei Autos war. Als Dimitrios den Motor abgeschaltet hatte, klappte das Tor wieder zu, und die Kammer setzte sich in Bewegung – nicht nach unten, es ging aufwärts. Während der ganzen Fahrt, sie dauerte gut vier Minuten, gab der Levantiner kein einziges Wort von sich. Talmarani sah nur sein unbewegtes Profil und fragte sich, warum er selbst keine Fragen stelle.

Im gleichen Moment, in dem der Fahrstuhl anhielt, öffnete sich rechts von ihnen eine Schiebetür, durch die gleißend helles Licht in die halbdunkle Kammer fiel. Sie stiegen aus, betraten spiegelglatten Marmorboden und blickten auf eine Glaswand, die den Raum nur von Meer und Himmel zu trennen schien. Wären nicht ein paar Topfpalmen herumgestanden, hätte man glauben können, in ein riesiges Flugzeugcockpit geraten zu sein. Den Mann, der auf sie gewartet hatte, nahm Talmarani erst Sekunden später wahr.

»Ahlan wa sahlan«. Der traditionelle Beduinengruß, mein Haus sei dein Haus, stand ihm gut zu Gesicht. Schafik Scharif trug zwar kein Kopftuch, wohl aber eine schwarze, maßgeschneiderte, vom Hals bis zu den Füßen reichende Dischdascha, mit schmalen Goldborten an Kragen und Ärmelrand. Wenn Talmarani je einen Aristokraten gesehen hatte, dann hier und jetzt diesen Araber.

Die Hand, die ihm entgegengestreckt wurde, war keineswegs, wie er erwartet hatte, knochenlos weich. Schafik Scharif schien nicht nur den Lieblingssport seiner Standesgenossen, die Falkenjagd, zu betreiben, er mußte auch Tennis spielen, und zwar mit Ausdauer. Sein Gesicht erweckte den

Eindruck, es sei von der Sonne fast auf den Knochenbau reduziert worden und war frei von jedem Bartschmuck. Die Augen? Ein dunkles Glimmen unter buschigen Brauen. Talmarani wurde ausführlich gemustert.

»Da sind Sie ja endlich«, sagte Schafik Scharif. »Kommen Sie bitte!« An Dimitrios gewandt, fügte er auf englisch hinzu: »Warten Sie einen Moment. Sie bekommen gleich Fahrgäste.«

Damit öffnete sich die Schiebetür zum nächsten Raum, und wieder war es, als träte man auf eine gläserne, halbrunde Kanzel hoch über dem Meer hinaus. Sturzfluten gleißenden Lichtes ließen am Boden Teppiche und an zwei rechtwinklig zusammenstoßenden Wänden Bilder aufleuchten, von denen Talmarani eines auf Anhieb Paul Klee, ein anderes Piet Mondrian zuschrieb, beide zweifellos echt. Er war von Bess ziemlich gründlich geschult worden.

Daß ihm aus zwei weißen Ledersesseln Warren und Llewellyn entgegenblickten, notierte er abermals erst einen Moment später. Keiner von ihnen machte einen sonderlich glücklichen Eindruck.

»Nun denn«, sagte Schafik an die beiden gewandt und immer noch auf englisch, »der mutmaßliche Held des Stückes ist erschienen. Überlassen Sie es bitte mir, ihn auf seinen nächsten Auftritt vorzubereiten.«

»Was soll das heißen?« knurrte Llewellyn.

»Daß zwei Gentlemen ungestört miteinander plaudern möchten.«

»Moment!« Der Waliser beugte sich vor. Schafik ließ ihn gar nicht erst weiterreden.

»Ich habe«, erklärte er, »die Kontakte mit Damaskus hergestellt. Tun Sie nun das Ihre, meine Herren. Es müssen ja noch Einzelheiten festgelegt werden. Ich wünsche einen angenehmen Tag. Mr. Dimitrios kann Sie nach Hause fahren.«

Es war ein glatter Rausschmiß, und das begriffen sowohl der Waliser wie auch Warren. Mit mürrischen Mienen stemmten sie sich aus ihren Sesseln und gingen, beide etwas tapsig, auf die Tür zu, die sich lautlos öffnete. Warren schien Talmarani noch etwas zuraunen zu wollen, verzichtete aber darauf. Die Tür schloß sich hinter ihnen.

»Frühstück?« fragte Scharif. »Ich finde, nach einer langen Nacht erfrischt nichts mehr als ein Glas Champagner.«

Ohne Talmaranis Antwort abzuwarten, klatschte er in die Hände, worauf in der mit dem Klee geschmückten Wand eine Tür aufging und ein weißgekleideter Diener hereinkam. Auf dem Servierwagen, den er vor sich herschob, standen nicht nur die angekündigte Champagnerflasche im Sektkübel, sondern auch Teller und mehrere mit Silberhauben bedeckte Gefäße. Kaviar, vermutete Talmarani. Es war Kaviar, grauer, roter, goldfarbener. Schafik hatte den Diener wieder hinausgewinkt und machte sich selbst ans Servieren, ohne dabei seinen Redefluß zu unterbrechen.

»Ja«, sagte er, Talmaranis umherschweifende Blicke bemerkend, »sowohl der Klee wie der Mondrian sind Originale, und das dort ist ein Pollock. Ich sammle auch gegenständliche Malerei, zeige sie aber östlich von Zypern nicht gerne vor. Es könnte Zweifel an meiner Rechtgläubigkeit erwecken.« Schafik war beim Englischen geblieben und bei seinem leichten Konversationston. »Sie selbst sind Maronit, habe ich gehört, wenn auch vermutlich kein praktizierender. Nun ja«, Talmaranis Antwort schien ihn wenig zu interessieren, »wenn dieser entlaufene Ägypter nicht auf die aparte Idee gekommen wäre, der Welt den einen und einzigen Gott aufzwingen zu wollen, hätten wir es alle ein bißchen leichter. Keine derart rigiden Sittengesetze, keine Speisegebote, keine Bildnisverbote. Dabei«, er hatte heißen Toast verteilt und rückte eine Schale mit Eiswasser zurecht, in der Butterstücke schwammen, »vertrat Moses eigentlich nur eine Art abgewandelter Sonnenanbetung – wenn Siegmund Freud recht hat. Sie haben seine Schrift über ihn gelesen? Nun, ich nicht, aber der Inhalt des Traktats ist ja bekannt genug. Und dann unser Muhammed, ein großer Mann, ich verehre ihn aufrichtig, aber so erbarmungslos streng. Finden Sie nicht?« Ein schneller Blick tastete Talmarani ab. »Trotzdem müssen wir sein Erbe wahren: Religion als das Fundament des Staates.

Es ist ein Gebot, leider ein schwieriges. Oder sollte ich sagen, ein utopisches? Wenn ja, dann sind wir bei dem Versuch, es zu erfüllen, kläglich gescheitert. Bis jetzt wenigstens.« Wieder dieser prüfende Blick. »Wenn Sie sich bitte bedienen wollen, Mr. Talmarani. Es ist angerichtet.« Schafik deutete auf den Kaviar. »Auch eine kleine Illustration meiner Thesen. Die Russen sind mit ihrem Versuch, einen Gottesstaat zu errichten – wenn auch ohne Gott, aber das gaben sie nur vor –, nun endgültig gescheitert. Dafür mühen sich die Ayatollahs mit einem ähnlichen Experiment ab: statt Kommunismus den Koran. Und was kommt dabei heraus? Sie beginnen den Kaviarmarkt zu beherrschen. Dieser hier stammt aus dem Iran.« Schafik lachte.

Talmarani, der schon längst an einem Tisch aus alabasterähnlichem Material saß, wurde genötigt, zum Toast zu greifen, die Schnitten mit den goldenen, roten, grauen Störeiern zu bestreichen und einen Champagnerkelch zu ergreifen. Er wurde aus seinem Gastgeber nicht so richtig schlau, hatte aber den Verdacht, daß Scharif ihn eigentlich examinierte. Dieser Mann wollte wissen, wie er auf seine milden Ketzereien reagierte, und schien Übung darin zu haben, aus wechselnden Gesichtsausdrücken, einem Blinzeln, einem überraschten Blick, auf die Gedanken des Prüflings zu schließen. Das trat noch deutlicher zutage, als plötzlich statt von Kaviar von Erdöl die Rede war.

»Meine Cousins«, sagte er, »ergehen sich manchmal in melancholischen Betrachtungen über die gute, alte Zeit: nur die Wüste, die Pferde, unendliche Freiheit, hie und da eine kleine, muntere Stammesfehde. Sie selbst mit Muskeln aus Stahl versehen und in der Kargheit zufrieden. Heute hat jeder von ihnen mindestens einen persönlichen Leibarzt, fünf Masseure und genug Pillen im Schrank, um eine Großstadtklinik auszustatten. War also das Öl, das uns beschert wurde und sie ihrer Robustheit beraubte, eine Strafe Gottes? Oder«, Schafik hielt inne und blickte Talmarani diesmal über sein erhobenes Glas hinweg an, »oder war es eine Botschaft und ein Befehl? Hier habt ihr die Mittel, euch aufzurüsten, nun kämpft! Setzt das Geld als Waffe ein. Wie sehen Sie das – als ausgewiesener Kenner der Materie?«

Es war die erste direkte Frage, die Scharif an seinen Gast richtete. Der suchte noch nach einer Antwort, da fuhr der Saudi schon wieder fort. Talmaranis Zögern schien ihm als Reaktion genügt zu haben.

»Ich hätte«, sagte er, »Ihren Herrn Vater gerne kennengelernt, er ist auf interessanten Wegen gewandelt. Erst war das Öl sein Geschäft, dann ging er auf die Seite der Glaubenskämpfer über. Warum? Wir wissen es nicht. Und dabei wäre die Antwort für niemand interessanter gewesen als für uns. Öl oder Glaube? Mit Ölerträgen für den Glauben kämpfen? Mit den Waffen des Glaubens unseren Reichtum verteidigen? Es sind diese Fragen, die meinem Volk auf den Nägeln brennen. Vielleicht hätte ihr Vater uns raten können. Deshalb wäre ich gern mit ihm zusammengetroffen. Nur leider«, Schafik zuckte die Achseln, »ist er erst nach seinem Tod ans Licht getreten. Oder sagen wir: Er wurde daran gehindert, es früher zu tun.«

»Von wem?« Talmaranis erste Frage.

»Damaskus hat ihn in einer Art Geiselhaft gehalten und, so vermuten einige Leute, darunter ich, ihn als etwas wie eine Geheimwaffe betrachtet. Jetzt, nach seinem Tod, scheint sich herauszustellen, daß die Syrer nicht genau wissen, ob sie ihn richtig oder falsch eingeschätzt haben und was seine Anhänger ohne ihn wert sind. Deshalb und nur deshalb konnte ich Damaskus die Erlaubnis abnötigen, Sie nach Hama reisen zu lassen.«

»Ich reise also nach Hama?«

»Ja.«

»Um dort was zu tun?«

»Um eine Bedingung zu erfüllen.«

»Wessen Bedingung«

»Die, sagen wir, Freunde Ihres Vaters bestehen darauf, mit Ihnen zusammenzutreffen. Das haben sie Damaskus wissen lassen. Ich konnte Damaskus überzeugen, daß es angebracht sei, die Forderung zu erfüllen.«

»Klingt nach einem Handel.«

»Es ist eine Art Handel.«

»Worum geht es dabei?«

»Darüber hat Damaskus mich nicht informiert.«

»Welches Interesse haben Sie daran, daß der Handel zustande kommt, Mr. Scharif?«

Der Saudi legte den Kopf zur Seite und blickte Talmarani aus schmalen Augen an. »Ich dachte eigentlich, Sie wüßten das.«

»Ich? Wie kommen Sie ...?«

»Ihre Bücher. Warren und Llewellyn haben sie gelesen. Ich kenne nur ein paar Ausschnitte, die Warren für mich übersetzt hat. Aber das hat mir genügt. Allerdings erst«, er legte eine Pause ein, »erst nachdem ich auch über Ihre Identität aufgeklärt worden war.«

Verwirrt schüttelte Talmarani den Kopf. »Welche Ausschnitte? Wovon sprechen Sie?«

»Sie wissen es wirklich nicht?«

»Ich habe nicht die leiseste Ahnung.«

Der Saudi schien in tiefes Nachdenken zu versinken. Ohne den Blick von Talmarani zu lassen, saß er bewegungslos auf der anderen Seite des weißen Tisches, die Augen noch immer zusammengekniffen, aber völlig ausdruckslos. Während dieser ganzen Zeit wagte es auch Talmarani kaum, sich zu bewegen. Durch die riesige geschwungene Fensterscheibe stürzte ein immer härter werdendes Licht herein. In den Sektkelchen stiegen kleine Bläschen auf. Man konnte zusehen, wie die Eisstücke in dem Butterbehälter schmolzen.

Ruckartig erwachte Scharif wieder zum Leben. »Handel«, sagte er, als sei dies zuvor sein letztes Wort gewesen, »ich schlage Ihnen einen Handel vor. Sie können Ihren Preis nennen.«

»Wofür?« Talmarani hatte das Gefühl, zum letzten Mal abgeschätzt und eingestuft worden zu sein. Und das Gefühl sagte ihm auch, er habe keine besonders gute Note bekommen.

»Wofür? Für einen kleinen Gefallen.«

»Nämlich welchen?«

»Nach Ihrer Rückkehr aus Hama kommen Sie direkt, ohne jeden Umweg hierher. Dann führen wir beide eine kleine Unterhaltung, bei der ich frage und Sie antworten. Ich werde sogar sehr eindringlich fragen, und zwar nach jedem Detail dessen, was Ihnen in Hama widerfahren ist. Sie wiederum werden sich bemühen, die Leute, die Sie dort treffen, schärfstens zu beobachten und sich alles, was Ihnen zu Ohren kommt, genau zu merken. Außerdem ...«

»Ja?«

»Über Ihre Erlebnisse in Hama werden Sie nur mir berichten, niemandem sonst, weder den Syrern, die Sie an der Grenze erwarten und von da an begleiten, noch Llewellyn oder Warren. Nur mir. Habe ich mich klar genug ausgedrückt?«

»Das haben Sie.« Talmarani war eingeschüchtert.

»Und Sie sind einverstanden?«

Talmarani nickte.

»Dann reden wir über den Preis.«

Das machte Talmarani auch noch verlegen. Er hatte nie in seinem Leben einen Preis gefordert, sondern einfach genommen, was Verleger oder Fernsehsender ihm zahlten. Im übrigen hatte er jeden ihm abgeforderten Preis stets bezahlt.

Schafik lächelte plötzlich. »Ein Gentleman redet nie über Geld, wie?«

»So ungefähr.«

»Nun gut, dann machen wir es anders. Im Lauf des Tages wird ein Scheck bei Ihnen abgegeben werden. Ist die Summe zu gering, lassen Sie es mich bei unserem nächsten Treffen einfach wissen. Einverstanden?«

»Einverstanden«, murmelte Talmarani erleichtert. Seinem Gastgeber bot er endgültig keine Rätsel mehr. Er war durchschaut und in der richtigen Schublade abgelegt.

»Noch Kaviar?« Es klang wie eine Verabschiedung.

Wenig später kam der Diener herein und sagte etwas, das Talmarani nicht verstand.

In dem Lift, mit dem er und Dimitrios heraufgekommen

waren, stand, zwanzig Stockwerke über dem Erdboden, ein mahagonifarbener Cadillac Seville.

Bei seiner Rückkehr ins Hotel stellte Talmarani fest, daß der Chamsin noch immer heiße Luft heranschleppte und über der Stadt ablud. Als er sein Zimmer betrat, erhob Nadia sich von der Couch.

Auch das kam Talmarani jetzt wie ein Film vor, in dem er selbst nur mitgespielt hatte, ein Streifen in leicht verwaschenen, etwas ausgebleichten Farben. Der Regisseur mußte vom Kameramann Slow Motion verlangt haben. Alles lief unendlich langsam ab. Zwischen jeder Sekunde und der nächsten lag eine Barriere, die zu übersteigen war. Talmarani bewegte sich, als hingen seine Gliedmaßen an Fäden.

Gewissenhaft und systematisch setzte er einen Fuß vor den anderen, hob das Knie, streckte das Bein, trat auf, versicherte sich, ob der Boden auch trug, wiederholte den Vorgang ein erstes, ein zweites, ein zwölftes Mal. Daß er plötzlich dicht vor Nadia stand, verwunderte ihn selbst ein wenig. Dennoch war es so. Seine Hände legten sich auf ihre Hüften und glitten über die Rückenmuskeln nach oben. Die Frau sagte kein Wort, blickte ihm aber mit einer Art gespannter Aufmerksamkeit entgegen, als wisse sie selbst nicht, was als nächstes geschehen werde. Diesen Ausdruck behielt sie auch später noch bei Nadia sah ihm zu, er sah sich zu. Dabei blieb es: Slow Motion bis zum Ende.

Irgendwann fiel Talmarani ein, daß er nicht einmal die Tür abgeschlossen hatte.

Beim Erwachen stand die Sonne schon weit draußen über dem Meer. Parallel zur Küste fuhr ein weißes Fahrgastschiff vorbei. Vor dem deckenhohen Fenster blähten sich die Vorhänge. Gegen die Rückwand des Bettes gelehnt, saß Nadia da und blickte auf ihn herab. Talmarani musterte sie seinerseits und sagte schließlich: »Nahtlos braun. Wie machst du das?«

»Stephos Garten. In den hat niemand Einblick.«

»Außer Stepho.«

»Für ihn bin ich eine lebende Brunnenfigur.«

»Hat er das gesagt?«
»Ich weiß es.«
»Wie praktisch.«
»Nicht wahr?«
Sie mußten beide lachen.
Nach einer Weile fragte Talmarani: »Worüber hast du gerade nachgedacht?«
»Über vieles.«
»Was kam dabei heraus?«
»Nichts Bestimmtes.«
»Und als ich bei Schafik war?«
Nadia runzelte die Stirn. »Da habe ich über Stepho nachgedacht.«
»Über Stepho? In welchem Zusammenhang?«
»Ich nehme an, daß er auf Schafiks Gehaltsliste steht.«
»Aber du weißt es nicht?«
»Nein. In Geldangelegenheiten ist er ziemlich zugeknöpft.«
»Wie kommst du dann darauf?«
»Er telefoniert gelegentlich mit ihm. Zuletzt gestern abend, bevor wir zu unserer Tour durch Beirut bei Nacht aufbrachen.«
»Konntest du etwas verstehen?«
»Ja.«
»Was?«
»Es ging um einen Namen, der schon öfter zwischen ihnen gefallen ist.«
»Nennst du ihn mir?«
»Unter einer Bedingung.«
»Die wäre?«
»Ich bekomme etwas zu essen. Kann ich bei dir unter die Dusche gehen?« Ohne seine Antwort abzuwarten, stieg Nadia aus dem Bett. Auf halbem Weg zum Badezimmer blieb sie stehen und drehte sich um.
»Wer ist die Dame in Lugano?«
»Wovon sprichst du?«
»Sie hat angerufen. Als sie wissen wollte, wer ich bin, habe ich es ihr gesagt. Du sollst zurückrufen.« Nadia verschwand.

Gleich darauf hörte Talmarani die Dusche rauschen. Die Arme unter dem Kopf verschränkt starrte er zur Zimmerdecke. So lag er auch noch da, als Nadia zurückkam und ihm ihr Top hinhielt. »Damit kann ich unmöglich bei Tag auf die Straße. Borgst du mir eines deiner Hemden?«

Talmarani dachte: Da hat man nun einmal eine Frau sozusagen erobert. Und was geschieht? Sie ergreift Besitz von dir.

Den Namen, von dem die Rede gewesen war, erfuhr er dann tatsächlich erst in dem Lokal, das Bogosaki ihnen empfohlen hatte, – nach der Vorspeise: »Al-Muqanna«, sagte Nadia. »Ist dir das ein Begriff?«

»Aber ja. Al-Muqanna war so etwas wie ein islamischer Fundamentalist, allerdings zur Zeit Harun ar-Raschids, vor über tausend Jahren. Ich glaube, er wurde hingerichtet.«

Nadia schüttelte den Kopf. »So klang es aber nicht, wenn Stepho diesen Namen erwähnte.«

»Sondern wie?«

»Al-Muqanna muß etwas sein, das noch immer existiert. Irgendwie habe ich den Eindruck gewonnen, es handle sich dabei um eine Organisation oder möglicherweise eine Zeitschrift. Vielleicht auch um eine Zeitschrift, die von dieser Organisation herausgegeben wird.«

Talmarani versank in Nachdenken. Er wußte, daß er al Muqanna in einem seiner Bücher erwähnt hatte. Da ihm aber nicht einfallen wollte, in welchem Zusammenhang, sagte er sich schließlich, so wichtig könne der Mann aus Haruns Zeit für ihn nicht gewesen sein. Und was Nadias Vermutung anbetraf: eine Organisation, Gruppe, Sekte, die ihren Schutzpatron aus dem neunten Jahrhundert bezog, mußte ziemlich esoterische Ziele verfolgen. Trotzdem, ein Rest von Unbehagen blieb.

Mit dem Canard au citron kam der Wein. Nadia, die auf Château Musar bestanden hatte, hob ihr Glas ins Licht und fragte beiläufig: »Wer, hast du gesagt, ist die Dame aus Lugano?«

Der Krak! Alle vier Wagen hielten ruckartig an – begreiflicherweise. So hatte den Krak noch keiner gesehen, vermutlich nicht einmal die mitfahrenden Syrer. Eine Nebelbank verhüllte das zu Füßen der Burg liegende Dorf, nur der Krak ragte darüber hinaus. Unterburg und Oberburg präsentierten sich, steil übereinandergestaffelt, von der Sonne in gelbliches Licht getaucht, wie auf dem sprichwörtlichen Silbertablett. Die schwere Maschine aus Stein schien zu schweben. Daß der Krak eine Maschine war, hatte Talmarani lernen müssen. Unsichtbare Achsen, die jeden Angreifer von einer Falle in die nächste lockten, machten ihn dazu. Einem paar Dutzend mit ihrer Handhabung vertrauten Rittern, war es mehr als einmal gelungen, ganze Heerscharen von Feinden damit zu zermalmen.

Dimitrios stieß einen Pfiff aus.

»Nicht wahr?« sagte Talmarani mit einem Anflug von Besitzerstolz. Schließlich gehörte die Burg zu seiner Jugend.

Der Levantiner nickte: »Allerdings.«

»Nie zuvor hier gewesen?«

Dimitrios schüttelte den Kopf. »Sieht so aus, als seien wir tatsächlich angekommen.«

»Ja. Fragt sich allerdings, zu welchem Zweck.«

»Wir werden es erfahren.«

Während der Konvoi wieder anfuhr und in den Nebel hinabtauchte, erzählte Talmarani von seinem Schulausflug zum Krak des Chevaliers, wobei ihm auch Leon in den Sinn kam. Der hatte damals gefragt, was die Verteidiger denn so getrieben hätten, wenn sie nicht gerade einen Angriff abwehren mußten, und die Antwort erhalten: »Gebetet und Gott gelobt.« Darauf hatte er Talmarani zugeflüstert: »Muß ein ziemlich schwuler Haufen gewesen sein.«

Dimitrios fand die Anekdote witzig. Zum ersten Mal seit Beirut lachte er.

Die Häuser von Qalaat el-Hosn, das sie durchfahren mußte, schienen unter dem feuchten Nebel zu frieren. Auf der engen Dorfstraße war kein einziger Mensch zu sehen, außerdem war es geisterhaft still: kein Hundebellen, kein Hühnergackern, kein Hufeklappern. Das blieb auch noch so, als sie über steile, enge Kehren aus dem Nebel herausfuhren und wieder ins Licht tauchten. Steil schossen die Mauern der Unterburg vor ihnen empor. Sie rollten an ihr entlang, bis zu der Steinbrücke, die den ehemaligen Burggraben überquerte. Dort hielten die beiden vorausfahrenden Wagen an. Als Dimitrios neben ihnen parkte, stiegen Llewellyn, Warren samt ihren Begleitern gerade aus. Alle vier wirkten erschöpft, verschwitzt und machten einen verärgerten, gereizten Eindruck.

Talmarani schlenderte auf sie zu. »Sind wir endlich angekommen?«

Der Waliser gab nur ein Grunzen von sich. Warren sagte: »Es hieß, wir würden hier erwartet.«

»Von wem?«

Dimitrios, der Talmarani gefolgt war, deutete zum Burgtor.

»Scheint das Empfangskomitee zu sein.«

Über die Brücke kamen ihnen gemächlichen Schrittes zwei Männer in Jeans und T-Shirts entgegen, beide kaum älter als zwanzig. Auf dem Kopf trug jeder eine Art von losem Turban. Vor dem vorderen Syrer blieben sie stehen und sagten etwas, das Talmarani nicht verstehen konnte. Der nickte und winkte den anderen, ihm zu folgen. Die beiden Burschen hatten sich umgedreht und gingen zurück in die Burg.

Talmarani kam es vor, als sei er erst gestern zum letzten Mal im Krak gewesen. Alles war noch so wie bei seinem Besuch vor nahezu dreißig Jahren: die engen Treppenschächte mit ihren ausgetretenen Steinstufen; die Büsche, die aus den Mauerfugen wuchsen; der riesenhafte, mit veralgtem Wasser gefüllte innere Burggraben; der Kreuzgang in der Oberburg, durch dessen Fenster man auf einen dreieckigen Hof hinausblickte, endlich der von Kreuzrippengewölben überspannte gigantische Saal, groß genug, um darin Basketball spielen zu können, aber natürlich hatten sie damals nicht Basketball gespielt. Er schien die Endstation zu sein. In seiner hintersten Ecke waren Decken ausgebreitet. Körbe voll Brot, Obst,

Hammelschinken und Würsten standen bereit, daneben eine Batterie von Wasserflaschen aus Plastik.

»Picknick?« fragte Dimitrios.

»Warten«, sagte einer der Syrer und lud zum Niedersitzen ein.

»Warten worauf?« wollte Talmarani wissen. Der Syrer spreizte die Unterarme vom Körper ab und zuckte gleichzeitig mit den Schultern. Die Burschen, die sie heraufgebracht hatten, waren bereits wieder verschwunden.

»Geduld«, sagte der andere Syrer, »Geduld.«

Plötzlich bemerkten alle, daß sie hungrig und durstig waren. Llewellyn knurrte: »Hoffentlich müssen wir in dieser zugigen Bude nicht auch noch übernachten.«

Es sah aber so aus, als ob ihnen genau das bevorstehe. Das durch die Spitzbogenfenster des Kreuzgangs hereinfallende Sonnenlicht nahm eine rötliche Färbung an. Als es dämmerig zu werden begann, sickerte der Nebel in den dreieckigen Hof. Unter der Decke des Riesenraumes schienen Wolken aus lastender Stille zu hängen.

Talmarani, der sich zwischen Warren und Dimitrios auf dem Boden ausgestreckt hatte, fuhr plötzlich hoch.

Am Morgen, vor der Abfahrt, war ihm noch einmal der Name al-Muqanna durch den Kopf geschossen. Nun fiel ihm wieder ein, in welchem Zusammenhang er ihn benutzt hatte, und wunderte sich zugleich, warum er nicht früher darauf gekommen war. Harun ar-Raschid hatte al-Muqanna hinrichten lassen, weil seine Anhänger ihn als den verborgenen Imam verehrten, den »Rechtgeleiteten«, der am Ende der Zeiten ein ewiges Reich der Gerechtigkeit begründen und den Islam von seinen letzten irdischen Schlacken säubern würde.

»Al-Muqanna«, murmelte er vor sich hin.

»Was?« fragte Warren.

»Mir ist nur etwas eingefallen.«

»Habe ich nicht al-Muqanna verstanden?«

»Doch, ja.«

Der Amerikaner stemmte sich ebenfalls empor. »Hast du darüber mit Schafik gesprochen?«

»Mit Schafik? Wie kommen Sie darauf?«

Warren packte seinen Arm. »Lüg mich nicht an, Tom.«

Ihn abschüttelnd, sagte Talmarani: »Nein, verdammt.«

In das bartumrahmte King-Lear-Darstellergesicht trat ein verkniffener Ausdruck. »Ich kann es trotzdem nicht glauben.«

»Und warum nicht, zum Teufel?«

»Weil er genau darüber mit dir sprechen wollte.«

»Über al-Muqanna?«

»Über alles, wofür dieser Name steht. In deinen Büchern hast du ihn nur ein einziges Mal erwähnt. Aber der verborgene Imam, der Rechtgeleitete, der Mahdi, Abu Muslim und was es sonst noch für Bezeichnungen gibt, dieses Thema zieht sich doch durch fast alle deine Abhandlungen. Einmal erwähnst du es sogar im Zusammenhang mit Abdul Hamid. Oder etwa nicht?«

»Doch«, sagte Talmarani.

»Na also. Und Schafik sollte es wirklich nicht zur Sprache gebracht haben?«

Talmarani schüttelte stumm den Kopf. Darauf also hatte jene Frage des Saudis gezielt, auf die er ihm die Antwort schuldig geblieben war. Ja, es machte sogar Sinn.

Talmarani überlief ein Schauer.

Inzwischen brach schon die Dunkelheit herein, und in dem dreieckigen Hof stieg der Nebel höher und höher. Bald würde er die ganze riesige Burg vollkommen eingehüllt haben.

X

»Wir sind da«, sagte Shahib. »Das letzte Stück müssen Sie zu Fuß gehen. Immer schräg den Hang hinab bis zu dem Waldstück da unten. Dort steht auch die Hütte.«

»Ist das noch Syrien?« fragte Talmarani.

»Nein, Sayed. Vor einer Viertelstunde haben wir die Grenze überschritten.«

»Gott sei Dank«, stöhnte Dimitrios und ließ sich ungeschickt aus dem Sattel gleiten. »Zehn Minuten länger auf diesem harten Bock, und ich wäre lahm gewesen.«

Auch Talmarani meinte, jeden einzelnen seiner Knochen zu spüren. Sie waren zwei Nächte durchgeritten und hatten den Tag dazwischen auf nackter Erde verschlafen.

Shahib, einer der beiden Burschen, von denen sie am Krak empfangen worden waren, lud zwei rucksackähnliche Leinwandtaschen ab und legte sie auf den Boden. »Diese Vorräte dürften für drei Tage ausreichen. Wenn Sie bis dann nichts Gegenteiliges gehört haben, steigen Sie ins Tal ab. In Iblis wartet Habib auf Ihren Besuch. Sein Haus ist das erste auf der linken Straßenseite. Er wird nach Ihnen Ausschau halten. Habib gehört zu uns.« Ein schüchternes Lächeln flog über Shahibs sonnenverbranntes Gesicht. »Und Sayed ...«

»Ja?«

»Trinken Sie von der Quelle neben der Hütte. Das Wasser soll heilkräftig sein.«

»Danke«, sagte Talmarani. »Du warst ein sehr angenehmer Weggefährte. Komm gut zurück.«

»Keine Sorge, Sayed. Ich bin hier zu Hause.«

Zu schnell, als daß Talmarani es hätte verhindern können, ergriff Shahib seine Hand und führte sie erst an die Lippen, dann an die Stirn. Den Levantiner hingegen bedachte der junge Mann nur mit einer angedeuteten Verbeugung und einem leichten maliziösen Grinsen. Gleich darauf bestieg er sein Maultier und verschwand, die beiden anderen Mulis hinter sich herziehend, jenseits des scharfen Berggrates, den sie eben überstiegen hatten.

Dimitrios sank zu Boden und blieb ausgestreckt liegen. »Ich könnte auf der Stelle einschlafen.«

»Komm, Junge«, sagte Talmarani, »in zehn Minuten sind wir da unten. Dort gibt's ein Bett und eine Waschgelegenheit.«

»Wer spricht von waschen«, murrte dieser, ließ sich aber hochziehen und schulterte seine Tasche. Statt Lavendelduft stieg jetzt aus seinem grobgestrickten Pullover ein etwas muffiger Geruch. Talmarani und er waren für ihre Bergtour sowohl mit warmer Kleidung als auch mit festem Schuhwerk ausgerüstet worden.

Der Pfad, der über den Steilhang nach unten führte, glich den Viehsteigen, die Talmarani aus den Alpen kannte. Die Strecke zu dem Waldstück bewältigten sie in etwas weniger als der geschätzten Zeit. Unter Bäumen, halb in den Hang hineingebaut, stand eine Hütte aus spärlich verputzen Natursteintrümmern. Gleich daneben floß aus hölzernem Rohr das angeblich heilkräftige Quellwasser; es schmeckte nach Eisen.

Im Inneren ihrer neuen Unterkunft fanden sie einen Herd, zwei mit Schaffellen bedeckte, bettähnliche Gestelle, drei Hocker und einen primitiven Tisch. Talmarani fühlte sich an Bergwanderungen mit dem Maidli erinnert.

»Was willst du«, sagte er zu Dimitrios, »hier läßt es sich doch ein paar Tage lang aushalten.«

»Aber keinen mehr als drei. Ich glaube, mich beißen jetzt schon die Läuse.«

Talmarani stieß ihn in die Seite. »Hab dich nicht so. Was machen wir zuerst: kochen oder schlafen?«

»Kochen«, beschied ihn der Levantiner. »Ich habe Hunger bekommen.«

Links von ihnen schob sich die Sonne über schneebedeckte Gipfel und drängte allmählich die im Tal liegenden Schatten zurück. Jetzt noch Kuhglocken, dachte Talmarani, und man könnte wirklich meinen, auf einer Alm zu sein. Sie waren aber im syrisch-libanesischen Grenzgebiet und eben aus dem Mittelalter zurückgekehrt.

Nach dem Essen saßen sie vor der Hütte und ließen sich von den ersten durch die Bäume brechenden Sonnenstrahlen wärmen. Das Gesprächsthema war ihnen gewissermaßen vorgeschrieben, egal, wer den Anfang machen würde.

Es sollte dann Dimitrios sein, der begann. »Das«, sagte er, »war erstklassige Arbeit. Die Kerle haben alle hereingelegt: Llewellyn, Warren und sogar die Syrer. Als ich in den Wagen steigen wollte und diesen Shahib hinterm Steuer sitzen sah, dachte ich zuerst, der will mit meiner Karre abhauen.«

Talmarani nickte. »Ich dachte, wir seien in den falschen Film geraten. Plötzlich blickst du in die Mündung einer Kanone.«

»Das war nicht Shahib«, korrigierte Dimitrios. »Das war der andre Typ, der sich hinter den Vordersitzen verborgen hatte.«

»Kerim, oder wie er hieß.«

»Jedenfalls zwei ausgebuffte Jungs. Der mit der Kanone muß schon ins Auto gekrochen sein, als wir uns da oben zum Essen niedersetzten.« Dimitrios schüttelte den Kopf. »Mir ist so was noch nie passiert.«

»Mir schon«, sagte Talmarani. »Ich werde in letzter Zeit häufiger entführt.«

Als der Levantiner ihn fragend anblickte, erzählte er, wie Djamiévic in Kecskemét der Verfolgung durch Szabo entkommen war.

Dimitrios quittierte die Geschichte mit einem anerkennenden Nicken. Dann kam er wieder auf ihre eigenen Erlebnisse zurück. »Sogar den Nebel haben sie ausgenützt.«

»Aber vor allem die Dunkelheit. Als wir über den oberen Burghof stolperten, war plötzlich das Licht weg. Wenn ich den Krak nicht einigermaßen gekannt hätte, wäre ich in Panik geraten.«

»Ich hatte die Hosen voll«, gestand Talmaranis Gefährte. »Aber dann bin ich einfach hinter dir her.« Er seufzte. »Mein Auto kann ich wohl abschreiben.«

»Der alte Kübel. Nachdem Shahib über diesen Geröllweg geprescht war, hat er Geräusche von sich gegeben, daß ich dachte, gleich ist Sense. Stell ihn doch einfach Llewellyn in Rechnung.«

Ein weiterer Seufzer. »An Llewellyn darf ich gar nicht denken.«

»Was kann er dir vorwerfen? Er hat sich genauso überrumpeln lassen wie wir.«

»Davon spreche ich nicht.«

»Sondern?«

»Er wird mich ausquetschen. Er wird haarklein erfahren wollen, was mit uns in den letzten drei Tagen geschehen ist. Und in den drei weiteren, die wir hier oben herumhängen sollen.«

»Dann sag es ihm doch. Wir sind gekidnappt worden. Wir sind wie die Blöden durch eine uns unbekannte Gegend gekurvt. Mal ging es rauf, mal runter. Schluchten, Dörfer, Burgruinen wie Sand am Meer. Irgendwann hatte Shahib auch den Geländewagen abgehängt, der uns noch am längsten auf den Fersen war. Und dann? Wieder so eine alte Burg. Wieder ein Empfangskomitee. Diesmal sechs oder sieben Mann. Alle Kapuzen auf dem Kopf. Du konntest weder ihre Gesichter sehen, noch weißt du, wer sie waren. Sie haben dich in einen kleinen, halbdunklen Raum geführt und dir Kaffee serviert, aber kein Wort gesprochen. Ich wäre verschwunden gewesen und hätte dir bei meiner Rückkehr gesagt, daß sie uns unter den und den Bedingungen in den Libanon zurückbringen würden. Mehr kannst du nicht sagen.«

»Er wird wissen wollen, warum wir uns von hier aus nicht nach Beirut durchgeschlagen haben.«

»Du wirst antworten, weil in dem Iblis ein Mann saß, der uns daran gehindert hätte.«

»Habib?«

Talmarani nickte.

»Hat Shahib das gesagt?«

»Nein. Aber es liegt wohl auf der Hand. Solche Leute verlassen sich nicht auf eine einfache, mündliche Zusage.«

Dimitrios dachte lange nach. Schließlich sagte er: »Aber das alles wird Llewellyn gar nicht so sehr interessieren. Er wird wissen wollen, was mit dir geschehen ist, während ich in dieser Ruine Kaffee trank.«

»Sag ihm, du weißt es nicht.«

»Sage ich, du hättest dich geweigert, es mir zu erzählen?«

»Wird wohl das beste sein.«

»Dann rückt Llewellyn dir auf die Pelle.«

»Unwahrscheinlich. Ich habe einen Exklusivvertrag abgeschlossen, und das dürfte er wissen.« Talmarani fischte Schafiks Scheck aus seiner Hemdtasche und zeigte ihn Dimitrios. »Für fünfundneunzigtausend US-Dollar.«

Der Levantiner nahm ihm das Papier aus der Hand. »Tatsächlich. Aber warum so eine krumme Summe? Warum nicht gleich hunderttausend?«

»Darüber«, erklärte Talmarani, »habe ich lange nachgedacht.«

»Und?«

»Kleiner Test. Es ist viel Geld, aber nicht unbedingt für mich. Wenn ich den Scheck also annehme, weiß Schafik schon von vornherein, daß er von mir nicht die Wahrheit erfährt.«

»Und wenn du mehr forderst?«

»Dann fürchte ich, wird's unangenehm.«

Dimitrios schlug sich an die Stirn. »Ich bin ein Idiot. Du hast den Löwen getroffen. Oder?«

Talmarani nickte. »Ich glaube, ja.«

»O Gott«, stöhnte der Levantiner. »Was denn nicht noch alles.«

Auf dem Ast über ihnen ließ sich ein Buchfink nieder und starrte sie aus zornigen, schwarzen Augen an. Talmarani zerkrümelte ein Stück Fladenbrot, das er noch in der Hand hielt und verstreute es vor seinen Füßen. Der Buchfink akzeptierte das Angebot, änderte aber den zornigen Ausdruck nicht – es war der einzige, über den er verfügte.

Die Brücke brach ziemlich genau um Mitternacht. Für Talmarani war es doch zuviel gewesen. Er stürzte wieder, aber das Gefühl der Schwerelosigkeit stellte sich nicht mehr ein. Diesmal schienen ihn Gewichte an seinen Füßen nach unten zu ziehen, und schwere Steine polterten hinter ihm her. Als er im Bett hochfuhr, wurde ihm auch noch klar, daß es kein Traum gewesen war. Es war der reine, unverhüllte Schock.

Dimitrios mußte kurz zuvor das gleiche widerfahren sein. Talmarani fand ihn vor der Hütte, auf dem blanken Boden sitzend, in die Schaffelldecke gehüllt und dennoch mit den Zähnen klappernd. Unbeholfen, wie ein alter Mann, ließ er sich neben ihm nieder. Das Gras war schon taunaß, ein kalter Vollmund starrte auf sie herab. Auch für den kleinen Levantiner war es zuviel gewesen. Die coole Haltung, in die sie sich am Morgen noch gerettet hatten, konnte keiner von ihnen länger aufrechthalten.

»Erzähle mir lieber nichts«, murmelte Dimitrios. Aber Talmarani brauchte einfach jemanden, dem er es erzählen konnte. Schicksalergeben hörte sein Gefährte zu.

»Ich konnte sein Gesicht nicht sehen«, sagte Talmarani, »er trug die gleiche Kapuze wie alle übrigen auch. Während der ganzen Zeit, in der ich mit den anderen sprach, muß er auf der kleinen Empore im Hintergrund des Raumes gesessen und nur zugehört haben. Natürlich kann ich mich irren, bei diesem flackernden Licht konntest du überhaupt nichts richtig erkennen. An den Wänden waren Fackeln angebracht, vielleicht auch Kienspäne. Zunächst kam es mir vor wie eine ziemlich einfallslos arrangierte Opernszene: Vermummte Gestalten hockten im Kreis zusammen und starren dich an. Zu einer Kreuzfahrerburg kann der Raum nicht gehört haben:

kein einziges gotisches Element. Es muß in der Gegend ja unzählig viele Kastelle und Festungen geben. Auf diesem Berg hatten sich die Johanniter, auf dem nächsten die Templer, die Assassinen oder die Emire von Homs festgekrallt. Die einzige Assassinenburg, von der ich weiß, ist Masyaf. Aber so weit oben im Norden können wir auf keinen Fall gewesen sein. Na egal.«

Vorübergehend verlor Talmarani den Faden.

»Irgendwie«, fuhr er schließlich fort, »mutete alles auch wieder vertraut an. Es war eine Situation, die ich kannte. Schon fast ein Trauma. Du stehst vor einer Prüfungskommission. Du wirst ausgefragt, gibst aber die richtigen Antworten. Warum du dennoch Angst hast, konnte ich eigentlich nie begreifen. Ich war immer ein Musterschüler. Meine Lehrer haben mich gemocht, der alte Schmohlke, mein Doktorvater, hat mir eine glänzende Karriere vorausgesagt. Ich sprach besser Arabisch als er. Trotzdem ist dir mulmig, wenn sie dich aus dem Dunkel heraus befragen. Du weißt, daß du es ihnen letzten Endes doch nicht recht machen kannst. So war es auch in diesem Burggewölbe. Sechs oder acht Augenpaare sind auf dich gerichtet. Die Gesichter liegen im Schatten. Du hast das Gefühl, daß sie dein Gesicht abtasten, Quadratzentimeter für Quadratzentimeter. Sie sprechen alle möglichen Dialekte. Einer wich manchmal ins Türkische aus. Sie fragen nach deiner Kindheit, deiner Jugend, deiner Familie. Der Gedanke, daß du Hunger oder Durst haben könntest, kommt ihnen nicht. Im Gegensatz zu dir habe ich weder Kaffee noch Wasser oder sonst etwas zu trinken bekommen. Meine Arbeiten schienen sie nicht zu interessieren oder waren ihnen unbekannt. Vielleicht auch bekannt? Nur einmal fiel der Name al-Muqanna. Ob ich wisse, wer das gewesen sei. Ich sagte es ihnen. Sie dachten lange über meine Antwort nach und tauschten dabei Blicke aus. Halt! Auch der Name Ak Schems ed-Din wurde erwähnt. Ich gab die akademisch korrekte Auskunft: ein Bektaschi-Mönch, der bei der Eroberung Konstantinopels durch die Türken dabei war. Später hätten auch noch andere Bektaschis so geheißen, von ihnen sei jedoch wenig bekannt. Auch darüber dachten sie lange nach, stellten aber keine weiteren Fragen.

Um diese Zeit wußte ich längst nicht mehr, wie lange ich schon in diesem Gewölbe saß, eine Stunde, zwei Stunden, vielleicht sogar drei. Einmal kam Shahib herein, der einzige, der keine Kapuze trug, und wechselte abgebrannte Fackeln gegen neue aus. Sie schienen ihn nicht einmal zu bemerken. Schließlich gewann ich den Eindruck, daß sie bedrückt seien. Ihre Köpfe sanken immer tiefer, als ob etwas auf ihnen laste. Komischerweise fragte ich mich keine Sekunde lang, warum sie mir nicht den Zweck dieser Zusammenkunft erklärten. Es war als ob sie angenommen hätten, ich wisse Bescheid. Eine Zeitlang glaubte ich das sogar selbst. Und noch etwas ...«

Talmarani unterbrach sich selbst. Der Gedanke war ihm erst jetzt gekommen.

»Warum, hat Schafik gesagt, solle ich nach Hama fahren? Die Freunde meines Vaters hätten darauf bestanden, mich zu sehen. Und das gehöre zu einer Art Handel.«

Er wandte sich an Dimitrios. »Hat Llewellyn dir den Grund für unseren Ausflug genannt?«

Stumm schüttelte der Levantiner den Kopf.

»Ich«, sagte Talmarani, »bin eigentlich davon ausgegangen, daß mir in Hama oder sonstwo irgend etwas über meinen Vater mitgeteilt werden würde. Aber das muß ich schon vergessen gehabt haben, als mich Shahib in dieses Gewölbe hinabführte, und dann ist es mir wohl völlig entfallen. Erst jetzt wundere ich mich darüber, daß nicht einmal der Name meines Vaters erwähnt wurde. Oder daß man etwas über sein Leben und seinen Tod sagte. Sie wollten lediglich wissen, was mir von ihm in Erinnerung geblieben sei. Als ich dann erwiderte, praktisch nichts, nahmen sie es kommentarlos zur Kenntnis.«

Talmarani lauschte seinen eigenen Worten nach. Außer dem Murmeln der Quelle war weit und breit kein Geräusch zu vernehmen. Obwohl die vom Boden aufsteigende Kälte immer unangenehmer wurde, brachte er es nicht über sich, in die Hütte zu gehen und die Schaffelldecke zu holen, oder auch nur die eigene Stellung zu verändern. Es schienen die Bilder in seinem Kopf zu sein, die ihn festhielten. Auch der neben ihm sitzende Dimitrios regte und bewegte sich nicht. Der Mond glich mittlerweile einer Scheibe aus gehämmertem Silberblech.

»Ja«, sagte Talmarani und spürte dabei seinen erschreckten Herzschlag, »ja, du hast recht. Wahrscheinlich bin ich dem Löwen begegnet. Die Kapuzenmänner hatten plötzlich nichts mehr zu fragen. Sie verstummten einfach und sanken noch mehr in sich zusammen. Da regte sich etwas auf der kleinen, gemauerten Empore im Hintergrund des Raumes. Der Mann, der die ganze Zeit über dort gesessen hatte, stand auf. Ein anderer, jüngerer, es muß Kerim gewesen sein, war sofort an seiner Seite. Der Mann stützte sich ein wenig auf seine Schultern. So kamen sie über die zwei Steinstufen herab und auf uns zu. Sie gingen sehr langsam. Die anderen hoben die Köpfe und blickten ihnen entgegen, ich natürlich auch. Etwa vier Meter von uns entfernt bleiben beide stehen. Der Blick des Mannes war die ganze Zeit auf mich gerichtet. Das war aber schon das einzige, was ich erkennen konnte. Er trug ja auch eine weit ins Gesicht gezogene Kapuze. So blieb er lange stehen, völlig bewegungslos. Alle schienen zu erwarten, daß er etwas sagte.

Er sagte jedoch nichts. Endlich hob er den Arm, streckte den Zeigefinger aus und deutete auf mich. Darauf blickten mir auch die anderen ins Gesicht, als hätten sie mich noch nie gesehen. In der Stille hörte man sie deutlich atmen. Ich war völlig versteinert. Der Mann senkte den Arm wieder, drehte sich um, stieg die zwei Stufen hinauf und verschwand in der Dunkelheit. Was danach geschah, habe ich nur undeutlich in Erinnerung. Die Kapuzenmänner standen ebenfalls auf. Einigen schien es Mühe zu machen. Ich war sitzen geblieben, und deshalb blickten sie auf mich herab. Schließlich gingen alle auf die Empore zu, einer hinter dem anderen, stiegen hinauf und waren weg.«

Talmarani hielt abermals inne. Als er fortfuhr, klang seine Stimme auch für ihn selbst anders als zuvor.

»Alles, was ich bis jetzt gesagt habe, könnte ich zur Not beschwören. Nur eines nicht.«

»Was?«

»Als sie da oben standen und noch einmal zurückblickten, haben sich alle vor mir verbeugt. Nicht tief verbeugt, nur so, wie man sich wortlos von jemandem verabschiedet. Aber als dann Shahib kam, um mich hinauszubringen, hat er mir zum ersten Mal die Hand geküßt. Das kann ich beschwören.«

Dimitrios nickte, als habe er so etwas erwartet gehabt. »Der Löwe also.«

»Wahrscheinlich.« Den nächsten Gedanken, der ihm durch den Kopf schoß, wagte Talmarani nicht mehr in Worte zu fassen.

Die beiden folgenden Tage verschliefen sie zum größeren Teil, am dritten führten sie wieder längere Gespräche. Eines davon endete damit, daß Dimitrios erklärte: »Du kannst nicht ewig in den Himmel spucken. Irgendwann spuckt der Himmel zurück.«

»Wie meinst du das?« fragte Talmarani.

»Eine Redensart.«

Gegen Abend war dann aus der Redensart ein Plan geworden. Talmarani mußte zugeben, daß er, wenn sie wieder in Beirut seien, nicht weiterhin alles auf sich zukommen lassen könne, sondern selbst etwas zu seinem Schutz unternehmen müsse. Fragte sich allerdings, was.

»Es gibt nur einen Menschen in Beirut«, sagte schließlich Dimitrios, »der möglicherweise auch ein persönliches Interesse an dir hat: dein Halbonkel.« Und bevor Talmarani etwas dagegen einwenden konnte, fuhr er fort: »Einen besseren Mann als ihn könntest du gar nicht finden. Er sitzt hoch oben und hat einen weiten Überblick. Er muß über nahezu alles informiert sein, was in unserem Ländchen vorgeht. Er besitzt Verbindungen und Einfluß, vermutlich sogar seine eigene kleine Streitmacht plus Spionageabteilung. Über Schafik Scharif weiß er mit Sicherheit mehr als ich. Von deinem Vater, deinem Großvater, den Kapuzenmännern dürfte er ebenfalls gehört haben, denn mit Damaskus steht er sich gut, das ist bekannt. Und irgend jemand, der seine Hand über dich hält, brauchst du nun einmal.«

Da Talmarani gegen dieses Argument nichts vorbringen konnte, beschlossen sie am Ende, Camille Talmarani anzurufen, sobald sie wieder in Reichweite des Beiruter Mobilfunknetzes sein würden. Aus den Bergen heraus konnte man mit Dimitrios' Handy nicht telefonieren.

Am vierten Tag nach ihrem Einzug in die Hütte taten sie dann genau das.

Habib, der Mann in Iblis, war ein wortkarger, hagerer Mann mit dem ledernen Gesicht eines Schafhirten gewesen. Er hatte sie freundlich aber zurückhaltend begrüßt, hatte keine Fragen gestellt und sofort einen zerbeulten Jeep aus dem Stall gefahren, mit dem er sie zu der etwa dreißig Kilometer entfernten Haltestelle für Sammeltaxis brachte.

Nachdem Habib wieder verschwunden war, fragte Talmarani: »Hast du die gerahmten Tafeln an der Wand seines Wohnraums bemerkt?«

Dimitrios verneinte.

»Sechs Namen«, sagte Talmarani. »Adam, der mit dem Gott für lange Zeit zum letzten Mal persönlich verkehrt hatte; Nuh also Noah, Gottes nächster Gesprächspartner; Ibrahim also Abraham; Musa also Moses, Isa also Jesus und Muhammed. Die siebente Tafel war leer.«

»Ja und?«

»Sie wird erst beschriftet, wenn man weiß, wer der verborgene Imam ist, der Rechtgeleitete, der Mahdi. Jener, nach dem kein weiterer Prophet mehr zu erwarten ist.«

Davon hatte Dimitrios gehört, denn er nickte. »Das heißt, Habib gehört der Siebener-Schia an.«

»Schiit ist er auf alle Fälle. Was wiederum bedeutet, er könnte ein Assassine sein. Hier in den Bergen des Libanon gibt es sie noch.«

Für sich selbst fügte er hinzu: Und es könnte außerdem bedeuten, daß eines Tages auf der siebten Tafel al-Muqanne stehen wird.

Camille Talmarani mußte die Jahre des Bürgerkriegs wie in einer Theaterloge verbracht haben; er saß in der Tat sehr hoch oben. Zu Füßen seines Hauses lag die Stadt, und damit der ehemalige Kriegsschauplatz. Auf der Terrasse sitzend hatte er – stellte Thomas Talmarani sich vor – bei einem Glas Tee mit ansehen können, wie Bogen aus Leuchtspurgeschossen die Quartiere der verfeindeten Parteien miteinander verbanden, wie sie sich vor dem nächtlichen Himmel überkreuzten und wie bei den Einschlägen schwere Geschosse Fontänen aus Stein, Staub und Haustrümmern emporsprühten. Die dazugehörenden Geräusche hatte er nur bei Westwind in voller Lautstärke vernommen. Zu anderen Zeiten dürften sie für seine Ohren zu einem fernen Gewittergrollen verschmolzen sein.

Im übrigen glich das Haus am Abhang des Metn auch jetzt noch einer Festung. Efeuüberwucherte, aber ungemein solide Steinmauern schirmten es gegen die Außenwelt ab. Das Pförtnerhaus neben dem Eingang wies schmale, schießlukenähnliche Fenster auf. Als Talmarani der Sprechanlage seinen Namen anvertraut hatte, fuhr die schwere Stahltür gerade soweit zurück, daß ein Mann heraustreten konnte, der unübersehbar bewaffnet war und eine khakifarbene Uniform trug. Sich zu dem offenen Fenster ihres Taxis herabbeugend, fragte er: »Wer von Ihnen ist derjenige, der angerufen hat?«

Talmarani hob die Hand, worauf er gebeten wurde, den Wagen zu verlassen.

Mit zusammengekniffenen Augen musterte der Torwächter ihn vom Kopf bis zu den Füßen, sagte: »Bitte, die Arme ausbreiten« und tastete ihn sorgfältig ab. Die nächste Aufforderung lautete: »Bitte, kommen Sie.«

Talmarani sagte: »Wir sind zu zweit.«

Der Wächter schüttelte den Kopf. »Mir ist nur ein Mann gemeldet, Herr Thomas Talmarani. Das sind Sie?«

»Ja, aber ...«

Erneutes Kopfschütteln. »Tut mir leid, nur ein Mann.«

Talmarani wandte sich nach Dimitrios um. Der winkte ab. »Ist vielleicht besser so. Meine Nummer hast du ja. Viel

Glück.« In seiner Stimme schwang etwas wie Erleichterung mit. Das Taxi wendete und fuhr zurück.

Nachdem sich die Stahltür hinter ihnen geschlossen hatte, mußte Talmarani auch noch seinen Paß vorzeigen. Den Wächter schien jedoch nur das Foto zu interessieren. Er verglich es mehrmals mit Talmaranis Gesicht und war dann offenbar zufrieden. Den Paß zurückreichend, sagte er: »Folgen Sie diesem Weg. Ich melde Ihre Ankunft.«

Der Weg glich eher einer schmalen Schlucht und führte in Serpentinen nach oben. Wer versucht hätte, hier gewaltsam einzudringen, wäre, vermutete Talmarani, nach jeder Biegung von einer anderen Seite her beschossen worden. Camille Talmarani mußte guten Grund haben, auf seine Sicherheit bedacht zu sein.

Jenseits der Verteidigungsanlage öffnete sich ein Park. Aus stumpfem Grün schimmerten cremefarbene Mauern. Einige der mächtigsten Libanonzedern, die Talmarani je gesehen hatte, verbargen das Haus seines Halbonkels. Es war eine Anlage, die ersichtlich nicht aus diesem Jahrhundert stammte: unter weit vorgezogenem Dach Fenster, die eine Klimaanlage ersetzten, weil sie im unteren Teil kühle Luft eindringen und durch höher gelegene Öffnungen Warmluft entweichen ließen. Talmarani glaubte hinter einer der spiegelnden Scheiben jemanden stehen zu sehen, der ihm entgegenblickte, und er hätte schwören können, daß der Mann einen Fes trug.

Weitere fünf Minuten später wußte er, woher dieser Eindruck rührte: Camillle Talmarani war der klassische Effendi: hager, mit halbrundem Kinnbart und, trotz des immer noch nicht abgeklungenen Chamsins, formell gekleidet. Leuten wie ihm küßte man die Hand und nannte sie Bey.

Seinen Neffen empfing er auf einen Stock gestützt, aber aufrecht stehend. Ein Diener hatte Talmarani in den hohen, schattigen Raum geführt. Der riesige Isfahan, der beide voneinander trennte, beschwor das versunkene Paradies herauf.

Nachdem sie sich eine Weile schweigend gemustert hatten, winkte der ältere Talmarani den jüngeren zu sich heran. Ohne ihm die Hand zu reichen, sagte er: »Von deiner Mutter hast du nur die Augen, alles andere verdankst du den beiden Herren Phelbs.«

»Klingt, als ob du sie nicht gemocht hättest«, wagte Talmarani zu erwidern.

»Gemocht nicht, respektiert schon. Dein Großvater war ein Gauner, aber er hatte Charme. Dein Vater war kein Gauner, dafür jedoch ein beneidenswert guter Geschäftsmann.«

»Das«, sagte Talmarani verblüfft, »habe ich anders gehört.«

Die Entgegnung klang schroff, doch bestimmt: »Dann hast du es falsch gehört. Was deine Mutter dir über ihren Mann erzählt hat, kannst du vergessen, sie hat ihn nie verstanden. Jakub und Hamid können dir ebenfalls nur Unsinn aufgetischt haben. Die beiden wissen bis heute nicht, daß sie Eduard Lionel alles verdanken, was ihnen gehört.«

Talmarani mußte schlucken. »Mit mir hat nie jemand über meinen Vater gesprochen.«

»Ah ja?« sagte der Alte. »Na, vielleicht wußten die drei doch, daß sie nichts wußten, und haben deshalb lieber den Mund gehalten – was für sie sprechen würde.« Er lachte trocken auf. »Und warum sehe ich dich erst jetzt? Du bist schon fast eine Woche in Beirut.«

Ich kenne dich ja so gut wie gar nicht, wollte Talmarani antworten, unterließ es jedoch. Sein Halbonkel hatte auch so begriffen. »Komm«, sagte er, ihm nun doch die Hand hinstreckend, »um diese Zeit trinke ich Tee. Wir setzen uns auf die rückwärtige Terrasse, die liegt schon im Schatten. Du scheinst aufregende Zeiten hinter dir zu haben.«

»Das«, murmelte Talmarani, »kann man so sagen.« Er hatte das Gefühl, zum ersten Mal seit München mit jemandem, Dimitrios natürlich ausgenommen, ohne alle Hintergedanken reden zu können.

Steifen Schrittes vorausgehend, führte Camille ihn durch mehrere ineinandergehende, hohe Räume auf eine zum Gebirge hin gelegene Terrasse, wo zwei weitere Diener sie erwarteten und ihrem Herrn in einen gut ausgepolsterten Korbstuhl halfen. Sobald sie saßen, sagte er: »Nun erzähle. Fang ganz vorne an, und laß dir Zeit. Wenn ich etwas schon weiß, erfährst du es umgehend.«

Als Talmarani fertig war, begann es bereits zu dämmern. Auf dem Tisch standen Windlichter. Camille hatte ihn zum erstenmal unterbrochen, als er von seinem Treffen mit Schafik erzählte. Darüber war er unterrichtet gewesen. Zum zweitenmal geschah es bei der Schilderung der nächtlichen Irrfahrt vom Krak zu jener anderen Burg. »Shahib und Kerim?« sagte der alte Herr. »Das könnten die Neffen von Assem i-Audi sein. Falls ja, dann wären sie sogar entfernt mit uns verwandt. Die Talmaranis und die Audis haben immer gut zusammengearbeitet. Wir Christen, sie Muslime, diese Verbindung wurde schon von meinem Großvater geknüpft. Und dein Vater hat Assem als Fahrer, Leibwächter oder Mädchen für alles beschäftigt, bis er ihn dann aus irgendeinem Grund nach Jordanien schickte. Doch, es wäre möglich, daß Shahib und Kerim seine Neffen sind.« Erst ganz zum Schluß fiel dann der entscheidende Satz: »Du ahnst natürlich, wer der Mann war, den dein Freund als ›Löwen‹ bezeichnet?«

Obwohl er halb und halb mit einer derartigen Bemerkung gerechnet hatte, zuckte Talmarani zusammen. »Das wäre doch vollkommen unmöglich, zumindest nach menschlichem Ermessen.«

»Nicht so unmöglich, wie du glaubst. Wenn Kütschük Said gestorben wäre, hätte ich es mit Sicherheit erfahren. Wenn er aber noch lebt, wie es ja den Anschein hat, wie alt ist er dann?«

Talmarani rechnete nach. Als Said in die Kutsche Abdul Hamids geworfen worden war, hatte man 1893 geschrieben.

Camille hob die Hände und ließ sie wieder fallen. »Na bitte. Nehmen wir also an, Said sei in diesem Jahr auch geboren worden. Das hieße, er wäre heute hundertundfünf – nur siebzehn Lenze älter als ich.« In seinen Augen glomm etwas wie Belustigung auf. »Bei Schdoura lebt ein Bauer, der vor kurzem seinen hundertundneunzehnten Geburtstag gefeiert hat und noch lange nicht ans Sterben denkt.« Wieder ernster werdend, fügte er hinzu: »Gehen wir also ruhig davon aus, daß du tatsächlich zu deinem Großvater gebracht worden bist. Es läßt außerdem den Schluß zu, daß er dich dringend sehen wollte.«

Die nüchterne Feststellung des alten Herrn bewirkte genau das, was sie offensichtlich hatte bewirken sollen: Aus der Begegnung in der Burgruine war ein einigermaßen normales Ereignis geworden. Keine aus dem Grab herauswachsende Hand hatte nach Talmarani gegriffen, in manchen Breiten gab es einfach Menschen, deren Leben ganze, anderswo längst als historisch abgebuchte Epochen überspannte. Als sie geboren wurden, hatte man noch mit Säbel und Lanze gekämpft, ihnen selbst konnte es geschehen, daß sie unter den Trümmern eines aus tausend Meilen Entfernung beschossenen Hauses begraben werden würden. Soweit also, da hatte Camille wohl recht, war nichts geschehen, was mehr erfordert hätte als die Korrektur einiger eingefleischter Vorstellungen.

Aber wie stand es, gerade unter diesem neuen Aspekt, mit Dimitrios' Vermutung, ihn, Talmarani habe man als die Ziege benutzen wollen, die den »Löwen« aus der Deckung locken sollte? Hatten Llewellyn, Scharif oder wer immer dabei von Anfang an wirklich den hundertfünfjährigen Said im Auge gehabt? War ihnen also bekannt gewesen, daß er noch lebte? Oder sollte dies eben nicht der Fall gewesen sein?

Diese letzte Frage hatte Talmarani seit der Nacht im Gebirge schon öfter beunruhigt. Sie zu bejahen bedeutet ja, daß er nun zu der vermutlich nur sehr kleinen Zahl von Menschen gehörte, die Saids über Jahre hin sorgsam gehütetes Geheimnis kannten? Auch jetzt, da die Frage sich erneut aufdrängte, überlief ihn ein Schauer.

Doch dann blickte er in Camilles nachdenklich auf ihn gerichtete Augen, und der geradezu körperlich spürbare, kalte Hauch in seinem Nacken verflog, um einer völlig neuen Empfindung zu weichen – seltsamerweise war es Stolz. Über sich selbst erstaunt, dachte er: Dieser alte Löwe hat mehr als ein Jahrhundert überlebt, hat Sultane, Könige, Gewaltherrscher und wahrscheinlich ganze Legionen von Llewellyns oder Schafik Scharifs dahingehen sehen. Aus ungezählten

Hinterhalten muß er sich schon gerettet haben und infolgedessen mehr Tricks und Schliche kennen als jeder seiner Verfolger. Ausgerechnet der Mann aber soll sehenden Auges ein völlig unnötiges Risiko auf sich genommen haben? Und das nur wegen seines Enkels?

Talmaranis nächste Überlegung mutete durchaus wieder erschreckend an: Wenn Said nun gerade das getan haben hätte? Kopf und Kragen riskiert, weil er – was? Neugierig war? Etwas wie Sehnsucht verspürte?

Als ob ihm vor Augen stünde, was in seinem Kopf vorging, hob Camille die Schultern etwas an. Es war eine Geste, die vor allem Zweifel auszudrücken schien, aber zugleich auch ermutigend wirkte.

»Das mit deinem Vater«, sagte er schließlich, »tut mir leid. Lionel muß sich regelrecht aufgerieben haben.«

Als Talmarani am anderen Morgen erwachte, standen vor dem Zimmer, das Camille ihm hatte zuweisen lassen, seine Koffer aus dem »Andalus«, und in der Eingangshalle saß Georges Bogosaki. Obwohl man ihm einen bequemen Sessel angeboten hatte, wagte er es nicht einmal, sich richtig anzulehnen. Sein Gesicht trug einen aus Ehrfurcht und Unbehagen gemischten Ausdruck.

Talmaranis Erscheinen schien den Concierge zu erleichtern. Aufspringend und ihm entgegengehend rief er: »Ich bin so froh, Sie wiederzusehen, M'sieur. Ihre Abwesenheit hat uns erhebliche Sorgen bereitet. Als wir dann erfuhren, daß Sie bei Senator Talmarani sind, fiel mir ein Stein vom Herzen. Natürlich habe ich Ihre Sachen selbst heraufgebracht.«

»Danke«, sagte Talmarani. »Sie sind ein wirklicher Freund. Wann wurden Sie denn über meinen derzeitigen Aufenthalt informiert?«

»Heute morgen in aller Frühe. Der Senator hat mir erlaubt, auf Sie zu warten. Ich habe noch ein paar Nachrichten für Sie. Während Ihrer Abwesenheit sind mehrere Faxe aus der Schweiz gekommen.« Er hielt ihm eines der braunen Kuverts mit Hotelaufdruck hin. »Ein Mann, der sich nicht identifizieren wollte, hat zweimal nach Ihnen gefragt, Mademoiselle Kiron sechsmal und Monsieur Llewellyn während der vergangenen drei Tage je einmal. Beide, Mademoiselle Kiron und Monsieur Llewellyn, erwarten dringend Ihren Rückruf.«

Aus der Mappe, die am Fuß seines Sessels lehnte, holte Bogosaki ein weiteres Kuvert heraus, es war bedeutend dicker als das erste. »Hier ist das Interview aus ›Vatan‹, das Sie gewünscht haben. Mein Kollege vom ›Istanbul Hilton‹ konnte es mit Hilfe eines Archivars auftreiben. Adnan Yilman, der Verfasser, muß eine bedeutende Persönlichkeit gewesen sein, ist aber schon vor Jahren gestorben.« Er warf ihm einen besorgten Blick zu. »Sie sprechen Türkisch, M'sieur?«

»Geht so«, erwiderte Talmarani.

»Ich kann Ihnen jederzeit einen guten Übersetzer besorgen.«

»Falls nötig, komme ich gerne darauf zurück. Danke. Dieses Kuvert scheint aber mehr als einen Zeitungsausriß zu enthalten.«

»Allerdings, M'sieur. Der Mann vom Pressearchiv der Universität übergab meinem Kollegen noch eine andere Schrift aus der Feder von Yilman. Sie befaßt sich mit dem selben Interviewpartner und ist auf Englisch abgefaßt.«

Das Paket entgegennehmend, sagte Talmarani: »Ihnen sind sicherlich Kosten entstanden.«

Bogosaki winkte ab. »Der Senator hat bereits alles beglichen. Übrigens, M'sieur?«

»Ja?«

»Wie war der Caonard au citron?«

Talmarani brauchte ein paar Sekunden, bis ihm klargeworden war, daß Bogosaki von dem Lokal sprach, das er Nadia und ihm empfohlen hatte. »Danke, die Ente war ausgezeichnet.«

Der Concierge lächelte. »Ich hoffe immer noch, Ihnen dort ein paar andere Höhepunkte der Speisekarte präsentieren zu können. Der Agneau provençal zum Beispiel ...« Er spitzte die Lippen.

»Darauf werde ich gewiß nicht verzichten«, sagte Talmarani und streckte ihm die Hand hin.

Beschwingter, als er vermutlich hereingekommen war, schwebte Bogosaki aus dem Raum. Draußen wurde er vom harten aus dem Chamsin-Himmel niederstürzenden Licht verschluckt.

Ein Diener sagte, Talmarani-Bey befinde sich in seinem Arbeitszimmer.

Camille Talmarani war nicht allein. Auf steifen, entlang den Wänden stehenden Stühlen, saßen ein glatzköpfiger Schnurrbartträger in korrektem Geschäftsanzug und ein junger Mann mit Brille, dem man die Sekretärsstellung ansah. Der dritte trug ein am Hals offenes Hemd von militärischem Zuschnitt, erweckte aber nicht den Eindruck, viel im Gelände unterwegs zu sein, über dem Gürtel wölbte sich ein üppiger Fettring.

Camille selbst thronte hinter einem klauenfüßigen Schreibtisch von ehrwürdigem Alter. Vor ihm stand der klotzigste Telefonapparat, den Talmarani je erblickt hatte. Drei Reihen von Kipphebeln dienten offenbar zur Herstellung von Verbindungen. Gekleidet war der alte Herr wie schon am Abend zuvor: hoher Hemdkragen, plastronähnliche Krawatte, dunkler Gehrock. Die kleine Versammlung schien bereits seit längerem zu tagen.

Von seinem Halbonkel wurde Talmarani mit einem knappen Nicken begrüßt. Dann stellte er ihm die drei anderen vor. Der Schnurrbartträger war offenbar ein höherrangiger Mitarbeiter Camilles, der junge Mann mit Brille in der Tat sein Sekretär. Der Mann im Militärhemd hieß Pierre Schanoun und vertrat »unser Deuxième«, womit sowohl staatlicher wie auch claneigener Geheimdienst gemeint sein konnte, eine genauere Unterscheidung zwischen öffentlicher und privater Sphäre hielt Camille wohl für überflüssig.

»Wir haben schon ein paar Arbeiten erledigt«, erklärte er. »Was weißt du von diesem Dimitrios, Thomas?«

Talmarani sagte es in wenigen Sätzen. Camille wandte sich an Schanoun: »Korrekt?«

»Er ist sauber«, erwiderte dieser. »Zu klug, um sich Schwierigkeiten zu bereiten. Lebt davon, daß er Kontakte herstellen kann und alle Welt kennt. Wird gern von europäischen oder amerikanischen Fernsehteams angeheuert, auch von durchreisenden Journalisten. Llewellyn gehört zu seinen Stammkunden, dürfte ihm aber nichts anvertrauen, was wirklich von Bedeutung ist. Da er auf diesem Ausflug nach Syrien dabei war, sollten wir ihn vielleicht von Llewellyn trennen. Dimitrios kann sich, auch wenn er bei dem entscheidenden Treffen nicht dabei war, viel zusammenreimen.«

Erneut nahm Camille seinen Neffen ins Visier. »Was hast du ihm erzählt?«

Talmarani dachte nach. »Dimitrios hat von Anfang an geahnt, daß ich jemanden aus der Deckung locken soll. Und er weiß, wer der ist, den er immer als Löwen bezeichnet.«

»Dann«, entschied Camille, »holen wir ihn herauf.«

Der Sekretär machte sich Notizen.

»Llewellyn?«

»Amtsbekannt, aber unangreifbar«, erwiderte Schanoun. »Hat zu viele Verbindungen, die wir nicht kennen.«

»Unter anderem zu Schafik.«

»Unter anderem. Und Schafik ...«

Camille winkte ab. »Noch unangreifbarer. Glaubt er tatsächlich, die Muqanna besitze gültige Ölverträge mit Aseris, Abchasen oder Turkmenen?«

Talmarani hob den Kopf. Er hatte mit Camille über al-Muqanna gesprochen, aber so wie dieser den Namen nun anwandte, schien mit Muqanna keine Person, sondern eine Organisation gemeint zu sein. Sein Onkel beachtete ihn nicht. Statt dessen sprach der glatzköpfige Brillenträger.

»Davon geht eine ganze Reihe von Leuten aus, Herr Senator. Seit dem Zerfall der Sowjetunion werden Russen, Westeuropäer oder Amerikaner immer wieder mit Gewalt daran gehindert, im Kaukasus neue Öllager zu erschließen. Meist von islamischen Fundamentalisten, die behaupten, einen verbrieften Anspruch auf das Öl zu haben.«

»Ja«, sagte Camille nachdenklich, »diese Geschichten scheinen auch Jakub und Hamid in Lugano zu beschäftigen.«

»Und Llewellyn«, warf Talmarani ein. »Er ist mehrmals bei Jakub und Hamid gewesen.«

Vier Augenpaare wandten sich ihm ruckartig zu. Schanoun schüttelte den Kopf. »Das wäre aber eine seltsame Konstellation: Schafik und Llewellyn, Llewellyn und die Talmarani-Bank.«

»Allerdings«, knurrte Camille. »Meine Herren Brüder könnten sich da auf etwas eingelassen haben, das eine Nummer zu groß für sie ist. Zumal jetzt, da ...« Sich mit der Hand übers Gesicht fahrend, als wolle er eine Fliege verscheuchen, fuhr der alte Herr fort: »Darüber möchte ich erst einmal mit meinem Neffen reden. Bringen wir zuvor noch das Naheliegende vom Tisch. Dieser Warren?«

»Traumtänzer und Homo«, sagte Schanoun, »aber wie eine Spinne im Netz. Wer ihn schnappen will, droht das Netz zu zerreißen. Warren weiß mehr, als man ihm zutrauen möchte.«

»Hat man ihn besser zum Freund oder zum Feind?«

»Er könnte nützlich sein.«

»Soll aber auf Schafiks Gehaltsliste stehen.« Talmaranis zweiter Einwurf.

Camille hob die Schultern, um sie wieder fallen zu lassen.

»Wenn es mit Geld zu regeln ist ... Wer kontaktiert ihn?«

Etwas schüchtern hob der Sekretär die Hand. »Das könnte ich übernehmen, Herr Senator.«

»Sie, Philippe?«

»Ich habe einige von Professor Warrens Vortragsreihen an der Université besucht.«

»Dann besser nicht«, erklärte Camille. »Und auch du kommst nicht in Frage, Thomas – wegen möglicher Befangenheit.« Er lächelte anzüglich. »Was keineswegs heißen soll, daß ich dich und Warren für Gesinnungsgenossen in Geschlechtsdingen halte. Herr Bogosaki ließ sich überreden, mir ein bißchen über dein Privatleben zu erzählen.«

Die drei anderen lächelten ebenfalls. Zu seiner eigenen Verwunderung lächelte Talmarani zurück.

»Vielleicht«, erklärte Camille, »werde ich mich mit Warren selbst in Verbindung setzen.« Er blickte in die Runde. »Noch Fragen?«

Seine Mitarbeiter schüttelten die Köpfe.

»Na gut, dann an die Arbeit.«

Die drei erhoben sich. Offenbar hatte ihr Chef ihnen schon vor Talmaranis Eintreffen Anweisungen erteilt. Über seinen Ausflug nach Syrien wußten sie ja auch Bescheid. Nachdem die Tür hinter ihnen zugefallen war, fragte Camille: »Du ahnst, worüber ich mit dir reden will, Thomas?«

»Ich glaube, ich kann es erraten.«

Der alte Herr seufzte. »Dann wünsche mir Objektivität. Ich bin nämlich nicht sicher, ob ich Eduard Lionel leiden konnte. Komm mit.«

Im oberen Stockwerk von Camilles Villa mußte Talmarani sich dann abermals mit einem neuen Vater anfreunden. An die Stelle jenes von Llewellyn gezeichneten Beinahebankrotteurs, der mit einer Bauchtänzerin zusammengelebt und angeblich so aufwendig Selbstmord begangen hatte, wie auch des Mannes, über den Warren Bescheid zu wissen glaubte, trat ein Eduard Lionel, der mit den beiden anderen so gut wie nichts gemein zu haben schien.

Aus dem Stapel von Fotografien, der vor ihm lag, eine herausziehend und sie seinem Neffen zeigend, sagte Camille: »Sieh dir Fari doch an! Sie war schon eine Sünde wert.«

Eine orientalische Schönheit mit leicht mandelförmigen Augen und hübsch geschwungenen Lippen lächelte den Betrachter an. So aufregend wie sein Onkel fand Talmarani die Farina jedoch nicht.

Der sagte: »Nichts gegen deine Mutter, Thomas, sie besitzt auch ihre Qualitäten. Aber um Fari war eine Aura von Erotik, der kein Mann widerstehen konnte. Deinen Vater muß sie im Sturm erobert haben. Und er war schließlich auch ein gutaussehender Bursche. Da zum Beispiel.«

Das nächste Foto zeigte Eduard Lionel, in weißem Anzug mit scharfen Bügelfalten vor einem Flugzeughangar stehend, den Kopf leicht zurückgeworfen, die Haare vom Wind zerzaust. Diesmal mußte Talmarani Camille zustimmen: Sein Vater hatte sich wirklich sehen lassen können. Etwas verschämt fragte er: »Dann war also Fari der Grund dafür, daß ...«

Camille schüttelte den Kopf. »Hier muß ich bereits passen. Dein Vater verfolgte mit nahezu allem, was er tat, einen ganz bestimmten Zweck. Daß er sich von Fari erobern ließ, ohne ein Hehl daraus zu machen – ihre Affäre spielte sich praktisch in aller Öffentlichkeit ab –, könnte bereits zu den Manövern gehört haben, mit denen er sein späteres Abtauchen zu verschleiern suchte. Er wollte es die Bank in der Schweiz wissen lassen und seine Familie auch. Ich würde vermuten: zu eurem Schutz.«

»Nicht weil die Bank in Schwierigkeiten war?«

»Pah«, Camilles Hand fuhr durch die Luft, »wenn sie in Schwierigkeiten gewesen sein sollte, dann nur, weil dein Vater es aus irgendwelchen Gründen so haben wollte, politischen vielleicht. Ich verstehe vom Bankgeschäft nur wenig. Auf jeden Fall ging es der ›Ottoman Trading‹ nie besser als in den ersten Jahren nach dem Rücktritt von Kütschük Said. Sicher, Said hat die Bank groß gemacht – man behauptet, mit zuweilen etwas dubiosen Methoden. Richtig aufgeblüht ist sie jedoch erst unter deinem Vater.«

»Ja, aber ...«

»Warum er dann verschwand?«

»Ja?«

Camille schloß die Augen. Sie wieder öffnend, sagte er: »Was ich dir zu diesem Punkt bieten kann, sind nur Hypothesen.«

»Besser als gar nichts.«

»Dein Vater ... Nein, fangen wir andersherum an. Said hat die Bank und sein Millionärsleben mit Sicherheit nicht freiwillig aufgegeben. Er wurde dazu gezwungen. Von wem? Laß uns später darauf zurückkommen. Dein Vater hingegen ist freiwillig gegangen. Er hat sein Verschwinden geradezu generalstabsmäßig geplant und war dann plötzlich weg: ein ungemein kühler, fast kalter Typ. Deswegen weiß ich heute noch nicht, ob ich ihn mochte. Allerdings«, Camille wiegte den Kopf, »spricht es zu seinen Gunsten, daß er nicht nur der Sohn dieses durchtriebenen Filous aus dem Harem war, sondern auch der Sohn von Dorothea Staudacher.« Wieder schloß der alte Herr vorübergehend die Augen.»Himmel, was für eine Frau! Schön, gescheit, willensstark, abenteuerlustig, neugierig und deshalb mit dem, was Said ihr bot, schon bald nicht mehr zufrieden: den Aufenthalten in Deauville, Monte Carlo, Paris, Estoril oder in der verstaubten Sommerresidenz von König Faruk. Dorothea wollte selbst etwas bewirken, zumindest etwas begreifen.« Als staune er noch im Nachhinein über Talmaranis Großmutter, schüttelte Camille den Kopf. »Und dann traf Dorothea mit diesem Bektaschi zusammen, diesem ...«

»Ak Schems ed-Din.«

»Ja, so hieß der Bursche. Du bist erstaunlich gut informiert.«

»Was war mit ihm?«

»Er muß deine Großmutter vollkommen für sich eingenommen haben. Brachte sie dazu, ihr Arabisch zu vervollkommnen. Machte sie mit dem Islam vertraut. Bot ihr alle möglichen Visionen an. Frag mich nicht, welcher Art, so etwas liegt außerhalb meines Fassungsvermögens. Auf jeden Fall war Dorothea von dem Mann und seinem Hintergrund fasziniert. Diese Faszination wiederum ...«

»... vermittelte sie meinem Vater.«

»Eduard Lionel wollte verwirklichen, was Dorothea und der Bektaschi nur diskutierten. Zumindest ist das der Eindruck, den ich nach längerem Nachdenken gewonnen habe.«

»Said, sagst du, wurde zum Rücktritt und zum Untertauchen gezwungen. Von wem?«

»Nächste Hypothese: Seine Vergangenheit hatte ihn eingeholt.«

»In der Person eines Mannes, der über ihn Bescheid wußte.«

»Möglich.«

»Schemsi«, murmelte Talmarani. »So nannte Said den Bektaschi. Und der dürfte mit einigem, was sein Schützling trieb, überhaupt nicht einverstanden gewesen sein. Schemsi gehörte auch zu den Mitbegründern der Muslim-Bruderschaft.«

Erstaunt hob Camille die Augenbrauen. »Woher weißt du das?«

»Mein Vater hat mir unter anderem ein paar Aufzeichnungen seines Vaters vererbt.«

»Er hat was?«

»Die Papiere waren beim deutschen Konsulat in Beirut hinterlegt und wurden mir nach meinem einundzwanzigsten Geburtstag ausgehändigt.«

Sprachlos starrte der Onkel den Neffen an. Mit einer Heftigkeit, die niemand dem Achtundachtzigjährigen zugetraut hätte, fuhr er dann empor. Ebenso heftig krachte seine Faust auf den Tisch.

»Ich habe es gewußt, ich habe es immer geahnt.«

»Was, Onkel Camille?«

»Alles Täuschung, alles nur Manöver.«

»Aber was?«

»Dein Vater hat die Bank nie aus der Hand gegeben. Noch von seinen verschiedenen Verstecken aus muß er Jakub und Hamid gesteuert oder manipuliert haben. Sie machten Geschäfte, deren Zustandekommen sich selbst Fachleute nicht immer erklären konnten. Angeblich sogar mit Saddam Hussein ...«

»Nicht angeblich«, sagte Talmarani. »Es stimmt.«

»Na also!« Camille donnerte beinahe. »Und wie bitteschön sollen die beiden von Lugano aus mit Saddam Kontakt aufgenommen haben? Zwei bessere Basaris wie sie? Da müssen doch Mittelsmänner am Werk gewesen sein, Leute die überall Fäden gezogen, Verbindungen geknüpft, Netze gestrickt haben. Und wer kommt dafür als einziger in Frage? Niemand anderer als Eduard Lionel, das Phantom aus den syrischen Bergen, der Häuptling eines Haufens von finsteren Verschwörern, die wie Spukgestalten auftauchen und wieder verschwinden. Ich sage dir, mein Junge, genauso muß es gewesen sein, genau so. Ich könnte es beschwören.«

Sich mühsam zur Ruhe zwingend, sank der alte Herr wieder in seinen Sessel. Etwas gemäßigter fuhr er dann fort. »Und noch eines, Thomas, noch eines: In diesen Netzen bist auch du ein Knoten gewesen. Dein Vater hat dich sowenig aus der Hand gegeben wie die Bank. Er wollte, daß du ihn im Gedächtnis behältst und daß du etwas besitzt, das dein Interesse an ihm, wie auch an Said, lebendig hält. Die Hinterlassenschaft, von der du eben gesprochen hast, ist dafür ein klarer Beleg.« Camilles Augen bohrten sich in Talmaranis Gesicht. »Wie kommt es nun wirklich, daß du nicht für die Bank arbeitest? Schließlich wird sie dir eines Tages gehören.«

»Es war mein eigener Wille. Mutter, Jakub und Hamid hatten nichts dagegen, daß ich Orientalistik studiere.«

»Und warum wolltest du Orientalistik studieren?«

»Unter anderem auch deshalb, weil mir einige orientalische Sprachen schon geläufig waren. Gegenüber meinen deutschen Kommilitonen hat mir das einen beträchtlichen Vorsprung verschafft.«

»Also aus reiner Bequemlichkeit?«

»Ein bißchen schon«, gab Talmarani zu.

»Das glaubst du«, erklärte sein Onkel. »Ich glaube es ab sofort bestimmt nicht mehr.«

»Sondern was?«

»Du bist, wahrscheinlich ohne es zu merken, manipuliert worden. Irgend jemand wollte, daß du dich mit eben der Materie befaßt, die für deinen Vater zum Lebensinhalt geworden war. Und jetzt frage mich noch einmal, wer dieser Jemand war.«

Talmarani hatte das Gefühl, vor einer Tür zu stehen, die er nur noch aufzustoßen brauchte, um der Wahrheit gegenüberzustehen, zunächst einmal der Wahrheit über sich selbst.

»Da könnte tatsächlich etwas dran sein«, sagte er nachdenklich. Und nach einer Pause: »Warum engagierst du dich eigentlich so für mich und meine Angelegenheiten. Wir haben uns doch bis gestern so gut wie gar nicht gekannt. Vorhin, bei dieser Sitzung, hatte ich sogar den Eindruck, du bereitest meinetwegen einen Krieg vor.«

In Camilles dunkle Augen trat ein Ausdruck grimmiger Belustigung.

»Krieg? Ja, es könnte einen kleinen Krieg geben. Aber, das ist für mich nichts Besonderes. Ich habe gekämpft, seit ich denken kann. Ich habe Feldzüge geführt und Minen und Hinterhalte gelegt. Für den Chef eines Clans gehört das zum täglichen Brot. Nein, es ist wirklich nichts Besonderes, und es bekommt mir sogar recht gut. Was aber dich und deine Angelegenheiten anbetrifft, mein Lieber – ganz einfach: sie sind auch die meinen.«

»Auch die deinen?« echote Talmarani.

Camille lächelte. »Wenn du hier aufgewachsen wärst, vielleicht sogar unter meinen Fittichen, wüßtest du, wovon ich spreche. In Ländern wie dem unseren kennen Clanmitglieder nur eine Loyalität: die zum eigenen Clan. Deshalb ziehe ich für jeden Talmarani, der im Libanon lebt, jederzeit das Schwert. Eine andere Haltung könnte ich mir gar nicht erlauben.«

Talmarani mußte auf einmal tief durchatmen. Was sein Onkel als nächstes sagte, bewegte ihn noch mehr.

»Du weißt doch, daß ich weder Söhne noch Töchter habe. Der Ast am Familienbaum, den wir drei Brüder verkörpern, scheint verdorrt zu sein. Allerdings«, nun schien er ein Lachen unterdrücken zu müssen, »sollte mich gerade das mit deinem Vater nachträglich aussöhnen. Dank ihm hat der Baum wenigstens einen grünen Sproß.«

Genau in diesem Moment öffnete sich lautlos die Tür, vor der Talmarani zu stehen glaubte. Er sah die Wahrheit – allerdings nicht jene über sich. Es war derart erregend, daß seine Halsschlagader zu pochen begann.

»Onkel«, sagte er.

»Ja, mein Junge?«

»Wir müssen über al-Muqanna sprechen.«

Gegen Abend war der Chamsin beinahe unerträglich geworden. Selbst hier oben am Metn konnte man in der mit Feuchtigkeit aufgeladenen Atmosphäre kaum noch atmen. Dagegen halfen auch die hohen Fenster nicht, die kühle Bodenluft einströmen und warm gewordene entweichen ließen.

Flankiert von zwei bewaffneten Männern in Khaki, saß Warren auf einem der hochlehnigen, unbequemen Stühle in Camilles Arbeitsimmer. Unter seinen Achselhöhlen hatten sich Schweißflecke gebildet. Er wirkte nicht mehr verwirrt, wie zu Beginn des Verhörs, sondern nur noch erschöpft.

»Noch einmal«, sagte Camille. »Daß die Schiiten an die Erscheinung von so etwas wie einem Messias glauben, ist allgemein bekannt. Die Siebener-Schia erwartet ihn nach sechs ...«

»... die Zwölfer-Schia nach elf vorausgegangenen Propheten. Das habe ich doch alles schon gesagt.« Warren schien wirklich am Ende seiner Kräfte zu sein.

»Sie sagen es, sooft wir fragen«, beschied ihn Schanoun. »Der Name al-Muqanna ist allerdings für keine der beiden schiitischen Richtungen ein Begriff. Oder?«

»Nein. Al-Muqanna gehörte zu den wenigen Sunniten, die sich als Mahdi, als Messias, ausgaben. Deswegen hat die Gruppe den Namen ja gewählt. Nachdem Schiiten 1979 bei der Besetzung der Großen Moschee in Mekka scheiterten, 1991 ihre Hochburg Kerbela von Saddam zerstört worden war, weil sie, vermutlich, einen Mahdi hatten auszurufen wollen ...«

»Gescheitert!« knurrte Camille. »Die Saudis haben in Mekka genauso brutal zugeschlagen wie Saddam in Kerbela.«

»Ja«, murmelte Warren ergeben, »ja doch, ja. Nachdem das also geschehen war, dazu auch noch der Aufstand in Hama mißglückt, und damit derlei nicht noch einmal geschehen könne, wollte sich die Gruppe, die überwiegend aus Schiiten besteht, ein stabileres Fundament verschaffen, indem sie einen Sunniten zu ihrem Schutzpatron erhob. Schließlich glauben auch weite Teile der Sunna an das Kommen eines Mahdi.«

»Obwohl der Koran nichts dergleichen sagt.«

»Das hat radikale Umstürzler noch nie daran gehindert, immer wieder einmal einen Mahdi auf ihren Schild zu heben oder sein baldiges Erscheinen anzukündigen.«

Camille hob einige der schwarz eingebundenen Hefte hoch, die sich vor ihm stapelten und ließ sie wieder fallen. Auf ihren Titelblättern prangte in dekorativer arabischer Schrift der Name Muqanna. »Muß man«, fragte er, »dieses Zeug hier verstehen, um zu wissen, was die ›Gruppe‹ vorhat?«

»Es wendet sich in erster Linie an die Einbildungskraft der Menschen«, erwiderte Warren. »Aber wer es genau liest, entdeckt schon eine Reihe brisanter politischer Thesen.«

»Angriffe gegen die Reichen, die Mächtigen, die Ausbeuter der Armen«, sagte Schanoun wegwerfend. »Das hatten wir schon mal in anderer Form.«

»Gesellschaftskritik«, verbesserte Warren müde. »Konzepte für eine bessere, gerechtere Ordnung.«

»Islamischer Prägung.«

»Natürlich islamischer Prägung.«

»Das Paradies auf Erden.«

»Eine paradiesischere Welt.«

Talmarani verspürte einen Anflug von schlechtem Gewissen, denn allein seinetwegen saß Warren vor diesem Zwei-Mann-Komitee und mußte sich verhören lassen. Es war jedoch einfach nicht zu vermeiden gewesen. Ihn selbst hatte die Wahrheit angefallen wie ein Raubtier. Und nun bestätigte nahezu jede Antwort, die Camille oder Schanoun ihrem Opfer entlockten, seine binnen Minuten gewonnene Erkenntnis.

Uralte Vorstellungen von der Heraufkunft des Erlösers mußte die Gruppe Muqanna zu einer Prophetie montiert haben, aus der alle Muslime neue Hoffnung schöpfen sollten. Deren zentrale Botschaft lautete: Die Zeit hat sich erfüllt, die Rettung ist nahe, bald wird der neue Mahdi hervortreten, um jegliche Mühsal von den Schultern der Gläubigen zu nehmen – vorausgesetzt natürlich, sie scharten sich um ihn und seine schwarze Fahne.

Verwunderlich war für Talmarani eigentlich nur, daß ausgerechnet er dies nicht schon früher erkannt hatte. All die Sekten, Orden, Geheimgesellschaften, Bünde, denen seit Jahren sein Interesse galt, wurden ja im Grunde von nichts anderem umgetrieben als der Hoffnung auf eine endgültige Lösung aller irdischen Wirrsale und Widersprüchlichkeiten. Die zutiefst menschliche Überzeugung, das Leben müsse nicht so sein, wie es erfahren werde, der unausrottbare Glaube an die Herstellbarkeit einer gottgewollten, besseren Ordnung, gepaart mit der Erkenntnis, Ungerechtigkeit, Unwahrheit, Ungleichheit seien dem Menschen nicht auferlegt, er erdulde sie nur aus reiner Schwachheit, das waren die Fixpunkte selbst der esoterischsten mystischen Texte. Und eigentlich bedurfte es nicht mehr als einer gewissen Unvoreingenommenheit, um sie aus dem funkelnden Strom poetisch verbrämter Gleichnisse, Rätsel und Vexierspiele herauszufischen.

Die Männer der Gruppe Muqanna nun – auch Nadia hatte ja vermutet, Muqanna sei der Name einer Vereinigung oder einer Zeitschrift – mußten diese Unvoreingenommenheit besessen haben, denn wie anders hätte ihnen klarwerden können, daß der von Harun ar-Raschid zum Tod verurteilte Aufrührer, Prophet, selbsternannte Heilsbringer, was immer er wirklich gewesen sein mochte, alles verkörpert hatte, woran die verschiedenen schiitischen Sekten, aber auch die Sunniten insgeheim glaubten. Aus dieser Erkenntnis wiederum war ihre Idee geboren worden, in seinem Namen aktiv zu werden.

Für Talmarani hatte es eigentlich nur eines Anfangsverdachtes bedurft, um ihnen auf die Schliche zu kommen. Von da an war eines zum anderen getreten, bis endlich alle Puzzleteile zusammenpaßten.

Etwas anderes war es freilich gewesen, Camille seine Überlegungen nahezubringen. Am Ende von Talmaranis langer, vielleicht auch etwas wirrer Darlegung hatte er zunächst einmal gefragt: »Weißt du, warum ich dir überhaupt so geduldig zuhöre?«, um auf dessen Kopfschütteln hin sich selbst zu antworten: »Weil ich, während du geredet hast, gelegentlich der Illusion erlag, hier spricht nicht mein Neffe, hier spricht

Eduard Lionel Phelbs. Du argumentierst wie er: weitschweifig, manchmal umständlich, aber am Ende scheint alles einen Sinn zu haben.«

Dann hatte Camille wissen wollen, ob es jemanden gebe, der über diese ganze Thematik so gut informiert sei, daß man ihm Talmaranis Thesen zur Prüfung vorlegen könne, worauf diesem nur Stephen Warren eingefallen war. Fast im selben Moment hatte sein Onkel das Telefon in der Hand gehabt. »Schafft diesen schrägen Vogel hier herauf.«

Nun saß Warren schon seit mehr als zwei Stunden vor dem schwarzen Schreibtisch und beantwortete Fragen, von denen ihm einige bereits mehrmals gestellt worden waren. Sowohl Camille als auch Schanoun wußten, wie man einen Mann ausquetscht, verwirrt, in die Enge treibt und so verunsichert, daß er irgendwann nicht mehr die Kraft hat, zu lügen oder auszuweichen. Natürlich mußte Warren längst ahnen, wer ihn in diese Lage gebracht hatte. Weder Camille noch Schanoun verstanden genug von der Materie, um ihn so festzunageln, wie er festgenagelt wurde.

»Eine paradiesischere Welt«, knurrte Talmaranis Onkel. »Wer wollte das nicht. Aber gibt es auch ernsthafte Leute, die an solche Versprechungen glauben?«

»Ja«, erwiderte Warren, einen letzten Rest von Würde aufbietend, »sehr viele sogar. Andere werden einfach von der ihnen innewohnenden Schönheit überwältigt.«

»Wie Sie zum Beispiel?«

»O nein, Senator, ich glaube, daß man aus Worten durchaus auch Waffen schmieden kann.«

»Also Aufruhr, Umsturz, Dschihad, oder wie?«

»Wie anders, Senator?«

»Und das, nachdem der Mahdi erschienen ist?«

Warren richtete sich auf. »Wir sprechen jetzt zwei Stunden oder länger miteinander«, es klang auf einmal sehr professorenhaft, »aber Sie scheinen immer noch nicht begriffen zu haben, wovon überhaupt die Rede ist.«

Verblüfft beugte Camille sich vor. »Wovon denn, Warren?«

»Aber Senator! Die Mitglieder der Gruppe Muqanna predigen nicht die Heraufkunft irgendeines Messias, sie glauben, den Mahdi bereits zu kennen. Das ist ihr Geheimnis und ihre Botschaft.«

In der Stille, die seinen Worten folgte, hörte man das Rauschen der von einem wieder auffrischenden Chamsin geschüttelten mächtigen Libanonzedern vor Camilles Haus.

XI Die Frauen aus seinen Kindertagen mußten doch das richtige Gespür gehabt haben: Der Chamsin war kein meteorologisches Phänomen, er war ein Vorbote des Schreckens. Das Haus am Abhang des Metn erfüllte er nicht nur mit feuchter Luft, sondern auch mit bösen Ahnungen. Wenn der drückende Atem Ägyptens durch die Zimmer strich, schienen Echos zu erwachen, die sich in kristallbehängten Lüstern verfingen und sie zum Klirren brachten. Die Dinge führten ein geisterhaftes Gespräch miteinander: Deckenbalken ächzten, Schranktüren sprangen auf, zusammengeknüllte Papierfetzen huschten wie Mäuse über den Boden; die Diener hatten Mühe, sie einzufangen, denn das weiße Gelichter stob ihnen immer wieder davon, schlug Haken oder vollführte überraschende Luftsprünge.

Gelegentlich war Talmarani sogar versucht, an böse Dschinns zu glauben – wenn man leichtes Fieber hatte, wie er, mußte so etwas erlaubt sein. Eine Grippe vermutete Camilles Hausarzt, Spätfolge der kalten, im Freien verbrachten Gebirgsnacht auf taunassem Gras. Camille selbst schien hingegen auf eine Art Nervenkrise zu tippen, ausgelöst durch das syrische Abenteuer und, nicht zuletzt, durch Warrens ungeheuerliche Mitteilung, die Mitglieder der Muqanna glaubten, der Mahdi weile bereits unter ihnen. Immerhin war der Herr Neffe ja gut genug informiert, um zu wissen, was das bedeutete. Außerdem besaß er die Vorstellungskraft, sich auszumalen, welche Wirkung eine derartige Botschaft haben mußte, wenn sie verbreitet wurde. Talmarani wußte es.

Der Mahdi, angekommen in einer bis auf die Knochen verrotteten Welt. Unter Menschen getreten, die nichts mehr im Sinn hatten, als einander zu unterdrücken und wie Wölfe gegen ihresgleichen zu wüten. Das war Ende und Anfang zugleich, Keim der Hoffnung im Humus gärender Verzweiflung. Die wahren Gläubigen würden sich um diesen Mahdi scharen wollen, würden begierig sein, die Schlechtigkeit vom Angesicht der Erde zu tilgen – natürlich in heiliger Mordlust und mit der Schärfe des Schwertes. Später würde sich dann über Leichenfeldern ein neuer, regenbogenfarbiger Himmel wölben und jene, die mit dem Gottgesandten gekämpft hatten, würden die Welt unter sich aufteilen. Das Gemetzel aber würde sich im nachhinein als eine neue Sintflut erweisen.

Seit dem Auszug Muhammeds aus Mekka, seiner triumphalen Rückkehr in die heilige Stadt und seinem vorzeitigen Tod in deren Mauern war die Versuchung, das Werk des Propheten zu vollenden, immer wieder stark genug gewesen, um Massenaufstände zu entzünden, an deren Spitze ein Mahdi stand. Muhammed Ahmed, dem bisher erfolgreichsten von allen, hatte sich, weniger als zehn Jahre vor Kütschük Saids Geburt, sogar die britische Weltmacht beugen müssen. Doch dann war auch Ahmeds Nachfolger besiegt worden und der Islam erneut in die Erniedrigung zurückgestürzt. Der Unglaube hatte weiterhin triumphiert, die wahren Gläubigen hatten schwerer gelitten denn je. Diejenigen aber, die noch den Eifer verspürten, ihr Leben im Namen Gottes zu opfern, hatten sich verzettelt in Kämpfen gegeneinander, im Kampf gegen Israel, in immer rigideren Versuchen, der Botschaft des Propheten eine irdische Heimstatt zu verschaffen. Alles das hatte nur zu neuer Unterjochung und schlimmerer Barbarei geführt – angesichts deren freilich auch die Überzeugung fortleben konnte, irgendwann werde ein neuer Gesandter des Himmels kommen, der dem fortwuchernden Elend ein Ende bereite. Irgendwann? Warum nicht heute? Die Zeit war schon lange reif für ihn. Sie war geradezu überreif.

Das alles, da hatte Camille völlig recht, stand seinem Neffen in voller Deutlichkeit vor Augen. Er war ja nicht nur mit der ganzen Materie vertraut, er besaß zudem in der Tat die Phantasie, sich vorzustellen, wie der Funke zünden konnte, den die Muqanna in ihrer unterirdischen Welt zu hüten meinte. Einen den ganzen Fruchtbaren Halbmond verheerenden Brand konnte er auslösen und eine Gesellschaft ins Wanken bringen, die auf nichts anderem ruhte als clanähnlichen Gemeinschaften, von denen viele ihrer speziellen Auslegung des Korans anhingen. Wie würden diese Sekten, Bünde, Orden auf die Botschaft der Muqanna reagieren? Ihre Wahrheit gegen alle anderen Wahrheiten mobilisieren? Oder sie in die neue Wahrheit des Mahdi einbringen und sich hinter ihm zusammenscharen?

Da die eine Möglichkeit so schlimm anmutete wie die andere, hatte Camille vermutlich auch recht, wenn er das Fieber seines Neffen nicht einer Unterkühlung zuschrieb, sondern seinen von dieser Vorstellung angegriffenen Nerven. Insgeheim glaubte das sogar Talmarani selbst.

Im Bett liegend und Tee trinkend, der den Geruch von Katzenminze verbreitete, lauschte er den Geräuschen, die von den unteren Stockwerken oder von draußen zu ihm heraufdrangen. Ganz nebenbei gewann er dadurch auch einen Eindruck von den vielfältigen Aktivitäten seines Halbonkels.

Schwere Wagen, vorwiegend deutscher Provenzienz, kamen über den engen Serpentinenweg heraufgefahren und stoppten knirschend auf dem Parkplatz. Türen klappten, Schritte näherten sich dem Haus, gedämpfte Stimmen waren zu vernehmen. Es konnten Parlamentsmitglieder sein oder Mitarbeiter der »Solidere«, jener milliardenschweren Gesellschaft, die sich vorgenommen hatte, Beirut in das Hongkong des Nahen Ostens umzuwandeln. Ihr Chef war der Ministerpräsident selbst, Camille gehörte dem Aufsichtsrat an.

Andere Besucher parkten ihre vermutlich bescheideneren Fahrzeuge beim Pförtnerhaus und kamen zu Fuß herauf.

Wenn Talmarani durchs Fenster blickte, sah er sonnengebräunte Männer, teils in blaugrauen, fußlangen Oumbahs, teils in billigen Konfektionsanzügen, aber mit Sandalen an den nackten Füßen. Wahrscheinlich, so vermutete er, Mitglieder des Talmarani-Clans aus der Gegend um Schdoura, wo sie für Camille arbeiteten und an den Wahltagen Zettel mit seinem Namen in die Urnen steckten. Alle trugen etwas in der Hand: einen Korb voll Früchten, vier oder fünf an den Füßen zusammengebundene, lebende Hühner, hölzerne Koffer, die vielleicht Weinflaschen oder Behälter voll Olivenöl enthielten – kleine Gastgeschenke für den Chef. Sie verstummten meist, nachdem sie das Haus betreten hatten und wagten erst wieder beim Hinausgehen ihre Stimmen zu erheben.

Mit der Zeit fiel Talmarani dann auf, daß unter den Zedern auch noch andere Gestalten herumlungerten: Männer in Tarnhosen und Khakihemden, ein jeder mit Revolvergurt. Andere hatten zudem noch kurzläufige Maschinenpistolen umhängen. Während der beiden ersten Tage seines Aufenthalts in Camilles Villa waren ihm solche Waffenträger nicht aufgefallen, mittlerweile schien der Hausherr erhöhte Bereitschaft angeordnet zu haben. Es roch nach zunehmender Spannung oder dem angekündigten kleinen Krieg. Und das wiederum hatte mit ihm, dem grippekranken Neffen des großen Mannes, zu tun.

Als dann auch noch ein mahagonifarbener Cadillac vorfuhr, spürte Talmarani plötzlich sein Herz im Hals schlagen. Er sprang aus dem Bett und stürzte ans Fenster. Dem Auto entstieg jedoch keineswegs Schafik Scharif, sondern ein westlich gekleideter Mann mit Aktenkoffer, der vor der Tür wartete, bis Camilles Sekretär herausgekommen war, um ihn ins Haus zu geleiten. Keine zehn Minuten später fuhr er schon wieder weg. Talmarani hatte sich gerade beruhigt, als das Handy aus Dimitrios' kleinem Vorrat piepste; es war ihm mit seinem Gepäck vom »Andalus« heraufgebracht worden.

»Llewellyn hat noch immer nichts von sich hören lassen«, sagte der neueste seiner neuen Freunde, ohne sich mit Vorreden aufzuhalten. »Sieht so aus, als habe er mich abgeschrieben.«

»Um so besser«, erklärte Talmarani. »Dann bist du ihn los und kannst das Angebot meines Onkels annehmen. Hängst du immer noch in deinem ...?«

Dimitrios ließ ihn nicht ausreden. »Genau da hänge ich rum. Aber sehr wohl ist mir nicht. Wenn ich zu euch kommen soll, möchte ich abgeholt werden.«

»Das dürfte sich arrangieren lassen. Von wo?«

»Werde ich dir noch durchgeben.«

»Hast du eine Ahnung, wo Llewellyn sein könnte?«

»Null. Auch Schafik scheint nicht in Beirut zu sein. Und das macht mich noch kribbeliger.«

»Warum bloß«

»Die beiden könnten etwas aushecken.«

»Wahrscheinlich siehst du Gespenster.«

»Die ganze Geschichte wird langsam gespenstisch.«

In Gedanken gab Talmarani dem Levantiner recht. Er hatte ihm von Warrens Behauptung erzählt.

»Ich melde mich wieder«, sagte Dimitrios und war aus der Leitung. Einen Moment lang wünschte Talmarani, er gehöre zu den Leuten, die ihr Unbehagen mit einem Schluck Schnaps hinunterspülen können. Statt dessen griff er zu der Tasse mit dem nach Minze duftenden Tee.

In noch einem Punkt mußte Talmarani Dimitrios recht geben. Auch bei Nadia hatte er mehrmals angerufen, ohne sie zu erreichen. Niemand nahm in Warrens Haus den Hörer ab. Alle Leute, mit denen er während der vergangenen Tage zu tun gehabt hatte, schienen verschwunden zu sein. Es mutete tatsächlich etwas unheimlich an.

Auf die Uhr blickend, überlegte er, ob es Sinn habe, das Maidli anzurufen. Er hatte es, seit dem Beginn seiner Bettlägrigkeit, ebenfalls vier- oder fünfmal versucht, war aber nur belehrt worden, daß ihr Anrufbeantworter keine weiteren Nachrichten mehr aufnehmen könne. Grund zur Beunruhigung? Wahrscheinlich nicht. Frau Doktor Röthlisberger war schließlich viel unterwegs. Trotzdem beschloß er, am nächsten Morgen in der Bank anzurufen, wenn sie am Abend zuvor immer noch nicht erreichbar gewesen sein sollte.

Dann läutete das Telefon an seinem Bett. Camille fragte, wie er sich fühle, und ließ wissen, daß er das Haus vorübergehend verlasse. Ob sie am Nachmittag ein paar Worte miteinander reden könnten. Talmarani sagte »Selbstverständlich.«

Wie damals, nach dem Besuch bei Hinterstöger und Böschke, fühlte er sich von aller Welt verlassen und griff deshalb seufzend nach dem schmalen, gehefteten Bändchen, das Bogosaki ihm gebracht hatte. Auf seinem Titelblatt stand: »A Last Witness, by Adnan Yilman, Editor-in-Chief«. Als Herausgeber zeichnete der Dekan einer School of Journalism in Lawrence/Kansas. Yilman schien von dem Institut ein Stipendium bekommen zu haben, wofür er sich nach seinem Aufstieg zum Chefredakteur mit der kleinen Schrift bedankte. Der »Letzte Zeuge« war niemand anderer als Kütschük Said. Um das herauszufinden, hatte Talmarani sich freilich durch ein aufwendiges Bekenntnis zur Pressefreiheit kämpfen müssen, samt der Versicherung, die moderne, von Kemal Atatürk geschaffene Türkei werde dieses Grundrecht stets unnachsichtig verteidigen. Erst auf Seite einunddreißig wechselte Yilman dann vom Leitartikelpathos zum etwas nüchtereren Reportageton. Er beschrieb einen Mann, den er zutiefst verabscheute.

Schon dieses Schiff, auf dem der Multimillionär Hans Jakob Phelbs ihn empfangen hatte! Es verströmte den Geruch einer zum Glück versunkenen, durch und durch dekadenten Epoche. Üppig gepolsterte Sessel und Ottomanen auf den spiegelnden Mahagoniböden der Salons. Antike Teppiche, die nach Recht und Gesetz in die staatlichen Museen gehört hätten. Gemälde, deren Wert wahrscheinlich in die Hunderttausende ging. Habe die »Khurrem« – so hieß das Schiff – nicht einst Alexander Mantachow, dem berüchtigten Räuberbaron aus der Zeit des kaukasischen Ölbooms gehört? Vor Stolz beinahe platzend, bestätigte es ihr derzeitiger Besitzer. Mantachow hatte ihm die »Khurrem« verkaufen müssen, um dem drohenden Bankrott zu entgehen. So fresse, stellte Yilman fest, am Ende eine Hyäne die andere.

In den Augen des Journalisten war Kütschük Said der klassische staatenlose Kapitalist. Keinem Vaterland und keinem Ethos verpflichtet, jener Rasse angehörend, die es seit Jahrhunderten verstand, als Fettauge auf allen Suppen zu schwimmen, das Unkraut im Völkergarten des Nahen Ostens. Mit einem Wort: Said war für ihn ein Levantiner.

In der Fußnote zu dieser Seite wurde den amerikanischen Lesern erklärt, was Levantiner seien: der Abschaum des Menschengeschlechtes.

Gelegentlich siegte indessen der Reporter Yilman über den Pamphletisten Yilman, so etwa bei der Schilderung von Saids Auftreten und Erscheinung. Etwas neidvoll nannte er ihn einen »snappy dresser«, beschrieb seinen blauen, mit Goldknöpfen gezierten Kapitänsblazer, das dezente, zur Krawatte passende Einstecktuch und die makellos weißen, scharfgebügelten Hosen. Federnden Schrittes sei er über die Planken des Schiffes geschritten. Im vollen, dunklen Haar keine einzige graue Strähne, obwohl er schon fünfundfünfzig Jahre alt war. Die leicht grünlichen Augen hätten den Ausdruck absoluter Offenheit getragen – was jemanden von Yilmans Kompetenz indes nicht täuschen konnte.

Daß Said ein überaus großzügiger Gastgeber gewesen sein mußte, ließ sich aus dem Bericht ebenfalls herauslesen, wenn es auch eher zwischen den Zeilen stand. Die Beschreibung der ihm aufgetischten Gerichte – Riesenhummer aus Korfu, Kaviar aus Astrachan, dazu Chablis, Champagner und armenischer „Konjak“ – war etwas hämisch eingefärbt. Während sie das alles verzehrten, kreuzte die »Khurrem« durch das Marmarameer, für Yilman Anlaß, ein paar lyrische Töne anzuschlagen.

Erst nachdem dann Büyükada, die größte der wolkengleich über den Wassern schwebenden Prinzeninseln, gebührend gewürdigt war, kam der damalige Chefreporter von »Vatan« auf den Grund seines Besuches bei Hans Jakob Phelbs, alias

Kütschük Said, zu sprechen. Er plante eine Serie über die drei letzten türkischen Sultane und suchte nach Augenzeugen; es schien kein leichtes Unterfangen zu sein. Männer, die in der engeren Umgebung Abdul Hamids II., Mehmeds V. und Mehmeds VI. gelebt hatten, verweigerten entweder jede Auskunft, tischten billige Harmsgeschichten auf oder gaben sich als Opfer brutaler Herrscherwillkür aus.

Zwar gewann Talmarani bei seiner Lektüre gelegentlich den Eindruck, Yilman hätte gegen ein paar saftige Skandalstories wenig einzuwenden gehabt, doch das konnte er gegenüber seinen amerikanischen Lesern wahrscheinlich nicht zugeben. Ihnen suchte er sich als streng objektiver, nur an der historischen Wahrheit interessierter Zeitungsmann zu präsentieren.

Said nun schien der erste gewesen zu sein, der bereit war, über seine Erlebnisse am Hofe von Baba Hamid auszupacken. Bei Kaffee, Zigarren und noch mehr armenischem »Konjak«, erklärte er sich sogar bereit, jede Frage, aber auch jede, die sein Besucher stellen würde, völlig rückhaltlos zu beantworten.

Ob Said das dann auch getan hatte, ging aus dem Bericht allerdings nicht hervor. Zwar erzählte er Yilman die Geschichte von seiner wundersamen Geburt, berichtete über Vorgänge im Harem, von denen Talmarani einige kannte und gab Gespräche mit dem Sultan wieder, die meist in den traurigen Gartencafés des Yildiz stattgefunden hatten. Nirgendwo in dem Bericht war jedoch von Saids Kupfergeschäften die Rede, von seinen Beziehungen zu den Arafelians oder von seiner Arbeit als Geheimsekretär Abdul Hamids. Auch der Name Ak Schems ed-Din wurde kein einziges Mal erwähnt. Dafür mußte während des Interviews an Deck der »Khurrem« etwas geschehen sein, und zwar mit Yilman.

Je mehr seine Schilderung des noch relativ jungen Said voranschritt, desto mehr veränderte sich, ohne daß ihm das selbst bewußt zu werden schien, sein anfangs angeschlagener Ton. Von Polemik, Häme oder Neid war immer weniger zu spüren – was dem Text außerordentlich gut bekam. Mit jedem neuen Satz wurde Yilman besser, erzählte flüssiger und schilderte plastischer.

Als er begriffen hatte, woran das lag, hätte Talmarani fast aufgelacht. Mit großzügiger Gastfreundschaft, scheinbar argloser Zurschaustellung seines Reichtums und nicht zuletzt entwaffnendem Charme schien Said den Journalisten derart für sich eingenommen zu haben, daß er noch an der Schreibmaschine den Sultanshof und Abdul Hamid mit dessen Augen sah. Sogar die Stimme Saids glaubte Talmarani aus diesen Passagen gelegentlich herauszuhören. So wie sein Großvater die Reise von Haidarpascha ins östliche Anatolien beschrieben hatte, fast genauso schrieb auf einmal Yilman über Yildiz und Harem. Er muß, dachte sein Enkel, ein Zauberer gewesen sein, dieser Mann mit den vielen Gesichtern, und er muß Macht über Menschen besessen haben. Aber vielleicht galt das ja auch jetzt noch.

Der erste Höhepunkt von Saids Offensive auf das Gemüt des Reporters fand nach dem Essen statt. Unter ausgespannten Sonnensegeln saßen Gast und Gastgeber auf dem Hinterdeck der »Khurrem«. Mit gedrosselter Maschine glitt das Schiff wieder der Stadt entgegen. Die ungezählten Minarette der Istanbuler Moscheen stachen in einen makellos blauen Seidenhimmel. Said hatte zuletzt noch Erdbeeren aus Thrazien servieren lassen. Da erschien SIE.

Dorothea Phelbs, im gleichen Jahr geboren wir ihr Mann, war damals schon weißhaarig und hatte auch ein paar Fältchen mehr im Gesicht als er. Trotzdem mußte Yilman wie vom Schlag gerührt gewesen sein, als sie den Niedergang heraufkam. Es war daran zu erkennen, daß der Text erneut ins Lyrische abkippte und entsprechend unscharf wurde. Dorotheas Augen zum Beispiel waren einmal »tiefdunkelblau«, und dann wieder »funkelten sie im smaragdenen Glanz des Meeres«. Nur auf eines konnte Yilman sich schließlich mit sich selber einigen: »Sie standen wie Sterne in dem fein ziselierten Gesicht.« Und Dorotheas Stimme? »Der irisierende Klang einer Viola.«

Unglücklicherweise hieß das für Talmarani: Er erfuhr wieder nichts über das wahre Aussehen seiner Großmutter. Auch Camille besaß kein einziges Bild von ihr.

Zunächst schien Dorothea nur wenig gesprochen zu haben. Träumerisch nahm sie eine Erdbeere aus der Schale, führte sie zum Mund und tupfte sich anschließend die Lippen mit der Serviette ab. Versonnen blickte sie ins Weite, was Yilman Gelegenheit bot, auch noch die »elegante Linie ihres in einem energischen Kinn endenden Unterkiefers« zu bewundern. Irgendwann mußte sie schließlich doch zu reden begonnen haben. Die Viola sang. Kütschük Said verstummte.

Das Gespräch kam auf Literatur, nicht moderne türkische oder amerikanische, da wäre Yilman sogar Experte gewesen. Dorothea schien sich eher für die alten Dichter zu interessieren, für Hafiz und Omar den Zeltmacher, für Al-Ghazzali und Nizami, aber auch für Dschellal ed-Din Rumi. Sie fragte, ob er denn nicht wisse, daß Goethe den Vater der tanzenden Derwische außerordentlich geschätzt habe, und zitierte auf Deutsch sein ihm gewidmetes Gedicht: »Verweilst du in der Welt, sie flieht als Traum / Du reisest, ein Geschick bestimmt den Raum; / Nicht Hitze, Kälte nicht vermagst du fest zu halten, / Und was dir blüht, sogleich wird es veralten.« Glücklicherweise sprach Yilman deutsch und konnte so auch ihre nächste Frage beantworten, ob Goethe seiner Meinung nach richtig erfaßt habe, was den Mystiker umtrieb. Natürlich bejahte er, stolz darauf, daß der größte deutsche und der größte türkische Dichter Brüder im Geiste gewesen waren.

Talmarani dachte: Respekt, Großmütterchen, du warst offenbar in der Kunst, Leute für dich einzunehmen, genauso beschlagen wie dein Mann.

Als die »Khurrem« gegen Abend in den Bosporus einfuhr, sprachen sie immer noch über Rumi, seine Zeitgenossen und Goethe. Dorothea zitierte abermals ein Gedicht, diesmal von dem türkischen Großmeister selbst. »Ich starb als Stein und wurde zur Pflanze / Ich starb als Pflanze und erwachte als Tier / Ich starb als Tier und war zum Menschen geworden /

Weshalb also furchtsam sein, wenn jeder Tod mich doch schon reduzierte?« Als sie gerade die letzten Verse sprach: »O warum sein, wenn doch das Nichtsein / Mit Drommetenschall verkündet: ›Zu IHM kehrst du zurück‹« genau in diesem Moment tauchte an Steuerbord der Beylerbey-Palast auf, und »wie durch Zauber« fand Yilman sich in einem Salon des Schlosses wieder, den er kannte.

Es war diesmal Nacht. Kerzenlichter flackerten, der Wind blähte die Vorhänge. Ein Mann, aschfahl im Gesicht, die grotesk lange Geiernase emporgereckt, der Bart schneeweiß, lag offensichtlich sterbend unter dem Baldachin seines Bettes. Zu Häupten saßen ihm zwei Männer, der eine alt, der andere noch sehr jung. Der ältere war nur ein Schatten, den jüngeren erkannte Yilman sofort wieder. Beide lauschten den Litaneien, die der Sterbende vor sich hin murmelte. Sie schienen aus nur zwei endlos wiederholten Wörter zu bestehen: »Ana l-Haqq, Ana-l-Haqq, Ana l-Haqq«. Auf dem schwarzen Strom, der draußen vorbeirauschte, kreuzten grau-grün gestrichene Kriegsschiffe mit angeschweißten Torpedoabwehrwülsten. Keiner der am Totenbett wachenden Männer interessierte sich für sie. Ihre ganze Aufmerksamkeit galt dem dahinschwindenden Mann. Reglos saßen beide da, bis ihm das letzte »Ana l-Haqq« auf den Lippen erstarb. Dann drückte der Ältere seine Augen zu, wandte sich vom Bett ab und legte in einer beschwörenden Geste dem Jüngeren die Hand auf den gesenkten Kopf. Auch als eine Barkasse voll grölender Matrosen den Bootssteg von Beylerbey beinahe rammte, regte sich keiner von ihnen. Erst sehr viel später löschten sie die Kerzen.

Es war Said, der Yilman in die Gegenwart zurückholte. »Ja«, sagte er, »ich saß dabei, als Abdul Hamid starb.«

»Und wer«, wollte Yilman wissen, »war der andere Mann?«

»Ein Bektaschi.« Es hatte fast wegwerfend geklungen.

»Sie wissen doch, was ›Ana l-Haqq‹ heißt?« fragte Dorothea.

»Leider nein, Madame.«

In die Dunkelheit hinein, die sich nun auch auf ihr Schiff herabsenkte, sagte sie mit der Stimme, die ihn an Violenklang erinnerte: »Es heißt, ›ich bin Gott‹.«

Erst an seiner Schreibmaschine schien Yilman dann zu begreifen, was er gerade zu Papier gebracht hatte. Und erst da fiel ihm auch wieder ein, wer er war: ein Mann der neuen Zeit, dem dieser mystische Firlefanz nur vor Augen geführt habe, wie sehr die für immer abgetane Vergangenheit von Aberglauben und Unwissenheit beherrscht gewesen sei. Was aber Abdul Hamid anbeträfe, den Blutsäufer, den menschenverachtenden Autokraten, so müsse er am Ende seiner Tage völliger Geistesverwirrung anheim gefallen sein, denn anders lasse sich das Herunterleiern dieser gotteslästerlichen Formel wohl kaum erklären. Im Anschluß an seinen erklärenden Kommentar gab Yilman den amerikanischen Lesern noch bekannt, daß alle islamischen Mönchsorden in der neuen Türkei natürlich längst verboten seien.

Talmarani schüttelte den Kopf. Herr Kollege, dachte er, sind Sie denn mit Blindheit geschlagen gewesen? Sie wurden doch ganz offensichtlich manipuliert. Ist Ihnen das nicht klargeworden? Da taucht Beylerbey auf, jener Palast, in dem Abdul Hamid nach seiner Rückkehr aus Saloniki noch ein paar Jahre lang als Gefangener der Jungtürken lebte und wo er Anfang 1918 starb. In eben dem Moment aber, da das Bauwerk an Steuerbord vorüberzieht, rezitiert Dorothea – was? Deschellal ed-Dins Gedicht über das selige Eintauchen in jenes Nichtsein, das für den Dichter Gott ist. Davon, und von der Violenstimme, sind Sie noch ergriffen, bezaubert, verwirrt, als Said – ja, es wird wohl Said gewesen sein – Abduls Hamids letzte Stunde beschreibt, ihn als einen Mann darstellt, der mit der Auflösung seiner Existenz völlig einverstanden war, um am Ende noch anzumerken, daß er selbst einer der am Totenbett anwesenden Augenzeugen gewesen sei. Das alles, Gedicht, Vorbeifahrt, Erzählung muß zeitlich so perfekt aufeinander abgestimmt gewesen sein, daß Sie, Yilman, minutenlang überzeugt waren, den sterbenden Sultan mit eigenen Augen gesehen zu haben.

Andererseits, dachte Talmarani, auch wenn man es aus diesem Blickwinkel betrachtet, ist die Formulierung »wie durch Zauber« weniger unangebracht, als es zunächst scheinen mag. Yilman dürfte in der Tat einer Art von Magie erlegen sein.

Beim nochmaligen Überlesen seines eigenen Textes schien dieser Verdacht sogar den Autor selbst gestreift zu haben, denn halb entschuldigend kam er noch einmal auf Dorothea zurück, wenn auch nur indirekt. »Khurrem«, erfuhren seine Leser, sei der Name der Lieblingsfrau Sultan Sulaimans des Prächtigen gewesen, einer ebenso schönen wie klugen Person, die vielen Zeitgenossen freilich als Hexe gegolten hätte. Wenn Said also Mantachows Schiff in »Khurrem« umgetauft habe, dann wohl zu Ehren Dorotheas.

Na bitte, dachte Talmarani, wenigstens geahnt haben Sie etwas, Herr Kollege.

Er warf das angelesene Heft auf seinen Nachttisch und ließ sich in die Kissen sinken. Daß die andere an Abdul Hamids Totenbett anwesende Person Ak Schems ed-Din gewesen sein mußte, war ihm von Anfang an klar gewesen. Aber was hatte es zu bedeuten gehabt, daß der Bektaschi seinem Schützling »in einer beschwörenden Geste« die Hand auf den Kopf legte? Mahnung, Warnung, Verpflichtung? Vor allem: Aus welchem Grund hatte Said den Vorgang überhaupt erwähnt? Und schließlich die allerletzte Frage: Weshalb war es ihm und Dorothea wichtig gewesen, Adnan Yilman mit so viel Aufwand für sich einzunehmen?

Während er diese Überlegungen hin und her wälzte, klingelte das Telefon. Am anderen Ende war der Torwächter. Ein Paket sei für Doktor Talmarani abgegeben worden, ob er es hinaufschicken solle. Er solle, sagte Talmarani und griff nach der Kanne mit dem kalt gewordenen Minzesud. Gleich darauf klopfte jemand an die Tür.

Das Paket steckte in einer Plastikhülle mit dem Aufdruck »Night-and-Day-Courier-Service, Lugano«. Nachdem Talmarani sie aufgerissen hatte, hielt er eine ziemlich schwere Schachtel in der Hand, darauf sein Name und »c/o Hotel Al-

Andalus, Beirut«. Absender: »Corrado Svevo, Vico-Morcote, Viale Morcini 21«. Das war Maidlis Adresse. Aber wer zum Henker war Corrado Svevo?

Talmarani brauchte eine Weile, bis ihm wieder einfiel, daß das Maidli zwei Dachzimmer seines Hauses an jemanden vermietet hatte, der sich um die Wohnung kümmerte, wenn es verreisen mußte.

Er öffnete die Schachtel. Sie enthielt, in Zeitungspapier eingeschlagen, gut vier Dutzend Disketten – sein ganzes, bei Maidli eingelagertes Archiv. Obenauf lag ein Zettel. »Egr. Sig., Signora Röthlisberger mich bitten, diese an Ihnen zu senden. Cordialmente C. Svevo.« Weiter nichts.

Talmaranis Herz begann sofort wieder zu rasen. Das Maidli seit Tagen unerreichbar, also offensichtlich nicht zu Hause. Und nun dieses seltsame Sendung. Ohne länger nachzudenken, rief er in Vico an. Diesmal meldete sich wenigstens der Anrufbeantworter. Irgendwer, wahrscheinlich Corrado Svevo, mußte eine neue Kassette eingelegt haben. Vor Erregung fast atemlos, sagte Talmarani: »Ich bin's, Thomas. Was ist los, Maidli? Ruf mich sofort an, wenn du zurück bist. Ich wohne jetzt bei meinem Onkel.« Er nannte noch Camilles Telefonnummer. Dann gab er sich einen Ruck und rief in der Bank an.

Die Stimme der Telefonistin wechselte von aufgesetzter Höflichkeit zu etwas wie respektvollem Interesse, als sie seinen Namen verstanden hatte und nahm dann einen bedauernden Tonfall an.

Nein, leider sei derzeit keiner der Herren Talmarani im Hause. Und die Frau Doktor Röthlisberger? – Infelicemente auch nicht. Ob sie in ihrem Büro…? Die Tonlage der Telefonistin veränderte sich abermals, sie klang jetzt fast unglücklich, Frau Doktor Röthlisberger sei schon seit drei Tagen nicht mehr in der Bank gesehen worden. – Krank? Möglich, aber unwahrscheinlich. Auch in ihrer Wohnung melde sich ja niemand. – Verreist? Wenn ja, dann auf keinen Fall in geschäftlichen Angelegenheiten. Die Chefs hätten mehrmals nach ihr schicken lassen. Vergeblich. Auch ein Unfall auf dem Weg ins

Büro sei auszuschließen, ihr Wagen stehe auf dem Firmenparkplatz.

Den Hörer gegen seine Stirn pressend, überlegte Talmarani krampfhaft. Dann fragte er die Telefonistin, ob sie ihm einen Gefallen tun könne. In ihrer Stimme klang Erleichterung auf. Natürlich, con piacere. – Ja, sie habe das Telefonbuch bereits in der Hand. – Come? Ein Signor Corrado Svevo? – Selbe Adresse wie Frau Doktor Röthlisberger? Subito. – Da sei er ja schon.

Mit zittrigen Fingern notierte Talmarani die durchgegebene Nummer und bedankte sich.

Corrado Svevo zu erreichen dauerte etwas länger. Er kam erst ans Telefon, als der Apparat mindestens zehnmal geklingelt hatte. Seine Stimme klang verschlafen. Talmarani glaubte sich erinnern zu können, daß Maidlis Untermieter einen Nachtberuf habe, Croupier, wenn ihn sein Gedächtnis nicht trog.

Als er begriffen hatte, wer am anderen Ende der Leitung war, wachte Svevo auf. Talmarani, der mit der Telefonistin noch deutsch gesprochen hatte, bemühte diesmal sein etwas eingerostetes Italienisch.

Ja, sagte der Croupier, auch er habe die Frau Doktor seit längerem nicht mehr gesehen, was aber keineswegs ungewöhnlich genannt werden könne. Ihre Arbeit beginne, wenn seine zu Ende sei. Manchmal träfen sie einander nur einmal in zwei Wochen. – So, das Paket, habe ihn also erreicht. Gut. – Nein, die Bitte es auf den Weg zu bringen, sei ihm nicht von Frau Doktor persönlich übermittelt worden. Sie habe vielmehr seinen Chef im Casino angerufen, habe gesagt, es liege postfertig in einer Lade ihres Schreibtischs und er möge es per Nachtkurier schicken. – Wann das gewesen sei? Vorgestern, ungefähr gegen Mitternacht. Er habe dann umgehend alles erledigt.

Talmarani überlegte, was er noch fragen könne, da sagte Svevo, ach ja, sein Chef habe den Eindruck gewonnen, die Frau Doktor sei offenbar sehr in Eile gewesen. Ihre Stimme habe gehetzt geklungen, so als ob sie einen Zug oder ein

Flugzeug erreichen müsse. Und die Verbindung sei sehr schlecht gewesen. – Aber! Es gebe doch nichts zu entschuldigen. Er werde von einer Sekunde auf die andere wieder eingeschlafen sein.

Talmarani starrte noch fassungslos aus dem Fenster, da sah er Warren. Mit langen Schritten kam der Amerikaner auf Camilles Haus zugestürmt. Den Wächter, der ihm entgegentrat, fegte er mit einer einzigen Armbewegung zur Seite und war schon unter dem Glasvordach der Haustür verschwunden, als dieser wieder auf die Füße kam. Gleich darauf drang aus der Halle ein kurzer, von Warrens Stimme dominierter Wortwechsel herauf. Dann hörte Talmarani rasch näherkommende Schritte. Seine Tür flog auf. Warren sagte: »Wo zum Teufel ist Nadia? Ich habe sie seit drei Tagen nicht mehr gesehen.«

Sie saßen in einem Salon des großen Hauses, diesmal zu sechst: Warren, der kurz zuvor eingetroffene Dimitrios, Schanoun sowie Talmarani, sein Onkel und dessen Sekretär. Draußen war es schon lange dunkel, und der Chamsin schien vorübergehend eingeschlafen zu sein.

Camille hatte nach der Rückkehr von einem Empfang des Staatspräsidenten zunächst das Krankenzimmer seines Neffen aufgesucht und noch unter der Tür gefragt: »Wer ist Frau Doktor Verena Röthlisberger?«

Talmarani hatte Mühe gehabt, die Gegenfrage zu formulieren. »Warum willst du das wissen?«

»Jakub hat angerufen. Er sagt, die Dame sei spurlos verschwunden und ich solle dich nach ihr fragen, wenn du schon bei mir gelandet wärst – wovon er übrigens wenig angetan ist. Also: Hast du was mit dieser Verena Röthlisberger? Jakub schien etwas in der Art andeuten zu wollen.«

»Ja.«

»Bedeutet sie dir viel?«

»Ja.«

»Mehr als Warrens Pflegetochter? Ich habe ihn unten getroffen.«

Talmarani stöhnte. »Ist das jetzt wichtig?«

»Sehr sogar. Zwei Frauen haben sich offenbar in Luft aufgelöst, eine in der Schweiz, die andere hier. Beide sind mit dir – sagen wir: verbunden. Hältst du das für Zufall? Irgendjemand muß ziemlich genau über dich und dein Liebesleben Bescheid wissen.«

»Du meinst ...?«

»Es ist mit Händen zu greifen«, erklärte Camille grimmig. »Dieser Jemand setzt dir Daumenschrauben an. Dieser Jemand will etwas von dir. Also läßt er zwei deiner Freundinnen verschwinden. Wenn es noch mehr davon gibt, warne sie!«

»Und wer, glaubst du ...?«

»Ich tippe auf Schafik. Schafik und Llewellyn. Warren scheint nicht mehr in ihrem Boot zu sitzen, sonst hätten die beiden diese – wie heißt sie?«

»Nadia.«

»Diese Nadia nicht entführt.«

Verzweifelt schüttelte Talmarani den Kopf. »Das klingt so ungeheuerlich. Ich kann mir einfach nicht vorstellen ...«

»Daß sie in der Schweiz und hier gleichzeitig zuschlagen?« Camille setzte sich aufs Bett und legte eine Hand auf die Schulter seines Neffen. »Für Leute wie Schafik Scharif ist die Welt noch eine Scheibe, mein Junge. Zumindest operieren sie so, als wäre dies der Fall. Ob Lugano, Rio oder Rom, wo immer Banken zu finden sind, an die er Geld überweisen kann, ist Schafik präsent – in Gestalt einer Anordnung und eines Schecks. Mehr braucht es nicht.«

»Aber was bezweckt er? Ich meine: Auf eine Entführung folgt doch in der Regel die Forderung des Entführers.«

»Muß nicht immer so sein, Thomas. Schafik könnte sich fürs erste damit zufrieden geben, daß er dich in Zugzwang gebracht hat.«

»Mich?«

»Wen sonst? Er weiß, wo du bist. Er weiß, daß er nicht an dich herankommt. Also will er dich ins Freie locken.«

»Dann werde ich eben ...«

»Nichts wirst du«, schnarrte Camille. »Das Spiel hat eben erst begonnen. Wir müssen zunächst einmal überlegen, welche Optionen uns noch bleiben.«

»Und lassen die Frauen einfach in seiner Gewalt?« Talmaranis Stimme war schrill vor Empörung.

Camille tätschelte seine Schulter. »Ich glaube nicht, daß sie angekettet in einem finsteren Verlies schmachten. Wenn es sein muß, schreckt Schafik zwar auch vor Mord nicht zurück. Aber wenn sich Gewalt vermeiden läßt, zieht er es vor, den arabischen Gentleman zu geben. So gut kenne ich ihn.«

Der alte Herr stand auf. »Drei von Schanouns Leuten sind unterwegs, um Dimitrios abzuholen – übrigens klug von dem Jungen, sich nicht alleine hier heraufzuwagen. In der nächsten halben Stunde müßten sie zurücksein. Dann halten wir Kriegsrat ab.« Er ging zur Tür, hielt dann aber noch einmal inne. »Und was deinen Freund Warren anbetrifft: ich muß da wohl einige Vorurteile abbauen.«

»Er ist nicht mein Freund«, sagte Talmarani müde.

Camille machte eine entschuldigende Geste. »So war das nun wirklich nicht gemeint.«

Wenig später traf Dimitrios ein, weiß gekleidet und wieder nach Lavendel duftend.

Der Kriegsrat hatte auf der hinteren Terrasse des großen Hauses begonnen: Er war zunächst von Camille beherrscht worden. Da Schanoun und Warren einander mißtrauisch beäugten, Dimitrios verschüchtert und Talmarani angegriffen wirkte, schien sein Onkel für eine entspanntere Atmosphäre sorgen zu wollen. Er bot Wein an, ohne selbst etwas anderes als Tee zu trinken, ließ eine üppige Mezze auffahren und verstrickte Warren in ein Gespräch über libanesische Politik, vor allem das Verhältnis des kleinen Landes zum großen Bruder Syrien.

Wie Talmarani es nicht anders erwartet hatte, erwies sich der Amerikaner als ein Mann, der Bescheid wußte. Er verstand alle Anspielungen auf Namen oder Affären und steuerte selbst ein paar Informationen bei, die sogar Schanoun beeindruckten. Das theatralische Gehabe, mit dem er Talmarani an dem Abend in seinem Haus noch zu beeindrucken versucht hatte, war völlig von ihm abgefallen. Warren machte sich Sorgen und verhehlte es nicht. Sein bartumrandetes King-Lear-Darsteller-Gesicht spiegelte offenen Kummer.

Erst als Schanoun eine Frage nach Warrens Vergangenheit stellte, kehrte die feindselige Note von früher in seine Stimme zurück. »Um es ein und für allemal klarzustellen, von den Gerüchten, die über mich im Umlauf sind, stimmen bestenfalls fünfzig Prozent. Ja, ich habe, wie andere Lehrer der ›American University‹ auch, für bestimmte Dienststellen meines Landes gearbeitet, das war nicht einmal ein Geheimnis, zumal nicht für Insider. Und nein, ich habe nie Studenten für anti-israelische Untergrundorganisationen angeworben, das hätte sowohl meinen Prinzipien als auch der Politik meines Landes widersprochen. Im wesentlichen bestand meine Tätigkeit darin, ihnen ihre eigene Kultur nahezubringen …«

»Woraus«, warf Camille ein, »der eine oder andere möglicherweise falsche Schlüsse gezogen hat.«

Gemessen nickte Warren ihm zu. »Das kann ich nicht leugnen. Es fiel mir anfangs noch schwer, das Temperament dieser jungen Leute richtig einzuschätzen. Soweit also: mea culpa. Und wenn Sie nun noch wissen wollen, womit ich derzeit meinen Lebensunterhalt verdiene. Ganz einfach: mit dem, was ich weiß, und mit dem, was ich immer noch erfahre.«

»Eine offenbar gut gezahlte Ware«, bemerkte Schanoun.

»So ist es«, bestätigte Warren ungerührt. »Auf weitere Fragen zu diesem speziellen Punkt müßte ich die Antwort allerdings verweigern.«

»Wie Sie es schon vorgestern nacht getan haben.«

»Was Sie wissen wollten, haben Sie trotzdem aus mir herausgequetscht. Man wird eben älter.«

»Aber, aber«, machte Camille. »Was soll ich da sagen?« Ein Lachen lief um den Tisch. Der ältere Talmarani hakte sofort nach.

»Jetzt scheinen Sie bereit zu sein, Ihr Wissen mit uns zu teilen. Warum? Nur weil diese junge Frau verschwunden ist?«

»Nein, Senator, nicht nur deshalb. Ich habe mich schon früher hintergangen gefühlt.«

»Von Schafik Scharif?«

»Und von Llewellyn.«

»Mit Schafik haben Sie aber laut eigener Aussage zusammengearbeitet.«

»Wie mit vielen anderen in dieser Stadt auch.«

»Ihr kostbares Wissen.«

»Plus mein Kopf.«

»Kann man das so verstehen, daß Llewellyn Sie bei Schafik ausgestochen hat?«

»Ja«, sagte Warren. »Ihre Wortwahl mißfällt mir zwar, aber lassen wir es dabei. Für empfindliche Reaktionen fehlt uns die Zeit. Und noch etwas über mein Verhältnis zu Llewellyn: Wir sind alte Rivalen. Früher habe ich gelegentlich ihn ausgestochen.«

»Bei Scharif?«

Überraschend wandte Warren sich an Talmarani. »Bei deinem Vater, Tom.« Er blinzelte kurz in das Licht der scheidenden Sonne. »Es könnte indessen auch sein, daß ich mir das nur eingeredet habe.«

Einen Moment lang herrschte verblüffte Stille am Tisch. Schließlich sagte Camille: »Dazu können Sie uns eine nähere Erklärung aber nicht verweigern, Professor.«

»Dies war auch keineswegs meine Absicht. Dein Vater«, Warren blickte immer noch Talmarani an, »war schwer zu durchschauen. Ich hielt ihn für einen Visionär, einen Mann, der sich zu einer großen Sache berufen fühlte und natürlich auch für einen begnadeten Anführer von Menschen. Llewellyn hingegen sah in Lionel nur einen kühl kalkulierenden Geschäftsmann, der es einfach vorgezogen hatte, seine Operationsbasis vom Firmensitz der ›Ottoman Trading‹ in den Untergrund zu verlegen. Die Frage, wer von uns beiden recht hatte, raubt mir seit einigen Nächten den Schlaf.«

»Zweifeln Sie inzwischen an Ihrer früheren Einschätzung?«

»So kann man das nicht sagen, Senator.«

»Sondern?«

»Es wäre auch möglich...« Warren schien plötzlich über sich selbst erstaunt zu sein.»Ja, es wäre durchaus möglich, daß Lionel eine Art Januskopf auf den Schultern trug und mir immer nur die eine Seite davon zeigte, wohingegen Llewellyn vor allem die andere zu sehen bekam. Ja, das halte ich mittlerweile für denkbar.«

»Mit anderen Worten«, sagte Schanoun, »er hat sie beide getäuscht oder sogar gegeneinander ausgespielt.«

An diese Möglichkeit schien Warren ebenfalls noch nicht gedacht zu haben. Trotzdem nickte er. »Es wäre ihm zuzutrauen gewesen.«

Camille hob den Kopf. »Für Llewellyn war Lionel also in erster Linie der Besitzer dieser alten Verträge mit muslimischen Clanchefs aus dem Kaukasus und aus Transkaukasien, von denen immer wieder gemunkelt wird? Abmachungen sagt man, die das Siegel Abdul Hamids tragen, des letzten allgemein anerkannten Padischahs und Kalifen.«

»Wären solche Papiere heute noch etwas wert?« fragte Schanoun.

»Heute wieder«, erklärte Warren. »Aber sie sollen auch schon zu Sowjetzeiten gehandelt worden sein.«

»Habe ich ebenfalls gehört«, bestätigte Camille. »Was war mein Schwager Lionel eigentlich für Sie, Professor?«

»Was ich für ihn war, müssen Sie fragen.« Warren lachte auf. »Der Romantiker bin ich gewesen, fasziniert von der Idee, die Muqanna werde eines Tages den verborgenen Imam ans Licht holen und als neuen Mahdi inthronisieren. Ich habe Lionel ein derartiges Vorhaben zugetraut.«

»Das heißt«, sagte Camille brüsk. »Sie müssen ihn für wahnsinnig gehalten haben.«

Warren drehte seine Handflächen nach oben. »Was ist wahnsinniger, Senator, die Realität, in der wir leben, oder die Vorstellung, sie wieder ins Lot bringen zu können?«

Camilles Antwort war ein verächtliches Knurren.

Mit einem besorgten Blick auf Talmarani sagte er dann: »Es wird kühl. Gehen wir ins Haus.«

Obwohl das Lüftungssystem des Salons, den sie daraufhin

bezogen, mit der vom Chamsin den ganzen Tag über herangeschleppten Treibhausluft noch immer nicht fertig geworden war, wurde Talmarani gelegentlich von Kälteschauern befallen. Den größten Teil von Warrens Ausführungen bekam er dennoch mit.

Auf einem Ürgüp-Teppich stehend, den ihm sein Onkel am Tag zuvor mit Stolz gezeigt hatte, fand der Amerikaner in die Rolle zurück, die ihm von Haus aus zustand: er dozierte. Gelegentlich diente ihm dabei das dreigeteilte Knüpfwerk als Demonstrationsobjekt. Sein linkes Feld zeigte die europäischen Provinzen des osmanischen Reiches, also den überwiegenden Teil des Balkans. In der Mitte war das Wappen der Sultane zu sehen: zwei gekreuzte Fahnen, die rote den Staat, die grüne den Glauben repräsentierend, dazu Waage und Buch als Symbole der Weisheit und der Gerechtigkeit. Das rechte Feld füllte eine Karte der asiatischen Reichsteile, zwischen Schwarzmeerküste und den ägyptischen Küstenregionen, aus, auch das heutige Saudi-Arabien sowie Teile des Kaukasus gehörten dazu, der Irak, Syrien, Jordanien, Libanon und Israel ohnehin. Wenn Warren etwas verdeutlichen wollte, brauchte er nur nach unten zu zeigen.

»Bleiben wir bei den gerüchteumwitterten Verträgen oder möglicherweise Besitzurkunden aus ehemals sowjetischen Gebieten, in denen heute wieder Muslime bestimmen. Wen interessieren sie in erster Linie? Die Antwort lautet offensichtlich: Llewellyn, denn er und seine Auftraggeber sind vor allem an Öllagerstätten, Förderungsrechten und dergleichen interessiert.«

»Meine Herren Brüder nicht zu vergessen«, sagte Camille.

»Wenn Sie es sagen, Senator. Lautet also die korrektere Antwort: Eine noch unbekannte Anzahl von Interessenten würden diese Papiere liebend gern in ihre Hände bekommen. Gehört auch Schafik Scharif zu ihnen? Ich gehe davon aus, daß es so ist. Sein Verhältnis zu Llewellyn erlaubt kaum einen anderen Schluß. Beide könnten sie Repräsentanten eines internationalen Kartells sein, das sich neue Anteile am globalen Ölgeschäft sichern will. Folgt allerdings die nächste, wie ich behaupte, wichtigere Frage: Was würde es für die Ölmacht Saudi-Arabien bedeuten, wenn eine weitverzweigte Gruppe wie die Muqanna – und ich versichere Ihnen, sie ist in den meisten islamischen Ländern präsent, sogar«, Warren nickte Talmarani zu, »wie wir seit jüngstem wissen, auf dem Balkan – wenn also eine derartige Organisation der Welt den verborgenen Imam präsentierte oder auch nur glaubhaft versicherte, er sei hervorgetreten? Ich würde sagen: es könnte vor allem zwei Ländern des Nahen und Mittleren Ostens nicht gefallen, in erster Linie eben den Saudis, weil sie als Hüter der Kaaba in Mekka beanspruchen, sogar beanspruchen müssen, die Speerspitze des sunnitischen Islams zu sein; darauf beruht ihr ganzes Selbstverständnis. Gefallen könnte es aber genausowenig den Jordaniern. König Hussein beruft sich seinerseits darauf, rechtmäßiger Nachfolger der ehemaligen Scherifen von Mekka zu sein, womit er ebenfalls eine herausragende Stellung in der islamischen Welt beansprucht, wenn auch – verständlicherweise – zurückhaltender als die Saudis, von denen ja sein Urgroßvater aus der heiligen Stadt vertrieben wurde. Die Aufmerksamkeit, die Tom in Amman zuteil wurde, scheint zum ersten ein klares Indiz dafür zu sein, daß Hussein in solchen Bezügen denkt, zum zweiten aber ein Indiz dafür, daß nicht nur Schafik, sondern auch die Jordanier von der Existenz der Muqanna wissen und nicht zuletzt von Toms verwandtschaftlichen Beziehungen zu deren mutmaßlichen Oberhäuptern, dem verstorbenen Lionel und dem noch lebenden Kütschük Said.«

»Erklärt es dann nicht auch die Morde an dem falschen und echten Assem i-Audi?« fragte Camille.

»Das«, erwiderte Warren, »halte ich keineswegs für ausgeschlossen, obwohl ich den Sinn dieser Anschläge noch nicht so recht zu erkennen vermag. Aber weiter im Text.« Er deutete auf die in den Teppich eingewirkte Ortsbezeichnung Halep für Aleppo. »Wir sind in Syrien. Vordergründig ein laizistischer Staat, alle Religionen sind einander gleichgestellt.

Trotzdem muß auch die Baath-Partei den Islam ernster nehmen als Christentum oder Judentum.«

Er verbeugte sich vor Schanoun. »Die Gelegenheit, das näher auszuführen, hatte ich ja bereits gestern. Siehe der niedergeschlagene Aufstand in Hama.«

Schanoun lächelte gequält.

»Was für Syrien gilt«, fuhr Warren fort, »gilt mehr oder weniger auch für den Irak. Selbst Saddam, nach eigenen Angaben ebenfalls ein Baathist, baut seit neuestem Moscheen, um das Magenknurren seiner Untertanen mit Heilsbotschaften übertönen zu können. Auch er muß, nach der Zerstörung einiger schiitischer Heiligtümer in Kerbela, wieder auf die Frommen im Lande setzen.«

»Schade«, seufzte Camille, »ich bin eigentlich immer ein heimlicher Baathist gewesen. Christen und Muslime in einem Boot wäre für den Libanon genau das richtige.« Auf einen erstaunten Blick Schanous hin fügte er hinzu: »Das bißchen Sozialismus, das dazugehört, hätten wir mit links bewältigt. Aber bitte, Professor.«

»Ich fürchte«, sagte Warren, »auch in seinen beiden Herkunftsländern hat das Baath-Konzept keine große Zukunft mehr, und das ist sowohl Bagdad als auch Damaskus bewußt. In allen noch laizistisch geprägten Ländern des Fruchtbaren Halbmonds, vielleicht sogar in Ägypten, werden die Machthaber demnächst versuchen müssen, auf der heranrollenden islamischen Welle zu reiten, wenn sie nicht von ihr verschlungen werden wollen. Das beginnen die Herren ebenfalls zu begreifen. Denken Sie an die Riesenmonumente in Bagdad, mit denen Saddam sich als Erlöser feiern läßt, oder an die Plakate, die Sie auch hier sehen können: Assads verunglückter Sohn reitet gen Himmel wie Muhammed vom Tempelberg in Jerusalem, der trauernde Vater und das noch betrübtere Volk blicken ihm andachtsvoll nach. Wenn das nicht die Richtung anzeigt, in die künftig marschiert werden soll ...«

»Neue Propheten braucht das Land«, murmelte Schanoun.

Camille sagte: »Womit wir wieder bei der Muqanna wären. Sie scheint also ins allgemeine Bild zu passen. Aber wie groß sind ihre Erfolgsaussichten?«

»Prophezeihungen«, erklärte Warren, »waren meine Sache noch nie. Eine Schlußfolgerung hingegen …« Überraschend trat er zu Talmarani hin und legte ihm eine Hand auf die Schulter. »Willst du sie nicht ziehen, Tom?«

Es war eine vertraute Situation: Man zählte dreiundvierzig Jahre, hatte den Doktor gemacht und eine Reihe von Büchern geschrieben, aber immer noch mußte man sich vom Lehrer an die Tafel rufen lassen. Schicksal eines ewigen Musterschülers, dachte Talmarani resigniert, rieb sich die Augen und sprach dann aus, was ihm während Warrens Vortrag durch den Kopf gegangen war.

Die Muqanna, erklärte er, bestehe offenbar im Kern aus Gruppierungen wie der Bektashiyya und ähnlichen Bruderschaften, deren es ja bis hin zu den Assassinen unzählige gebe. Gemeinsam sei ihnen, daß sie überwiegend der Schia angehörten, dem eher oppositionellen Flügel des Islam. Dessen unter Sunniten lebende Mitglieder hätten sich seit langem daran gewöhnt, im Verborgenen, wenn nicht sogar im Untergrund, zu wirken. Auch die Vorstellung von einem verborgenen Imam sei eigentlich von schiitischen Sekten entwickelt worden. Man könne deshalb in ihren Reihen vermutlich mehr geborene Verschwörer finden als anderswo, doch ebenso Menschen, die über eine größere geistige Beweglichkeit verfügten als orthodoxe Sunniten, und natürlich auch Mystiker.

Obwohl alle, mit Ausnahme von Dimitrios, ihn anblickten, als wollten sie sagen: Na und? Was weiter? ließ Talmarani seinen Gedankenfaden nicht los.

Auch die gefürchtete Muslimbruderschaft, fuhr er fort, sei nach seinen Informationen von Schiiten mitbegründet worden, und zwar bereits 1908, im Geburtsjahr der »Deutsch-Ottomanischen«, nicht, wie allgemein angenommen werde, erst 1929. Ähnliche Ziele nun wie diese Organisation strebe möglicherweise auch die Muqanna an – auf ihre Weise. Eine schiitisch geprägte Gruppe versuche die Mehrheit der Muslime für sich zu gewinnen. Das könne – Talmarani mußte nach Worten suchen – das könne im Extremfall so etwas wie eine politische Bombe werden: riesiger Sprengsatz, bestehend aus Millionen von Sunniten, dazu ein schiitischer Zünder. Nun ja, so ungefähr wenigstens.

Warren wiegte den Kopf. »Wenn du recht hast, sogar eine Atombombe.«

»Bleiben wir bei ›politische Bombe‹.« Talmarani verabscheute überzogene Vergleiche. »Außerdem ist das ohnehin nur Spekulation.«

Schanoun fragte: »Aber weshalb sollte jemand eine solche Bombe zünden wollen?«

»Weshalb werden seit Tausenden von Jahren immer wieder unnötige Kriege angezettelt?« fuhr Warren ihn an. »Irgendwelche Leute wollen die Welt zu ihren Gunsten verändern. Oder wie siehst du das, Tom?«

Statt zu antworten, formulierte Talmarani den letzten Gedanken, der ihm während dieser Sitzung gekommen war. »Wenn die Bombe wirkt, wenn sie die gegenwärtige Ordnung in der islamischen Welt zerstört oder auch nur erschüttert, hätten möglicherweise vor allem diejenigen freiere Hand, die an das Öl zwischen Kaukasus und Usbekistan herankommen wollen.«

Er war auf einmal so müde, daß er kaum noch die Augen offenhalten konnte. So wurde ihm auch nicht richtig bewußt, daß nach seinen letzten Worten mehrere Minuten lang keiner der sechs Männer, die um eine geknüpfte Landkarte des Osmanischen Reiches herumsaßen, auch nur ein einziges Wort von sich gab. Die Stille schien wie ein Stein von der Decke des hohen Raumes herabgefallen zu sein.

»Ich werde verrückt«, sagte endlich Camille. »In einigen Teilen Afghanistans sollen sich amerikanische Ölgesellschaften schon jetzt aufführen, als gehöre das Land ihnen. Und da ist ja so etwas Ähnliches geschehen wie das, was Thomas prophezeit.«

Die Müdigkeit seines Neffen bemerkend, fragte er dann:

»Willst du nicht schlafen gehen, Junge? Wir scheinen dich völlig überanspurcht zu haben.«

Talmarani schüttelte den Kopf. »Wir müssen noch über Nadia und Frau Röthlisberger reden. Aber Kaffee wäre gut.«

Camille klatschte in die Hände, worauf ein Diener erschien. Nachdem er seine Anweisungen gegeben hatte, blickte der Hausherr in die Runde. »Irgendwelche Vorschläge zu diesem Thema?«

»Es dürfte uns nichts anderes übrigbleiben, als mit Schafik Kontakt aufzunehmen«, sagte Warren verzagt.

»Der wird seine Hände natürlich in Unschuld waschen«, erklärte Schanoun.

»Natürlich. Aber unsere Lage wird er ausnützen. Er hat sie ja herbeigeführt.«

»Sie meinen, wir müssen mit Forderungen rechnen? Welchen?«

»Tom. Er will ihn zumindest sprechen.«

»Um ihn ebenfalls zu kidnappen«, knurrte Camille.

Schanoun machte eine abwehrende Handbewegung. »Dem könnten wir vorbeugen.«

»Trotzdem kommt es nicht in Frage. Es muß andere Möglichkeiten geben. Ja, bitte?« Verwundert blickte Camille Dimitrios an, der schüchtern die Hand gehoben hatte.

»Ist es nicht so«, fragte der zierliche Levantiner, »daß Schafik vor allem an Kütschük Said herankommen will?«

»Ja, das ist anzunehmen. Er will Said an den Haken kriegen.«

»Und ist es möglich, daß er dafür Tom zu benutzen gedenkt?«

»Wie benutzen?«

»Als eine Art Köder.«

Anerkennend neigte Camille den Kopf. »Ihre alte These. Aber welche Folgerungen ziehen Sie jetzt daraus?«

»Wir müssen uns direkt mit Said in Verbindung setzen und ihn über unsere gegenwärtige Situation unterrichten. Vielleicht kann er etwas unternehmen.«

»Gute Idee. Aber wohl kaum zu verwirklichen.«

»Doch«, sagte Dimitrios überraschend fest, um sich dann sofort zu korrigieren. »Ich glaube zumindest, daß es gehen könnte.«

»Und wie?«

»Über Habib.«

»Wer ist das denn?«

»Der Mann, den wir nach unseren drei Tagen in der Berghütte aufsuchen mußten. Vielleicht kann er ja die Botschaft an Said oder die Muqanna weiterleiten.«

In der um den Landkartenteppich aus Ürgüp gruppierten Männerrunde wurde es abermals still. Diesmal blickten alle auf Dimitrios. Das änderte sich binnen Sekunden.

»Warum nicht gleich mit Shahib in Verbindung treten«, hatte Talmarani gesagt. »Wenn er wirklich ein Audi ist, kannst du ihn möglicherweise über seine Verwandten erreichen, Onkel Camille.«

XII Es war etwas, das Talmarani noch nie in seinem Leben getan hatte: Er begann einen Brief mit der Anrede »Lieber Großvater«.

Nachdem die beiden Wörter auf dem Papier standen, konnte er vorübergehend nicht mehr weiterschreiben; sie kamen ihm vor wie Teile eines Keilschrift- oder Hieroglyphentextes, sie konnten unmöglich etwas mit ihm zu tun haben. Er, der kaum wußte, was ein Vater ist, sollte tatsächlich »Lieber Großvater« geschrieben haben? Um so etwas tun zu können, mußte man doch wissen, wer der angesprochene Mann war, wie er aussah, roch, sich bewegte, welche Angewohnheiten er hatte, und auch, was man für ihn empfand. Großväter waren schließlich keine x-beliebigen Personen, sondern Teil von einem selbst. Traf das nicht zu, dann waren sie eben keine Großväter, sondern doch nur x-beliebige Personen. Man konnte sie sich nicht erschaffen, man mußte sie von Anfang an gehabt haben. Hatte er je einen Großvater gehabt?

Sicher, Talmarani kannte Kütschük Said, weil es Aufzeichnungen gab, die eine Ahnung davon vermittelten, wie er als junger Mann gewesen sein mußte. Aber damit hatte es sich auch schon. Seit der Zeit, da Talmarani ihn kennengelernt hatte, war Said kein bißchen älter geworden, war immer noch ein lockenköpfiger, durch den Harem huschender, mit der gleichaltrigen Dorothea ausbüxender Schlingel, wohingegen sein Enkel bereits dreiundvierzig Jahre zählte. Und so ein Phantom redete man mit »Lieber Großvater« an? Hieß das nicht, ein Stück Leben beschwören wollen, das nie stattgefunden hatte, Gefühle wachrufen, von denen man nicht einmal wußte, wie sie gediehen wären, wenn Großvater und Enkel ein herkömmliches Großvater-Enkel-Verhältnis gehabt hätten? Hätte Said ihn, hätte er Said gemocht? Wären sie so miteinander ausgekommen, daß sich nun die vertrauliche, um nicht zu sagen, intime Anrede rechtfertigen ließ?

Je länger Talmarani die beiden Worte anstarrte, desto mehr überkam ihn das Gefühl, zwei Kieselsteine in einen dunklen Brunnen geworden zu haben. Auf dessen Grund hatten sich daraufhin ein paar zittrige Reflexe ausgebreitet, die jedoch alles nur zu verzerren drohten, was er über den mit »Lieber Großvater« angeschriebenen Mann wußte. Auch das neueste Faktum, daß Said noch lebte, blieb eigentlich unfaßbar, ebenso die kapuzentragende Gestalt in dem alten Burggewölbe. Ohnehin hatte er diese gespenstische Erscheinung bis jetzt noch nicht in dem Bild unterbringen können, das ihm bisher vor Augen gestanden war. Wie denn auch? Hier das gewitzte Bürschchen aus dem Yildiz-Palast, dort der vermummte Greis, der einer Gruseloper entstiegen zu sein schien. Dabei … was trennte ihn eigentlich in diesem Moment von Said? Rein geographisch gesehen, ein paar Berge, ein paar Schluchten, ein paar Flüsse, in Luftlinie gemessen wahrscheinlich weniger als hundert Kilometer. Er hätte in den Brunnen springen können und wäre bei ihm gewesen. Freier Fall, seit neuestem ohnehin seine Spezialität. Und dann?

»Lieber Großvater.« Auf einmal wirkten die beiden Wörter doch weniger befremdlich als zuvor. Camille hatte vermutlich recht gehabt, als er sagte: »Wie du ihn anreden sollst? Mit ›Lieber Großvater‹ natürlich. Das ist doch die selbstverständlichste Sache der Welt.« Nun standen sie da, die beiden Wörter. Und das glich wirklich einem kleinen Wunder.

Camille und er hatten ferner beschlossen, daß Talmarani mit nüchternen Worten berichten sollte, was ihn zu seiner Reise ins Ungewisse bewogen habe, wie er nach Beirut gelangt sei und vor allem, in welcher Lage er sich nun befinde. Nichts weiter solle er zu Papier bringen, keine Bitten, keine Vorschläge, nur die nackten Tatsachen.

»Über einige deiner Abenteuer auf dem Weg hierher wird der Alte bereits informiert sein«, hatte Camille überdies gesagt. »An Augen, die für sie sehen, und Ohren, die für sie hören, dürfte es der Muqanna kaum mangeln. Daß du in Beirut bist, weiß Said ebenfalls. Schreib aber trotzdem, was du für wichtig hältst. Durch den Brief wollen wir ja nur Kontakt mit ihm aufnehmen. Wie er darauf reagiert, muß sich dann erweisen. Im übrigen, laß dir ruhig Zeit. Ob Shahib ein Audi ist oder nicht, werde ich zwar ziemlich schnell herausgefunden haben. Den Burschen zu erreichen dürfte länger dauern.«

Damit war Talmarani praktisch zu Zimmerarrest verurteilt gewesen. Von den Aktivitäten Camilles, Schanouns und Warrens bekam er nicht viel mit. Dimitrios konnte nur berichten, daß sie viel telefonierten, daß irgendwelche Leute empfangen und wieder ausgeschickt wurden, daß jemand auch den Auftrag bekommen habe, sich Habib näher anzusehen. In seinen Morgenrock gehüllt, saß Talmarani an einem vor das Fenster gerückten Tisch und schrieb. Bis jetzt hatte er nur die Anrede »Lieber Großvater« zu Papier gebracht.

An einem zweiten Tisch in dem nach Katzenminze duftenden Raum saß Dimitrios. Er bemühte sich, die vom Maidli geschickten Disketten durchzusehen und nach Themen zu ordnen. Dabei stellte sich heraus, daß er mit dem neuen Notebook weit besser zurechtkam als Talmarani. Und die meisten der auf den Bildschirm geworfenen Texte konnte er ebenfalls lesen.

»Ich dachte, mit deinem Arabisch ist es nicht so weit her«, hatte Talmarani gesagt, nachdem dies offenbar geworden war.

Dimitrios war etwas verlegen geworden. »Anweisung von Llewellyn. Ich sollte mich dümmer stellen, als ich bin.«

»So tun, als verstündest du nichts, wenn ich in deinem Beisein mit irgend jemand arabisch gesprochen hätte.«

»Und ihm hinterher alles haarklein berichten.« Entschuldigend breitete der Levantiner die Hände aus.

Erst in der Nacht kam Talmarani über die Anrede hinaus. Während der Chamsin mit offenbar schwindender Kraft in den Zedern wühlte und am Himmel silbrig angestrahlte Wolken dahinglitten, konnte er mit seinem Großvater sogar sprechen, nicht mit dem hundertfünfjährigen Mann, dem er begegnet war, auch nicht mit dem jungen Kütschük Said, über den er noch am meisten wußte. Talmarani sprach zu dem Besitzer der »Khurrem«, einer, wie er inzwischen gelesen hatte, auf Dieselbetrieb umgerüsteten Dampfyacht mit schwarzgestrichenem Rumpf, weißen Aufbauten und gelbem Schornstein. Der am Bug angebrachte Schiffsname kam auf jeder Seite doppelt vor, einmal in lateinischer, einmal in arabischer Schrift.

Nach mehreren Besuchen bei Hans Jakob Phelbs hatte Yilman sich dazu durchgerungen, seinen Gastgeber »den alten Piraten« zu nennen. Das machte es möglich, ihn einerseits aus kühler Distanz, andererseits aber doch mit einiger Bewunderung zu betrachten. »Alter Pirat« klang ja nicht ganz so feindselig wie »staatenloser Kapitalist«, »Reaktionär« oder »Fossil der Sultanszeit«. Said seinerseits schien an dem Journalisten Gefallen gefunden zu haben. Er hatte ihn sowohl in sein Beiruter Bankhaus an der Avenue Clemenceau, als auch in seine Stadtwohnung an der Corniche eingeladen und einmal sogar mit nach Alexandria genommen, wo Yilman über die »wie aus rosa Marzipan geschnitzte Brücke« schreiten durfte, die zum Ras El Tin Palast führte, der königlichen Sommerresidenz.

Einen Satz des Berichtes hatte Talmarani zweimal lesen müssen, um zu begreifen, wer mit dem »jungen, straffen Mann« gemeint war, der hinter seinem Schreibtisch in einem großen Büro saß und der sofort aufsprang, als Yilman mit seinem Gastgeber hereinkam, »um dem alten Piraten in einer anmutigen Geste des Respekts« die Hand zu küssen. Nachdem ihm aber klargeworden war, um wen es sich dabei handeln mußte, wartete Talmarani zunächst einmal, ob sich etwas in ihm regen würde. Es regte sich jedoch nichts. Dabei war er gewissermaßen auf seinen Vater getroffen. Es blieb die einzige Erwähnung, die Yilman ihm widmete. Das wiederum konnte nur bedeuten, daß Said die Bank – der Bericht stammte aus den späten vierziger Jahren – damals noch selbst geleitet hatte, sein Sohn aber nur ein leitender Angestellter unter vielen gewesen war.

So also seid ihr miteinander umgegangen, dachte Talmarani. Man küßte dir die Hand, Großvater. Hätte ich das ebenfalls tun müssen? Muß ich es tun, wenn wir uns begegnen sollten? Nicht der jüngere, sondern der ältere Phelbs war ihm durch den winzigen Informationssplitter noch ein bißchen näher gekommen.

Aus diesem Grund wiederholte er denn die Frage, die sich ihm schon einmal aufgedrängt hatte: Wozu hast du diesen dir gegenüber eher feindselig eingestellten Journalisten eigentlich gebraucht, lieber Großvater?

Wenige Seiten später machte Yilman eine Andeutung, die Talmarani weiterhalf. Beiläufig erwähnte er, Said sei am Zustandekommen seiner aufsehenerregenden Artikelserie beteiligt gewesen, in der er begründet hatte, warum die transarabische Pipeline von den saudischen Ölfeldern ans Mittelmeer endlich gelegt werden müsse. Daß mit dem Bau dann wenig später begonnen wurde, schrieb der Autor jedoch seinen eigenen Argumenten zu.

Talmarani dachte: Als besserer PR-Mann sind Sie also von meinem Großvater benutzt worden, Herr Kollege. Haben Sie es wenigstens kapiert? Selbst das kann freilich nicht alles gewesen sein, was Said sich von Ihnen versprach.

Was aber dann? Auch eine Antwort darauf schälte sich allmählich aus dem Text heraus. Yilman hatte sie in die blumige Journalistenlyrik verpackt, mit der er immer dann aufzuwarten pflegte, wenn Dorothea die Szene betrat. Nach wie vor war er von dieser Frau fasziniert, so sehr in der Tat, daß ihm gar nicht aufzufallen schien, wie er von ihr dorthin gelenkt wurde, wo sie ihn haben wollte. Immer noch kam das Gespräch wie von selbst auf Dichtung oder Mystik, wenn Dorothea sich an den Tisch setzte. Und immer noch verstummte Kütschük Said, sobald die Violenstimme erklang.

Von Abu Yazid al-Bistami, der im neunten Jahrhundert gelebt hatte, über Avicenna aus dem elften bis zu ihrem erklärten Liebling Dschellal ed-Din Rumi, der 1273 gestorben war, konnte sie alle bedeutenden Mystiker zitieren, trug Verse vor, Fabeln, Parabeln, spann Yilman ein in eigene Überlegungen, Betrachtungen, Mutmaßungen und hatte ihn am Ende meist völlig für sich eingenommen. Aber was wollte Dorothea dem Journalisten eigentlich nahebringen?

Talmarani begriff es fast blitzartig, als sie auf einen offenbar an der Wand hängenden, besonders kostbaren Gebetsteppich zu sprechen kam. So wie Warren die geknüpfte Karte des Osmanischen Reiches gelegentlich zur Illustration seiner Erklärungen benutzt hatte, so oder so ähnlich bediente sich Dorothea jenes anderen Knüpfwerkes. Sie erinnerte Yilman daran, daß türkische, von Bektaschi-Mönchen angeleitete Soldaten ihre Gebetsteppiche einst vor den Mauern von Wien, Belgrad, Bagdad, Budapest ausgebreitet und dann mit dem Ruf »Allah il Allah« angegriffen hatten. Nicht mehr von Mystikern allein sprach sie plötzlich, sondern auch von den großen Sultanen, die sich durch die gelehrten Mönche inspirieren ließen, rief ihm ein Imperium vor Augen, in dem über die Jahrhunderte hin größere Geistesfreiheit geherrscht habe als in den meisten christlichen Staaten jener Zeit. Kurzum, Dorothea beschwor die versunkene Pracht und Herrlichkeit jenes Imperiums, an das nur noch die schönste Skyline der Welt erinnerte, die von Istanbul. Und sie mußte genau gewußt haben, daß der Sultansverächter Yilman sich davon anrühren lassen würde – er hatte auch eine stark ausgeprägte nationalistische Ader.

Höhepunkt in diesem Prozeß subtiler Gehirnwäsche war schließlich – Talmarani verschlug es fast den Atem, als er auf die Stelle traf – ein Zusammentreffen von Dorothea, dem

Journalisten und Ak Schems ed-Din. Said schien an dieser Begegnung nicht teilgenommen zu haben, und Yilman erfuhr nie, mit wem er da geredet hatte.

Er schrieb von einem Mann »mit den stechenden Augen des Fanatikers«, dessen sonore Stimme jedoch die Dorotheas »als Basso continuo« begleitet habe, erwähnte, daß sein Gesicht »ein einziges Geflecht aus Runzeln« gewesen sei und daß er sich in dem billigen Anzug aus flockiger Baumwolle sichtlich unwohl gefühlt habe. Über das Gespräch selbst verlor er nur wenige Worte, es schien jedoch um jene Themen gekreist zu sein, die auch Dorothea schon angesprochen hatte. Aber deutlich wurde, daß Yilman von dem alten Bektaschi beeindruckt gewesen sein mußte.

Wie schon einmal war es dann aber doch wieder Said, der später die entscheidenden Worte sprach. Beiläufig fast machte er Yilman darauf aufmerksam, daß das Osmanische Reich heute über den weit größten Teil der Welterdölreserven verfügen würde, wenn es 1920 nicht von den Westmächten zerschlagen worden wäre. Nicht nur der Irak wäre dann noch türkisch, sondern auch ein Teil Saudi-Arabiens sowie die Randgebiete der Kaukasus-Region, mit einem Wort, die ertragreichsten aller bekannten Lagerstätten. Weshalb aber hatte man das Imperium der Sultane in so viele, zum Teil kaum lebensfähige Einzelstaaten zerlegt? Nur weil es in die moderne Zeit nicht mehr hineingepaßt habe? Nur weil es von den Europäern seit jeher als Bedrohung empfunden worden sei? Wer könne so etwas denn für bare Münze nehmen? Nein, die christlichen Mächte hätten schon begonnen, am lebendigen Leib dieses Reiches herumzuschneiden, als sie zum ersten Mal erkannten, daß es über den wichtigsten Schatz der Neuzeit verfüge, das Öl. Bestünde das Reich also heute noch, dann wäre es eine der stärksten Mächte der Welt, unangreifbar wegen seiner Energievorräte und fähig, auf alle globalen Ereignisse maßgeblich einzuwirken. Die einander zerfleischenden Völker des Nahen Ostens aber lebten dann unter dem Schirm der allumfassenden Pax Turcica, einem System, das sich jahrhundertelang besser bewährt habe als jedes andere.

Wie gesagt, nur ganz beiläufig hatte Said dies angemerkt, den resignierten Ton eines Mannes anschlagend, der vergebenen Möglichkeiten und verspielten Chancen nachtrauert. Yilman jedoch hatte er damit ins Herz getroffen. Seine nationalistische Ader begann zu pochen, Stolz auf das eigene Volk regte sich in ihm und zugleich Haß auf jene, die es um einen derart wertvollen Preis betrogen hatten. (Die Amerikaner zählte er natürlich nicht zu ihnen, besaßen sie doch eigenes Öl und waren jeglichem Imperialismus zutiefst abhold.) Hingegen ließ er seine Leser in Lawrence / Kansas sehr wohl wissen, daß das Gespräch mit Said als Teil jener umfassenden Recherche zu betrachten sei, die er für seine nächste aufsehenerregende Artikelfolge unternommen habe, den damals als sensationell empfundenen Versuch, der türkischen Geschichte wieder so unvoreingenommen zu begegnen, wie es zu Lebzeiten des 1938 verstorbenen Atatürk kaum möglich gewesen sei. Und als bekannt setzte Yilman voraus, daß ihm diese Arbeit den Posten des Chefredakteurs von »Vatan« eingetragen habe. Zur Sicherheit wies er aber trotzdem noch einmal darauf hin.

Der Bericht »A Last Witness« war damit zu Ende. Die anfangs angeschlagenen feindseligen Töne gegenüber seinem Gesprächspartner wieder abzumildern, hatte der Autor offensichtlich für unnötig gehalten. Dorothea und Ak Schems ed-Din verschwanden in der Versenkung, wohingegen er Said auch später noch des öfteren interviewt haben mußte. In dem Gespräch, das Yilman 1952 mit ihm geführt hatte, redeten sie jedenfalls bereits wie alte Bekannte miteinander.

Ihr Thema: die fünf Monate zurückliegende Ermordung König Abdallahs von Jordanien. Der Interviewer und sein Gesprächspartner unterhielten sich über den Terrorismus kleiner Verschwörergruppen, der im Nahen Osten zur Plage wurde. Yilman atmete flammende Empörung, raste gegen verbrecherische Cliquen, ordnungsfeindliche Elemente, blutrünstige Attentäter und dürfte deshalb ziemlich verblüfft gewesen sein, als Said ihn milde darauf hinwies, daß »der Krieg der Ohnmächtigen gegen die Übermächtigen« eine Spezialität der Region sei. Populär gemacht habe sie jener Mann, der als »der Alte vom Berge« in die Geschichte einging. Und sei es nicht wirklich viel humaner, statt ganzer Heere nur wenige todbereite Einzelkämpfer auszuschicken, wenn das erstrebte Ziel auch mit solchen Mitteln erreicht werden könne? Immerhin erspare man dadurch unzähligen Menschen einen sinnlosen Tod. Ihn jedenfalls mute diese Taktik noch immer weit intelligenter an als blindwütige Angriffe mit Geschützen, Panzern, Flugzeugen, Giftgas oder was es sonst noch gebe. Man suche einen neuralgischen Punkt, dort setze man an, und der Gegner sei außer Gefecht gesetzt.

Für ihn, sagte Said ferner, habe das fast die Eleganz eines klugen Schachzuges. Wahrscheinlich sei der Alte vom Berge sogar in erster Linie Schachspieler gewesen.

Als Yilman an dieser Stelle entsetzt zurückfragte, wie er ausgerechnet dem blutbefleckten Oberhaupt der Assassinen das Wort reden könne, bemerkte Said noch milderen Tones: Hasan-i Sabah habe eigentlich nur die Heraufkunft des verborgenen Imams erwartet und alles getan, um dessen Erscheinen zu beschleunigen. Notfalls wäre er bereit gewesen, dafür auch Christ zu werden – getreu den Worten des großen Rumi: »Komm, komm, wer du auch seist, komm, / Ungläubiger, Heide oder Götzendiener: Komm! / Unser Haus ist kein Haus der Verzweiflung, / Drum seist du gleich hundertmal meineidig, komm!«

Said mußte gelächelt haben, als er diese Verse rezitierte. Yilman, der sie getreulich in den Interviewtext aufnahm, sah sich mit den eigenen Waffen geschlagen. Sein Artikel schloß mit Rumis Versen.

Talmarani aber dachte: »Lieber Großvater«. Daß er so unvermutet auf sein Lieblingsgedicht gestoßen war, hatte ihn fast zu Tränen gerührt. Und vor allem wußte er nun, wie es in seinem Brief nach der Anrede weitergehen würde. Was hätte natürlicher sein können, als zu schreiben: »Lieber Großvater, auch ich liebe die Verse und die Gedanken von Dschellal ed-Din Rumi ...«

Er kostete diese Vorstellung noch aus, als ihn eine weitere Idee anfiel. Den nächstbesten Papierfetzen heranziehend, notierte Talmarani: »Bogosaki anrufen, was aus Yilman geworden.« Dann löschte er das Licht.

In der Dunkelheit zeigte sich, daß Dimitrios, dessen Zimmer nebenan lag, noch wach sein mußte. Vor der Schwelle der Verbindungstür breitete sich ein Lichtfleck aus.

Die Schlafanzugjacke des Levantiners stand bis zum Nabel auf und enthüllte einen schmalen Brustkorb. Seine Bettdecke war über und über mit Schriftstücken bedeckt. Als Talmarani hereintrat, blickte er auf und hielt ihm einige der Papiere hin.

»Hast du dir eigentlich dieses Zeug mal genauer angeschaut?«

Talmarani erkannte die Vertragskopien, die das Maidli ihm zugefaxt hatte. Er schüttelte den Kopf.

»Hättest du vielleicht tun sollen. Ich kriege zwar das meiste nicht raus, aber eines ist mir trotzdem aufgefallen.«

»Nämlich was?«

»Das sind insgesamt sechsundvierzig Verträge, und in mindestens zwanzig davon kommen Ortsnamen vor. Wenigstens glaube ich, daß es Ortsnamen sind. Das hier ist jedenfalls mit Sicherheit einer: Machatschkala.«

»Machatschkala? Wo soll das denn liegen?«

Dimitrios lachte. »Am Kaspischen Meer in Dagestan. Da staunst du, was?«

»Allerdings.«

»Es ist einer von zwei Orten, die ich mit dem Lexikon deines Onkels lokalisieren konnte. Beide liegen zwischen Kaspischem und Schwarzem Meer. Der andere lautet Wladikawkas, Hauptstadt von Südossetien.«

Talmarani nahm ihm das Papier aus der Hand. »Es scheint der Ort zu sein, an dem dieser Vertrag abgeschlossen wurde.«

»Und worum geht es darin?«

»Um ein Stück Land offenbar. Außerdem scheint es nur ein

Vorvertrag zu sein oder die Bestätigung eines bereits abgeschlossenen Vertrags.«

»Warum ›scheint‹? Ich dachte, du kannst diese Texte lesen.«

»Nicht lesen, Dimi, nur in etwa enträtseln. Aber selbst dazu brauche ich einen ganzen Stapel Wörterbücher.«

Dimitrios stieg aus dem Bett, trat an den Tisch, auf dem Talmaranis Notebook lag. »Macht nichts. Diese Diskette hätte ich dir morgen früh sowieso gezeigt.« Er klappte den Deckel des Gerätes hoch und schaltete es ein. Auf dem Bildschirm erschien eine Aneinanderreihung von lateinisch geschriebenen Namen, die nach irgendeinem System in Gruppen zusammengefaßt waren. »Das scheinst du auch nicht zu kennen.«

»Natürlich kenne ich diese Liste«, protestierte Talmarani, »sie gehört zu den Papieren meines Vaters. Ich habe sie eingescannt, konnte aber nie was damit anfangen.«

»Es sind ebenfalls Ortsnamen. Paß auf.« Er tastete sich mit dem Cursor ein Stück nach unten und hielt an. »Hier. Was steht da?«

Talmarani las: »Machatschkala.«

Dimitrios fuhr weiter: »Und hier?«

»Wladikawkas.«

Triumphierend sah sein Freund ihn an. »Was sagt uns das?«

»Das werde ich vermutlich gleich von dir hören.«

»Meiner Ansicht nach sagt es, daß diese Namen auf ähnliche Verträge hinweisen wie jene, die ich aussortiert habe. Meinetwegen auch auf Vorverträge.«

»Könnte sein«, gab Talmarani zu. »Und was weiter?«

»Ich habe die Namen gezählt, es sind über fünfzig. Darunter so exotische wie eben Machatschkala, aber auch arabische. Die alle müßten wir zunächst einmal auf einer Landkarte unterbringen können.«

»Und dann?«

Dimitrios grinste. »Dann wüßten wir, warum die Namen für deinen Vater wichtig waren. Und ich ahne schon, was wir wüßten.« Er krauste die Nase. »Meine erste Idee war, im Internet herumzusuchen. Aber daran glaube ich nicht mehr.«

»Wovon redest du?«

»Von einer Software, die mit diesen Namen auf Anhieb etwas anfangen kann. Ich glaube aber nicht, daß es sie irgendwo gibt – es sei denn bei einer der großen Ölfirmen. Und die lassen sich nicht so gern in die Karten schauen.«

Jetzt hatte Talmarani begriffen. »Du meinst ...?«

»Ich meine nicht nur, ich verwette meine CD-Sammlung darauf, daß man in allen Orten, die hier genannt sind, Öl findet. Entweder gibt es dort Quellen, die schon angezapft sind, oder Lagerstätten, die erst erschlossen werden müssen. Genau darauf wieder beziehen sich die Verträge.« Als hätten ihn seine eigenen Worte überwältigt, griff Dimitrios sich an den Kopf. »Und weißt du was? Es wäre der absolute Hammer.«

Talmarani nickte. »Allerdings. Ein Millionending.«

»Milliarden«, verbesserte ihn der Levantiner. »Und zwar in jeder Währung.«

Durch die hohen Fenster fiel dünnes Morgenlicht. Irgendwo im Haus war bereits jemand vom Personal an der Arbeit. Sie hörten Schritte und gedämpfte Stimmen.

Minutenlang brachte keiner von ihnen ein Wort heraus. Dann schüttelte sich Dimitrios, als habe er Wasser in den Ohren. »Es soll zwar ungesund sein so früh am Tag, aber ich brauche etwas zur Stärkung.« Er nahm eine angebrochene Whiskyflasche vom Tisch und hielt sie Talmarani hin.»Du auch?«

Talmarani brauchte ebenfalls eine Stärkung. Abwechselnd tranken sie aus dem einzigen Glas, das sich im Zimmer gefunden hatte.

»Wie kriegen wir es bloß raus?« Das war Dimitrios gewesen.

»Meinst du, dein Onkel kann uns da weiterhelfen?«

»Wenn nicht, wird er jemanden kennen, der es kann.«

Sie tranken noch einen Schluck. Plötzlich schlug Talmarani mit der Hand auf den Tisch. »Warum nicht gleich zu Schanoun gehen? Der hat doch sicher Zugang zu allen möglichen Quellen.«

Das leuchtete auch Dimitrios ein. »Gute Idee. Rufen wir ihn gleich an?«

»Bist du verrückt? Mitten in der Nacht?«

»Ein tausendäugiger Argus wie er macht im Schlaf bestenfalls fünfhundert zu.«

»Aber die Diskette bekommt er nicht zu sehen«, bestimmte Talmarani. »Nur den Ausdruck.«

»Wird erledigt. Vorausgesetzt, wir finden hier im Haus einen Drucker.«

Auf einmal waren beide so aufgekratzt, daß sie beschlossen, ein zweites Glas zu leeren. Danach kramte Dimitrios einen Zettel hervor und zeigte ihn Talmarani. »Was soll das eigentlich heißen?«

Talmarani mußte lächeln. »Da hat jemand das ins Türkische übernommene Wort Tschurnals für Journale arabisch geschrieben.«

»Und was ist damit gemeint? Dein Vater, vorausgesetzt die entsprechenden Texte sind von ihm, bezieht sich einmal auf Tschurnals, dann wieder auf Yeni Tschurnals.«

»Yeni heißt neu. Mein Vater hat offenbar ein Journal seines Vaters fortgeführt. Beide Tschurnals zusammen machen das aus, was Llewellyn so gern haben möchte. Das ältere reicht sehr weit zurück und muß eher eine Aktensammlung sein als ein Tagebuch, das jüngere ist wahrscheinlich wertvoller, weil aktueller. Wer beide hat, dürfte wissen, wie, wann und unter welchen Bedingungen die Verträge zustande gekommen sind, an denen du dich festgebissen hast.«

»Und warum habt ihr sie dann der Universität Istanbul geschenkt.«

»Mein Fehler.« Talmarani schlug sich an die Brust. »Ich wäre nicht einmal im Traum darauf gekommen, daß so alte Geschäftspapiere noch von Bedeutung sein könnten.«

»Aber jetzt hast du es kapiert?«

»Jetzt fange ich an, es zu kapieren.«

Talmarani nahm den in Machatschkala ausgefertigten Vertrag und überflog ihn noch einmal. Dann schüttelte er den Kopf. »Es ist eigentlich nicht zu glauben.«

»Was?«

»Dieses Papier wurde im Jahr 1302 islamischer Zeitrechnung unterschrieben, also um 1923. Da gab es bereits kein Kalifat mehr.«

»Ja und?«

»Trotzdem ist hier angemerkt: Gegeben unter dem Siegel des Kalifen.«

Dimitrios stieß einen Pfiff aus. »Ganz schön keß. Vielleicht hatte es sich ja in Rußland noch nicht herumgesprochen, daß der letzte Kalif von Atatürk abgesetzt worden war.«

»Der vorletzte«, sagte Talmarani. »König Husseins Urgroßvater hat noch nach dem Titel gegriffen, konnte ihn aber nicht behaupten. Trotzdem wäre es ein noch unverfroreneres Gaunerstück gewesen, sich irgendwelchen unwissenden Bauern gegenüber als Beauftragter des Kalifen auszugeben, denn die dürften geglaubt haben, ihr geistliches Oberhaupt sitze in Konstantinopel.«

»Und sei möglicherweise noch der gleiche Mann, der ihnen früher schon Ölquellen abgekauft hatte.« Dimitrios wurde von einer weiteren Erleuchtung heimgesucht. »Vielleicht doch kein Gaunerstück, Tom.«

»Sondern?«

»Ein Wechsel auf die Zukunft. Das Papier wird gültig, wenn es wieder einen Kalifen gibt.«

»Oder der verborgene Imam hervortritt.«

»Oder das.« Wieder starrten sie einander an, unfähig ihre durcheinanderwirbelnden Gedanken in Worte zu fassen.

»Oder«, sagte Dimitrios schließlich, »es war doch keine gute Idee, so früh am Morgen schon Whisky zu trinken.«

Nachdem Camille das letzte Blatt gelesen hatte, legte er es beiseite und griff noch einmal zum ersten. So langsam, als wolle er sich jedes Wort einprägen, folgten seine Augen den einzelnen Zeilen. Manchmal bewegten sich die Lippen des alten Mannes, und man vernahm ein undeutliches Murmeln. Manchmal hielt er inne und schaute blicklos vor sich hin. Dann fuhren seine Pupillen fort, von rechts nach links zu wandern.

Talmarani, der ihm am Tisch gegenübersaß, wagte es nicht, sich zu bewegen oder auch nur das Teeglas an den Mund zu führen. Die Situation mutete wieder einmal vertraut an: Prüfung! Das ganze Leben eine einzige Aneinanderreihung von Examen.

Über dem großen Haus lastete geisterhafte Stille. Dimitrios war mit Schanoun in einem Nebenzimmer verschwunden, das Personal in die Dienstbotenräume zurückgekehrt. Der vor dem Fenster an einer Zeder lehnende, bewaffnete Wächter schlief im Stehen.

Beinahe zärtlich strich Camille über jedes abgelegte Blatt, zögerte, bevor er zum nächsten griff und brachte es dann umständlich in eine seinen weitsichtigen Augen angemessene Leseposition. Talmarani, der auch nicht den Mut aufbrachte, auf seine Uhr zu sehen, schätzte die Zeit, die der alte Herr zur ersten Lektüre des sechsseitigen Briefes gebraucht hatte, auf fast eine halbe Stunde. Für die zweite schien er sich noch mehr Muße nehmen zu wollen. Am Ende einer Zeile angelangt, kehrte er manchmal wieder zu ihrem Anfang zurück, unterbrach sich, hob den Blick, senkte ihn und mußte das Blatt erneut justieren.

Als Camille endlich die letzte Seite zu den übrigen gelegt hatte, befand Talmarani sich in einem fast tranceartigen Zustand, war wach und doch nicht völlig anwesend, saß an diesem Tisch in diesem Haus, glaubte, niemals irgendwo anders gewesen zu sein, hätte aber keineswegs beschwören können, daß er überhaupt in Beirut sei. Dabei war sein Fieber längst abgeklungen, sein Kopf wieder frei, und auch von der drückenden ägyptischen Luft war kaum noch etwas zu spüren.

Es dauerte eine ganze Weile, bis ihm bewußt wurde, daß Camille sein Gesicht musterte, als sehe er es zum ersten Mal. In den dunklen, auf ihn gerichteten Augen stand ein Ausdruck, den Talmarani zunächst nicht deuten konnte, bis er dann erkannte, daß es ein feuchter Schimmer war.

»Solch einen Brief«, sagte der alte Herr, »solch einen Brief, mein lieber Thomas, würde ich auch gerne bekommen. Du sprichst deinen Großvater an, als hättet ihr euch gestern zum letzten Mal gesehen und wärt mit einer Umarmung voneinander geschieden. Jeder, der diese sechs Seiten liest, muß den Eindruck gewinnen, du seist ein Leben lang mit Said zusammengewesen, er wüßte alles über dich und du alles über ihn. Wie ist so etwas nur möglich? Wer hat dir diese Zeilen eingegeben? Ich kenne Said weit besser als du und hätte trotzdem ihm gegenüber nie diesen vertraulichen Ton anschlagen können. Auch wenn du Dorothea erwähnst, unterläuft dir kein einziges falsches Wort. Du sprichst von ihr, als sei sie eben aus dem Raum gegangen und werde gleich wieder hereinkommen. Als ich die Zeilen über sie las, hätte ich geschworen, ihr Parfum zu riechen. Wie hast du das bloß zuwege gebracht?«

Verlegen zuckte Talmarani mit den Achseln. »Ich weiß es nicht, Onkel Camille. Nachdem ich den Anfang gefunden hatte ...«

»Ein wunderschöner Anfang und ein wunderschönes Gedicht.« »Dorothea hat Rumi verehrt, Said wohl ebenfalls, da dachte ich ...«

»Nein«, sagte Camille, es klang scharf, »du hast nicht gedacht. Du hast einfach ins Schwarze getroffen. Da muß eine Art Hellsicht im Spiel gewesen sein, die mir unerklärlich ist. Vor allem«, er stieß sein trockenes Lachen aus, »hast du Said genau da getroffen, wo er verwundbar ist. Dieser Brief wird ihn – wie sagt man? – umwerfen, erschüttern, fertigmachen. Es sei denn ...«

»Es sei denn, was?«

»Er ist in all den Jahren, die er unter Gott weiß was welchen Ungeheuern verbracht hat, selbst ein Ungeheuer geworden. Aber«, nachdrücklich schüttelte der alte Herr den Kopf, »das kann ich mir eigentlich nicht vorstellen. Bei deinem Vater, sei mir nicht böse, ja, da könnte ich es mir zur Not vorstellen. Bei Said, nein. Er hat außer Dorothea nie eine andere Frau angeschaut. Solche Leute werden nicht zu Ungeheuern. Das gilt sogar für geborene Gauner wie ihn. Trotzdem«, erneut brach Camille in sein freudloses Gelächter aus, »trotzdem hat er einen Brief wie diesen auf keinen Fall verdient.«

»Du hast selbst gesagt, ich soll tun, was ich kann, damit er sich für mich und meine Situation interessiert.«

»Er interessiert sich schon jetzt für dich. Ich wollte nur, daß er erfährt, in welche Schwierigkeiten du durch ihn geraten bist, und daß er darauf reagiert. Aber ich bin sicher, jetzt wird er es tun.«

»Das klingt, als wüßtest du schon, wie wir ihm meinen Brief übermitteln können.«

»Bis jetzt weiß ich nur, daß Shahib tatsächlich ein Neffe von Assem ist. Der alte Asis, mein Gegenpart bei den Audis, hat es bestätigt. Und da er momentan in meiner Schuld steht, wird er uns weiterhin nützlich sein wollen. Sei also unbesorgt, dein Brief kommt an. Vielleicht noch vor morgen abend.«

Talmarani mußte tief durchatmen.

»Ist etwas?« fragte sein Onkel.

»Nein, aber ...«

»Versuch's mit Arrak, Junge. Ich werde mir ausnahmsweise auch einen genehmigen.«

Er klatschte in die Hände. Noch bevor der Diener erschien, klopfte es jedoch an der Tür, und Dimitrios kam herein. Auf seinen Wangen standen hektische rote Flecken.

»Das«, sagte er, »müßt ihr euch ... Pardon, Herr Senator, das müssen Sie sich ansehen.«

Sie hatten an allen Fenstern die Vorhänge geschlossen, obwohl das eigentlich nicht notwendig gewesen wäre. Der Bildschirm von Talmaranis Notebook leuchtete wie das Fenster zu einer abstrakten Welt aus klaren geometrischen Gebilden und unvermischten Farben. Vor dem kleinen Computer saß ein junger Mann mit Nickelbrille, der ab und zu eine Taste drückte, dabei etwas murmelte, gelegentlich fluchte und von niemanden im Raum Notiz nahm. Hinter ihm stand Schanoun, eine Hand auf der Schulter des Unbekannten, die andere in die Hüfte gestützt. Beiden mußten seit Beginn ihrer Arbeit fast ununterbrochen gequalmt haben, denn über ihren Köpfen hing eine wahre Wolkenbank aus Zigarettenrauch.

»Scheiße«, sagte der junge Mann. »Eben hatten wir's doch. Wo ist es jetzt?«

Schanoun beugte sich zu ihm hinab. »Geh nochmal zum Anfang zurück. Du warst schon drin, hast dich aber wieder rausschmeißen lassen.«

Camille, der den beiden bis jetzt schweigend zugesehen hatte, räusperte sich und fragte: »Was wird hier eigentlich gespielt?«

»Schsch«, machte Schanoun, ohne sich ihm zuzuwenden. »Vielleicht ist es besser, Sie wissen das nicht so genau, Herr Senator. Was wir hier versuchen, ist ein wenig riskant. Aber Rafiq hat es schon öfter gemacht.«

»Er versucht, in einen fremden Datenspeicher reinzukommen«, erklärte Dimitrios.

Talmarani schüttelte verwundert den Kopf. »Ohne Modem?«

»Die haben hier einen Modemanschluß.«

»Da«, rief Rafiq, »wir haben es wieder.«

Über den Bildschirm breitete sich von oben her eine Landkarte aus: strahlend blau das Meer, braun das Land. Talmarani erkannte links das Ostende des Schwarzen Meeres, rechts das Kaspische Meer mit den Küsten von Turkmenistan im Süden und Kasachstan im Norden. Dann leuchteten Ortsnamen auf, von denen ihm einer geradezu ins Auge sprang: Machatschkala. Kleine Symbole schienen aus der Erde zu sprießen wie aufgehende Blüten in einem Zeitrafferfilm, jedes mit jedem identisch – zumindest auf den ersten Blick. Bei näherem Hinsehen erkannte man indes, daß sie sich doch voneinander unterschieden. Einige waren größer als andere, die wenigsten schwarz, die meisten rot, daneben ein paar blaue. Was ihnen gemein blieb, war die Form: lauter stilisierte Ölbohrtürme.

»Ausdrucken!« befahl Schanoun.

Dimitrios stürzte an den Nebentisch, auf dem ein flacher, weißer Apparat aufgebaut war und meldete: »Läuft.«

Zu Rafiq sagte der Mann von »unserem Deuxième«: »Halt es so lange wie möglich.«

»Scheint stabil zu sein«, erklärte dieser.

»Dann versuche, unsere Namen reinzugeben.«

Rafiqs Hände glitten über die Tastatur. Bei einigen der kleinen Öltürme erschienen Pluszeichen, zunächst nur neben den schwarzen, später auch über einer Handvoll von roten und blauen. Das letzte Kreuz setzte sich in der Nähe der Stadt Tengiz am Ostufer des Kaspischen Meeres fest. Danach erschien keines mehr.

»Sind das alle unsere Namen?« wollte Schanoun wissen.

Rafiq schüttelte den Kopf. »Wir haben noch ein gutes Dutzend übrig.«

Camilles Geheimdienstexperte lachte auf. »Dann scheinen wir klüger zu sein als die Hüter dieser Superdatei.« Er wandte sich an Dimitrios. »Haben wir die Karte?«

»In fünf Sekunden, Chef.«

Stöhnend bog Schanoun seinen gekrümmten Rücken gerade. »Sobald wir sie haben, gehst du raus.«

Rafiq schien ihn nicht gehört zu haben. »Da kommt noch etwas«, murmelte er.

»Fertig«, rief Dimitrios. Im selben Moment veränderte sich die Karte auf dem Bildschirm ein weiteres Mal. Rote und gelbe Linien legten sich über die Landbrücke zwischen den beiden Meeren.

Schanoun sagte: »Pipelines. Rot die existierenden, gelb die geplanten – nehme ich zumindest an.«

»Sieht aus wie die Darstellung eines Kriegsschauplatzes«, kommentierte Camille. »Zwei feindliche Armeen marschieren gegeneinander auf.«

»Gar kein so übler Vergleich, Herr Senator«, erklärte der Vertreter »unseres Deuxième«. »Um diese niedlichen Öltürmchen wird schon jetzt mit Klauen und Zähnen gekämpft. Allerdings ist der Frontverlauf nicht halb so klar, wie diese Darstellung zu suggerieren scheint.«

»Ich drucke auch das noch aus«, sagte Dimitrios.

»Meinetwegen«, knurrte Schanoun. »Aber dann ist Schluß. Verstanden, Rafiq?«

Der Mann mit der Nickelbrille dehnte sich ebenfalls. »Wenn wir nicht schon vorher wieder rausfliegen. Lange kann man sich in dieser Schatzkammer nicht aufhalten. Die Burschen haben mehr als einen Wächter vor der Tür stehen. Da!« Die Karte schnurrte zu einem bläulichen Strich zusammen und war verschwunden. Wie ein großes, viereckiges Auge starrte der leere Bildschirm sie an. Überflüssigerweise bemerkte Rafiq: »Schon passiert.«

Auf einmal mußten alle, die im Raum waren, husten. »Könnte jemand die Fenster aufmachen?« fragte Camille. »Das ist ja die reinste Räucherkammer. Und erfahre ich nun endlich, worum es hier eigentlich geht?«

»Gewiß doch, Herr Senator«, versicherte Schanoun, von dessen Stirn der Schweiß floß. »Aber vielleicht sollten wir das auf der Terrasse tun.«

Triumphierend schwenkte Dimitrios drei ausgedruckte Karten. Auf der ersten waren die schwarzen, roten und blauen Öltürme ohne, auf der zweiten die gleichen Symbole mit Kreuzchen eingetragen. Die dritte hatte der Drucker nur zur Hälfte fertigstellen können. Als sie den stickigen Raum verlassen wollten, kam Camilles Sekretär herein und flüsterte seinem Chef etwas ins Ohr. Der hob nur die Augenbrauen und verschwand in dem Zimmer nebenan. Da er die Tür nicht hinter sich zuzog, bekam Talmarani mit, daß er den auf dem Tisch liegenden Hörer seines klotzigen Telefonapparats hochhob und sagte: »Trifft das zu, Warren, Schafik ist wieder in der Stadt?« Die Antwort schien »ja« zu lauten, denn Camille nickte, um gleich darauf die Lippen zu spitzen, als ob er pfeifen wolle. »Ach sieh einer an! Llewellyn ebenfalls.« Er lauschte wieder ein paar Sekunden lang, nickte abermals und bestätigte dann: »Ja, das meine ich auch. Kommen Sie so schnell es geht. Wir sitzen alle hier oben beisammen und trinken Tee.«

Nachdem er den Hörer auf die Gabel gelegt hatte, bemerkte Camille seinen Neffen und nickte ihm zu. »Langsam kommt Bewegung ins Spiel. Unser Freund Schafik scheint einen neuen Zug vorzubereiten. Aber ich glaube, so schlecht stehen wir gar nicht da. Oder, was meinst du?«

»Wenn Schanoun und Dimitrios das gefunden haben, was sie zu finden hofften«, erwiderte Talmarani, »stehen wir vielleicht noch besser da, als du denkst, Onkel?«

»Ah ja? Na, dann wollen wir mal sehen.« Erneut spitzte der alte Herr die Lippen und brachte diesmal auch Töne heraus, die an das Röcheln eines altersschwachen Teekessels denken ließen. Er mußte schon seit Jahren nicht mehr gepfiffen haben.

Eine knappe Stunde später sagte er: »Die Karte, die ihr aus der fremden Datei gestohlen habt, ist mit Sicherheit auch Schafik und Llewellyn bekannt. Unser Vorteil besteht zum geringeren Teil darin, daß sie nicht wissen, was wir jetzt wissen. Aber das As in unserem Ärmel ist von ganz anderer Qualität. Die beiden können unmöglich ahnen, daß Eduard Lionel und Kütschük Said schon vor Jahren weitaus mehr über kaukasische und möglicherweise auch kasachische und turkmenische Ölquellen wußten als sie oder der gescheite Computer, der die Karte mit den Bohrtürmen gezeichnet hat. Und«, fügte er in fast amüsiertem Ton hinzu, »eine ganze Reihe dieser Quellen scheinen ihnen oder ihrem Phantom-Kalifen auch zu gehören – zumindest auf dem Papier.«

Da sie wegen des wieder auflebenden Chamsins doch nicht auf die Terrasse gegangen waren, hatte Schanoun, auf demselben Ürgüp-Teppich stehend wie Warren, zu erklären versucht, was sich seiner Meinung nach aus dem Vergleich zwischen der Computerkarte und der von Dimitrios entdeckten Ortsnamensliste ergab.

»Ich nehme an«, hatte er gesagt, »die schwarzen Öltürme markieren Quellen, die bereits sprudeln, alle roten hingegen Reserven, die bereits bekannt, aber noch nicht angezapft sind und die blauen wahrscheinlich Ölvorkommen, über deren Vorhandensein oder Ergiebigkeit noch Unklarheit herrscht.

Das ergibt sich aus einigen veröffentlichten Angaben, wie etwa der, daß die Differenz zwischen sicheren und zweifelhaften Lagern im Kaukasusraum höher ist als etwa im Iran, am Persischen Golf oder in der Nordsee.«

»Mit anderen Worten«, warf Camille ein, »die Herren Experten stochern dort noch mehr im Dunkel als in den von westlichen Prospektoren untersuchten Ölfeldern.«

Schanoun nickte. »Genau, Herr Senator. Warum das so ist, weiß ich allerdings nicht. Eine mögliche Erklärung könnte lauten, den Sowjets hätten zu der Zeit, da sie zwischen Schwarzem und Kaspischem Meer noch bestimmten, einfach weniger fähige Geologen zur Verfügung gestanden als den Amerikanern oder Briten in ihren Revieren, aber das halte ich für unwahrscheinlich. Eher könnte es sein, daß Moskau sehr wohl weiß, wieviel Öl in seinen ehemaligen Kaukasusprovinzen noch zu finden ist, daß es die gewonnenen Daten jedoch nach wie vor unter Verschluß hält. Und genau das macht die von Herrn Dimitrios entdeckte Namensliste so brisant.«

Er legte beide fertig gewordenen Karten auf den Teppich. »Sehen Sie, meine Herren. Hier – Ausdruck eins – das gesammelte Wissen der Herren, bei denen wir uns bedient haben: soundso viele allgemein bekannte, soundsoviele weniger bekannte oder zweifelhafte Reserven. Das, was uns die schwarzen Bohrtürme verraten, ist nicht besonders interessant, man kann es wahrscheinlich jedem einschlägigen Handbuch entnehmen. Bedeutend wertvoller dürfte hingegen sein, was die roten und die blauen sagen. Sie machen den eigentlichen Wert dieser Karte aus, und nur ihretwegen wurde sie so raffiniert ...«, Schanoun wandte sich an Rafiq. »Kann man sagen, versteckt?«

Der junge Mann mit der Nickelbrille nickte. »Warum nicht? Ich mußte ein halbes Dutzend Sperrcodes knacken, und jeder davon war mindestens zweifach gesichert.« Er grinste. »Aber doch nicht gut genug.«

»Nu, nu«, machte Schanoun, »ich habe dir ja auch ein paar Schleichwege gezeigt, die du allein nicht so schnell gefunden hättest.«

»Zugegeben.« Rafiq hob die Hände und ließ sie wieder fallen. »Sie scheinen zwei oder drei recht ausgebuffte Profis an der Hand zu haben. Ich bin nur Amateur.«

»Eine Aussage, die wir vorsichtshalber nicht hinterfragen wollen.« Schanoun wandte sich wieder den beiden Karten zu. »Rot und Blau also, diese Symbole sind so etwas wie Asse in dem Spiel, das die Amerikaner ›Great Game‹ nennen, den Poker um die westlich und östlich des Kaspischen Meers vermuteten Schätze. Wer auch nur weiß, was die farbigen Türme bedeuten, hat größere Chancen, in einem Öl-Eldorado der nahen Zukunft Fuß zu fassen, als jeder weniger gut informierte Konkurrent. Und wie sie sich denken können, geht es dabei um Milliardenwerte.«

»Einleuchtend«, sagte Camille, »aber ein bißchen hypothetisch. Bescheid wissen heißt noch lange nicht besitzen.«

»Gewiß nicht, Herr Senator. Aber es ist immerhin schon mehr, als überhaupt nichts wissen. Die Gruppierungen, die sich für kaukasisches oder zentralasiatisches Öl interessieren, stehen erst in den Startlöchern. Sie scharren noch mit den Füßen, spielen aber mögliche Stategien für einen Eroberungszug schon lange durch.«

»Könnte das auch Krieg bedeuten?«

»Es könnte alles mögliche bedeuten: Aufruhr, Unruhen, Revolution, Glaubenskrieg.«

»Siehe Afghanistan. Oder? Wie?«

»Sage ich doch, Herr Senator: Auch Dschihad ist möglich oder, wenn von selbst ausgebrochen, zumindest nicht unwillkommen.«

»Von selbst ausgebrochen, daß ich nicht lache. In Afghanistan waren doch ferngesteuerte Provokateure am Werk, fünfte Kolonnen, bezahlte Unruhestifter. Weiß der Henker.«

Afghanistan, dachte Talmarani, scheint ein Thema zu sein, das meinen Herrn Onkel sehr beschäftigt.

Diesen Eindruck hatte offenbar auch Schanoun, sah aber keinen Sinn darin, das Thema zu vertiefen. Ohne auf Camilles Einwurf zu reagieren, kehrte er zu seinem Thema zurück. »Womit wir zu unserer zweiten Karte kommen, der, in die unsere gefundene Liste von Ortsnamen eingearbeitet wurde. Sie ist der eigentliche ... wie sagt ihr jungen Leute immer?«

»Hammer«, kam es unisono von Dimitrios und Rafiq.

»Hammer, ja. Denn was beweist diese Karte? Nichts anderes, als daß das so aufwendig gehütete Geheimnis der roten und blauen Öltürme den Verfassern der Liste schon länger bekannt war als den Herstellern der Computerkarte. Was in diesem Fall heißt, sie müssen bereits angefangen haben, Erkenntnisse über unbekannte Ölvorkommen zusammenzutragen, als die Küsten des Kaspischen Meeres noch zum überwiegenden Teil von den Sowjets kontrolliert wurden. Anders kann ich mir nicht erklären, wie sie mit ihren Mitteln in Erfahrung bringen konnten, was einige weit besser ausgestattete Unternehmen auf wahrscheinlich derart kostspielige Weise herausfanden, daß sie glauben, das Ergebnis nun in einem hermetisch verschlossenen elektronischen Tresor verbergen zu müssen. Und was der Hammer aller Hämmer ist: die Urheber der Liste scheinen weit mehr unentdeckte Öllagerstätten zu kennen als die Herren des Tresors. Rafiq, du hast nachgezählt. Wieviel rote und blaue Öltürme?«

»Fünfundvierzig.«

»Und wie viele Ortsnamen auf der Liste?«

»Dreiundfünfzig«, antwortete Dimitrios.

»Allerdings«, sagte Rafiq, »decken sich nur neununddreißig Listennamen mit den Ortsbezeichnungen, die zu den Türmen gehören.«

»Das heißt nur, daß die Verfasser der Liste einerseits etwas weniger wußten als unsere unfreiwilligen Informanten, andererseits jedoch etwas mehr. So oder so halte ich das für eine unglaubliche Trefferquote.« Schanoun hob die beiden Karten auf und reichte sie Camille.

Mit Mühe unterdrückte der alte Herr die Versuchung, abermals zu pfeifen. »Vor allem kann ich mir beim besten Willen nicht erklären, wie Said und Lionel zu ihren Erkenntnissen gekommen sein sollen. Beide waren gewiß mit Erdöl quasi gesalbt, verkörperten gemeinsam eine in annähernd hundert

Jahren gewonnene Erfahrung und hatten sicher alle Experten an der Hand, die man braucht, um Ölvorkommen aufzuspüren. Aber wie konnten diese Leute in der Sowjetunion operieren, ohne daß es von den Behörden bemerkt worden wäre? Kann mir das vielleicht jemand sagen?«

Stumm hielten Schanoun, Dimitrios und Rafiq ihm ihre Gesichter hin. Talmarani griff sich an den Kopf.

»Ja, Thomas?« Camille, der die Geste bemerkt hatte, blickte ihn an.

»Die Geldabflüsse.«

»Wovon redest du?«

»Das Mai ... Frau Röthlisberger glaubt entdeckt zu haben, daß mein Vater beträchtliche Summen für unbekannte Zwecke ausgegeben hat, einmal sechzigtausend englische Pfund auf einen Schlag. Belege, aus denen möglicherweise hervorgeht,wer die Empfänger dieser Gelder waren, hat er offenbar verschwinden lassen.«

Diesmal pfiff Camille doch, er lernte es langsam wieder. »Sechzigtausend Pfund Sterling! Damit konnte man eine Menge Leute schmieren, selbst in der sittenstrengen Sowjetunion. Vielleicht sogar gerade dort.«

»Oder anderen Leuten ein Menge Ärger bereiten«, sagte Schanoun.

»Vielleicht auch Rechte erwerben, von Leuten, die glaubten, einen legitimen Anspruch auf die Bodenschätze ihres eigenen Landes zu haben.«

»Und die sogar überzeugt waren, einer guten Sache zu dienen, wenn der Käufer vorgab, im Namen des Oberhaupts aller Gläubigen zu handeln«, ergänzte Talmarani. Er hatte Camille die angeblich unter dem Siegel des Kalifen abgeschlossenen Verträge gezeigt.

Sein Onkel fand auch zu anderen alten Gewohnheiten zurück, er schlug sich auf die Schenkel. »Ich habe es ja gesagt: Said war ein Gauner, wie es keinen zweiten gab. Ölrechte erwerben im Namen eines nicht-existenten Kalifen! Darauf muß man erst mal kommen. Und niemand hat je davon erfahren.«

»Vielleicht doch«, murmelte Talmarani. Ihm war das Gespräch mit Jakub wieder in den Sinn gekommen. Was hatte der kahlköpfige Banker im »Olivella« behauptet? Die Tschurnals oder Teile daraus hätten in Tschetschenien, also ebenfalls im Kaukasus, einen Aufstand islamischer Fundamentalisten ausgelöst. Es war ihm damals etwas ungereimt vorgekommen, weil, wie sich später herausstellte, Jakub nicht einmal gewußt hatte, wer sich hinter dem Namen Kütschük Said verbarg. Von den Tschurnals hatte er eine vage Vorstellung gehabt, was sie sein mochten, schien ihm jedoch unbekannt gewesen zu sein. Und von wem war Jakub überhaupt auf die Tschurnals hingewiesen worden?

»Llewellyn«, sagte er laut. »Ja, Llewellyn konnte Said und meinen Vater durchschaut haben, ein bißchen wenigstens.«

»Das mußt du erklären«, verlangte Camille.

Talmarani tat es. Er erzählte von dem Essen mit dem Bruder seiner Mutter wie auch von Jakubs Reaktion auf die Mitteilung, Hans Jakob Phelbs, der Mitbegründer der »Deutsch-Ottomanischen Handelsgesellschaft von 1908« und somit auch der derzeitigen »Talmarani Bank«, sei in bestimmten Kreisen oder Landstrichen besser als Kütschük Said bekannt.

Noch lange, nachdem er zu Ende gekommen war, sprach niemand ein Wort. Rafiq drehte gelangweilt den Ring an seinem kleinen Finger hin und her. Dimitrios und Schanoun wußten nichts zu sagen. Camille dachte mit zusammengekniffenen Augen nach. Schließlich war er es, der wieder den Mund öffnete.

»Was Llewellyn weiß, weiß vermutlich auch Schafik. Richtig?«

»Richtig«, erwiderte Schanoun.

»Llewellyn interessiert sich für Unterlagen, die er pauschal als Tschurnals bezeichnet. Richtig?«

»Nehme ich auch an.«

»Er benutzt diesen Begriff aber nur deshalb, weil er keinen besseren hat, könnte also ebensogut die Verträge meinen, die Said und Lionel irgendwelchen gutgläubigen Eingeborenen abgeluchst haben, deren Ansicht nach alle Öllagerstätten im Kaukasus von Rechts wegen ihnen gehören. Darüber hinaus könnte er auch Saids und Lionels Informationen über noch unerschlossene Ölreserven im Auge haben – falls er von ihnen gehört haben sollte. Richtig, Schanoun?«

»Ich glaube, darauf läuft's hinaus, Herr Senator.«

»Hinter diesem Material sind die beiden also her?«

»Richtig.«

»Und wollen es uns jetzt abpressen, indem sie zwei junge Frauen entführen. Richtig?«

Diesmal widersprach der Mann vom »Deuxième«. »In erster Linie versuchen sie wohl, an Ihren Neffen heranzukommen, um über ihn auf Said einwirken zu können.«

»So habe ich es ja gemeint«, sagte Camille. »Sie können nicht wissen, daß Thomas Teile dessen besitzt, was von ihnen als Tschurnals bezeichnet wird.«

»Aber ahnen«, wandte Dimitrios ein. »Jetzt, nachdem ich allmählich begreife, was hier überhaupt gespielt wird, kommt es mir vor, als hege Llewellyn schon lange den Verdacht, Tom könnte etwas in der Hand haben, das für ihn wichtig ist. Zumindest meine ich, mich an ein paar entsprechende Bemerkungen von ihm erinnern zu können.«

»Trotzdem.« Camille hatte einige Sekunden nachgedacht und schüttelte nun den Kopf. »An der Gesamtlage ändert sich dadurch kaum etwas. Wir wissen, worauf es den beiden letztendlich ankommt und weshalb sie die beiden Frauen in ihre Gewalt gebracht haben, wohingegen sie nicht wissen, was wir wissen beziehungsweise haben. Und damit ...?« Er blicke Schanoun an.

»Sind wir Schafik und Llewellyn gegenüber im Vorteil.«

»Aber was nützt uns das?« fragte Talmarani.

»Wir können ihnen etwas anbieten«, erwiderte Camille.

»Allenfalls bluffen«, korrigierte Schanoun.

»Besser als nichts. Oder?«

»Weitaus besser als nichts, Herr Senator.«

»Ich glaube«, sagte Dimitrios, »wir haben sogar weit mehr in der Hand, als wir überhaupt ahnen.«

»Was meinen Sie?«

»Denken Sie an die Liste, Herr Schanoun. Sie umfaßt nicht nur kaukasische oder zentralasiatische Orte, sondern auch eindeutig arabische.«

»Aber natürlich!« rief Camille. »Weshalb sollten Said und Lionel nur Fundstätten am Kaspischen Meer akquiriert haben? Warum nicht auch im Irak, in Kuweit, am Golf oder ...« Die Überlegung, die ihn zuletzt angefallen hatte, schien seine Zunge zu lähmen.

Talmarani erlag dem Eindruck, dieser Name sei auf einer frei im Raum hängenden, von unspürbaren Winden zum Flattern gebrachten grünen Stoffbahn zu lesen. Dann flog das fahnenähnliche Gebilde langsam davon, um sich in einer der durch die Fenster hereinbrechenden Lichtbahnen aufzulösen. Nachdem das geschehen war, atmeten alle fünf Männer auf, als hätten sie die gleiche Vision gehabt wie er.

Camille schlug sich abermals mit beiden Händen auf die Schenkel.

»Aber ja! Warum nicht auch in Saudi-Arabien. Dort gibt es ebenfalls Männer, die mit dem herrschenden Regime unzufrieden sind und statt der Prinzenbrigade in Riad lieber einen Kalifen hätten, oder meinetwegen einen neuen Propheten. So undenkbar ist das keineswegs. Schanoun?«

Der schüttelte in stummer Verwunderung den Kopf. »Wenn es tatsächlich so sein sollte«, sagte er schließlich, »wenn Said und sein Sohn ihre Undercover-Unternehmungen auch dort betrieben haben, Herrgott, dann sitzen wir ja auf einer regelrechten Bombe.«

»Nicht wir«, widersprach Camille, »Schafik. Und das werde ich ihm wohl ein bißchen unter die Nase reiben müssen.«

Der Gedanke schien den alten Herrn derart mit Energie aufzuladen, daß er, elastisch wie ein Zwanzigjähriger, aus dem Sessel schnellte und mit langen, wenngleich etwas steifen Schritten im Raum hin und her marschierte. Aus der Fensternische ertönte dann plötzlich ein Geräusch, das zwar immer noch an das Pfeifen eines ziemlich mitgenommenen Teekessels erinnerte, aber eindeutig als Melodie identifiziert werden konnte. Camille pfiff die fröhlichste Dabka, die Talmarani je gehört hatte, man hätte sogar dazu tanzen können. Sich mitten im Lied auf seine Würde besinnend, fuhr er auf einmal ruckartig herum und fragte: »Also Pierre, wie gehen wir's an?«

Errötend, weil er mit seinem Vornamen angesprochen worden war, erwiderte Schanoun: »Ich hätte da schon ein paar Vorschläge, Herr Senator.«

»Na, dann kommen Sie.« Die Dabka wieder aufnehmend, marschierte Camille aus dem Zimmer. Der Mann von »unserem Deuxième« eilte ihm nach. Zurück blieben Talmarani, Dimitrios und Rafiq, alle drei ziemlich verwirrt.

Scharfe Lichtspeere stießen durch das grüne Dach über seinem Kopf, gaben an einige der kleinen Nadelbüschel etwas Glanz ab, was den Eindruck hervorrief, sie seien in pures Gold gebettet, und reduzierten andere auf einen schwarzen Schattenriß. Wenn man lange genug durch die Zweige in den Himmel starrte, verschmolzen alle Einzelheiten zu einem einzigen sprühenden Farbenspiel, und man hätte glauben können, der riesige Baum beginne sich langsam um seine eigene Achse zu drehen. Der Duft, den er ausstrahlte, wirkte fast betäubend. Talmarani atmete ein Parfum, das schon die Paläste der Pharaonen durchweht und phönizische Seeleute umgeben hatte, die mit winzigen Booten das Mittelmeer durchfurchten, um mißtrauischen Griechen und Römern die Kostbarkeiten des alten Orients anzubieten. Er hatte noch nie in seinem Leben unter einer Zeder gelegen, nicht als Kind, nicht als junger Mann, nicht mit Besma, Djana, Leyla, nicht mit Leon, von Nadia oder gar dem Maidli zu schweigen – dabei hätte es Zedern auch in Lugano gegeben. Dort allerdings waren sie nur exotische Gewächse, hier die Wappenbäume seines Geburtslandes.

Talmarani versuchte, an Nadia und das Maidli zu denken, es wollte ihm nicht so recht gelingen. Camilles Bemerkung, sie würden wohl kaum in irgendwelchen finsteren Verliesen schmachten, erwies sich als eine Sperre, die er weder mit Gefühlen noch seinem Vorstellungsvermögen zu durchbrechen vermochte. Im Moment gab es die beiden einfach nicht, daran ließ sich wenig ändern, aber ändern würde es sich. Wann? Eher früher als spät. Sein von Tatendrang und Optimismus plötzlich berstender Onkel schien dafür die beste Gewähr zu bieten. Außerdem war es still, friedlich, nicht mehr so heiß wie am Tag zuvor, und die Zeder duftete.

Durch ein offenes Fenster hörte man gelegentlich Camille oder Schanoun reden. Sie telefonierten beinahe pausenlos. Manchmal bellte einer von ihnen irgendwelche Leute an. Dann wieder klang es, als wollten sie einen Gesprächspartner mit langen, beschwörenden Sätzen, mit knappen Antworten auf unverständliche Fragen oder mit auftrumpfendem Lachen für sich gewinnen.

Dimitrios und Rafiq, die offenbar nicht ohne technisches Spielzeug auskommen konnten, hatten sich die Kopfhörer ihrer Walkmen über die Ohren gestülpt und hörten Kassetten ab. Wenn sie miteinander sprachen, ging es um Sänger, Sängerinnen, Bands, deren Namen Talmarani allesamt nicht kannte. Beide saßen neben ihm im Gras, unter einer der Zedern vor dem Haus von Camille. Bei dem Versuch, sich an Leon zu erinnern, wurde ihm bewußt, daß er den Familiennamen seines Schulfreundes bereits halb und halb vergessen gehabt hatte – was schon deshalb eine Art Schuldgefühl in ihm wachrief, weil die ganze Atmosphäre an ungezählte, mit Leon verbrachte, träge und unendlich lange Ferientage erinnerte.

Camilles Sekretär, der lautlos über den dichten Rasen herangekommen war, mußte sich mehrmals räuspern, ehe Talmarani ihn überhaupt bemerkte.

»Ich habe«, sagte er, »eine Botschaft für Sie entgegengenommen, und zwar vom Concierge des ›Andalus‹. Während Ihres Gesprächs im großen Salon wollte ich ihn nicht durchstellen.«

Talmarani stemmte sich empor. »Lassen Sie hören, Philippe.«

Der Sekretär nahm einen Zettel aus seiner Hemdtasche und las ab: »Adnan Yilman 1951 als Chefredakteur von ›Vatan‹ aus politischen Gründen entlassen. 1963 verstorben. Bei seinem Tod war er Direktor einer Imam-Hatip-Schule in Konya.« Der junge Mann faltete den Zettel wieder zusammen. »Ich hoffe, das sagt Ihnen etwas.«

Vor Überraschung konnte Talmarani zunächst nur nicken. »Ja, Philippe, das sagt mir sogar eine Menge.«

»Imam-Hatip-Schulen, sind das nicht …?«

»Doch, das sind sie. Moderne Versionen der alten von Atatürk verbotenen Koranschulen. Vom Staat mal unterdrückt, mal geduldet. Sie gelten mittlerweile als Kaderschmieden der islamisch-fundamentalisten Bewegung.«

Im Gesicht des Sekretärs zeichnete sich etwas wie Entsetzen ab.

Talmarani lächelte ihn an. »Ich dachte, Sie waren Hörer von Professor Warren. Hat der Ihnen nicht die Furcht vor christenmordenden Glaubenskämpfern genommen?«

»O doch.« Das Entsetzen wich einem Ausdruck seliger Erinnerung. »Er hat es zumindest versucht.«

»Na, sehen Sie, Philippe. Und vielen Dank für Ihre Bemühungen.«

Mit schwingenden Hüften und fröhlich wedelnden Armen schritt das magere Bürschchen von dannen.

Talmarani ließ sich zurücksinken und starrte wieder in die flirrenden Farben über seinem Kopf: Zederngrün, Himmelblau und Sonnengold. Der Duft des Baumes hüllte ihn ein. Er dachte: Vom rabiaten Verfechter westlicher Prinzipien zum islamischen Fundamentalisten – was für eine Karriere, lieber Kollege. Aber wer hat Sie eigentlich mitten auf Ihrer steilen Erfolgsbahn umgedreht? Mein Großvater oder meine Großmutter? Sind Sie den beiläufig vorgetragenen Einwendungen Saids erlegen, oder sollte Sie Dorotheas Violenstimme auf die andere Seite gezogen haben?

Wie auch immer, dachte er und wandte sich dann laut an

die angenehm riechende Zeder: »Respekt, Großmütterchen. Ein Jammer, daß ich dich nie kennengelernt habe. Du mußt wirklich eine bemerkenswerte Frau gewesen sein.«

Durch das offene Fenster erklang die Stimme seines Onkels: »Na also, Pierre. Der Fisch hat angebissen.« Darauf folgte wieder die gepfiffene Dabka. Da Camille diesmal mit seinen Fingern auch den Takt dazu auf die Schreibtischplatte trommelte, klang sie wie ein schneller, etwas hüpfender Marsch.

XIII Talmarani hatte bis zu diesem Augenblick keine Veranlassung gehabt, sich für Nadias Fesseln zu interessieren. Trotzdem wußte er sofort, daß sie es war. Er sah den roten Stöckelschuh, der sich aus der Tür des mahagonifarbenen Cadillacs schob, sah die ansteigende Wadenkurve und hatte bereits in diesem Moment keine Zweifel mehr. Nadias ganze Erscheinung mutete allerdings wieder unbekannt an. Talmarani kannte sie in Hosen, Leggins, T-Shirt oder Top. Auf das lachsfarbene von Goldstickereien übersäte Gewand mit Stehbündchen am Halsausschnitt und bis zur Handwurzel reichenden weiten Ärmeln, war er nicht gefaßt gewesen. Es verlieh Nadia ein ebenso sittsames wie exotisches Aussehen. Halb Märchenprinzessin, halb Haremsdame, dachte er, fehlt nur noch der Gesichtsschleier. Nadias goldrotes Haar wurde von einem breiten Goldreifen zusammengehalten, Armreifen aus dem gleichen Metall klimperten um ihre Handgelenke. Als Schafik Scharif neben sie trat, war das Bild sozusagen komplett: ein Scheich in weißer, ebenfalls goldgesäumter Dischdascha und die Dame seines Herzens. Der Scheich bot der Dame den Arm. Gemeinsam kamen sie auf Camilles unter dem rot-weiß-grün gestreiften Zeltdach versammelte Gäste zu. Es war in der Tat ein bemerkenswerter Anblick, und alle nahmen ihn mit gebührender Aufmerksamkeit zur Kenntnis: die Frauen in ihren sommerlichen Roben, die Herren im Dinnerjacket oder in Uniform.

Camille mußte alle geladen haben, die in Beirut Rang und Namen hatten. Fünf Botschafter, ebenso viele Minister, ein gutes Dutzend Konsuln, dazu Banker, Unternehmer, leitende Mitarbeiter der Solidere, Generäle, Obristen und hohe Polizeioffiziere. Die Luft war gesättigt vom Harzgeruch der Zedern. Den kupfernen Brätern entstieg der Duft von Ragouts, geschmorten Innereien oder Fischgerichten. Ein ganzes Büffet bog sich allein unter Schüsseln, die alles enthielten, was zu einer Mezze gehörte, ein weiteres unter Eiskübeln voll Champagner- und Weinflaschen. Diener in weißen Litewkas eilten zwischen den Gästen umher, Köche mit hohen Mützen standen bereit, die Teller zu füllen. Lautsprecher, die in den Bäumen hingen, verströmten klassische europäische Musik. An nichts hatte Camille es fehlen lassen wollen. Die Kulisse war perfekt. Daß sie im Grunde nur Schafik Scharifs wegen errichtet worden war, wußte niemand außer ihm selbst, seinem Neffen, Dimitrios, Warren und Schanoun. Der Saudi indes könnte es gewittert haben.

Um Schafiks Augen spielte dieser leicht amüsierte Ausdruck, den er schon bei dem Gespräch mit Talmarani im Hochhaus am Yachthafen aufgesetzt hatte. Abgesehen davon war er nach Kräften bemüht, seiner selbstgewählten Rolle gerecht zu werden: der Prinz aus einem Märchenland, in dem die Straßen mit Gold gepflastert sind, an seiner Seite eben die dazugehörende Prinzessin. Wußte Nadia, daß sie in einer Inszenierung mitwirkte?

Ihr dezent geschminktes Gesicht war maskenhaft starr, die Augen waren leer. Sie blickte geradeaus, schien aber nichts und niemanden zu sehen. Warren, der auf sie zugeeilt war, unterdrückte in letzter Sekunde seinen Impuls, sie zu umarmen, und küßte statt dessen den ihm hingehaltenen Handrücken, um dann einen Schritt zurückzuweichen, als sei er erschrocken. Talmarani fragte sich, ob Nadia unter Drogen stehe.

Bei Camille angekommen, der dem Paar ein paar Schritte

entgegengegangen war, wiederholte sich die Szene noch einmal. Eine Hand wurde ihm zum Kuß geboten, der alte Herr beugte sich darüber.

Schafik sagte: »Darf ich Ihnen Frau Nadia Kiron vorstellen, Senator?«

Camille neigte leicht den Kopf. »Wir haben dieser Begegnung mit Spannung entgegengeblickt. Aber das Warten hat sich ganz offensichtlich gelohnt. Hoffentlich gelingt es uns, auch Ihren Erwartungen gerecht zu werden, mein lieber Schafik.«

»Schon die Einladung zu diesem Fest war eine unerwartete Freude, Senator. Und nun dieses zauberhafte Ambiente. Was sollte man sich mehr wünschen?«

»Lassen Sie sich doch einfach überraschen, mein Freund.«

»Das werde ich.« Schafik wandte sich an Nadia. »Gesellen wir uns zu den übrigen Gästen? Kommen Sie, meine Liebe.«

Gemessen schritten die beiden auf das von Zedern überragte Zeltdach zu. Nadia hatte noch kein einziges Wort gesagt.

»Ist sie gedopt?« fragte Dimitrios, der als einziger kein Dinnerjackett, sondern sein übliches Miami-Vice-Outfit trug: weißer Anzug, türkisfarbenes T-Shirt und goldene Halskette.

»Habe ich mich auch schon gefragt«, erwiderte Talmarani. »Auf jeden Fall ist sie nicht ganz da. Vielleicht steht sie einfach unter Schock. Eben noch weiß Gott wo, dann in dieses Kostüm gesteckt und hierher gezerrt.«

»Oder«, sagte Schanoun, »sie ist dem Teufel begegnet wie Jesus in der Wüste. Er zeigte ihr die Herrlichkeit der Welt und das Gegenteil davon.«

»Welches Gegenteil?«

»Das Leben, das ihr bevorsteht, wenn sie nicht mitspielt. Daß Schafik unserer Forderung, sie freizulassen, nachgekommen ist, bedeutet noch lange nicht...«

»Was?«

»Daß er sie völlig aus den Klauen gelassen hat. Er kann Ihre Freundin jederzeit wieder kaschen, wo immer sie sich auch aufhält. Das dürfte er ihr mit allem Nachdruck klargemacht haben, und sie hat es begriffen.«

In ihrem Rücken erklang eine Stimme, die Talmarani kannte. »Vielleicht ist sie auch zum ersten Mal in ihrem Leben einem richtigen Mann begegnet. So etwas kann junge Frauen schon aus dem Gleichgewicht bringen.«

Llewellyn war herangetreten und grinste sie an. Wie alle übrigen Gäste war er in weißes Tuch gekleidet, was seiner massigen Erscheinung erstaunlicherweise gut bekam. Die rote Smokingfliege harmonierte sogar mit dem Trinkergesicht.

Warren, der ihn ebenfalls nicht hatte kommen hören, fuhr herum.

»Sag das noch mal, du aufgeschwemmte Alkoholleiche.«

Llewellyns Grinsen vertiefte sich, was ihm nun wirklich ein tigerhaftes Aussehen verlieh. »Aber, aber, mein lieber Stepho, nimm Rücksicht auf deine Umgebung. Dies hier ist keine Schwulenkneipe.«

Warren trat einen Schritt auf ihn zu.

»Nichts da«, bestimmte Schanoun. »Ich setze jeden vor die Tür, der sich danebenbenimmt, ob Professor oder Schnüffler. Sie, Llewellyn, werden jetzt die Güte haben, sich unauffällig unter die anderen Gäste zu mischen.«

Immer noch grinsend schritt der Waliser von dannen.

Warren stöhnte. »Eines Tages bringe ich den Kerl um. Und wenn er Nadia auch nur anrührt, bringe ich ihn vor aller Augen um.«

Dimitrios stieß Talmarani an und flüsterte: »Die Liebe ist ein wahrhaft seltsames Ding, findest du nicht?«

»Doch, Dimi, doch. Wollen wir versuchen, mit Nadia zu sprechen?«

»Davon«, sagte Schanoun, der sie gehört hatte, »würde ich dringend abraten. Überlassen wir die Dame getrost der Fürsorge des Senators.«

Während auf dem Parkplatz noch immer weitere Wagen vorfuhren und festlich gekleidete Menschen entließen, bildeten sich an dem Vorspeisenbuffet bereits die ersten Schlangen. Es mochten Beiruts Reiche und Schöne sein, die sich unter dem Zeltdach versammelt hatten, einer freien Mahlzeit konnten auch sie nicht widerstehen. Die Idee, Nadias Freilassung mit einer Gartenparty zu verbinden, war dem Kopf von Camille entsprungen. Er hatte Schafik zwingen wollen, seine Geisel vor den Augen einer großen Gästeschar abzuliefern, ohne daß diese Gäste ahnten, woran sie eigentlich teilnahmen. Zugleich sollte dem Saudi nachdrücklich demonstriert werden, wer in dem vor sechs Tagen aufgenommenen Tauziehen sein Gegner war, nicht irgendeine Hintertreppenfigur nämlich, sondern ein Mann von Einfluß und mit den besten Verbindungen: Zu den geladenen Diplomaten gehörte der Botschafter Syriens, und viele der anwesenden Offiziere erhielten ihre Befehle ebenfalls aus Damaskus. Das Fest war auch eine Drohgebärde und Imponierkulisse.

Zugleich markierte es einen ersten Erfolg in dem Spiel, das Camille nach der Rückkehr Schafiks und Llewellyns eröffnet hatte: Nadia war zurück, aber der Preis für ihre Freilassung mußte noch bezahlt werden.

Camilles Anweisungen an Schanoun waren unmißverständlich klar gewesen. Gegenüber Llewellyn, den Schafik als Kontaktperson benutze, sollte er sich zunächst ein bißchen tölpelhaft benehmen, gelegentlich Bauernschläue hervorkehren, aber auch dabei noch so viel Ungeschicklichkeit an den Tag legen, daß sein Gesprächspartner nie genau wußte, wie ernst er ihn nun wirklich nehmen mußte. Dieser Vorgabe entsprechend hatte Schanoun behauptet, gewisse Informationen über Saids und Lionels verdeckte Unternehmungen zu besitzen, um sich dann weitere Einzelheiten quentchenweise aus der Nase ziehen zu lassen. Erst als Llewellyn den Eindruck gewonnen hatte, sehr viel mehr als er selbst wisse Schanoun eigentlich auch nicht, erst da hatte Camille sich eingeschaltet.

Der Abend nach dem ersten Gespräch zwischen ihm und Schafik stand Talmarani noch deutlich vor Augen. Ein erschöpfter, aber rundum zufriedener Camille war aus dem »Al-Bustan Hotel« zurückgekehrt. Ein noch etwas skeptischer Schanoun, ein fahriger Warren, er selbst und Dimitrios hatten ihn erwartet, um zu erfahren, was in der feudalen Anlage hoch über Beirut geschehen war.

Camille sagte: »Daß die verschwörerischen Aktivitäten der Muqanna, von denen er mehr weiß als wir, und die wirtschaftlichen Ziele, die Said und Lionel verfolgten, zusammengehören könnten, wie die beiden Seiten einer Münze, dieser Gedanke scheint ihm bis jetzt noch gar nicht gekommen zu sein, weshalb ich auch darauf verzichtet habe, das Thema zu berühren. Schafik hält die Muqanna-Leute vor allem für gefährliche Fanatiker. Ihre Ölakquisitionen interessieren ihn momentan noch nicht so besonders ...«

»War Llewellyn bei dem Gespräch anwesend?« unterbrach Warren.

»Natürlich nicht. Wir hatten strikte Zweisamkeit vereinbart. Er auf dieser Seite des Tisches, ich auf der anderen. Für einen vorgeblich streng wahhabitischen Saudi versteht Schafik von gutem Wein erstaunlich viel und scheut sich auch nicht, in aller Öffentlichkeit zu trinken.«

»Sie haben ihm also unterschlagen, daß Lionel einen Januskopf auf den Schultern trug?«

»Ich habe Schafik weder mit Bilderrätseln unterhalten, noch habe ich ihm Fakten serviert. Ich habe Mutmaßungen ausgebreitet und gelegentlich laut vor mich hingedacht. Begriffen hat er trotzdem.«

»Was, Senator?«

»Daß ich ein Mann bin, der dank seinem Neffen über ein paar Vorgänge, die ihm zu schaffen machen, ganz gut unterrichtet ist.«

»Womit also Tom im Spiel war.«

»Um Thomas ging es von Anfang an, das brauchte nicht einmal ausgesprochen zu werden. Diese Trumpfkarte lag immer auf dem Tisch.«

»Aber irgendwann haben Sie Ihren Trumpf ausgespielt?«

»Professor!« sagte Camille. »Was Schafik und ich auch immer sein mögen, in erster Linie sind wir zwei ehrenwerte orientalische Gentlemen.«

Er hatte den englischen Begriff, »worthy Oriental gentlemen« verwendet, weil sich aus den drei Anfangsbuchstaben die abschätzige Bezeichnung für Eingeborene der britischen Kolonien ergab: »Wogs«. Da alle den kleinen Scherz verstanden, grinsten sie – bis auf Warren, der sich offenbar für nicht ernst genommen hielt.

»Wie Sie wissen sollten«, fuhr Camille genüßlich fort, »verspeisen orientalische Gentlemen den Pudding auf ihre ganz besondere Weise. Jeder gräbt ihn auf seiner Seite mit einem kleinen Löffel an und ißt sich langsam auf den anderen zu, genauer: auf den Kern des Puddings. Das geht so lange, bis nichts mehr vor ihnen liegt, außer, sagen wir, einem harten Stückchen Krokant. Und jeder weiß bis dahin, was das ist, nämlich eben des Puddings Kern. Der eine der beiden Gentlemen könnte jetzt zugeben, daß er zwei junge Damen in seine Gewalt gebracht hat, der andere, daß er sie von ihm zurückhaben will. Aber wer beißt als erster in den Krokant? Man schiebt das Stückchen also noch ein bißchen hin und her. Wollen nicht Sie, verehrter Freund? – Aber, aber, ich bin der Jüngere von uns beiden. – Vielleicht noch ein Glas von diesem recht akzeptablen ›Château Kefraya‹? – Ich bitte Sie, in meinem fortgeschrittenen Alter!« Camille lachte. »Eigentlich ist das ein ganz vergnügliches Spielchen, und wir haben es auch beide sehr genossen. Statt zu sagen, was wir voneinander halten, haben wir uns amüsiert.«

»Amüsiert?« echote Talmarani.

»Warum denn nicht, mein Junge? Schafik weiß, daß ich weiß, was er mit deinen beiden Freundinnen angestellt hat. Ich habe ihm zu verstehen gegeben, daß ich für ihre Freilassung zu zahlen bereit bin, aber nicht bekanntgegeben, was und wieviel.«

»Es wird darauf hinauslaufen, daß er Tom in die Mangel nehmen darf«, erklärte Warren mit düsterer Stimme.

»Letztendlich vielleicht. Unter gewissen Bedingungen könnten wir das sogar zulassen. Aber diese Trumpfkarte lag noch auf dem Tisch, als wir uns trennten. Keiner hat sie in die Hand genommen.«

»Was wollen Sie dann als nächstes tun, Senator?«

»Herausfinden, was die paar Informationen wert sind, die wir aus den hinterlassenen Papieren von Lionel herausgefiltert haben. Vielleicht sollten wir auch die Computerkarten ins Spiel bringen. Aber das überlasse ich Schanoun.« Camille blickte seinen Geheimdienstexperten an. »Sie können bei Ihrer nächsten Zusammenkunft mit Llewellyn ein bißchen mehr aus der Deckung gehen, Pierre.«

Schanoun atmete auf. »Was mir auch lieber ist, Herr Senator. Wie wär's, wenn wir ein paar der Verträge kopierten und so mit Markierungen oder Hinweisen versehen, daß auch jemand, der sie nicht lesen kann, ihren Inhalt einigermaßen versteht.«

»Keine schlechte Idee, glaube ich. Oder?« Camille blickte in die Runde, niemand widersprach. »Machen wir das also. Wann treffen Sie Llewellyn das nächstemal?«

»Mit einem interessanten Angebot habe ich ihn von einer Stunde auf die andere am Haken. Wenn's sein muß schon morgen.«

»Also morgen«, bestimmte Camille. »Dir wird es keine große Mühe bereiten, drei oder vier der Verträge in Pierres Sinn zu präparieren. Oder Thomas?«

Talmarani schüttelte den Kopf.

»Und wie ist es mit der Auflistung der arabischen Ölquellen?« fragte Dimitrios. »Schafik dürfte mit einem Blick sehen, welche davon in Saudi-Arabien liegen.«

»Und dann auch wissen, wer sie an Said oder Lionel verkauft haben könnte. Das wäre Beihilfe zum Mord, mein Lieber. Die Saudis pflegen mit mutmaßlichen Staatsfeinden nicht besonders zimperlich umzugehen, vor allem, wenn es sich dabei auch noch um religiöse Abweichler handelt. Ihr Land ist ein Glaubensstaat, und bereits Ibn Saud I. hat Sektierer wie die Assassinen mit Feuer und Schwert verfolgt. Er ließ sie reihenweise hinrichten.«

»Das wußte ich nicht«, sagte Dimitrios betroffen. »Es scheint aber zu erklären, warum die Muqanna dort unten Sympathisanten gefunden hat.«

»Allerdings«, bestätigte Camille.

Schon am folgenden Nachmittag konnte Schanoun von einem Gespräch mit Llewellyn berichten.

»Das Faß«, wie er ihn nannte, sei fast beseligt gewesen, als er Bruchstücke dessen in der Hand hielt, was in seiner Diktion die Tschurnals waren. Und als Schanoun ihn dann darauf hinwies, daß einer der Verträge in Machatschkala abgeschlossen worden sei, habe ihn fast der Schlag getroffen. »Er wußte sofort, was es damit auf sich hatte. Die Karte mit den erschlossenen, unerschlossenen und zweifelhaften Öllagerstätten hätte ich gar nicht erst danebenlegen müssen, um es zu verdeutlichen«, sagte der Mann vom »Deuxième«, »wahrscheinlich kannte er sie ohnehin schon.«

»Wollte er wissen, woher wir sie haben?«

»Nein, Herr Senator. In diesem Augenblick war ihm das völlig gleichgültig. Er konnte nicht schnell genug verschwinden, um, nehme ich an, Schafik zu unterrichten.«

»Der rief vor einer Stunde an, bedankte sich noch einmal für das angenehme Beisammensein im ›Al-Bustan‹ und regte an, es demnächst zu wiederholen. Wahrscheinlich hätte ich ihn bereits auf den heutigen Abend festlegen können, verkniff es mir jedoch.«

Schanoun nickte anerkennend. »Schadet sicher nicht, ihn ein bißchen hinzuhalten. Übertriebene Hast läßt auf Schwäche schließen.«

Warren, dessen Laune sich seit gestern nicht gebessert hatte, sagte spitz: »Irgendwann werden Sie ihm Tom doch auf dem Silbertablett präsentieren müssen. So besonders stark ist unsere Position nun auch wieder nicht.«

Camille, der begriff, was den Amerikaner wirklich umtrieb, lächelte ihn besänftigend an. »Keine Sorge, Professor, ich werde alles tun, um Ihre Pflegetochter so schnell wie möglich frei zu bekommen.«

Talmarani fragte sich: Und warum sorge ich mich nicht um Nadia?

»Wann werden Sie also Ernst machen?«

»Sagen wir: übermorgen. Zufrieden?«

Noch ehe sich dann diese Versammlung aufgelöst hatte, geschah jedoch etwas, was Camilles Vorhaben, Schafik ein Gespräch mit Talmarani anzubieten, in einem völlig anderen Licht erscheinen ließ. Philippe, der Sekretär, kam herein, in der Hand einen Brief, der am Tor abgegeben worden sei. Es war ein schmuckloses, weißes Kuvert, ohne Anschrift, der Inhalt ein einziges mit nur wenigen Worten bekritzeltes Stück Papier.

»Ja, auch ich liebe die Verse von Dschellal ed-Din Rumi. Nehmt Kontakt auf über« – es folgten ein paar Zahlenangaben. »Ab Freitag jeden Abend 20:00 libanesische Ortszeit.« Keine abschließende Grußfloskel, keine Unterschrift.

»Ich glaube es nicht«, sagte Camille und reichte den Zettel seinem Neffen.

Talmaranis Hand begann zu zittern, als er danach griff. Schließlich gab er das Stück Papier an Schanoun weiter. Der pfiff durch die Zähne. »Er scheint uns über Kurzwelle erreichen zu wollen. Kennt sich jemand damit aus?«

Alle schüttelten den Kopf.

»Macht auch nichts. Wofür gibt es Spezialisten?«

Schon am nächsten Morgen kam ein Wagen der libanesischen Armee den gewundenen Weg zu Camilles Haus heraufgefahren und drei Soldaten errichteten im hinteren Teil des Gartens eine Funkstation. Damit fertig, suchten sie so lange im Äther herum, bis die Antennen auf den angegebenen Funkkanal ausgerichtet waren. Und genau zur vereinbarten Zeit meldete sich dann der andere Sender.

Talmarani stand auch jetzt noch unter dem Eindruck, das weniger als eine Minute dauernde Gespräch mit Kütschük Said sei ein neuer Markstein in seinem Leben.

Eine geisterhaft wirkende, von allerlei Störgeräuschen überlagerte, seltsam wispernde Stimme in den Kopfhörern und somit dicht an seinem Ohr: »Ist da Thomas Talmarani?«

Dann ebenfalls in den Kopfhörern die eigene, nicht weniger fremd klingende Stimme: »Ja, Großvater?«

»Thomas? Thomas Talmarani?«

»Ja, Großvater.«

Lange Pause, erfüllt vom Rauschen eines, wie es schien, unirdischen, fernen Meeres.

»Thomas.« Das war keine Frage gewesen. Ein Mann hatte zu sich selbst gesprochen. Noch leiser wiederholte er: »Thomas.« Danach rauschte und knisterte wieder das körperlose Meer. Die neue Pause dauerte bedeutend länger als die erste.

Endlich eine andere, kratzige Stimme: »Gehen Sie morgen und alle folgenden Tage zur selben Zeit auf Empfang.« Die Verbindung brach ab.

»Es war zuviel für ihn«, sagte Camille, der wie alle anderen in dem stickigen Militärzelt über Lautsprecher mitgehört hatte. Als sie wieder im Freien standen, verkündete er seinen Entschluß, für Schafik ein Gartenfest zu geben.

Auf das mittlerweile völlig überfüllte Party-Zelt blickend, wurde sich Talmarani erneut bewußt, welch großen Einfluß sein Onkel in Beirut haben mußte. Binnen nur drei Tagen hatte er es geschafft, die ganze Prominenz der Stadt, von den Botschaftern über die Minister und Offiziere bis zu den anderen Würdenträgern, zusammenzutrommeln. Alle waren seiner Einladung so prompt gefolgt, daß man hätte glauben können, es handle sich bei dem Fest um das wichtigste gesellschaftliche Ereignis des Jahres. Tatsächlich, das wußte Talmarani von Schanoun, galten Camilles Parties als seltene, aber besuchenswerte Veranstaltungen, er selbst als ein ungemein großzügiger Gastgeber. Davon, daß dies zutraf, konnte sein Neffe sich nun ebenfalls überzeugen. Die Köche am Buffet kamen von »Il Giardino«, dem derzeit meistgelobten In-Restaurant der Stadt, Speisen und Getränke ebenfalls. Später würde noch eine gefeierte Band aufspielen. Neben dem Zelt war eine Tanzplattform aufgebaut worden.

»Wollen wir warten, bis der Schampus alle ist?« fragte Dimitrios.

Talmarani sagte: »Ich könnte etwas zu essen vertragen.«

Gemeinsam tauchten sie in das Menschengewimmel unter dem dreifarbigen Stoffdach ein. In einer Ecke stand, von Männern umringt, Nadia in ihrem auffälligen Kleid. Der Champagner schien sie etwas gelockert zu haben. Sie unterhielt sich einigermaßen lebhaft, lächelte sogar hin und wieder, beantwortete Fragen oder fragte selbst. Talmarani brachte es dennoch nicht über sich, auf sie zuzugehen.

Er hatte gerade einen Teller mit Vorspeisen ergattert, als neben ihm Schafik auftauchte. Der Saudi trug zwei Gläser in der Hand und reichte ihm eines davon.

»Sie scheinen sich wohl zu fühlen im Haus Ihres Onkels, Talmarani-Bey.«

»So ist es, o Emir.«

Schafik lachte. »Bei unserer letzten Begegnung waren Sie weniger spitzzüngig.«

»Ich versuche, mich anzupassen.«

»Sie waren damals überhaupt recht schweigsam. Sollte sich das auch geändert haben?«

»Wenigstens schmeichle ich mir, ein bißchen klüger geworden zu sein.«

»Davon«, sagte der Saudi, »gehe ich ohnehin aus. Im übrigen haben wir damals eine kleine Abmachung getroffen.«

»An die ich mich leider nicht halten konnte.« Da Talmarani auf diese Anspielung gefaßt gewesen war, zog er den Scheck über fünfundneunzigtausend Dollar aus der Tasche. »Darf ich Ihnen das hier zurückgeben.«

Mit spitzen Fingern ergriff Schafik das Papier. »Schade, daß ich Nichtraucher bin. Es macht immer einen schönen Effekt, solche Schecks in die Flamme eines Feuerzeugs zu halten.«

»Kann ich aushelfen, as-Sayed?« Dimitrios hielt ihm sein Feuerzeug hin.

In Schafiks nachtschwarze Augen trat vorübergehend eine Leere, die sie, ähnlich denen von Jakub im »Olivella«, wie Pistolenmündungen erscheinen ließ. Mit einer brüsken Bewegung steckte er dann den Scheck in Dimitrios' obere Jackentasche. »Wie ich gehört habe, sind Sie derzeit ohne Auto, junger Mann. Das dürfte für einen anständigen Wagen reichen.«

Ein huldvolles Kopfnicken, und sie waren wieder allein.

»Meint er das ernst?« fragte Dimitrios verblüfft.

»Todernst«, sagte Camille, der die kleine Szene beobachtet hatte und nun herantrat. »Mit solchen Leuten treibt man doch keine Scherze.« Er wandte sich an seinen Neffen. »Weißt du, wo Warren abgeblieben ist?«

»Nein.«

»Dann suche ihn bitte. Vor einer halben Stunde hat er mit Nadia gesprochen und ist seither verschwunden. Ich mache mir ein bißchen Sorgen um ihn.«

Den Amerikaner zu finden erwies sich als eher leichte Übung. Einer von Camilles Dienern hatte ihn ins Haus gehen sehen. Über die Eingangshalle war er nicht hinausgekommen. Auf dem Beistelltisch neben seinem Sessel stand ein mit Kippen überfüllter Aschenbecher. Talmarani konnte sich nicht erinnern, Warren je rauchen gesehen zu haben. Als sie sich ihm näherten, hob er den Kopf.

»Is was, Doc?« Der Schafikscheck schien Dimitrios in eine leicht frivole Stimmung versetzt zu haben.

»Hat einer von euch mit Nadia gesprochen?«

Sie schüttelten die Köpfe.

Warren schnippte einen Stummel weg, an dem er sich die Finger zu versengen drohte. »Ich habe mit ihr gesprochen. Sie lügt mich an, oder sie hat Angst.«

»Oder sie lügt aus Angst«, sagte Talmarani.

»Auch möglich. Sogar wahrscheinlich.«

»Was hat Nadia denn gesagt, Professor?«

»Sie sei mit Schafik rein zufällig zusammengetroffen. Er hätte behauptet, ihre Eltern gekannt zu haben, und sie dann zum Essen in eines der besseren Berghotels eingeladen. Welches es war, sei ihr entfallen.«

»Und da blieb sie fast eine ganze Woche?«

»Herrgott«, Warrens Faust krachte auf die Sessellehne. »Ich konnte sie doch nicht verhören, vor allen den Leuten.«

»Wenn das Fest zu Ende ist, werden wir Gelegenheit haben, in Ruhe mit ihr zu sprechen.«

Verzagt blickte der Amerikaner Talmarani an. »Ich kenne Nadia. Sie hat sich in diesen wenigen Tagen von Grund auf verändert und wird wahrscheinlich bei ihrer absurden

Geschichte bleiben. Man kommt einfach nicht mehr zu ihr durch.«

»Die Zeit heilt alle Wunden«, versuchte Dimitrios zu trösten.

»Das könnten wir nicht mehr erleben. Nadia geht nach Wien.«

»Nach Wien?« echoten Talmarani und der Levantiner.

Warren nickte. »Schafik hat ihr einen attraktiven Posten bei der Opec angeboten. Arabisch sprechende Frauen mit einem Magistergrad in Soziologie würden dort dringend benötigt.«

»Hat sie das gesagt?«, fragte Talmarani. Daß Nadia Soziologin war, hörte er zum ersten Mal.

»Nein«, Warren spuckte beinahe. »Das weiß ich von diesem ...«

»Llewellyn also.«

»Ja. Ihr Flugticket habe sie bereits in der Tasche. Das Schwein grinste über alle vier Backen, als es mir das gesteckt hat.«

»Gründliche Arbeit«, stellte Dimitrios fest. Danach versanken alle drei in Schweigen.

»Weiß das schon mein Onkel?« wollte Talmarani schließlich wissen.

»Wenn ja, dann nicht von mir. Aber auch er wird nichts tun können. Nadia ist schon so gut wie weg, das spüre ich.«

»Mein Onkel kann mehr als Sie glauben, Professor. Schließlich hat er dafür gesorgt, daß Nadia freikam.«

»Hat Schafik sie denn freigelassen?« fragte Warren höhnisch. »Nadia mag wieder hier sein, frei ist sie auf keinen-Fall. Ich fürchte, Tom, der Senator wurde höchst elegant über den Tisch gezogen.«

»Meinen Onkel zieht niemand über den Tisch, Professor. Und das weiß auch Schafik. Ich habe vorhin mit ihm gesprochen, nur kurz zwar, aber eines ist mir doch aufgefallen.«

»Was?«

»Er wirkte nicht mehr halb so arrogant wie bei unserem

ersten Gespräch. Irgendwie muß Camille ihn verunsichert haben. Schafik weiß nicht, worauf er sich eingelassen hat.«

»Aber wir wissen es.« Warren schien wieder etwas Hoffnung zu schöpfen.

»Ja, wir wissen es, Professor.« Talmarani hob den Kopf. »Warten wir doch einfach ab, was geschehen wird, wenn es soweit ist.«

Der Amerikaner brachte ein schwaches Lächeln zustande. »Wahrscheinlich das Beste, was wir tun können.«

»Na also«, sagte Dimitrios, den sein neuer Reichtum auch gönnerhaft gemacht hatte.

»Und jetzt rede ich mit Nadia«, verkündete Talmarani.

Die Mitteilung Warrens, Nadia gehe mit Schafiks Unterstützung nach Wien, hatte ihn, genau wie diesen, in beklemmendes Unbehagen gestürzt. Aber ebenso wie der Amerikaner fühlte er sich nun ein bißchen besser. Schafik würde mit Kütschük Said sprechen können, das war der Preis für Nadias Freilassung gewesen. Fragte sich freilich, ob das, was Said zu offenbaren hatte, gewichtig genug war, um auch als Lösegeld für die Freilassung des Maidli akzeptiert zu werden.

Der vereinbarte zweite Funkkontakt mit dem fernen Kurzwellensender, war ebenfalls prompt zustande gekommen, hatte aber nichts erbracht, außer der Anweisung, am Tag darauf zur selben Zeit erneut auf Empfang zu gehen. Der dritte Versuch, mit Said zu sprechen, ließ sich, aus technischen Gründen, zunächst etwas schwierig an. Die beiden Funker mußten ihre Antenne völlig neu justieren, ehe die Stimme am anderen Ende klar zu verstehen war. Allerdings meldete sich auch dann nicht Talmaranis Großvater, sondern wieder die andere, etwas kratzige Stimme.

Ihr Inhaber wollte wissen, ob Camille Talmarani anwesend sei. Nachdem dieser sich zum Mikrofon hinabgebeugt und gesagt hatte, ja, er sei da, erklang aus dem Lautsprecher und den Kopfhörern die Aufforderung, jeder andere in Hörweite solle sich entfernen. Und als dann alle, einschließlich der Funker, vor dem Zelt standen, konnte Talmarani gerade noch hören, wie sein Onkel sagte: »Du bist es also wirklich? Ich kann's kaum glauben.«

Was darauf folgte, bekam er nicht mehr mit; Schanoun hatte ihn am Arm ergriffen und mit sich fortgezogen.

Das Gespräch der beiden alten Männer, eines achtundachtzig- und eines hundertundfünfjährigen, dauerte nahezu drei Stunden. Als es vorüber war, lag dunstige Dunkelheit über dem Haus, und mit den Zedernzweigen spielte ein müde gewordener Chamsin.

Der aus dem Zelt tretende Camille schien nicht gleich zu wissen, wo er sich befand. Etwas verwirrt blickte er die am Terrassengeländer lehnenden Männer an. Mit noch steiferen Schritten als gewöhnlich kam er dann auf sie zu. In dem fahlen Licht glich sein hageres Gesicht einer Landschaft aus wenigen scharfen Hügelzügen und vielen Tälern voll schwarzer Schatten. In der Hand hielt er ein feuchtes Taschentuch; er mußte sich während des Gesprächs mehrmals den Schweiß von der Stirn gewischt haben.

»Thomas?« Auch Camilles Stimme klang mitgenommen.

»Ja, Onkel?«

»Bring mich bitte ins Haus. Ihr anderen«, sagte er und wischte sich mit dem Taschentuch erschöpft die Stirn, »könnt gehen. Morgen, sagen wir um acht Uhr. Und jetzt ... komm, Thomas.«

Während die rotglühenden Zigarettenenden entschwebten, spürte Talmarani eine Hand auf der Schulter, die sich in den Stoff seiner Jacke grub.

»Das Gespräch scheint dich angestrengt zu haben«, sagte er.

Camille schauderte. »Das war kein Gespräch, das war ein Besuch im Irrenhaus. Zumindest hatte ich gelegentlich den Eindruck, mit einem Wahnsinnigen über andere Wahnsinnige zu sprechen. Dabei klang alles, was dein Großvater sagte, höchst plausibel, sogar logisch. Aber vermutlich hat der Wahnsinn seine eigene Logik, oder eine bestimmte Art von Logik grenzt an Wahnsinn.«

In ihrem Rücken verstummte der zur Funkstation gehörende Generator. Sie hatten die hintere Terrassentür erreicht.

»Laß uns im Freien bleiben«, bat Camille. »Ich leide auch noch unter den Nachwirkungen einer leichten Klaustrophobie.« Nachdem Talmarani zwei Sessel unter das vorspringende Dach gezogen hatte, auf denen sie Platz nahmen, setzte er hinzu: »Hauptsächlich rührt mein Unwohlsein aber davon her, daß ich vorübergehend wirklich den Eindruck hatte, mit einem Geistesgestörten zu sprechen oder vielmehr mit jemandem, der Geistesgestörten ausgeliefert ist.«

»Sprichst du jetzt von den Mitgliedern der Muqanna?«

»Von denen, die sie gegründet haben, diesem Bektaschi und vor allem von dessen rechter Hand.«

»Also von Said.«

Camille stieß einen Seufzer aus. »Nein, Thomas, ich spreche von deinem Vater. Schemsi, wie Said ihn nannte, hielt sich nur für verpflichtet, die Welt, die sein Orden mitgeschaffen hatte, zu erhalten oder auch von innen heraus zu erneuern. Dabei dachte er wohl eher an ein imaginäres Reich als ein wirklich reales. Lionel hingegen glaubte, das alte osmanische Imperium mit einem Sultan-Kalifen an der Spitze wiedererrichten zu können. Und das war nicht nur so eine abenteuerliche Idee. Er hatte sein Vorhaben vielmehr auf eine Weise durchdacht, die angsteinflößend wirkt. Daß Lionel ein ungemein kluger und kühler Kopf war, habe ich dir schon gesagt. Daß er jedoch imstande sein könnte, mit seinem Technokratenverstand ein derart phantastisches Projekt zu entwickeln, hätte ich nie geglaubt. Aber es muß so gewesen sein. Lionel hat Schemsi und Said praktisch vorgerechnet, daß man mit seinen Methoden die Welt, in der wir leben, vollkommen umbauen kann. Und Said erklärte mir, er hätte keinen Fehler in dieser Kalkulation gefunden. Als ich ihn fragte, ob er verrückt sei, sagte dein Großvater, ich solle doch selbst nachrechnen. Genau das tue ich seither.«

»Mit welchem Ergebnis?«

»Lionels Logik ist tatsächlich unwiderlegbar. Trotzdem kann sie nur auf Wahn beruhen. Oder es gibt eben zwischen

Wahnsinn und Logik einen Übergang, der mit bloßem Auge gar nicht zu erkennen ist – was du übrigens schon daran siehst, daß auch wir seinen Gedankengängen fast erlegen sind.«

Talmarani begriff nicht gleich, was sein Onkel meinte, und sagte es.

Camille legte ihm eine Hand aufs Knie. »Die beiden Größen, mit denen dein Vater zu operieren gedachte, sind uns doch bekannt. Oder?«

»Der verborgene Imam und die noch verborgenen oder schon erschlossenen Ölquellen.«

»Glaube und Macht«, präzisierte Camille. »Ein Glaubenskampf verhilft zur Macht, das Öl stabilisiert sie. Das ist kein völlig neues Konzept. Religiös motivierte Unruhen haben gewisse Usurpatoren schon öfter an die Macht katapultiert. Wenn den Herren dann noch weitere Machtmittel zufielen, waren sie etabliert. Ich mußte während meines Gespräches mit Said immer wieder an den alten Ibn Saud denken. Der verschrieb sich erst einem Erneuerer des Islam namens Abd al-Wahhab und eroberte in dessen Namen den größten Teil der arabischen Halbinsel, dann betonierte er seine Position mit Hilfe des Öls, das aus dem Boden des neuen Königreiches sprudelte. Der Mann aber, dem das viel deutlicher vor Augen stehen muß als uns und der deshalb von Anfang an gespürt haben dürfte, was die Muqanna wirklich im Schilde führt, der ist uns beiden bekannt.«

Da Camille natürlich Schafik Scharif gemeint hatte, sagte Talmarani: »Weshalb er sich von der Muqanna auch ganz besonders bedroht fühlt. Schließlich steht auf der saudischen Staatsflagge noch immer die erste Sure des Korans.«

»Und unter ihr ist das Schwert des Glaubens abgebildet. Das Urheberrecht an diesem Wappenzeichen müssen Schafik und seine Leute mit Klauen und Zähnen verteidigen – wenn sie überleben wollen.«

Verblüfft über die Wendung, die ihr Gespräch genommen hatte, starrten Onkel und Neffe sich an. »Und weißt du, was?« fragte Camille nach einer Pause, »wir sind schon wieder der Logik deines Vaters erlegen. Lionel sagt ganz einfach:

Saud I. hat mit seinem Unternehmen Erfolg gehabt, warum also sollte man es in größerem Maßstab nicht wiederholen können? Die derzeitigen Verhältnisse in unseren Regionen unterscheiden sich au fond kaum von den damaligen.«

»Die heutigen gleichen sich sogar eher den damaligen wieder an, lieber Onkel. Das zugeben heißt aber tatsächlich, meinen Vater rechtfertigen. Als Wahnsinnigen kannst du ihn jedenfalls kaum noch abtun.«

»So gesehen – nein«, gab Camille zu. »Auch Ibn Saud war ja alles andere als wahnsinnig – im Gegenteil. Ich habe ihn immer zu den politischen Genies dieses Jahrhunderts gezählt. Als er damals aufbrach, um den Hedschas zu erobern, dürfte ihm noch nicht einmal bewußt gewesen sein, daß er auch einen beträchtlichen Teil der Weltölreserven gewinnen würde. Und als er sie dann plötzlich besaß, war keine Macht der Welt mehr imstande, ihn wieder in die Wüste zurückzutreiben. Er hatte einen Glaubenskampf geführt und Milliarden gewonnen. In diesem Licht betrachtet, muten Lionels Pläne tatsächlich weit vernünftiger oder wenigstens logischer an, als man auf Anhieb glauben möchte – und vorausgesetzt natürlich, er hat sich tatsächlich an dem Präzedenzfall Ibn Saud orientiert.« Dann, als gefiele ihm diese Überlegung nicht, oder sie erschreckte ihn sogar, sagte er: »Verdammt, und jetzt brauche ich was zu trinken.«

Talmarani ging ins Haus, um Arrak, Wasser und Eis zu holen. Wieder auf der Terrasse, fragte er: »Und darüber habt ihr die ganzen drei Stunden gesprochen, über die Pläne meines Vaters?«

»Nein, Thomas. Dieses Thema hat Said nur so flüchtig berührt, als setze er voraus, daß mir Lionels Absichten und Motive bekannt sind. Das meiste, was ich dir eben gesagt habe, stützt sich auf ein paar eher beiläufige Bemerkungen von ihm. Zunächst einmal habe ich Fragen beantwortet, die sich aus deinem Brief ergaben. Er wollte zu dem, was du angesprochen hast, noch eine ganze Reihe von Einzelheiten wissen.«

»Zum Beispiel was?«

»Diese Verena Röthlisberger schien ihn zu interessieren.«

»Die kennst du doch gar nicht.«

»Oh«, Camille grinste, »ich habe mir gesagt, eine Dame, für die sich mein Neffe so dringend interessiert, muß mit allem gesegnet sein, was man von einer Frau nur erwarten kann. Geschildert habe ich sie jedoch mehr oder weniger als eine jüngere Ausgabe Dorotheas – was vielleicht etwas unanständig war. Aber nun ja, der Zweck und so weiter.«

»Man entdeckt immer neue Seiten an dir«, murmelte Talmarani.

»Alte Gesichter haben viele Falten. Ich bin jedenfalls sicher, daß Said alles tun wird, um deine Freundin aus der Höhle des Drachen zu holen. Entsprechende Andeutungen hat er gemacht.«

»Hoffentlich sind es keine leeren Versprechungen.«

»Kaum, Thomas, kaum. Einmal bist du deinem Großvater sehr wichtig und zum anderen: dieser Bursche ist mit allen Wassern gewaschen. Ich vermute, er wird Schafik ein ganz bestimmtes Angebot machen, wenn sie morgen miteinander sprechen. Und Said kennt den Wert seiner Ware. Aber bevor ich es vergesse...« Camille fischte einen Zettel aus seiner Uhrentasche. »Diese Nummer mußte ich mir aufschreiben. Sie gehört zu einem Banksafe.«

»Doch nicht in Lugano?«

»Nein, mein Junge, in Liechtenstein.«

Talmarani pfiff durch die Zähne.

Camille indessen schien auf andere Gedanken kommen zu wollen.

»Schenk mir noch einen Schluck ein«, befahl er. »Und dann erzähle von Verena Röthlisberger. Ich möchte alles über euch beide wissen.«

Aus den in langer Reihe aufgestellten Brätern, an denen Talmarani entlangging, stieg der Duft von Thymian, Rosmarin, Salbei und Basilikum. In den Gefäßen ringelten sich Nudeln aller Größen, Formen und Farben, andere bargen Leberragout, Meeresfrüchte, Muscheln, gebratene und panierte Filetstücke, Thunfisch in Morchelsauce und Seezunge in Kräutersud. Das Buffet mit den orientalischen Vorspeisen war bereits abgeräumt, nun wurden italienische Spezialitäten aus dem »Il Giardino« angeboten. Talmarani begriff, warum die Beiruter Society herbeiströmte, wenn sein Onkel zu einem Fest lud.

Nachdem er die europäisch gekleideten Frauen und Männer, die in größeren und keineren Gruppen zusammenstanden, lange genug gemustert hatte, fiel ihm auf, daß eine Frau und ein Mann bei dieser Party optisch aus dem Rahmen fielen: Nadia in ihrem lachsfarbenen Haremsgewand und Schafik in seiner Beduinentracht. Während aber Nadia wenigstens von zwei Dinnerjacketts und einem Uniformträger umringt war, schlenderte der Saudi etwas ziellos zwischen den Gruppen und Grüppchen hin und her. Er trat zu einer der Menschentrauben, sprach, wurde aufmerksam angehört und bekam wohl auch höfliche Antworten auf seine Fragen, aber niemals dauerte der Kontakt länger als äußerstenfalls zehn Minuten. Wenn er sich dann mit einem huldvollen Kopfnicken wieder verabschiedete, schienen die Zurückbleibenden sichtbar aufzuatmen, um anschließend, wie von einem Zwang befreit, ihr unterbrochenes Gespräch fortzusetzen. So erging es dem Mann in der weißen Dischdascha auch bei der nächsten, der übernächsten, der vierten angesteuerten Gruppe, alle brachten ihm Respekt, aber kein wirkliches Interesse entgegen. Nicht seine äußere Erscheinung machte ihn zum Fremdkörper, er selbst war einer.

Talmarani gewann den Eindruck, dies werde Schafik auch von Mal zu Mal deutlicher bewußt. Der leicht amüsierte Ausdruck, den er bei seiner Ankunft noch zur Schau getragen hatte, war längst einem Dauerlächeln gewichen. Er knipste es an, wenn er mit jemandem sprach, um es am Ende des Gesprächs sofort wieder abzuschalten. Daß er die Party nicht einfach verließ, konnte nur einen Grund haben: Schafik wartete darauf, daß Camille ihm den versprochenen Preis für Nadias Freilassung bezahlte und er vielleicht ein weiteres Angebot erhielt, das auch Maidlis Freilassung rechtfertigen würde. Bis dahin ließ Camille ihn auf der eigens zu diesem Zweck veranstalteten Party schmoren.

Raffiniert, dachte Talmarani. Aber auch klug?

Er gab sich einen Ruck und ging auf Nadia zu. Da sie gerade einem Kellner ihren leeren Sektkelch gereicht hatte und sich etwas zu schwungvoll wieder von ihm abwandte, wäre er beinahe mit ihr zusammengestoßen. Sie mußte schon ein oder zwei Gläser über den Durst getrunken haben.

Vor dem Zelt setzte die mittlerweile eingetroffene Band zu einer Rumba an. Talmarani fragte: »Tanzen wir?«

Nadia reichte ihm wortlos den Arm und nickte Abschied nehmend dem Uniformträger zu, der als letzter noch bei ihr stand.

Über der Tanzplattform hingen Reihen bunter Lampions. Die Party war als Italienische Nacht angekündigt worden.

Sofort fand Talmaranis rechte Hand wieder den wohlvertrauten Rückenmuskel. Die Seide zwischen seiner Haut und der Nadias verhüllte nur, verbarg jedoch nichts. Allein der aus dem Gewand aufsteigende Duft war ihm neu.

»Spät, aber doch«, sagte Nadia. »Deine Sehnsucht scheint sich in Grenzen gehalten zu haben.«

»Ich habe eben ein bißchen Zeit gebraucht. Warren war regelrecht erschrocken, als er dich sah.«

»Der arme Stepho.«

»Er ist immer noch ziemlich verstört.«

»Weil ich ihn verlassen will?«

»Vor allem, weil du ihm nicht sagen willst, was mit dir geschehen ist.«

»Ich habe es ihm gesagt.«

»Er glaubt dir nicht.«

Provokant, als ob sie Talmaranis Hand ermutigen wolle, wiegte sich Nadia im hart akzentuierten Vierviertel-Takt der Musik. »Es ist aber die Wahrheit gewesen.«

»Daß du Schafik ganz zufällig getroffen hast ...?«

»Daß plötzlich eine Limousine neben mir hielt, der Schlag aufging und ich freundlich aufgefordert wurde einzusteigen.«

»Steigst du einfach in jeden fremden Wagen?«

»In manche Wagen steigt man einfach ein. Es war ein Bentley.«

»Und drinnen saß Schafik?«

»Drinnen saß Schafik. Er kannte mich, ich wußte, wer er ist.« So abrupt, daß ein neben ihnen tanzendes Paar gegen sie prallte, blieb Nadia stehen. »Zu den Schafik Scharifs dieser Welt steigt man immer ein – zumindest jemand wie ich.«

»Was soll jetzt das wieder heißen?«

»Palästinenserin ohne Angehörige, ohne Einkommen und Beschäftigung, lebt mit einem ziemlich zwielichtigen, älteren Gay zusammen. Kein Verhältnis, das zu Stolz berechtigt.«

Da ihnen einige der Tanzenden bereits Blicke zuwarfen, legte Talmarani seine Hand wieder auf Nadias Rücken. Sie wandte sich jedoch derart brüsk von ihm ab, daß er keine andere Wahl hatte, als für sie beide einen Weg durch das Gewühl zu bahnen.

»Das klingt bitter«, sagte er, nachdem sie das Podium verlassen hatten und nebeneinander auf Camilles Haus zugingen.

»Nenne es Lebenserfahrung. Ein Junge, mit dem du abends noch zusammen warst, hat am Morgen plötzlich eine Kalaschnikow umhängen und wird acht Stunden später mit zerschmetterten Beinen auf der Bahre zurückgebracht.«

»Wer war der Junge?«

»Seinen Verletzungen erlegen.« Den Blick starr nach vorne gerichtet, blieb Nadia abermals stehen. »Wer in solchen Häusern wohnt, ist vor so etwas natürlich sicher.«

»Hast du nicht Angst gehabt, als der Wagen neben dir anhielt?«

»Gefahr kann man wittern. Schafik war keine Gefahr.«

»Zu keiner Zeit?«

»Wie meinst du nun das?«

»Er hätte alles mögliche mit dir anstellen können. Du warst in seiner Gewalt.«

»Eifersüchtig?« Über Nadias Gesicht huschte ein flüchtiges Lächeln.

»Besteht Grund dazu?«

»Falls ja, glaubst du, ich würde es dir auf die Nase binden?«

»Wir haben uns jedenfalls große Sorgen um dich gemacht.«

»Sorgen! Stepho war krank vor Angst.«

»Hat er das gesagt?«

»Das war nicht nötig. Laß uns ins Zelt zurückgehen. Ich brauche noch etwas zu trinken.«

»Eine Flasche Schampus wird auch im Haus zu finden sein.«

»Wenn du es sagst.« Folgsam setzte sie sich wieder in Bewegung.

»Du scheinst dich gut eingelebt zu haben in der Villa deines Onkels.«

»Besser als je irgendwo anders.«

Unter dem Glasdach des Haupteingangs fragte Nadia: »Wirst du mich in Wien besuchen?«

»Du gehst tatsächlich zur Opec?«

»Warum nicht? Interessanter Job, gutes Einkommen und ein Paß, der mich endlich als Bürgerin eines existierenden Staates ausweist.«

»Großzügig.«

»Schafik kann es sich leisten.«

»Ohne Gegenleistung?«

»Versuche nicht, mich auszuhorchen, Tom. Zeig mir lieber das Haus.«

Talmarani führte sie durch die Halle und ein paar angrenzende Zimmer in den Salon mit dem Ürgüp. Dort ließ er sie allein, um in der Küche nach Champagner zu suchen. Die Diener waren alle im Partyzelt beschäftigt. Bei seiner Rückkehr kniete Nadia am Boden. Auf die Nordgrenze der ehemals osmanischen Westprovinzen deutend, sagte sie: »Von hier kann es nicht mehr weit nach Wien sein. Stepho wird mich dort besuchen, darauf verwette ich diesen Haremsfummel.«

»Ein Geschenk von Schafik?«

»Er fand, ich sehe gut darin aus.«

»Wo hat er dich eigentlich die ganze Zeit versteckt gehalten?«

»In seinem Apartment am Yachthafen.«

»Mitten in der Stadt?«

»Aber gut bewacht. Hätte ich vielleicht auf den Dachgarten gehen und hinunterschreien sollen: ›He Leute, ich bin ein Entführungsopfer‹?«

»Er hätte uns deine Leiche vor die Tür legen können.«

»Gott, wie melodramatisch.«

Talmarani füllte zwei Gläser und reichte ihr eines davon.

»Stimmt es«, wollte Nadia wissen, »daß dein sagenhafter Großvater noch lebt und zur Muqanna gehört?«

»Dank dieser Tatsache bist du wieder hier.«

»Erzähle!«

Als Talmarani sich neben sie auf den Teppich setzte, leerte Nadia das Glas mit einem Zug, stellte es weg, ergriff seine Hand und schob sie durch die geöffnete Knopfleiste des Gewandes auf ihre linke Brust. »Das«, erklärte sie, »hat mir am meisten gefehlt. Besuchst du mich nun in Wien?«

»Ja.«

»Gut.« Den Kopf auf seinen Oberschenkel bettend, streckte sie sich aus.

Der zur Funkstation gehörende Generator war stotternd angesprungen und lief nun wieder. Die auf der Spitze des Zeltdachs angebrachte Dipolantenne hatte sich ein paarmal suchend hin und her bewegt, war aber mittlerweile fixiert. Vor dem nach Schmieröl riechenden Leinwandgehäuse standen die beiden Funker, Talmarani, Dimitrios, Schanoun, Warren und Llewellyn. Weil die Situation es zu erfordern schien und einer der Soldaten seine Zigarettenpackung hatte herumgehen lassen, rauchten alle, selbst die Nichtraucher.

Auf der anderen Seite des Hauses war das Fest noch immer in vollem Gang. Die Band spielte längst libanesische Weisen, was bedeutete, daß Reihentänze getanzt wurden und das hölzerne Podium unter Stampfschritten erzitterte.

Im Funkzelt befanden sich nur Camille und Schafik Scharif. Die kratzige Stimme am anderen Ende der Funkverbindung hatte es so haben wollen. Seit dem Beginn ihres

Gesprächs mit Kütschük Said waren bereits dreißig Minuten verstrichen. Da beide Kopfhörer benutzten, brauchten sich die anderen nicht so weit von der Station zu entfernen wie beim letzten Mal. Talmarani stand mit Dimitrios zusammen, Schanoun mit den Funkern. Llewellyn strich unruhig umher, von Warren, der an einem Baum lehnte, mißtrauisch beobachtet. Nachdem sie von Schanoun zusammengeholt worden waren, hatte Warren Talmarani gefragt, ob er wisse, wo Nadia sei. Talmarani hatte erwidert, sie sei vor Müdigkeit fast umgefallen und schlafe jetzt in einem von Camilles Gästezimmern, was der Wahrheit einigermaßen nahekam.

Als die Band am Partyzelt zu jener Dabka überging, die Camille vor kurzem vor sich hin gepfiffen hatte, oder einer, die ihr wenigstens ähnlich war, stieß Warren sich plötzlich von seinem Baumstamm ab und trat zu Schanoun. Auf Llewellyn deutend, fragte er: »An was schnüffelt der Kerl da eigentlich herum?«

»Schnüffelt er?« fragte Schanoun zurück.

»Ja, die Antenne scheint es ihm angetan zu haben.«

»Ach das«, sagte einer der Funker.

»Was, ach das?«

»Er wollte vorhin schon wissen, wohin sie ausgerichtet ist.«

»Weshalb interessiert ihn so was?«

»Weil sie ganz offensichtlich nicht nach Norden weist.«

»Wohin dann?«

»Ziemlich genau in Richtung Westnordwest.«

Schanoun fuhr zu dem Mann herum und packte ihn bei den Kragenzipfeln. »Hast du ihm das gesagt?«

»Natürlich nicht.«

»Dein Glück.« Er ließ den Funker wieder los.

Talmarani, der das Gespräch mit angehört hatte, fragte: »Warum ›natürlich‹ nicht?«

Dicht vor ihn hintretend, flüsterte Schanoun: »Weil es bedeutet, daß wir keineswegs mit Syrien in Verbindung stehen, sondern mit einem Ort, der an der zyprischen Küste liegen könnte, Famagusta zum Beispiel. Hat Ihnen Ihr Onkel das nicht gesagt?«

»Nein, hat er nicht. Aber …«, verständnislos schüttelte Talmarani den Kopf, »wieso Famagusta?«

»Denk nach, Tom!« befahl Warren. »Herr Schanoun ist vermutlich auf Famagusta gekommen, weil Said aus der Türkei stammt und Famagusta zum türkischen Teil Zyperns gehört. Habe ich recht?«

Camilles Geheimdienstexperte nickte. »Sicher ist jedoch nur, daß der Sender, der uns anfunkt, weder in Hama noch bei Hama steht. Ich habe Ihrem Onkel vorgeschlagen, ihn per Kreuzpeilung lokalisieren zu lasen. Er hat es untersagt.«

»Aber etwas hat Llewellyn gerochen«, knurrte Warren.

»Daß wir nicht mit Syrien Kontakt haben, dürfte ihm klar sein«, bestätigte der Funker, »sonst hätte er kaum gefragt.«

»So ist es wohl«, sagte Schanoun. »Wir haben uns damit abzufinden.«

Die Tänzer beim Partyzelt mußten mittlerweile richtig in Fahrt gekommen sein. Pfiffe und Juchzer waren zu hören. Das Bild dazu konnte Talmarani sich vorstellen: Würdige Herren in Abendkleidung hatten einander die Arme über die Schulter gelegt und folgten, vor- und zurücktretend, ihre Köpfe einmal nach links, dann wieder nach rechts wendend, den Anweisungen, die ihnen der Vortänzer mit seinem geschwungenen Taschentuch gab. Der Schweiß floß dabei in Strömen.

Die Tuchbahnen vor dem Eingang des Funkzeltes wurden auseinandergeschoben. In der Dunkelheit leuchtete Schafiks blendend weiße Dischdascha auf, wenig später Camilles Dinnerjackett. Beide wechselten noch ein paar Worte. Dann verabschiedete sich der Saudi mit seinem üblichen knappen Kopfnicken und schritt von dannen, ohne die rauchenden Männer auch nur eines Blickes zu würdigen. Llewellyn schien einen Moment lang nicht zu wissen, was von ihm erwartet wurde, entschloß sich dann aber, dem entschwindenden Schafik nachzueilen.

»Hoffentlich sehe ich ihn nicht so schnell wieder«, sagte Dimitrios. »Er hat mich zweimal gestellt, erst freundlich, um nicht zu sagen, honigsüß, später weniger nett. Ich hätte, sagt er, meinen Vertrag gebrochen, und das würde Folgen haben.«

Talmarani klopfte ihm auf die Schulter. »Schafiks Scheck wird dich fürs erste vor dem Hungertod bewahren.«

Camille, der unter dem Zelteingang stehen geblieben war, winkte den Neffen zu sich heran. Allen anderen bedeutete er, zu bleiben, wo sie waren. Auf ihn zugehend, vernahm Talmarani ein bekanntes Geräusch: sein Onkel übte sich wieder im Pfeifen.

Auch fünf Stunden später, als schon das graue Licht des Morgens durch die breit ausfächernden Äste der Zedern sickerte, glich Camille noch einem Sieger. Aufrecht, das Kreuz durchgedrückt, in der Hand allerdings einen schwarzen Stock mit silberner Krücke, schritt er über das Feld der von ihm gewonnenen Schlacht. Herumliegende Flaschen, herabgerissene Lampions, zerbrochene Gläser souverän negierend, verabschiedete sich der alte Herr von aufgekratzten, angeheiterten oder leicht torkelnden Partygästen, erteilte letzte Handküsse, zog Männer mit lose baumelnden Smokingschleifen in angedeutete Umarmungen, tätschelte Wangen, Schultern, Oberarme und bedankte sich für halb gelallte Glückwünsche zu dem gelungenen Fest. Als endlich das letzte Fahrzeug der von ihm georderten Taxiflotte in dem zum Tor hinabführenden Hohlweg verschwunden war, fuhr er sich mit einem Tuch über die Stirn, dann zog er seine Taschenuhr heraus.

»Um Lugano anzurufen, ist es eigentlich noch zu früh«, sagte Talmarani, »aber wahrscheinlich kümmert ihn das nicht.«

Nadia, die in einem seiner Hemden neben ihm auf der Fensterbank saß, blieb stumm. Sie wußte, weshalb Camille die beiden Talmaranis aus dem Schlaf reißen wollte. Er würde ihnen sagen: »Heute in zwei Tagen wird Frau Doktor Verena Röthlisberger sich bei der SecuSpot in Vaduz melden. Ihr werdet die Güte haben, für sie ein Zimmer im ›Park-Hotel Sonnenhof‹ zu reservieren und am Empfang den Kundenschlüssel des Safes mit der Nummer, die ich jetzt nenne, deponieren zu lassen. Ferner wird dort ein Flugticket Erster Klasse Zürich-Athen-Beirut liegen und ein Wagen bereitstehen, der sie, in Begleitung zweier gut ausgebildeter Leibwächter, von Vaduz nach Zürich bringt. Der zuständige Mann bei der SecuSpot erwartet Frau Röthlisberger im Hotel und bringt sie dann zu seiner Firma. Er weiß, daß sie und nur sie befugt ist, die wie folgt bezeichneten Dokumente aus dem Safe zu nehmen. Beide Leibwächter kommen übrigens mit nach Beirut. Sobald die Herren angeheuert sind, rufen sie mich an, um ein paar Instruktionen entgegenzunehmen. Eine Vollmacht, die bestätigt, daß ich berechtigt bin, diese Anweisungen zu geben, geht euch heute, spätestens morgen von anderer Stelle zu. Ich selbst handle auch im Namen von Thomas, was ebenfalls bestätigt werden wird.«

So oder so ähnlich würde Camille mit Lugano sprechen. Und den beiden Brüdern Talmarani würde nichts anderes übrigbleiben, als sich an seine Anweisung zu halten. Das hatte eine dünne, von Kurzwellen über Land und Meer getragene Stimme versichert, zugleich hatte sie angedeutet, warum das so war, und damit zumindest Schafik Scharif überzeugt, wohingegen Camille der Stimme einfach glaubte. Seine Begründung gegenüber Thomas Talmarani: »Das Gehirn dieses alten Halunken tickt so zuverlässig wie eh und je. Alles übrige konnte ich von Schafiks Gesicht ablesen. Über die Dokumente in dem Safe hat Said nur Andeutungen gemacht, die mir nichts sagten, wohl aber ihm. Am Ende stand fest, daß er sie haben wollte, und zwar um fast jeden Preis. Vermutlich war es sogar unnötig, so viel Schutz für deine Freundin zu verlangen. Schafik könnte es sich gar nicht mehr leisten, ihr die Papiere gewaltsam abnehmen zu lassen. Aber, nun ja, sicher ist sicher.«

Nadia, die auf diese Weise zum erstenmal erfuhr, daß auch das Maidli entführt worden war, hatte Saids Befreiungsplan bewundernswürdig einfach gefunden, seither aber nicht mehr viel gesprochen. Jetzt, auf dem Fensterbrett sitzend und Camilles steifbeinigen Gang über das leere Schlachtfeld beobachtend, sagte sie: »Diese Verena Röthlisberger kommt also her. Wirst du uns einander vorstellen?«

»Wenn du Wert darauf legst.«

»Ich lege Wert darauf. Ihre Stimme klang am Telefon sehr angenehm. Du mußt mir vorher allerdings noch ein bißchen mehr über sie erzählen. Über euch beide.«

»Morgen oder übermorgen. Heute nacht möchte ich erst einmal ungestört mit meinem Großvater sprechen. Wir haben einander auch viel zu erzählen, vor allem er mir.«

Vor fünf Stunden, nachdem Schafik gegangen war, hatte Said nur gesagt: »Bist du das, Thomas?«

»Ja, Großvater.«

»Thomas?«

»Ja, Großvater?«

»Morgen, zur gleichen Zeit.«

»Ja, Großvater.«

»Thomas?«

»Ja?«

Stille, fernes Rauschen, dann die kratzige Stimme: »Morgen, gleiche Zeit, gleicher Kanals.«

Aus dem Partyzelt kam ein Mann heraus, blieb stehen und blickte suchend zu den Fenstern des oberen Stockwerks herauf. Nach einer Weile wandte er sich ab und schritt mit hängenden Schultern davon. Es war Warren.

XIV

An den Weg zum Haus der Bektaschi-Mönche konnte Said sich später noch gut erinnern, an das Haus selbst kaum noch. Altersgraue Mauern hinter wehenden Regenschleiern, mehr sah er nicht. Es konnte indes keineswegs nur daran liegen, daß die Sicht so schlecht und seine Kleidung völlig durchnäßt war. Eher lag es daran, daß sie vor unendlich langer Zeit die Welt der Lebenden verlassen hatten und sich seither in einem Bezirk bewegten, dessen andere Grenze der Tod sein mußte.

Triefende, vom Wind gezauste Zypressen verdeckten den grauen Himmel. Links und rechts des verschlungenen Pfades, über den Schemsi ihn führte, fügten sich schmale Grabsteine, einige von steineren Turbanen, andere von Palmetten oder Fesen gekrönt, kaum einer noch völlig gerade stehend, viele schon umgestürzt zu einer unübersehbar großen, auf riesenhaftem Schlachtfeld angetretenen Armee. Hätten die eingemeißelten Namen nicht Menschen gehört, deren Knochen schon längst zu Staub geworden waren, wäre es das größte je um einen Feldherrn versammelte Heer gewesen. Seine toten Angehörigen bezeugten auch keineswegs nur eine Vergangenheit, die in die Gegenwart hereinragte, wie steinige Landzungen in ein atmendes Meer, sie schienen sich sogar noch gegen Eindringlinge zu wehren. Auf brüchigen Wegen waren Fallen ausgelegt, in die man unvermutet hineinstolperte:

Löcher, Wasserpfützen, kleine Moraste. Wer nicht jedes Stück Weges mit dem Fuß ertastete, bevor er ihn aufsetzte, konnte stürzen, sich die Beine brechen oder das Gesicht zerschlagen. Dazu verwehrte das riesige Totenheer jedem Lebenden jedwede Orientierung. Binnen kürzester First wußte keiner mehr, wo er sich befand, in welche Richtung er ging, ob er sich hangaufwärts oder talab bewegte. Er wußte auch nicht, ob es ihm je gelingen würde, das Gelände wieder zu verlassen, oder ob er vielleicht für immer in diesem Labyrinth aus Grabsteinen, Zypressen, Gesträuch und fast mannshohen Grasbüscheln herumirren mußte, um schließlich selbst zu bezweifeln, daß er noch lebte. Und hatten einem nicht eben unsichtbare Flügel über die Stirn gestreift? Auf allen Bäumen mußten Eulen sitzen. Ihre Rufe erfüllten die Dunkelheit. Sie selbst blieben verborgen.

Ohne Schemsi an seiner Seite hätte Said möglicherweise den Verstand verloren. Der Bektaschi bewegte sich in dem unübersichtlichen Gelände, als kenne er jeden Handbreit Boden. Ak Schems ed-Din gehörte zu diesem Zwischenreich, wie die Toten selbst. Vielleicht war er sogar sein eigentlicher Herr.

Ihr Ziel tauchte dann so unvermittelt vor ihnen auf, daß Said ein weiteres Mal zusammenschrak und deshalb kaum mehr wahrnahm als eben die feuchten Mauern und eine schmale Holztür zwischen mächtigen Steinquadern. Das Haus mußte am östlichen Rand des größten muslimischen Friedhofes der Welt gelegen sein, hoch über den Häusern von Üsküdar, auf bereits asiatischem Boden.

Bevor die Tür sich hinter ihnen schloß, erklang in weiter Ferne eine rasche Folge von Tönen, die an das verzweifelte Aufheulen gepeinigter Seelen gemahnte. Irgendwo auf dem windgepeitschten Marmara-Meer schien ein Schiff in Schwierigkeiten geraten zu sein. Es war das letzte Zeichen dafür, daß jenseits der Grenze, die Said gemeinsam mit Schemsi überschritten hatte, noch eine andere Welt als die der Toten existierte. Doch daran vermochte er bereits nicht mehr zu glauben.

Die andere Welt, die Said mit dem Überschreiten einer fußhohen Steinschwelle betreten hatte, mutete ungemein friedvoll an: mildes Licht auf schmucklosen weißen Wänden; zwölf Säulen, die ein von Schatten erfülltes Kuppeldach trugen; zwölf Fenster, deren mit Blei verfugte Scheiben graue Dunkelheit aussperrten. Vier Männer in ähnlichen Kaftanen wie jenem Schemsis und zwei unverschleierte Frauen saßen im Kreis um einen niedrigen Tisch mit Kupferplatte. Auf dem Tisch standen Schalen voll Brotstücken und Käsewürfeln sowie eine geschliffene Glaskaraffe mit rotem Wein. Als Said den Raum betrat, hoben sich ihm die sechs Gesichter entgegen. Keines von ihnen zeigte mehr als den Ausdruck gelassener Aufmerksamkeit; alle schienen zu wissen, wer Schemsis jugendlicher Begleiter war. Minutenlang sprach niemand ein Wort, bis dann die jüngere der beiden Frauen sagte: »Er muß ja naß sein bis auf die Haut.«

Mit einer anmutigen Bewegung stand sie vom Boden auf, ergriff seine Hand und zog ihn in einen engen, etwas muffig riechenden Nebenraum, wo Stapel von Handtüchern an den Wänden lagen. »Reib dich trocken«, sagte die Frau, »dann zieh das hier an.« Sie wies auf ein zusammengefaltetes, neben den Tüchern liegendes Gewand und ging wieder hinaus.

Als Said wenig später die enge Kammer verließ, trug er nicht mehr seinen europäisch geschnittenen Anzug aus der Werkstatt von Baba Hamids ehemaligem Hofschneider, der sich selbständig gemacht hatte, sondern einen langen bis zum Boden reichenden Rock mit roter Schärpe, ein kragenloses, weißes Hemd und eine bis zu den Hüften reichende Jacke ohne Knöpfe – womit er genauso gekleidet war wie drei der vier unter dem Kuppeldach sitzenden Männer. Und schon das allein hatte ihn zu einem anderen Menschen gemacht. Beim neuerlichen Betreten des größeren Raums überkam ihn sogar das Gefühl, er sei hier von jeher zu Hause gewesen. Die Gesichter der nunmehr sieben Menschen, von denen er erwartet worden war, schienen dies zu bestätigen. In jenem Schemsis spiegelte sich etwas wie grimmiger Stolz.

»Ja«, sagte die von Ätherwellen zu der Beiruter Funkstation getragene, ferne Stimme, »in diesem Moment kam ich mir wirklich vor wie der nach Hause zurückgekehrte verlorene Sohn. Und wenn ich daran zurückdenke, ist es noch immer so.«

»Du warst also«, fragte Talmarani vorsichtig zurück, »ein Bektaschi geworden?«

Said schien die Frage zu belustigen. »Ich denke, du weißt alles über uns. Könnte es wirklich so einfach gewesen sein?«

»Über eure Initiationsriten ist nur wenig bekannt, Großvater. Sehr kompliziert sollen sie allerdings nicht sein.«

»Sind sie auch nicht, Thomas. Ein Muslim wird leichter zum Bektaschi als ein Heide zum Christen. Du mußt dir von deinen Mitbrüdern ins Herz blicken lassen, das ist alles, was sie verlangen.«

»Und das Herz, wie hat es zu sein?«

»Weder rein noch edel.« Vom anderen Ufer des Meeres aus wispernden Funkwellen wehte ein belustigtes Glucksen herüber. »Mich haben sie ja auch aufgenommen. Damals, in dieser fürchterlichen Regennacht, zwei Tage nach Baba Hamids Tod.«

In Talmarani erwachte der Forscher. »Auf welche Weise ist das geschehen?«

Die Stimme, die am Anfang des Gesprächs noch so geklungen hatte, als sei sie lange nicht benutzt worden, und sich dann allmählich kräftigte, wurde auf einmal wieder brüchig. »Du fragst genau wie sie.«

Der neu eingekleidete Said hatte ein peinlich genaues Verhör über sich ergehen lassen müssen. Jener vierte Mann, der wie Schemsi eine Bernsteinkette um den Hals trug und die untere Hälfte seines Gesichtes hinter einem Schnurrbart versteckte, begann ihm Fragen zu stellen, die alle deutlich machten, daß er sich in Saids bisherigem Leben ziemlich gut auskannte. Er wußte Bescheid über seinen Eintritt ins Leben, seine Jugend im Harem, seine Arbeit als Geheimsekretär Abdul Hamids, seine ersten Geschäfte mit den verschiedenen osmanischen Ministerien und seine späteren, die er bereits im Auftrag der »Deutsch-Ottomanischen Handelsgesellschaft«

tätigte. Vor allem aber wußte dieser Mann erstaunlich genau, worum es bei diesen letzteren Unternehmungen gegangen war: die Überführung von staatlichem Besitz in das Eigentum der kaiserlichen Privatschatulle. Diese gab es mittlerweile nicht mehr. Wem also gehörten sie jetzt, die Anteile an Ölfeldern in Mesopotamien, in einigen Kaukasusregionen oder auf der arabischen Halbinsel? Gehörten sie der »Deutsch-Ottomanischen«? Wenn ja, wem gehörte eigentlich die »Deutsch-Ottomanische«?

Der all diese Fragen stellende Mann hob nie die Stimme. Er sprach leise und monoton, die Augen mit den buschigen Brauen darüber unbewegt auf Said gerichtet, beide Hände in den weiten Ärmeln seines Kaftans verborgen und kaum je die Stellung verändernd. Ein menschlicher Automat schien von sich zu geben, was zuvor in ihn eingespeichert worden war. Dennoch folgte eine Frage mit präziser Folgerichtigkeit der vorhergegangenen. Said bekam keine Möglichkeit, ungenau zu werden, auszuweichen, die Dinge zu verschleiern. Er mußte preisgeben, wie er vorgegangen war, erst in Zusammenarbeit mit Hans Jakob Staudacher, später als der alleinverantwortliche Leiter der »Deutsch-Ottomanischen«. Schon kurz nach Beginn des Verhörs schien der Bärtige erspürt zu haben, wie Saids Gehirn arbeitete. Er hatte sich in seinem Kopf eingenistet und dachte mit ihm, als wäre es der eigene. Zuweilen drängte sich Said auch der Eindruck auf, sie spielten ein ihnen beiden bekanntes Musikstück. Der Examinator gab den Takt vor, er hatte darauf einzugehen. Und je länger sie so miteinander sprachen, desto flüssiger folgte Antwort auf Frage, nächste Frage auf nächste Antwort. Das eine ergab sich mit zwingender Notwendigkeit aus dem anderen. Indes, es kostete Kraft, dieses Verhör durchzuhalten – nicht nur ihn, sondern, wie Said sehr bald erkannte, auch den anderen.

Immer mehr schien der Verhörende in etwas wie Trance zu versinken. Es erweckte den Eindruck, als spräche nicht er selbst, sondern eine Stimme aus seinem Inneren. Ihr mußte er zuhören, um den Faden nicht zu verlieren, mußte in Worte fassen, was sie ihm zuflüsterte, und gleichzeitig den für ihn schwer verständlichen Sinn zu erfassen suchen.

Wie mühsam das war, wurde offenbar, als Said sich gezwungen sah, Zahlen zu nennen, ausgegebene Summen, eingenommene Summen, investierte Beträge. Der ihm gegenübesitzende Mann begriff wohl, worum es bei diesen Transaktionen ging: man kassierte, man zahlte, machte Gewinn, machte Verlust, kaufte oder stieß ab. Die Summen selbst sagten ihm jedoch so gut wie gar nichts. Ob Said von Hunderttausenden sprach, von Zehntausenden, von englischen Pfunden oder ägyptischen Piastern, die Reaktion blieb gleich. Seine Angaben wurden zur Kenntnis genommen, dem bereits Erfahrenen hinzugefügt, dann abgehakt. Die Geldmengen selbst hatten keinerlei Bedeutung. Wichtig war nur, eine angeschlagene Melodie nicht abreißen zu lassen und so herauszufinden, wie die Räder in Saids Kopf sich drehten. Darauf blieb der bärtige Examinator derart konzentriert, daß alles übrige von ihm abperlte.

Für Said hieß das: vom Umfang der Geschäfte, über die sie redeten, konnte sich sein Gesprächspartner nicht die geringste Vorstellung machen. Und je mehr ihm dies zu Bewußtsein kam, desto weniger erlag er der Versuchung, sich plastisch auszudrücken, etwa zu sagen, daß man ihn zu den drei reichsten Männern Istanbuls zählte (wie Konstantinopel seit kurzem genannt wurde).

So kam es denn auch, daß am Ende des Gesprächs der bärtige Verhörer völlig erschöpft war, wohingegen Said selbst seine anfängliche Benommenheit fast völlig wieder abgestreift hatte.

»Du hast«, sagte Talmarani, »mit der eigentlichen Wahrheit also hinterm Berg gehalten. Du bist dem Mann gegenüber nicht ganz ehrlich gewesen.«

»Wenn ich klug oder stark genug gewesen wäre«, erwiderte ungerührt sein Großvater, »hätte ich ihnen noch viel mehr vorenthalten. Später habe ich sogar bereut, daß es mir damals nicht gelungen ist. Die Welt, in der sie lebten, und meine Welt hatten nicht das geringste miteinander zu tun.

Das begann ich damals zwar schon zu begreifen. Daß es aber gefährlich sein könnte, die eine Welt mit der anderen in Kontakt zu bringen, habe ich nicht einmal geahnt. Und als ich es endlich erkannte, war bereits nichts mehr zu machen.«

»Du meinst Geld und Glauben?«

»Ich meine zwei verschiedene Arten, mit der Wirklichkeit umzugehen. Jede für sich, beide nebeneinander, das mag sinnvoll sein, zumindest für diejenigen, die so oder so denken. Aber vermische die beiden Elemente, und du hast das explosivste Gemisch, das überhaupt vorstellbar ist.

Talmarani lauschte diesen Worten eine Weile nach, beschloß dann aber auf ein anderes Thema zurückzukommen. »Großvater?«

»Ja, Thomas?«

»Wie ging es weiter? Damals in dieser Regennacht?«

»Wir aßen Brot und Käse, wir tranken Wein. Der Baba – du weißt, was das ist?«

»Eine Art Abt.«

»Der Mann mit dem Bart war ein Baba. Er vergab mir für alle meine unrechten Taten – ohne sie näher zu bezeichnen – und erlaubte mir, den Aufnahmeeid zu leisten – ohne zu fragen, ob ich das überhaupt tun wollte.«

»Du hast ihn aber geleistet und bist so ein Bektaschi geworden?«

»Eine Art Laienbruder.«

»Ein Muhibb?«

Wieder das belustigte Glucksen. »Du hast gut aufgepaßt in deiner Schule.«

»Großvater?«

»Ja?«

»Wird es nicht zu anstrengend für dich?«

»Doch. Ein bißchen. Ich bin nicht mehr der Jüngste, wie du weißt.«

»Habe ich überhaupt schon gefragt, wie es dir geht?«

»Hast du nicht. Aber danke. Ich kenne Achtzigjährige, denen es schlechtergeht.«

»Wir müssen den Kanal verlassen«, sagte die andere, die kratzige Stimme. Gleich darauf rauschten im Kopfhörer nur noch Funkwellen, die keine Botschaft mehr transportierten.

Als Said der Bektaschiyya beitrat, hatte sie den Höhepunkt ihrer Geschichte längst überschritten, sich zugleich aber derart verändert, daß ein Mönch aus der Mitte des letzten Jahrhunderts mit seinen jüngeren Mitbrüdern kaum noch zurechtgekommen wäre – verständlicherweise. Aus reichen Grundbesitzern, mächtigen Klosterherren, den geistlichen Einpeitschern des Janitscharenkorps, Würdenträgern, die bei Hofe ein- und ausgingen wie regierende Fürsten, waren derart verachtete Außenseiter der Gesellschaft geworden, daß sie in der Öffentlichkeit nicht einmal mehr ihre traditionelle Tracht zu tragen wagten, weder die vierfältige Mütze, die ihre Grundprinzipien symbolisierte, noch jene andere, die an alle rechtmäßigen Statthalter des Propheten seit Ali, seinem ermordeten Schwiegersohn, erinnerte. Der letzte dieser zwölf Imame mußte ja erst erscheinen, um den Islam vollenden zu können. Seit der Auflösung des Janitscharenkorps im Jahr 1826, vor allem jedoch seit der Aufhebung des Kalifats durch Atatürk besaßen die Bektaschi-Brüder nur noch ihren schiitischen Glauben, ihre geheimen Lehren und ihre Riten, von denen einige an jene der in den Katakomben lebenden frühen Christen erinnerten – die Initiation bei einem einfachen Mahl aus Brot, Käse und Wein zum Beispiel.

Indes, sagte Kütschük Said, habe er sehr bald erfahren, daß dieses Erscheinungsbild trog. Von der Bektaschiyya mochte kein Glanz mehr ausgehen, der Zusammenhalt der Brüder untereinander, sowohl derjenigen, die in klosterähnlichen Gemeinschaften lebten, wie auch der nicht voll eingeweihten Muhibb oder der bloßen Anhänger des Ordens, war stärker denn je. Außerdem fanden sich immer mehr Frauen von ihm angezogen. Die einst starke und vielköpfige Organisation begann sich damals in den Untergrund zurückzuziehen, dort aber neu zu formieren; es bekam ihr erstaunlich gut. Glaubensschwache und Halbentschlossene, die nur an einem beschaulichen Leben in wohlversorgten Klöstern interessiert waren, wandten sich von der Bruderschaft ab. Zurück blieb ein Kern entschlossener, opferbereiter Männer (und Frauen).

Nicht zuletzt hatte gerade auch die Zerschlagung des osmanischen Reiches dem Orden mehr genützt als geschadet. Früher nur in diesem einen Imperium präsent und ihm verpflichtet, gab es Bektaschi-Brüder nunmehr in allen seinen Nachfolgestaaten, von Jugoslawien bis Saudi-Arabien, von Bulgarien bis Ägypten. Der Orden war keine nationale Institution mehr, er wurde international. Das ging einher mit dem Verlust vieler Vorurteile, vieler engstirnigen Betrachtungsweisen und viel Selbstgerechtigkeit. Die Angehörigen der Bektashiyya lernten es, Kontakte mit anderen unterdrückten Gruppen aufzunehmen, sich mit ihnen zu verbünden, von ihren Erfahrungen zu profitieren oder sich mit ihnen auseinanderzusetzen.

Dabei entdeckten sie so etwas wie eine weitverzweigte Höhlenwelt, deren Gänge nahezu den gesamten Nahen Osten durchzogen. Sie begannen mit Alawiten zusammenzuarbeiten, die, wie sie, an die zwölf Imame glaubten, aber auch mit den Anhängern der Siebener-Schia, zu denen die Assassinen gehörten. Sie wurden stärker und freier zugleich. Vor allem gewöhnten sie sich an das Leben in diesem riesenhaften Katakombenreich.

Besonders rasch fand Said sich darin zurecht – dank seinem ausgeprägten Geschäftssinn und jenen acht eisenbeschlagenen Truhen, die Schemsi ihm nach seiner Aufnahme in den Orden ausgehändigt hatte; sie enthielten Abdul Hamids Tschurnals sowie vier Handsiegel des verstorbenen Sultans.

»Stell dir vor«, sagte er, »du weißt so gut wie alles über die ehemaligen Granden des osmanischen Reiches, von denen einige nun Staatsoberhäupter sind, Emire, Minister, Inhaber zusammengeraffter Vermögen, Bankbesitzer oder Ölmagnaten. Und stell dir weiter vor, du kannst alles, was du noch nicht weißt, binnen kurzer Zeit erfahren, denn überall hast du deine Augen und Ohren. Aber vor allem kannst du – ein lokaler Aufstand dort, religiös motivierte Unruhen hier – in ihren Ländern die Stimmung beeinflussen oder einzelne Herren unter Druck setzen. Und im entscheidenden Moment bist du dann schneller als jeder deiner Konkurrenten. Du machst das Geschäft, während sie noch Geschäftsstrategien diskutieren. Das wiederum spricht sich herum, du giltst als unschlagbar, bist der Mann, dem alles gelingt, und hast somit überall Kredit.«

»Außerdem«, entfuhr es Talmarani, »überzeugt das Siegel eines Sultans viele Gutgläubige immer noch mehr als ein gewöhnlicher Firmenstempel plus Unterschrift.« Der Satz war kaum heraus, da bereute er ihn schon.

Said indes schien sich überhaupt nicht gekränkt zu fühlen.

»Schemsi«, sagte er, »hielt dieses Verfahren für legitim. Die Welt galt ihm als unvollkommen, seit es keinen Sultan-Kalifen mehr gab. Also hatte jeder wahre Gläubige das Recht, in seinem Namen zu bezeugen, daß der Kalifenthron zwar verwaist war, aber um des Glaubens willen wieder besetzt werden mußte – zumal, wenn Gott einen dieser Gläubigen mit den nötigen Mitteln dazu ausgestattet hatte: mich zum Beispiel.«

»Kütschük Said, der Nachfolger Abdul Hamids.«

»Sein Sohn«, kam es zurück. »Viele hielten mich dafür.«

Der einsam in dem nach Schmieröl riechenden Militärzelt sitzende Talmarani fuhr zurück, als habe ihn der Schlag getroffen. »Der Sohn ...«

»Aber ja. Es war eine weitverbreitete Legende.«

»Und du selbst? Ich meine ...«

»Habe ich diesen Gerüchten widersprochen?«

»Ja.«

»Es wäre geradezu bodenlos dumm gewesen.«

»Aber ...«

»Hat mich das nicht zum Betrüger gemacht?«

»Ja.«

»Weder in Schemsis Augen noch meinen eigenen. Wir waren alle der sicheren Überzeugung, daß die damals herrschenden Zustände keinen langen Bestand haben könnten, besonders nicht die in der Sowjetunion. Und wir hatten die Absicht, alle im Namen Abdul Hamids abgeschlossenen Verträge zu honorieren, sobald es wieder einen Kalifen geben würde.«

»Daran hast du wirklich geglaubt?«

»Daran hat vor allem Schemsi geglaubt. Und …«

»Ja?«

»Bekam er denn nicht recht? Wenigstens teilweise?«

Auch diese beiden Sätze mußte Talmarani erst einmal verdauen. Bevor er etwas dazu bemerken konnte, sprach jedoch schon wieder sein Großvater. »Nicht nur Schemsi hat daran geglaubt, sondern auch Leute, die sich für seriöse Geschäftsleute hielten oder politische Ziele verfolgten. Von den Verträgen, die wir abgeschlossen hatten, mit Irakis, mit Kuweitis, vor allem aber mit Leuten aus dem Kaukasus oder Mittelasien, erwiesen sich viele als recht wertvoll. Sie wurden regelrecht gehandelt und brachten uns schöne Gewinne ein.«

»Luftgeschäfte!«

»Spekulationen«, korrigierte Talmaranis Großvater, »etwas langfristige vielleicht, etwas gewagte, aber sie wurden betrieben. Ich könnte dir eine Reihe höchst einflußreicher…, sagen wir, Institutionen nennen, die den Ankauf und Verkauf dieser Papiere für sinnvoll hielten. Welche Ziele diese … nun ja, Institutionen verfolgten, vor allem in der Zeit nach dem Zweiten Weltkrieg, das habe ich mich allerdings nicht gefragt – vorsichtshalber. Deinen Vater hingegen hat es sehr interessiert.«

»Mein Vater«, murmelte Talmarani. Er hatte plötzlich das Gefühl, auf einem Karussell zu sitzen, das sich viel zu schnell drehte. Dazu kam noch die stickige Hitze in dem engen Zelt. Über seinen Nacken flossen bereits Ströme von Schweiß.

»Thomas?«

»Ja, Großvater?«

»Bist du noch da?«

»Ja.«

»Es wird ein bißchen viel für dich. Oder? Sollen wir morgen weiterreden?«

»Nein«, sagte Talmarani hastig, »nein, nein.«

»Was dann?« Saids Stimme klang kräftiger denn je, seit dem Beginn ihrer nächtlichen Unterhaltungen. Am anderen Ufer des unsichtbaren Meeres schien ein höchst vitaler, energischer Mann zu sitzen.

»Du hast... Großmutter noch nicht erwähnt.«

Diesmal ließ Saids Entgegnung lange auf sich warten. Als sie endlich kam, klang die ferne Stimme so, als sei ihr Inhaber von einer Minute auf die andere wieder zum hundertfünfjährigen Greis geworden. »Nach ihrer Beerdigung«, sagte sie, »habe ich Schemsi gefragt, was sie denn antworten werde, wenn der Todesengel ihr die vier Fragen stellt, die jeder Verstorbene beantworten muß. Du weißt, wovon ich spreche?«

Talmarani schauderte. Er wußte es natürlich. Bevor er ja sagen konnte, sprach sein Großvater jedoch abermals weiter. »Was wird sie antworten, wenn der Engel fragt: ›Wer ist dein Gott?‹«

»›Wer ist dein Prophet‹?«, fuhr Talmarani fort. »›Was ist deine Religion?‹«

»›Wohin wendest du dich beim Gebet‹?«

Beide wußten sie, was es mit diesem Verhör auf sich hatte. Wenn die verstorbene, auf einem christlichen Friedhof beerdigte Dorothea auch nur eine einzige falsche Antwort gab, würden zwei andere Engel mit eisernen Keulen auf sie einzuschlagen beginnen. Und diese Tortur würde fortdauern, bis für alle wahren Gläubiger die Auferstehung kam, während ihre Seele dann endgültig der ewigen Verdammnis anheimfiel.

Die unsichtbaren Wellen trugen ein langes Schweigen heran.

»Was«, wagte Talmarani endlich zu fragen, »hat Schemsi geantwortet?«

»Er blickte mich mit großen Augen an und sagte: ›Aber der Engel kennt Dorothea doch.‹«

Es war damals eine Zeit, in der alle Frauen Bubiköpfe trugen und mehr Bein zeigten, als die konservativen Kritiker für angemessen hielten. Dorothea hatte außerdem ein Faible für breitkrempige, mit Schleierschals umwundene Hüte, was auch den Männern ihrer Freundinnen hohe Putzmacherinnenrechnungen eintrug, denn alle suchten sie zu imitieren. Wenn Dorotheas Damenzirkel auf dem Hinterdeck der »Khurrem« zusammensaß, jede der Frauen in einen gepolsterten Liegestuhl gegossen, die rechte Hand am Stiel des Cocktailglases, die linke, auf der Hut vor unerwarteten Böen, fast ständig an der Krempe der duftigen Gebilde aus Stroh, Bast oder versteifter Seide, hätte niemand, der sie sah, geglaubt, daß hier keineswegs geklatscht, sondern mit überraschendem Tiefsinn diskutiert wurde. Noch weniger wäre ein fremder Beobachter auf die Idee gekommen, die versammelten Gesellschaftsdamen könnten der offiziell verbotenen Bektaschi-Bruderschaft nahestehen. Eben das war jedoch der Fall; es hatte ebenfalls mit Dorothea zu tun. Sie war längst eine heimliche Jüngerin Schemsis, nahm an vielen Versammlungen in dem Haus am Rande des Riesenfriedhofs von Üsküdar teil, kannte auch den Cemev, das Gemeindezentrum der Alawiten, von innen und wußte mehr über deren Lehren wie auch die des Ordens als manches hochrangige Mitglied der einen oder anderen Vereinigung. Nahezu alle Schriften der Mystiker hatte sie gelesen, sprach Arabisch sowie etwas Persisch und bewies im Gespräch einen ausgeprägten Sinn für wohlplazierte Zitate. Ihre Freundinnen, deren viele es einfach schick fanden, sich insgeheim auf gefährlichem Gelände zu bewegen, bewunderten sie auch dafür. Und wo immer die Frauen zusammentrafen, im Yali Hans Jakob Staudachers, unter den Art Deco-Lampen des Istanbuler »Park Hotel« oder auf der »Khurrem«, stets war Dorothea der Mittelpunkt eines Blumenbeets aus Taft und Organdy.

Anfänglich hatte Said das Treiben von Dorotheas Kränzchen noch als etwas frivol empfunden. Später fühlte er sich jedoch an seine Zeit im Harem erinnert, wenn er mit den

Frauen zusammen war. Im übrigen wäre er schon deshalb nicht auf den Gedanken gekommen, Dorothea zu kritisieren, weil sie ihm an Wissen und Bildung weit überlegen war und er dies respektierte. Kam außerdem hinzu, daß etwas von der Aura, die Schemsi ausstrahlte, auch Dorothea zu umgeben schien. Und der Bektaschi gehörte nun einmal zu den Fixpunkten seines Lebens.

In der Zeit nun, von der er sprach – an ein genaues Jahr konnte er sich nicht mehr erinnern, es war jedoch vor dem zweiten großen Krieg gewesen –, begriff Said auch, wodurch sein Sohn sich von ihm selbst unterschied.

Eduard Lionel, gerade aus Berlin zurückgekehrt, wo er sein in England begonnenes Studium abgeschlossen hatte, erinnerte ihn mehr und mehr an Hans Jakob Staudacher: die gleiche hohe Statur, die gleichen kornfarbenen Haare. Aber vor allem die Augen! Saids eigene waren dunkel mit einem grünlichen Schimmer, die Dorotheas braun, jene Eduard Lionels zeigten hingegen ein fast mineralisches Blau. Und an einem der Tage, an dem die Frauen auf der »Khurrem« zusammensaßen, Eduard Lionel unter ihnen, gestand Said sich ein, daß ihm diese Augen schon immer Unbehagen bereitet hatten. War der Mensch nicht aus Lehm geschaffen? War Lehm nicht ein ockerfarbenes Material, warm wie die Erde, weich wie der Grund, aus dem das Leben wuchs? Warum, wenn er sich hauptsächlich dieses Stoffes bedient hatte, sollte Gott einige seiner Geschöpfe auch noch mit blitzenden, harten Steinen ausgestattet haben? Falls es denn Gott gewesen sein sollte, der dafür verantwortlich war. Aber wer sonst? Said erschrak, sooft ihn dieser Gedanke anfiel. Liebte er seinen Sohn denn nicht? O ja, er liebte ihn. Aber den Gedanken wurde er dennoch nie wieder los.

Said wußte auch noch, worüber die Damen und Lionel an jenem sonnenhellen, leicht windigen Tag gesprochen hatten, als die »Khurrem« von einem Ausflug nach Rumeli Fener am nördlichen Ende Bosporus zurückkehrte, um die Gäste in Bebek auszuschiffen, wo man das Abendessen einnehmen wollte.

Sie sprachen über das, was Said Schemsis Zwei-Welten-Theorie nannte. Eine Welt, so besagte sie, müsse es geben, in der die Menschen so leben könnten, wie es Gott vorgesehen hatte: in dem Bewußtsein nämlich, daß ihnen auf Erden nur eine kurze Spanne Zeit vergönnt war, daß ihre flüchtige Existenz keinerlei unsinnige Anstrengungen rechtfertigte, daß es nicht lohne, sich das Leben mit großer Mühe angenehm zu machen, weil man dann eines unausweichlichen Tages um so schwerer von ihm scheiden würde, daß es hingegen nicht nur weise, sondern auch lebensklug sei, sich jene Annehmlichkeiten zu verschaffen, die ohne große Mühe erlangbar seien. Damit meinte Schemsi ein beschauliches Dasein, dessen wichtigster Luxus darin bestehe, daß man sich mit seiner eigenen Nichtigkeit anfreunde und den süßesten Trost, den es überhaupt gebe, aus der beständigen Anschauung Gottes gewinne. Diese Welt, so Schemsi weiter, habe über Jahrhunderte hin bestanden, nicht in der wünschenswerten Vollkommenheit, aber angenehm dank der Ruhe, die sie gewährte, der Freiheit von allzu großer Anstrengung und dem Verzicht auf die Pflicht, um jeden Preis tüchtig sein zu müssen. Natürlich sprach Schemsi vom untergegangenen osmanischen Reich, wenn er diese Gedanken ausbreitete. Und Said, sooft er ihm zuhörte, dachte zuweilen, der Bektaschi verherrliche nichts weiter als die menschliche Trägheit, verspürte aber trotzdem eine fast zehrende Sehnsucht nach diesem staubigen Paradies. Vor sich selbst konnte er einfach nicht leugnen, daß sein väterlicher Freund die Wahrheit verkündete: So war dem Menschen zu leben bestimmt, so sollte er sich demnach auf Erden verhalten. Die Güter, die er selbst zusammengerafft hatte, Villen, Autos, seine Yacht – wozu brauchte man sie wirklich? Abgesehen davon traf es tatsächlich zu, daß die Sultane vielen Völkern ein Leben, wie Schemsi es pries, für lange Zeit ermöglicht hatten.

Eduard Lionel schien dem Bektaschi ebenfalls zuzustimmen. Das war schon deshalb so, weil seine Mutter ihm eine andere Haltung nie verziehen hätte und weil Eduard Lionel Dorothea weit mehr liebte als Said – was man ihm, fand Said, keineswegs übelnehmen konnte. Indes, und das schien Dorothea zu entgehen, dachte er Schemsis Überlegungen auf andere Art zu Ende, als dieser selbst es getan hätte. Ja, mehr noch, Lionel gelang es, den Bektaschi davon zu überzeugen, daß sein einfaches Weltbild ein Modell war, an dem die ganze Welt sich messen lassen mußte.

Dieses von einem schleppend langsamen Takt bestimmte Dasein, sagte Lionel, entspreche in der Tat dem Willen des Schöpfers. Woraus sich ergebe, daß alle, die andere Ziele anstrebten, dem Schöpfungsplan zuwider handelten und, so die nächste Folgerung, am Ende scheitern mußten. Sie waren von vorneherein die Schwächeren. Ihr unablässiges Streben nach Wohlstand, Besitz, der Befriedigung aller animalischen Bedürfnisse mußte sie früher oder später in die Katastrophe treiben. Kriege, von völlig anderer Art, als die Eroberungszüge der Sultane sie ausgelöst hatten, waren unvermeidlich. Man kämpfte dann nicht mehr, um den anderen zu verdrängen, man wollte ihn auffressen. Man mußte ihn auffressen. Man brauchte sein Fleisch und Blut. Womit sonst sollte der nagende Hunger gestillt werden, den das Unbehagen an der gottgewollten Welt hervorgerufen hatte? Wenn es aber keine Kriege gab, dann würden Menschen über Menschen ihres eigenen Volkes herfallen, würden sie bekämpfen, mißbrauchen, betrügen, zur Ware machen und kaufen oder verkaufen. Auch mit ihren Bedürfnissen würden sie handeln, ihren Wünschen, Träumen, Hoffnungen, Ängsten. Alles hatte dann seinen Preis, selbst die geheimsten Gedanken im Kopf eines Mannes oder einer Frau.

Said hörte, wie sein Sohn diese Thesen mit gleichmäßig ruhiger Stimme vortrug, hatte selbst keine Argumente, ihn zu widerlegen, fand alle Überlegungen Eduard Lionels vielmehr folgerichtig und überzeugend, was jedoch keineswegs hieß, daß er auch Gefallen an ihnen gefunden hätte.

Anders hingegen Schemsi. Anders Dorothea. Beide lauschten den Ausführungen des jungen Mannes – meist schienen sie etwas umständlich zu sein, um am Ende aber immer stimmig zu werden – mit kaum verhohlener Faszination. Knüpfte er nicht an bei dem, was schon die Mystiker und die Dichter mit ihren Worten gesagt hatten?

»Wenn Leben wollte, daß alles Leben ewig dauert, wären Tapfere die größten Narren. Da aber jedes Leben endlich ist, warum zu Lebzeiten ein Held sein wollen?« Al-Mutanabbi. »Da du zurecht ein Erdklotz bist, bleibt Fliegen dir verweht. Du steigst erst in die Luft, wenn du zu Staub zerfallen bist.« Dschellal ed-Din Rumi.

Dorothea war stolz auf ihren Sohn, Schemsi nahm ihn quasi an Sohnes Statt an, was Said zu seines Sohnes Bruder machte, dem jüngeren sogar, dem weniger beachteten. Wie Lionel wirklich dachte, dürfte Said dann allerdings weit früher erfaßt haben als der Bektaschi.

Man könnte, sagte er, verhindern, daß den im Schatten Gottes lebenden, sich täglich ihrer Vergänglichkeit erinnernden Menschen das Schicksal erspart bleibe, von einer nach Leben, nichts als Leben gierenden, gewaltbereiten Minderheit überrollt und zu ihresgleichen gemacht zu werden. Dazu mußte man die Anderen nur von ihrer derzeit wichtigsten Energiequelle abschneiden. Denn woher rührte deren Gewißheit, die Welt nach eigenen Vorstellungen gestalten zu können? Daher rührte sie, daß ihresgleichen bisher so erfolgreich gewesen waren. Und sie glaubten auch noch, dies dem eigenen Genie zu verdanken. Aber schon damit betrogen sie sich selbst, denn sie hatten lediglich gelernt, die Erde auszubeuten und ihre Schätze zu plündern: Erze, andere Mineralien, Kohle, zuletzt Öl. Diese Praxis reduziere sie in Wahrheit auf den Status von Ameisen. Wie diese lebten sie davon, das Holz vermorschter Bäume oder Aas für sich zu nutzen. Die Kohlelager dieser Welt waren nichts weiter als versteinerte Wälder, die Öllager Überreste ehemaliger anderer Lebewesen. Entzog man ihnen also diese notwendigen Ressourcen, brach die schillernde Blase, unter der sie lebten, in sich zusammen, und sie mußten erkennen, daß es illusorisch war, die gottgeschaffene Welt umbauen, und ein Opiumtraum, das menschliche Schicksal abändern zu können. Solcherart aber zwang man sie auch, die Wahrheit zu erkennen und sich mit ihr anzufreunden. Man öffnete ihnen sogar die Tür zum wahren Leben und tat ihnen damit etwas Gutes an.

Eine milde Brise spielte mit den Hüten der Damen, als Lionel dies vortrug. An Steuerbord glitten die gigantischen Rundtürme der Sultansfestung Rumeli Hissari vorbei. Lionels ruhige Stimme, seine gemessene Art zu sprechen schien alle zu hypnotisieren, nicht nur Dorothea, auch Schemsi, der kurz zuvor aus seiner Kabine gekommen war. Said indessen blickte in die blauen Augen seines Sohnes, sah Hans Jakob Staudacher auf den schimmernden Teppichen des »Pera Palace« stehen, die Pistole aus der Innentasche seines Gehrocks ziehen und sie dem eingedrungenen Bimbaschi vors Gesicht halten. Und er fragte sich, was geht wirklich hinter diesen Augen vor?

Noch im gleichen Jahr, vielleicht auch ein paar Monate später, kam Lionel mit Schemsi in sein Beiruter Büro und bat ihn, einen Scheck über mehrere zehntausend Pfund zu indossieren. Als Said fragte, wofür das Geld gedacht sei, sagte der Bektaschi: »Waffen«. Von da an geschah es immer häufiger, daß ihm größere Summen abgefordert wurden, und meist erfuhr er nicht einmal, was damit bezahlt werden sollte. Schemsi betrachtete die damalige »Ottoman Trading« als Besitz seiner Bruderschaft und deren Mitglieder als die Erben Abdul Hamids.

Seit diesem letzten Gespräch mit seinem Großvater, dem ersten, zu dem er selbst nahezu nichts beigetragen hatte, weder Fragen noch Anmerkungen, begann es Talmarani ähnlich zu ergehen wie offenbar dem alten Mann am anderen Ufer des unsichtbaren, rauschenden Meeres: Jegliches Zeitgefühl kam ihm abhanden. Er saß in diesem stickigen Zelt, die Kopfhörer auf den Ohren und hätte nicht sagen können, welcher Wochentag gerade war. Er wußte nur, daß draußen Dunkelheit herrschte und daß sie scheinbar nie zu Ende ging. Es war ja schon wieder dunkel, wenn er nach einem kaum wahrgenommenen Tag Camilles Haus verließ und sich zu der Funkstation im hinteren Teil des Gartens begab. Die beiden

Soldaten bestätigten meist nur, daß der Kontakt hergestellt sei, um dann scheu zu verschwinden und ihn allein zu lassen. Talmarani sagte: »Großvater?« Sein Großvater sagte: »Thomas?« Damit begann ihre nächste Unterhaltung. Und immer häufiger sprach nur Said, ohne sich von dem fernen Zuhörer unterbrechen zu lassen. Seine Stimme war manchmal erstaunlich lebhaft, zuweilen wurde sie jedoch auch wieder brüchig und unsicher. Gelegentlich schien der uralte Mann den Faden zu verlieren, dann legte er lange Pausen ein.

Eines glaubte Talmarani inzwischen begriffen zu haben, ohne daß Said es hatte sagen müssen: Mit Dorotheas Leben war auch das seine zu Ende gegangen, obwohl er noch nahezu fünfzig Jahre älter werden sollte, als sie bei ihrem Tod gewesen war. Said hatte damals beschlossen, die »Khurrem« zu verkaufen, es dann aber doch nicht getan. Die Geschäfte interessierten ihn immer weniger. Alles, was ihn tröstete, war Schemsis Satz: »Aber der Engel kennt Dorothea doch.« Daran hielt er sich fest, daran richtete er sich immer wieder auf.

Dann ging es allmählich auch mit dem Bektaschi zu Ende. Die europäischen Anzüge, an die er sich nie richtig gewöhnt hatte, hingen wie Lappen von seinen mageren Schultern. Die Bernsteinkette schien in seinen faltigen Hals eingewachsen zu sein. In dem zerknitterten Gesicht lebten nur noch die dunkel glühenden Augen.

An einem unfreundlich winterlichen Tag erschien Schemsi, unangemeldet wie immer, im Bankhaus an der Avenue Clemenceau, blieb lange vor Saids Schreibtisch stehen und musterte ihn, als seien sie einander noch nie zuvor begegnet. Schließlich forderte er seinen Schützling auf, ihn zu begleiten. Es würde eine lange Reise werden.

Es wurde eine lange Reise. Talmarani wartete auf nähere Angaben, mußte sich aber für geraume Zeit mit dem Rauschen und Wispern der Funkwellen begnügen.

Als Said wieder sprach, klang es, als rezitiere er einen halb vergessenen Text. Mühsam tastete er sich von Wort zu Wort, jedes einzelne davon sorgfältig prüfend, ehe er es über die Lippen streichen ließ. Talmarani begriff, daß ihm etwas anvertraut werden sollte, was eigentlich überhaupt nicht gesagt werden konnte. Saids Reise führte ebenso durch den Raum wie durch die Zeit. Sie endete in einem tiefen, unendlich langen, geisterhaft leeren Gebirgstal. Said war dort völlig allein.

Die Berge zu beiden Seiten einer schäumenden Ache glichen Köpfen aus Stein, Matten und Wäldern. Stirnen, so groß, daß man riesige Viehherden auf ihnen hätte weiden lassen können, waren dem Himmel zugewandt, darunter dunkle Augenhöhlen, teilweise auch mit Schnee oder Eis gefüllt und ebenfalls nach oben gerichtet. Dann folgten hügelhohe Nasen, einige flach und breit, andere scharf und gebogen. Schließlich riesenhafte Bärte aus Zehntausenden von dunklen Tannen.

Je deutlicher Said dies alles erkannte, desto mehr erfüllte ihn die majestätische Ruhe, die von diesen Gigantengesichtern ausging. Stumm und reglos lagen sie da, erwartungsvoll nach oben blickend, zugleich, wie es schien, einer Wahrheit gewiß, die ihnen keiner rauben konnte. Auf der ganzen Welt gab es nichts außer diesen Häuptern. Sie waren die ganze Welt.

Endlich sah Said auch noch das Licht am fernen Ende des Tales, einen hellen Schein über glitzernden Schneebergen, der eigentlich keine bestimmte Farbe hatte. Plötzlich wußte er, dies war das Auge Gottes. Die Blicke der Giganten waren ihm zugewandt, wie nun auch sein eigener. Ferner wußte Said, daß Gott dieses eine sichtbare Auge eben jetzt aufgeschlagen hatte und daß, falls er es wieder schließen würde, die Welt aufhörte zu existieren. Da es aber vor diesem Auge so etwas wie Zeit nicht gab, würde in diesem Fall die Welt auch nie existiert haben. Sie war nur ein flüchtiger Gedanke Gottes.

Um selbst existiert zu haben, mußte man deshalb Gott geworden sein.

Said wußte dies weit sicherer als alles, was ihm je bewußt gewesen war, und wußte überdies, daß sein Wissen ihm nie verlorengehen würde. Ganz zuletzt sah er dann noch, daß genau zwölf Riesengesichter aus Stein, Wald und Matten in dieses Auge Gottes blickten.

Die ferne Stimme, die sich zuletzt wieder gekräftigt hatte, verstummte. Saids Enkel glaubte dennoch verstanden zu haben. Aus dem Muhibb Hans Jakob Phelbs, vormals bekannt als Kütschük Said, war ein voll initiierter Bektaschi geworden, vielleicht sogar der Tschelebi, das Oberhaupt des Ordens selbst. Hatte er Tage zuvor nicht einmal angedeutet, Ak Schems ed-Din sei zuletzt noch im anatolischen Hadjdji Bektasch, dem zentralen Kloster der Bruderschaft, zum Tschelebi erhoben worden? Nun könnte sein Ziehsohn dieses Amt übernommen gehabt haben. Die Tschelebi-Würde war erblich, wenn es Erben gab. Die meisten Tschelebis hatten Familie.

Und das Erlebnis im Tal der Giganten? Ohne Frage kein Hirngespinst, sondern eine spirituelle Erfahrung. Wie, nach welchen mystischen Übungen, sie Said zuteil geworden war, konnte jedoch einem Außenstehenden nicht offenbart werden, selbst wenn es sich dabei um den eigenen Enkel handelte.

Über dem engen Zelt lag immer noch lastendes Schweigen. Talmarani war es dieses Mal willkommen. »Und Schemsi?« fragte er schließlich.

»Schemsi starb.«

»Und du?«

Keine Antwort.

»Du bist seither Ak Schems ed-Din.«

Erneut nur lastendes Schweigen.

Mit dem Tod von Dorothea und Schemsi verloren auch die Vorstellungen, die sie einst Männern wie Adnan Yilman hatten nahebringen wollen, für Said immer mehr an Bedeutung. Zuweilen verstand er selbst nicht mehr, was sich damals in ihren Köpfen abgespielt hatte: Erneuerung des osmanischen Reiches auf der Basis von Erdöl, Wiederherstellung einer Großmacht, die Millionen von Menschen das ihnen bestimmte Leben in träger Genügsamkeit und der Anschauung Gottes ermöglichen sollte. Alles, was ihm davon noch in Erinnerung blieb, war die sanfte Glut, die stille, zähe Beharrlichkeit, mit der Dorothea diesen Vorstellungen angehangen, und die Befriedigung, die sie aus ihnen gezogen hatte. Dazu dann noch Schemsis fanatischer Wille, aus dem wiederum Dorotheas Begeisterung sich zu speisen schien. Beides blieb ihm teuer, würde ihm immer teuer bleiben, weshalb er auch von seinem Sohn nicht abrücken konnte, der letztendlich das Geschöpf dieser beiden war.

Mit Unbehagen verfolgte Said, wie Eduard Lionel sich langsam, aber äußerst planmäßig aus seinem bisherigen Leben zurückzog. Es hatte damit begonnen, daß er Sohn, Frau und die Brüder Talmarani zum Umzug in die Schweiz bewog – wenn nicht schon sein allererster Schritt darin bestanden haben sollte, Umm Talmarani zu heiraten und Hamid samt Jakub ins Geschäft hereinzunehmen. Es ging weiter mit dem Umbau der Bank zu einem immer schattenhafter werdenden Unternehmen, das nahezu überall im Fruchtbaren Halbmond präsent war, ohne jedoch richtig wahrgenommen zu werden. Said selbst hatte damit angefangen, sich der in einer weitverzweigten Katakombenwelt lebenden Orden, Bünde, Glaubensgemeinschaften, vor allem ihrer vielfältigen Verbindungen untereinander, auch aus profanen Gründen zu bedienen. Sein Sohn entwickelte solche Praktiken zu einer wahren Kunst. Er baute Kontakte zu amtierenden Machthabern auf, wie auch zu anderen, die darauf lauerten, selbst an die Hebel der Regierungsapparate zu gelangen, sei es mit legalen Mitteln, sei es durch Putsche. Er scharte Männer um sich, die ihm beinahe blind ergeben waren, meist Jugendfreunde aus der Familie Audi. Methoden, derer sich Said ebenfalls schon bedient hatte – Auslösung von Unruhen, gelegentliche Attentate, Aufwieglung von Unzufriedenen –, entwickelte Lionel zur Perfektion. Nur verfolgte er damit schon lange andere Zwecke als sein Vater. Ihm ging es nicht allein um Profit, sondern auch um Einfluß, um Macht. Die von seiner Mutter erträumte, von Schemsi immer wieder beschworene staubige Utopie der in Seligkeit Zufriedenen beherrschte Lionels ganzes Denken. Er glaubte daran, er wollte sie verwirklichen. Said sagte: »Mein Sohn war besessen.«

Und im Gegensatz zu seinem Vater fand Lionel es richtig, sogar notwendig, jene zwei Sphären miteinander in Berührung zu bringen, die nach Saids Ansicht getrennt gehalten werden mußten – freilich erst nach Ansicht des schon sehr alt gewordenen Said. Als junger Mann hatte auch er noch geglaubt, man dürfe sich religiöser Überzeugungen bedienen, um irdische Ziele zu erreichen, oder umgekehrt. In Wahrheit gab es jedoch nichts, was gefährlicher gewesen wäre. Lionel indes verwies darauf, daß gerade eine derartige Vermengung die Einzigartigkeit des Islam ausmache. Das wiederum hatte auch seine christliche Mutter schon geglaubt.

Überraschenderweise drang plötzlich dieses belustigte Glucksen, das er schon lange nicht mehr gehört hatte, an Talmaranis Ohr.

»Weißt du was, Thomas?«

»Was, Großvater?«

»Es scheinen vor allem Nicht-Muslime zu sein, die den Islam deswegen so faszinierend finden, weil er für alles Handeln, Tun und Sein nur einen einzigen Maßstab anerkennt: Gott.«

»Diesen einzigartigen einen Gott, den seine Diener verherrlichen und die Dichter preisen?«

»Davon spreche ich.«

»Kennst du noch andere Nicht-Muslime, auf die das zutrifft?«

»Ein paar.«

»Erzählst du mir von ihnen?«

»Später. Aber du mußt mich daran erinnern.«

Im Moment wollte Said noch von sich sprechen, von dem Leben, das er nach dem Besuch im Tal der Giganten geführt hatte. Zu einem großen Teil verbrachte er es in Schemsis staubiger Idylle, abseits seiner früheren Wirkungsstätten. Nur selten kam der Chef der »Ottoman Trading« noch in die Avenue Clemenceau. Seine vielen Autos verstaubten. Die »Khurrem« lag im Hafen von Istiniye bei Istanbul und setzte am Kiel Muscheln an. Lionel hatte die Bank praktisch übernommen, bereitete sich aber auch auf einen neuen

Lebensabschnitt vor. Seine Geldgeschäfte wurden mehr und mehr von Lugano betrieben, gesteuert, ohne daß Jakub und Hamid es immer mitbekamen, über verschiedene Zwischenstellen, die Lionel in meist steuerbegünstigten Regionen eingerichtet hatte. Das Vermögen der Talmarani-Brüder wuchs wie nie zuvor. »O ja«, sagte Said, »er sorgte für seinen Sohn.«

»Und du selbst, Großvater?«

Said war längst eine lebende Legende und wußte das auch. Wenn er in einen seiner europäischen Anzüge schlüpfte, seinen Rolls oder seinen Maybach aus der Garage holte und sich in Beirut, Istanbul, Alexandria oder Monte Carlo sehen ließ, wurde er stets von Journalisten umzingelt, die sich von ihm Aufklärung über alle Vorgänge im Nahen Osten erhofften. Natürlich befragten sie ihn auch zu Vorgängen, von denen er annehmen mußte, daß Lionel darin verstrickt war. Aber nicht einen einzigen davon verurteilte Said. Er erinnerte an die alten Traditionen des Angriffs aus dem Dunkel, zurückreichend bis zum »Alten vom Berge«. Er erklärte Dinge für rechtens, die er keineswegs für rechtens hielt. Es geschah im Gedenken an Dorothea und Schemsi.

Erst im letzten Interview, das er jemals gab, war Said dazu nicht mehr bereit. Einem Reporter der Presseagentur MENA gegenüber, der sich seinerseits auf ein berühmt gewordenes früheres Interview berief, erklärte er: »Zu dem,was ich Herrn Yilman damals über Hasan-i-Sabah gesagt habe, stehe ich noch immer. Daß heute niemand mehr versteht, was die Assassinen und ihresgleichen wirklich gewollt haben, ist eine andere Sache. Jene waren auch Mystiker, ihre heutigen Imitatoren sind nichts weiter als halbverrückte Killer.«

Damit war auch Lionel gemeint.

Das zuletzt gemachte Eingeständnis schien Said zu schmerzen, sogar zu verstören. Er suchte ein anderes Thema, fand aber so schnell keines, was dazu führte, daß er eine Reihe von Begebenheiten aufgriff und anschnitt, aber kaum eine Geschichte zu Ende erzählte. Talmarani hatte Schwierigkeiten, ihm zu folgen. Er traf im »Ritz« Vertreter irgendwelcher Ölfirmen, vergaß aber zu sagen, um welches »Ritz« es sich dabei handelte, London, Paris oder Lissabon. Er blickte zusammen mit einem rothaarigen Araber auf den Felsendom und die Al-Aksa-Moschee hinab. Der Mann hätte Emin al-Husaini gewesen sein können, damals, also in den Dreißigern, Großmufti von Jerusalem. In Mossul lernte er während des Zweiten Weltkriegs deutsche Luftwaffengeneräle kennen, die dort einen Flugplatz errichtet hatten. Lionel, der offensichtlich dabei war, sollte Verbindungen zwischen ihnen und irakischen Aufständischen herstellen. Eine weitere Szene spielte auf der Terrasse des Hotels »Baron« in Aleppo, in ihr tauchte flüchtig auch Fari Farina auf.

Überhaupt hakten sich Saids Erinnerungen mehr und mehr an Syrien fest, den fünfhundert »Toten Städten« im karstigen Küstengebirge, dem Revier der unzähligen, verfallenen Burgen, Klöster und Paläste, das Lionel sich als Operationsbasis ausgesucht hatte. Aber offenbar widerstrebte es ihm, detaillierter über die dort geplanten Aktivitäten seines Sohnes zu sprechen, oder sein Gedächtnis weigerte sich, Einzelheiten preiszugeben. Talmarani gewann den Eindruck, auch dieses Thema bereite ihm Unbehagen. Der alte Mann begann sich zu quälen, wollte aber aus irgendeinem Grund nicht aufhören zu reden. Möglicherweise versuchte er einfach etwas loszuwerden, fand jedoch weder die richtigen Worte noch einen brauchbaren Anknüpfungspunkt. Talmarani entschloß sich deshalb, ihn zu unterbrechen.

»Großvater?«

»Ja, Thomas?«

»Ich sollte dich an andere Nicht-Muslime erinnern, die von den Ideen Schemsis und meiner Großmutter so besonders fasziniert waren.«

»Oh.« Am anderen Ende der Verbindung wurde es still. Dann folgte erneut das in diesem Zusammenhang besonders unmotiviert wirkende belustigte Glucksen. »Es gab da zum Beispiel einen Amerikaner, groß, bärtig, mit Augen, die denen Lionels glichen. Er war von der Vorstellung, unseren

Teil der Welt für die wahrhaft Weisen und Frommen zu retten, geradezu berauscht. Und er hat Lionel förmlich angehimmelt.«

»Hieß er Stephen Warren?«

»Könnte sein.«

»Ein Professor?«

»Auch möglich. Aber in erster Linie war er Geheimdienstler.«

»Und was hatte er mit euch zu tun?«

»Er hat mit Lionel zusammengearbeitet und viele seiner Unternehmungen finanziert.«

»Mit amerikanischem Geld?«

»Mit dem Geld seiner Organisation, nehme ich an. Die Leute waren sehr großzügig.« Das belustigte Glucksen.

»Welche Unternehmungen hat er finanziert? Nur ein Beispiel.«

»Unruhen im Kaukasusgebiet, in Turkmenistan, später, glaube ich, auch in Afghanistan. Aber zu der Zeit haben mich Lionel und sein Treiben schon lange nicht mehr interessiert.«

Talmarani pfiff durch die Zähne, was sein Großvater jedoch zu überhören schien. »Erinnerst du dich«, fragte er, »vielleicht auch an einen Briten: etwas aufgeschwemmt, rötliches Gesicht …«

»Der die Tschurnals für so etwas wie ein Buch der Offenbarung hielt?«

»Genau den meine ich.«

Diesmal lachte Said. »Mit dem spielte Lionel Katz und Maus. Wahrscheinlich hat er ihm auch einige unserer Ölverträge angedreht. Den Amerikaner konnte der Brite nicht ausstehen. Trotzdem haben die beiden manchmal zusammengearbeitet. Aber gefährlich war nur der Amerikaner.«

»In welcher Hinsicht?«

»In welcher Hinsicht …?« Die Gegenfrage war mit einem langen Seufzer verbunden und verebbte dann im Rauschen der Funkwellen. Talmarani fürchtete schon, die Verbindung sei abgerissen. Dann begriff er, daß sein Großvater nur nach Worten suchte. Als die ferne Stimme endlich wieder in den

Kopfhörern aufklang, war sie brüchiger denn je. »Es geschah in Hama«, sagte Said.

Es geschah lange vor dem Aufstand, der den Muslimbrüdern zugeschrieben wurde, weil man für die Rebellen keine andere Bezeichnung finden konnte oder finden wollte, also Ende der siebziger Jahre. Lionel mußte die Idee lange mit sich herumgetragen haben, ehe er davon sprach. Aber als sie dann auf dem Tisch lag, war Warren der erste, der den Vorschlag für genial erklärte. Er sprach vom Stein des Weisen, vom Schwert, das den gordischen Knoten durchschlagen würde, von der Heraufkunft eines neuen Zeitalters. Er hätte Lionel fast angebetet. Und er war dafür, die Idee dem Rat der Brüder vorzulegen, den Vertretern der Zwölfer-Schia und denen der Siebener-Schia.

Said indessen lehnte sie auf der Stelle ab. Er hielt den Vorschlag seines Sohnes für gotteslästerlich, für wahnsinnig, für ungeheuerlich. Die alten Männer jedoch, die, wie er, dem Rat der Brüder angehörten und ebenfalls dagegen waren, hatten offensichtlich zu lange an der Wirklichkeit vorbeigelebt. Was sie dachten, besaß längst keine Gültigkeit mehr. Lionel war von Scharen jüngerer Leute umgeben, die allesamt keinen anderen Sinn in ihrem Leben mehr sahen als den, sich eines möglichst frühen Tages voll Todesverachtung und heiligem Zorn auf alle Feinde des Islam zu stürzen. Und diese Jüngeren berauschten sich an Lionels Idee nicht minder als sein amerikanischer Verehrer. Die Alten wurden gezwungen, dem Vorschlag zuzustimmen. So entstand die Muqanna. So betrat der verborgene Imam die Realität. Die Nachricht davon verbreitete sich mit der Schnelligkeit des Gedankens durch alle Höhlen und Gänge der Katakombenwelt. Die Alten konnten nichts dagegen unternehmen.

»Du hast uns gesehen«, sagte Talmaranis Großvater, »damals, als Shahlib und Kerim dich entführten. Wir waren alle bis auf den Tod bedrückt – nicht wegen Lionels Tod, wegen des Unheils, das wir auf uns zukommen sahen.«

Talmarani sah sich im Kreis der verhüllten Männer sitzen und spürte noch einmal die unendliche Traurigkeit, die von der kleinen Gruppe ausgegangen war. Zugleich streifte ihn eine Ahnung von derartiger Schrecklichkeit, daß er glaubte, daran ersticken zu müssen. Aus dem nach Öl riechenden Zelt schien der letzte Rest von Atemluft entwichen zu sein. Talmarani hörte sich keuchen. Er wußte, was ihn da angerührt hatte, war kein Verdacht, sondern die Wahrheit. Said wiederum wußte offenbar um den Zustand seines Enkels.

»Ja», sagte er, »ja, Thomas, so ist es.«

Irgendwann wurde dann der Vorhang des Zeltes aufgerissen. Unter einem flammenden Sternenhimmel standen draußen Camille, Schanoun und Dimitrios. Der alte Herr packte Talmarani an den Schultern und rüttelte ihn. »Um Gotteswillen, Junge, was ist los?«

Talmarani hatte Mühe, seine angeschwollene Zunge zu bewegen. Trotzdem konnte er schließlich antworten.

»Ich habe mit dem verborgenen Imam gesprochen. Es ist Said.«

XV

Der alte Mann hatte gesagt: »Du weißt es doch, Thomas. Der da spricht: ›Ich bin Gottes Diener‹, bekennt sich zu zwei Existenzen, seiner eigenen und jener Gottes. Aber der da spricht: ›Ich bin Gott‹, hat sich seiner eigenen Existenz beraubt und ist in Gott aufgegangen. Das mußt du doch wissen.« Diese Worte hatten noch sanft geklungen.

Zuweilen war die Stimme des alten Mannes jedoch so hart geworden, daß Talmarani begreifen mußte, mit wem er wirklich sprach: keinem demütigen Eremiten, der nur darauf bedacht war, mit seinem Gott eins zu werden, sondern dem machtbewußten Herrn eines unsichtbaren Reiches. An den Händen Kütschük Saids klebte Blut.

»Ich«, sagte er, »war derjenige, der zu verhindern suchte, daß dich Lionels Gefolgsleute nach seinem Tod in ihre Klauen bekamen.«

»Indem du Assem i-Audi ermorden ließest?«

»Wie auch den, der dann an seine Stelle trat. Es ging nicht anders. Später habe ich Shahib nach München geschickt, um dich zu warnen, aber du warst schon weg.«

»Aber ist Shahib nicht ...?«

»Doch, er ist der Neffe von Assem. Die Muqanna hat sich längst in zwei feindliche Lager geteilt. Der Riß spaltet auch einzelne Familien – was die Beiruter Assems allerdings nicht zu wissen scheinen.«

»Trotzdem hast du mich dann von Beirut nach Syrien gelockt.«

»Nicht ich. Das waren die anderen. Ich habe nur dafür gesorgt, daß du ihnen nicht in die Hände fällst.«

»Indem du mich im Krak hast entführen lassen?«

»Ja.«

Des weiteren sagte Said: »Mit diesem idiotischen Anschlag auf die Firma in Liechtenstein habe ich auch nichts zu tun. Er wurde ebenfalls von den anderen verübt. Sie ahnten, daß Lionel dort wichtige Unterlagen aufbewahrte, wußten aber nicht, wie sie das Zeug in die Hände bekommen konnten. Da versuchten sie, irgend jemandem einen derartigen Schrecken einzujagen, daß er sich Blößen gibt.«

»Die anderen ...?«

»Habgierige Narren! Sie wollen an das heran, was Lionel ›seine Kriegskasse‹ nannte.«

»Papiere, die du jetzt Schafik in die Hände gespielt hast?«

Der alte Mann gluckste. »Was werden sie ihm nützen? Die Ölverträge treten erst in Kraft, wenn es wieder einen Kalifen gibt oder der neue Mahdi alle Feinde des Glaubens besiegt hat.« Er gluckste erneut. »Soll Schafik doch der Welt einen neuen Kalifen geben.«

Wo der alte Mann von dem Gott gesprochen hatte, mit dem man eins werden müsse, wußte Talmarani später nicht mehr genau. Es schien ihm jedoch nachträglich, als sei viel Luft um ihn gewesen und ein leichter Wind habe seine wenigen Haare zerzaust.

Das andere Gespräch wurde in einem Raum geführt, an dessen Decke zitternde, von den Meereswellen reflektierte Lichtflecke spielten und manchmal auch verblaßte Goldleisten aufleuchteten, die das Edelholz der Täfelung in gleichgroße Paneele gliederten. Den Raum hatte ein leicht modriger Geruch erfüllt. Rücken- und Armlehnen der Sessel waren unter Schonbezügen aus weißen, am Rande mit Zierstickereien versehenen Stoffbahnen verborgen gewesen. In der Ecke des Raumes hatte ein Spucknapf aus Messing gestanden.

Fünf Tage zuvor war das Maidli in Beirut eingetroffen.

»Dachte ich es mir doch«, sagte Camille, auf die Ausstiegsluke des Flugzeuges deutend.

»Was?«

»Natürlich sind die beiden mitgekommen.«

Hinter der in ein Schneiderkostüm mit weißen Längsstreifen gekleideten Frau Doktor Röthlisberger tauchten der massige, kahle Schädel Jabuks und der ebenfalls nicht gerade schmale, aber noch behaarte Kopf von Hamid auf.

»Sie bibbern um Lionels geheime Schätze.« Camille lachte.

Daß die drei älteren Talmaranis einander nicht sonderlich zugetan waren, ließ sich ihrer Begrüßung entnehmen. Camille trat ihnen keinen einzigen Schritt entgegen und gewährte beiden nur einen flüchtigen Handschlag. Dann wandte er sich sofort dem Maidli zu, sah ihm prüfend ins Gesicht und küßte es auf beide Wangen. Als Talmarani an der Reihe war, stand in den Augen hinter der übergroßen Brille ein fast erschreckter Ausdruck.

Vor dem Flughafen warteten zwei Limousinen. An seine Halbbrüder gewandt, sagte Camille: »Ich habe euch im ›Al-Bustan‹ untergebracht. Morgen abend treffen wir uns bei mir.«

Protestierend hob Jakub die Hand, aber Camille hatte sich schon neben den Chauffeur des vorderen Wagens gesetzt und ihm befohlen loszufahren. Das Maidli hatte noch kein einziges Wort gesagt. Es begann erst zu sprechen, als sie auf der hinteren Terrasse am Teetisch saßen. Genau genommen referierte Frau Doktor Röthlisberger: Einleitung, Ausführung, Daten, Uhrzeiten, kein Hinweis auf ihre eigenen Gefühle. Als sie fertig war, neigte Camille anerkennend den Kopf.

»Ich habe gewußt, daß unser Freund Scharif den arabischen Gentleman geben würde: keine rohe Gewalt, keine Drohungen, nur höfliche Zuvorkommenheit in zwei von dunklen Sonnenbrillen beherrschten Gesichtern. Und was Ihr Verhalten anbetrifft, gnädige Frau, Kompliment.«

Wie sich herausstellte, war die Chefjuristin der Talmarani-Bank in einem mehrtägigen Seminar auf ungewöhnliche

Situationen vorbereitet worden und hatte strikt die wichtigste der dort erhaltenen Anweisungen befolgt: sich auf Entführungen einlassen, als gehörten sie zum ganz normalen Alltag. Tatsächlich war ihr auf dem Flughafen von Agno sogar erlaubt worden, die Damentoilette aufzusuchen, in deren Vorraum es einen Münzapparat gab. Corrado Svevo hatte sie jedoch erst von dem anderen Flughafen aus anrufen können, auf dem ihre Maschine, ein einmotoriger Viersitzer, wieder landete: Das dürfte schon in Italien gewesen sein. Dort hatte man ihr auch die Augen verbunden. Über das ihr zugewiesene Quartier konnte Verena Röthlisberger ebenfalls nicht klagen: zwei im Landhausstil eingerichtete Räume, Bad, Fernseher, natürlich kein Telefon, dafür jedoch Blick auf eine angenehme Landschaft. Während der ersten Nacht ein zwischen zwei Zypressen hängender Vollmond. Da auf dem Bücherbord die gesammelten Werke von Gabriele d'Annunzio standen, von dem ihr nur ein paar Gedichte bekannt waren, las sie nun eben den Rest, fand ihn wenig erfreulich, sagte sich aber, der Vervollkommnung ihres italienischen Wortschatzes könne die Lektüre nur dienlich sein.

Maidlis Bericht klang in der Tat so, als habe Frau Doktor Röthlisberger ihn vorher sorgfältig redigiert. Wie es ihr wirklich zumute gewesen war, hoffte Talmarani später zu erfahren.

Am Teetisch und in Anwesenheit Camilles gab seine ehemalige Lehrmeisterin im Fach körperliche Liebe nur Fakten preis. Über das Ende ihrer Gefangenschaft sagte sie, es sei vorhersehbar gewesen. Wer hätte schon vom gewaltsamen Ableben einer Schweizer Bankangestellten profitieren können?

Im übrigen, hier läge der Aktenkoffer mit den Dokumenten aus dem Safe der SecuSpot. Ob der Herr Senator eigentlich befugt sei, ihn entgegenzunehmen? Camille versicherte es, Frau Doktor Röthlisberger bat um eine Quittung.

Von Talmarani wollte das Maidli später wissen, wer die Frau gewesen sei, die den Hörer abnahm, als es ihn im »Andalus« anrief. Sie habe eine sehr angenehme Stimme gehabt. Talmarani sagte, er werde die Damen miteinander bekannt machen.

Das geschah noch am gleichen Abend. Es führte dazu, daß Dimitrios, Warren und Talmarani die Gelegenheit bekamen, einige Weine zu probieren, die Camille am Morgen geliefert worden waren, während Nadia und das Maidli sich im Schein zweier Windlichter auf der Terrasse unterhielten. Sie schienen Erfahrungen auszutauschen, wahrscheinlich – Talmarani hoffte es zumindest – über ihre Erlebnisse als Entführungsopfer.

Camille hatte sich sofort, nachdem ihm der Aktenkoffer ausgeliefert worden war, mit Schafik Scharif verabredet. „Und?“ fragte Warren brüsk als er lange nach Einbruch der Dunkelheit zurückkam. »Wie hat Schafik reagiert?«

»Ein Schafik Scharif reagiert in Gegenwart von Zeugen überhaupt nicht, lieber Professor, so gut sollten Sie ihn kennen. Und ich wiederum gehöre nicht zu den Leuten, die aus jäh verengten Augen übertriebene Schlüsse ziehen. Wohingegen Ihr Freund Llewellyn ...«

»Er war also anwesend?«

»Er wurde herbeizitiert und muß auf den Anruf gewartet haben, so schnell war er da.« Um Camilles Mundwinkel spielte ein mokantes Lächeln. »Sie sollten ihm nahelegen, nicht soviel zu trinken, sonst wird ihn eines Tages der Schlag treffen. Vor einer halben Stunde dachte ich, es sei fast soweit.«

»Fast ist zuwenig«, knurrte Warren.

»Mir genügt, was ich gesehen habe. Schon nach einem ersten Blick auf den Inhalt des Koffers mußte Mr. Llewellyn seinen Hemdkragen aufreißen. Als ich schließlich Schafik fragte, ob wir quitt seien, wurde mir die flüchtigste seiner hoheitsvollen Kopfneigungen zuteil. Ich nahm sie als Aufforderung, mich zu entfernen, und habe genau das getan.«

»Und jetzt?« fragte Talmarani. »Ist mit dieser Dokumentenübertragung die ganze Affäre ausgestanden?«

Camille wurde wieder ernst. »Das bezweifle ich. Said dürfte noch irgend etwas vorhaben. Jedenfalls halte ich es für unwahrscheinlich, daß er nur auf der Szene erschienen ist, um dir und deinen beiden Freundinnen aus der Patsche zu helfen und dann wieder unterzutauchen. Das würde weder zu dem Said passen, den ich kenne, noch dürfte es der Lage gerecht werden, in der er selbst sich befindet.«

»Wie meinst du das, Onkel Camille?«

»Lionel tot. Der von ihm zum verborgenen Imam ausgerufene Said nicht mehr in Hama, oder überhaupt in den syrischen Bergen, sondern Gott-weiß-wo. Also muß bei der Muqanna etwas aus dem Ruder gelaufen sein. Deswegen hat sich Said vermutlich auch von ihr abgesetzt. Aber was ist damit erreicht? Irgendwohin wird er ja gehen müssen. Fragt sich allerdings, welcher Winkel der Welt ihm noch offensteht. Soll er sich in ein verborgenes Sektenkloster zurückziehen? Wenig empfehlenswert. Seine eigenen Leute würden ihn dort als Geisel nehmen. Soll er versuchen, mit geänderter Identität ein neues Leben anzufangen? In seinem Alter?«

»Außerdem«, erklärte Warren, »wäre es sinnlos. Schafiks Handlanger würden ihn früher oder später doch aufspüren.«

»Meine ich auch. Ein Mann wie Said kann sich einfach nicht mehr verstecken. Zumal, wenn er zwischen zwei Fronten geraten ist – wovon wir vermutlich ausgehen müssen. Hier die Muqanna, für die er einen ungeheueren Wert verkörpert. Dort alle jene Apparate, die sich an Thomas' Fersen geheftet haben, um Said überhaupt aufzuspüren: Jordanier, Saudis, der von Llewellyn vertretene Interessenklüngel. Und wahrscheinlich verkörpern diese drei Gruppen nur den für uns sichtbaren Teil eines noch viel größeren Eisberges.« Camille blickte Warren an. »Richtig, Professor?«

Warren nickte. Sein seit Tagen verfallen wirkendes Gesicht zeigte düstere Ratlosigkeit.

»Sie wissen auch niemanden, an den sich Said um Hilfe oder Schutz wenden könnte?«

»Gegenfrage, Senator: Said liefert sich der Regierung Ihres Landes aus. Wie würde sie reagieren?«

Camilles Antwort war ein geradezu eisiges Schweigen.

Entschuldigend hob Warren die Hände. »Ich wollte Ihnen nicht zu nahe treten, Senator. Aber das ist nun einmal die

Lage, in der Said sich befindet. Ein kleines, fast machtloses Land wie der Libanon müßte ihn sofort abschieben, und zwar dorthin, von wo er sich offenbar abgesetzt hat, nach Syrien. Damaskus würde ihn wahrscheinlich sogar aufnehmen. Doch um welchen Preis? Er wäre dort genau das, was Lionel in seinen letzten Jahren schon halb und halb gewesen ist: ein Gefangener des Regimes. Man würde ihm erlauben, Anhänger um sich zu scharen und alle möglichen Thesen über die Erneuerung des Islams zu verbreiten. Er würde vorgezeigt werden, dürfte gelegentlich Journalisten empfangen, aber immer säße ein Zensor dabei. Viele Regierungen im Nahen Osten halten sich solche Alibi-Figuren, sie können für jeden beliebigen Zweck eingespannt werden. Und so, wie es Said in Damaskus ginge, erginge es ihm auch in, sagen wir, Amman, Bagdad, Kairo, Tripolis, Khartum. Oder«, Warren lachte auf, »in Washington. Soll Said vielleicht nach Amerika gehen?«

»Absurde Idee.«

»Gar nicht so absurd, Senator. Ich selbst habe mit Lionel zusammengearbeitet – keineswegs als Privatmann, sondern im Auftrag gewisser ... nun ja. Und ich würde es mir auch zutrauen, gewisse ... sagen wir einfach: Dienststellen für Said zu interessieren.«

Als sei er beschämt, senkte Warren den Kopf.

»Warum tun Sie es dann nicht?« schnarrte Camille.

»Fragen Sie das im Ernst?«

»Zumindest wollte ich nicht witzig sein.«

Mit einem Ruck stand der Amerikaner auf. »Said«, erwiderte er scharf, »wäre auch in den USA nur ein Gefangener der Politik, eine Geisel. Und was mich anbetrifft ...«

Überrascht von Warrens Stimmungsänderung, fragte Camille: »Ja?«

»Ich habe nicht die Absicht, Lionel zu verraten, indem ich seinen Vater zur Puppe irgendwelcher intriganten Drahtzieher mache.«

Ebenso ruckartig, wie er aus seinem Sessel geschnellt war, wandte der bärtige Amerikaner sich ab und stapfte über den

Ürgüp-Teppich hinweg, den er einmal als Demonstrationsobjekt benutzt hatte, auf die Tür zu. Die Hand an der Klinke, hielt er inne.

»Um Ihnen Saids Situation zu verdeutlichen, Senator: Wenn es in seine Pläne paßte, könnte er einen sicheren Hafen finden, um dort den Rest seines Lebens zu verbringen. Aber ich will nicht Stephen Fitzgerald Warren heißen, wenn er auch nur im Traum daran denkt, das zu tun. Said hat Feinde, die ihn in ihrem eigenen Interesse vernichten müssen. Das dürfte ihm bekannt sein. Seit er dieses syrische Versteck verlassen hat, ist Said vogelfrei. Das weiß er ebenfalls und nimmt es in Kauf. Also lassen Sie ihn um Gottes willen seinen eigenen Weg gehen.«

Warren riß die Tür auf. Bevor er hinausgehen konnte, rief Camille: »Woher, zum Henker, wollen Sie so genau wissen, was in Saids Kopf vorgeht? Sie kennen ihn doch überhaupt nicht.«

»Meinen Sie, Senator?« Die Frage hatte spöttisch geklungen. »Abgesehen davon muß ich ihn gar nicht kennen, um zu verstehen, was er denkt. Schließlich hat Said sich selbst dort hinmanövriert, wo er jetzt steht. Es war sein eigener Entschluß.« Ein nachdenklicher Blick traf Talmarani. »Ist es nicht so, Tom?«

Die Tür schlug zu.

Der ältere der beiden Soldaten im Funkzelt war besonders mürrisch. »Wir können sie noch empfangen«, sagte er. »Aber sie wechseln ihren Standort so häufig, daß es immer länger dauert, bis wir sie klar hereinbekommen. Und alles, was wir dann hören, ist: ›Gehen Sie zu der und der Zeit wieder auf Empfang. Ende‹.«

»Wie lange schon?« wollte Camille wissen.

»Seit diesem letzten längeren Gespräch, das der junge Herr geführt hat.«

»Irgendeine Ahnung, wo sie sich herumtreiben könnten?«

»Östlich von Zypern, nördlich von Zypern. Genauer läßt es sich nicht festlegen.«

»Also funken sie von einem Schiff aus.«

»Muß nicht sein, Herr Senator. Mal Westküste Zypern, mal Nordküste Zypern wäre auch möglich. Wenn man bedenkt ...«. Der Funker schüttelte den Kopf.

»Was?«

»Wer da so alles im Äther herumhorcht ...«

»Wovon reden Sie?«

»Ihre Gesprächspartner müssen schon einer ganzen Reihe von Leuten aufgefallen sein. Sie hinterlassen eine ziemlich breite Spur.«

»Eine ziemlich ...« Diesmal schüttelte Camille den Kopf. Dann nickte er dem Funker zu. »Danke, junger Mann. Bleiben Sie trotzdem weiter in Bereitschaft.«

Beim Weggehen hörte Talmarani ihn vor sich hin murmeln: »So, so. Zypern.« Dann folgte ein Name, den er nicht verstand.

Es war der Abend, an dem Jakub und Hamid sich bei ihrem älteren Halbbruder einfinden sollten. Als Camille und Talmarani von der Funkstation zurückkamen, saßen sie, noch unbegrüßt, in der Eingangshalle. Ihnen gegenüber, mit etwas gequältem Gesichtsausdruck, das Maidli. Es sah so aus, als hätten die beiden sich mit ihrer Chefjuristin gestritten.

»Probleme?« fragte Camille, auf sie zutretend.

Jakub hob ihm ein gerötetes Gesicht entgegen. »Warum«, fragte er, »erfahren wir nicht, daß Lionel tot ist?«

»Bin ich euer Bürobote?«

»Thomas hätte doch wenigstens ...«

»Thomas hatte andere Sorgen. Tee oder Arrak?«

»Stimmt es«, fuhr Hamid dazwischen, »daß ... *er* noch lebt?«

»Wenn du von Hans Jakob Phelbs sprichst, hierorts als Kütschük Said bekannt, ja er lebt noch. Schließlich habt ihr eine Vollmacht mit seiner Unterschrift bekommen.«

»Gefaxt«, zischte Jakub.

Camille hob die linke Augenbraue. »Keine Verdächtigungen, mein Guter. Die Unterschrift war authentisch. Und euer Mann in Liechtenstein hat sie als echt akzeptiert.«

»Unser Mann in Liechtenstein!« Eine fleischige Hand wischte durch die Luft.

»Ist er das denn nicht?«

»Wir dachten es. In Wirklichkeit ...«

»In Wirklichkeit was?« Einen Moment lang war Camille verunsichert, dann brach er in Gelächter aus. »Jetzt begreife ich, wo euch der Schuh drückt. Ihr kommt nicht so ohne weiteres an die Safes im Keller der SecuSpot heran, weil sie von einem Vertrauten Lionels gehütet werden. Stimmt doch?«

»Wir mußten für jede Kleinigkeit eine schriftliche Genehmigung Lionels vorlegen«, bestätigte Hamid etwas kleinlaut. »Es sei denn, Lionel hatte vorher selbst mit Vaduz gesprochen.«

»Oder eben Said, der es diesmal vorzog, keinen Kontakt mit der SecuSpot aufzunehmen und Frau Röthlisberger stattdessen mit einer Vollmacht ausstattete.« Camille mußte abermals lachen. »Ihr selbst wißt vermutlich nicht einmal, was Lionel und sein Vater in Vaduz überhaupt eingelagert haben. Oder?«

»Wichtige Dokumente, wertvolle Unterlagen. Ab und zu wurden wir angewiesen, bestimmte Papiere in Vaduz abzuholen und sie entweder an Lionel zu schicken ...«

»Oder?«

»Gelegentlich waren es auch Geschäftsunterlagen, die wir selbst brauchten.«

»Mit anderen Worten: Eure ganze Verbindung zu Lionel ist über die SecuSpot gelaufen?«

»So ungefähr«, gab Hamid zu.

»Oh, oh, oh«, machte Camille. »Lionel, du gerissener Sohn eines gerissenen Vaters.«

»Was soll nun das wieder?« fragte Jakub.

Camille blickte Talmarani an. »Wollen wir eine kühne Spekulation wagen, Thomas und den beiden die Überraschung ihres Lebens bereiten?«

Talmarani ahnte, was der alte Herr im Sinn hatte, fragte aber vorsichtshalber: »Wovon sprichst du, Onkel Camille?«

»Na, wovon wohl, Junge? Sage es ihnen!«

»Das überlasse ich lieber dir.«

»Wie du meinst. Bevor ich den Mund aufmache, sollten wir meinen lieben Brüdern aber wohl besser einen steifen Drink einschenken.«

Camille klatschte in die Hände. Als der Diener erschien, verlangte er Whisky. »Bring eine ganze Flasche, und vergiß das Soda, Jussuf.«

Weder Jakub noch Hamid war ein starker Trinker. Nachdem Camille seine kurze Erklärung abgegeben hatte, griffen sie trotzdem wie ein Mann zu den Gläsern und kippten den unverdünnten Schnaps in sich hinein.

An das Maidli gewandt, sagte Camille: »Von Thomas weiß ich, daß er mit Ihnen über die Tschurnals gesprochen hat. Was sie wert sind, ist ihm vermutlich nicht völlig klar – sowenig übrigens wie mir. Festzustehen scheint indessen, daß Sie und Nadia Kiron auch der Tschurnals wegen entführt worden sind. Ein gewisser Mr. Llewellyn – den Namen haben Sie ebenfalls schon gehört, den Mann selbst gesehen – glaubt jedenfalls, daß die Tschurnals, also Schriften, die zum Teil noch aus der Zeit Abdul Hamids stammen, zum größeren Teil aber neueren Datums sein dürften, einem Joker gleichen, der seinem Besitzer im bereits angelaufenen großen Pokerspiel um kaukasische, transkaukasische, vielleicht auch noch andere neue Öllagerstätten geradezu unbezahlbare Vorteile einbringt. Für einen anderen Herrn, vor dessen Anblick Sie der Himmel bewahren möge, sind die Tschurnals darüber hinaus eine mindestens ebenso wertvolle Informationsquelle, hinsichtlich gewisser Vorgänge in seiner eigenen Interessenssphäre. Für meine Herren Brüder schließlich wären sie so etwas wie das Eintrittsbillet in den Club derjenigen, die das große Pokerspiel unter sich auszutragen gedenken, weshalb auch sie ein außerordentliches Interesse an ihnen haben – aber leider keine Möglichkeit sehen, an den verborgenen Schatz heranzukommen.«

Sein neu aufgefülltes Whiskyglas so heftig abstellend, daß es überschwappte, rief Jakub: »Wovon zum Henker redest du? Wenn es stimmt, was du gerade gesagt hast, liegen diese

Tschurnals samt allen dazugehörenden neueren und älteren Verträgen in den Safes der SecuSpot. Und damit ...«

»Und damit, was?«

»Das liegt doch wohl auf der Hand. Oder etwa nicht?«

»Auf der Hand, mein lieber Jakub, scheint nur zu liegen, daß die Tschurnals über Jahre hin direkt vor eurer Nase sicher eingebunkert waren, ihr habt sogar beinahe draufgesessen. Aber das heißt noch lange nicht, daß du nun einfach hingehen und sie herausholen kannst.«

»Und warum nicht, wenn die Frage erlaubt ist? Lionel hat schließlich das Zeitliche gesegnet.«

»Lionel ist tot, das stimmt. Aber Said lebt noch, und ihm gehört nun alles, was in den Safes der SecuSpot liegt. Fragt den dort zuständigen Mann, ich wette, er wird es bestätigen.« Camilles Augenbrauen krümmten sich nach oben, was ihm ein leicht diabolisches Aussehen gab. »Bleibt euch somit nur eine einzige Möglichkeit, an das Ziel eurer Wünsche zu gelangen.«

»Nämlich?« schnappte Jakub.

»Stellt euch gut mit Thomas. Er wird seinen Großvater beerben – darauf verwette ich ebenfalls nahezu jeden beliebigen Betrag.«

Die daraufhin eintretende Stille hätte man mit der Klinge spalten können.

Saids letzte Botschaft kam wie die erste: Ein neutrales Kuvert wurde beim Torwächter abgegeben. Nachdem Camille den darin liegenden, eng beschriebenen Bogen Papier überflogen hatte, nickte er und sagte: »Also doch«. Dann ließ er sich mit dem Mann verbinden, dessen Namen Talmarani beim Verlassen des Funkzeltes nicht verstanden hatte. Der Mann hieß Kamirow und besaß eine hochseetüchtige Motoryacht.

Als Said Talmarani an den Ausspruch Dschllal ed-Din Rumis erinnert hatte, es genüge nicht, Gott zu dienen, man müsse vielmehr vollkommen in ihm aufgehen und also selbst Gott werden, da könnte er auf dem kleinen Leuchtturm gestanden haben, der den fast kreisrunden Hafen von Kyrenia überragt. Dort wäre in der Tat viel Luft um ihn gewesen, und das Bauwerk selbst hätte eine passende Kulisse für seine kleine Predigt abgegeben: Von Kreuzfahrern errichtet, an längst ausgestandene Glaubenskämpfe erinnernd – nicht anders als das syrische Gewölbe, in dem sich Großvater und Enkel zum ersten Mal begegnet waren. Indes hatte keiner von ihnen den Leuchtturm oder eine der anderen mittelalterlichen Anlagen am Hafen der zyprischen Stadt bestiegen. Wenn Talmarani an das Treffen in Kyrenia zurückdachte, konnte er nur beschwören, daß sie einander in diesem mit Edelholz getäfelten Raum gegenübergesessen hatten, an dessen Decke zitternde, von Meereswellen reflektierte Lichtflecke spielten. Trotzdem gelang es ihm nicht, jenes andere Bild aus seinem Gedächtnis zu tilgen, das Said unter einem weiten Himmel zeigte, bei leichtem Wind und flirrendem Licht. Am Ende erwies es sich sogar als die sicherste aller aus Zypern mit zurückgebrachten Erinnerungen.

Viel schwerer fiel es Talmarani hingegen, die gewissermaßen verbürgten Eindrücke von seiner zweiten Begegnung mit Said in einen Rahmen zu zwingen.

Er war darauf gefaßt gewesen, einen hundertundfünfjährigen Mann zu treffen – natürlich. Dann saßen sie einander gegenüber, und er sah – was? Talmarani blickte in eine steinerne Maske, an der nichts lebendig zu sein schien, ein Archäologe hätte sie erst vor kurzem ans Tageslicht geholt haben können. Von diesem ersten Eindruck blieb jedoch in seiner Erinnerung nur eine Art Schnappschuß zurück, der zu allen danach gemachten Aufnahmen nicht mehr paßte. Von einem bestimmten Moment an sah er nur noch Augen und außer ihnen nichts mehr, sah weder Mund, Nase, Stirn, noch den sorgfältig gestutzten, schneeweißen Wangenbart, obwohl er natürlich auch diese Details wahrgenommen und in seinem Gedächtnis gespeichert haben mußte; sie gewannen jedoch keine Bedeutung. Allein die aus der Maske blickenden Augen brachten den Kontakt zustande, der mit einem Mal hundertundfünf Jahre überbrückte. Großvater und Enkel erkannten sich. Dabei sollte es bis zum Ende ihres Zusammenseins auch bleiben. Nichts an Said wirkte mehr fremd oder ungewöhnlich. Das galt ebenso für den dunkelblauen Blazer mit goldenen Knöpfen, den er trug, wie auch für seine schweeweißen, scharfgebügelten Hosen und sogar die etwas schräg aufgesetzte Kapitänsmütze.

Schon als er im Hafen von Jounieh an Bord von Kamirows Yacht gegangen war, hatte Talmarani geahnt, wo ihr Treffen stattfinden würde. Als sie dann am späten Abend in Kyrenia eingetroffen waren und an der Uferpromenade, die auch als Anlegesteg diente, nur kleine Motor- oder Segelboote vorgefunden hatten, wie man sie an einem Urlaubsort zu sehen erwartet, war er zwar etwas enttäuscht gewesen, aber an seiner Eingebung nicht irre geworden.

Camille hatte Zimmer im Hafen-Club reserviert, einem Haus, das den Eindruck vermittelte, der in den Ecken haftende Duft von englischem Dunhill-Tabak kämpfe noch immer gegen den nun vorherrschenden türkischen Zigarettenqualm an. Schanoun, Dimitrios und Warren waren an Bord von Kamirows Yacht zurückgeblieben, die außerhalb eines als Wellenbrecher dienenden Steindammes vor Anker lag. Seinen beiden Halbbrüdern hatte Camille die Mitfahrt verweigert.

Bei der Einschiffung in Jounieh war Talmarani durch ein Spalier aus Blicken geschritten, die alle eine Art befremdetes Staunen auszudrücken schienen, auch jene von Maidli und Nadia.

Später, als die Silhouette Beiruts gerade noch das von den Schiffsschrauben aufgewühlte Wasser überragte, hatte sie mehrmals ein tieffliegender Hubschrauber umkreist.

Auch Camille ließ sich gelegentlich dabei ertappen, wie er seinen Neffen aus den Augenwinkeln musterte, als sei ihm entfallen, wer da, gleich ihm, auf das bunte Treiben zu ihren Füßen blicke. An schönen Sommerabenden gleicht Kyrenia einem bäuerlichen Saint Tropez. Sie saßen auf der Terrasse des Hafen-Clubs.

»Vermutlich wirst du sowenig schlafen können wie ich«, sagte Camille in ihr ausgedehntes Schweigen hinein.

Talmarani nickte. »Vielleicht mache ich einen Spaziergang nach Bellapais.«

»Gotische Ruinen im Mondlicht. Meinst du, das könnte dich ablenken?«

»Oder einstimmen. Schließlich bin ich ihm auch das letzte Mal im frühen Mittelalter begegnet.«

»Daß Bellapais ein Kloster war, paßt ebenfalls.« Der schale Scherz schien Camille selbst Unbehagen zu bereiten. Er verstummte.

Entgegen seinen Erwartungen wurde Talmarani am anderen Tag dann doch vom Lautsprecher der kleinen, direkt neben dem Club gelegenen Moschee aus dem Schlaf geschreckt. In Saids Schreiben hatte gestanden, sie sollten sich zur Zeit des Morgengebets bereithalten.

Als er an das Fenster trat, um auf den kleinen, von rosigem Frühlicht übergossenen Hafen hinabzublicken, wurde an seine Tür geklopft. Talmarani öffnete und blickte in das fröhlich lächelnde Gesicht Shahibs.

»Ist sie nicht schön?« fragte der junge Mann, nachdem er ihm die Hand geküßt hatte.

Verständnislos schüttelte Talmarani den Kopf.

»Die ›Khurrem‹, Sayed. Wir haben die ganze Nacht gebraucht, um sie herzurichten.«

Jenseits der Hafenmauer lag, anstelle eines von Planen vollkommen verhüllten Schiffes, das den Eindruck hervorgerufen hatte, es werde repariert, mit schwarzem Rumpf, weißen Aufbauten und gelbem Schornstein die von Yilman so neidvoll beschriebene Yacht des Millionärs Hans Jakob Phelbs, genannt Kütschük Said. Man hätte glauben können, sie sei eben erst vom Stapel gelaufen. Talmarani dachte: Also doch. Die »Khurrem« leuchtete.

Gegenwart? Vergangenheit? Beides floß ineinander. Über diese Mahagoniplanken war Dorothea, geborene Staudacher, geschritten. Über diesen Niedergang hatte Yilman sie heraufkommen sehen. Hier auf dem Hinterdeck hatten die Damen mit den schalumwundenen Hüten gesessen, einer Violenstimme lauschend, die Gedichte sang oder Visionen entwarf. Unter den Zuhörern auch ein hochgewachsener Mann mit kornblondem Haar und blauen Augen; er sollte später selber sprechen und die Damen nicht minder faszinieren. Am Rande des Kreises ein eher skeptischer Zuhörer im blauen Kapitänsblazer.

Said folgte dem schweifenden Blick seines Enkels und nickte bestätigend, wenn er an einem bestimmten Punkt hängenblieb.

Aber erst, als sie dann in der mit Edelholz vertäfelten Kajüte saßen und Camille schon wieder von Bord geschickt worden war, sagte der hundertundfünfjährige Mann: »Ich hätte dich überall erkannt, wenn wir einander begegnet wären.«

»Aber offensichtlich durften wir uns nie begegnen.«

»Es entsprach einer Vereinbarung zwischen deinen Eltern. Umm hat geahnt, daß Lionel und ich gefährliche Gewässer ansteuerten. Sie ist klüger als ihre beiden Brüder und hielt dich deshalb auch von deren Geschäften fern, was Lionel übrigens billigte.«

»Und du? Warst du einverstanden mit dieser Regelung?«

Eine federleichte, von braunen Flecken übersäte Hand legte sich auf die von Talmarani. »Oh! Wir haben dich nie ganz aus dem Blick verloren, Lionel und ich. Und zuweilen waren wir richtig stolz auf dich. An deinen Büchern hatte keiner von uns etwas auszusetzen.«

»Es war also vorgesehen, daß wir einander nie kennenlernen würden?«

»Eigentlich ja.«

»Eigentlich?«

»Schemsi hat nie an diese Möglichkeit geglaubt.«

»Und du?«

Ein schwerer Seufzer hob die von blauem Tuch umhüllte Brust. »Ich wäre liebend gern mit dir zusammengetroffen. Aber als man dann versuchte, dich hierherzuholen, habe ich alles getan, um es zu verhindern.« Saids Blick schweifte vorübergehend zu den Kajütenfenstern hin ab, dann fügte er hinzu: »Vergebens. Schemsi sollte recht bekommen.«

Nach einer weiteren Pause erfuhr Talmarani, wie und weshalb zuerst Assem i-Audi, dann der mit dessen Paß reisende andere Mann umgebracht worden war.

Als er, an der dürren Mitteilung noch kauend, nach näheren Einzelheiten fragte, sagte sein Großvater, und es klang fast wegwerfend: »Wir brauchen längst keine zum Tod bereiten Feddayyin mehr, um Menschen aus der Welt zu schaffen, wie noch der Alte vom Berge. Mit Geld kann man überall Mörder kaufen. In Amman hat es wenig gekostet, in München beträchtlich mehr. Was einst eine Methode, beinahe eine Kunst war, mit sparsamsten Mitteln den eigenen Willen durchzusetzen, selbst gegen die stärkste Übermacht, das ist heute zum blutigen Handwerk verkommen. Und die Welt hat sich daran gewöhnt. Auch dein Vater mußte das am Ende einsehen. Eine Zeitlang gehörte Lionel zu den meistgefürchteten Männern im ganzen Fruchtbaren Halbmond. Aber dann erkannte er, daß seine Waffen um so stumpfer wurden, je häufiger er von ihnen Gebrauch machte. Vor allem gab es zu viele, die ihn blindlings und völlig bedenkenlos nachahmten. Gestorben ist dein Vater als ein Mann mit zuviel Blut an den Händen.«

»Wirst auch du so sterben?«

Said sagte: »Ja.« Kopfschüttelnd fügte er hinzu: »Ich, ausgerechnet ich!«

Durch das Schiff lief ein Ruck. Seine Maschine schien anzuspringen. Talmarani nahm es nur beiläufig wahr. Saids letzter Satz hatte einer angerissenen Saite geglichen. Die drei leise gesprochenen Worte schienen alle anderen Geräusche zu übertönen.

»Ausgerechnet ich«, wiederholte der alte Mann, und seltsamerweise verstand sein Enkel genau, was er meinte. Als Said weitersprach, hatte Talmarani den Eindruck, sie beugten sich beide über einen bekannten Text und blätterten gemeinsam die Seiten um. »Ausgerechnet ich« hieß: das über einen Zaun von Bajonetten hinweg buchstäblich ins Leben geworfene Kind. Leben hieß: blindes Tasten nach Möglichkeiten, sich anzuklammern, einzuschmiegen, emporzuranken. Das älter werdende Kind konnte nichts anderes tun, als jede

Hand zu ergreifen, die ihm hingehalten, und jede Chance zu nützen, die ihm geboten wurde. Es paßte sich seiner Umgebung vollkommen an, blickte aber kaum über sie hinaus. Die Arafelians waren ein Teil von ihr, ebenso Alexander Mantachow, nicht zuletzt Baba Hamid selbst. Said fühlte sich in dieser Welt zu Hause, er kannte ja keine andere. Daß es eine andere überhaupt geben mußte, hatte der Junge aus dem Harem gleichwohl immer geahnt. Zur Gewißheit wurde es ihm dann durch Schemsi.

»Seit der Zeit, da dieser Mann mich unter seine Fittiche nahm«, sagte er, »lebte ich eigentlich schon in zwei verschiedenen Welten. Wirklich erkannt habe ich das jedoch erst sehr viel später. Schemsi beobachtete einfach, was aus mir wurde und schien alles gut zu finden. Mein Händchen fürs Geld – einverstanden. Mein Instinkt für die jeweils richtige Lösung scheinbar komplizierter Fälle – nützlich. Trotzdem gewann ich allmählich den Eindruck, er wisse genau, was mir auf dem Wipfel des Baumes widerfahren würde, in dem ich herumkletterte. Auch mein anatolisches Abenteuer mit Dorothea fand seine Billigung.«

Talmarani wußte es besser. »Dorothea fand seine Billigung.«

Über Saids Gesicht huschte ein dankbares Lächeln. »Mehr als deine Großmutter habe ich nie gewollt. Damit war Schemsi ganz besonders einverstanden. Ohne daß er mich sonderlich drängen mußte, war ich plötzlich damit beschäftigt, ihm und seinen Leuten eine Operationsbasis für ihre ganz spezifischen Unternehmungen zu zimmern.«

»Mit Dorotheas Unterstützung.«

»Für deine Großmutter war es leicht, mich zu beeinflussen. Auf ihren Gedankenflügen konnte ich sie nicht immer begleiten, sie führten zu hoch hinaus. Ihre Träume habe ich geteilt, weil sie einfach schön waren.«

Talmarani wollte fragen: ›Und mein Vater‹? Doch da kam Shahib herein und sagte: »Das Boot von Kamirow begleitet uns in ungefähr hundert Metern Abstand. Das war nicht so abgemacht.«

»War es das nicht?« fragte Said zurück, es hatte etwas irritiert geklungen.

Nicht ohne Mühe stemmte er sich aus dem Sessel und trat an das Kajütenfenster. Talmarani, der ihm gefolgt war, sah das weißgestrichene Fahrzeug, mit dem sie von Jounieh herübergekommen waren, auf einem parallelen Kurs zu dem der »Khurrem« dahingleiten. Es war so nah, daß man einige an der Reling stehende mit Ferngläsern bewaffnete Männer erkennen konnte.

»Ich werde sie auffordern, ihren Abstand auf mindestens eine halbe Seemeile zu vergrößern und ebensoweit hinter uns zurückzufallen«, sagte Shahib.

»Wenn du meinst«, Said zuckte die Achseln. Der junge Mann verschwand.

Talmarani bemerkte noch, daß die Sonne über einen Hügelzug, der an Steuerbord liegen mußte, emporgestiegen war und beinahe waagerechte Lichtpfeile auf sie abschoß.

»Wohin geht unsere Reise?« fragte er.

»Nach Nordosten«, erwiderte Said.

Also auf die in Richtung Türkei zielende Spitze Zyperns zu, dachte Talmarani.

Wenig später schien Shahibs Anweisung bei Kamirow angekommen zu sein. Sein Boot verlangsamte die Fahrt und entfernte sich gleichzeitig von ihnen.

Bevor sie wieder Platz genommen hatten, erschien Shahib zum zweitenmal. Er legte ein Stück Papier auf den Tisch.

»Das ist eben hereingekommen.«

Said überflog den Zettel und schob ihn dann Talmarani hin.

»Kehrt umgehend, wiederhole: umgehend, nach Kyrenia zurück. Eigenes Interesse gebietet sofortiges Treffen im ›Dome Hotel‹. Wiederhole: Rückkehr umgehend und dringend. Western & Hesperides.«

Fragend hob Talmarani den Kopf. »Western und Hesperides?«

»Dieser aufgeschwemmte Brite.«

»Llewellyn?«

»Wenn er so heißt. Wir haben ja bereits über ihn gesprochen.«

»Die Botschaft klingt, als wolle er dich warnen.«

»Könnte sein.«

»Aber vor wem?«

Said breitete die Hände aus. »Vor wem nicht? Schließlich bin ich ... wer hat mir das gesagt, Camille oder du?«

»Was?«

»Der Löwe, den sein Enkel aus der Höhle locken sollte.« Wieder legte sich die federleichte Greisenhand auf jene Talmaranis. »Nun ist der Löwe ja ins Freie getreten. Die Operation war erfolgreich.«

Wäre die Hand nicht gewesen, die seine nun umfaßte, hätten zwei braune Augen, die tatsächlich einen grünlichen Schimmer aufwiesen, ihn nicht halb erwartungsvoll, halb neugierig, aber auf keinen Fall vorwurfsvoll angeblickt. Talmaranis Herz wäre – glaubte er – zersprungen. Er hätte ... ja was? Aber da waren diese Hand und dazu die Augen. Sein Großvater blickte ihn an, er hatte den Kopf etwas schräg gelegt. Und dann lächelte er auch noch, um nach ein paar weiteren Minuten wieder zu sprechen.

»Der Löwe hat sich ins Freie begeben. Er wird gejagt werden. Die Jagd ist bereits eröffnet. Das will Mr. Llewellyn mir mitteilen.«

»Aber woher weiß er, wo du bist?«

»Llewellyn gehört zu den Jägern, und die haben mich schon seit Tagen im Visier.«

»Seine Botschaft klingt, als wolle er dir helfen.«

»Will er auch, aber auf seine Art. Im ›Dome Hotel‹ würden seine Freunde mir ein Angebot machen, das sie für attraktiv halten: den Rest dessen, was sie in den Safes der Secu Spot vermuten, gegen ...«

»Was?«

»Suche es dir aus: Beteiligung an künftigen gemeinsamen Geschäften, Vorstands- oder Aufsichtsratssitz in noch zu gründenden oder bereits bestehenden Gesellschaften zur Ausbeutung vor allem kaukasischer und transkaukasischer Öllagerstätten. Und natürlich Schutz, Sicherheit, Leibwächter, gepanzerte Autos, Villen hinter dicken Betonmauern, vielleicht sogar«, Said gluckste, »eine sogenannte neue Identität: Mr. Bunbury, der geheimnisvolle Rosenzüchter von Stratford on Avon. Nie würden meine alten Gefährten dahinterkommen, daß ich das bin. Oder die Jordanier. Oder Schafik Scharif, von dem Mr. Llewellyn sich offensichtlich getrennt hat.«

Der alte Mann hob den Blick zur Kajütendecke. »Gott im Himmel! Das hätte ich schon vor Jahren haben können. Das hätte auch dein Vater schon vor Jahren haben können – und von ganz anderen Leuten als einem Mr. Llewellyn.«

Wieder ernst werdend, wiederholte er: »Ja, dein Vater auch. Vielleicht wäre es klug gewesen, darauf einzugehen – solange so etwas noch Sinn hatte. Aber wann war das zuletzt der Fall gewesen?«

Von seinem Sohn schien der alte Mann nicht gern zu sprechen. Es mußte, zumindest nach Talmaranis Eindruck, daran liegen, daß Lionel ihm früh entglitten und daß er ihm dann von Jahr zu Jahr unheimlicher geworden war. Das wiederum hatte auch mit Dorothea zu tun gehabt, dem einzigen gemeinsamen Bezugspunkt für alles, was beide dachten, planten, unternahmen. Aber je mehr sich die Erinnerung an sie verflüchtigte, desto weniger hatten Vater und Sohn verständnisvoll miteinander umgehen können. Der ehemals genußfreudige, Luxus liebende Said gewöhnte sich an die staubige Idylle, in die Schemsi ihn hineingeführt hatte. Er stand vor den zwölf Giganten, deren Gesichter dem Auge Gottes zugewandt waren, und wünschte, einer von ihnen zu sein. Er trat in Schemsis Spuren, um schließlich dessen Amt zu übernehmen. Der Sohn beschritt längst völlig andere Pfade, und Said mußte sich fragen, wer von ihnen Schemsi richtig, wer ihn falsch verstanden habe. Gewiß, vor Blutvergießen war auch der jüngere Said nicht zurückgeschreckt. Zu seinen frühen Vorbildern hatte nun einmal der terroristische Schachspieler Hasan-i-Sabah gehört, der Alte vom Berge. Lionel hingegen …

Said überlief ein Schauer.

Irgendwann, sagte er dann, sei Lionel der Gefangene seiner eigenen Vorstellungen und seiner Schöpfung, der Muqanna, gewesen. Zum Schluß habe er kaum noch überblicken können, auf wie vielen Schauplätzen seine eigenen Leute operierten, mit wem sie sich verbündeten oder wen sie bekämpften. Als Said mitgeteilt wurde, daß er, der vorgebliche Sohn eines Sultan-Kalifen, das Oberhaupt der Bektashiyya, ausersehen sei, dem Phantom »Verborgener Imam« Gestalt zu verleihen, war sein Sohn von Bewaffneten umgeben gewesen, und er hatte nicht gewußt, ob sie ihn oder Lionel in Schach hielten.

»Dein Vater«, sagte Said, »muß da schon krank gewesen sein, sehr krank sogar. Aber diese Augen! Gletscherseen in einem Gesicht, unter dem bereits der Totenschädel sichtbar wurde. Ich habe nie einen mir fremderen Menschen gesehen.«

Said hatte damals beschlossen, sich von der Muqanna zu trennen. Seine besten Helfer bei diesem langwierigen Unternehmen waren die Brüder Shahib und Kerim i-Audi gewesen. Sie hatten dafür gesorgt, daß alle Quartiere, in denen man ihn gewöhnlich fand, leer waren, als sie nach Lionels Tod von der Muqanna durchsucht wurden: keine Unterlagen, keine Codes, keine Hinweise auf den Verbleib von Lionels »Kriegskasse« fielen in ihre Hände. Nach der Entführung Talmaranis auf dem Krak des Chavaliers verhalfen sie dann Said selbst zur Flucht nach Istanbul, wo im Hafen Instiniye am Bosporus die bereits wieder fahrtüchtig gemachte »Khurrem« lag.

»Zwei prächtige Jungen«, sagte Said. »Sie wären auch bereit gewesen, ihren Onkel Assem umzubringen, wenn ich es gewollt hätte. Den Mörder immerhin hat einer von ihnen ausgesucht und auf den Weg geschickt. In Zukunft werden die beiden auf dich aufpassen.«

Benommen von dem, was während der letzten zwei, vielleicht auch drei oder vier Stunden auf ihn niedergegangen war, fragte Talmarani nicht, wie sein Großvater sich vorstellte, daß Shahib und Kerim ihn beschützen sollten.

Kamirows Yacht war immer noch in Sichtweite, hielt aber größeren Abstand als zuvor. Die »Khurrem« selbst pflügte durch eine mäßig bewegte, mit funkelnden Lichtreflexen übersäte See. Von ihrer Besatzung hatte Talmarani bis jetzt nur zwei Mann gesehen, den Rudergänger hinter den Scheiben der Brücke und Shahib i-Assem.

Nachdem Said und er die Kajüte verlassen und unter dem Sonnensegel des Hinterdecks auf zwei Deckstühlen Platz genommen hatten, sah er auch Kerim. Der junge Mann, von dem sie in Dimitrios' Wagen mit der Pistole bedroht worden waren, stand bei einem am Heck aufgehängten Motorboot. Er überprüfte die Seilwinde der Davits und zerrte auch an anderen Teilen dieser kranähnlichen Konstruktion herum. Zu bemerken schien er sie nicht. Erst als Said in die Hände geklatscht hatte, kam Kerim angetrabt, im offenen Knabengesicht ein Lächeln, das beim Anblick Talmaranis wahrhaft herzlich wurde. Wie am Morgen schon Shahib, haschte er nach seiner Hand, um sie erst an die Lippen, dann an die Stirn zu führen. Said bestellte Champagner, Kerim verschwand.

Auch das Hinterdeck hätte der Ort sein können, an dem Talmaranis Großvater von der Notwendigkeit sprach, die eigene Existenz in jener Gottes aufgehen zu lassen. Viel Luft wäre hier um ihn gewesen, dazu genug Wind, um mit seinen Haaren zu spielen. Indes konnte es selbst hier nicht geschehen sein, Said trug noch immer die Kapitänsmütze. Wann und wo hatte er also dann Dschellal ed-Din Rumi zitiert, den Lieblingsdichter seiner Frau? Talmarani fragte sich, warum ihm gerade dieses wichtige Detail entfallen war. Andere, belanglosere Einzelheiten standen ihm später fast auf Abruf zur Verfügung.

Als Llewellyns zweiter Funkspruch eintraf, entkorkte Kerim gerade die Champagnerflasche.

»Verlaßt nicht Zwölfmeilenzone«, hieß es diesmal. »Sofortige Kursänderung unabdingbar. Wiederhole: Kursänderung sofort. Gefahr in Verzug. Korrigiere: Lebensgefahr in Verzug. Rückkehr umgehend in nationale Gewässer. Bitte bestätigen.«

Talmarani suchte die Augen seines Großvaters. Der hob den Zettel mit der Nachricht empor und blickte fragend

Kerim an. Kerim machte eine wegwerfende Bewegung, worauf Said das Stück Papier zerknüllte und in den Aschenbecher legte.

»Sehr besorgt, dieser Mr. Llewellyn«, murmelte er. Kerim lachte.

Während sie das erste Glas tranken, materialisierte sich vor der schon sehr fernen Küste ein Boot, das mit hoher Geschwindigkeit auf sie zuhielt. Kurz nachdem es Kamirows Yacht passiert hatte, schien auch diese plötzlich zu beschleunigen. Ihr Bug stieg aus dem Wasser, am Heck gabelten sich Linien aus weißer Gischt.

Said hatte seit dem Verlassen der Kajüte nicht mehr von sich oder Lionel gesprochen und schien das Thema auch keineswegs wieder aufnehmen zu wollen. Statt dessen fragte er, wie Talmarani seine Zeit in München verbringe, ob er außer der einen Freundin, von der er bereits wußte, noch andere habe, welche Themen ihn derzeit beschäftigten, wie seine Zukunftspläne aussähen. Den Antworten lauschte der alte Mann mit einem Interesse, in das sich zuweilen Staunen mischte, zuweilen Verständnislosigkeit. Talmarani begriff, daß er eine Welt beschrieb, die dem alten Mann völlig unbekannt sein mußte. Und je länger er sprach, desto mehr verflüchtigte sich sein anfängliches Unbehagen. Beschrieb er denn nicht das Leben eines reichen Müßiggängers, der keine ernsthaften Sorgen kannte und sich völlig unbeschwert dahintreiben ließ?

Said schien das anders zu sehen. Wenn es Talmarani gelungen war, ihm einen bestimmten Eindruck besonders nachdrücklich zu vermitteln – Herbstnebel, in denen rostrote Laubbäume schwammen, die Alpenkette unter einem makellosen Föhnhimmel, der magische Moment, wenn in der Oper das Licht erlosch –, immer dann seufzte Said auf wie ein Kind, dem Märchen erzählt werden. Talmarani wiederum verhalf dies zu dem wenn auch flüchtigen Gefühl, schon sein Entschluß, in München heimisch zu werden, sei eine löbliche Tat gewesen. Es waren die bisher befriedigendsten Momente seit dem Beginn seines Aufenthaltes an Bord der »Khurrem«.

Und näher, so schien es ihm, als während diesem Teil ihres Gespräches war er seinem Großvater noch nie gewesen. Offenbar empfand auch Said das so. Die federleichte Hand bedeckte plötzlich wieder jene von Talmarani. Dann wurde ihr Druck fester. Dann löste sie sich.

Ein dritter Verfolger hatte sich hinter die »Khurrem« gehängt. Neben Talmaranis Stuhl wuchs Shahib aus dem Boden.

»Hubschrauber«, erklärte er, in die Luft deutend. »Ich habe immer gesagt, daß sie mit Hubschraubern kommen werden, sobald wir die Zwölfmeilenzone verlassen haben.«

»Ja«, sagte Said, »das hast du vorausgesagt.« Er machte Anstalten, sich zu erheben, sank aber wieder zurück.

Der ziemlich tieffliegende, wie ein Geschoß heranrasende Helikopter zog steil empor, nachdem es schon so ausgesehen hatte, als wolle er sie in dieser geringen Höhe überfliegen. Draußen auf See ging die Maschine in eine weite, aber erneut auf die »Khurrem« zuführende Linkskurve.

Die beiden Boote verlangsamten daraufhin ihre Fahrt. Von Kamirows Yacht wurde heftig herübergewinkt. Talmarani glaubte sogar Stimmen zu vernehmen, was jedoch eine Täuschung sein mußte.

»Weiß jemand, woher das zweite Boot kommt?« wollte er wissen.

»Aus Kyrenia, nehme ich an«, erwiderte Shahib. »Der Engländer dürfte es angemietet haben. Er will Ihrem Großvater wirklich zu Hilfe kommen.«

»Warum tut ihr nicht, was Llewellyn sagt? Zurück in die Zwölfmeilenzone?«

Talmarani erhielt keine Antwort.

Said war nun doch aufgestanden. Er wirkte auf einmal klein, fast zerbrechlich. Auch das hätte der Moment sein können, in dem die Worte vom Einswerden mit Gott fielen. Es geschah jedoch wiederum nicht. Statt dessen kam der alte Mann auf seinen Enkel zu und legte ihm beide Hände auf die Schultern. Ihre Gesichter waren einander noch nie so nahe gewesen.

»Wir müssen Abschied nehmen«, sagte er. »Unsere Wege trennen sich hier.«

Talmarani öffnete den Mund. Said machte: »Schsch. Es ist die einzige Möglichkeit, Thomas. Der verborgene Imam hat sich der Welt gezeigt. Nun soll die Welt sehen, wie er abtritt. Glaube mir, es muß sein. Auch die Muqanna wird mit ihm verschwinden. Siehst du ein, daß das unumgänglich ist?«

Talmarani hatte das Gefühl, sein Herz werde von zwei harten Fäusten zusammengedrückt. Trotzdem hätte er beinahe genickt.

»Dich«, fuhr Said fort, »vertraue ich Shahib und Kerim an. Sie werden um dich sein, wo immer du bist, in München oder anderswo. Aber geh zunächst nach Liechtenstein. Herbert Reutter von der SecuSpot erwartet dich. Er weiß, daß du mein Erbe bist. Wende das Geld besser an als dein Vater und ich.«

Dieser letzte Satz hing noch in der Luft, als ein Windstoß die Kapitänsmütze von Saids Kopf riß und seine Haare zerzauste. Es mußte der Moment gewesen sein, an den Talmarani sich später so deutlich erinnerte. Von Gott und daß man mit ihm eins werden müsse, sprach Said indessen auch jetzt nicht. Er berührte lediglich die eigene Stirn und legte den Finger dann auf die von Talmarani. Mehr geschah nicht. Es wäre auch keine Zeit dafür geblieben.

Talmarani fühlte sich an beiden Oberarmen gepackt. Der zierliche Mann mit dem nunmehr unbedeckten Kopf entfernte sich, ohne daß er eine einzige Bewegung gemacht hätte. Es war, als zöge ihn eine unsichtbare Kraft von seinem Enkel weg. Talmarani wollte sich losreißen, glaubte später auch irgend etwas gerufen zu haben. Selbst wenn dies der Fall gewesen wäre, hätte Said ihn freilich auf keinen Fall verstehen können. Im nervtötenden Knattern des aus dem Blau wieder auf sie zuschießenden Hubschraubers ging jedes andere Geräusch unter, auch das Knarren der Seilwinden, mit denen ihr Boot zu Wasser gelassen wurde.

Alles Weitere erlebte Talmarani dann aus einer völlig anderen Perspektive. Hoch über seinem Kopf erblickte er zum ersten Mal den von Yilman erwähnten doppelten Schriftzug: »Khurrem« in lateinischen, darunter in arabischen Buchstaben. Sie selbst entfernten sich mit überraschend hoher Geschwindigkeit von dem schwarzgestrichenen Schiffsrumpf. Am Heck ihres Bootes stand Kerim, das Ruder hatte Shahib übernommen. Er hielt jedoch keineswegs auf eines der beiden anderen Fahrzeuge zu, sondern steuerte die zyprische Küste an.

Diesmal hörte Talmarani Rufe, die offensichtlich ihnen galten. Er erkannte den an der Reling von Kamirows Yacht stehenden, verzweifelt winkenden Camille, neben ihm standen Schanoun und Dimitrios. Warren sah er wenig später. Ein gelbgestrichener Außenborder kam hinter dem strahlend weißen Fahrzeug hervorgeschossen. An seinem Motor stand aufrecht, mit fliegendem Haar der Amerikaner. Sein Mund war geöffnet, als stoße er einen einzigen, endlosen Schrei aus. Auf völlig untheatralische Weise wirkte Warren wie ein Theaterheld, der sich in den Kampf stürzen will. Er raste direkt auf die »Khurrem« zu.

Der Hubschrauber blieb bei seinem dritten Anflug für Talmarani unsichtbar. Das Rieseninsekt aus Stahl und Plastik mußte so tief herabgegangen sein, daß es für ihre Augen von der »Khurrem« verdeckt wurde. Genau über dem gelben Schornstein schoß die Maschine jedoch auf einmal steil empor und drehte in einer waghalsig engen Kurve ab.

Die »Khurrem« brach buchstäblich auseinander. Das von dem Hubschrauber abgefeuerte Geschoß schien sie mittschiffs getroffen zu haben. Eine grauschwarze Explosionswolke verdunkelte die Sonne. Das letzte, was Talmarani vom Schiff seines Großvaters sah, war der sich aufbäumende Bug und das von ihm abgetrennte Hinterschiff. Majestätisch langsam versanken beide in einem blubbernden Gebrodel aus Wasser und Luft.

Keine Spur mehr auch von Warrens gelbem Boot oder von ihm selbst. Deutlich hörte Talmarani eine Stimme in seinem Kopf, die Saids Glaubensbekenntnis sprach.

Die Augen aufschlagend, erkannte Talmarani das über ihn geneigte Gesicht von Shahib. Seitab in der Dunkelheit lappten müde Wellen gegen einen Strand. Zwischen den Zweigen des Baumes, unter dem er lag, schimmerten einzelne Sterne.

»Wo sind wir?« wollte er wissen.

»In Sicherheit, Sayed. Man wird uns abholen.«

»Wer wird uns abholen?«

»Die Brüder. Alle warten darauf, Sie endlich zu sehen.«

»Aber ...«

»Sayed!« In Shahibs Stimme hatte sich ein leicht mißbilligender Ton geschlichen. »Ihr Großvater war unser Tschelebi. Sie sind sein Erbe. Natürlich gehören Sie jetzt zu uns. Wir brauchen Sie.«

Talmarani richtete sich auf. »Wir? Wen meinst du damit?«

»Die Bruderschaft, Sayed.«

»Doch nicht die Muqanna?«

Talmarani bekam keine Antwort. Zum zweiten Mal an diesem Tag hatte er das Gefühl, das Herz werde ihm in der Brust zusammengepreßt. Jetzt war es pures Entsetzen.

»Mein Großvater«, brachte er mühsam heraus, »wollte, daß ihr beide, dein Bruder und du, mich nach Liechtenstein ...«

Shahib machte eine wegwerfende Geste. »Es ist nicht nötig, daß Sie selbst nach Vaduz gehen, Sayed. Kerim oder ich werden das erledigen. Von Ihnen brauchen wir nur die nötigen Vollmachten. Die Brüder sind der Meinung, daß es so am besten ist – für uns alle.«

In ein paar Schritt Entfernung hockte Kerim auf dem Boden. Er hatte eine kurzläufige Maschinenpistole umhängen.